GOLDMANN

Barbara Cartland hat nicht nur über 500 romantische Liebesromane veröffentlicht, sondern auch geschichtliche und biographische Werke. Ihre Enkelin Diana ist die Gattin des englischen Thronfolgers Prinz Charles.

Die in diesem Band enthaltenen Titel sind auch als Einzelbände lieferbar.

Von Barbara Cartland sind im Goldmann Verlag außerdem erschienen:

Auf den Flügeln der Liebe. Roman (6603)
Der blaue Saphir. Roman (9446)
Botin der Liebe. Roman (9420)
Dem König versprochen. Roman (9103)
Der Krone versprochen. Roman (9667)
Drache und Diamant. Roman (6668)
Das ferne Schloß. Roman (8472)
Fesseln der Liebe. Roman (6641)
Gefährliche Spiele. Roman (9668)
Geliebter Wildfang. Roman (9924)
Das Geheimnis der Moschee. Roman (9669)
Glück am sicheren Faden. Roman (8359)
Glück unter der Zirkuskuppel. Roman (9638)
Der griechische Prinz. Roman (6755)
Herrin der Liebe. Roman (6723)
Das Herz einer Frau. Roman (6708)
Inkognito in Monte Carlo. Roman (6632)
Keine Zeit für Zärtlichkeit. Roman (8827)
Königliche Liebe. Roman (9272)
Der Krone versprochen. Roman (9667)
Liebestraum. Roman (8628)
Melodie der Liebe. Roman (8395)
Persische Perlen. Roman (9961)
Die schöne Reiterin. Roman (9597)
Die schöne Witwe. Roman (9396)
Sonne im Herzen. Roman (8861)
Ein spanischer Traum. Roman (9233)
Spiel der Herzen. Roman (6780)
Stern des Westens. Roman (8506)
Tanz weiter, mein Herz. Roman (8996)
Verlangen des Herzens. Roman (8958)
Die weiße Taube von Schloß Royal. Roman (9929)
Wenn die Heide blüht. Roman (9134)
Wer die Leidenschaft flieht. Roman (9198)

BARBARA CARTLAND

Ein Lord aus Schottland
Liebe kennt keine Grenzen
Schiff der Versuchung

Drei Romane in einem Band

GOLDMANN VERLAG

Der Goldmann Verlag
ist ein Unternehmen der Verlagsgruppe Bertelsmann

Made in Germany · 2. Auflage · 10/91

Umschlaggestaltung: Design Team Münehen
Umschlagillustration: Schlück/Daeni, Garbsen
Druck: Elsnerdruck, Berlin
. Verlagsnummer: 11993
SD · Herstellung: Gisela Rudolph/SC
ISBN 3-442-11993-6

Ein Lord aus Schottland

Aus dem Englischen von
Rudolf Schultz

Titel der Originalausgabe: The Call of the Highlands
Originalverlag: Arrow Books Ltd., London

Anmerkung der Verfasserin

Eheschließung durch eine Erklärung vor Zeugen war als sogenannte »irreguläre Heirat« in Schottland legal, bevor das entsprechende Gesetz im Jahre 1949 aufgehoben wurde. Bis zum Beginn des 18. Jahrhunderts spielte das Hochland gegenüber dem restlichen Teil Schottlands eine gewisse Sonderrolle. Diese Eigenständigkeit war nicht zuletzt eine Folge des Feudalismus, einer eigenen Sprache und einer unterschiedlichen Kleidung.

Während der 35 Jahre, in denen unter anderem der Kilt (der traditionelle Schottenrock der Männer), das Plaid (ein Umhang aus kariertem Schottentuch), Pfeifenmusik und natürlich der Dudelsack verboten waren, gingen die Hochlandbewohner dazu über, als Ersatz für den Dirk, ihren traditionellen Dolch, einen Stock bei sich zu tragen. Schließlich setzte sich ein kürzeres Messer durch, der *Skean Dhu*, der klein genug war, um ihn in einer Tasche zu verstecken oder ihn oben in den Kniestrumpf zu schieben.

Die keltische Renaissance zu Beginn des 19. Jahrhunderts erhielt dann neuen Auftrieb durch Sir Walter Scott, und als sich König Georg IV. im Jahre 1822 entschloß, sein Königreich im Norden zu besuchen, trug er das traditionelle Schottentuch mit dem Muster der Stuarts.

1803

1

Lord Alistair McDonon saß beim Frühstück.

Daß es fast zwölf Uhr mittags war, galt nicht als außergewöhnlich in den Kreisen der Gesellschaft, in denen er verkehrte und sich allgemeiner Beliebtheit erfreute.

Am Abend zuvor war er Gast bei einem Abendessen gewesen, das der Prince of Wales im Carlton House gegeben hatte, und danach hatte er mit einer Reihe weiterer Lebemänner noch weitergefeiert und das neueste Tanzlokal besucht, wo die hübschesten und verlockendsten leichten Mädchen Londons paradierten.

Und als sei das alles noch nicht genug, waren er und seine Freunde schließlich in einem sehr teuren »Vergnügungsetablissement« am Haymarket gelandet, wo Lord Alistair es dann doch bedauerte, daß er schon zu viele Gläser französischen Weins getrunken hatte.

Im großen und ganzen war es ein normaler Abend gewesen.

Aber er forderte auch am nächsten Morgen seinen Preis, und Lord Alistair winkte ab, als sein Kammerdiener ihm ein hervorragend zubereitetes Gericht mit Kalbsbries und frischen Pilzen servieren wollte, und er entschied sich stattdessen für Toast und Brandy.

Er dachte jedoch nicht an seinen trockenen Hals oder an seine Kopfschmerzen; seine Gedanken weilten bei den Reizen Lady Beverley's.

Neben ihm auf dem Tisch lag ein exotisch parfümiertes Schreiben, in dem sie ihm mitteilte, sie wünsche ihn am gleichen Nachmittag um vier Uhr bei sich zu sehen.

Der Ton des Schreibens war herrisch, so daß das Ganze eher ein Befehl war als eine Bitte, aber das war verständlich bei einer Schönheit, die die Herzen der stets kritischen Londoner *Beau Monde* im Sturm erobert hatte.

Als Witwe eines reichen und vornehmen Grundbesitzers im Norden Englands war sie ein Jahr nach dessen Tod nach London gekommen, und eine ältliche Tante hatte sie diskret als Anstandsdame begleitet.

Da sie über einen makellosen Ruf und hinreichend blaues Blut verfügte, wurde sie selbst von den sittenstrengsten Gastgeberinnen ohne weiteres akzeptiert.

Ein neues Gesicht sorgte stets für Aufregung in einer Welt, in der es schöne Frauen im Überfluß gab, seit der Prince of Wales den Reizen der bezaubernden Schauspielerin Mrs. Robinson verfallen war und seit Georgiana, die Herzogin von Devonshire, die Gesellschaft in ihren Bann geschlagen hatte.

Eine Schönheit war der anderen gefolgt, und alle waren »unvergleichlich« gewesen, wie man in den Clubs von St. James sagte, aber jetzt war nahezu jeder Gentleman der Meinung, daß Olivia Beverley sie alle in den Schatten stellte.

Und sie war auch außergewöhnlich mit ihren dunklen Augen, in denen der gleiche violette Schimmer wie auf ihrem tiefschwarzen Haar zu liegen schien, mit ihrer Haut, die an Magnolien erinnerte, und ihren Gesichtszügen, die mit einer griechischen Göttin wetteifern konnten, wie Lord Byron erklärt hatte.

Selbst der verwöhnteste Lebemann legte ihr sein Herz zu Füßen, und obwohl Lord Alistair es nicht schätzte, nur einer von vielen zu sein, erlag auch er ihr schließlich.

Vielleicht weil er schwerer einzufangen war als die übrigen, würdigte ihn Lady Beverley ihres Lächelns, und schließlich stand ihm, wenn er sie besuchte, nicht nur die Tür ihres Hauses offen, ihre Arme taten es auch.

Lord Alistair war trotz der Tatsache, daß er als Beau und Dandy galt, ein kluger Mann.

Ihm war durchaus klar, daß seine Liebesaffäre mit Olivia Beverley ein Geheimnis bleiben mußte, von dem vor allem die unermüdlichen Gerüchtemacher nichts erfahren durften.

Als dritter Sohn eines schottischen Clan-Oberhauptes hatte er keine Aussichten, jemals den Herzogstitel zu tragen, und er wußte, daß Olivia große Dinge anstrebte.

Der Herzog von Torchester führte sie in die Oper, und der Marquis von Harrowby, einer der reichsten Grundbesitzer Englands, fuhr mit ihr in seiner Kutsche durch die Londoner Parkanlagen.

Eins stand jedoch außer Frage: Wenn sie allein waren, fand Olivia

Alistair McDonon als Liebhaber unwiderstehlich, und ihre Leidenschaft füreinander hatte sich noch verstärkt, vielleicht weil die strikte Geheimhaltung ihre Begegnungen um so aufregender machte.

Es war ungewöhnlich, daß Olivia ihn am hellichten Tag zu sich rief.

Während er einen weiteren Schluck von seinem Brandy nahm, überlegte er, was sie ihm wohl mitteilen wollte.

Er hatte das unangenehme Gefühl, sie könnte ihm vielleicht sagen, daß Torchester oder Harrowby die magischen Worte ausgesprochen hatten, die sie hören wollte, und daß sie jetzt die Absicht hatte zu heiraten.

Wenn er sie verlieren sollte, wäre das ärgerlich, dachte Lord Alistair, und er würde sie während ihrer Flitterwochen mit Sicherheit vermissen.

Doch mit einem Anflug von Zynismus um die Mundwinkel sagte er sich auch, daß Olivia sich zweifellos erneut nach seinen Küssen sehnen würde, wenn der mit dem Titel einer Marquise oder Herzogin verbundene Reiz des Neuen erst einmal verflogen war.

»Warum sind meine Gefühle dir gegenüber anders als bei allen anderen Männern?« hatte sie ihn in der vorletzten Nacht wehmütig gefragt.

Er hatte nach einem Abendessen im Richmond House in ihrem Schlafzimmer auf sie gewartet; der Marquis hatte sie nach Haus begleitet und sie bis zur Haustür gebracht, wo sie ihm immer nur erlaubte, ihre Hand zu küssen.

Lord Alistair hatte das Haus in der Park Street schon vorher durch die Gartentür betreten, zu der er einen Schlüssel besaß.

Die Verandatür des Salons war angelehnt gewesen, und als die Dienerschaft zu Bett gegangen war, hatte er sich nach oben geschlichen und sich auf dem mit Seide bezogenen Bett an die spitzenbesetzten Kissen gelehnt.

Der Duft des französischen Parfüms, das Olivia immer benutzte, hing in der Luft, und er war es durchaus zufrieden, auf sie zu warten, da er wußte, wenn sie käme, dann wäre da wieder nur die Leidenschaft, die sie beide verzehrte.

Und als sie dann tatsächlich kam, mußte sie sich ihm einfach in die Arme werfen, und eine lange, lange Zeit verging, ohne daß

Worte nötig waren ...

Erst als die Kerzen neben dem Bett heruntergebrannt waren und zu tropfen begannen und der erste sanfte Schimmer der Morgendämmerung heraufzog, waren sie wieder in der Lage, miteinander zu reden.

»Du bist sehr schön!« sagte Lord Alistair.

Er drückte sie mit einem Arm fest an sich und berührte mit der anderen Hand ihr seidenweiches dunkles Haar.

Er hatte ihr die Haarnadeln beinahe grob herausgezogen, so daß das Haar ihre nackten Schultern bedeckte, und jetzt kam es ihm ebenso weich vor wie ihre Haut und hielt ihn stärker gefangen als selbst Ketten es je vermocht hätten.

»Wie war der Abend?« fragte er.

»Langweilig!« Olivia zog einen Schmollmund. »Alle waren überaus distinguiert, und der Herzog war womöglich noch langweiliger als sonst.«

»Ich bin froh, daß ich nicht eingeladen war.«

»Das einzige, woran ich denken konnte«, fuhr sie fort, »war, daß ich dich noch sehen würde, aber ich habe nicht gewußt, daß die Zeit so langsam verstreichen kann! Immer wieder habe ich auf die Uhr geschaut und gemeint, sie wäre stehengeblieben.«

»Harrowby hat dich nach Haus gebracht?« erkundigte sich Lord Alistair. »Hat er denn nun endlich die Katze aus dem Sack gelassen?«

»Das hätte er getan, wenn ich ihn nur ein bißchen mehr ermutigt hätte«, erwiderte Olivia selbstgefällig, »aber ich habe befürchtet, daß er dadurch nur mein Zusammensein mit dir hinauszögern würde.«

»Ich fühle mich geschmeichelt!«

»Warum bist du nicht eifersüchtiger?« fragte sie plötzlich, und in ihrer Stimme klang Verärgerung mit. »Alle anderen Männer, die ich kenne, der Herzog und Arthur Harrowby eingeschlossen, wären rasend vor Eifersucht und bereit, dich zu erschießen, wenn sie wüßten, wo ich in diesem Augenblick bin.«

Lord Alistair lächelte leicht belustigt.

»Warum sollte ich irgend jemanden beneiden?«

»Ich liebe dich! Ich liebe dich, Alistair!« rief Olivia und wandte ihm ihr Gesicht zu. »Bist du dir eigentlich klar darüber, daß du mir nie gesagt hast, du würdest mich lieben?«

»Ich dachte immer, das wäre auch ohne Worte offensichtlich«, erwiderte Lord Alistair ausweichend.

Schon als er es aussprach, wußte er, daß Olivia enttäuscht war, weil er nicht mehr sagte.

Aber aus einer unerklärlichen Marotte heraus hatte er es sich zur Regel gemacht, niemals einer Frau seine Liebe zu erklären, bevor er sicher war, daß die Gefühle, die er für sie empfand, etwas ganz anderes waren als die wilde Leidenschaft, die man auch mit einem anderen, treffenderen Wort beschreiben konnte.

Er wußte auch, daß er sich nicht nur in diesem Punkt, sondern in manch anderer Hinsicht von seinen Zeitgenossen unterschied.

Für Gentlemen war es Mode geworden, Gedichte zu schreiben, in denen sie vor allem die von ihnen bewunderten Damen besangen, und selbst diejenigen, die sich nicht zu Versen aufschwingen konnten, schrieben in beredten Worten endlos über ihre Liebe.

Es war jetzt durchaus üblich, von »Liebe« und »Verliebtsein« zu sprechen, selbst wenn von leichten Mädchen oder von »Weiberröken«, wie man das nannte, die Rede war.

Vielleicht lag es an der guten Erziehung, die Lord Alistair genossen hatte, daß er es unmöglich fand, die englische Sprache in einem Zusammenhang zu entwürdigen, der für ihn etwas ganz anderes bedeutete.

Aber was auch immer der Grund war, er hatte jedenfalls noch nie einer Frau erklärt, daß er sie liebe, und so war es unvermeidlich, daß diese Unterlassung bemerkt und übelgenommen wurde.

»Sag mir, daß du mich liebst«, bat Olivia ihn inständig, »und sag mir, daß es dir das Herz brechen würde, wenn ich einen anderen heirate.«

»Ich bin nicht sicher, ob ich überhaupt eins habe«, entgegnete Lord Alistair. »Jedenfalls hat eine ganze Reihe hübscher Frauen die Überzeugung geäußert, daß man bei meiner Erschaffung vergessen hat, meinem Körper ein solches Organ einzusetzen.«

»O Alistair, wie kannst du nur so grausam sein!« rief Olivia. »Du vermittelst mir das Gefühl, daß du nur mit mir spielst, und da ich dich bis zum Wahnsinn liebe, macht mich das zutiefst unglücklich!«

»Das bezweifle ich«, meinte Lord Alistair. »Aber warum kümmerst du dich um Worte? Taten sind viel effektiver und ganz sicher viel befriedigender.«

Bei diesen Worten umschloß seine Hand, mit der er ihr Haar gestreichelt hatte, sanft ihren weißen Hals.

Für einen Augenblick leistete sie ihm Widerstand, weil sie sich darüber ärgerte, daß er nicht auf ihre Bitten reagierte.

Dann aber entfachte die besitzergreifende Wildheit seines Kusses das fast schon erloschene Feuer in ihrer Brust zu neuer Glut, und als die Flammen immer höher schlugen und schließlich denen glichen, die in ihm loderten, wurde alles Denken unmöglich, und es blieb nur das Gefühl brennender, unstillbarer Leidenschaft.

Gestern hatte Lord Alistair Olivia nicht gesehen, aber er hatte gewußt, daß sie den Herzog und den Marquis irgendwann nachmittags und abends treffen wollte, und er war so gut wie sicher, daß sie einen der beiden auch heiraten würde.

Das Wappen mit der herzoglichen Krone war zwar recht verlokkend, aber der Marquis andererseits war sehr wohlhabend und zudem der attraktivere von den beiden.

Beide aber waren, überlegte Lord Alistair nachdenklich, aufgeblasen und nur von ihrer eigenen Wichtigkeit überzeugt.

Wäre Olivia erst einmal mit einem der beiden verheiratet und würde dann im Schmuck der Familienjuwelen die Tafel zieren, dann wäre sie nur noch ein weiteres Besitzstück, das man lobte, weil es einem gehörte, und das man aus dem gleichen Grund auch eifersüchtig bewachte.

Plötzlich wurde ihm klar, wie trostlos das Leben einer Frau wurde, wenn sie sich verheiratete.

War ihr Mann bedeutend genug, dann war sie einfach ein Anhängsel, und man erwartete von ihr nicht, in ihrem Denken und Fühlen irgendeine Unabhängigkeit zu entwickeln.

Er konnte sich an eine bezaubernde Frau erinnern, mit der ihn eine kurze, aber sehr befriedigende *affaire de cœur* verbunden hatte. Sie hatte ihm damals gesagt:

»Die Männer der *Beau Monde* sind alle gleich! Sie begehren eine Frau in der gleichen Weise wie sie ein wertvolles Bild, eine Sèvres-Vase oder ein außergewöhnliches Pferd begehren. Aber sobald sie das wertvolle Stück erworben haben, halten sie schon wieder Ausschau nach etwas Neuem, um es ihrer Sammlung einzuverleiben!«

»Du unterschätzt dich«, hatte Lord Alistair damals protestiert, wie das von ihm erwartet wurde.

Gleichzeitig wußte er jedoch, daß sie eigentlich recht hatte; er allerdings besaß keine Sammlung, der er eine schöne Frau hätte hinzufügen können.

Er hatte genug Geld, um bequem leben und die Kosten aufbringen zu können, die für einen Gentleman in der extravagantesten und leichtlebigsten Gesellschaft ganz Europas recht beträchtlich waren.

Aber er besaß keine Ländereien, deren Pachterträge ihm ein üppiges Jahreseinkommen garantiert hätten, er hatte allerdings auch kein großes Haus zu unterhalten, und somit beschränkten sich seine Ausgaben auf die Kleidung, die er trug, seinen kleinen Haushalt in London und die beiden Pferde, die er für seine Kutsche benötigte.

Trotzdem genoß er ein luxuriöses Leben in den Häusern seiner Freunde.

Jede Gastgeberin brauchte einen alleinstehenden Herrn, vor allem einen so gutaussehenden und distinguierten wie Lord Alistair, und aus diesem Grunde häuften sich die Einladungen, die ihn in seiner bequemen, aber vergleichsweise bescheidenen Wohnung in der Half-Moon Street erreichten.

Das war auch der Grund dafür, daß er den ruhigen und anspruchslosen Sekretär wirklich brauchte, den er für zwei Stunden täglich zur Erledigung seiner immer umfangreicher werdenden Korrespondenz beschäftigte.

Mit einem Sekretär, der seine Termine arrangierte, dem Kammerdiener, der ihm aufwartete, und einem erfahrenen Koch, der seine Mahlzeiten zubereitete, wenn er daheim war, führte Lord Alistair ein beneidenswertes Leben.

In England gab es kein Haus, in dem er nicht willkommen war, und die besten Jagd- und Springpferde standen ihm zur Verfügung, falls er sie benötigen sollte.

Und was vielleicht noch wichtiger war, in all den großen Häusern, in die man ihn einlud, gab es immer auch eine schöne Frau, die voller Eifer dafür sorgte, daß er auch nachts nicht einsam blieb.

»Ich weiß, Sie sind kein reicher Mann«, hatte der Prince of Wales vor ein paar Wochen zu ihm gesagt, »aber verdammt noch mal, Alistair, ich glaube, Sie führen ein besseres Leben als ich.«

Lord Alistair hatte gelacht.

»Ich denke, Sire, Sie könnten sehr viele Männer finden, die nur allzu bereit wären, mit Ihnen zu tauschen.«

»Würden Sie das tun?« hatte der Prince of Wales spitz gefragt.

Und Lord Alistair hatte den Kopf geschüttelt.

»Nein, Sire, aber ich kenne auch besser als die meisten anderen die vielen Sorgen, mit denen Sie sich herumschlagen müssen, und die Schwierigkeiten, denen Sie in Ihrem Privatleben ausgesetzt sind.«

»Das ist wahr, und ich empfinde das als äußerst unfair«, hatte der Prinz verdrießlich erklärt. »Ich beneide Sie, Alistair. Ist Ihnen das klar? Ich beneide Sie!«

Lord Alistair hatte später noch über diese Unterhaltung gelacht, aber er hatte auch genau gewußt, was der Prinz meinte.

Damals hatte er darüber nachgedacht, wie extrem glücklich er war – frei, ungebunden und gefühlsmäßig mit Sicherheit nicht so labil wie der Prince of Wales, der sich bei jeder Liebesaffäre – insbesondere der mit Mrs. Fitzherbert – in seelische Krisen hineinsteigerte, wie sie sich ein Theaterschriftsteller nicht besser ausdenken konnte.

Er hatte geweint, sich mit einem Messer eine Stichwunde zugefügt und damit gedroht, sich umzubringen, wenn die Adressatin seiner Liebe ihn nicht erhören würde.

Lord Alistair, der über die heimliche Heirat des Prinzen mit Mrs. Fitzherbert Bescheid wußte, dachte tatsächlich, der Prinz sei geradezu verrückt, seine Position als Thronerbe durch ein eventuelles Bekanntwerden seiner Heirat mit einer Katholikin zu gefährden.

›Keine Frau könnte mir jemals so viel bedeuten‹, dachte er verächtlich, »daß ich die Chance, Großbritannien zu regieren, ihretwegen aufgeben würde!«

Es waren die ungehemmten Gefühlsergüsse des Prince of Wales, die ihn dazu brachten, entschlossener als je zuvor jede Äußerung seiner Gefühle zu vermeiden, solange er nicht mit ganzem Herzen davon überzeugt war, daß sie der Wahrheit entsprachen.

Selbst in den heftigsten Qualen der Leidenschaft sagte ihm irgendeine kritische Instanz seines Geistes, daß es sich doch nur um eine Stimmung handelte, die schließlich wieder verschwinden würde, und nicht um die vollkommene Liebe, die er inzwischen für ein

Ding der Unmöglichkeit hielt.

Und doch hatte sie seit Urzeiten zu großen Taten angespornt, war von großen Künstlern dargestellt und von Komponisten und Dichtern immer wieder besungen worden.

Liebe! Liebe! Liebe!

Wo war sie zu finden? Und war sie für einen normalen Mann wie ihn überhaupt erreichbar?

Er bezweifelte es, und dennoch weigerte er sich, sich mit etwas zufriedenzugeben, dessen Unechtheit er erkannt hatte, und es in einen Schrein zu stellen, der seiner Meinung nach leer bleiben mußte.

Trotzdem ließ er sich durch solche Ideale nicht daran hindern, das Leben zu genießen, und als sein Blick noch einmal auf den parfümierten Brief Olivias fiel, der offen vor ihm auf dem Tisch lag, wurde ihm klar, daß er sie vermissen würde, wenn seine Vermutung zutraf und sie sich einen Ehemann ausgewählt hatte.

Bis zum Tag ihrer Hochzeit freilich würde er alles unternehmen, um die noch verbleibende Zeit zu genießen, während sie ihre Brautausstattung kaufte und ihre künftige Verwandtschaft kennenlernte.

Er war sich ziemlich sicher, daß Olivia weder dem Herzog noch dem Marquis Zutritt zu ihrem Schlafzimmer gewähren würde, bevor sie den Ring an ihrem Finger trug; für ihn jedoch würde es immer die Gartenpforte und die angelehnte Verandatür zum Salon geben.

Lord Alistairs Träumerei wurde von seinem Diener unterbrochen, der das Speisezimmer mit seiner in Weiß und Gold ausgelegten Queen-Anne-Wandtäfelung betrat.

Es war ein kleines Zimmer, da Lord Alistair selten mehr als ein halbes Dutzend Freunde bewirtete, aber ebenso wie der unmittelbar angrenzende Salon war es hervorragend ausgestattet.

Dies alles war das Geschenk einer sehr reizenden Dame, mit der er zwei Jahre zuvor ein Verhältnis gehabt hatte.

Er hatte gerade die Wohnung gewechselt, als ihre Liebesbeziehung begann, und während er es sich nur leisten konnte, ihr kaum mehr als Blumen und Kleinigkeiten wie einen Fächer oder eine Kameenbrosche zu schenken, hatte sie, da ihr Mann ungeheuer reich war, ihre Gefühle in ganz anderer Weise auf alle erdenkliche Arten zum Ausdruck gebracht.

Da gab es neue, hervorragende Pferde in den Ställen, die Lord Alistair direkt an der Half-Moon Street gemietet hatte.

Und es gab Spazierstöcke mit goldenen Griffen, emaillierte und edelsteinbesetzte Schnupftabaksdosen, ferner Gemälde, um die Lord Alistair von einigen seiner Freunde unverhohlen beneidet wurde.

Und falls sie vermuteten, wer dafür verantwortlich war, dann waren sie jedenfalls zu taktvoll, es zu erwähnen.

Sie priesen lediglich seinen erstaunlich guten Geschmack und bewunderten den Rubens über dem Kamin und den Fragonard, der das Schlafzimmer zierte.

Im Eßzimmer hing ein Bild, das die Aufmerksamkeit aller auf sich zog, die dort speisten: ein Porträt von Lord Alistair selbst.

Es war gemalt worden, als er noch ein Junge war. Er trug darauf den Kilt, und hinter ihm sah man das Schloß, auf dem er geboren wurde und das er seit seinem zwölften Lebensjahr nicht mehr gesehen hatte.

Da es eins der großartigsten und imposantesten Schlösser in Schottland war, starrten Fremde stets das Porträt an, aber sie redeten dann mehr von dem Schloß und weniger von dem Jungen, der davor stand.

»Ich habe schon viel von Kildonon Castle gehört«, meinten sie dann immer, »aber das ist ja noch viel eindrucksvoller, als ich es bei einem Gebäude je für möglich gehalten hätte!«

Meist wollten sie noch mehr sagen, aber Lord Alistair pflegte dann normalerweise das Thema zu wechseln.

Er war ziemlich empfindlich, was die Tatsache anbetraf, daß er seit fast fünfzehn Jahren seine Heimat nicht mehr besucht hatte.

Lord Alistairs Diener Champkins legte die Morgenzeitung neben seinen Herrn und nahm das Kalbsbriesgericht wieder mit, das dieser nicht angerührt hatte.

»Ein Gentleman möchte Sie sehen, M'lord«, sagte er. »Habe ihm gesagt, daß Sie so früh niemanden empfangen.«

»Recht so, Champkins!« erwiderte Lord Alistair. »Ich habe im Moment nicht den Wunsch, jemanden zu sehen. Sagen Sie ihm, er soll morgen wiederkommen.«

»Habe ich ihm schon gesagt, M'lord, aber er meint, er wäre den ganzen Weg von Schottland hierher gekommen.«

Lord Alistair sah seinen Diener erstaunt an.

»Haben Sie Schottland gesagt?« fragte er.

»Ja, M'lord, aber er sieht mir nicht wie ein Schotte aus, und er redet Englisch wie ein Einheimischer.«

»Aus Schottland!« flüsterte Lord Alistair. »Nein! Das ist unmöglich!«

»Soll ich ihm sagen, daß er abhauen soll, M'lord?« fragte Champkins.

Es entstand eine deutliche Pause, bevor Lord Alistair antwortete:

»Nein, Champkins, ich werde ihn empfangen. Bitten Sie ihn hier herein, und ich nehme an, er kann auch einen Drink vertragen.«

»Sieht mir nicht aus wie einer, der gern einen trinkt«, meinte Champkins mit der Ungezwungenheit eines Dieners, der sich schon lange um seinen Herrn gekümmert hat.

»Es ist besser, wenn ich erfahre, was er will«, sagte Lord Alistair. »Führen Sie ihn herein.«

Champkins sah ihn an, und Lord Alistair wußte, daß der Diener jetzt überlegte, ob er seinem Herrn vorschlagen sollte, den seidenen Morgenrock, den er gerade trug, mit einem Jackett zu vertauschen.

Tatsächlich war er bereits angekleidet bis hin zu seiner hochsitzenden, kunstvoll geschlungenen Halsbinde; nur den Cutaway mit den langen Rockschößen trug er noch nicht.

Wenn es etwas gab, das Lord Alistair für schlampig hielt, dann war das der Typ von Gentleman, der sein Frühstück vor dem Ankleiden zu sich nahm und Besucher empfing, während er unter dem Morgenrock noch das Nachthemd trug.

Da es durchaus nichts Außergewöhnliches war, daß die damaligen Lebemänner – selbst der Prince of Wales machte da keine Ausnahme – ihre Freunde zum Frühstück besuchten, wusch und rasierte er sich und kleidete sich an, bevor er jemanden empfing.

Daß er auf sein stets modisch auf Taille gearbeitetes Jackett verzichtete, war die einzige Freiheit, die er sich beim Frühstück gestattete.

Champkins verschwand jedoch, ohne seinem Herzen Luft zu machen, und wenige Minuten später riß er die Tür zum Speisezimmer auf und kündigte den Besucher mit einer Stimme an, die er sich, wie Lord Alistair wußte, für zeremonielle Anlässe vorbehielt:

»Mr. Faulkner, M'lord!«

Ein Mann mittleren Alters mit grauen Schläfen betrat den Raum, und einen Augenblick lang starrte Lord Alistair ihn an. Dann stand er langsam auf und streckte ihm die Hand entgegen.

»Ich kann es kaum glauben, daß das wirklich Andrew Faulkner ist!«

»Ich habe mich schon gefragt, ob Sie mich erkennen würden, Mylord.«

»Das sollte ich eigentlich zu Ihnen sagen«, erwiderte Lord Alistair.

»Sie sind ganz gewiß größer geworden«, meinte Mr. Faulkner, »aber ich hätte Sie überall erkannt.«

Sein Blick ruhte für einen kurzen Augenblick auf dem Bild über dem Kaminsims hinter dem Kopf Lord Alistairs und wanderte dann zurück zu dem Mann, der ihm die Hand schüttelte.

»Ohne aufdringlich sein zu wollen, Mylord – ich würde sogar sagen, Sie sehen genauso aus, wie ich es mir vorgestellt habe, nur noch hübscher!«

»Ich danke Ihnen«, erwiderte Lord Alistair. »Setzen Sie sich, Faulkner. Möchten Sie etwas Wein oder lieber Kaffee?«

»Kaffee, wenn Sie erlauben«, antwortete Mr. Faulkner.

Lord Alistair nickte, und Champkins, der noch gewartet hatte, zog sich sofort zurück und schloß die Tür hinter sich.

Mr. Faulkner nahm ohne Eile am Tisch auf einem der Stühle Platz, und Lord Alistair fragte:

»Ich nehme an, Sie sind hier, um mir Nachrichten von meinem Vater zu überbringen. Ich kann mir nicht vorstellen, daß Sie so weit gereist sind, nur um mir einen freundschaftlichen Besuch abzustatten.«

»Nein, Mylord. Ich bringe Nachrichten, über die Sie, wie ich fürchte, zugleich bestürzt und betrübt sein werden.«

Lord Alistair sagte nichts. Er zog lediglich die Augenbrauen in die Höhe und trank noch einen kleinen Schluck Brandy, als fühle er, daß er ihn brauchen werde.

Mr. Faulkner schien nicht zu wissen, wie er beginnen sollte.

»Mylord, nur mit meinem tiefsten Bedauern«, erklärte er schließlich langsam und deutlich, »muß ich Sie davon unterrichten, daß Ihr älterer Bruder, der Marquis von Kildonon, und Ihr anderer Bruder, Lord Colin, vor vier Tagen bei einem Sturm im Meer ertrunken sind.«

Lord Alistair saß da wie in Stein verwandelt.

Lange Zeit starrte er Mr. Faulkner an, als sei er davon überzeugt, sich verhört zu haben.

Dann fragte er mit völlig veränderter Stimme:

»Ian und Colin sind beide tot?«

»Ja, Mylord.«

»Wie konnte so etwas passieren?«

»Sie waren zum Angeln aufs Meer hinausgefahren, Mylord, als ein plötzlicher Sturm losbrach. Man kann nur vermuten, daß das Boot nicht so seetüchtig war wie man angenommen hatte.«

»Sie waren allein?«

»Nein, es war ein Fischer bei ihnen, der ebenfalls umgekommen ist.«

Lord Alistair setzte sein Brandyglas ab und legte die Hand an die Stirn.

»Ich kann einfach nicht glauben, daß es wahr ist, was Sie da erzählen.«

»Die Leichen wurden ans Ufer gespült, Mylord, und heute findet das Begräbnis auf dem Familienfriedhof statt. Sehr viele Angehörige des Clans werden anwesend sein.«

Lord Alistair wußte genau, was das bedeutete. Die Clansmitglieder würden meilenweit durch die Moore kommen, sobald sie die Nachricht, zusammen mit der Aufforderung aus dem Schloß, erreichte.

Ihre Dudelsackpfeifer würden sie begleiten und gemeinsam mit denen seines Vaters Stunde um Stunde ihre Klageweisen von den Zinnen des Schlosses erschallen lassen.

Seine Brüder würden aufgebahrt im Ahnensaal liegen, und dann würde der Leichenzug sich zum Friedhof bewegen, wo ein Geistlicher die kirchlichen Begräbnisworte sprechen und man die Toten dann in die Erde senken würde.

Als hätte er gewartet, bis die Bilder von den Ereignissen in Schottland vor Lord Alistairs Augen vorübergezogen waren, fügte Mr. Faulkner ruhig hinzu:

»Seine Gnaden, Ihr Vater, bittet Sie, sofort zurückzukehren, Mylord.«

Lord Alistair setzte sich aufrecht hin.

»Zurückkehren? Warum?«

»Weil Sie jetzt, Mylord, wie Ihnen klar sein dürfte, der neue Marquis von Kildonon und der erbliche Nachfolger des Clan-Oberhaupts sind.«

Lord Alistair lachte kurz und bitter auf.

»Keine sehr angemessene Würde für jemanden, der Schottland seit fünfzehn Jahren nicht mehr gesehen hat.«

»Sie sind immer noch ein Schotte, Mylord.«

»Das ist mir klar, aber nur der Abstammung nach. Meine Interessen und mein Leben sind inzwischen sehr englisch.«

»Das kann ich verstehen«, meinte Mr. Faulkner, »aber Ihr Vater braucht Sie, und die McDonons ebenfalls.«

»Bis jetzt sind sie sehr gut ohne mich ausgekommen.«

»Weil sie, als Ihre Brüder noch lebten, sicher sein konnten, daß nach dem Tode Ihres Vaters die Kontinuität gewahrt bleiben würde.«

In Mr. Faulkners Worten lag ein winziger Anflug von Schärfe, als fände er es merkwürdig, daß man Lord Alistair noch erklären mußte, worum es eigentlich ging.

Eine weitere Pause entstand, bevor Lord Alistair fragte:

»Soll das heißen, Faulkner, daß mein Vater wünscht, ich soll zurückkommen und wieder mit ihm zusammenleben, als ob nichts geschehen wäre?«

»Es ist ihre Pflicht, Mylord.«

»Pflicht! Pflicht!« spottete Lord Alistair. »Hinter diesem Wort lassen sich viele Sünden und Unstimmigkeiten verstecken. Die ganze Sache ist unmöglich, wenn man sie ehrlich und aufrichtig betrachtet.«

»Aber wieso, Mylord? Ich verstehe das nicht.«

»Natürlich verstehen Sie das, Faulkner!« widersprach Lord Alistair. »Als meine Mutter abreiste und mich mitnahm, hat sie keinen Zweifel daran gelassen, daß mein Vater seine beiden ältesten Söhne behalten und daß ich zu ihr gehören sollte. Ich bin so erzogen worden, wie sie es wünschte, und ich habe gelernt, ebenso zu denken wie sie.«

Lord Alistairs Stimme klang scharf, als er fortfuhr:

»Sie sind nicht nur der Hauptverwalter meines Vaters, sondern auch ein Freund der Familie, und als solcher wissen Sie ebensogut wie ich, daß das Leben meiner Mutter die Hölle auf Erden war, bis sie es schließlich nicht länger aushalten konnte.«

Mr. Faulkner vollführte mit den Händen eine kleine, aber vielsagende Geste, bevor er entgegnete:

»Ich will nicht bestreiten, Mylord, daß Ihr Vater und Ihre Mutter, diese – jeweils für sich betrachtet – intelligenten und interessanten Menschen, miteinander einfach nicht auskommen konnten. Aber bitte vergeben Sie mir, wenn ich das so sage: Selbst damals war ich der Meinung, daß Ihr Platz in Schottland ist, dem Land Ihrer Vorfahren. Wie englisch Sie auch immer geworden sein mögen, es ist schottisches Blut, das in Ihren Adern fließt.«

»Hübsche Worte, die sich die Historiker ausgedacht haben«, entgegnete Lord Alistair spöttisch. »Wichtiger sind die Gedanken, die mir durch den Kopf gehen, die instinktive Reaktion meines Körpers und das Leben, das ich genieße, seit ich hier im Süden lebe.«

»Ihre Brüder waren mit ihrem Leben zufrieden.«

»Weil sie nicht wußten, daß man auch anders leben kann, und weil sie zweifellos, solange sie mit meinem Vater zusammenlebten, nie eine Chance hatten, eigenständig zu denken.«

Zunächst antwortete Mr. Faulkner nicht, und Lord Alistair dachte bereits, er habe ein Argument angeführt, das der ältere Mann unmöglich widerlegen konnte.

Dann jedoch sagte Mr. Faulkner ganz ruhig:

»Da ist auch noch der Clan.«

»Der Clan?« fragte Lord Alistair.

»Was davon noch übrig ist. England hat Schottland vernachlässigt, unterdrückt und entwürdigt, seit der Herzog von Cumberland die Schlacht von Culloden gewonnen hat.«

»Wer kümmert sich denn heute noch darum, was die Schotten denken oder fühlen?«

»Vielleicht nur die Schotten selbst«, erwiderte Mr. Faulkner, »aber es ist Ihr Volk, Mylord, und die Leute rechnen damit, daß Sie sie in Zukunft führen werden.«

»Nicht solange mein Vater über sie herrscht, und das mit einer Machtfülle, wie sie heutzutage kein einziger Monarch mehr genießt!«

»Das ist wahr«, antwortete Mr. Faulkner. »In Schottland, vor allem im Norden, ist das Oberhaupt noch immer Führer, Vater und

Hirte seines Clans.«

Er legte eine Pause ein und fügte dann leise hinzu:

»Ihr Vater ist ein alter Mann, und wenn er stirbt, muß der Clan Gewißheit über seinen Nachfolger haben.«

»Ich bin sicher, daß ein paar von meinen zahlreichen Verwandten nur allzu gern bereit sind, diese Rolle zu spielen.«

»Natürlich«, stimmte Mr. Faulkner unerwarteterweise zu. »Ihr Vetter Euan, an den Sie sich zweifellos erinnern, hat sich nach dem Tod Ihrer Brüder angeboten, Ihren Platz als Erbe Ihres Vaters einzunehmen. Er hat ihm den Treueid geleistet und ihn gebeten, ihn als nächstes Oberhaupt des Clans einzusetzen.«

Ein Ausdruck von Zorn trat plötzlich in Lord Alistairs Augen.

»Ich erinnere mich gut an Euan«, sagte er. »Er war schon immer ehrgeizig und eifrig bemüht, sich in den Vordergrund zu drängen. Was hat mein Vater ihm geantwortet?«

»Seine Gnaden hat ihn ausreden lassen«, erwiderte Mr. Faulkner. »Dann jedoch hat er langsam und würdevoll erklärt: ›Ich habe zwei Söhne verloren, Euan, was vielleicht der Wille Gottes ist, aber ich habe noch einen dritten, und der ist mein rechtmäßiger Nachfolger.‹«

Die Art und Weise, in der Mr. Faulkner redete, war sehr eindrucksvoll, und auf Lord Alistairs Lippen erschien ein schwaches Lächeln, obwohl er noch immer die Stirn runzelte.

»Da hätte ich nur allzu gern das Gesicht meines Vetters gesehen«, meinte er, »als er den Dämpfer bekam, den er zweifellos verdiente.«

»Er stand auf«, berichtete Mr. Faulkner weiter, »und erklärte: ›Alistair ist inzwischen ein *Sassenach* *, Euer Gnaden, und ich halte es für unwahrscheinlich, daß er zurückkehrt. Und sollte er es tun, dann werden Sie feststellen, daß aus ihm ein Dandy und ein Trottel geworden ist, der sich nur für Wein und Frauen interessiert.‹«

Die Falten zwischen den Augen Lord Alistairs vertieften sich, und mit harter Stimme fragte er:

»Was hat mein Vater darauf geantwortet?«

»Seine Gnaden hat nichts gesagt«, erwiderte Mr. Faulkner. »Er hat nur den Ahnensaal verlassen, und als ich ihm folgte, hat er mir befohlen, sofort nach London zu reisen.«

* ... »Sachse« – in Schottland abfällige Bezeichnung für Engländer.

Es herrschte Schweigen, und nach einer Weile fuhr Mr. Faulkner fort:

»Ich bin mit dem Schiff gekommen, weil es schneller war, und ich glaube, auch für Sie wird es das Bequemste sein, auf diese Weise zu reisen.«

Lord Alistair stand auf.

»Sie gehen davon aus, daß ich meinem Vater gehorche, aber ich denke, Sie und er müssen sich darüber klar werden, daß ich keineswegs die Absicht habe, das zu tun. Ich mag zwar erst zwölf Jahre alt gewesen sein, als ich Schottland zusammen mit meiner Mutter verließ, aber sie hat mich nicht gezwungen, sie zu begleiten.«

»Das weiß ich«, antwortete Mr. Faulkner. »Ihre Gnaden sagte mir damals, sie werde Ihnen die Wahl überlassen.«

»Und ich hatte keinerlei Schwierigkeiten, mich zu entscheiden«, erklärte Lord Alistair. »Auch ich habe unter der Hand meines Vaters gelitten. Ich konnte ihn nicht leiden, und daran hat sich bis heute nichts geändert.«

Einen Augenblick lang herrschte Schweigen. Dann sagte Mr. Faulkner:

»Ich hoffe, es klingt nicht vermessen, Mylord, wenn ich sage, daß er – welche Gefühle Sie und er auch immer füreinander hegten – großzügig gewesen ist.«

Lord Alistair zuckte zusammen, aber er wußte, daß Mr. Faulkner die Wahrheit sprach.

Als seine Mutter Kildonon Castle verlassen hatte, weil das für sie, wie sie sagte, eine Frage des persönlichen Überlebens sei und sie entweder abreisen oder sterben müsse, hatte der Herzog eine Geldsumme ausgesetzt, um für sie und ihren jüngsten Sohn aufzukommen.

Als Tochter des Earl of Harlow war sie in ihr Elternhaus zurückgekehrt, hatte Alistair mitgenommen und ihn zunächst auf eine angesehene englische Public School geschickt und später dann nach Oxford.

Er hatte seine Jugend auf den Besitzungen der Harlows in Suffolk verbracht, und immer wenn er nach London kam, hatte er im Haus seines Großvaters am Grosvenor Square eine Bleibe gefunden.

Die vornehmsten Kreise des Landes hatten ihn und seine Mutter akzeptiert, und er hatte dort Freundschaften geschlossen.

Und weil das alles so neu und aufregend war, hatte er weder das große Schloß, das inmitten vieler Morgen wilder Moore stand, auch nur einen einzigen Augenblick lang vermißt, noch seine Brüder, die älter waren als er und ihn daher oft herumgestoßen hatten.

Erst als seine Mutter vor drei Jahren starb, war ihm klar geworden, daß er seinen Lebensstil erheblich ändern müßte, falls sein Vater, zu dem er seit seiner Abreise aus Schottland keinerlei Kontakt mehr hatte, die finanziellen Zuwendungen jetzt streichen würde.

Es war eine große Erleichterung, als er von den Anwälten des Herzogs die Mitteilung erhielt, der gleiche Betrag, den die Herzogin bis zu ihrem Tode bekommen hatte, werde nun auf ihn übertragen.

Er hatte damals seinem Vater keinen persönlichen Dankesbrief geschickt, aber doch die Anwälte gebeten, seine Dankbarkeit zu übermitteln.

Jetzt war er beunruhigt, und seine Stimme klang scharf, als er fragte:

»Faulkner, wollen Sie damit sagen, daß mein Vater, wenn ich seinem Befehl zur Rückkehr nicht Folge leiste, mir keinen einzigen Shilling mehr zahlen will?«

Während er auf eine Antwort wartete, merkte er, daß Mr. Faulkner sich vorsichtig die Worte überlegte, bevor er sagte:

»Mylord, da ich Seine Gnaden kenne, glaube ich, wenn Sie sich weigern, die Verantwortung zu übernehmen, die nach Auffassung Ihres Vaters dem Willen Gottes entspricht, dann werden Sie im gleichen Augenblick nicht länger sein Sohn sein! Er wird Sie verstoßen.«

»Und Euan an meine Stelle setzen!«

»Es gibt noch andere Vettern, Mylord, aber es kann keinen Zweifel daran geben, daß Mr. Euan dann als Erster Anspruch auf die Nachfolge hat.«

Lord Alistair blickte zum Kamin und betrachtete das Bild darüber, auf dem das Schloß hoch über dem Meer und mit den heidebewachsenen Mooren im Hintergrund zu sehen war.

Mit seinen großen und kleinen Türmen wirkte es überaus eindrucksvoll und war auf dem Gemälde auch außerordentlich schön dargestellt.

Gleichzeitig war er sich darüber im klaren, wie dominierend und bedrohlich die Gegenwart seines Vaters auf ihn wirken würde, und zudem müßte sich ein Gefühl der Isolierung einstellen, wenn er in einer Welt lebte, die außerhalb alles dessen lag, was für ihn die wirkliche Welt war, und wenn er all das aufgeben müßte, was bisher sein Leben so erfreulich gemacht hatte.

Jede Faser seines Körpers sträubte sich gegen das Unerträgliche, und doch sagte ihm sein Verstand, daß er keine Alternative hatte.

Ohne Geld konnte er kaum überleben, und ebensowenig konnte er sich auf Kosten seiner Freunde durchschlagen oder seine Verwandten mütterlicherseits um Unterstützung bitten.

Der Vater seiner Mutter war tot, und sein Onkel, der jetzige Earl, hatte selbst eine große Familie und sich nie besonders für ihn interessiert.

Aber mehr noch, er war viel zu stolz auf das, was Mr. Faulkner sein »schottisches Blut« genannt hatte, um sich als Schnorrer zu betätigen.

Er wandte sich vom Fenster ab und blickte Mr. Faulkner an.

»Also gut«, sagte er, »Sie haben gewonnen! Wie schnell müssen wir nach Schottland aufbrechen?«

In Mr. Faulkners Gesichtsausdruck zeigte sich nichts von dem Triumph, den Lord Alistair erwartet hatte. Der ältere Mann schien vielmehr zu zögern und ihn besorgt anzublicken.

»Was gibt es noch?« forschte Lord Alistair.

»Es hat eine öffentliche Ankündigung gegeben«, erwiderte Mr. Faulkner, »daß Ihr Bruder, der Marquis, sich mit Lady Moraig McNain verheiraten wird.«

»Na und?«

»Seine Gnaden hat sein Wort gegeben, daß Lady Moraig seinen ältesten Sohn heiraten wird, damit sich die beiden Clans vereinigen, die, wie Sie sehr gut wissen, sich schon seit Generationen gegenseitig befehden.«

Die eintretende Stille schien in dem kleinen Speisezimmer förmlich zu vibrieren, bis Lord Alistair ungläubig fragte:

»Soll das heißen, daß mein Vater von mir erwartet, mich diesem Arrangement zu fügen?«

»Ich habe befürchtet, daß Sie das aus der Fassung bringen würde, Mylord«, erwiderte Mr. Faulkner. »Aber weil Seine Gnaden dies als eine Frage der Ehre betrachtet, wird er darauf bestehen.«

2

Es blieb lange still. Dann schien es, als könne Mr. Faulkner die Spannung nicht länger ertragen, und er erklärte hastig:

»Ich hoffe, Mylord, Sie erlauben mir nun, Sie zu verlassen, da ich für Seine Gnaden in London noch einige Aufträge zu erledigen habe.«

Lord Alistair gab keine Antwort, und Mr. Faulkner fuhr fort:

»Ich habe mich vergewissert, daß morgen sehr früh schon ein Schiff von Tilbury abfährt, das uns nach Aberdeen bringen wird. Dort wartet dann die Yacht Seiner Gnaden auf uns.«

Lord Alistair schwieg noch immer, und es schien, daß der Ausdruck seines Gesichts Mr. Faulkner einschüchterte, so daß dieser sich recht nervös verbeugte und das Zimmer verließ.

Erst als er gegangen war, stellte Lord Alistair fest, daß er unwillkürlich die Fäuste geballt hatte, um sich besser unter Kontrolle zu haben.

Jetzt fragte er sich, während eine Hitzewelle durch seinen Körper raste, wie er eine derartige Zukunft ertragen konnte.

Es würde schon schwer genug sein, den Platz als ältester Sohn seines Vaters und künftiges Oberhaupt des Clans einzunehmen, aber die Heirat mit einer Schottin, die er nie gesehen hatte, war eine Erniedrigung, die ihm das Gefühl gab, jedes andere Leben sei besser, mochte es auch zu noch so großer Verarmung führen.

Mr. Faulkner hatte, davon war er überzeugt, nicht leichtfertig davon gesprochen, daß sein Vater ihn verstoßen würde, wenn er sich weigerte, nach Schottland zurückzukehren.

Das würde bedeuten, daß er nichts auf der Welt besäße als die paar hundert Pfund im Jahr, die seine Mutter ihm bei ihrem Tode hinterlassen hatte.

Auch als sie in ihrem Elternhaus lebte, war ihr Vater nicht nur für sie aufgekommen, sondern hatte, wie dieser sehr wohl wußte, auch Lord Alistairs Schul- und Universitätsausbildung finanziert.

Dadurch war es möglich gewesen, das Geld aus Schottland für Kleidung, Unterhaltung und all die anderen Dinge zu verwenden, die seine Mutter und er besonders schätzten.

Sie hatten zusammen das Ausland bereist, als er noch ein Junge war, und als er dann erwachsen wurde, hatte er viele Länder Europas besucht und diese Erfahrung intensiv genossen.

Reisen war teuer, und ermöglicht wurde das alles nur, weil seine beiden Großväter so großzügig gewesen waren.

Die Idee, künftig ohne Pferde leben zu müssen, ohne eine komfortable Wohnung wie seine jetzige und ohne die kleinen Begleiterscheinungen des Wohlstands, die so kostbar wurden, wenn man sie verlor, war undenkbar.

Und dennoch, konnte Geld das Leben in der Isolierung des Schlosses aufwiegen oder die Ehe mit einer Frau, die zweifellos plump, unscheinbar und ungebildet war?

Wenn er an die intelligenten Männer in Politik und Gesellschaft dachte, die er seine Freunde nannte, und an die schönen Damen, die er geliebt hatte, dann fühlte er, wie ihn ein Schauder überlief.

Plötzlich jedoch, als hätte man ihm eine Rettungsleine zugeworfen, schoß ihm ein Gedanke durch den Kopf.

Wenn er verheiratet wäre, bevor er in Schottland ankam, konnte ihn niemand mehr zwingen, der Mann Lady Moraigs zu werden, und daran könnte auch sein Vater nichts ändern.

Das war zwar nicht die Lösung des ganzen Problems, aber zumindest milderte es einen Teil des Schreckens, den man für ihn geplant hatte.

Fast ein Lächeln umspielte die Mundwinkel Lord Alistairs, als er daran dachte, daß er Olivia jetzt dazu bringen konnte, ihn zu heiraten – da er jetzt ein Marquis war, würde sie das nur allzu bereitwillig tun – und auf diese Weise in der Lage war, es seinem Vater in gleicher Münze heimzuzahlen. Schließlich hatte er das Recht auf seiner Seite, wenn er die väterlichen Anordnungen nicht befolgte.

Mit federnden Schritten ging er zum Schlafzimmer hinüber, wo Champkins bereits wartete, um ihm in den Cut zu helfen.

Das Jackett war von Schultz, seinem Schneider, gerade neu geliefert worden und saß an den Schultern, ohne auch nur die kleinste Falte zu werfen.

Das neue Kleidungsstück war in der Tat so schick, daß Champkins mit unüberhörbarer Bewunderung in der Stimme meinte:

»Das wird ein schöner Schlag für Mr. Brummel sein, M'lord, wenn er Sie sieht!«

»Das hoffe ich, Champkins«, erwiderte Lord Alistair.

Gleichzeitig erinnerte er sich daran, wie teuer der Rock gewesen war und daß er Schultz dafür noch eine beträchtliche Summe schuldete.

Wieder fiel ihm plötzlich ein, daß er als Erbe seines Vaters ohne jede Schwierigkeit alle seine Rechnungen begleichen könnte.

Als Rebell und Verstoßener jedoch hätte er eine gute Chance, im Schuldgefängnis zu enden.

»Gehen Sie aus, M'lord?« erkundigte sich Champkins.

Lord Alistair nickte, und sein Diener reichte ihm den hohen Hut, einen Stock, der an einem goldenen Knauf sein Wappen trug, und die Handschuhe.

Er wußte, daß er in seiner enganliegenden champagnerfarbenen Hose, den spiegelblank gewienerten Stiefeln und mit den bis über das Kinn hinaufragenden Kragenspitzen außerordentlich elegant wirkte, als er seine Wohnung verließ und auf die Half-Moon Street hinaustrat.

Da er am Abend zuvor keine entsprechenden Anordnungen gegeben hatte, wartete sein leichter vierrädriger Zweispänner, den die Stellmacher erst vor kurzem geliefert hatten, nicht auf ihn.

Anstatt die Kutsche zu benutzen, ging Lord Alistair langsam zu Fuß in Richtung Piccadilly und genoß den Sonnenschein, den der Londoner Staub etwas milderte, und die ihn auf allen Seiten umgebenden Häuser, weil sie voller Menschen waren.

Nur zu deutlich konnte er vor seinem geistigen Auge die endlos weiten Moore sehen, leer und nur von Moorhühnern bewohnt, und er spürte die salzige Luft, die der scharfe Seewind landeinwärts blasen würde.

Als er die Piccadilly hinunterschlenderte und dabei ständig Bekannte begrüßte, während attraktive Frauen mit großrandigen Hüten in offenen Kutschen vorüberfuhren und ihm zuwinkten, genoß Lord Alistair alles, was er sah.

Er fühlte sich zutiefst hingezogen zu den Pflastersteinen unter seinen Füßen, zu den Bäumen des Green Park, zu der Dachsilhouette des Devonshire House, die sich deutlich gegen den Himmel abhob.

»Dies ist mein Leben. Hier geschehen die Dinge, die die gesamte Nation betreffen«, dachte er. »Woran soll ich in der Leere des

Hochlands denken, worüber soll ich dort reden und was soll ich dort fühlen?«

Er fühlte sich zutiefst verletzt und beschloß daher, vorerst niemandem etwas von seinen veränderten Lebensumständen mitzuteilen.

Morgen mochte er der Marquis von Kildonon sein, aber heute war er noch immer Lord Alistair McDonon, der am meisten bewunderte, der verwöhnteste und gesuchteste junge Mann in Londons *Beau Monde*.

Er vermutete, auch wenn Mr. Faulkner nichts davon gesagt hatte, daß einer der Aufträge, die sein Vater dem Hauptverwalter erteilt hatte, darin bestand, Fleet Street aufzusuchen und die Nachricht vom Tode seiner Brüder den Londoner Zeitungen mitzuteilen.

Morgen würden die *Times* und die *Morning Post* zweifellos Schlagzeilen über die Tragödie bringen, aber heute, dachte Lord Alistair, blieben ihm immer noch ein paar Stunden, in denen er ganz er selbst sein konnte und nicht der Sohn seines Vaters, der herumkommandiert wurde wie ein junger Rekrut.

Wenn er an die Vergangenheit zurückdachte, konnte er wieder die Stimme seines Vaters hören, die in den Fluren des Schlosses widerhallte und die großen, hohen Räume auszufüllen schien.

Wenn der Herzog in Wut geriet, dann war es, als würden die Grundmauern des Schlosses von einem Sturm geschüttelt, und als Lord Alistair älter wurde, bemerkte er, daß seine Mutter von Tag zu Tag nervöser wurde, ihr Gesicht weißer und ihre Augen sorgenvoller.

Ohne Zweifel war sie selbst eine eigenständige und charaktervolle Persönlichkeit, aber sie war auch in höchstem Maße sensibel.

Es war ihr unmöglich gewesen, weiterhin mit einem Mann zusammenzuleben, der von seiner eigenen Wichtigkeit förmlich besessen war und sich nicht nur wie ein König benahm, sondern geradezu wie ein Tyrann.

Sehr viel später, als Lord Alistair erwachsen war, wurde ihm klar, wie tapfer sich seine Mutter verhalten hatte, als sie davonlief und dabei in ihrem Herzen eine Angst verspürte, die sie schmerzte wie ein Dolchstoß, die Angst, unterwegs angehalten und mit Gewalt zurückgeschleppt zu werden.

Der Herzog war jedoch zu stolz gewesen, sie verfolgen zu lassen.

Als er erfuhr, daß sie ihn zusammen mit ihrem jüngsten Sohn Alistair im Morgengrauen heimlich verlassen hatte, befahl er lediglich, niemand im Schloß dürfe sie je wieder erwähnen, und ihr Name kam nie wieder über seine Lippen.

Erst als er von ihrem Tod erfuhr, setzte er seine Autorität wieder ein: Da sie die Herzogin von Strathdonon gewesen war, bestand er darauf, daß ihre sterbliche Hülle zurückgebracht und an der Seite der früheren Herzoginnen beigesetzt wurde.

Der Friedhof lag in der Nähe des Schlosses und war von Bäumen und einer hohen Mauer umgeben, um neugierige Untergebene daran zu hindern, ihre Herrschaft auch nach dem Tod noch mit aufdringlichen Blicken zu belästigen.

Lord Alistair hatte sich geweigert, die Ältesten des Clans zu treffen, die gekommen waren, um die Herzogin zu ihrer letzten Ruhestätte zurückzugeleiten.

Verärgert hatte er gedacht, es sei typisch für seinen Vater, selbst nach dem Tod etwas zu beanspruchen, das er für sein Eigentum hielt.

Er selbst hatte sich damit begnügt, seine Mutter öffentlich in einem Gedächtnisgottesdienst zu betrauern, der in der Familienkirche der Harlows stattfand.

Als er jetzt von Piccadilly aus in die St. James' Street einbog und die weißen Stufen von White's Club direkt vor sich sah, wußte er, dies war der Ort, den er im Norden mehr als alles andere vermissen würde.

White's war der eleganteste und exklusivste Club in London, und hier konnte er zu jeder Tages- und Nachtzeit seine Freunde treffen.

Auch jetzt drängten sich hier geistesverwandte Seelen, die bereits bei seinem Eintreten lächelten.

Ein halbes Dutzend Stimmen begrüßten ihn, als er das Kaffeezimmer betrat, und er nahm neben Lord Worcester Platz, einem seiner engsten Freunde, der ihn fragte:

»Wie fühlen Sie sich denn nach der letzten Nacht, Alistair? Ich habe eine Kehle wie ein Papageienkäfig! Das war wirklich das letzte Mal, daß ich in einem Bordell etwas getrunken habe!«

»Wir waren beide Narren«, stimmte Lord Alistair zu, »und dabei hätte der Preis, den man uns berechnet hat, eigentlich einen guten Wein garantieren sollen.«

»Ich nehme an, sie sind davon ausgegangen, daß wir zu dem Zeitpunkt schon nicht mehr in der Lage waren, irgendwelche Unterschiede zu machen«, meinte Lord Worcester. »Was möchten Sie jetzt?«

Man nahm ihre Bestellungen entgegen, und als Lord Alistair sich in den bequemen Ledersessel zurücklehnte, hatte er das Gefühl, er müsse sich den Raum und die Gesichter darin fest ins Gedächtnis prägen, damit er sich im Exil stets an dieses Bild erinnern konnte.

Er dachte noch immer daran, als er und Lord Worcester gemeinsam im Speisesaal mit seinen roten Wänden, hohen Fenstern und goldgerahmten Bildern einen exzellenten Imbiß zu sich nahmen.

Früher als Olivia ihn erwartete, ließ er sich dann von seinem Freund, der eine Verabredung mit der berühmten Kurtisane Harriet Wilson hatte, bis zur Park Street mitnehmen.

In den letzten beiden Stunden war Lord Alistair von der ruhelosen Sorge erfüllt gewesen, Olivia zu sehen und sie dazu zu bringen, ihn zu heiraten.

Er war davon überzeugt, daß ihre Liebe – zumal er jetzt eine Adelskrone anzubieten hatte – jedes weitere Hindernis überwinden und daß Olivia einwilligen würde, mit ihm nach Schottland zu kommen.

Vielleicht nicht schon morgen, das wäre zuviel verlangt, aber doch in ein paar Tagen.

Er mußte ihr klarmachen, daß es ein Fehler wäre, sich seinem Vater noch mehr zu widersetzen, als er es ohnehin schon tat, wenn er dessen Plan durchkreuzte.

»Er kann mir kaum vorwerfen, daß ich in meinem Alter bereits verheiratet bin«, sagte sich Lord Alistair, »und es wird ein Leichtes sein, ihn davon zu überzeugen, daß die Heirat schon vor dem Tod meiner Brüder stattgefunden hat.«

Er wußte, er verlangte viel von Olivia.

Und das Wichtigste von allem war, daß er jetzt Trauer trug und sie daher nicht so heiraten konnte, wie sie es sich wünschen würde, in der Kirche St. George's am Hanover Square, in Gegenwart des Prince of Wales und mit einem großen Empfang nach der Zeremonie.

Obwohl sie als Witwe nicht in Weiß gehen konnte, würde sie, dachte Lord Alistair, auf ihre unnachahmliche Weise atemberaubend schön aussehen.

Die Tatsache, daß sie einen künftigen Herzog heiratete, würde von jedem Mitglied der Gesellschaft als etwas betrachtet werden, das ihr von Rechts wegen zustand, und das man von ihr auch durchaus erwartet hatte.

Es wäre außerdem gut zu wissen, daß er Torchester einen Nasenstüber verpassen würde und Harrowby ebenfalls.

Er würde nicht nur die schönste Frau heiraten, die ihm jemals begegnet war, sondern überdies eine Frau, die immer und immer wieder erklärt hatte, daß sie ihn von ganzem Herzen liebte.

Das war nicht wirklich überraschend, dachte Lord Alistair, denn schließlich paßten sie gut zueinander, und das Feuer ihrer Umarmungen brannte heißer und leidenschaftlicher, als er es jemals bei einer anderen Frau erlebt hatte.

Dennoch war es nicht eigentlich die Heirat, die er sich immer vorgestellt hatte, und tief im Innern wurde er den unbequemen Gedanken nicht los, der ihm suggerierte, er könne niemals völlig sicher sein, daß Olivia ihm ständig treu wäre.

Nachdem so viele verheiratete Frauen ihm nur allzu bereitwillig ihre Gunst gewährt hatten, dachte Lord Alistair recht zynisch über die Chance, daß eine Frau – vorausgesetzt, sie war hübsch genug – einem einzigen Mann für längere Zeit treu bleiben oder sich ihm gegenüber loyal verhalten konnte.

Irgendwo, und das hatte etwas mit jenem leeren Schrein in seinem Herzen zu tun, gab es in ihm zwar den Wunsch, seine eigene Frau möchte ihm nicht nur treu sein, sondern auch schockiert und verletzt reagieren, wenn ein anderer Mann sie zu berühren versuchte.

Dann jedoch verzog er den Mund und sagte sich belustigt, das sei wohl doch zu viel verlangt.

Nur wenn eine Frau unscheinbar und langweilig war, wie Lady Moraig es mit Sicherheit sein würde, bestand die Wahrscheinlichkeit, daß sie ihm treu blieb, bis daß der Tod sie scheiden würde.

Tief in Gedanken versunken, erreichte er Olivias Haus, ohne sich dessen bewußt zu sein, und streckte die behandschuhte Rechte nach dem glänzenden Türklopfer aus.

Die Tür wurde sofort von einem jungen Bediensteten geöffnet, der die von der Familie der Beverleys geschätzte, ein wenig überladene Livree trug.

Lord Alistair betrat das Haus und wandte sich dann an den Butler, der ihn gut kannte und ihm jetzt auf dem Marmorfußboden entgegeneilte.

»Ist Lady Olivia zu Haus, Bateson?«

»Sie ist noch nicht zurück, Mylord. Aber ich hatte auch gemeint, Lady Olivia würde Eure Lordschaft erst um vier Uhr erwarten.«

»Ich bin früher gekommen.«

Der Butler schien einen Augenblick zu zögern und sagte dann:

»Im Salon wartet eine junge Dame ebenfalls auf Lady Olivia. Sie war nicht angemeldet, daher glaube ich nicht, daß die Lady Eure Lordschaft lange warten lassen wird.«

»Dann werde ich im Bridgezimmer auf sie warten.«

»Sehr wohl, Mylord«, erwiderte der Butler und ging voraus. »Ich werde Eurer Lordschaft die Zeitungen bringen.«

»Danke, Bateson.«

Lord Alistair betrat einen ansprechenden Gesellschaftsraum, der die etwas anspruchsvolle Bezeichnung »Bridgezimmer« trug.

Das Zimmer grenzte direkt an den Salon, und wenn große Gesellschaften stattfanden, war dort Platz für vier kleine grüne Kartenspieltische oder einen großen Spieltisch für diejenigen, denen ein solcher Abend ohne die Gelegenheit zum Glücksspiel unvollständig vorgekommen wäre.

Jetzt waren keine Tische aufgestellt, und Lord Alistair nahm in einem bequemen Sessel in der Nähe des Fensters Platz und hoffte, Olivia würde nicht mehr lange auf sich warten lassen. Ihm mißfiel die Tatsache, daß sie noch eine andere Verabredung hatte, bevor sie miteinander über sich reden konnten.

Bateson brachte ihm die Zeitungen und sagte:

»Ich werde Lady Olivia sofort bei Ihrem Eintreffen Bescheid geben, Mylord.«

»Warten Sie damit, bis die andere Besucherin wieder fort ist«, entgegnete Lord Alistair, »und dann sorgen Sie dafür, daß wir nicht gestört werden. Ich habe mit Lady Olivia eine wichtige Angelegenheit zu besprechen.«

»Überlassen Sie das ganz mir, Mylord.«

Der Butler verließ den Raum und schloß die Tür hinter sich.

Lord Alistair verzichtete darauf, sich die Zeitungen anzusehen.

Stattdessen starrte er vor sich hin und überlegte, wie Olivia wohl auf seine Mitteilung reagieren würde.

Er war sich ganz einfach sicher, daß sie vor Glück strahlen würde bei dem Gedanken, seine Frau zu werden, selbst wenn das bedeutete, daß sie zumindest einige Monate des Jahres in Schottland verbringen mußten.

»Sie wird dieses Haus verkaufen«, dachte Lord Alistair, »und dann werden wir Kildonon House an der Park Lane wiedereröffnen.«

Es hatte ihn immer geärgert, daß sein Vater den Herrensitz der Familie in London, wo sein Großvater sich häufig aufgehalten hatte, geschlossen und sich geweigert hatte, seiner Frau und seinen Söhnen zu gestatten, das Haus zu benutzen.

Jedesmal wenn er die Park Lane hinunterfuhr und die geschlossenen Fensterläden und die zum Eingang hinaufführenden Stufen schmutzig und vernachlässigt sah, fühlte er Zorn in sich aufsteigen.

Es war, als würden die Abneigung und der Widerstand, die er gegenüber seinem Vater immer verspürt hatte, durch dieses Denkmal der väterlichen Starrköpfigkeit und des Wunsches nach Einsamkeit noch verstärkt.

»Er ist einfach ein Jahrhundert zu spät geboren worden«, hatte Lord Alistair immer gesagt.

Fünfundzwanzig Jahre nach der Schlacht von Culloden im Jahre 1746 hatten die schottischen Stammesoberhäupter begonnen, ihre Clans zu vernachlässigen, und ihre Söhne waren aus Gründen der Bildung oder des Vergnügens in den Süden Englands gegangen.

Sie hatten sich mit den Engländern angefreundet und die Annehmlichkeiten und Vergnügungen Londons akzeptiert, als hätte es nie so etwas wie Niederlage und Erniedrigung gegeben.

Den Oberhäuptern der Clans hatte man ihre althergebrachte Autorität genommen, als man ihre erbliche Gerichtsbarkeit abschaffte, die ihnen zuvor Macht über Leben und Tod ihrer Untertanen verliehen hatte.

Und man hatte den Männern der Clans auch die äußeren Zeichen ihres Stolzes geraubt: das Tragen von Waffen war bei Todesstrafe verboten, und wer einen Kilt oder den schottischen Umhang oder sonstige Stoffe mit Schottenmuster trug, beging eine Straftat, die mit Verbannung geahndet wurde.

Diese grausamen Gesetze hatte man später wieder aufgehoben, aber Lord Alistair wußte im Grunde seines Herzens, daß man sie in Schottland nie vergessen würde.

Ihm fiel ein, daß er vor kurzem gelesen hatte, bei jeder Nachricht von einem französischen Sieg pflanze man in Schottland grüne Tannen als Symbole der Freiheit.

»O mein Gott«, dachte er, während plötzlich der Unmut in ihm aufwallte. »Muß ich mir jetzt erneut und immer wieder all die Verbitterung und die Wut auf die Engländer anhören?«

Das alles war ein fester Bestandteil seiner Kindheit gewesen, und er hatte gelernt, es zu vergessen, aber jetzt stiegen die Erinnerungen wie eine Flutwelle in ihm auf, und er wußte, wenn er nicht achtgab, würde er in ihr ertrinken.

Er hörte Stimmengeräusche in der Halle und wußte, daß Olivia zurückgekehrt war.

Unwillkürlich stand er auf, aber dann erinnerte er sich ungehalten daran, daß sie sich erst noch um die Besucherin kümmern mußte, bevor sie sich ihm widmen konnte.

Er vernahm ihre Stimme und vermutete, daß sie etwas zu Bateson sagte, dann hörte man, wie eine Tür geöffnet wurde, und er dachte schon, sie würde zuerst ihn sehen wollen.

Dann merkte er jedoch, daß die Tür zur Halle noch immer geschlossen war; allerdings war die Verbindungstür zwischen Salon und Bridgezimmer nur angelehnt.

»Sie wollten mich sehen?«

Olivias Stimme.

»J-ja, Mylady, es . . . tut mir schrecklich leid, Sie . . . zu behelligen, aber . . . ich bin zu Ihnen gekommen, weil . . . ich Sie um Hilfe bitten möchte.«

Die Stimme, die Lady Beverleys Frage beantwortete, war tief und weich und kam Lord Alistair sehr ängstlich vor.

»Um Hilfe?« fragte Olivia scharf. »Wer sind Sie?«

»Mein Name ist Arina Beverley.«

Danach folgte eine kurze Pause, und Lord Alistair war sicher, daß Olivia überrascht aussah, als sie fortfuhr:

»Soll das heißen, daß Sie die Tochter von Charles Beverley sind, dem Bruder meines Mannes?«

»J-ja, das . . . ist richtig.«

»Und warum sind Sie dann zu mir gekommen?«

»Weil ich ... verzweifelt bin, absolut ... verzweifelt, Mylady. Obwohl es vielleicht so aussieht, als wollte ich ... mich aufdrängen, da wir uns bisher ... noch nicht begegnet sind, habe ich niemanden, an den ich mich wenden könnte, und ich ... dachte, weil Papa Ihr Schwager war, würden Sie ... mich verstehen.«

»Verstehen? Was soll ich verstehen? Ich weiß nicht, wovon Sie reden.«

Lord Alistair hatte den Eindruck, als halte Arina Beverley den Atem an.

»Wie Sie wissen«, begann sie nach einer kleinen Pause, »ist ... mein Vater vor zwei Jahren gestorben.«

»Ich glaube, mein Mann hat es erwähnt«, erwiderte Olivia beiläufig, »aber Ihnen wird ja wohl klar sein, daß Ihr Vater den Familiennamen entehrt hat, als er Ihre Mutter heiratete, und daß die Familie Beverley ihn deshalb aus ihren Reihen verstoßen hat.«

»Aber Sir Robert ist ... zum Begräbnis meines Vaters gekommen.«

»Ja, und ich fand, das war sehr großzügig von ihm. Ihr Vater hat dem Namen der Familie Schande gemacht, und nur ein guter Christ wie mein Mann konnte ihm das nach seinem Tode verzeihen.«

»Und gleichzeitig«, fuhr Arina fort, »wurden die Zahlungen eingestellt, die Papa ... erst von seinem Vater und dann ... von Sir Robert immer erhielt.«

»Hatten Sie etwas anderes erwartet?«

»Es wäre ... christlich gewesen, daran zu denken, daß ... die Lebenden noch immer Hilfe benötigen, auch wenn die Toten ... ihrer nicht mehr bedürfen.«

»Sie haben kein Recht, so etwas zu sagen!« entgegnete Olivia. »Und jetzt erzählen Sie mir, warum Sie hier sind. Ich kann meine Zeit nicht damit verschwenden, daß ich mich mit Ihnen über das Benehmen Ihres Vaters unterhalte. Schließlich habe ich ihn niemals kennengelernt, und weder er noch Ihre Mutter haben mich jemals im geringsten interessiert.«

»Bitte, bitte ... sagen Sie das nicht!« flehte Arina. »Ich bin gekommen, Sie ... um Hilfe zu bitten, weil ... weil meine Mutter todkrank ist. Der Tod meines Vaters ... war ein schwerer Schlag für sie, und jetzt sagen die Ärzte, daß sie operiert werden muß, wenn ... sie am Leben bleiben soll.«

»Das ist nicht mein Problem!«

»Meine Mutter trägt den Namen der Beverleys, Mylady, ebenso wie ... Sie, und ich möchte Sie nur bitten, mir ... 200 Pfund zu leihen. So viel kostet es, wenn sie von einem Spezialisten für ihre Krankheit in einem privaten Pflegeheim operiert wird.«

Es entstand eine Pause, dann fuhr Arina fort:

»Ich ... ich werde es zurückzahlen. Ich ... schwöre, daß ich es zurückzahle, wie lange es auch immer dauern mag, aber ... jeder Tag, um den die Operation hinausgezögert wird, führt dazu, daß sich der Zustand meiner Mutter verschlimmert!«

Man hörte, wie das junge Mädchen mit den Tränen kämpfte, aber als Olivia antwortete, war ihre Stimme von schneidender Härte:

»Und wie stellen Sie sich das vor, mir die 200 Pfund zurückzuzahlen? Dazu müßten Sie ja wohl auf den Strich gehen, und selbst da dürften Sie kaum Aussichten haben, eine so große Summe so schnell zu verdienen.«

Arina stieß einen leisen Schrei puren Entsetzens aus.

»Wie können Sie ... an etwas so Schlimmes und Entwürdigendes denken?«

»Bettler können nicht wählerisch sein! Da das die einzige Lösung Ihres Problems zu sein scheint und Sie nicht bereit sind, das Geld auf diese Weise zu verdienen, schlage ich vor, daß Sie sich anderswo nach Unterstützung umsehen.«

»Das ... können Sie nicht ernst meinen!«

»Und wie ich das ernst meine! Sie haben nicht das Recht, hierherzukommen und mich zu belästigen, damit ich Geld für eine Frau ausgebe, die es zunächst einmal hätte unterlassen sollen, meinen Schwager seiner Familie abspenstig zu machen, und für die ich in keiner Weise verantwortlich bin.«

»Bitte ..., Mylady ..., bitte versuchen Sie doch zu verstehen. Es gibt niemanden, an den ... ich mich um Hilfe wenden könnte, und ich ... bin sicher, wenn ... Sir Robert noch am Leben wäre, dann hätte er Mama geholfen.«

Man hörte ein kurzes Schluchzen, bevor Arina fortfuhr:

»Als er während des Begräbnisses mit mir gesprochen hat, wußte ich, daß ... Sir Robert ... trotz der jahrelangen Entfremdung zwischen den beiden Brüdern ... meinen Vater immer noch gern hatte.«

»Und selbst wenn mein verstorbener Mann ein sentimentaler Narr war – ich bin es nicht!« schnappte Olivia. »Und jetzt habe ich in dieser Sache nichts mehr zu sagen. Deshalb schlage ich vor, Sie gehen zurück zu Ihrer Mutter, und wenn sie krank ist, dann bringen Sie sie in ein Krankenhaus.«

»Auch wenn in einem der öffentlichen Krankenhäuser ein Bett frei wäre«, erwiderte Arina mit erstickter Stimme, »es wäre Mord, meine Mutter ... dorthin zu bringen. Sie ... können sich nicht vorstellen, wie ... schmutzig es dort ist, wie ungesund, und wie ... unfähig die Ärzte dort sind.«

»Das ist nicht mein Problem«, widersprach Olivia. »Und jetzt gehen Sie und kommen Sie nie wieder zurück. Wenn Ihre Mutter stirbt, dann ist das ihre eigene Schuld, und sie kann niemanden sonst dafür verantwortlich machen. Ich vermute vielmehr, daß sie jetzt ihren gerechten Lohn dafür erhält, wie sie sich in der Vergangenheit aufgeführt hat.«

»Wie können Sie nur etwas ... so Grausames sagen?« rief Arina. »Das einzige Verbrechen meiner Mutter war, daß sie ... meinen Vater ebenso geliebt hat wie er sie ... und daß nichts sonst in der Welt für die beiden wichtig war.«

»Und jetzt stellt sie plötzlich fest, daß Geld eine Notwendigkeit ist«, höhnte Olivia. »Sehr schön, ich hoffe, Sie finden welches, aber nicht bei mir!«

Lord Alistair hörte Arina aufschreien und wußte, daß sie weinte.

Olivia Beverley mußte geläutet haben, denn er hörte, daß die Tür geöffnet wurde, und sie sagte:

»Geleiten Sie diese junge Dame hinaus und sorgen Sie dafür, daß sie niemals wiederkommt. Ich gehe hinauf, um mich umzuziehen. Lassen Sie mich wissen, wenn Lord Alistair eintrifft.«

»Aber Mylady ...«

Bateson hatte noch nicht ausgeredet, als man plötzlich ein dumpfes Geräusch vernahm, als sei jemand zu Boden gefallen, und Lord Alistair hörte einen Ausruf des Butlers.

Ohne weiter darüber nachzudenken, daß er gelauscht hatte, öffnete Lord Alistair die Verbindungstür zum Salon.

Olivia war gegangen, aber auf dem Fußboden lag eine schmächtige Gestalt, und Bateson beugte sich mit einem besorgten Gesichtsausdruck über sie.

Als Lord Alistair neben Arina stand, bewegten sich ihre Augenlider, und sie gab eine Art entschuldigendes Murmeln von sich.

»Brandy!« rief Lord Alistair in befehlendem Ton.

Bateson schien davon überzeugt zu sein, daß dies die richtige Lösung war, und eilte durch die offene Tür in die Halle.

Lord Alistair berührte mit einem Knie den Fußboden und dachte, als er auf Arina Beverley hinuntersah, daß ihre Erscheinung irgendwie zu ihrer Stimme paßte.

Sie war blond und von sehr schmächtiger Gestalt, und als er ihre hohlen Wangen und ihre bleiche Hautfarbe bemerkte, war er sicher, daß sie halbverhungert war, und daß nicht nur die Verzweiflung, sondern auch unzureichende Ernährung ihre Ohnmacht verursacht hatte.

Als sie ihn aus geweiteten Augen anstarrte, sah er, daß diese Augen sehr groß waren und ihr schmales, spitzes Gesicht ganz zu beherrschen schienen.

Sie waren nicht blau, wie man hätte erwarten können, sondern vom blassen Grün eines Waldstroms, und auch ihre Nase war eigenartig und wirkte auf Lord Alistair geradezu aristokratisch.

Ihre Lippen waren sanft geschwungen, aber zu schmal – auch das wieder ein erstes Anzeichen der Auszehrung.

»Es . . . tut . . . mir leid.«

Er konnte ihre Stimme kaum hören, als sie die Worte mühselig hervorstieß.

»Es ist alles in Ordnung«, meinte er beruhigend. »Bleiben Sie ruhig liegen, bis der Butler Ihnen etwas zu trinken bringt.«

»Ich . . . ich . . . muß gehen.«

»In ein paar Minuten.«

Während er sprach, kam Bateson in aller Eile zurück und brachte ein kleines Glas Brandy auf einem silbernen Tablett.

Lord Alistair nahm es ihm ab, legte den Arm um Arina, um sie etwas aufzurichten, und setzte ihr gleichzeitig das Glas an die Lippen.

Sie nahm einen kleinen Schluck und schüttelte sich, als ihr die feurige Flüssigkeit durch die Kehle rann.

»Nicht . . . mehr!« bat sie.

»Trinken Sie noch ein bißchen«, sagte Lord Alistair entschieden.

Sie schien zu schwach zu sein, um viel Einwände zu machen,

und gehorchte.

Wieder schüttelte sie sich, aber man sah auch deutlich, daß die Dunkelheit, die ihren Zusammenbruch bewirkt hatte, jetzt verschwunden war, und die Farbe kehrte auf ihre Wangen zurück.

»Es tut ... mir leid, daß ich ... mich so närrisch benehme«, meinte sie, und ihre Stimme klang ängstlich und zögernd.

»Ich kann Sie sehr gut verstehen«, erwiderte Lord Alistair. »Sie haben einen Schock erlitten. Ich werde Sie jetzt in einer Droschke zu Ihrer Mutter zurückschicken.«

»Oh, bitte, das können wir ... uns nicht leisten«, sagte Arina schnell.

»Sie werden nichts zu bezahlen haben«, versprach er. »Erlauben Sie jetzt, daß ich Ihnen aufhelfe.«

Er wußte, daß der Brandy seine Wirkung bereits getan hatte, und als er Arina auf die Füße half, bemerkte er, wie leicht sie war.

Als sie auf dem Boden lag, war sie ihm wegen ihrer Magerkeit klein vorgekommen, jetzt jedoch, als sie aufstand, schien sie für eine junge Frau genau die richtige Größe zu haben.

Sie stand noch immer etwas wackelig auf den Beinen und schwankte im Stehen, aber Lord Alistair reichte ihr seinen Arm, auf den sie sich stützte.

Mit ihrer anderen Hand drückte sie sich ihre einfache Mütze auf den Kopf und glättete dann ihr billiges Baumwollkleid, das durch den Fall verrutscht war.

Lord Alistair wandte sich an Bateson: »Eine Droschke!«

»Sehr wohl, Mylord.«

Er gab den Auftrag an einen der Bediensteten weiter, der sofort durch die Haustür auf die Straße eilte.

Bevor Lord Alistair und Arina sich sehr langsam den oberen Treppenstufen genähert hatten, fuhr draußen schon eine Droschke vor.

Erst als die beiden neben der Droschkentür standen, nahm Arina ihre Hand von Lord Alistairs Arm und sagte:

»Ich ... danke Ihnen sehr. Sie ... waren sehr freundlich.«

»Ich möchte, daß Sie mir Ihre Adresse geben«, erklärte Lord Alistair. »Erstens muß ich dem Kutscher sagen, wo Sie wohnen, und zweitens werde ich Ihnen und Ihrer Mutter im Laufe des Tages etwas zu essen und etwas Wein senden.«

»N-nein . . ., bitte . . . machen Sie sich nicht die Mühe.«

»Das ist etwas, wozu ich nun einmal entschlossen bin«, antwortete Lord Alistair mit Nachdruck. »Sie brauchen mir nur noch Ihre Adresse zu geben.«

»Es ist . . . eine Pension am Bloomsbury Square. Das war die einzige Unterkunft, die wir uns leisten konnten, aber . . . wir müssen morgen dort ausziehen.«

»Und die Hausnummer?«

»Nummer 27. Und . . . nochmals vielen Dank dafür, daß Sie . . . so freundlich zu mir sind.«

Arina reichte ihm bei diesen Worten die Hand, und da sie keine Handschuhe trug, fühlte Lord Alistair, wie kalt ihre Finger waren, als sie zitternd die seinen berührten.

Er gab dem Droschkenkutscher die Adresse und bezahlte den Fahrpreis. Die Droschke fuhr los.

Während er die Stufen wieder hinaufging, beschloß er, Arina nicht nur einige Lebensmittel, sondern auch etwas Geld zu schicken, jedenfalls genug, um zu gewährleisten, daß sie in der nächsten Woche nicht zu hungern brauchte.

Dann sagte er sich ironisch, daß er sich das nicht hätte leisten können, wenn er nicht entschlossen gewesen wäre, dem Befehl seines Vaters zu gehorchen.

Er ging wieder zur Haustür hinein und sagte zu Bateson:

»Sagen Sie Lady Olivia, daß ich hier bin und so schnell wie möglich mit ihr sprechen möchte.«

»Sehr wohl, Mylord.«

Bateson stieg die Treppe hinauf, während Lord Alistair sich in den Salon begab.

Er betrachtete die dort arrangierten Blumen und dachte, für das Geld, das sie gekostet hatten, hätten Arina und ihre Mutter sich eine ganze Reihe kräftiger Mahlzeiten leisten können.

Dann aber sagte er sich, es sei lächerlich, sich mit den Problemen einer fremden jungen Frau in einem Augenblick zu belasten, in dem er tief genug in seine eigenen Schwierigkeiten verstrickt war.

Was jetzt wirklich wichtig war, betraf nicht den Hunger zweier ihm unbekannter Frauen als Folge bedauernswerter Handlungen in der Vergangenheit, sondern die Frage, ob Olivia bereit sein würde, ihn zu heiraten, wenn dies nur mit einer Sondererlaubnis für Heiraten ohne vorheriges Aufgebot möglich war.

Er kannte die Frauen gut genug, um zu wissen, daß eine so distinguierte Frau wie Olivia es nicht schätzen würde, ausgerechnet im Hinblick auf einen Tag zur Eile gedrängt zu werden, der für die meisten Frauen der wichtigste Tag ihres Lebens war.

In seinem Fall jedoch war eine Heirat nicht nur dringend geboten, sondern mußte auch sofort stattfinden.

Länger zu warten hätte bedeutet, den Herzog argwöhnen zu lassen, sein Sohn habe sich seinen Wünschen widersetzt, und das wäre mit Sicherheit die falsche Art und Weise, sein neues Leben als künftiges Oberhaupt des Clans zu beginnen.

Nein, es war von entscheidender Wichtigkeit, daß sein Vater dachte, sein Sohn sei bereits verheiratet gewesen, als der Ruf zur Rückkehr in den Norden ihn erreichte.

Mr. Faulkner würde wahrscheinlich einen Verdacht gegen ihn hegen, weil er nicht sofort unter Hinweis auf seine Frau protestiert hatte, aber Lord Alistair wußte, daß er seine Mutter und auch ihn selbst als Jungen immer sehr geschätzt hatte, daher konnte man wohl davon ausgehen, daß Faulkner ihn nicht verraten würde.

Der ganze Plan begann sich in seinem Kopf so klar abzuzeichnen, als handele es sich um militärische Truppenbewegungen statt um ihn selbst und natürlich um Olivia.

Er mußte fast eine Viertelstunde warten, bevor sie den Salon betrat. Sie sah außergewöhnlich schön aus in ihrem Kleid aus leuchtendem rosa Tüll; der Stoff war so durchscheinend, daß er die herrlichen Rundungen ihrer Figur enthüllte.

Die modebewußten Damen hatten es sich angewöhnt, die Stoffe ihrer Kleider vor dem Anziehen anzufeuchten, damit sie sich ihrem Körper besser anschmiegten, aber Olivia war geschickt genug, Stoffe auszuwählen, die ihre Formen auch ohne solche Kunstgriffe zeigten.

Als Bateson die Tür hinter ihr schloß, blieb Olivia für einen Moment unbeweglich stehen, als wolle sie Lord Alistair die Chance geben, sich ihr Bild fest einzuprägen.

Dann stieß sie einen kleinen Freudenschrei aus und lief ihm mit einer Grazie entgegen, die einer Ballerina auf der Bühne am Covent Garden alle Ehre gemacht hätte.

»Alistair!« rief sie voller Freude aus. »Wie wundervoll, dich zu sehen!«

Blitzartig schoß Lord Alistair der Gedanke durch den Kopf, wie sehr sich ihre Stimme, wenn sie mit ihm sprach, von dem harten Tonfall unterschied, in dem sie sich mit Arina unterhalten hatte.

Dann bot sie ihm ihre roten Lippen dar, und der verführerische Ausdruck ihrer halbgeschlossenen Augen machte es ihm schwer, an etwas anderes als an ihren Liebreiz zu denken.

»Ich habe dir etwas zu sagen«, erklärte er.

»Und ich habe dir etwas zu sagen.«

»Bei mir ist es etwas Wichtiges.«

»Was kann wichtiger sein als die Tatsache, daß du hier bist? Und ich kann überhaupt nicht begreifen, warum du mich noch nicht geküßt hast!«

»Erst will ich dir etwas erzählen.«

»Dann erzähle es mir, Alistair, und zwar schnell, weil ich deine Küsse will – und noch eine ganze Menge mehr.«

Die Leidenschaft in ihrer Stimme war unmißverständlich und genau das, was er hören wollte, dachte Lord Alistair.

Langsam und mit geradezu dramatischer Betonung sagte er:

»Meine beiden älteren Brüder sind ertrunken; aus diesem Grunde bin ich jetzt der Marquis von Kildonon!«

Für einen Augenblick hatte es den Anschein, als glaubte Olivia, sie habe ihn falsch verstanden. Dann erstarrte sie und sah ihn mit weit aufgerissenen Augen an. Lord Alistair fuhr fort:

»Es ist wahr! Und mein Vater hat nach mir geschickt, um mich in den Norden zu holen. Also, mein Schatz, müssen wir sofort heiraten, bevor wir die Reise nach Kildonon Castle antreten und ich dich meinem Vater und dem Clan vorstellen kann.«

Als er schwieg, schien Olivia noch immer sprachlos zu sein, aber dann stieß sie einen kleinen Schrei aus, den man schwer deuten konnte, und fragte:

»Ist das wahr? Wirklich wahr?«

»Ich habe es erst heute morgen erfahren, und es war ein großer Schock für mich. Aber mein erster Gedanke war, daß wir jetzt heiraten können und daß ich dir die Adelskrone anbieten kann, nach der du dich immer gesehnt hast.«

Zu seiner Überraschung warf sie sich ihm nicht in die Arme, wie er es eigentlich erwartet hatte, sondern wandte den Blick von ihm ab und sagte dann:

»Ich habe Arthur Harrowby gestern mitgeteilt, ich würde ihm heute abend meine Antwort geben. Das ist auch der Grund, weshalb ich dich hergebeten habe. Ich wollte dich als Ersten darüber informieren, daß ich die Absicht habe, ihn zu heiraten.«

»Dann wird er jetzt ja enttäuscht sein«, erwiderte Lord Alistair. »Du wirst mich heiraten, und dann werden wir so zusammenleben, wie wir das immer wollten.«

Zu seinem Erstaunen ging Olivia an den Tisch zurück, auf dem eine riesige Vase mit Malmaison-Nelken stand.

Sie berührte sie mit der ausgestreckten Hand, als wolle sie fühlen, was die Blumen ihr bedeuteten. Dann sagte sie:

»Es ist zu spät!«

»Wie meinst du das – es ist zu spät? Wenn du Harrowby dein Jawort noch nicht gegeben hast, dann brauchst du ihm doch nur zu sagen, daß deine Antwort ›Nein‹ lautet.«

Olivia gab keine Antwort, und Lord Alistair fragte:

»Warum freust du dich nicht, wie ich das von dir erwartet habe? Du hast mir doch oft genug gesagt, wie sehr du mich liebst!«

»Ich liebe dich auch, Alistair, aber Liebe ist eine Sache und Heiraten eine andere.«

»Ich verstehe dich nicht«, sagte Lord Alistair, und jetzt blickten seine Augen hart.

»Ich bin deinetwegen froh, sehr froh sogar, daß du jetzt Marquis bist und eines Tages Herzog sein wirst«, erwiderte Olivia schnell und starrte dabei noch immer die Blumen an. »Aber dein Schloß liegt in Schottland. Das ist so weit entfernt.«

»Es gibt auch ein Haus in London, und ich bin fest entschlossen, es wieder zu eröffnen.«

Olivia sagte nichts, und er ergriff sie mit beiden Händen an den Schultern und drehte sie herum, so daß sie ihm ins Gesicht sehen mußte.

»Was denkst du dir dabei? Was versuchst du mir zu erzählen?« fragte er grob. »Willst du mir sagen, daß du nach all deinen Liebesbeteuerungen lieber Harrowby als mich heiraten willst?«

»Du tust mir weh!« beklagte sich Olivia.

Lord Alistair schüttelte sie leicht.

»Antworte mir! Ich will die Wahrheit wissen!«

»Du tust mir noch immer weh! Du bist grausam und rücksichtslos.«

Plötzlich nahm Lord Alistair seine Hände fort.

»Du hast dich also entschieden«, sagte er rauh. »Du wirst Harrowby heiraten, weil er so reich ist, und weil sein Haus und seine Ländereien sich im Süden Englands befinden.«

»Versuch doch zu verstehen«, flehte Olivia ihn an. »Ich liebe dich, Alistair, natürlich liebe ich dich, aber ich würde es hassen, wenn ich in Schottland leben müßte, wo mich niemand bewundert, wo es keine Bälle gibt und keine Oper, und außerdem habe ich kaltes Wetter noch nie ausstehen können.«

»Und die Liebe – die Liebe, die du so oft beteuert hast – spielt dabei keine Rolle?«

»Ich liebe dich und werde dich immer lieben«, erklärte Olivia mit Nachdruck, »und es gibt keinen Grund, warum unsere Beziehung in Zukunft anders aussehen sollte als in der Vergangenheit. Arthur ist ein vielbeschäftigter Mann, und ich werde immer eine Menge Zeit haben.«

Während sie sprach, näherte sich Olivia Lord Alistair. Ihre Augen waren jetzt wieder halb geschlossen, und bei ihren letzten Worten zeigte sich auf ihren Lippen ein einladendes Lächeln.

Lord Alistair trat zurück, und seine Augen glichen schwarzen Achaten.

»Olivia, ich gratuliere dir zu der schauspielerischen Leistung, die dir in der Vergangenheit erfolgreich gelungen ist! Sie hat mich wirklich von deiner Aufrichtigkeit überzeugt.«

Seine Stimme klang wie ein Schlag mit der Peitsche, als er hinzufügte:

»Und ich möchte dir auch dazu gratulieren, daß du die Marquise von Harrowby wirst und damit Kammerfrau und Hofdame der Königin und zweifellos eine der ersten Damen der Londoner Gesellschaft! Und außerdem bin ich sicher, daß du auch eine große Anzahl leichtgläubiger Narren, wie ich einer war, sehr, sehr glücklich machen wirst!«

Nach diesen Worten zog er einen Schlüssel aus seiner Westentasche und warf ihn ihr vor die Füße.

»Der Schlüssel zu deinem Garten«, rief er. »Ich bin überzeugt davon, daß du ihn heute nacht benötigen wirst, und vergiß nicht, die Verandatür zu diesem Zimmer angelehnt zu lassen!«

Während er den Satz zu Ende sprach, machte er auf dem Absatz kehrt. Als er die Tür öffnete, stieß Olivia einen leisen Schrei aus, der wie gewaltsam hervorgepreßt klang.

»Alistair!« rief sie. »Alistair!«

Lord Alistair drehte sich nicht noch einmal um, sondern durchquerte die Halle und nahm im Vorbeigehen seinen Hut vom Stuhl.

Ein Bediensteter öffnete ihm die Haustür. Lord Alistair eilte die Stufen hinunter und hatte kurz darauf die Park Street erreicht.

»Zum Teufel mit ihr!« flüsterte er. »Zum Teufel mit ihr! Zum Teufel mit allen Frauen!«

3

Mit raschen Schritten schlug Lord Alistair den Weg zur Half-Moon Street ein.

Er hatte sie fast erreicht, als er sich, während die Wut noch immer in ihm kochte, beim Anblick eines Lebensmittelgeschäfts an das Versprechen erinnerte, das er Arina Beverley gegeben hatte.

Und weil er das dunkle Gefühl hatte, er würde Olivia eins auswischen, wenn er Arina half, bog er in den Shephard Market ein, wo es eine Reihe Geschäfte gab, in denen sein Koch regelmäßig seine Einkäufe tätigte.

Er machte bei einem Metzger halt, der in der Gegend für seine hervorragende Fleischqualität bekannt war, und bestellte eine Anzahl verschiedener Stücke Rind- und Hammelfleisch und dazu noch ein Hühnchen.

Der Mann wußte, wer er war, nahm den Auftrag respektvoll entgegen und fragte dann:

»Kann ich sonst noch etwas für Sie tun, M'lord?«

Lord Alistair zögerte.

Plötzlich war ihm der Gedanke gekommen, er könnte, wenn er Arina auch noch weiterhin helfen würde, Olivia wegen ihrer Gemeinheit bloßstellen und wegen der grausamen Art, mit der sie sich geweigert hatte, einem verzweifelten Mädchen zu helfen, das noch dazu ihre Nichte war.

Der Metzger wartete, und nach einem kurzen Augenblick erwiderte Lord Alistair:

»Schicken Sie alles unverzüglich in meine Wohnung und packen Sie noch zwei Pfund Butter und etwas Obst und Gemüse aus dem Laden nebenan dazu.«

»Wird mir ein Vergnügen sein, M'lord.«

Lord Alistair verließ das Geschäft, und zum erstenmal, seit er der Park Street den Rücken gekehrt hatte, wurde ihm klar, daß Olivias Einstellung gegenüber ihrer Nichte nicht dem entsprach, was er sich unter dem Verhalten seiner künftigen Frau gegenüber anderen Menschen – ganz zu schweigen von einer Verwandten – vorstellte.

Ihr Benehmen war für ihn in der Tat eine Enthüllung; denn bisher hatte er sie nie anders gekannt als freundlich, bezaubernd und leidenschaftlich in ihn verliebt.

Jetzt, nachdem ihre Maske gefallen war, erschien sie ihm als ein recht unangenehmer Charakter, und er machte sich Vorwürfe, das nicht früher bemerkt zu haben.

Da er ein Kelte war, hatte er sich immer geschmeichelt, sein Instinkt sei unfehlbar, so daß weder ein Mann ihn betrügen noch eine Frau ihn jemals täuschen könne.

Und doch war er von Olivia getäuscht worden, und ihm war klar, daß sie ihn zwar nicht heiraten wollte, ihn aber noch immer als Liebhaber begehrte und auch in Zukunft alle Anstrengungen machen würde, ihn wieder in ihr Bett zu locken.

Jetzt begriff er, warum selbst im heftigsten Taumel der Leidenschaft ein Rest kritischen Urteilsvermögens ihn vor der Auffassung bewahrt hatte, dies sei wahre Liebe.

Olivia war tatsächlich dermaßen habgierig und ehrgeizig, daß sie selbst den Teufel heiraten würde, wenn der ihr eine Adelskrone, Reichtum und ein Leben in stilvoller Umgebung ermöglichen konnte.

Als Lord Alistair in sein Wohnzimmer im ersten Stock hinaufging, sah er, daß seine Garderobe von Champkins bereits in einem großen ledernen Schrankkoffer verstaut wurde.

Da er ihm dazu keine Anweisungen erteilt hatte, fragte er:

»Was tun Sie da? Wer hat Ihnen gesagt, daß Sie für mich packen sollen?«

Champkins, der neben dem Koffer kniete, blickte hoch.

»Der Gentleman aus Schottland war noch einmal hier, als Sie

bereits gegangen waren, M'lord. Er wollte Sie dringend sehen und hat gesagt, daß er um sechs Uhr dreißig wieder hier sein wird.«

Lord Alistairs Lippen wurden schmal, aber er sagte nichts, und Champkins fuhr fort:

»Er hat gesagt, Eure Lordschaft würden morgen früh nach Schottland abreisen, da werde ich die ganze Nacht brauchen, um die gesamte Garderobe Eurer Lordschaft vorzubereiten.«

Lord Alistair unterdrückte die aufgebrachten Worte, die ihm auf der Zunge lagen.

Es war schlimm genug, daß ihm nichts anderes übrig blieb als die Befehle seines Vaters zu befolgen, aber daß Faulkner von seinem Gehorsam so überzeugt war, steigerte seine Gereiztheit nur noch mehr.

Dann fragte er sich jedoch, welchen Sinn es hätte, wider den Stachel zu löcken.

Er konnte in London bleiben und hungern, oder er konnte seinen rechtmäßigen Platz einnehmen als nächster Eigentümer von Kildonon Castle und den hunderttausend Morgen schottischen Bodens, die zum Schloß gehörten.

Zum erstenmal, seit er vom Tod seiner Brüder gehört hatte, erinnerte sich Lord Alistair an die Macht, die sein Vater im Norden besaß; seine Mutter hatte recht gehabt, als sie sagte, er führe sich auf wie ein König.

Er war tatsächlich ein Alleinherrscher, soweit sein Auge reichte, und trotz aller englischen Gesetze blickte die Bevölkerung auf ihn, wenn es um Gerechtigkeit ging. Für sie war er in seiner Eigenschaft als Oberhaupt des Clans das Gesetz schlechthin.

»Es gibt eine ganze Menge Dinge, die ich ändern werde«, dachte Lord Alistair.

Er wußte, daß er seine neue Position im Geiste bereits akzeptierte, wie sehr sein Herz auch gegen die damit verbundenen Nachteile rebellierte.

Nun stand er in seinem Salon und dachte daran, wie sehr er es genossen hatte, hier zu leben, wie wohl er sich hier gefühlt und wie viele köstliche Stunden er mit seinen Freunden oder mit einer schönen Frau hier verbracht hatte.

Die betreffende Dame pflegte dann immer erst nach Einbruch der Dunkelheit zu kommen und war tief verschleiert, aber doch wagemutig genug, ihren Ruf und ihre Ehe aufs Spiel zu setzen, weil sie ihn liebte.

Für Olivia war es jedoch nicht genug, was er jetzt zu bieten hatte.

Es war schwer zu glauben und noch weniger zu verstehen, daß sie nach all ihren Liebesbeteuerungen nun doch Harrowby den Vorzug gab.

»Zum Teufel mit ihr! Ich hoffe, sie landet in der Hölle!« rief er.

Dann kam ihm zu Bewußtsein, um wie vieles wütender ihn die Tatsache machte, daß sie noch immer so unkontrollierbare Gefühle in ihm wachzurufen vermochte.

An der Haustür ertönte lautes Klopfen, und als Champkins die Treppe hinunterlief und die Tür öffnete, sah Lord Alistair, daß der Lebensmittelkorb gebracht wurde, den er für Arina bestellt hatte.

Während Champkins die Treppe wieder heraufkam, ging er ihm entgegen und sagte:

»Schon in Ordnung, ich weiß, was es ist. Gehen Sie zu den Stallungen hinüber und sagen Sie Ben, ich möchte, daß meine Kutsche unverzüglich vorfährt.«

Schon nach zehn Minuten stand der Wagen vor der Tür.

Das war wieder so ein Besitzstück, das noch nicht bezahlt war, und als er mit dem Korb zu seinen Füßen und seinem Stallburschen Ben neben sich losfuhr, dachte Lord Alistair daran, wie er dafür sorgen würde, daß sein Vater für das Privileg zahlte, ihn wieder bei sich zu haben.

Er hätte es genossen, mit seinen beiden großartigen Pferden durch die Stadt zu fahren, wäre da nicht gleichzeitig der Gedanke gewesen, daß er sich entscheiden mußte, ob er sie nach Schottland kommen ließ oder sie vor seiner Abreise verkaufen sollte.

Zwar plante er, wie er es gegenüber Olivia erwähnt hatte, Kildonon House an der Park Lane wiederzueröffnen, aber es war ihm klar, daß er dafür die Erlaubnis seines Vaters benötigte, und er hatte das unangenehme Gefühl, dessen Antwort würde in einem kategorischen Nein bestehen.

»Verdammt noch mal, ich brauche einfach ein gewisses Maß an Unabhängigkeit!« murmelte er vor sich hin.

Aber während er die Worte aussprach, wußte er bereits, daß das alles nur Prahlerei war.

Wenn er erst einmal im Schloß war, würde alles wieder so sein wie in der Vergangenheit – ein Königreich, tyrannisch regiert von einem Monarchen, der einzig und allein an seine eigene Wichtigkeit und an die Größe Schottlands dachte.

Nummer 27 am Bloomsbury Square war nicht schwer zu finden.

Das Haus sah schäbig aus und hätte dringend einen neuen Anstrich gebraucht; Fenster und Haustürstufen waren gleichermaßen schmutzig.

Da das Haus so abstoßend aussah, spielte Lord Alistair für einen kurzen Moment mit dem Gedanken, den Korb nur für Arina abzugeben und unverzüglich weiterzufahren.

Dann fiel ihm ein, daß Olivia sie ebenso schlecht behandelt hatte wie ihn, und mit einem zynischen Verziehen der Mundwinkel nahm er sich vor, Olivia auf subtile Weise wissen zu lassen, wie großzügig er gewesen war.

Er wußte, er brauchte nur am Abend des gleichen Tages einigen von den Gerüchtemachern in White's Club zu erzählen, in welch schrecklichen Verhältnissen Olivias Schwägerin und Nichte leben mußten, und die Geschichte würde überaus genüßlich reihum weitererzählt werden.

Jeder wußte, daß Sir Robert Beverley seiner Frau ein reichliches Einkommen auf Lebenszeit hinterlassen hatte, wobei es zweifellos eine Klausel gab, daß sie im Falle einer erneuten Heirat dieses Einkommen verlieren würde.

Das war eine so verbreitete Sitte unter den älteren Ehemännern hübscher junger Frauen, daß es zu Kommentaren keinen Anlaß mehr gab.

Olivia war jedenfalls, wie der populäre Ausdruck lautete, »gut betucht«, und daß sie sich weigerte, ihrer Schwägerin und ihrer Nichte zu helfen, wäre mit Sicherheit Munition für die Frauen, die auf sie eifersüchtig waren, und für die Männer, deren Angebote sie zurückgewiesen hatte.

Auf seinen Lippen lag ein grausames Lächeln, und seine Augen blickten hart, als Lord Alistair aus der Kutsche stieg.

Ben hatte bereits den Korb heruntergehoben und die Glocke geläutet, und jetzt nahm er den Platz seines Herrn ein, ergriff die Zügel und begann, die Pferde rund um den Platz zu lenken, bis man die Heimfahrt antreten konnte.

Ein schlampiges Dienstmädchen, das aussah, als habe es gerade den Ruß aus dem Kamin geholt, kam an die Tür.

»Ich möchte Miß Arina Beverley sprechen«, sagte Lord Alistair.

»Die finden Sie im dritten Stock, Mister«, meinte das Mädchen und deutete mit einer kurzen Bewegung ihres Daumens auf eine schmale Treppe, die das Staubputzen dringend nötig gehabt hätte.

»Ich vermute, das ist ihr Schlafzimmer«, erwiderte Lord Alistair. »Es muß doch möglich sein, daß ich irgendwo mit der jungen Dame reden kann.«

Das Mädchen sah ihn überrascht an. Offenbar beeindruckt von seiner glänzenden Erscheinung, meinte sie dann zögernd:

»Na ja, da iss noch die gute Stube von der Besitzerin, aber die iss im Moment nich da.«

»Ich bin sicher, sie hat nichts dagegen, daß ich das Zimmer benutze«, erklärte Lord Alistair mit Nachdruck. »Zeigen Sie es mir.«

Anscheinend machte sein selbstsicheres Auftreten sie so hilflos, daß sie nicht in der Lage war, sich seinem Befehl zu widersetzen. Sie öffnete eine Tür am anderen Ende des Flurs.

Dort befand sich ein kleines, recht gemütlich eingerichtetes Wohnzimmer, überladen mit billigen Bildern und der Sorte Porzellan, die von den Straßenhändlern verkauft wurde. Sonst schien es unbewohnt zu sein.

»Holen Sie Miß Arina«, sagte Lord Alistair, als er das Zimmer betrat, »und nehmen Sie den Korb, den ich mitgebracht habe, gleich mit nach oben.«

Bei diesen Worten zog er eine halbe Guinee aus seiner Westentasche und drückte sie dem Mädchen in die Hand.

Sie starrte das Geldstück an, als glaube sie, das ganze müsse ein Traum sein.

Dann rötete sich ihr Gesicht vor Aufregung.

»Ja, Mister, ja, Sir!« rief sie mit völlig veränderter Stimme. »Ich hole die junge Lady sofort!«

Sie zog die Tür hinter sich zu, und Lord Alistair hörte, wie sie mit dem schweren Korb die Treppe hinaufhastete, als fürchte sie, er könne seine Meinung ändern und das Geld zurückverlangen.

Er dachte daran, daß er bei künftigen Anlässen nie wieder so generöse Trinkgelder austeilen könnte, wenn er nicht nach Schottland ginge.

Dann kehrten seine Gedanken zu Olivia zurück und zu der Gewißheit, daß sein jetziges Tun ganz zweifellos das Bild beeinträchtigen würde, das sie mit all ihrer Schönheit, Fröhlichkeit und ihrem Lachen von sich geschaffen hatte, und natürlich würde auch ihre gesellschaftliche Überlegenheit Schaden nehmen.

»Die Marquise von Harrowby!«

Er sprach die Worte laut vor sich hin und bemerkte dabei den verächtlichen Tonfall seiner Stimme.

Dann sagte er sich, daß er nur seine Zeit mit den Gedanken an Olivia vergeudete und statt dessen lieber an sein eigenes Mißgeschick denken sollte; schließlich war er gezwungen, eine Schottin zu heiraten, und noch dazu eine Schottin aus dem Clan, der den McDonons immer feindlich gegenübergestanden hatte, wie er sich aus seiner Jungenzeit noch gut erinnern konnte.

Jahrhundertelang hatten die beiden Clans sich bekämpft, Kriege gegeneinander geführt und Überfälle gestartet, bei denen sic sich gegenseitig die Frauen und das Vieh geraubt hatten.

Er konnte daher den Wunsch seines Vaters verstehen, den Haß zu beenden und die Feindseligkeit, die zwischen seinen Leuten und den McNains bestand.

»Aber nicht auf meine Kosten!« rief Lord Alistair.

Er hatte die Worte noch nicht beendet, als die Tür aufging und Arina das Zimmer betrat.

Er bemerkte, daß sie sich umgezogen hatte. Statt des Baumwollkleides, in dem er sie zuletzt gesehen hatte, trug sie jetzt eins aus weißem Musselin, dessen Stoff vom vielen Waschen schon ganz schlaff geworden war.

Das Ergebnis war, daß der Stoff sich ihrer Figur in einer Weise anschmiegte, die von Olivia und den anderen Damen der Gesellschaft für modisch gehalten wurde.

Das Kleid war an einigen Stellen abgenutzt, und da er sich in Kleiderfragen auskannte, war Lord Alistair klar, daß sie es nach der Rückkehr zu ihrer Mutter angezogen hatte, um das respektablere Kleid für bessere Gelegenheiten zu schonen.

Offenbar hatte sie nicht damit gerechnet, daß er selbst die versprochenen Lebensmittel vorbeibringen würde.

Sie machte einen kleinen, aber graziösen Knicks und sagte dann:

»Das ist unglaublich freundlich von Ihnen, mir . . . und meiner

Mutter diesen riesigen Korb zu bringen. Ich weiß nicht, wie ich Ihnen . . . danken soll.«

»Ich halte meine Versprechen immer«, erwiderte Lord Alistair, »und ich bin froh, daß Ihnen die Sachen gefallen.«

»Gefallen?« wiederholte Arina. »Es ist wie . . . ein Geschenk Gottes, und ich bin sicher, Mama wird sich . . . bald besser fühlen.«

»Und Sie auch«, meinte Lord Alistair. »Ich habe den Eindruck, daß Sie dringend eine bessere Ernährung brauchen.«

Sie lächelte, und dabei wurde ihm klar, daß ihr Gesicht sehr hübsch war.

»Ich habe nur einen kurzen Blick in den Korb geworfen, bevor ich gekommen bin, um mich bei Ihnen zu bedanken«, sagte sie, »aber ich komme mir schon richtig ausgehungert vor.«

Während er sie betrachtete, dachte Lord Alistair, daß man sie hätte für eine Schönheit halten können, wenn sie nur nicht so dünn gewesen wäre, daß ihre Backenknochen hervorstanden und ihr Kinn viel zu spitz wirkte.

Dann korrigierte er sich. Sie war auch jetzt schön.

Jetzt konnte er sie eingehender betrachten, als das bei ihrem ersten Zusammentreffen möglich gewesen war, und ihr Aussehen kam ihm in der Tat ungewöhnlich vor.

Auf irgendeine Weise, die er nicht näher definieren konnte, unterschied sie sich von allen anderen schönen Frauen, die er bisher kennengelernt hatte, und doch konnte sie es – auch in ihrem billigen und abgenutzten Kleid – mit ihnen aufnehmen.

Oft waren ihm die Frauen, die er gekannt hatte, vorgekommen wie die Bilder einer Gemäldegalerie, in der er in Gedanken herumspazierte, die Gesichter betrachtete und sich an jedes einzelne Schönheitsmerkmal erinnerte, das sich ihm eingeprägt hatte.

Eine seiner Geliebten hatte Augen besessen, die an die Tiefe geheimnisvoller Seen erinnerten, und traurig dachte er daran, wie er bei näherer Bekanntschaft feststellen mußte, daß sie bei all ihrer Schönheit gar nichts Geheimnisvolles an sich hatte.

Eine andere hatte Lippen, die von einem griechischen Bildhauer hätten gemeißelt sein können; eine dritte hatte eine Nase, die – dessen war er sicher – anziehender war als die Nase der Kleopatra.

Und eine Schönheit, in die er lange verliebt gewesen war, hatte rotes Haar gehabt, und dieses Haar hatte die Flammen widergespiegelt, die sie in ihm entfachte, sooft er sie berührte.

Aber die Schönheit Arinas, dachte er, hätte mehr der Schönheit der Jugend und des Frühlings geglichen, wenn sie nicht so mager und ihre Haut so bleich und ohne jeden Schimmer gewesen wäre.

Ihr Haar besaß zwar die Farbe des morgendlichen Sonnenlichts, aber es wirkte matt und kraftlos, weil es ihm, wie er wußte, ebenso wie ihrem Körper an Nahrung fehlte.

Plötzlich wurde ihm klar, daß er Arina schon lange angestarrt haben mußte, denn sie sah ihn besorgt an.

»Habe ich ... irgend etwas ... Falsches gesagt?« fragte sie stammelnd.

»Nein, natürlich nicht«, gab er zur Antwort. »Ich mußte nur gerade an Ihre Schwierigkeiten denken und Ihre an Lady Beverley gerichtete Bitte um Hilfe, die ich zufällig gehört habe, da ich im Nachbarzimmer war.«

Arina errötete und blickte zur Seite.

»Es war ... dumm von mir, zu ihr zu gehen, aber ... ich wußte nicht, was ich ... sonst hätte tun können.«

»Nach meiner Meinung war es ein großes Unrecht von ihr, Ihnen nicht zu helfen«, erklärte Lord Alistair scharf.

»Ich hatte gehofft, sie ... würde uns helfen«, sagte Arina schlicht. »Aber sie ..., die Familie der Beverleys hat es Papa und Mama nie verziehen, daß sie ... zusammen fortgerannt sind.«

»Was hat Ihr Vater denn getan, daß man es für so schimpflich hält?« erkundigte sich Lord Alistair.

Bevor sie antworten konnte, fügte er hinzu:

»Ich schlage vor, Sie setzen sich, wenn wir miteinander reden. Ich bin sicher, daß Sie müde sind nach allem, was Sie durchgemacht haben.«

»Es ist so ... freundlich von Ihnen, an ... mich zu denken«, erwiderte Arina, »aber ich bin nicht so sehr müde als vielmehr besorgt um Mama und um das, was ich für sie tun kann.«

Bei diesen Worten setzte sie sich auf einen der Stühle neben dem Kaminvorleger, und Lord Alistair nahm ihr gegenüber Platz.

»Erzählen Sie mir zunächst einmal von Ihrem Vater«, schlug er vor.

Arina blickte hinunter auf ihre gefalteten Hände und sagte dann:

»Es ist vor langer Zeit passiert, aber ... ich glaube, niemand wird es ihm jemals verzeihen.«

»Was hat er denn getan?«

»Er war mit der Tochter des Herzogs von Cumbria verlobt.«

Lord Alistair blickte überrascht.

Er hatte gewußt, daß die Beverleys als Familie im Norden großes Ansehen genossen, auch wenn er immer den Verdacht gehabt hatte, Olivia würde ihre Bedeutung übertreiben, aber er hatte nicht vermutet, daß sie in den gleichen Adelskreisen verkehrten wie er selbst.

»Ich glaube«, fuhr Arina in ihrer sanften, leisen Stimme fort, »Lady Mary liebte Papa mehr als er sie, und diese Verlobung wurde ihm wohl eher von seinen Eltern und seinem Bruder aufgenötigt, die vom Herzog außerordentlich beeindruckt waren.«

Lord Alistair kam das sehr wahrscheinlich vor.

»Erzählen Sie weiter!« drängte er sie.

Das schien sie zu ermutigen, so daß sie fortfuhr:

»Dann aber, zwei Wochen vor dem Hochzeitstermin – die ersten Hochzeitsgeschenke trafen schon ein, und es war bereits arrangiert, daß der Erzbischof von York die beiden trauen sollte – lernte Papa meine Mutter kennen.«

Lord Alistair dachte, daß so etwas vermutlich häufiger passierte, daß jedoch nur wenige Männer den Mut hätten, praktische Konsequenzen daraus zu ziehen.

»Mama hat erzählt, daß die beiden ... sich ... hoffnungslos und bis über beide Ohren ... ineinander verliebten«, berichtete Arina weiter, »und beide wußten, sie würden nicht weiterleben können, wenn sie nicht zusammensein konnten.«

»Also rannten sie davon!«

»Ja ..., sie rannten gemeinsam davon ... und heirateten in Gretna Green – das ist nicht sehr weit entfernt vom Familienbesitz der Beverleys im Norden Yorkshires.«

»Ich kann mir vorstellen, wie wütend die verlassene Braut und die Familie Ihres Vaters gewesen sein müssen.«

»Sie waren so wütend, daß mein Großvater nie wieder mit Papa geredet hat, und ich hatte ... meinen Onkel noch nie gesehen, bevor er ... zu Papas Begräbnis kam.«

»Ich hörte, wie Sie das zu Ihrer Tante sagten«, erwiderte Lord Alistair, »und auch, als Sie sie daran erinnerten, daß Ihr Vater von seiner Familie regelmäßig finanziell unterstützt wurde.«

»Ich war ... immer der Meinung, daß ... seine Mutter das arrangiert hat«, sagte Arina, »und obwohl es zum Leben sehr wenig war, sind wir damit ausgekommen und waren sehr, sehr glücklich, bis ... Papa dann starb.«

»Und dann wurden die Zahlungen eingestellt?«

»Ja.«

»Ohne Begründung?«

»Als ich den Anwälten geschrieben habe, um mich nach dem Grund zu erkundigen, da lautete die Antwort, Papa sei jetzt tot ..., und daher habe die Familie Beverley weder Mama noch mir gegenüber irgendeine weitere Verpflichtung.«

Die Stimme schien ihr bei diesen Worten zu versagen. Dann legte sie die Hände aneinander, während sie fortfuhr:

»Wir haben ... alles verkauft, was irgendeinen Wert besaß, und wenn ... Mama nicht so schnell wie möglich operiert wird, dann wird die Geschwulst in ihrer Brust noch größer und dann ... wird sie sterben! Obwohl ich ... immer und immer wieder gebetet habe, scheint es ... für mich keine Möglichkeit zu geben, das ... Geld zu beschaffen, nachdem sich Lady Beverley geweigert hat, uns ... zu helfen.«

Die Verzweiflung und die Angst in ihrer Stimme schienen durch den kleinen Raum zu schwingen, und nach einer deutlichen Pause, fast als habe er in seinem Innern das Für und Wider dieser Antwort erwogen, sagte Lord Alistair:

»Ich werde Ihnen die 200 Pfund geben!«

Arinas Erstaunen hätte nicht größer sein können, wenn er eine Pistole auf sie abgefeuert hätte.

Einen Augenblick lang starrte sie ihn an, als glaube sie, sich verhört zu haben. Dann aber rief sie, ohne noch länger nachzudenken:

»Nein ..., natürlich nicht. Wie ... könnte ich Sie, einen ... Fremden bitten, uns so viel zu geben?«

»Sagen wir einfach, es handelt sich um einen Akt christlicher Nächstenliebe!« meinte Lord Alistair und konnte dabei den spöttischen Klang seiner Stimme nicht unterdrücken.

»Aber Sie wissen doch, daß es ... sehr lange dauern kann, bevor ich imstande wäre, Ihnen das Geld ... zurückzuzahlen. Ich werde ... irgendeine Arbeit finden müssen, aber ... das wird vielleicht nicht einfach sein.«

»Ich kann warten.«

»Und Sie werden uns das Geld wirklich geben ... und damit Mamas Leben retten? Wie kann ich Ihnen nur danken? Wie kann ich Ihnen nur sagen, wie ... wunderbar das ist und daß Sie ... die Erhörung meiner Gebete sind?«

Sie sprach mit bewegter Stimme, und ihre grünen Augen füllten sich mit Tränen –, es machte sie so schön, daß Lord Alistair sich dabei ertappte, wie er sie erstaunt anstarrte.

Noch während er das tat, kam ihm plötzlich eine Idee, die so verblüffend und gleichzeitig so unerhört war, daß er sie einen Moment lang kaum fassen konnte.

Als es ihm schließlich gelang, hatte es den Anschein, als sei auch in seinem Fall ein Gebet erhört worden.

Er beugte sich auf seinem Stuhl vor.

»Hören Sie«, sagte er, »ich habe eine Idee. Wenn Sie meine Hilfe benötigen, dann trifft es sich gut, daß ich Ihre Hilfe ebenfalls brauche.«

»Ich werde Ihnen bestimmt helfen, wenn ... ich das kann. Sie wissen, ich würde ... alles tun, nachdem Sie so ... freundlich, so unglaublich freundlich waren.«

»Also gut«, erwiderte er, »aber vorher beantworten Sie mir bitte eine Frage. Wenn Ihre Mutter in ein Pflegeheim geht, wo werden Sie dann bleiben?«

»Ich dachte, wenn der Arzt ihre Behandlung übernimmt, wie er es gesagt hat, dann wollte ich versuchen, irgendwo in der Nähe ein billiges Zimmer zu finden, so daß ich bei ihr sein kann.«

Arina machte eine Pause und fuhr dann fort:

»Aber er hat auch gesagt, wenn ich ... ein bißchen mehr Geld auftreiben würde, dann könnte er mir ein Zimmer im Pflegeheim überlassen. Ich habe es ihm zwar noch nicht vorgeschlagen, aber ich dachte, ich könnte dann ... vielleicht irgendwie helfen, vielleicht bei der Hausarbeit, damit ... ich ihm nicht so viel schulde.«

Lord Alistair hörte aufmerksam zu und sagte dann:

»Ich habe einen besseren Vorschlag und möchte, daß Sie ihn sich sorgfältig überlegen.«

»Was ist es?«

»Ich möchte, daß Sie eine Rolle spielen, beinahe als ob Sie auf der Bühne ständen, aber Sie werden diese Rolle nicht im Theater spielen.«

Arina blickte verwirrt, aber sie sagte nichts, und er fuhr fort:

»Ich schlage vor, Sie lassen Ihre Mutter ganz in den Händen des Arztes; vielleicht wird ihr das auch ersparen, sich während ihrer Krankheit noch zusätzliche Sorgen um Sie zu machen.«

»Was ... wollen Sie? Was ... soll ich tun?«

»Ich möchte, daß Sie mit mir nach Schottland kommen«, antwortete Lord Alistair, »und zwar zu einem Besuch, der ein wenig Zeit erfordern wird, aber wenn sie die Rolle spielen, die ich Ihnen zugedacht habe, werde ich für die Operation Ihrer Mutter zahlen.«

Arina gab einen kleinen Laut des Glücks von sich, aber sie unterbrach ihn nicht, als er hinzufügte:

»Es wird auch genug Geld zur Verfügung stehen, damit sie sich nach der Operation in angenehmer Umgebung erholen kann, und wenn Sie zu ihr zurückkehren, werden Sie beide in der Lage sein, sich richtig zu ernähren.«

»Es klingt ... wunderbar«, flüsterte Arina, »aber angenommen, ich ... kann nicht tun, was Sie ... von mir verlangen?«

»Es wird nicht leicht sein«, erwiderte Lord Alistair, »aber irgendwie habe ich das Gefühl, daß Sie es schaffen, die Leute, die Sie treffen werden, davon zu überzeugen, daß Sie die Person sind, die zu sein Sie vorgeben.«

Arina sah ihn verwirrt an und fragte:

»Ich muß ... vorgeben, jemand anderes zu sein?«

»Sie werden die Rolle meiner Frau spielen!«

Lord Alistair sprach die Worte langsam aus und mit deutlicher Betonung. Er sah, wie Arina zusammenzuckte und ihn dann anstarrte, als könne sie das soeben Gehörte nicht glauben.

»Ihre ... Frau?«

Ihre Stimme zitterte.

»Ich bin in einer ebenso schwierigen Lage wie Sie«, sagte er. »Es ist in der Öffentlichkeit noch nicht bekannt, aber mein Bruder ist gestorben, und ich bin daher jetzt der Marquis von Kildonon.«

Er legte eine Pause ein, weil er erwartete, sie würde beeindruckt sein, aber in ihren Zügen malte sich nur Erstaunen, so daß er fortfuhr:

»Mein Vater, der Herzog von Strathonon, hat mich nach Schottland zurückbefohlen. Sobald ich dort bin, will er, daß ich das Versprechen einlöse, das mein Bruder vor seinem Tode gegeben hat, und die Tochter des benachbarten Clan-Oberhaupts heirate, damit die lange Fehde zwischen den beiden Clans beendet wird. Vielleicht verstehen Sie das nicht, aber in Schottland ist das Wort eines Clan-Oberhaupts gleichbedeutend mit einem in der Kirche geleisteten Eid.«

»Das ... verstehe ich«, erklärte Arina.

»Dann werden Sie auch verstehen, daß es mir nahezu unmöglich ist, eine Heirat mit einer Frau abzulehnen, die ich noch nie gesehen habe. Folglich wäre es für mich die beste Möglichkeit, dieser Karikatur von einer Heirat dadurch aus dem Wege zu gehen, daß ich in Schottland bereits mit einer Frau eintreffe.«

»Ja ..., ich sehe ein, daß das ... der einzige Ausweg für Sie ist.«

Lord Alistair merkte, daß Arina schneller begriff, als er es erwartet hatte, und er sagte:

»Man rechnet damit, daß ich morgen früh hier abreise, und wenn ich erst einmal auf dem Schloß meines Vaters bin, gibt es keinen Ausweg mehr.«

»Aber ich ..., ich könnte doch nicht schon morgen reisen!«

»Nein, das ist mir vollkommen klar.«

»Und außerdem«, wandte Arina ein, bevor er weitersprechen konnte, »weiß ich nicht, ob ... ich die richtige Person bin, die ... so etwas für Sie tun kann. Ich könnte Sie enttäuschen ... und außerdem ... habe ich nicht das richtige Aussehen.«

Lord Alistair lächelte.

»Wie alle Frauen denken Sie an Ihre Kleider«, meinte er. »Aber ich verspreche Ihnen, Sie werden dort so eingekleidet sein, wie man es von meiner Frau erwarten würde.«

»Aber ... das könnte ich ... nicht bezahlen.«

»Das werde ich tun, und wenn Sie irgendwelche Skrupel haben sollten, Kleider von mir anzunehmen, dann lassen Sie sich erklären, daß jeder Theaterdirektor damit rechnet, die Garderobe seiner Hauptdarstellerin zu bezahlen.«

Er sprach fast scherzend, aber Arina lächelte nicht.

»Ich will Ihnen ... helfen«, sagte sie, »aber ich bin sicher, daß diese Sache, was Sie betrifft, nicht recht ist.«

»Alles, wodurch ich vermeiden kann, eine Schottin zu heiraten, die ich noch nie gesehen habe, ist mir recht«, erklärte Lord Alistair mit fester Stimme.

»Und ... was wird dann später passieren?« fragte Arina. »Ich muß doch zu Mama zurückkehren.«

Auch das war wieder eine vernünftige Frage, dachte Lord Alistair.

»Wir werden uns das sehr sorgfältig überlegen müssen«, meinte er, »und ich habe schon daran gedacht, daß Sie, wenn die Gefahr meiner Zwangsheirat in Schottland erst einmal vorüber ist, vielleicht einfach wieder von der Bildfläche verschwinden könnten.«

»Ja, natürlich«, stimmte Arina zu. »Es würde ohnehin niemanden interessieren, was ... mit mir passiert.«

»Sie werden dann in den Süden Englands fahren, um Ihre Mutter zu besuchen«, sagte Lord Alistair langsam, als würde er sich den Plan zurechtlegen. »Dann werden Sie krank und lassen mich kommen. Wenn ich dann bei Ihnen im Süden bin, kann ich meinen Vater oder jeden anderen, den es interessiert, davon in Kenntnis setzen, daß Sie gestorben sind.«

»Und ... man wird Ihnen das glauben?«

»Dafür werden wir eben sorgen müssen«, sagte Lord Alistair entschieden.

Sie schwiegen beide. Dann fuhr er fort:

»Wenn Sie einverstanden sind, das für mich zu tun, werde ich Ihnen nicht nur die 200 Pfund geben, um die Sie gebeten haben, sondern 500 Pfund. Das Geld wird auf der Bank hinterlegt und steht Ihrer Mutter zur Verfügung, und wenn unser Arrangement beendet ist, werde ich dafür sorgen, daß Ihnen monatlich eine hinreichende Summe ausgezahlt wird, die es Ihnen ermöglicht, mehr oder weniger in den gleichen Umständen zu leben wie zu Lebzeiten Ihres Vaters.«

Auf Grund von Arinas Bericht war er ziemlich sicher, daß dies seine Mittel nicht sonderlich belasten würde, und als Marquis von Kildonon würde es ihm leichtfallen, einen solchen Betrag von der großzügigen Summe abzuzweigen, die sein Vater seinem Erben ganz sicher bewilligen würde.

Zwar hatte er keine genauen Vorstellungen, wie groß der Reichtum seines Vaters war, aber er hatte ihn stets für einen sehr wohlhabenden Mann gehalten, und während seinerzeit viele Oberhäupter der schottischen Clans verarmt waren, als der Aufstand des jungen Thronprätendenten Charles Edward rücksichtslos unterdrückt wurde, hatte sich das Einkommen des Herzogs auf Einnahmequellen gestützt, die von der Armut in Schottland nicht betroffen waren.

»Für Sie und für Ihre Mutter wird gesorgt«, meinte er abschließend, »bis Sie eines Tages in der Lage sein werden, einen reichen Mann zu heiraten.«

»Das halte ich für sehr unwahrscheinlich«, erwiderte Arina, »da wir immer sehr zurückgezogen gelebt haben, und unsere Freunde sind zwar loyal und liebenswürdig, aber sie sind meist ebenso arm wie wir selbst.«

Sie hielt inne, dann jedoch schien ein Lächeln ihr Gesicht aufzuhellen, als sie sagte:

»Aber wir waren glücklich, und ... das war alles, was wirklich wichtig war.«

»Natürlich«, stimmte Lord Alistair zu. »Aber jetzt, Arina, müssen wir uns wieder darum kümmern, Pläne zu schmieden, und zwar schnell. Wann kann Ihre Mutter sich denn in das Pflegeheim begeben?«

»Sofort, wenn wir ... das Geld haben. Deswegen bin ich ja zu Lady Beverley gegangen. Jeder Tag, der bis zu Mamas Operation noch verstreicht, führt dazu, daß der Tumor noch größer wird ... und schlimmer.«

Sie sagte das sehr ruhig, aber Lord Alistair hörte die Angst in ihrer Stimme.

»Dann schlage ich vor, daß Sie Ihre Mutter sofort dorthin bringen«, sagte er, »aber sagen Sie ihr nicht, was Sie vorhaben – es würde sie nur beunruhigen. Sagen Sie einfach, daß Lady Beverley Ihnen nicht nur das Geld für die Operation geliehen, sondern auch dafür gesorgt hat, daß Sie bei Freunden außerhalb Londons Unterkunft finden.«

»Ich bin sicher, daß Mama ... das glauben wird«, erwiderte Arina. »Sie ist so schwach, daß sie im Moment ... nicht mehr klar denken kann.«

»Das macht alles sehr viel einfacher«, stimmte Lord Alistair zu. »Ich würde sagen, Sie kommen hierher zurück, wenn Ihre Mutter im Pflegeheim untergebracht ist. Ich hole Sie dann ab, und wir kaufen Ihre ›Aussteuer‹ für die Reise nach Schottland.«

Arina sagte nichts und schlug die Augen nieder, und er wußte, der Gedanke, daß er ihr Kleider kaufte, war ihr unangenehm.

Das schien angesichts der Tatsache, daß er bereits die Operation ihrer Mutter bezahlte, eine Kleinigkeit zu sein, aber es zeigte ihm mehr, als Worte es vermocht hätten, daß sie eine gute Erziehung genossen hatte.

Sie war nicht nur als Lady geboren, sondern auch in der herkömmlichen Weise aufgezogen worden, und das war etwas, auf das er großen Wert legte bei einer Frau, die als seine Gattin auftreten sollte.

Eine Zeitlang schwiegen beide, dann sagte er:

»Ich muß Sie allerdings auf etwas aufmerksam machen, vor dem wir uns beide hüten müssen und das mir erst in diesem Augenblick wieder eingefallen ist.«

»Und was ist das?«

»In Schottland gibt es das Gesetz über eine ›Heirat durch Erklärung von Zeugen‹. Es besagt, wenn zwei Leute in der Gegenwart von anderen behaupten, sie seien Mann und Frau, dann sind sie rechtskräftig miteinander verheiratet.«

Arina starrte ihn an und meinte dann:

»Was sollen wir dann tun, wenn Sie mich als ... Ihre Frau vorstellen ... und ich das akzeptiere? Das könnte für Sie ... doch in Zukunft recht schwierig werden.«

»Schwierig würde es nur, wenn Sie sich nicht an unsere Abmachung halten«, antwortete Lord Alistair. »Aus diesem Grunde glaube ich, wir sollten eine Vereinbarung entwerfen, die von uns beiden unterschrieben wird und besagt, daß Sie in meinem Auftrag eine Rolle spielen und daß niemand von uns beiden, unter welchen Umständen auch immer, den Anspruch erheben wird, wir seien rechtlich Mann und Frau.«

»Das klingt, Mylord, als befürchten Sie, ich könnte ... mich nicht an unsere Abmachung halten«, meinte Arina.

Wieder fiel ihm auf, wie schnell sie begriff, daß er sich gegen etwaige spätere Ansprüche ihrerseits absichern wollte.

»Ich habe nicht an Ihre Reaktion in dieser Sache gedacht«, schwindelte er, »oder an meine eigene, sondern nur daran, daß irgend jemand vielleicht versuchen könnte, Ärger zu machen, wenn Sie sich schon wieder von mir getrennt haben.«

Er bemerkte den Ausdruck der Erleichterung auf ihrem Gesicht und sagte sich, eine so sensible Frau würde er vorsichtig behandeln müssen.

Ein wenig zögernd meinte sie schließlich:

»Ich würde... sehr gern eine solche... Vereinbarung, wie Sie es nennen, unterschreiben... und Ihnen versichern, Mylord, daß ich... unter keinen Umständen jemals so undankbar wäre, etwas... zu tun, das Sie nicht wünschen.«

»Ich danke Ihnen«, erwiderte Lord Alistair. »Ich werde die Vereinbarung morgen mitbringen und dafür sorgen, daß sie juristisch korrekt formuliert ist.«

Bei diesen Worten stand er auf, und Arina erhob sich ebenfalls.

Dann schien es, als werde ihr plötzlich klar, wozu sie sich da verpflichtet hatte, und sie fragte:

»Und Sie... sind ganz sicher, daß ich das alles für Sie tun kann? Sie wissen doch, daß ich nichts von den gesellschaftlichen Kreisen weiß, in denen Sie verkehren. Ich werde... Fehler machen, und vielleicht... werden Sie sich meiner schämen müssen.«

»Ich werde schon dafür sorgen, daß Sie das nicht tun«, beruhigte Lord Alistair sie, »und wenn Sie mir dankbar sind, dann bin ich es Ihnen gegenüber erst recht. Es dürfte Ihnen klar sein, wie entwürdigend und erniedrigend es für mich wäre, unter den gegebenen Bedingungen zu heiraten.«

»Ja, natürlich..., und ich glaube, Papa hätte es... verstanden, daß Sie alles tun, um sich dieser Situation zu entziehen.«

»So wie er sich entzogen hat«, meinte Lord Alistair lächelnd, »und ich bin der Meinung, das war sehr mutig von ihm.«

»Das ist wirklich Ihre Meinung? Und Sie sind nicht... entsetzt, wie seine Familie es war?«

»Nein, natürlich nicht! Ich bin der Meinung, er hat das einzig Richtige getan, und es ist eine Schande, daß er so viele Jahre für etwas büßen mußte, was die meisten Leute als eine romantische und ehrenvolle Handlungsweise betrachten würden.«

In Arinas Augen schien plötzlich das Licht von tausend Kerzen aufzuleuchten.

»Wie kommt es bloß, daß Sie... so verständnisvoll und... so freundlich sind?« fragte sie. »Ich wünschte nur, Papa könnte Sie hören, und... wenn es Mama wieder besser geht, werde ich es ihr erzählen.«

»Ja, das müssen Sie tun«, pflichtete Lord Alistair ihr bei, »aber jetzt noch nicht. Es wäre ein Fehler, auch wenn sie nur meinen Namen erführe – sie könnte über uns reden.«

»Das würde sie nicht tun, wenn ich sie bitten würde zu schweigen«, antwortete Arina, »aber sie ist krank, und deshalb ist es wohl das Beste, sie nicht noch mit zusätzlichen Sorgen zu behelligen.«

Sie blickte ein wenig verlegen zur Seite, als sie hinzufügte:

»Ich glaube, Mama würde ... meine Handlungsweise mißbilligen, aber ... Sie wissen ja, es gibt keine andere Möglichkeit für mich, ihr zu helfen, und ich war so verzweifelt, bevor ... Sie gekommen sind.«

»Sie haben Ihrer Mutter doch nicht erzählt, daß Lady Beverley sich geweigert hat, Ihrer Bitte um Hilfe zu entsprechen?«

»Tatsächlich habe ich Mama nicht einmal gesagt, daß ich Lady Beverley aufgesucht habe. Ich dachte, wenn sie Ja sagen würde, wäre das eine wunderbare Überraschung, aber eine Ablehnung hätte Mama nur deprimiert.«

»Das war vernünftig von Ihnen«, meinte Lord Alistair zustimmend, »und es ist leichter für uns, das zu tun, was wir tun müssen.«

Er lächelte Arina in einer Weise an, die viele Frauen immer unwiderstehlich gefunden hatten, und sagte:

»Und jetzt gehen Sie wieder hinauf, und geben Sie Ihrer Mutter etwas zu essen. Und Sie selbst sollten auch etwas Vernünftiges zu sich nehmen. Ich merke gerade, daß ich den versprochenen Wein vergessen habe, aber vielleicht wäre der jetzt auch fehl am Platz. Ich werde es während unserer Reise nach Schottland wieder gutmachen.«

»Vielen Dank«, erwiderte Arina, »aber wir haben alles, was wir brauchen, und ich hoffe, ich kann Mama dazu bringen, etwas zu essen. Ich weiß, daß ihr das die Kraft geben wird, sich morgen in das Pflegeheim zu begeben.«

Lord Alistair zog zwei Fünfzigpfundnoten aus seiner Tasche und legte sie auf den Tisch, auf dem zahlreiche Topfpflanzen standen.

»Geben Sie das dem Arzt«, sagte er, »es ist die Hälfte seines Honorars. Den Rest werde ich Ihnen morgen mitbringen.«

Er legte noch eine Anzahl goldener Sovereigns dazu und sagte dabei:

»Bringen Sie Ihre Mutter in einer bequemen Kutsche ins Pflegeheim und lassen Sie den Wagen dann warten und Sie wieder hierher zurückbringen. Ich werde Sie gegen zwölf Uhr mittags abholen und dann auch bezahlen, was Sie der Hausbesitzerin noch schuldig sind.«

Tränen rannen Arina aus den Augen, als sie auf das Geld blickte. Dann sagte sie leise mit gebrochener Stimme:

»Ich ... ich kann ... noch immer nicht glauben, daß dies alles wirklich passiert ... und daß ich es nicht nur träume.«

»Ich kann Ihnen versprechen, daß es nicht verschwinden wird wie Feengold«, versicherte Lord Alistair. »Jetzt tun Sie genau, was ich Ihnen gesagt habe, Arina, und wenn ich Sie morgen abhole, dann können Sie alles mir überlassen, bis Sie nach Südengland zurückkehren. Dann werden Sie feststellen, daß Ihre Mutter sich inzwischen von der Operation erholt hat, und Sie können beide wieder zusammensein und haben keine schwierigen Probleme mehr.«

Er legte ihr seine Hand auf die Schulter.

»Für den Augenblick sind Ihre Gebete erhört worden«, meinte er, »aber Sie werden auch noch weiterhin beten müssen.«

»Ich werde beten ... und Gott danken, daß er ... Sie geschickt hat«, erwiderte sie mit erstickter Stimme.

Er lächelte sie an, verließ das Wohnzimmer und schloß die Tür hinter sich, weil er ihr Zeit lassen wollte, sich zu sammeln und das Geld vom Tisch zu nehmen, bevor sie wieder hinaufging.

Draußen hatte seine Kutsche gerade zum fünften Mal den Platz umrundet.

Er kletterte hinein und übernahm die Zügel von seinem Stallburschen.

Während er die Pferde zur Eile antrieb und schnell den Weg in Richtung Mayfair einschlug, überlegte er erneut, wie er es am besten anstellen könnte, Olivia zu verletzen.

Er probte den genauen Wortlaut dessen, was er später im Club erzählen wollte – Worte, die man immer wieder aufs neue wiederholen würde, als wäre ein Schwarm Bienen unterwegs, um jede Lästerzunge der *Beau Monde* mit giftigen Pollen zu versorgen.

4

Mr. Faulkner hatte erst zwanzig Minuten gewartet, als Lord Alistair in seine Wohnung zurückkehrte.

Während des letzten Teils seiner Fahrt hatte er aufgehört, sich in Gedanken mit Olivia zu beschäftigen, und stattdessen darüber nachgedacht, was er dem Hauptverwalter seines Vaters sagen würde.

Ein grimmiger Ausdruck lag auf seinem Gesicht, als er die Treppe hinaufschritt und den Salon betrat. Faulkner, der Zeitung gelesen hatte, legte diese jetzt hastig aus der Hand und stand auf.

»Guten Abend, Mylord.«

Lord Alistair ging zu seinem Schreibtisch und legte dort einige Briefe ab, die er beim Betreten des Hauses in der Eingangshalle an sich genommen hatte. Dann sagte er in leicht gereiztem Tonfall:

»Wie ich höre, haben Sie gegenüber meinem Kammerdiener erklärt, ich würde mit Ihnen zusammen morgen früh nach Schottland aufbrechen.«

»Es tut mir leid, wenn es sich dabei um Informationen handelte, die Eure Lordschaft noch niemandem mitzuteilen wünschten«, antwortete Mr. Faulkner langsam, »aber ich hatte den Eindruck, Sie hätten sich, als ich Sie heute morgen verließ, zur Rückkehr nach Schottland bereiterklärt, und das bedeutete ja, daß wir so schnell wie möglich abreisen würden.«

»Ich bin Ihrer Meinung«, erwiderte Lord Alistair, »aber es ist mir tatsächlich unmöglich, bereits morgen abzureisen, und ich kann auch nicht glauben, daß eine Verschiebung um vierundzwanzig Stunden von so weltbewegender Bedeutung wäre.«

Sein Ton war spöttisch, und er hatte den Eindruck, daß Mr. Faulkner überrascht aussah.

»Setzen Sie sich, Faulkner«, fuhr er fort. »Ich habe Ihnen etwas mitzuteilen.«

Mr. Faulkner gehorchte, und in seinen Augen zeigte sich jetzt ein besorgter Ausdruck.

Plötzlich fiel Lord Alistair auf, wie seltsam es doch war, daß trotz der herrischen Art seines Vaters der intelligente und wohlerzogene Faulkner diesem so ergeben war.

Das war etwas, über das er früher noch nie nachgedacht hatte, und da er es recht rührend fand, daß Mr. Faulkner nach all den Jahren noch immer treu zur Familie McDonon hielt, wurde seine Stimme weicher, und er informierte den Älteren doch anders, als er es ursprünglich beabsichtigt hatte.

»Es tut mir leid«, sagte er, »aber was ich Ihnen mitzuteilen habe, wird wohl so etwas wie ein Schock für Sie sein und ist ganz offensichtlich etwas, mit dem Sie niemals gerechnet haben: Ich bin in Wirklichkeit ein verheirateter Mann.«

Mr. Faulkner starrte ihn an und rief:

»Verheiratet, Mylord? Ihr Vater hat keine Ahnung davon!«

»Warum sollte er auch?« fragte Lord Alistair. »Er hat sich seit meinem zwölften Lebensjahr nicht mehr für mich interessiert.«

»Seine Gnaden, Ihr Vater, war nicht nur daran interessiert, daß es Ihnen gut ging, er hat auch regelmäßig Berichte über Sie erhalten.«

Lord Alistair blickte ihn starr an.

»Wollen Sie damit sagen«, erwiderte er nach einer Pause, »daß mein Vater mir hat nachspionieren lassen?«

Mr. Faulkner wirkte ein wenig verlegen.

»Das ist ein hartes Wort, Mylord, für etwas, das ich lieber als väterliches Interesse Seiner Gnaden für seinen jüngsten Sohn bezeichnen möchte.«

»Ich kann es kaum glauben!« rief Lord Alistair und lachte dann. »Es ist die alte Geschichte, nicht wahr, Faulkner? Die große Spinne läßt die kleinen Spinnen niemals gehen. Ich habe immer geglaubt, ich hätte mich völlig von meinem Vater, dem Clan und den Problemen Schottlands gelöst, und dabei hat er noch immer sein Netz um mich gewebt, aus dem es kein Entkommen gibt.«

Er hielt das für so zutreffend, daß er sich fragte, warum er noch nicht früher daran gedacht hatte.

Natürlich hätte allein schon die Tatsache, daß der Herzog ihm auch nach dem Tode seiner Mutter weiterhin regelmäßig finanzielle Unterstützung zukommen ließ, ihm den Gedanken nahelegen sollen, daß sein Vater glaubte, er werde schließlich wieder in den Schoß der Familie zurückkehren, und zwar entweder freiwillig oder, wie es sich jetzt ergeben hatte, weil er dazu gezwungen war.

Seine Gedanken wurden unterbrochen, als Mr. Faulkner fragte:

»Haben Eure Lordschaft davon gesprochen, verheiratet zu sein?«

»Ja, Faulkner, das habe ich! Und der Grund dafür, daß die Spione meines Vaters es nicht herausgefunden haben, ist die Tatsache, daß es eine heimliche Heirat war. Selbst mein Kammerdiener, der jetzt auf Ihre Veranlassung hin mit dem Packen beschäftigt ist, hat keine Ahnung davon, daß ich eine Frau habe.«

»Aber Sie werden sie mit nach Schottland bringen, Mylord?«

»Natürlich! Und jetzt werden Sie auch verstehen, warum es mir unmöglich ist, Lady Moraig McNain zu heiraten.«

Mr. Faulkner schwieg für ein paar Sekunden, und Lord Alistair meinte mit einiger Befriedigung:

»Das wird zweifellos die Pläne durcheinanderbringen, die mein Vater mit mir hat, aber daran kann ich natürlich nichts ändern, es sei denn, ich wollte in Bigamie leben.«

Er sagte das scherzend, aber Mr. Faulkner lächelte nicht.

»Ich kann Ihnen gegenüber, Mylord, nicht verhehlen, daß das ein Schock ist«, sagte er nach einer deutlichen Pause. »Aber natürlich wird die Marquise von Kildonon als Ihre Frau willkommen sein, und ich hoffe, sie wird sich an Schottland gewöhnen und sich im Schloß wohlfühlen.«

»Das werden wir ja sehen«, antwortete Lord Alistair von oben herab. »Aber Sie verstehen sicherlich, daß meine Frau, ebenso wie mein Kammerdiener, noch zu packen hat, und daß es daher für uns unmöglich ist, vor übermorgen aufzubrechen.«

Dem Gesichtsausdruck Mr. Faulkners war zu entnehmen, daß er froh war, nicht noch länger warten zu müssen. Schließlich fragte er mit eindeutig besorgter Stimme:

»Wäre es aufdringlich von mir, Eure Lordschaft zu fragen, warum es eine heimliche Heirat sein mußte?«

In Lord Alistairs Augen blitzte es auf.

Er wußte, der Hauptverwalter seines Vaters dachte, er habe vielleicht eine Schauspielerin oder eine sonstwie nicht gesellschaftsfähige Frau geheiratet und machte sich nun bereits Sorgen, wie der Herzog darauf reagieren werde.

Aber Lord Alistair hatte eine solche Frage erwartet und sich bereits eine Antwort zurechtgelegt – und sich dabei daran erinnert, daß ihm einer seiner Freunde während ihrer gemeinsamen Studienzeit in Oxford einmal gesagt hatte:

»Wenn du eine Lüge erzählen willst, dann sollte sie der Wahrheit stets so nahe wie möglich kommen, damit sie glaubwürdig klingt.«

Diesen Rat hatte Lord Alistair beherzigt, daher erklärte er jetzt:

»Meine Frau trauert noch um ihren Vater. Da sie aus einer angesehenen und bekannten Familie in Yorkshire stammt, werden Sie verstehen, daß es fast so etwas wie eine Beleidigung des Toten wäre, vor Ablauf des Trauerjahres zu heiraten.«

Er glaubte bei Mr. Faulkner ein erleichtertes Aufatmen zu verspüren, bevor dieser sagte:

»Natürlich verstehe ich das, Mylord. Das bedeutet, daß von Ihrer Heirat erst etwas in der Öffentlichkeit verlauten soll, wenn Sie bereits einige Monate in Schottland sind.«

»So habe ich mir das gedacht«, erwiderte Lord Alistair. »Dabei fällt mir etwas ein: Ich nehme an, Sie haben während Ihres Aufenthaltes hier in London die Zeitungen vom Tod meiner Brüder benachrichtigt.«

»Ja, Mylord. Morgen früh werden die *London Gazette*, die *Times* und die *Morning Post* die Nachricht bringen.«

»Unter diesen Umständen wird es besser sein, wir reisen so früh wie möglich nach Schottland ab«, sagte Lord Alistair. »Und ich kann Ihnen versichern, daß meine Frau meine Interessen ebenso berücksichtigt wie ihre eigenen, denn sonst hätte sie sich nicht bereit erklärt, in so unpassender Eile eine Schiffsreise anzutreten.«

»Ich bin dafür sehr dankbar, Mylord. Ich freue mich, die Lady kennenzulernen.«

Während Lord Alistair sich erhob, fügte Mr. Faulkner noch hinzu:

»Ich werde sofort unsere Reservierung für morgen rückgängig machen und stattdessen Plätze auf einem Schiff buchen, von dem ich zufällig weiß, daß es am Donnerstag um die Mittagszeit mit der Tide ausläuft. Werden Eure Lordschaft eine oder zwei Kabinen benötigen?«

»Zwei«, erwiderte Lord Alistair schnell. »Wenn die See rauh ist, und das wird sie zweifellos sein, dann hat man nicht gern Zuschauer.«

Mr. Faulkner zögerte.

»Wenn die Lady eine Seereise nicht gut vertragen kann, dann wollen Eure Lordschaft vielleicht lieber die Straße nehmen. Das würde natürlich sehr viel länger dauern, aber ich war schon immer der Meinung, daß Frauen eher als Männer dazu neigen, seekrank zu werden.«

»Darüber habe ich noch nie nachgedacht«, entgegnete Lord Alistair, »aber da die lange Reise auf dem Landweg anstrengend und unerträglich langweilig wäre, glaube ich doch, daß meine Frau es lieber mit den Wellen aufnimmt als mit schlechten Straßen, völlig erschöpften Pferden auf den Poststationen und dem unvermeidlichen Abschlußmalheur eines schottischen Hochlandnebels.«

Mr. Faulkner gestattete sich ein kurzes, trockenes Lachen.

»Mylord, Ihre Redegewandtheit bestätigt meine eigene Auffassung: je kürzer die Reise von London nach Kildonon Castle ist, um so besser wird es für uns alle sein.«

»Gut, Faulkner, unternehmen Sie alles Erforderliche.«

Lord Alistair begleitete den älteren Mann zur Tür, aber erst als sein Gast gegangen war, fiel ihm ein, daß er ihm nicht einmal einen Drink angeboten hatte.

›Ich habe zuviel zu tun!‹ entschuldigte er sich vor sich selbst und ging zum Schreibtisch.

Er brauchte einige Zeit dazu, zunächst einen Entwurf und dann den endgültigen Wortlaut des Dokuments aufzusetzen, das er Arina am nächsten Morgen zur Unterschrift vorlegen wollte.

Sie schien ihm zwar nicht die Art Frau zu sein, die sich als Erpresserin betätigen würde, aber man konnte das vorher nie wissen, und nachdem Olivia ihn so sehr enttäuscht hatte, war er entschlossen, keinerlei Risiko mehr einzugehen.

Allein der Gedanke daran, wie sehr er sich in Olivias Gefühlen für ihn geirrt hatte, reichte aus, um eine tiefe Falte zwischen seinen Brauen entstehen und seine Lippen schmal werden zu lassen.

Er haßte sie, weil es das erste Mal war, daß eine Frau sich nicht bereit gezeigt hatte, ihm alles zu geben, um das er sie bat.

Er war davon überzeugt, daß die vielen Liebesbeteuerungen, die er in der Vergangenheit erhalten hatte, ernstgemeint gewesen waren, und er konnte mindestens ein halbes Dutzend Frauen aufzählen, die sich, wären sie an Olivias Stelle gewesen, nur allzu gern von ihm hätten einen Ehering an den Finger stecken lassen.

Er sagte sich zwar, seine Gefühle seien wohl eher auf verletzten Stolz als auf ein gebrochens Herz zurückzuführen, aber das machte seine Einstellung gegenüber Olivia auch nicht freundlicher, und als er sich beinahe zwei Stunden später in der prachtvollen Eleganz seiner Abendgarderobe von einer Droschke zu White's fahren ließ, grübelte er erneut darüber nach, auf welche Weise er sie am meisten verletzen konnte.

Er betrat den Club und traf dort sofort drei seiner engsten Freunde.

»Wir haben uns schon gefragt, ob du heute bei uns sein würdest, Alistair«, meinte einer von ihnen. »Komm und nimm einen Drink. James sagt, er hat einen fast sicheren Sieger für das Rennen nächste Woche in Ascot. Er wird dir alles darüber erzählen wollen.«

»Darüber möchte ich in der Tat sehr gern etwas hören«, erwiderte Lord Alistair.

Sie gingen zur Bar, aber bevor sie ihr Ziel erreichten, trafen sie auf eine ganze Schar ihrer alten Kumpane, die Champagner tranken und sie einluden, sich ihnen anzuschließen.

Sie hatten sich gerade hingesetzt, als Lord Alistair, der mit dem Gesicht zur Tür Platz genommen hatte, jemanden den Raum betreten sah. Er fühlte, wie er starr wurde.

Es war der Marquis von Harrowby, und das war nun wirklich der letzte Mensch, dem er in diesem Augenblick begegnen wollte.

Lord Worcester sah ihn ebenfalls und meinte:

»Da ist ja Harrowby! Soll ich ihn bitten, zu uns zu kommen?«

Bevor Lord Alistair antworten konnte, bemerkte der Marquis Lord Worcester und ging auf ihn zu. Als er den Kreis der Freunde erreichte, sagte er:

»Nichts könnte besser sein, als euch alle hier anzutreffen! Ihr könnt mir beim Feiern helfen.«

»Was soll denn gefeiert werden?« erkundigte sich Lord Worcester.

»Meine Verlobung!« erwiderte der Marquis ruhig. »Lady Beverly hat mir ihr Jawort gegeben.«

Für einen Moment herrschte überraschtes Schweigen, dann brandeten die Beifallsrufe auf. Glückwünsche waren in aller Munde, und die Männer erhoben ihre Gläser, um auf das Wohl des Marquis und Olivias anzustoßen.

Lord Alistair dachte daran, daß dies das einzige Liebesverhältnis war, das er auf Olivias besonderen Wunsch mit ganz außerordentlicher Diskretion behandelt hatte, und daß daher niemand von seinen Freunden auch nur vermuten konnte, die Neuigkeit würde ihn verstimmen.

Als auch er sein Glas erhob und den von ihm erwarteten Trinkspruch ausbrachte, fand er, daß er seine Rolle sehr geschickt gespielt habe. Er hoffte, Arina würde das ebenso tun.

Allerdings ergab sich in all dem Durcheinander und der Aufregung, die Harrowbys Ankündigung folgten, keine Gelegenheit, sich abfällig über Olivia zu äußern, denn wenn er das getan hätte, wäre es übel aufgenommen worden.

›Die Sache eilt ja auch nicht‹, sagte er sich.

Er gelangte außerdem zu der Ansicht, daß es ein Fehler wäre, wenn irgendeiner seiner Freunde von Arinas Existenz erführe.

Als sie dann alle zusammen gespeist hatten und der Marquis nach reichlichem Alkoholkonsum sich wichtigtuerisch und viel zu langatmig an der Unterhaltung beteiligt hatte, war Lord Alistair klar, daß Olivia allein schon durch ihre Heirat für ihr Verhalten genügend bestraft würde.

Erstens würde sie sich zweifellos langweilen, denn der Marquis war ein langweiliger Mann.

Zweitens, dachte Lord Alistair, müßte er ein schlechter Menschenkenner sein, wenn es Olivia tatsächlich trotz ihrer Schönheit gelingen sollte, im Marquis das Feuer und die Leidenschaft zu erwecken, der er selbst nie hatte widerstehen können und die für Olivia das Leben erst lebenswert machte.

›Sie wird sich langweilen, langweilen, langweilen‹, dachte er voller Befriedigung und war zugleich davon überzeugt, daß sie früher oder später alle Tricks ihres Repertoires anwenden würde, um ihn wieder zu sich zurückzulocken.

»Sehe ich dich morgen?« fragte Lord Worcester, als sich Lord Alistair mit einem Gutenacht-Gruß verabschiedete.

Man hatte ihn bereits eingeladen, ein Tanzlokal oder ein einschlägiges Vergnügungsetablissement zu besuchen oder eine hübsche Ballerina vom Covent Garden zum Abendessen auszuführen.

»Ich habe morgen viel zu erledigen«, antwortete er, »und du wirst mich für einige Monate nicht sehen.«

»Einige Monate!« rief Lord Worcester. »Und wieso nicht?«

»Ich muß nach Schottland reisen«, erwiderte Lord Alistair beiläufig. »Den Grund dafür wirst du wissen, wenn du morgen früh deine Zeitungen liest.«

»Was ist passiert?« erkundigte sich Lord Worcester. »Erzähl mir, was los ist!«

»Du wirst es schon früh genug erfahren.«

»Ich verstehe beim besten Willen nicht, warum du so geheimnisvoll tust.«

»Da hast du wenigstens etwas zum Nachdenken.«

Lord Alistair weigerte sich, mehr zu sagen, eilte die Stufen hinunter und stieg in die Droschke, die einer der Clubpförtner für ihn bestellt hatte.

Als er zu seiner Wohnung zurückfuhr, dachte er daran, wieviel er noch zu erledigen hatte, bevor er aufbrechen konnte, um sein neues Leben zu beginnen. Und dieses Leben, davon war er überzeugt, würde ein Leben in äußerster Trübsal sein.

»Verdammt«, sagte er laut, »warum kann es nicht so weitergehen wie bisher? Ich war glücklich, und jetzt muß ich meinem Vater gegenübertreten, das langweilige Schottland ertragen und noch dazu so tun, als wäre ich verheiratet.«

Dann fiel ihm ein, daß das letztere, so seltsam es klingen mochte, vielleicht doch ein Geschenk des Himmels war. Zumindest würde ihm diese Vorspiegelung einer Ehe Stoff zum Nachdenken geben.

Es würde amüsant sein, wenn er seinen Vater hinters Licht führte und dessen Pläne durchkreuzte, ihn mit einer McNain zu verheiraten. Er würde all seine Aufmerksamkeit darauf richten müssen, daß man ihn und Arina nicht ertappte.

Die ganze Angelegenheit erinnerte ihn an die Streiche, die er als Schuljunge ausgeheckt hatte, und an den Unfug, den er und seine Freunde in Oxford angestellt hatten, wo sie von den für die Universitätsdisziplin zuständigen Proktoren verfolgt und von ihren Tutoren ernstlich gemaßregelt wurden.

Jetzt war er erneut dabei, Unfug zu stiften, aber dieses Mal war die Sache schwerwiegender als jemals in der Vergangenheit.

Ein leichtes Lächeln lag Lord Alistair auf den Lippen, als er seine Wohnung betrat. Er ging die Treppe hinauf und dachte daran, daß er früher als gewöhnlich zurückkam und daß Champkins überrascht sein würde, ihn schon zu sehen.

Als er jedoch die oberste Treppenstufe erreichte, kam ihm der Kammerdiener aus seinem Schlafzimmer entgegen und flüsterte:

»Da möchte eine Lady Sie sprechen, M'lord. Sie wartet im Salon.«

»Eine Lady?« rief Lord Alistair.

Ihm schoß der Gedanke durch den Kopf, es müsse Arina sein, und sie sei gekommen, um ihm mitzuteilen, daß sie ihre Meinung geändert habe. Oder vielleicht war ihre Mutter bereits gestorben, und sie brauchte das Geld nicht mehr so dringend.

Er sagte nichts, während ihn diese Überlegungen beschäftigten, aber dann fügte Champkins hinzu:

»Diese Lady war noch nie hier, M'lord. Sie ist tief verschleiert. Sie ist in einer zweispännigen Kutsche vorgefahren und riecht nach französischem Parfüm.«

Es bestand kein Zweifel daran, daß Champkins von der Besucherin beeindruckt war, und offensichtlich konnte es sich nicht um Arina handeln.

Lord Alistair gab keine Antwort.

Er ließ lediglich seinen seidengefütterten Umhang von den Schultern gleiten und reichte ihn zusammen mit dem Hut seinem Kammerdiener, bevor er zum Salon ging und die Tür öffnete.

Der Raum war von einigen Kerzen nur schwach beleuchtet, aber er brauchte nur einen einzigen Blick auf die Frau zu werfen, die sich bei seinem Eintreten vom Sofa erhob.

Für einen kurzen Moment glaubte Lord Alistair, er könne seinen Augen nicht trauen. Als er dann die Tür hinter sich schloß, rief er:

»Olivia! Was zum Teufel tust du hier?«

Sie kam auf ihn zu. Ihr Abendkeid hatte ein so tief ausgeschnittenes Décolleté und war so durchsichtig, daß sie ebenso gut hätte nackt sein können.

»Wie konntest du mich so grausam verlassen?« fragte sie.

Sie ging ihm noch weiter entgegen, bis sie ihn direkt berührte, aber Lord Alistair streckte seine Arme nicht nach ihr aus.

»Ich habe gerade im Club deinen zukünftigen Gatten verlassen«, sagte er kalt. »Ich habe ihm zu seiner Verlobung herzlich gratuliert und bin auch zutiefst überzeugt, Olivia, daß du dir einen Mann ausgesucht hast, zu dem du sehr gut paßt.«

Sein Tonfall war beleidigend, aber Olivia lachte nur kurz auf.

»Liebling, du bist eifersüchtig«, erwiderte sie, »und deswegen bewundere ich dich! O Alistair, mein Schatz, wie konntest du nur glauben, ich würde es ertragen, dich zu verlieren?«

Lord Alistair kam kurz der Gedanke, sie hätte vielleicht ihre

Meinung geändert und wolle ihn nun doch heiraten. Aber als sie ihre Arme hob und er die Leidenschaft in ihren Augen und ihre einladenden Lippen sah, verstand er.

»Nein!« rief er scharf und trat einen Schritt zurück.

Er ging zu seinem Schreibtisch und überlegte dabei, ob er nicht vielleicht den von ihm aufgesetzten Vertrag dort liegengelassen hatte. Olivia hätte keinerlei Hemmungen gehabt, ihn zu lesen.

Zu seiner Erleichterung fiel ihm ein, daß er sich gesagt hatte, dieser Vertrag sei etwas, das Champkins nicht zu sehen brauchte, und daß er ihn daher in eine Schublade eingeschlossen hatte, deren Schlüssel sich in seiner Tasche befand.

Er blickte auf die Schreibunterlage hinunter, als Olivia bereits neben ihm stand und ihre Hand in die seine gleiten ließ.

»Liebling, versuch doch zu verstehen«, bat sie ihn inständig. »Heiraten ist eine Sache und die Liebe eine andere. Alle Männer sind dieser Meinung, warum sollte das für eine Frau anders sein?«

Sie wartete auf eine Antwort, und als er nichts sagte, fuhr sie fort:

»Ich liebe dich, wie ich noch nie jemanden geliebt habe; meine Lippen sehnen sich nach dir, und mein Körper verlangt nach dir. Was bedeutet es da, wie ich heiße?«

»Es bedeutet, daß du nicht tun wirst, um was ich dich gebeten habe«, erwiderte Lord Alistair mit schneidender Stimme.

Er hatte noch nicht zu Ende gesprochen, als ihm ganz plötzlich der Gedanke kam, daß sie im Grunde recht hatte. Was machte es schon aus, ob sie mit ihm verheiratet war oder nicht? Was sie ihm anbot, war etwas, das er von seiner zukünftigen Frau mit größter Wahrscheinlichkeit nie bekommen würde.

Ganz plötzlich änderte sich seine Einstellung ihr gegenüber, und er war klug genug, um zu erkennen, daß er mit seiner Vermutung recht gehabt hatte: Sie hatte seinen Stolz verletzt, aber nicht sein Herz.

Er wandte sich um. Ein Lächeln lag auf seinen Lippen, und die steile Falte zwischen seinen Augenbrauen war verschwunden.

»Was glaubst du, was der edle Marquis sagen würde, wenn er wüßte, wo du in diesem Moment bist?« fragte er.

»Das ist etwas, das er nie erfahren wird«, antwortete Olivia, »weder heute nacht noch irgendwann in der Zukunft.«

Als habe sie die Veränderung in ihm gespürt, rückte sie ein wenig näher und legte ihm die Arme um den Hals.

»Warum an morgen denken«, meinte sie, »oder an übermorgen oder an überübermorgen? Heute nacht bin ich hier. Niemand wird uns stören. Ich will dich, Alistair. Ich will dich, wie ich noch nie zuvor einen Mann gewollt habe.«

Die Leidenschaft, die in ihren Worten mitschwang, schien durch das Zimmer zu pulsieren, und langsam, als mache er sich selbst über sein Nachgeben lustig, legte Lord Alistair seine Arme um sie.

Als er schließlich den Kopf hinabbeugte und ihre Lippen sich fanden, küßte er sie hart, fast brutal, als wolle er sie für den Ärger bestrafen, der sich ihretwegen in ihm angestaut hatte.

Und als sie sich immer enger an ihn preßte, fühlte er, wie das Feuer, das sie schon so oft in ihm entfacht hatte, in seinem Körper brannte und alles hinwegfegte, so daß nur noch wildes Begehren nach ihrem weichen Körper übrigblieb, während der aufregende Duft ihres Parfüms seine Sinne zu betören schien und ihm das Denken unmöglich machte.

»Ich will dich! Ich liebe dich! O Alistair, ich liebe dich!«

Obwohl sein klares Bewußtsein jetzt sehr weit entfernt zu sein schien, sagte ihm ein kleiner Rest von Zynismus, daß sie log. Dennoch schloß er sie automatisch in die Arme, hob sie auf und trug sie quer durch das Zimmer zum Sofa.

*

Exakt um zwölf Uhr mittags des folgenden Tages traf Lord Alistair mit seiner leichten Kutsche vor dem Haus Nummer 27 am Bloomsbury Square ein.

Als er seine Wohnung verließ, stellte er fest, daß der Stapel Gepäck in der Halle wesentlich größer geworden war, seit er ihn zuletzt gesehen hatte, und jetzt aus sechs ledernen Schrankkoffern und ebenso vielen kleineren Koffern bestand – alles in allem ein Berg von Gepäck, der zumindest Mr. Faulkner überraschen würde.

Er wollte Champkins gerade sagen, so viel benötige er nicht, als ihm einfiel, daß er ja seinen Wohnsitz von London nach Schottland verlegte und daß es ganz gewiß einige Zeit dauern würde, bevor er wieder bei den Londoner Schneidern arbeiten lassen konnte, die ihr Handwerk anerkanntermaßen besser verstanden als alle anderen Schneider der Welt.

Eins kam noch hinzu. Er hatte Champkins zwar nicht mitgeteilt, daß sie nicht in diese Wohnung zurückkehren würden, aber es kam ihm so vor, als sei sich sein Kammerdiener darüber bereits im klaren.

Champkins war stets bei ihm gewesen, seit Lord Alistair Oxford verlassen hatte, und wenn er sich auch zeitweilig wie ein fürsorgliches Kindermädchen benahm, war er doch immer loyal und vertrauenswürdig.

Zum ersten Mal fragte sich Lord Alistair, ob sein Diener Schottland wohl besser ertragen konnte als er selbst.

Er nahm sich vor, nach seiner Rückkehr Champkins damit zu beauftragen, nach dem Verpacken der gesamten Garderobe alles andere außer ein paar kleinen persönlichen Dingen einlagern zu lassen.

Er wußte, daß dies zu den Sachen gehörte, die er in der vergangenen Nacht hatte in Ruhe planen wollen, aber Olivia hatte ihn mit Erfolg davon abgehalten, an etwas anderes als an sie zu denken.

Es war schon nach drei Uhr gewesen, als sie ihn schließlich verlassen hatte und in die Kutsche gestiegen war, die auf ihre Anordnung hin bereits seit einer Stunde vor dem Haus wartete, in der Obhut eines schläfrigen Kutschers und eines Bediensteten, der ein Gähnen unterdrückte, als er ihr den Schlag öffnete.

»Möchtest du, daß ich dich nach Hause begleite?« hatte Lord Alistair sie gefragt.

»Nein, natürlich nicht«, war Olivias Antwort gewesen. »Ich habe meiner Zofe gesagt, daß ich eine ältere Verwandte besuche, die eine kleine Geburtstagsfeier veranstaltet; und die Zofe wird das der Dienerschaft weitererzählen.«

Lord Alistair hatte gelacht.

»Ältere Verwandte bleiben nicht so lange auf!«

»Warum sollte die Frau irgend etwas von dem, was ich tue, anzweifeln? Sie wird doch hoch erfreut darüber sein, daß sie mir weiterhin aufwarten darf, wenn ich Marquise geworden bin. Schließlich verschafft ihr das bei der Dienerschaft eine Position, die sie noch nie zuvor besessen hat.«

»Ein weiterer Punkt für den Marquis«, meinte Lord Alistair.

Er stellte fest, daß es ihn nicht einmal wütend machte, Olivia in dieser Weise reden zu hören, und schließlich hatte er ihr Argument akzeptiert, die Ehe sei eine Sache und Liebe, soweit es sie betraf, eine andere.

Als Lord Alistair dann um zwei Uhr festgestellt hatte, daß

Champkins in seinem eigenen Schlafzimmer verschwunden war, hatten sie den Salon verlassen.

Und als er in seinem bequemen Bett Olivia fest in den Armen hielt und wieder klar denken konnte, war ihm klar, wie froh er darüber war, daß Olivia ihn nicht nach Schottland begleiten würde.

Er wußte, wie sehr sie sich über die rauhe See und die mangelnde Bequemlichkeit an Bord des Schiffes beklagt hätte, mit dem sie gezwungenermaßen hätte reisen müssen.

Das Schloß hätte sie zwar mit Sicherheit beeindruckt, aber bald schon würde sie sich – mehr noch als er – bis zur Verzweiflung gelangweilt und dann nicht gezögert haben, ihre Launen und Gefühle an ihm und seinem Vater auszulassen.

Er war so sehr mit seinen eigenen Schwierigkeiten beschäftigt gewesen und hatte zugleich so sehr angenommen, Olivia werde, weil sie ihn liebte, seine Probleme für ihn lösen, daß er erst jetzt die schwachen Punkte bemerkte, die er zuvor in seiner Sprunghaftigkeit übersehen hatte.

Sie war zwar die leidenschaftlichste und erregendste Frau, die er jemals kennengelernt hatte, aber sein Verstand – wenn er nicht gerade von Begierde benebelt war – zeigte ihm nur allzu deutlich ihr ständiges Streben nach gesellschaftlicher Macht und, wie an ihrem Verhalten gegenüber Arina deutlich geworden war, ihren beklagenswerten Mangel an menschlichem Mitgefühl.

Nachdem sie das Haus verlassen hatte, war er in sein zerwühltes Bett zurückgekehrt, das noch immer den Duft ihres Haares und ihres Körpers ausströmte, und hatte sich gesagt, daß er im Grunde Glück hatte, all diesen Dingen zu entrinnen.

Niemand wußte so gut wie er, wie schnell die Flammen der Leidenschaft herunterbrennen konnten, so daß auch die letzten schwelenden Aschenreste nicht mehr zu neuer Glut entfacht werden konnten.

Früher oder später würde das auch mit Olivia der Fall ein, entschied er.

Tatsächlich hatte ihm das Schicksal einen Trumpf in die Hand gespielt, als Harrowby seinen Plan durchkreuzt hatte, Olivia zu seiner Frau zu machen.

Es hätte nie geklappt, sagte er sich in dürren Worten, als er am Morgen erwachte.

Und während der Fahrt zum Bloomsbury Square kam ihm der Gedanke, daß seine neue Methode, sich dem Befehl seines Vaters zu entziehen, wesentlich klüger war.

›Sobald es der Mutter wieder besser geht und Arina zu ihr zurückkehren kann‹, dachte Lord Alistair, ›werden wir eine plausible Geschichte erfinden, die mir meine Freiheit wiedergibt.‹

Mehr noch, sein Vater würde nicht ewig leben, und wenn er selbst erst Herzog wäre, würde er in den Süden Englands reisen können, so oft er wollte.

Er war sich jetzt schon ziemlich sicher, daß Schottland dann jedes Mal eine ganze Reihe von Monaten auf ihn verzichten müßte.

Jetzt schien die Sonne heller als sonst, und das Dunkel des gestrigen Tages war verschwunden. Fast schien es ihm ein günstiges Omen zu sein, als er an der Straßenecke einen Zeitungsjungen rufen hörte:

»Das Neueste! Tod zweier Adliger durch Ertrinken! Ein Herzog beklagt den Tod zweier Söhne!«

Die Pferde hatten seine Kutsche bereits weitergezogen, bevor er mehr hören konnte, aber ihm war klar, daß es sich um den Bericht vom Tode seiner Brüder handeln mußte.

Er hatte damit gerechnet, daß die Nachricht in den Zeitungen Schlagzeilen machen würde. Das würde bedeuten, daß alle seine Freunde jetzt wußten, daß er der neue Marquis von Kildonon war.

Und so muß ich mich auch in Zukunft sehen, dachte er und fand den Gedanken weitaus angenehmer als noch am Vortage.

Vor dem Haus Nr. 27 brachte er die Pferde zum Stehen und bemerkte im gleichen Augenblick, daß die Tür der Pension offen war und daß Arina in der Eingangshalle stand. Vor ihr am Boden stand ein kleiner und sehr abgestoßener Reisekoffer.

Sie trug das gleiche schlichte Baumwollkleid und die gleiche schmucklose Kopfbedeckung wie damals, als er sie im Hause Olivias kennengelernt hatte.

Als er ausstieg und ihr die Hand reichte, sah er, daß sie geweint hatte. Er nahm an, der Abschied von ihrer Mutter sei die Ursache dafür, und äußerte sich daher nicht weiter dazu. Stattdessen meinte er:

»Ich muß Sie loben. Sei sind die pünktlichste Frau, die ich bisher kennengelernt habe. Ich bin froh, daß Sie mich nicht haben warten lassen. Wir haben schließlich noch eine Menge zu tun.«

Sie lächelte, aber dieses Lächeln kam ihm etwas gezwungen vor, und nachdem er bei der Hausbesitzerin ihre Miete beglichen hatte, half er ihr in die leichte Kutsche, während Ben ihren kleinen Koffer unter dem Rücksitz verstaute, auf dem er dann selbst Platz nahm.

Sie fuhren los, und der Marquis – er war entschlossen, sich nur noch als solchen zu betrachten – fragte sie:

»Mit Ihrer Mutter ist alles in Ordnung?«

»Ja, vielen Dank«, erwiderte Arina. »Der Arzt war sehr froh, daß sie ... so schnell zu ihm kommen konnte. Er hatte befürchtet, es ... könnte vielleicht schon ... zu spät sein.«

Bei den letzten Worten schwang ein kurzes Zittern in ihrer Stimme mit, woraus der Marquis folgerte, daß sie sich mit aller Kraft bemühte, ruhig und beherrscht zu wirken.

»Sie dürfen nicht vergessen, mir die Adresse des Arztes zu geben, damit mein Sekretär ihm den Rest des Honorars schicken kann.«

»Ich habe sie Ihnen bereits aufgeschrieben.«

»Wie ich sehe, sind Sie sehr gewissenhaft«, antwortete der Marquis. »Ich bin es auch, und ich kann es nicht ausstehen, wenn Leute nachlässig, vergeßlich und schlampig sind.«

»Ich hoffe, ich lasse mir keinen von ... diesen Fehlern zuschulden kommen, solange ich ... bei Ihnen bin.«

Der Marquis wandte den Kopf, um ihr zuzulächeln, und stellte dabei fest, daß ihre Kleidung zwar aus armseligstem Material gemacht und zudem völlig unmodisch war, daß Arina jedoch trotzdem überaus reinlich und adrett darin aussah.

Und sie hatte etwas von dem frühlingshaften Aussehen, das ihn an ihr ganz besonders fasziniert hatte, als er sie zum ersten Mal erblickte.

Sie war noch immer bemitleidenswert mager, und als sie nach vorn blickte und das Auf und Ab der Pferdeköpfe beobachtete, bemerkte er ihr spitzes Kinn und die Vertiefung unter ihrem zierlichen Wangenknochen.

Sie wird bald anders aussehen, wenn sie erst einmal anfängt, gut zu essen, sagte er sich, auch wenn es wegen der Sorge um ihre Mutter etwas länger dauern wird als bei jemandem, den so etwas nicht beunruhigt.

Als sie wieder Straßen erreichten, in denen mehr Verkehr

herrschte, fragte Arina:

»Wohin fahren wir?«

»Wir kaufen Ihre ›Aussteuer‹«, erwiderte der Marquis.

»Ich hoffe, es ist Ihnen klar, daß ich ... nicht wissen werde, was ich ... aussuchen soll oder was für mich ... die korrekte Garderobe ist.«

Sie machte eine Pause, bevor sie hinzufügte:

»Mama und ich haben immer auf dem Lande gelebt, deshalb bin ich natürlich nur ein richtiger Dorftrampel.«

»Sie werden alles andere sein als das, wenn wir erst mit den Einkäufen fertig sind«, versprach der Marquis. »Überlassen Sie nur alles mir.«

»Es ist mir immer noch sehr ... unangenehm, daß Sie nicht nur die richtigen Kleider für mich aussuchen, sondern ... sie auch noch bezahlen.«

»Jetzt reden Sie so geziert wie eine richtige Lady«, erwiderte er, »und nicht wie eine Schauspielerin, die am Theater der Königin am Haymarket oder auf den Bühnen an der Drury Lane ein Vermögen an Gagen und sonstigen Zuwendungen verdienen könnte.«

Arina lachte, und ihr Lachen klang überaus angenehm.

»Sie können kaum von mir erwarten, daß ich etwas so Bedeutendes anstrebe wie diese Theater.«

»Das Theater, in dem Sie spielen werden, ist noch weit eindrucksvoller, und während wir uns auf See befinden, werde ich Zeit genug haben, Ihnen alles darüber zu erzählen.«

Sie hielt den Atem an.

»Wir reisen auf dem Seeweg nach Schottland?«

»Wird Ihnen das etwas ausmachen?«

»Ich hoffe, nicht. Aber es wäre mir sehr peinlich, seekrank zu werden, vor allem, wenn Sie dabei sind.«

»Wieso gerade ich?« erkundigte sich der Marquis.

»Weil Sie so großartig sind und ich sicher bin, daß Sie nie an einer gewöhnlichen Erkältung, Seekrankheit oder an Bauchschmerzen leiden wie normale Leute.«

Der Marquis lachte.

»Vielen Dank. Das ist das raffinierteste Kompliment, das mir bisher jemand gemacht hat.«

»Ich habe nur gesagt, was ich denke«, erklärte Arina, »und ich habe es nicht ... beleidigend gemeint.«

»Es war nicht beleidigend, sondern ganz entzückend«, erwiderte er.

Bei diesen Worten brachte er die Pferde vor einem Modegeschäft zum Stehen, das sich in einer Seitenstraße der Bond Street befand. Der Laden war nicht groß und wirkte auch in keiner Weise einschüchternd.

Der Marquis bemerkte jedoch, wie Arina auf ihrem Sitz ein wenig zusammensackte, während ihr Gesicht einen besorgten Ausdruck annahm.

»Sie brauchen keine Angst zu haben«, sagte er. »Ich kenne die Schneiderin sehr gut. Sie wird bereit sein, wahre Wunder zu vollbringen und Sie mit allem Nötigen zu versorgen, und das in Rekordzeit.«

Arina gab keine Antwort, aber als der Marquis ihr aus dem Wagen half, fühlte er, wie ihre Finger zitterten.

Der Laden war klein, aber elegant ausstaffiert. Als sie hineingingen, kam ihnen eine Frau entgegen, die einen kleinen Schrei ausstieß und einen Knicks machte, als sie den Marquis erblickte.

»Wie reizend, Sie zu sehen, Mylord!«

Arina fand die Frau äußerst schick in ihrem eleganten grauen Kleid, aber sie war außerdem auch sehr attraktiv, obwohl sie schon mindestens dreißig Jahre alt sein mußte.

Der Marquis kannte *Madame Celeste*, wie sie sich nannte (ihr wirklicher Name lautete ganz einfach Cecily Brown), seit er ihren Laden zum ersten Mal zusammen mit der Lady aufgesucht hatte, die ihn so heiß und innig liebte, daß sie seinerzeit die Ausstattung seiner neuen Wohnung übernommen hatte.

»Ich trage nun einmal lieber Originalmodelle«, hatte sie erklärt, »und die bekomme ich bei Madame Celeste.«

Als diese Liebesaffäre zu Ende gegangen war, hatte Lord Alistair noch verschiedene andere Schönheiten zu Madame Celeste gebracht und die Damen bei der Auswahl der Kleider beraten, die ihnen am besten standen, wofür Celeste ihm sehr dankbar war.

Schließlich hatte sie ihre Dankbarkeit auch dadurch bewiesen, daß sie mit ihm ein paar ruhige Tage in einem behaglichen Landgasthof in der Einsamkeit Buckinghamshires verbracht hatte.

Als Mädchen vom Lande war sie eine gute Reiterin, und so waren sie am Tage über die Wiesen geritten und hatten die Nächte in einem niedrigen Zimmer verbracht, dessen molliges Bett mit weichen Gänsedaunen gefüllt war.

Es war ein außergewöhnliches Vergnügen gewesen, und wenn er sich später daran erinnerte, hatte Lord Alistair stets an einfache wilde Frühlingsblumen denken müssen wie Schlüsselblumen und Osterglocken, die so ganz anders waren als die exotischen Treibhausnelken und Orchideen.

Er hatte Celeste viele weitere Kunden zugeführt und ihr schließlich zum Gipfel der Berühmtheit verholfen. Jetzt war es das erste Mal, daß er in der Lage war, Kleider zu kaufen, für die er auch selbst zu zahlen beabsichtigte.

Er teilte Celeste in ein paar kurzen Worten mit, was er genau wünschte und wann er es brauchte, so daß sie verzweifelt die Arme in die Höhe warf.

Dann aber meinte sie in ihrer praktischen Art, die er stets bewundert hatte:

»Ich werde tun, was irgend möglich ist, und der Rest muß nachgeschickt werden, wohin auch immer die Reise geht.«

Sie blickte Arina an und lächelte.

»Ich glaube, daß fast alles, was ich im Augenblick hier habe, der jungen Dame passen wird, und für Sie und nur weil Sie es sind, Mylord, werde ich das unverzeihliche Verbrechen begehen, die fast oder halb gefertigten Kleider auszutauschen, die eigentlich für eine andere Dame bestimmt sind, und für die ursprüngliche Kundin noch einmal von vorn zu beginnen.«

»Das habe ich erhofft«, meinte der Marquis lächelnd. »Wir werden außerdem Schuhe, Unterkleidung, Mäntel, Capes und Schals, Handschuhe und all die anderen Sachen brauchen, die Frauen für selbstverständlich halten, die sich aber doch summieren, wenn man mit gar nichts anfängt.«

Celeste stieß einen Schrei des Entsetzens aus.

Aber sie klatschte in die Hände und rief ihre sämtlichen Angestellten herbei, aus den Werkstätten im Souterrain ebenso wie aus dem Obergeschoß, wo die Näherinnen arbeiteten; insgesamt waren es mindestens zwanzig.

Während sie ihnen mitteilte, was sie benötigte – sie würden dafür die ganze Nacht durcharbeiten müssen –, schienen sie zunächst nur interessiert zu sein, aber dann wirkten sie erfreut, weil sie offensichtlich an den damit verbundenen Extraverdienst dachten.

»Das wird dich eine Menge Geld kosten«, flüsterte Celeste dem Marquis zu, während sie noch auf ihre Mitarbeiterinnen wartete.

»Das spielt keine Rolle.«

Als sie die Augenbrauen in die Höhe zog, fügte er hinzu:

»Meine Lebensumstände haben sich verändert.«

»Ich bin froh, ich bin sehr froh deinetwegen!«

Es konnte keinen Zweifel daran geben, daß ehrliche Freude in Celestes Stimme mitschwang, und der Marquis sagte:

»Du bist immer eine sehr gute Freundin gewesen, Celeste.«

Er blickte ihr in die Augen und sah, daß dort noch immer die alte Zuneigung für ihn vorhanden war.

Dann strömten ihre Angestellten in das Zimmer, und sie begann, ihnen ihre Wünsche zu übermitteln.

Während man Arinas Maße feststellte und ihr die ersten Sachen anprobierte, war sie überwältigt von den tausend Dingen, die man ihr vorschlug, und ganz verzaubert von den ihr vorgelegten Stoffen und Modeskizzen. Gleichzeitig gingen der Marquis und Ben zur Kutsche, um etwas zum Essen zu besorgen.

Der Marquis wußte, daß Arina dies eher nötig hatte als er, aber auch er schätzte es nicht, Hunger zu verspüren.

Ein Restaurant am Piccadilly versorgte ihn mit allem, was er begehrte, sowie mit hervorragendem Wein, von dem er wußte, daß Celeste ihn ebenso genießen würde wie er selbst.

Er brachte alles zum Modesalon zurück und ließ es von den Assistentinnen in Celestes kleinem Büro arrangieren, wo es gerade Platz genug gab, um zu dritt an einem kleinen Tisch zu sitzen.

Arina sah sehr bleich und erschöpft aus, als der Marquis zurückkehrte.

Er bestand darauf, daß sie ein halbes Glas Wein trank, das bald wieder Farbe auf ihre Wangen brachte und ihr, wie er schlau überlegte, zu einem Appetit verhalf, den sie sonst vielleicht nicht verspürt hätte.

Er wußte, daß Menschen, die sich der Auszehrung näherten, schließlich einen bestimmten Punkt erreichten, an dem es sie nicht mehr nach Nahrung verlangte, so daß es sehr schwierig für sie wurde, überhaupt etwas zu sich zu nehmen.

Dann mußte eben ein wenig Wein, wenn auch auf keinen Fall zuviel, die Verdauungssäfte anregen. Und dann konnten sie auch wieder etwas essen.

Außerdem dachte er daran, als er und Celeste miteinander lachten und scherzten und sie ihn dabei kräftig aufzog, daß Arina sich unter diesen Umständen ein wenig entspannen und ihre Mutter vergessen konnte.

So groß war Celestes Geschick und Organisationstalent, daß Arina, als die beiden am späten Nachmittag den Modesalon verließen, zwei neue Reisekoffer voller Kleider und modischer Accessoires mitnehmen konnte und dazu noch das Versprechen erhielt, daß viele weitere Sachen noch am nächsten Morgen geliefert würden, bevor sie nach Tilbury aufbrachen.

Der Rest würde auf dem Seewege folgen, so schnell die Kleidungsstücke fertiggestellt werden konnten.

Celeste hatte eine ihrer Angestellten losgeschickt, um für Arina die benötigten leichten Damenschuhe zu kaufen, und sie hatte auf Anregung des Marquis auch ein Paar derberer Schuhe mitgebracht, die sich für Spaziergänge im Moor eigneten.

»Werden wir dort wirklich spazierengehen können?« fragte Arina.

»Wenn Sie das wollen.«

»Natürlich werde ich das wollen«, erwiderte sie.

Er war überrascht, bis ihm einfiel, daß man dergleichen Dinge durchaus von einem Mädchen erwarten konnte, das immer auf dem Lande gelebt hatte.

Er erweiterte den Auftrag daher noch um zwei Paar Schuhe und schlug Celeste vor, für Arina auch ein nicht zu langes Kleid anzufertigen, in dem sie bequem Spaziergänge machen konnte.

»Aber sie kann doch nicht so schamlos sein, ihre Fußgelenke zu zeigen, Mylord«, witzelte Celeste.

»Es darf jedenfalls nicht so lang sein, daß sie darüber stolpert«, entgegnete der Marquis.

Arina lachte leise.

»Ich bin froh, daß Sie mich nicht gesehen haben, als wir noch mit Papa auf dem Lande lebten.«

Der Marquis gab keine Antwort. Er dachte daran, daß Miß Arina Beverley manches tun konnte, was für die angebliche Marquise von

Kildonon unmöglich war und nicht geduldet würde.

Sie fuhren zurück in die Wohnung.

Jetzt fiel dem Marquis ein, daß er Champkins noch von seiner Heirat unterrichten mußte. Er war sicher, sein Diener würde das alles kaum glauben, aber es war ganz wesentlich, daß Champkins, falls er eine Scheinheirat argwöhnte, in Schottland nichts von seiner Vermutung verlauten ließ.

Er spielte mit dem Gedanken, Champkins nicht mitzunehmen, gelangte jedoch zu dem Schluß, daß es unerträglich wäre, keine anderen als schottische Diener um sich zu haben.

Sie würden nicht an die leise, zuvorkommende Aufmerksamkeit gewöhnt sein, die er schon im Hause seines Großvaters genossen und auch in den vornehmen Häusern der Familien vorgefunden hatte, die er ohne seinen eigenen Kammerdiener besuchte.

Als er Arina vor seiner Wohnung in der Half-Moon Street aus der Kutsche half, schien sie ihm bereits ganz anders auszusehen als das junge Mädchen, das er mittags am Bloomsbury Square abgeholt hatte.

Das modische Kleid aus blaßblauem Musselin war mit französischen Bändern versehen, die sich über dem Vorderteil kreuzten, unter ihren kleinen Brüsten hindurchführten und sich auf dem Rücken zu einer Schleife vereinigten.

Alle Kleider, die der Marquis für sie gekauft hatte, besaßen eine sehr hohe Taille, wie es der gerade aus Frankreich eingeführten Mode entsprach, wo Josephine Bonaparte, die Frau des Ersten Konsuls, sie populär gemacht hatte.

Über ihrem Kleid trug Arina einen blaugemusterten Seidenschal, und ihr Hut mit seinem modisch hohen Kopfteil und der aufgebogenen Krempe war mit Feldblumen geschmückt und wurde unter dem Kinn durch ein blaues Band gehalten.

Sie sah in dieser Aufmachung sehr jung aus und nach Meinung des Marquis auch sehr reizvoll, obwohl sie zweifellos ermüdet und viel zu mager war.

Sie gingen nach oben, und nachdem er sie in den Salon geführt hatte, machte sich der Marquis auf die Suche nach Champkins, den er wie erwartet noch immer mit Packen beschäftigt fand. Jetzt handelte es sich allerdings nicht mehr um Koffer, sondern um Holzkisten, die sich im oberen Stock auf dem Fußboden stapelten.

»Ich habe Sie nicht hereinkommen hören, M'lord«, rief Champkins und sprang auf.

»Ich habe Ihnen etwas mitzuteilen.«

»Ja, M'lord?«

»Wenn wir morgen früh nach Schottland aufbrechen, dann werden Sie und ich in Begleitung meiner Frau reisen.«

»Donnerwetter, das ist eine Überraschung!«

Der Marquis lachte, weil er einfach nicht anders konnte.

»Ich nehme an, es wird für eine Reihe von Leuten im Norden eine ebenso große Überraschung sein. Ich habe meine Gründe, Champkins, für eine derartige überstürzte Heirat, aber das Wichtigste ist, in Schottland müssen alle glauben, daß sie bereits vor mindestens zwei Monaten stattgefunden hat.«

Es war typisch für den Mann, dachte der Marquis, daß Champkins keinerlei weitere Fragen stellte, sondern lediglich meinte:

»Wenn Sie es mir sagen, M'lord, dann glaube ich es auch.«

»Vielen Dank, Champkins. Ich habe Mr. Faulkner bereits gesagt, was ich auch dem Herzog mitgeteilt habe: Der Grund für die Geheimhaltung dieser Heirat besteht darin, daß meine Frau noch um ihren Vater trauert.«

Bei diesen Worten fiel dem Marquis plötzlich ein, daß er Celeste davon nichts erzählt hatte und daß Arinas Kleider daher in allen Farben des Regenbogens leuchteten – ein schwarzes war nicht darunter.

Schnell und in der Hoffnung, Champkins hinters Licht führen zu können, fügte er hinzu:

»Die Lady trägt jedoch kein Schwarz, weil ihr Vater ausdrücklich verfügt hat, daß niemand seinetwegen Trauer tragen soll. Er war in dieser Hinsicht fast so etwas wie ein Fanatiker, und sie muß sich natürlich seinem Wunsch fügen. Obwohl sie der Verlust schwer getroffen hat, trägt sie ihre üblichen Kleider in den Farben, die ihm besonders gefielen, als er noch lebte.«

»Sehr vernünftig, wenn ich das so sagen darf, M'lord«, meinte Champkins. »Ich war schon immer der Meinung, daß das ganze Weinen und Wehklagen nur Quatsch ist.«

»Der Meinung bin ich auch«, erwiderte der Marquis.

Nachdem er Champkins beauftragt hatte, den Koch über die Anwesenheit von zwei Personen beim Abendessen zu informieren, eilte er schnell zu Arina zurück, um sie von der soeben erfundenen Geschichte in Kenntnis zu setzen.

»Es war sehr dumm von mir«, bekannte er. »Ich hätte Sie wirklich in Schwarz, Mauve, Weiß und vielleicht Grau kleiden sollen.«

Arina lächelte.

Sie hatte ihren Hut abgenommen, während er oben gewesen war, und jetzt sah sie in ihrem blauen Kleid und mit ihrem von Celeste neu frisierten Haar sehr elegant und sehr hübsch aus.

»Ich habe mich im Spiegel betrachtet«, sagte sie. »Dies Kleid ist bei weitem das schönste, das ich jemals gehabt habe! Und von den rosafarbenen und grünen bin ich so begeistert, daß ich es nicht ertragen könnte, sie wieder zu verlieren.«

»Dann müssen wir eben steif und fest bei unserer Geschichte bleiben, daß Ihr Vater etwas gegen Trauerbekundungen hatte.«

»Das hatte er tatsächlich«, erwiderte Arina. »Er sagte immer, es sei Unsinn, daß die Leute so viele Blumen schenken, wenn jemand gestorben ist, dem sie bei Lebzeiten nie auch nur einen einzigen Blumenstrauß mitgebracht hätten.«

Sie fügte hinzu:

»Als Papa starb, konnten Mama und ich uns keine neuen Kleider leisten und haben daher diejenigen, die wir hatten, einfach mit schwarzen Bändern besetzt.«

»Sie beruhigen mich, denn dann habe ich ja nicht gelogen«, sagte der Marquis. »Ich hasse es nämlich zu lügen und nehme an, Sie auch, also werden wir es so wenig wie möglich tun. Und diejenigen Lügen, die wir über unsere Lippen bringen müssen, sind natürlich weiße Lügen, die wir uns daher nicht vorzuwerfen brauchen.«

Es überraschte ihn, daß Arina kurz auflachte und ihn dann fragte:

»Wollen Sie damit Ihr eigenes Gewissen besänftigen oder meins?«

Da sie immer so still und verängstigt gewesen war, seit er sie kannte, gefiel ihm das plötzliche Funkeln in ihren Augen, und er erwiderte:

»Ich glaube, wenn wir klug sind, können wir im Verlauf dieses Abenteuers eine Menge Spaß haben, und unter diesem Aspekt sollten wir das Ganze auch betrachten.«

»Ja, natürlich. Und es ist eine aufregende Sache, jetzt auf Abenteuer auszugehen, nachdem ich mir solche Sorgen um Mama gemacht habe, weil ich befürchtete, nie das Geld für die Operation beschaffen zu können.«

»Jetzt denken Sie mal nicht mehr daran«, erklärte der Marquis entschieden. »Ich habe Sie noch nicht danach gefragt, aber wann wird Ihre Mutter operiert?«

»In drei Tagen«, antwortete Arina. »Der Chirurg, ein sehr freundlicher Mann, möchte erst, daß sie zuvor ausreichend ernährt wird, und dann will er ihr bestimmte Medikamente verabreichen, damit sie sich kräftig fühlt.«

Während sie sprach, faltete Arina ihre Hände und setzte dann mit sehr bewegter Stimme hinzu:

»Ich bete, ich bete die ganze Zeit, daß die Operation erfolgreich verläuft. Und wenn das der Fall ist, dann haben wir das nur Ihnen zu verdanken. Ich kann Ihnen ... gar nicht sagen, wie ... dankbar ich Ihnen bin und wie ... großartig ich Sie finde.

5

Da Arinas Kleider schon reisefertig verpackt waren, zogen sie sich auf Vorschlag des Marquis zum Abendessen nicht um, so daß auch er seine Garderobe nicht zu wechseln brauchte.

Er war froh darüber, zumal er noch nicht wußte, welches Arrangement sie für die Nacht treffen sollten.

Sie ließen sich in dem kleinen Speisezimmer ein köstliches Abendessen schmecken, und Arina genoß jeden Bissen.

Viel zu früh meinte sie jedoch mit einem leisen Seufzer:

»Mehr kann ich wirklich nicht essen, aber ich kann einfach den Gedanken nicht ertragen, daß Sie dieses herrliche Essen an mich verschwenden.«

»Ich glaube nicht, daß es verschwendet ist«, erwiderte der Marquis. »In Schottland würde man sich sehr wundern, wenn Sie es nicht schaffen, ein gewaltiges Frühstück, ein gewaltiges Mittagessen, einen noch gewaltigeren Tee und dann natürlich eine enorme Abendmahlzeit zu sich zu nehmen.«

Arina stieß einen Entsetzensschrei aus und erklärte dann mit einem Funkeln in den Augen:

»Wenn ich von soviel Essen dick und rund werde, dann wird das für Sie teuer werden!«

Der Marquis lachte.

»Dann dient mein Geld vielleicht einer guten Sache, aber ich bezweifle, daß Sie zur ›dicken Sorte‹ gehören.«

»Ich hoffe nicht«, erwiderte Arina, »aber ich weiß, daß meine jetzige Magerkeit Sie schockiert, und Madame Celeste war entsetzt, als sie sah, daß ich nur aus Haut und Knochen bestehe.«

Dem Marquis drängte sich der Gedanke auf, daß sie, auch wenn sie vielleicht zu mager war, unbekleidet mehr als attraktiv sein müßte.

Aber dann sagte er sich, daß er nicht beabsichtigte, die Frau in ihr zu sehen; schließlich mußte er sorgfältig darauf achten, sie nicht zu schockieren, da sie ihm dann wohl nicht länger vertrauen würde.

Er war erfahren genug, um zu wissen, daß die Art und Weise, wie sie ihn ansah und davon sprach, er habe das Leben ihrer Mutter gerettet, ganz einfach die Reaktion eines Kindes war, das man aus einer gefährlichen Situation befreit hatte und das dem Retter gegenüber jetzt zugleich Vertrauen und Respekt empfand.

Er fühlte sich alt dabei, aber er dachte, dies sei das Bild, das sich Arina von ihm machte.

Gleichzeitig wußte er auch, daß es aus seiner Sicht eine Erleichterung bedeutete, nicht Olivia mit nach Schottland zu nehmen.

Arina mochte zwar befürchten, ihn zu blamieren oder zu enttäuschen, aber Olivias Aussehen und Verhalten hätten ihn zweifellos in Verlegenheit gebracht.

Die Schotten hätten sie nie und nimmer verstanden und sie schon beim ersten Anblick als Frau von zweifelhaftem Ruf eingestuft.

Weil er überzeugt gewesen war, nur sie könne ihn vor der Heirat mit einer Frau retten, die sein Vater für ihn ausgesucht hatte, war ihm zuvor einfach nicht in den Sinn gekommen, wie Olivia auf den Clan wirken mußte.

Als er jetzt darüber nachdachte, war ihm klar, daß ihre leuchtend roten Lippen, ihre getuschten Wimpern und das Rouge auf ihren Wangen – auch wenn das alles in London zur Zeit *en vogue* war – die Schotten mit Abscheu erfüllt und sie dazu gebracht hätten, sie für eine Dirne zu halten.

›Und genau das ist sie auch!‹ dachte der Marquis und verzog zynisch den Mund. ›Ich wünsche Harrowby alles Gute mit ihr!‹

Ihm fiel wieder ein, wie sie sich in der vergangenen Nacht verhalten hatte. Eigentlich konnte er von Glück sagen, daß er aus dieser Sache herausgekommen war; denn Olivia würde nicht nur ihren Ehemann, sondern auch ihre Liebhaber immer wieder betrügen.

Tatsächlich war sie die Art von Frau, die er sich am allerwenigsten als Gattin wünschte.

Er würde sie zwar trotzdem vermissen, aber nicht sehr lange.

Keine seiner Liebesaffären hatte besonders langen Bestand gehabt, und wenn die Flammen der Leidenschaft abgeklungen waren, hatte er die betreffende Frau stets schnell vergessen und sich nach einer neuen Eroberung umgesehen.

Und dann hatte dasselbe Spiel wieder von neuem begonnen.

Als sie das Abendessen beendet hatten, führte der Marquis Arina in den Salon und reichte ihr den Vertrag, den er aufgesetzt hatte.

Sie las ihn sorgfältig Wort für Wort durch. Es hieß dort, er habe sie für die Summe von £ 500 eingestellt, damit sie vorübergehend die Rolle seiner Frau spiele. Nach Ablauf dieses Arrangements werde sie keine weiteren Forderungen an ihn stellen, sondern wieder aus seinem Leben verschwinden und sich auch nicht wieder mit ihm in Verbindung setzen, es sei denn auf seinen ausdrücklichen Wunsch.

Abschließend las sie:

»Weiter erkläre ich hiermit, daß ich nach unserer Trennung jährlich die Summe von £ 200 – zahlbar in halbjährlichen Teilbeträgen – auf Miß Beverleys Bankkonto überweisen werde.«

Es war alles klar und knapp formuliert. Als sie den Text gelesen hatte, sagte Arina:

»Es ist nicht nötig, daß Sie mir noch so viel Geld zahlen, nachdem ich Sie verlassen habe. Ich sagte bereits, wenn es Mama wieder besser geht, werde ich schon irgendeine Arbeit finden.«

»Und was für eine Arbeit?« erkundigte sich der Marquis.

»Ich bin nicht sicher«, erwiderte Arina, »aber ich habe schon daran gedacht, daß ich es schaffen könnte, ein paar von den wundervollen Nachthemden nachzuschneidern, die Sie mir gekauft haben und ... von den ... anderen Sachen auch.«

Sie blickte zur Seite, und der Marquis merkte, daß sie es für unziemlich hielt, ihm gegenüber die spitzenbesetzten und zierlich bestickten Hemdchen zu erwähnen.

»Ich glaube, Sie würden sehr bald feststellen, daß das eine ziemlich harte Arbeit ist, wenn Sie nicht gleichzeitig über ein regelmäßiges Einkommen verfügen«, bemerkte er. »Aber natürlich, Arina, ich sagte es ja bereits, werden Sie früher oder später jemanden heiraten, der für Sie sorgt und auch bereit ist, sich um Ihre Mutter zu kümmern.«

Sie schwieg einen Augenblick, während sie über seine Worte nachdachte. Dann erwiderte sie:

»Weil Sie so freundlich und rücksichtsvoll sind, werde ich Ihr Angebot annehmen, für den Augenblick jedenfalls. Aber wenn ich ... in Zukunft Ihr Geld nicht mehr benötige, dann ... möchte ich Ihnen schreiben können, um ... Ihnen das mitzuteilen.«

»Aber natürlich«, stimmte der Marquis zu.

»Soll ich dieses Dokument unterschreiben?«

Statt zu antworten reichte er ihr die große weiße Schreibfeder, nachdem er sie vorher in das reichverzierte goldene Tintenfaß getaucht hatte.

Sie schrieb sauber und ordentlich, und als auch er seine Unterschrift geleistet hatte, faltete der Marquis das Papier zusammen und meinte:

»Ich werde dieses Dokument meiner Bank übersenden. Dort ist es gut aufgehoben und vor neugierigen Augen sicher. Gleichzeitig werde ich die Bank beauftragen, dem Arzt Ihrer Mutter sein restliches Honorar sowie Ihrer Bank £ 300 zu überweisen, wenn Sie mir sagen, wo sie sich befindet.«

Arina zögerte, deshalb fuhr er fort:

»Wenn ich es mir genau überlege, dann wäre es vielleicht ein Fehler, eine Bank einzuschalten, in der man Sie kennt und daher auch bemerken würde, daß Sie das Geld von mir erhalten. Es wird besser sein, wenn ich bei Coutt's ein Konto in Ihrem Namen eröffnen lasse, dann können Sie dort Geld abheben, wann immer Sie es benötigen.«

»Ich danke Ihnen vielmals«, antwortete Arina. »Ich bin sicher, daß Sie mit Ihren Überlegungen das treffen, was für uns beide das Beste ist.«

Der Marquis hielt sie für sehr zugänglich, und weil er sicher war, es würde ihr gefallen, sagte er:

»Ich möchte, daß Sie es sich jetzt bequem machen, und dann werde ich Ihnen die Dinge über meine Familie erzählen, die zu wissen man von Ihnen erwarten wird, wenn Sie in Schottland eintreffen. Ich werde Ihnen auch meinen Vater beschreiben und ich vermute, er wird auf Sie ebenso furchterregend wirken, wie das bei mir immer der Fall war.«

Arina durchquerte den Salon und machte es sich in einem großen, bequemen Sessel vor dem Kamin gemütlich.

Es schien, als würde der Marquis von innerer Unruhe getrieben, denn er setzte sich nicht hin, sondern ging auf und ab, während er sich anschickte, die Geschichte seines Lebens zu erzählen.

»Mein Vater wurde von seinem Vater in dem Glauben erzogen, daß die Welt zunächst einmal für ihn da sei«, begann er. »Die meisten Chefs der schottischen Clans denken ebenso. Seit Jahrhunderten haben sie ihre Macht genossen, und wenn es auch so scheinen mag, als hätten die Engländer sie ihnen genommen, in den Herzen ihres eigenen Clans sind sie nach wie vor unumschränkte Herrscher.«

Er legte eine Pause ein und dachte daran, daß dies ganz besonders auf seinen Vater zutraf. Dann fuhr er fort:

»Als mein Vater Oberhaupt des Clans wurde, war er der wichtigste Träger dieser Würde in ganz Schottland und außerdem noch der größte und reichste Grundbesitzer.«

»Ich habe von ihm und auch von Ihrem Schloß gehört«, sagte Arina.

Der Marquis war überrascht, aber er ließ es sich nicht anmerken und setzte seine Erzählung fort:

»Er ließ die alten Sitten und Gebräuche wieder aufleben, die alten Zeremonien und den mystischen Zauber, der von alters her das Oberhaupt eines Clans umgibt. Sobald das Verbot, Schottenmuster zu tragen, wieder aufgehoben wurde, steckte er seine eigene Dienerschaft und die Angehörigen des Clans in der Umgebung des Schlosses wieder in den Kilt.«

Als er das erzählte, dachte der Marquis daran, mit welcher Verbitterung die Schotten reagiert hatten, als sie die Kleidung aufgeben mußten, die in so vieler Hinsicht Teil ihrer Überzeugung war.

Und weil diese Kleidung ihnen so viel bedeutete, hatten sie den karierten Stoff in Kübel voller Schlamm oder Farbe gesteckt und daraus dann alberne Reithosen genäht.

Auf diese Weise hatten sie das Gefühl, die Briten doch irgendwie hinters Licht geführt und die neuen Gesetze ins Lächerliche gezogen zu haben.

Als das Verbot der Hochlandkleidung schließlich im Jahre 1782 aufgehoben wurde, da war sie plötzlich die Lieblingskleidung derjenigen Gutsherren, die sich den Engländern angepaßt hatten, da wurde sie zum Phantasiekostüm der schottischen Tieflandbewohner und zur Uniform in den gälischen Regimentern des Königs.

Aber schließlich folgten doch viele Clans dem Beispiel der McDonons, und mittlerweile trugen immer mehr Hochlandbewohner wieder stolz und selbstbewußt den Kilt und den traditionellen karierten Umhang.

Der Marquis versuchte das alles in Worte zu fassen, damit Arina ein wenig von dem Land verstand, in das er sie bringen würde.

Aber während er darüber sprach, kam ihm zu Bewußtsein, wie wenig er selbst über das Hochland wußte, von dem er so lange getrennt gelebt hatte.

Plötzlich ärgerte es ihn wieder, daß er im Alter von fast siebenundzwanzig Jahren zur Rückkehr gezwungen wurde wie ein entlaufener Sklave, nur um wieder der arroganten Herrschsucht seines Vaters ausgesetzt zu sein, die ihn schließlich zu Boden drücken und seine geistige Unabhängigkeit beseitigen würde.

»Wenn Sie nach Kildonon Castle kommen«, sagte er laut, »und feststellen, daß sich die ganze Welt um die Launen meines Vaters dreht, daß er sogar die Gezeiten kommandiert und der Sonne zu scheinen befiehlt, dann werden Sie besser verstehen, als ich es Ihnen in Worten schildern kann, was das für ein Ort ist.«

Erst als er diesen Satz beendet und die Worte mit so viel Zorn und Haß ausgesprochen hatte, daß sie förmlich nachzuhallen schienen, stellte er fest, daß Arina eingeschlafen war.

Er war nur mit seinen eigenen Gedanken beschäftigt gewesen, daher war ihm gar nicht aufgefallen, daß sie ihn schon seit geraumer Zeit nicht mehr unterbrochen oder ihm Fragen gestellt hatte.

Jetzt erst, als er ihre geschlossenen Augen sah, war ihm klar, wie völlig erschöpft sie war nach allem, was sie durchgemacht hatte.

Erst hatte die Einlieferung ihrer Mutter in das Pflegeheim sie gefühlsmäßig stark belastet, und dann waren die langen Stunden im

Modesalon gefolgt, wo man ihr ein Kleid nach dem anderen anprobiert hatte.

Und schließlich war dann noch die Nervenprobe gefolgt, mit ihm allein zu seiner Wohnung zu fahren.

Es mochte an seiner keltischen Abstammung liegen, aber er hatte deutlich gespürt, wie verlegen und besorgt sie war, als er die Pferde vor dem Haus angehalten hatte, in dem sich seine Wohnung befand.

Ebensowenig war ihm entgangen, daß sie während des gemeinsamen Abendessens zunächst nervös gewesen war und sich ängstlich bemüht hatte, nichts zu tun oder zu sagen, was er mißbilligen könnte.

Als er jetzt darüber nachdachte, war er sicher, daß es für sie das erste Mal war, allein mit einem Mann zu Abend zu essen. Vielleicht hätte er sich ihr gegenüber verständnisvoller und sanfter verhalten sollen, aber er wußte nicht wie.

Er war daran gewöhnt, daß die Frauen, mit denen er allein zu Abend speiste, ihre Unterhaltung mit geistreichen Zweideutigkeiten würzten und ihn dabei in einer Weise ansahen, die seine Leidenschaft anstachelte.

Tatsächlich konnte sich der Marquis nicht erinnern, jemals mit einer Frau allein gespeist zu haben, die nicht die Absicht gehabt hätte, seine Begierde zu wecken und sich ihm als unentbehrlich zu präsentieren.

Arina ist noch ein Kind, dachte er. Ich werde ihr nicht nur beizubringen haben, was sie tun soll, sondern sie auch vor den Dingen schützen müssen, die sie erschrecken, und von denen wird es eine ganze Menge geben.

Als er sie betrachtete, wie sie im Schlaf ihren Kopf an das weiche Seidenkissen schmiegte, sah sie sehr jung und sehr verwundbar aus.

Er bemerkte auch, daß ihre Augenwimpern, die bei ihrer blassen Haut so dunkel ausgesehen hatten, nicht getuscht wie bei Olivia, sondern von Natur aus dunkel waren und an den Spitzen goldfarben schimmerten.

Das waren wirklich noch die Augenwimpern eines Kindes, und der Marquis hatte das Gefühl, sie sei nicht nur jung und zart, sondern auch so zerbrechlich wie ein kostbares Stück aus Meißener Porzellan, das bei rauher Behandlung zerspringen würde.

Er öffnete die Tür, hob Arina dann aus dem Sessel und trug sie in sein Schlafzimmer.

Er hatte sich schon vage gefragt, wie sie wohl getrennt voneinander schlafen konnten, ohne daß es Champkins auffallen würde, aber da Arina jetzt bereits schlief, bestand kein Grund mehr, sie in irgendeine heimliche Absprache hineinzuziehen.

Er legte sie vorsichtig auf das Bett, das bereits für die Nacht aufgedeckt war.

Einen Augenblick lang dachte er daran, sie zu wecken, damit sie sich ausziehen und schlafen legen konnte, aber sie schlief bereits so fest, daß das geradezu ein Verbrechen gewesen wäre.

Stattdessen zog er ihr die Schuhe aus, knöpfte geschickt das Kleid auf und streifte es ihr ab.

Mit einem schiefen Lächeln dachte er daran, daß er damit zum ersten Mal eine Frau entkleidete, die nicht im geringsten an seinem Vorgehen interessiert war.

Er legte sie zwischen die Bettlaken und sah dabei, was sie gemeint hatte, als sie sagte, Madame Celeste sei von ihrer Magerkeit schokkiert gewesen. Sie war für ihr Alter und ihre Größe viel zu dünn.

Dann zog er das Bettuch bis zu ihrem Kinn hinauf und konnte dem Heben und Senken ihrer Brust entnehmen, daß sie viel zu fest eingeschlafen war, um von seinen behutsamen Bewegungen geweckt zu werden.

Er stand noch eine Weile da und blickte auf sie hinunter. Dann nahm er eins von den Kissen vom Bett und holte sich sein Nachthemd und seinen Schlafrock von dem Stuhl, auf dem Champkins sie für ihn bereitgelegt hatte.

Im Schrank fand er wie erwartet zwei Decken; sie lagen dort zusammengefaltet für den Fall, daß er ihre zusätzliche Wärme benötigen sollte.

Er nahm alles in den Arm, blies neben dem Bett die Kerzen aus, verließ das Zimmer und schloß leise die Tür hinter sich.

Das Sofa im Salon war groß und bequem, und da er ebenfalls müde war – schließlich hatte er dank Olivia nur wenig geschlafen, rechnete der Marquis damit, sofort einzuschlafen, aber es war fast Mitternacht, als es ihm endlich gelang.

Da er nach seiner Zeit in Oxford zwei Jahre in der Armee gewesen war, hatte er sich die Fähigkeit angeeignet, zu jedem beliebigen Zeitpunkt wach zu werden, ohne daß ihn jemand wecken mußte.

Das hatte sich im Regimentsdienst als nützlich erwiesen und war ihm auch später zustatten gekommen, zum Beispiel wenn er sich auf den Ländereien seines Großvaters an der Fuchsjagd beteiligte, zu der man um vier Uhr morgens aufstehen mußte, wenn selbst einige der Diener die Zeit verschliefen.

Der Marquis war deshalb bereits gebadet und halb angezogen, als Champkins aus seinem Zimmer im oberen Stock herunterkam.

»Guten Morgen, M'lord!« rief er. »Sie sind früh aufgestanden heute!«

»Ich muß noch ein paar Sachen regeln, bevor wir abreisen«, erwiderte der Marquis, »und da meine Frau noch schläft, wollte ich sie nicht wecken.«

Champkins warf einen Blick auf die geschlossene Schlafzimmertür.

»Sehr weise, M'lord, wenn ich das sagen darf. Der Lady wird das Schlafen vielleicht schwerfallen, wenn sie erst von den Wellen durchgeschüttelt wird.«

»Ich hoffe, die See ist zu dieser Jahreszeit ruhig«, erwiderte der Marquis trocken. »Und nun, Champkins, möchte ich mich vergewissern, daß wir alles Wichtige bei uns haben, weil ich Mr. Groves beauftragen will, alles andere einlagern zu lassen.«

Mr. Groves war der Sekretär, der um neun Uhr eintreffen sollte.

Champkins zog eine Grimasse.

»Heißt das, M'lord, daß wir nicht zurückkommen?«

»Wenn wir zurückkehren, dann werden wir nicht wieder diese Wohnung beziehen, sondern Kildonon House an der Park Lane«, erklärte der Marquis mit harter Stimme.

Er sprach mit solcher Entschlossenheit, daß Champkins ihn überrascht anblickte.

Der Marquis hatte sich plötzlich entschlossen, wenigstens in dieser Angelegenheit mit seinem Vater zu kämpfen und Schottland nur unter der Voraussetzung zu seiner Heimat zu machen, daß er in London für alle Fälle über ein Ausweichquartier verfügte.

Vielleicht lag es an der Art und Weise, wie er versucht hatte, Arina in der vergangenen Nacht alles zu erklären, auch wenn sie davon nur sehr wenig mitbekommen hatte, aber er schien neuen Mut gefaßt zu haben, einen Mut, den er eigentlich gar nicht erst hätte verlieren dürfen.

Es war, als hätte seine Schilderung der Schotten, die trotz grausamer Unterdrückung durch die Engländer ihre Identität und ihren Stolz bewahrt hatten, dazu geführt, daß er beides auch in sich wiederentdeckte.

»Wieso eigentlich«, sagte er nun, »sollen wir Geld für die Aufbewahrung ausgeben, wenn im Kildonon House genügend Platz zur Verfügung steht? Es wird dort einen Verwalter geben, und ich werde Mr. Groves beauftragen, alles dorthin schaffen und im Ballsaal unterstellen zu lassen, bis ich mich meinen Wünschen entsprechend einrichten kann.«

»Eine gute Idee, M'lord«, meinte Champkins erfreut, aber der Marquis hörte ihm schon nicht mehr zu.

*

Als Mr. Faulkner eintraf, brachte er zwei geräumige Kutschen mit, die weit bequemer waren als Droschken und die jeweils von zwei kräftigen Pferden gezogen wurden.

Der Marquis, Arina und Mr. Faulkner würden in der ersten fahren, während Champkins mit dem gesamten Gepäck in der zweiten nachfolgen würde.

Bevor sie aufbrachen, waren zwei weitere Reisekoffer von Madame Celeste eingetroffen, dazu noch drei lederne Hutschachteln, die zu den bestellten Kleidern die passenden Kopfbedeckungen enthielten.

»Wir müssen uns jetzt natürlich entscheiden«, meinte der Marquis, als er lächelnd den riesigen Berg Gepäck betrachtete, »was wir während der Reise brauchen und was unten im Laderaum des Schiffes verstaut werden kann. Ich bezweifle, daß irgendeine Kabine, wie groß sie auch immer sein mag, das hier alles fassen könnte.«

Arina konnte nur hilflos auf die Fülle ihrer neuen Besitztümer blicken, deshalb war der Marquis erleichtert, als er entdeckte, daß Celeste mit dem ihr eigenen gesunden Menschenverstand für jeden Koffer ein genaues Inhaltsverzeichnis angelegt hatte.

Er wählte den Reisekoffer aus, den er für den nützlichsten hielt, und entnahm einem anderen zusätzlich ein langes warmes Cape mit Pelzbesatz.

»Auf See kann es sehr kalt werden«, erläuterte er, als Arina das Cape überrascht musterte.

Champkins hatte sein Gepäck bereits untergebracht, und im letzten Moment hatte der Marquis noch einiges an Lebensmitteln vom Shepherd Market holen lassen und durch einige Kisten Wein ergänzt.

Es gab einen Reisekoffer, der alles enthielt, was der Marquis bei einer Reise dieser Art für erforderlich erachtete: seine eigene leinene Bettwäsche, Handtücher und Decken sowie weiche Daunenkissen und Bettvorleger.

Es amüsierte ihn, wie erstaunt Arina war, daß sie in solchem Luxus reisen würden.

Als sie jedoch ihre eigene Kabine an Bord der *Sea Serpent* – dieses Schiff verkehrte regelmäßig zwischen Tilbury und Aberdeen – in Augenschein nahm, verstand sie, daß der Marquis die unzureichende Ausstattung höchst unbequem fand.

Für sie war es jedoch ein aufregendes Erlebnis, nicht nur eine Seereise auf einem – wie ihr schien – großen Schiff anzutreten, sondern noch dazu eine Kabine ganz für sich allein zu haben.

Da sie nach dem Tode ihres Vaters so verarmt waren, hatten sie und ihre Mutter nach ihrem Umzug in ein winziges Häuschen das Schlafzimmer miteinander teilen müssen.

Und als sie dann in London lebten, konnten sie sich kaum das billigste Zimmer einer Pension leisten, geschweige denn die Miete für zwei Räume aufbringen.

Als Champkins Arinas Koje mit leinenen Bettüchern, die dafür zu groß waren, mit flauschigen weißen Decken und bequemen Kissen hergerichtet hatte, bedankte sie sich so überschwenglich bei ihm, daß er sagte:

»Das ist Ihr Recht, M'lady, wo Sie doch jetzt mit meinem Herrn verheiratet sind, und wenn ich Ihnen einen guten Rat geben darf, Sie sollten immer darauf achten, daß Sie alles bekommen, was Ihnen zusteht.«

»Die Schwierigkeit ist nur«, erwiderte Arina, »daß ich überhaupt nicht sicher bin, was das ist.«

Sie sprach freimütig und offen mit Champkins, da sie ihn bereits gern hatte und außerdem bemerkte, wie treu er dem Marquis ergeben war.

Sie fand, Champkins ähnelte sehr dem Kindermädchen, das sie gehabt hatte, bis ihre Eltern zu arm waren, es sich noch leisten zu können, und sie selbst auch groß genug geworden war, um auf sich selbst aufzupassen.

Champkins grinste und meinte dann:

»Sie müssen nur eins tun, M'lady. Sie müssen Ihre Nase in die Luft stecken, auf alle herabschauen und so tun, als ob Sie allen anderen überlegen wären!«

Arina lachte.

»Ich bin ziemlich sicher, daß ich mich niemals irgend jemandem überlegen fühlen werde!«

»Dann müssen Sie sich nur daran erinnern, M'lady, daß Sie ebenso gut sind wie die anderen, wenn nicht besser!«

Arina mußte erneut lachen und hatte das Gefühl, daß Champkins ihr einen Teil der Sorge nahm, sie könnte etwas falsch machen und den Marquis enttäuschen, weil seine Verwandten argwöhnen würden, die Ehe der beiden sei keine richtige Ehe.

›Er ist so freundlich zu mir‹, dachte sie, ›daß es unentschuldbar wäre, wenn ich ihm nicht helfen würde.‹

Sie war verlegen gewesen, als sie am Morgen im Bett des Marquis aufwachte und daran dachte, wer sie dorthin gebracht und ihr das Kleid ausgezogen hatte.

Zuerst war sie so entsetzt, als sie an das Geschehene dachte, daß sie davonlaufen und sich verstecken und den Marquis niemals wiedersehen wollte.

Dann aber sagte sie sich, daß das lächerlich wäre.

Schließlich war sie für ihn völlig unwichtig, und es war ganz vernünftig, ihr das teure Kleid auszuziehen, das er ihr gekauft hatte und das mit Sicherheit völlig zerknüllt gewesen wäre, wenn sie darin die Nacht verbracht hätte.

Das gleiche hätte er für jede andere Frau auch getan, ob alt oder jung, dachte sie.

Sie kam zu dem Schluß, wenn sie jetzt schüchtern, verlegen oder zimperlich wegen einer Situation wäre, die sie durch ihr Einschlafen schließlich selbst herbeigeführt hatte, dann würde sie recht dumm aussehen, und der Marquis würde sie zweifellos verachten.

Sie wunderte sich allerdings, wie er es geschafft hatte, ihr das Kleid auszuziehen, denn die Knöpfe befanden sich auf der Rückenpartie.

Als sie dann vor der Frisierkommode ihr Haar in Ordnung

brachte, hatte sie einen überraschenden Fund gemacht.

Es handelte sich um eine sehr männliche Frisierkommode von der Art, wie sie auch ihr Vater immer benutzt hatte, nur war sie wesentlich luxuriöser.

Die Bürsten des Marquis – sie bestanden aus Elfenbein, in das sein Wappen eingearbeitet war – lagen oben auf der niedrigen Kommode, direkt vor einem Spiegel, der so angebracht war, daß man ihn in jedem Winkel feststellen konnte.

Der Spiegel besaß einen Holzrahmen, und darunter waren drei kleine Schubfächer angebracht.

Arina fand das alles faszinierend, und wegen der Ähnlichkeit mit der Frisierkommode ihres Vaters öffnete sie das mittlere Schubfach, ohne sich etwas dabei zu denken oder neugierig zu sein.

In der Schublade lagen ein paar einzelne Geldstücke und darauf eine kleine Puderquaste von Swansdown.

Sie konnte nicht wissen, daß Olivia sie versehentlich hatte fallen lassen, als sie sich in der vergangenen Nacht wieder angekleidet und dann vor den Spiegel gestellt hatte, um ihr Haar zu frisieren und die Spuren zu beseitigen, die die Küsse des Marquis in ihrem Gesicht hinterlassen hatten.

Schließlich hatte sie sich noch die Nase gepudert, und als sie eine kleine Cremedose aus ihrem Handtäschchen zog, um das Rot ihrer Lippen zu erneuern, war die Puderquaste auf den Fußboden gefallen, wo Champkins sie später gefunden hatte.

Es hatte ihn nicht überrascht.

Das war nur wieder einer von den Gegenständen, die die »Turteltauben« seines Herrn, wie er sie insgeheim nannte, ständig liegen ließen. Haarnadeln, Lippencreme, Parfümfläschchen und manchmal sogar Kleidungsstücke hatte Champkins stets kommentarlos eingesammelt.

Die Puderquaste hatte er in das Schubfach gelegt und sich vorgenommen, den Marquis später darauf aufmerksam zu machen.

Arina starrte das Ding verwirrt an.

Dann aber warf sie sich vor, albern zu reagieren.

Natürlich gab es im Leben eines Mannes, der so attraktiv war wie der Marquis, viele Frauen.

Sie war zwar ziemlich schockiert, daß diese Frauen sich in eine Junggesellenwohnung begeben hatten, aber sie nahm an, dafür werde es eine ebenso gute Entschuldigung gegeben haben wie für ihre eigene Anwesenheit dort.

Ohnehin ging sie das Ganze nichts an, dachte sie.

Und dennoch, zum ersten Mal sah sie den Marquis als Mann und nicht als einen Engel, den Gott gesandt hatte, um ihre Mutter vor dem Tode zu bewahren, daher konnte sie es nicht vermeiden, unwillkürlich eine gewisse Neugier zu empfinden.

Als sie sich zum Frühstück ins Speisezimmer begab, hatte es sie gedrängt, ihn zu fragen, ob er – nachdem er ihr das Schlafzimmer überlassen hatte – gut geschlafen habe, aber sie fand es unmöglich, die richtigen Worte dafür zu finden.

Stattdessen versuchte sie, sich ganz ungezwungen mit ihm zu unterhalten und nicht daran zu denken, daß er sie ausgezogen und zu Bett gebracht hatte.

Und der Marquis war seinerseits so sehr mit seinen Reisevorbereitungen beschäftigt, daß er fast schon vergessen hatte, was in der Nacht zuvor geschehen war.

Während sie noch beim Frühstück saßen, war Mr. Groves eingetroffen, und als der seine Instruktionen erhalten hatte, wurde bereits Mr. Faulkner gemeldet.

Arina brauchte nur noch ihren Hut aufzusetzen und den blauen Schal umzulegen – die beiden Kleidungsstücke, die sie auch schon am Vortage getragen hatte – und anschließend in die Kutsche zu steigen.

Als sie aus London fortfuhren, weilten ihre Gedanken nur bei ihrer Mutter, und Arina betete darum, daß sie sich kräftiger fühlen möge, damit das Risiko bei der Operation geringer wäre.

Sie hatte ihrer Mutter gesagt, warum sie London verließ, und hatte – auch wenn sie nicht sicher war, ob ihre Mutter das richtig verstanden hatte – ihr versprochen, jeden Tag zu schreiben.

Ich werde an Bord des Schiffes sehr viel Zeit haben, sagte sie sich.

Ihre einzige Bitte an Champkins war gewesen, Schreibpapier in einen ihrer Koffer zu packen.

»Da habe ich etwas Besseres für Sie, M'lady«, hatte der Diener erwidert.

Arina hatte ihn nicht gefragt, was er damit meinte, aber bevor er die Koje in ihrer Kabine herrichtete, hatte er eine feine lederne Schreibmappe auf den Tisch gelegt und ein kleines Reisetintenfaß mit einigen Federkielen dazu gestellt.

»Ich werde dafür sorgen, daß die Federn immer gespitzt sind, M'lady«, hatte er versprochen, und Arina fand es schwierig, ihm zu sagen, wie dankbar sie ihm war.

Erst als das Schiff tatsächlich den Anlegeplatz verließ, zitterte sie plötzlich vor Angst bei dem Gedanken, daß sie jetzt ihre Mutter und alles, was ihr vertraut war, zurücklassen mußte.

Sie reiste gemeinsam mit einem fremden Mann in ein fremdes Land und würde dort mit Menschen zusammentreffen, von denen sie bisher – vor allem vom Herzog – nur Dinge gehört hatte, die einfach erschreckend klangen.

Dann aber dachte sie daran, daß es, wie der Marquis gesagt hatte, ein Abenteuer war und daß es von ihr höchst undankbar und obendrein dumm wäre, wenn sie nicht alle Anstrengungen unternahm, es auch zu genießen.

Sie wußte, vor ihrer Erkrankung hätte ihre Mutter ebenso gedacht.

Auch ihr Vater hatte es stets geschafft, alles, was sie unternahmen, nicht nur zu einem Abenteuer werden zu lassen, sondern zu einer fröhlichen Erfahrung, an die man sich erinnerte und über die man miteinander reden konnte.

Vielleicht lag es daran, daß er so vieles aufgegeben hatte, als er mit ihrer Mutter davongerannt war; Arina hatte jedenfalls immer das Gefühl gehabt, er benutze seine Phantasie in einem Maße, wie es sich nur wenige andere Erwachsene angelegen sein ließen.

Dabei ging es nicht nur um die Geschichten, die er ihr erzählt hatte, als sie noch ein kleines Mädchen war, von Feen und Elfen in den Wäldern, Drachen in den Bergen und Nymphen, die die Flüsse bewohnten.

Seine Phantasie ermöglichte es ihm auch, in einer verzauberten Welt zu leben, die von der rauhen Wirklichkeit nie beeinträchtigt wurde.

Als er seiner Frau erklärte, er liebe sie und könne kaum noch an etwas anderes denken, da war das die Wahrheit. Und da sie ihn ebenfalls mit romantischen Augen sah, war ihre Ehe eine einzige Idylle gewesen.

Daß sie in einem schäbigen, heruntergekommenen Haus lebten und sich keinerlei Luxus leisten konnten, war nicht wichtig.

Für sie war es ein Feenpalast, die Nahrung, die sie aßen, war verzaubert, und ihre Tochter war nicht nur ein Geschenk Gottes, sondern ein Feenkind, das von den Feen umsorgt und behütet wurde.

Erst als Arinas Vater starb, mußten sie und ihre Mutter sich mit der Realität auseinandersetzen, und die war erschreckend genug.

Arina wußte jetzt jedoch, daß ihre Ängste unbegründet waren, weil ihr Vater sie noch immer liebte und beschützte, wo immer sie auch sein mochte, und daß er auch den Marquis geschickt hatte, um sie und ihre Mutter zu retten.

Jetzt schalt sie sich selbst dafür aus, daß sie jemals geglaubt hatte, man habe sie im Stich gelassen.

›Dies ist ein Schiff wie dasjenige, mit dem Odysseus von Troja fortsegelte oder mit dem sich Jason auf die Suche nach dem Goldenen Vlies machte‹, dachte sie, als die *Sea Serpent* begann, sich den Wellen anzupassen, ›und der Marquis ist ein Ritter mit Schwert und Schild, und er ist bereit, alle Feinde und Drachen zu vernichten, die uns angreifen.‹

Sie blickte zum Himmel empor und sagte leise:

»Wohin wir auch reisen, was wir auch tun, wir werden beschützt, und ich brauche nur zu beten, dann wird Papa dafür sorgen, daß meine Gebete erhört werden.«

Sie lächelte, als sie sich fragte:

›Wie konnte ich nur so dumm sein, das nicht früher zu sehen? Es war falsch, sehr falsch von mir, Mama so unglücklich und krank werden zu lassen, nur weil sie glaubte, man hätte uns im Stich gelassen.‹

Sie wünschte, sie hätte ihrer Mutter von ihrer Entdeckung berichten können, aber dann fiel ihr ein, daß sie ihr ja schreiben konnte. Es würde vielleicht schwer in Worten auszudrücken sein, aber ihre Mutter würde sie schon verstehen.

Das Ergebnis ihrer Überlegungen bewirkte, daß sie sich glücklich fühlte, und als Champkins kam und ihr mitteilte, der Marquis habe für sie beide ein Essen arrangiert, ging sie mit einem Lächeln auf den Lippen zu ihm, und ihre Augen strahlten vor Glück.

Es war schon nach ein Uhr, als das Schiff seine Fahrt begann, und da sich an Bord der *Sea Serpent* keine weiteren Passagiere befanden, war es Mr. Faulkner möglich gewesen, noch eine dritte

Kabine zu besorgen, in der sie ungestört ihre Mahlzeiten einnehmen konnten.

Es war unmöglich, die Kojen zu entfernen, da sie fest eingebaut waren, aber die übrigen Möbel hatte man hinausgebracht bis auf einen kleinen runden Tisch, drei Stühle und einen Beistelltisch, der zum Servieren des Essens benutzt werden konnte.

Ein Steward bediente sie, und als ihr eine gehaltvolle Pastete vorgelegt wurde, wußte Arina, daß es sich um das Essen handelte, das der Marquis mit auf das Schiff gebracht hatte.

Auf die Pastete folgte gekochte und in Aspik eingelegte Ochsenzunge. Dazu gab es Salat und eine mit Äpfeln garnierte ganze Schweinskeule für den Fall, daß Arina so etwas vorgezogen hätte.

Der Marquis war hungrig und aß eine Menge von dem, wie er es nannte, »leichten Mittagsimbiß«.

Nur mit Mühe konnte Arina die Bemerkung unterdrücken, daß so viel Essen für sie und ihre Mutter wochenlang ausgereicht hätte.

Es kam ihr fast so vor, als würde Champkins neben ihr stehen und ihr sagen, sie solle so tun, als wäre eine derartige Mahlzeit für sie etwas ganz Normales, und anstatt davon beeindruckt zu sein, solle sie von ihrem Recht Gebrauch machen, daran herumzumäkeln.

Sie mußte bei diesem Gedanken leise vor sich hinlachen, so daß der Marquis aufblickte und fragte:

»Was ist denn so amüsant?«

»Etwas, das Champkins gesagt hat.«

»Ja, er ist schon ein Original«, meinte der Marquis. »Ich bin wirklich gespannt darauf, wie er im Schloß zurechtkommt. Bei jedem anderen Menschen würde ich befürchten, daß man ihn herumschubst, nur weil er ein ›Sassenach‹ ist, aber ich habe das Gefühl, daß Champkins sich zu behaupten weiß.«

»Da bin ich ganz sicher, Mylord«, stimmte Mr. Faulkner zu, »und ich versichere Ihnen, wir sind keineswegs die Barbaren, als die Sie uns immer hinstellen.«

Der Marquis lachte. Dann sagte er:

»Wenn Sie so empfindlich auf meine Worte reagieren, Faulkner, dann verspreche ich Ihnen, daß ich sofort kehrt mache und nach London zurückfahre. Mir ist völlig klar, daß meinem Vater meine äußere Erscheinung, meine Art mich zu unterhalten und zweifellos auch meine Gedanken mißfallen werden. Aber er wird mich so nehmen müssen, wie ich bin oder vielmehr geworden bin, nachdem ich nun einmal im Süden Englands gelebt habe.«

Mr. Faulkner gab keine Antwort, aber Arina dachte, wie sehr sie doch recht gehabt hatte mit ihrer Vorstellung, der Marquis sei ein gepanzerter Ritter und bereit, sich mit jedem zu schlagen, der sich ihm in den Weg stellte.

Die See war ein bißchen unruhig, aber nicht rauh, und Arina stand nach dem Essen noch lange an Deck, sah die Küste Englands in der Ferne und blickte über die Nordsee bis zu der Stelle, an der Himmel und Wellen ineinander übergingen. Jetzt war sie mit dem Marquis wieder allein.

»Sie sehen aus, als würde Ihnen das alles Spaß machen«, meinte er, und in seiner Stimme schwang ein ganz winziges Quantum Neid mit.

»Mir ist plötzlich klargeworden, wie aufregend dies alles ist«, erwiderte Arina. »Und ... Sie ... hatten recht, als Sie sagten, es sei ein Abenteuer.«

»Kein sehr angenehmes für mich.«

»Aber es muß sein!« erklärte Arina mit Nachdruck. »Abenteuer, auch wenn sie gefährlich und unangenehm sein mögen, sind dennoch immer anregend, und ich bin davon überzeugt, daß sie uns neue Horizonte eröffnen, von deren Existenz wir vorher nie etwas geahnt haben.«

Sie sprach leise und wie in Gedanken verloren, so daß der Marquis sie überrascht anblickte.

Er hatte erwartet, sie besorgt und niedergeschlagen zu sehen. Statt dessen schien sie fast zu strahlen, als sei sie von einem inneren Licht erfüllt, das sie förmlich vibrieren ließ.

»Ich bin froh, daß Sie das so sehen«, sagte er. »Ich hatte befürchtet, Sie wären unglücklich, weil Sie Ihre Mutter verlassen mußten. Jedenfalls waren Sie das gestern morgen noch, so daß ich schon mit einer recht trübsinnigen Reise gerechnet habe.«

»Es wäre sehr egoistisch von mir, wenn ich nur an mich denken würde«, antwortete Arina, »und ich habe gelesen, daß die Ritter, wenn sie auszogen, um gegen das Böse zu kämpfen, immer von der Dame inspiriert wurden, deren Farben sie trugen.«

Sie hielt inne und fügte dann schüchtern hinzu:

»Da ich ... die einzige Dame bin, die ... zur Zeit bei Ihnen ist, darf ich ... vielleicht ein wenig hoffen, Sie zu inspirieren oder ... Sie zumindest davon abzuhalten, sich allzu verärgert zu fühlen.«

Sie zögerte bei diesen Worten, und der Marquis fragte sie:

»Woher wissen Sie, daß das meine Gefühle sind? Ich kann mich nicht erinnern, jemals in so vielen Worten darüber gesprochen zu haben.«

»Sie halten mich vielleicht für aufdringlich«, erwiderte Arina und wandte den Blick von ihm ab, »aber als Sie mir erzählten, Sie wollten nicht nach Schottland zurückkehren und Ihr Vater wolle Sie dazu zwingen, ein schottisches Mädchen zu heiraten, da konnte ich fühlen, wie sehr Sie das ... geärgert hat und wie ... zornig und unwillig Sie waren, weil Sie London und all Ihre Freunde verlassen mußten.«

Als sie das Wort »Freunde« aussprach, erinnerte sie sich wieder an die Puderquaste in der Frisierkommode und dachte, vielleicht sei das ein Grund mehr dafür, daß der Marquis nicht den Wunsch hatte, London zu verlassen.

»Was Sie sagen, ist tatsächlich wahr«, antwortete er. »Ich glaube, es war sehr feinfühlig von Ihnen, es zu bemerken, und ich bin auch sicher, daß es Ihnen möglich sein wird, mir zu helfen.«

»Das hoffe ich«, meinte Arina, »aber ich habe Ihnen noch gar nicht sagen können, wie sehr ... ich mich schäme, daß ich gestern abend eingeschlafen bin, als Sie mir so interessante Dinge erzählten.«

Sie blickte zu ihm auf und fügte flehend hinzu:

»Bitte, bitte ... seien Sie nicht beleidigt und erzählen Sie es mir noch einmal, und ich verspreche Ihnen, ich werde ... nicht noch einmal einschlafen.«

Der Marquis lächelte.

»Das war doch verständlich. Sie hatten einen sehr langen Tag hinter sich, und ich vermute, in der Nacht zuvor hatten Sie auch nicht viel geschlafen.«

Arina wußte, daß das stimmte. Sie hatte sich nicht nur Sorgen gemacht, weil sie ihre Mutter verlassen würde, sondern auch, weil ihre Mutter so viel Pflege benötigte. Immer wieder war sie in der Nacht aufgestanden, um ihrer Mutter die Kissen zurechtzurücken oder ihr etwas zu trinken zu bringen.

»Es war trotzdem sehr rücksichtslos von mir«, sagte sie. »Aber

Sie wissen, wenn ich Ihnen in irgendeiner Weise helfen kann, dann ... wäre es ... das Wundervollste, das ich mir vorstellen könnte, denn nur dadurch, daß ich ... etwas für Sie tun kann, werde ich jemals das Gefühl haben, nicht mehr ... in Ihrer Schuld zu stehen.«

»Ich habe Ihnen ja schon erklärt, daß ich in Ihrer Schuld stehe«, erwiderte der Marquis, »daher werde ich natürlich fortsetzen, was ich gestern abend begonnen habe. Ich halte Sie für recht intelligent, und deshalb werden Sie sich auch darüber im klaren sein, daß Sie sehr viel mehr über mich wissen würden, wenn wir wirklich Mann und Frau wären.«

»Das würde ich ... gern, das würde ich ... wirklich sehr gern.«

»Sehr schön«, pflichtete der Marquis ihr bei, »aber jetzt sind Sie müde, und der Wind bläht zwar kräftig die Segel, aber Sie beginnen auch zu frieren, daher werden wir zu Ihrer ersten Lektion nach unten gehen.«

»Ich habe noch sehr viel zu lernen«, gab Arina zu, »und das wird für mich auch sehr aufregend sein, aber ich hoffe, es ist ... für Sie nicht langweilig.«

Sie war so eifrig darauf bedacht, dem Marquis zu helfen, daß sie sich an Champkins wandte, als dieser sie in ihrer Kabine aufsuchte und sich erkundigte, ob sie etwas aus den Koffern brauchte, die er noch nicht ausgepackt hatte.

»Ich ... ich möchte Sie etwas fragen.«

»Was denn, M'lady?«

»Für mich ist das alles sehr neu. Wenn Sie etwas wissen, das ich tun kann, um dem Marquis zu helfen und ihn ... und dafür zu sorgen, daß er sich glücklicher fühlt, wären Sie dann so freundlich, es mir zu sagen?«

Champkins sah einen Augenblick lang überrascht aus. Dann meinte er:

»Ich will Ihnen nicht verhehlen, M'lady, daß es mich völlig überrascht hat, als der Herr erzählte, er wäre verheiratet. Aber jetzt habe ich Sie gesehen, und wenn Sie, M'lady, so mit mir sprechen, dann glaube ich, daß Sie genau die Art von Mensch sind, die gerade jetzt bei ihm sein sollte.«

»Wieso gerade jetzt?« fragte Arina.

»Weil er restlos bedient ist und ihm die ganze Sache total gegen den Strich geht«, gab Champkins derb zur Antwort. »Einmal ist er diesen hochnäsigen Schotten entronnen, und jetzt muß er wieder hin, und machen kann er auch nichts dagegen.«

Arina blickte ihn mit erstaunten Augen an.

»Ich weiß, daß sein Bruder gestorben ist und daß er aus diesem Grunde jetzt der Marquis ist und eines Tages das Oberhaupt des Clans sein wird«, sagte sie, »aber muß er denn zurückkehren, wenn er es nicht will?«

»Er hat keine andere Wahl«, erwiderte Champkins. »Er muß zurück und sich daran gewöhnen, Fleischpudding in sich hineinzustopfen – oder womit sich diese Schotten sonst noch vollzustopfen pflegen – und das auch noch zu genießen!«

Er unterließ es hinzuzufügen, daß er an der Tür gelauscht hatte, als Mr. Faulkner seinem Herrn die Nachricht überbrachte, er müsse nach Schottland zurückkehren.

Er hatte ohnehin damit gerechnet und deshalb auch nicht protestiert, als der Marquis ihm mitteilte, sie müßten unverzüglich nach Kildonon Castle aufbrechen.

»Es wird schwierig für ihn werden, sich anzupassen«, meinte Arina, und es klang, als würde sie ihre Gedanken laut aussprechen.

»Natürlich wird es das, M'lady«, pflichtete Champkins ihr bei. »Das kann ja auch gar nicht anders sein, wo er doch alle seine Freunde aufgibt, seine Clubs und seine Geliebten.«

Die letzten Worte waren ihm herausgerutscht, bevor er es verhindern konnte. Hastig fügte er hinzu:

»Entschuldigen Sie, M'lady, das hätte ich nicht sagen sollen.«

»Warum denn nicht?« erwiderte Arina. »Schließlich reden wir doch offen miteinander. Ich habe natürlich vermutet, daß es bei seinem guten Aussehen eine Menge Ladies gibt, die ... in ihn ... verliebt sind.«

»Dutzendweise!« bestätigte Champkins genüßlich. »Sie flattern um ihn herum wie Motten um eine Kerzenflamme. Aber es dauert nicht lange, dann langweilen sie ihn. Dann kommen sie weinend zu mir: ›Wann kann ich ihn sehen, Champkins?‹ Oder: ›Bitte, Champkins, legen Sie ihm diesen Zettel hin, aber so, daß er ihn nicht übersehen kann!‹«

Champkins äffte ihren gezierten Tonfall nach, so daß Arina am liebsten laut aufgelacht hätte. Dann fuhr er fort:

»Und dann geben sie mir Trinkgelder, reichlich sogar, M'lady, aber ich kann da gar nichts machen. Wenn ihn etwas langweilt, dann langweilt es ihn eben. Und, M'lady, Sie können sich ja bestimmt vorstellen, wenn die eine Lady verschwindet, kommt schon die nächste, die nur auf ihre Gelegenheit gewartet hat.«

»Wenn sie so schön sind, wieso ... langweilen sie ihn dann so schnell?« fragte Arina.

Champkins kratzte sich den Kopf.

»Kann ich eigentlich nicht mal sagen, M'lady. Ein paar von ihnen sind so schön, daß sie eigentlich für jeden Mann das Richtige sein sollten. Aber wenn Sie mich fragen, ich glaube, es liegt daran, daß sie anfangen, zu viele Ansprüche zu stellen. Sie wollen zu viel haben, und kein Mann hat es gern, wenn er feststellt, daß er an eine Goldgräberin gekettet ist.«

Er sagte das mit so viel Humor in der Stimme, daß Arina Mühe hatte, das Lachen zu unterdrücken.

»O Champkins, Sie sind so lustig!« rief sie. »Aber ich weiß genau, was Sie meinen.«

Sie konnte zwar den Wunsch des Marquis nach Freiheit verstehen, aber sie dachte auch daran, daß ihr Vater – um dieses Wort zu gebrauchen – an ihre Mutter »gekettet« gewesen war, und doch hatten sie fast neunzehn Jahre in unglaublichem Glück miteinander verbracht.

Dann überlegte sie, ob ein solches Glück wohl die Liebe sein könnte, nach der der Marquis suchte, und ob er wohl nur gelangweilt war, wenn er sie nicht fand.

Er unterschied sich vielleicht von ihrem Vater, aber sie waren beide extrem gutaussehend, beide hatten die gleiche Erziehung und Ausbildung erhalten und beide waren im Luxus aufgewachsen.

Der einzige Unterschied bestand darin, daß ihr Vater um seiner Liebe willen alles aufgegeben hatte, während der Marquis nicht bereit war, auf irgend etwas zu verzichten, und das bedeutete vermutlich, daß er noch nie so geliebt hatte wie ihr Vater.

›Aber vielleicht sucht er danach‹, dachte Arina, ›und das wird eine Suche sein, bei der ich ihm helfen kann.‹

Sie wußte nicht genau wie, aber sie dachte, wenn er die Art von Liebe finden könnte, die ihren Vater so glücklich gemacht hatte, dann würde sie – sie hatte es ihm ja bereits gesagt – das Gefühl haben, nicht mehr in seiner Schuld zu stehen.

»Ich werde für ihn beten«, beschloß sie, »und vielleicht wird Papa ihm genauso helfen, wie er Mama und mir geholfen hat.«

Champkins packte ein sehr hübsches zartgrünes Tüllkleid aus, über dem ein samtenes, mit Marabufedern besetztes Cape getragen wurde.

Als Arina sich angekleidet hatte, wünschte sie, es hätte einen großen Wandspiegel gegeben, in dem sie ihr Spiegelbild hätte betrachten können; denn sie wußte, dieses Kleid war das schönste, das sie sich überhaupt vorstellen konnte.

Ihr war klar, daß es sogar noch das blaue in den Schatten stellte, von dem sie beim ersten Anziehen gedacht hatte, es müsse aus einem Stück Himmel gemacht sein.

Sie fand bei dem Kleid auch ein dazu passendes Band, wie es auch die Taille zierte und von dem Madame Celeste ihr gezeigt hatte, wie man es im Haar befestigte.

»Wenn Sie Schmuck oder Kämme im Haar tragen, werden Sie es nicht brauchen«, hatte sie gesagt, »aber wenn nicht, dann werden Sie sehen, daß es sehr wirkungsvoll ist.«

Juwelen, dachte Arina, während sie das Band in ihrem Haar anbrachte und oben eine kleine Schleife hineinband, waren etwas, das sie vermutlich nie besitzen würde.

Das Band verlieh ihr einen schelmischen Ausdruck, der sich sehr von ihrem vorherigen Aussehen unterschied.

Sie wußte auch, daß sich das Grün ihrer Augen im Grün des Kleides widerspiegelte und daß ihre Haut durch den Kontrast sehr weiß wirkte.

Der Abend war warm und angenehm, als sie sich zu der Kabine begab, in der das Abendessen eingenommen werden sollte.

Als sie den Raum betrat, stellte sie fest, daß der Maruqis sie bereits erwartete, und als sie zum Tisch hinüberblickte, bemerkte sie, daß dort nur für zwei Personen gedeckt war.

Sie fühlte, wie ihr Herz einen Sprung machte, weil sie allein sein würden; das war zweifellos aufregender, als wenn auch Mr. Faulkner dabei war.

Als könne er ihre Gedanken lesen, meinte der Marquis:

»Faulkner läßt sich entschuldigen, zum Teil aus Taktgefühl, wie ich annehme, und zum Teil auch, weil er müde ist, wie er sagt, und sich in seine Kabine zurückziehen möchte, um sich einmal richtig auszuschlafen.«

»Ich glaube, es ist unhöflich, wenn ich sage, daß ich froh darüber bin«, erwiderte Arina, »aber ich bin lieber allein mit Ihnen, weil es mir dann leichter fällt, mich mit Ihnen zu unterhalten, und außerdem können Sie dann mit Ihrem Unterricht fortfahren.«

Der Marquis dachte daran, daß die meisten Frauen aus einem ganz anderen Grund mit ihm allein sein wollten.

»Ich möchte Sie lieber nicht langweilen«, scherzte er.

»Das würde mir nie passieren«, erwiderte Arina, »aber selbst wenn es doch dazu kommen sollte, werde ich nicht einschlafen!«

Nach einer Pause fügte sie hinzu:

»Ich fürchte nur, daß es Ihnen langweilig wird, mir Unterricht zu erteilen.«

Die Art und Weise, wie sie das Wort »Ihnen« betonte, hatte zur Folge, daß der Marquis ihr einen scharfen Blick zuwarf.

»Sie können sich gewiß denken«, begann er, »als . . .«

Dann hielt er inne und wechselte abrupt das Thema:

»Sie haben sich mit Champkins unterhalten!«

Arina errötete.

»Wie sind Sie darauf gekommen?«

»Sagen wir ruhig, daß ich Ihre Gedanken lesen kann. Und außerdem kann ich mir gut vorstellen, daß Champkins Ihnen berichtet hat, wie schnell ich mich zu langweilen pflege.«

»Ich bin sicher, das kommt daher, daß Sie so . . . klug sind und daß es den meisten Menschen schwerfallen dürfte, mit Ihnen . . . Schritt zu halten.«

Arina fand, sie hatte eine geistreiche Antwort gegeben, und der Marquis meinte lächelnd:

»Sie müssen nicht alles glauben, was Champkins Ihnen erzählt. Er ist jetzt schon so viele Jahre bei mir, daß er dazu neigt, ein bißchen zu familiär zu werden.«

»Ich habe das Gefühl, daß er ganz und gar meinem Kindermädchen ähnelt. Damals mußte ich mir auch immer alles mögliche anhören, und immer war es ›nur zu meinem Besten‹!«

Der Marquis lachte.

»Ich habe schon oft genug den gleichen Gedanken gehabt, und wenn Champkins eine Frau wäre, dann wäre er zweifellos ein

Kindermädchen und würde die Kinder in der einen Minute mit eisernem Besen regieren und sie in der nächsten schon wieder total verwöhnen.«

»Das ist eine wundervolle Beschreibung für ihn. Aber ich halte ihn wirklich für einen sehr netten Mann.«

Sie unterhielten sich angeregt, während man ihnen eine köstliche Mahlzeit servierte, die der Marquis mit an Bord des Schiffes gebracht hatte. Dazu gab es Champagner, den Arina bisher nur bei ganz besonderen Anlässen kennengelernt hatte.

»Papa pflegte jeweils eine Flasche zu Weihnachten und zu Mamas Geburtstag zu öffnen«, sagte sie. »Als ich noch klein war, durfte ich davon einen Schluck trinken und später dann ein halbes Glas, als ich ein wenig älter geworden war.«

»Und jetzt sind Sie eine erwachsene junge Dame und natürlich eine Marquise!« meinte er. »Daher glaube ich, daß Sie fast schon ein volles Glas vertragen können.«

»Und wenn ich dann nicht mehr gerade auf den Beinen stehen kann?«

»Dann werde ich Sie ins Bett tragen wie in der vergangenen Nacht.«

Sie errötete, als sie daran dachte, daß er ihr das Kleid ausgezogen hatte, und der Marquis fand ihr Erröten sehr attraktiv.

Dann erklärte sie mit leiser, aber ernster Stimme:

»Das war ... sehr freundlich ... von Ihnen, und ich habe mich heute morgen nicht bei Ihnen bedankt, weil ... ich dachte, Sie hätten ... es schon vergessen.«

Der Marquis blickte sie überrascht an.

»Wieso dachten Sie das?«

»Weil ich ... nicht wichtig für Sie bin, und deshalb dachte ich, Sie würden sich an mich nicht so erinnern ... wie an ...«

Sie hielt inne, weil sie befürchtete, es könnte ihm unangenehm sein, wenn sie den begonnenen Satz beendete, aber einen Moment später meinte der Marquis:

»Beenden Sie den Satz – es interessiert mich.«

»Es klingt recht impertinent, und ... vielleicht sind Sie dann verärgert.«

»Ich werde nicht verärgert sein, und nichts von dem, was wir uns sagen, ist jemals impertinent. Wenn wir in unserem Abenteuer zusammenarbeiten wollen, dann ist es absolut wichtig, daß wir offen miteinander reden.«

»Nun, ich ... dachte, ich kann mich natürlich irren, daß ... wenn Sie eine ... hübsche Frau ... ins Bett tragen, eine von denen, die ... Ihnen die ganze Zeit nachstellen, daß Sie das tun, weil es ... Ihnen etwas bedeutet.«

Der Marquis war von Arinas Gedankengang überrascht, sagte sich dann jedoch, daß jemand, der sehr jung und sehr unschuldig war, genauso denken würde.

»Vielleicht haben Sie recht«, meinte er beiläufig, »aber seit ich Sie ins Bett gebracht habe, ist mir eigentlich nur eine Tatsache im Gedächtnis geblieben: Sie sind viel zu leicht für Ihre Größe, und wenn Sie mir einen Gefallen tun wollen, dann essen Sie, damit Sie Ihre eingefallenen Wangen wieder auspolstern und auch die übrigen zu mageren Stellen, die es, wie ich vermute, sonst noch an Ihrem Körper gibt.«

»Ich werde es versuchen, ich ... verspreche es«, erklärte Arina ganz unbefangen. »Ich fühle mich schon viel ... dicker als gestern.«

»Das ist nur Einbildung«, erwiderte der Marquis. »Sie haben noch viel vor sich, und deshalb bestehe ich jetzt darauf, daß Sie noch eine zweite Portion von den gebratenen Tauben nehmen oder, wenn Ihnen das besser mundet, von dem Kalbfleisch, obwohl es nicht so gut zubereitet ist, wie ich es mir gewünscht hätte.«

»Bitte ... mehr kann ich wirklich nicht essen«, rief Arina flehentlich. »Ich will versuchen, morgen ... folgsamer zu sein, aber ich bin daran gewöhnt, abends nur ein Ei zu essen oder für Mama von dem Gemüse aus unserem Garten eine Suppe zu kochen, oder wir haben die Reste unseres Mittagessens verzehrt, und das war in der Regel auch nur sehr wenig.«

Die Art und Weise, wie sie das sagte, machte dem Marquis deutlich, daß sie nicht pathetisch klingen wollte, sondern einfach die Tatsachen erzählte, die ihr bisheriges Leben bestimmt hatten, damit er sie besser verstehen konnte.

»Soweit ich mich an das Schloß meines Vaters erinnern kann«, meinte er, »gab es dort immer viel zu essen, und es war gutes Essen, wenn auch nicht so üppig zubereitet, wie ich es inzwischen schätzen gelernt habe.«

Er dachte zurück an die Vergangenheit und fuhr fort:

»Da gibt es jetzt Lachse im Fluß, und ich hoffe, selbst eine Menge davon zu fangen, und Hummer aus dem Meer. Da ist das Wildbret aus den Mooren und später dann Unmengen von Moorhühnern und Birkhähnen.«

»Das klingt sehr aufregend!« rief Arina. »Und Champkins sagt, es wird auch Fleischpudding geben.«

»Natürlich«, stimmte der Marquis zu. »Fleischpudding und Hafergrütze zum Frühstück. Und davon werden Sie dick, auch wenn nichts sonst hilft!«

Bei diesen Worten erinnerte er sich daran, daß im Speisesaal im ersten Stock des Schlosses zum Frühstück immer eine riesige Schüssel mit Hafergrütze gestanden hatte.

Und ihm fiel wieder ein, wie er sich immer seine mit einem silbernen Rand verzierte Holzschale – er hatte sie zur Taufe geschenkt bekommen – füllte und dann Salz darüber streute. Und dann war er, weil sein Vater darauf bestand, in dem großen Zimmer auf und ab gegangen.

Bei den alten Schotten war es Tradition, ihre Hafergrütze im Stehen zu essen – für den Fall, daß sie während des Frühstücks von einem feindlichen Clan überfallen wurden.

Der Marquis überlegte noch, ob er Arina diese Sitte erklären sollte, aber dann fiel ihm ein, daß das unerheblich war, da man den Frauen gestattete, ihren Haferbrei im Sitzen zu essen.

Laut sagte er dann:

»Ich möchte nur wissen, wie viele von den Traditionen, die meinem Vater und den anderen Verwandten noch vertraut sind, ich vergessen habe. Und wenn ich jetzt meine Unwissenheit zeige, dann werden sie das nicht nur empörend finden, sondern es wird ihnen auch eine Waffe in die Hand geben, die sie gegen mich verwenden können.«

Es entstand eine kleine Pause. Dann sagte Arina:

»Ich glaube, es ist ... ein Fehler, wenn Sie ... solche Gedanken haben.«

Der Marquis sah sie scharf an.

»Wie meinen Sie das?«

»Sie haben gesagt, ich ... soll aufrichtig mit Ihnen reden. Also, ich glaube, Sie sollten, wenn Sie ... nach Haus zurückkehren, nicht solche feindseligen Gefühle hegen. Papa sagte immer: Man bekommt das, was man selber gibt. Und ich glaube, das ist wahr.«

Der Marquis schwieg, und sie fuhr fort:

»Wir tun so, als wären wir verheiratet, und ich glaube, es wäre ... klug von Ihnen, auch so zu tun, als würden Sie sich freuen, Ihren Vater wiederzusehen und ... wieder zu Haus zu sein. Wenn die Leute damit rechnen, daß Sie verärgert und voller Groll sind, dann werden Sie alle damit überrumpeln.«

Als sie ausgeredet hatte, bemerkte sie den Gesichtsausdruck des Marquis und fügte schnell hinzu:

»Es tut mir leid, aber ... Sie sagten, ich könnte Ihnen gegenüber ...«

Ihre Augen waren schreckgeweitet, und sie sprach den Satz nicht zu Ende.

Für einen kurzen Augenblick dachte der Marquis schon daran, ihr zu sagen, das gehe sie nichts an, und sie habe kein Recht, ihm eine Moralpredigt zu halten. Als ihm dann jedoch klar wurde, daß alles, was sie ihm gesagt hatte, durchaus einen Sinn ergab und daß er eigentlich selbst hätte darauf kommen müssen, sagte er:

»Ich möchte, daß Sie mir immer sagen, was Ihnen durch den Kopf geht, Arina, und ich bin nur überrascht, daß Sie bei Ihren Überlegungen zu so vernünftigen Ergebnissen gelangt sind.«

»Dann ... sind Sie nicht ... verärgert?«

»Nein, natürlich nicht! Sie geben mir nur das Gefühl, als hätte ich mich sehr dumm benommen.«

»Das ... könnten Sie nie und nimmer!«

»Ich hoffe, Sie haben recht, aber Sie haben den Dingen jetzt eine ganz andere Perspektive gegeben, und ich sehe alles jetzt anders als bisher.«

»Ich weiß, daß es für Sie schwierig ist, sehr, sehr schwierig sogar«, meinte Arina sanft, »alles zurückzulassen, was ... Ihnen wichtig ist.«

Sie stieß einen leichten Seufzer aus, als sei sie in der gleichen Lage, fügte dann aber rasch hinzu:

»Ich komme mir dabei zwar wie eine Hellseherin vor, aber ich möchte Ihnen sagen, daß das alles nicht so schlimm sein wird, wie es Ihnen jetzt vorkommt.«

»Und woher wissen Sie das?«

»Ich kann das nicht erklären, aber ich glaube, es liegt daran, daß

Sie so stark und lebenssprühend sind. Ich glaube, die Widerstände, mit denen Sie rechnen, werden sich in nichts auflösen, wenn Sie erst einmal dort sind. So als wären Sie die Sonne, die den Nebel vertreibt.«

Es lag etwas so Träumerisches in ihrer Stimme, daß der Marquis ganz erstaunt war und nach geraumer Zeit sagte:

»Ich hoffe, Sie haben recht. Aber wie dem auch sei, wenn der Nebel da ist, und das befürchte ich, dann bin ich ganz sicher, daß wir beide ihn gemeinsam vertreiben können.«

Er sah, wie bei dem Wort ›gemeinsam‹ ein Leuchten in ihre Augen trat, und wußte, sie dachte jetzt daran, wie wundervoll es wäre, wenn sie ihm helfen könnte.

Er hob sein Glas.

»Auf uns, Arina«, rief er. »Auf dich und mich und darauf, daß wir gemeinsam ein so seltsames und hoffentlich auch spannendes Abenteuer erleben!«

6

»Es ist wundervoll! Und so schön! Wirklich ein Schloß, das zu dir paßt!«

In Arinas Stimme schwangen so viel Hochgefühl und Begeisterung mit, daß der Marquis spürte, wie er in der gleichen Weise reagierte.

Unwillkürlich hatte er sich bereits in gehobener Stimmung befunden, als sie in Aberdeen angekommen waren, die *Sea Serpent* verlassen und sich an Bord der herzoglichen Yacht begeben hatten.

Ganz entgegen seiner Erwartung hatte er bei ihrer Ankunft das Gefühl gehabt, die Reise habe ihm Spaß gemacht.

Er hatte damit gerechnet, drei äußerst langweilige Tage und Nächte zu verbringen. Stattdessen hatte er festgestellt, wie sehr er die Unterhaltungen mit Arina genoß, die sich oft zu Unterrichtsstunden entwickelten.

Und gleichzeitig bemerkte er, daß sie ihm nicht nur recht intelligente Fragen stellte, sondern durchaus auch in der Lage war, zu diskutieren.

Als er sie fragte, wie sie zu einem solchen Scharfsinn und zu ihrem manchmal überraschend logischen Denkvermögen gekommen sei, antwortete sie:

»Papa oder Mama haben abends immer laut vorgelesen, und danach haben Mama und ich mit Papa darüber gesprochen, ob der betreffende Autor mit seinen Annahmen recht hatte oder nicht. Meist hat Papa diese Auseinandersetzungen gewonnen, aber es war immer sehr aufregend, und oft genug sind wir dabei recht aggressiv geworden!«

Sie lachte und fuhr fort:

»Aber so etwas . . . würde ich bei dir nicht wagen.«

Trotzdem hatte der Marquis festgestellt, daß er seinen Verstand wieder aufpolieren mußte, und als sie Aberdeen erreichten, mußte er zugeben, daß die Reise anregend und amüsant gewesen war und keineswegs so deprimierend, wie er erwartet hatte.

Es war nur menschlich, daß er eine tiefe Genugtuung verspürte, als zahlreiche Mitglieder des Clans ihn bei der Ankunft begrüßten. Sie sahen großartig aus in ihren Kilts und eskortierten ihn und Arina zum Kai, an dem die Yacht des Herzogs vor Anker lag.

Während sie an Bord gingen, spielte ein Dudelsackpfeifer »Sieg den McDonons!«, und als die Yacht langsam auslief, wurden sie von einer begeisterten Menge verabschiedet, die sich angesammelt hatte, um Zeuge des Geschehens zu werden.

Nun war Arina begeistert beim Anblick des Schlosses, und den Marquis überkam ein Gefühl des Stolzes, wie er es früher noch niemals verspürt hatte.

Es gab an der gesamten schottischen Küste kein Schloß, das einen so großartigen und mitreißenden Eindruck machte wie Kildonon Castle.

Hoch über der Bucht gelegen, so daß es nur durch seine Gärten vom Meer getrennt war, zeichnete es sich vor den Hochmooren und dem Himmel darüber ab.

Und schön war nicht nur das Schloß selbst mit seinen Zinnen und Türmen; der Marquis hatte ganz vergessen, daß in diesem Teil Schottlands das Licht lieblicher war als irgendwo sonst auf der Welt.

Es schien sich alle paar Sekunden mit dem Spiel der Wolken und der Sonne zu verändern, und in der Mitte des Bildes leuchtete das Schloß wie ein kostbares Juwel.

Als die Yacht durch das glatte, ruhige Wasser segelte, sahen sie, daß am Ufer eine große Menge von Clansleuten auf sie wartete, und als sie den schmalen hölzernen Landungssteg erreichten, der weit in die Bucht hinausreichte, schien die schrille Musik der Pfeifen und Dudelsäcke die Luft zu erfüllen.

Der Marquis hätte das zwar nie zugegeben, aber innerlich wünschte er in diesem Moment, er würde die Kleidung des schottischen Hochlands tragen; die hatte er allerdings voller Verachtung weggeworfen, als er seinerzeit mit seiner Mutter Schottland verlassen hatte.

Die Art und Weise, wie er von den McDonons begrüßt wurde, und der Respekt, mit dem sie ihm begegneten, bewirkten erneut, daß er sich sehr stolz fühlte.

Als man ihn und Arina durch die Gärten zum Schloß eskortierte – zwei Dudelsackpfeifer gingen voraus und zwei bildeten die Nachhut –, da wußte der Marquis, daß er nicht nur heimgekehrt war, sondern daß man ihn auch als künftiges Oberhaupt des Clans akzeptiert hatte.

Die Gärten prangten im Schmuck ihrer Blumen, die Bäume standen in voller Blüte, und in der Mitte befand sich ein Springbrunnen, dessen hohe Fontäne in der Sonne glitzerte.

Eine lange steinerne Treppe führte hinauf zum Söller, und von dort aus gingen sie zur Vorderseite des Schlosses, wo sie das große, mit Eisen beschlagene Holztor erreichten, das schon seit dem Mittelalter als Eingang diente.

Hier erwarteten sie weitere Angehörige des Clans, die mit der Hofhaltung des Herzogs in engerer Verbindung standen, und sie begrüßten den Marquis und hießen ihn auf englisch und auf gälisch willkommen.

Beredter jedoch als ihre Worte war ihr Lächeln und der Ausdruck in ihren Augen, und beidem war zu entnehmen, daß sie sich wirklich freuten, ihn zu sehen.

Eine breite Treppe führte zum ersten Stock hinauf, wo sich der Ahnensaal befand, und er war sicher, daß sein Vater dort warten würde.

Er verzog leicht den Mund, als er daran dachte, daß sein Vater schon bei seiner Ankunft entschlossen war, ihm seine neue Position deutlich zu machen und ihn mit aller Förmlichkeit als heimgekehrten Verlorenen Sohn zu empfangen.

Der Haushofmeister kündigte ihn mit lauter Stimme an:

»Der Marquis von Kildonon, Euer Gnaden!«

Der Ahnensaal war so eindrucksvoll mit seinen Wänden, an denen die Schilde und Breitschwerter der Vergangenheit und dazwischen riesige Porträts früherer Clansoberhäupter hingen, daß Arina sich nur schwer auf den Mann konzentrieren konnte, der auf sie beide wartete.

Der Herzog saß am gegenüberliegenden Ende des Saals auf einem hohen Sessel, den man fast als Thron bezeichnen konnte.

Plötzlich kam sie sich nervös und ziemlich schüchtern vor, als sie und der Marquis zwischen den Reihen kiltbekleideter Männer hindurchschritten, die bei ihrem Eintreten Haltung angenommen hatten.

Sie bemerkte auch, daß die Männer neugierige Blicke auf sie richteten, wie das auch schon die anderen getan hatten, die den Marquis auf der Yacht und am Landungssteg begrüßten.

Bis jetzt hatte der Marquis noch niemandem gesagt, wer sie war; er hatte ihr nur die Vertreter des Clans vorgestellt, ohne dabei Arinas Namen zu nennen.

Jetzt stellte sie fest, daß ihr Herz schneller schlug, und ihr einziger Trost bestand in der Gewißheit, den besten äußeren Eindruck zu machen.

Es war Champkins gewesen, der vorgeschlagen hatte, sie solle ein tiefblaues Kleid tragen, das die Farbe des Meeres widerzuspiegeln schien, und einen Hut, an dem die schmal zulaufende Krempe mit Spitze besetzt und der obere Teil mit einem Kranz sehr kleiner lachsfarbener Rosenblüten verziert war.

Der Marquis hatte sie beifällig angesehen, als sie kurz vor der Ankunft in Aberdeen ihre Kabine verlassen hatte.

Er hatte außerdem bemerkt, daß nicht nur das Kleid ihr Aussehen verbesserte. Das Essen, das sie während der drei Tage auf See zu sich genommen hatten, war nicht ohne Auswirkung geblieben und hatte ihrem Gesicht bereits etwas von seinem abgehärmten Ausdruck genommen, so daß die Konturen jetzt etwas voller wirkten.

Als Arina neben dem Marquis einherschritt, kam es ihr vor, als habe der Weg, den sie bis zum Herzog zurücklegen mußten, nie ein Ende.

Schließlich standen sie vor einem alten Mann, der auf seinem

Umhang eine mit einem gelblichen Cairngrom-Bergkristall besetzte Spange und auf dem Kilt eine große, mit blankem Silber beschlagene Felltasche trug.

Eine Zeitlang schwiegen alle. Dann sagte der Herzog, der seinen Sohn aus tiefliegenden, von buschigen Brauen überschatteten Augen anstarrte, mit tiefer, befehlsgewohnter Stimme:

»Willkommen daheim, Alistair. Es ist gut, dich zu sehen.«

Dann streckte er seine Hand aus, die der Marquis ergriff. Obwohl er zuvor beschlossen hatte, nichts dergleichen zu tun, berührte der Marquis dann in einer schnellen Bewegung mit dem Knie den Boden.

Er wußte, daß sein Vater als Clansoberhaupt diesen Akt der Huldigung von ihm erwartete, und auf dem Schiff hatte er noch gedacht, er wolle verdammt sein, wenn er sich je in dieser Weise erniedrigte. Jetzt erschien es ihm ganz natürlich.

Während seine Hand noch immer in der seines Vaters lag, fragte er:

»Wie geht es dir, Vater? Wir haben uns lange nicht gesehen.«

»Zu lange!« erwiderte der Herzog knapp.

Dann richtete er seine durchdringenden Adleraugen auf Arina.

Sie wußte, auch ohne daß er es aussprach, was der Herzog wissen wollte, und sie hielt den Atem an, weil sie Angst hatte.

Die Stimme des Marquis klang jedoch so laut durch den Raum, daß jeder der Anwesenden seine Worte verstehen konnte.

»Und jetzt, Vater, darf ich dir meine Frau vorstellen, die mich auf der Reise hierher begleitet hat.«

»Deine Frau!«

Es konnte keinen Zweifel daran geben, daß der Herzog erstaunt war, aber er fragte mit scharfer Stimme, bevor der Marquis noch etwas sagen konnte:

»Du bist verheiratet? Warum hat mir das niemand gesagt?«

»Wir haben in aller Stille geheiratet«, erwiderte der Marquis, »und zwar aus Gründen, die ich dir später erklären werde.«

Daraufhin herrschte Stille, als würde es sogar dem Herzog schwerfallen, etwas zu entgegnen.

Von der Seite des Saales, wo sie bisher unbemerkt gestanden hatte, näherte sich eine Frau.

Mit hoch erhobenem Kopf trat sie zum Herzog, stellte sich neben seinen Sessel und hielt dabei die Augen fest auf das Gesicht des Marquis gerichtet.

Sie war hochgewachsen und auf eine ziemlich männliche Weise hübsch, mit klar geschnittenen Gesichtszügen und braunem Haar, das rötlich schimmerte und nachlässig unter eine Schottenmütze geschoben war. An der Seite der Kopfbedeckung war eine Brosche befestigt, auf der der Marquis das Wappen der McNains erkannte.

Es wäre eigentlich nicht mehr nötig gewesen, daß der Herzog in plötzlich verändertem Tonfall murmelte:

»Lady Moraig, Sie kennen meinen Sohn Alistair noch nicht.«

»Nein, aber ich habe mich schon darauf gefreut«, erwiderte Lady Moraig mit klarer Stimme und ohne zu zögern.

Sie streckte dem Marquis die Hand entgegen, und als dieser sie ergriff, meinte er ein wenig spöttisch:

»Das ist ja ganz gewiß eine neue Erfahrung, in diesem Saal eine McNain zu sehen.«

»Mein Bruder und ich dachten, es wäre an der Zeit, daß wir diese dummen Fehden ein für allemal einstellen, die nur dazu geführt haben, daß wir jahrhundertelang nichts anderes im Sinn hatten, als uns gegenseitig umzubringen.«

»Ich stimme Ihnen zu«, erwiderte der Marquis. »Darf ich Ihnen meine Frau vorstellen?«

Das Kopfnicken, mit dem Lady Moraig Arina bedachte, galt eindeutig einer unerlaubt eingedrungenen Fremden, und Arina spürte, daß auch der Herzog ihr gegenüber bereits feindselige Gefühle hegte, nur weil sie eine Engländerin war.

Er hatte ganz offensichtlich nie damit gerechnet, daß der Marquis jemanden heiraten könnte, der dem Clan und der großen Mehrheit der Schotten so fremd war.

Aber anscheinend war der Herzog auch der Meinung, es wäre weder der Ort noch die Zeit für gegenseitige Beschuldigungen, denn er stand langsam und mit steifen Bewegungen auf.

»Es sind viele unserer Verwandten hier, die mit dir sprechen wollen, Alistair.«

Der Marquis gab durch Nicken sein Einverständnis. Der Herzog trat, während sich sein Sohn an seiner Seite hielt, einige Schritte vor, und alle Anwesenden zogen der Reihe nach langsam an ihnen vorüber, um vorgestellt zu werden und den Marquis in seiner

Heimat willkommen zu heißen.

Einige schüttelten ihm die Hand, einige machten nur eine respektvolle Verbeugung, aber der Marquis schaffte es, mit jedem der Männer ein paar freundliche Worte zu wechseln, und tatsächlich gab es viele, an die er sich noch von früher her erinnerte.

Während sich dies alles ereignete, hatte jemand einen Stuhl für Arina herbeigeschafft, auf dem sie Platz nahm; als man Lady Moraig einen zweiten anbot, lehnte sie ihn voller Verachtung ab.

Stattdessen blieb sie steif und ohne zu lächeln in einiger Entfernung stehen und machte es auf diese Weise nur allzu deutlich, daß sie mit ihr keinen Umgang wünschte.

Als die Vorstellungen vorüber waren, machte der Herzog eine Bewegung, als wolle er den Ahnensaal verlassen, und der Marquis wandte sich um und winkte Arina zu sich.

Sie sprang hastig auf, um sich ihm anzuschließen, aber während sie das tat, näherte sich Lady Moraig ihm ebenfalls.

»Wie fühlt man sich denn, wenn man nach so langer Abwesenheit in den Schoß der Familie zurückkehrt?« erkundigte sie sich.

»Ich werde mir die Antwort für einen etwas späteren Zeitpunkt vorbehalten«, meinte der Marquis ausweichend.

Der Herzog war schon vorausgegangen, und es schien, als wolle Lady Moraig Arinas Anwesenheit einfach ignorieren, als sie sagte:

»Sie wissen, daß Ihr Vater einen Plan hatte, unsere Clans in Freundschaft und Harmonie miteinander zu verbinden?«

»Ich hatte das so verstanden, daß Sie zugestimmt hatten, meinen Bruder zu heiraten«, erwiderte der Marquis.

»Der arme Ian«, meinte Lady Moraig, und ihre Worte klangen jetzt etwas milder. »Aber wir, Sie und ich, dürfen nicht nur an uns selbst denken und dabei unsere Familien vergessen.«

»Natürlich«, stimmte der Marquis zu, »und ich freue mich schon darauf, meine Frau den McNains vorzustellen.«

Seine Antwort beseitigte schlagartig das Lächeln Lady Moraigs, und ihre Augen waren hart, als sie Arina einen kurzen Blick zuwarf.

Als sie dann die Tür erreichten, schloß sie sich nicht dem Herzog an, der den Weg zum Empfangssaal einschlug, sondern schritt die Treppe hinunter. Arina spürte ihr Zittern vor Wut und Enttäuschung so deutlich, als habe sie diese Gefühle durch harte Worte laut zum Ausdruck gebracht.

Unwillkürlich meinte Arina mit leiser Stimme, so daß nur der Marquis sie hören konnte:

»Sie . . . tut mir . . . wirklich leid.«

»Ich bin dir dankbar.«

Ihre Augen trafen sich, und Arina wurde klar, daß Lady Moraig zwar auf ihre Art nicht unattraktiv war, aber doch nicht so günstig abschnitt, wenn man sie mit den hübschen Damen verglich, die nach Champkin's Worten den Marquis umschwärmten.

Ihr fiel die Puderquaste wieder ein, die sie in dem Schubfach seiner Frisierkommode gefunden hatte, und sie dachte:

›Ich bin sicher, daß er nur Frauen von wirklich weiblichem Aussehen geliebt hat, und dazu gehört Lady Moraig ja offensichtlich nicht.‹

Es gab keine Möglichkeit für die beiden, noch ein paar private Worte zu wechseln, bevor sie den Empfangssaal erreichten, wo sich die engsten Verwandten des Herzogs zu ihnen gesellten.

Zu ihnen gehörten eine Reihe von Vettern und verschiedene Damen mittleren Alters, von denen Arina erfuhr, daß sie in der Nähe des Schlosses lebten.

Und es waren ein paar Jungen und Mädchen da, die den Marquis mit großen Augen anstarrten; die Jungen bewunderten die Eleganz seiner modischen Kleidung, während die Mädchen ihn offenbar für extrem gutaussehend hielten.

Die Konversation blieb ein wenig steif und gezwungen, und schließlich sagte der Herzog mit einem leicht drohend wirkenden Unterton in der Stimme:

»Ich will allein mit dir reden, Alistair. Komm am besten in die Bibliothek.«

»Sehr gut, Vater«, erwiderte der Marquis, »Aber zuerst werde ich Arina in ihr Schlafzimmer bringen, damit sie sich vor dem Essen noch etwas ausruhen kann.«

»Ich nehme an, du weißt, wo ihr schlaft«, meinte der Herzog knapp.

»Natürlich.«

Als sie sich auf dem langen Flur außerhalb des Empfangssaals befanden, stieß Arina einen leisen Seufzer der Erleichterung aus.

Die letzte Stunde im Empfangssaal, wo sie ihr Bestes getan hatte, um den überaus neugierigen Fragen der weiblichen Verwandtschaft auszuweichen, war für sie eine arge Belastung gewesen, und jetzt fühlte sie sich müde und erschöpft.

Nun aber öffnete der Marquis im Flur eine Tür, und sie betraten ein geräumiges, hübsches Zimmer. In der Mitte stand ein großes Himmelbett mit geschnitzten Holzpfosten, und an der Wand befand sich ein offener Kamin, dessen Feuerstelle groß genug war, um dort dicke Holzklötze zu verbrennen.

Arina sah sich interessiert in dem Zimmer um.

Von den Fenstern aus erblickte man den Garten und dahinter das Meer, und auf dem Teppich sah man Bettvorleger, die aus den Fellen von Wildkatzen zusammengesetzt waren.

Es war ein nüchternes, schmuckloses Zimmer und hatte doch etwas Majestätisches an sich.

Der Marquis schloß die Tür. Dann sagte er:

»Ich muß dir gratulieren. Es muß für dich eine harte Prüfung gewesen sein, aber du hast sie mit fliegenden Fahnen bestanden.«

»Meinst du das wirklich?« fragte Arina. »Ich hatte solche Angst, dich zu enttäuschen.«

»Du hast mich gerettet!«

»Ich verstehe, daß du Lady Moraig ... nicht heiraten wolltest«, meinte Arina leise. »Aber ich glaube auch, daß ... dein Vater ... mich haßt.«

»Aber nichtsdestoweniger glaubt er, daß du meine Frau bist, und daran kann er nun einmal nichts ändern.«

»Und auch Lady Moraig war ... sehr wütend«, fuhr Arina fort. »Heißt das, daß jetzt die alte Fehde zwischen den Clans wieder auflebt und daß ihr wieder anfangt, euch zu bekämpfen?«

Sie schien so entsetzt bei dieser Vorstellung, daß der Marquis lachen mußte.

»Natürlich nicht«, meinte er. »Wir sind heutzutage viel zivilisierter als in der Vergangenheit, und ich bin davon überzeugt, daß die ältesten unserer beiden Clans allmählich beginnen, sich gegenseitig zu respektieren und sich wie Menschen und nicht mehr wie Barbaren zu benehmen.«

»Vielleicht wäre es wirklich ... für alle besser gewesen, wenn du ... sie geheiratet hättest.«

»Lieber würde ich sterben!« rief der Marquis mit scharfer Stimme. »Oder ich würde kümmerlich eingehen, wenn ich sie heiraten müßte.«

Er sprach so entschieden, daß Arina ihn ansah, und als sie merkte, daß es ihm ernst war, sagte sie:

»Wir müssen ... sehr, sehr vorsichtig sein, damit ... man uns nicht auf die Schliche kommt.«

»Das werden wir«, erwiderte der Marquis. »Jetzt ruh' dich aus, und dann bereite dich auf ein sehr förmliches Abendessen vor. Mein Vater liebt beim Essen das große Zeremoniell.«

Er verließ bei diesen Worten das Zimmer, und als hätten sie nur auf sein Gehen gewartet, eilten zwei junge Zofen herbei, um Arina beim Auskleiden zu helfen.

*

Der Marquis kam vom Fluß zurück und nahm zum Schloß eine Abkürzung durch das Heidekraut, das noch keine Knospen angesetzt hatte. Triumphierend sagte er sich, es gebe genügend Dinge, derer er sich rühmen konnte.

Er hatte nicht weniger als vier Lachse gefangen, seit er am Morgen mit dem Angeln begonnen hatte, und er freute sich darüber, daß er dabei noch immer das gleiche Geschick besaß wie früher, obwohl er seit seinem zwölften Lebensjahr keine Angelrute mehr in der Hand gehalten hatte.

Zwei Diener, die die Lachse und sein Angelgerät trugen, folgten ihm, und er ging mit schnellen Schritten voraus zum Schloß, um Arina mit einem Erfolgsbericht zu beeindrucken.

›Morgen muß sie mich begleiten‹, beschloß er. ›Ich werde ihr beibringen, wie man angelt. Ich bin sicher, so etwas wird ihr Spaß machen.‹

Es war schon außergewöhnlich, dachte er. Arina hatte es verstanden, sich dem Leben im Schloß in einer Weise anzupassen, an der niemand etwas aussetzen konnte, nicht einmal der Herzog, und ganz offensichtlich gefiel ihr Schottland ebenso wie ihm.

Als er jetzt dem Schlosse zustrebte, mußte er zugeben, daß dies hier seine Heimat war, ob er es nun wollte oder nicht.

Obwohl er es nie erwartet und ganz im Gegenteil damit gerechnet hatte, jede Minute seines erneuten Aufenthalts in Schottland werde ihm verhaßt sein, hatte er ohne jede Mühe sein Leben hier genau an dem Punkt wieder aufgenommen, wo er es vor fünfzehn Jahren aufgegeben hatte.

Er brauchte nur die Dudelsackpfeifer zu hören, die ihn weckten, wenn sie morgens auf und ab paradierten, um das Gefühl zu haben, daß die Jahre, die er im Süden Englands verbracht hatte, sich in nichts auflösten wie die Nebel über dem Hochmoor.

Was auch immer sein Verstand dazu sagen mochte, er war wieder ein Schotte, der in seinem eigenen Land lebte und dessen Herz schneller schlug, wenn irgend etwas der althergebrachten Tradition entsprach.

Die Dudelsäcke, die Moore, der Nebel, die Angehörigen des Clans, die ihn begrüßten –, alles das war ihm so vertraut, daß er spüren konnte, wie sein ganzes Wesen von diesen Dingen angezogen wurde.

›Ich kam hierher und hatte erwartet, Schottland zu hassen, und jetzt liebe ich es!‹ hatte sich der Marquis in der vergangenen Nacht eingestanden.

Und als er in dem schmalen Bett im Ankleideraum direkt neben Arinas Schlafzimmer lag, hatte er es geradezu lächerlich gefunden, nicht in dem großartigen Himmelbett zu schlafen, das seit Generationen dem ältesten Sohn des Clan-Oberhauptes zustand.

Die größte Veränderung betraf jedoch seinen Vater.

Bereits bei seiner Ankunft war der Marquis erstaunt gewesen, denn der Herzog erschien kleiner, als er ihn in Erinnerung hatte.

Aber dann war ihm klargeworden, daß er selbst inzwischen erwachsen war und keine Angst mehr vor seinem Vater hatte wie damals als kleiner Junge.

Und es kam noch hinzu, daß der Herzog jetzt ein alter Mann war, zwar immer noch streng und dominierend, aber auch ruhig und heiter, es sei denn, jemand widersetzte sich seiner Autorität in irgendeiner Weise.

Der Marquis war darauf vorbereitet gewesen, gegen ihn anzukämpfen, aber er hatte feststellen müssen, daß das nicht nötig war.

»Es bedeutet eine große Enttäuschung für mich«, hatte sich der Herzog beklagt, »daß du eine Frau aus dem Süden geheiratet hast, während ich geplant hatte, daß du an Stelle deines Bruders Lady Moraig McNain zur Frau nimmst.«

»Das hat Faulkner mir bereits erzählt«, erwiderte der Marquis, »aber ich bin bereits verheiratet, daher ist das unmöglich.«

»Natürlich«, stimmte ihm der Herzog zu, »aber es ist schade, sehr schade sogar.«

Zum Erstaunen des Marquis hatte er es dabei belassen, und obwohl es offensichtlich war, daß er Arina argwöhnisch beobachtete, als sei sie nicht vertrauenswürdig, war er doch nie unhöflich zu ihr, und sie konnte im Schloß den Platz einnehmen, der ihr zustand.

›Es hat sich herausgestellt, daß alles viel besser verlaufen ist, als ich erwartet hatte‹, dachte der Marquis.

Ein Paar Moorhühner flog direkt vor seinen Füßen auf und brachte sich glucksend in Sicherheit, und er begann sich schon auf die Jagd zu freuen, die im August beginnen würde; die Wildhüter hatten bereits bei gutem Nachwuchsbestand reiche Beute prophezeit.

Er hatte erwartet, er würde all den Dingen nachtrauern, auf die er jetzt verzichten mußte, den Pferderennen in Ascot, White's Club mit seinen Freunden und nicht zuletzt den Bällen, die Abend für Abend in London stattfanden.

Stattdessen schien ihm das alles weit entfernt zu sein, so als lebe er auf einem anderen Planeten.

Wenn er morgens aufstand, dachte er kaum noch an London, sondern überlegte, wen er im Laufe des Tages treffen und wann er zum Fluß gehen und mit dem Angeln beginnen würde.

Außerdem stellte er fest, daß er bereits Pläne schmiedete, verschiedene Dinge zu ändern, wenn er erst einmal die Stelle seines Vaters einnehmen würde.

Es war ihm klargeworden, daß, im gleichen Maße wie sein Vater älter wurde, seine Untergebenen zwar noch immer loyal und ihm treu ergeben waren, aber doch in ihrem Eifer nachgelassen hatten und jemanden brauchten, der über hinreichend Führungsqualitäten verfügte, um sie bei der Stange zu halten.

»Hier muß eine Menge gemacht werden, Champkins«, sagte er beim Ankleiden.

»Das habe ich schon bemerkt, M'lord«, erwiderte Champkins, »aber Eure Lordschaft werden das schon schaffen, wie immer.«

Der Marquis lächelte.

Dann eines Morgens, als er sich gerade auf den Weg zum Fluß machen wollte, wandte er sich an Champkins:

»Irgendwo im Schloß werden Sie die Sachen meines Bruders finden. Ich bin sicher, daß ich ungefähr die gleiche Größe habe wie

Lord Colin. Suchen Sie mir seinen Smoking heraus, und morgen zum Angeln werde ich vielleicht den Kilt anziehen.«

Er verließ das Zimmer und sah daher nicht Champkins' Lächeln, aber es hätte ihn sicher nicht überrascht, wenn er gehört hätte, wie Champkins leise meinte:

»Können sich ihrer Abstammung nun mal nicht entziehen. Die erwischt sie am Ende doch immer wieder.«

Arina hatte bereits selbständig den Garten erkundet und bemerkte, daß die Schatten allmählich länger wurden. Daher war sie sicher, der Marquis würde bald vom Angeln zurückkehren und dann erwarten, daß sie ihm den Tee einschenkte.

Sie eilte die steinernen Treppenstufen hinauf, und wie damals, als sie es zum erstenmal gesehen hatte, kam ihr das Schloß verzaubert vor.

Alles an ihm war so schön und genauso, wie ein Schloß sein sollte, und wenn sie es ihrer Mutter beschreiben wollte, stellte sie fest, daß ihr keine neuen Worte mehr einfielen.

Als sie im Innern die große Marmorhalle erreichte, wo die mit dunklem Eichenholz getäfelten Wände mit den Fahnen behängt waren, die die McDonons auf dem Schlachtfeld erbeutet hatten, lief sie die Treppe hinauf und hoffte, es würden nicht zu viele Leute beim Tee sitzen, so daß sie den Marquis für sich allein hätte.

Arina war inzwischen klar, daß das Schloß allen Verwandten und Freunden stets offenstand, die dann auch zu jeder Tageszeit einzutreffen pflegten und immer gastfreundlich empfangen wurden.

Sie betrat ein kleineres Wohnzimmer, wo der Tee auf einem großen runden Tisch bereitstand.

Es befand sich niemand im Zimmer, aber wie Arina es nicht anders erwartet hatte, war der Tisch vollgepackt mit Brotlaiben, Tee- und Mürbegebäck, Pfannkuchen und Ingwerkeksen, außerdem gab es Haferkuchen, Honig in Waben und einen riesigen Klumpen goldgelber Butter mit dem eingepreßten Wappen der McDonons.

Sie hatte sich mittlerweile daran gewöhnt, daß dieses Wappen praktisch überall zu finden war.

Als sie Schritte hinter sich vernahm, wandte sie sich um und erblickte den Marquis.

Sonne und Meer hatten sein Gesicht bereits gebräunt, und ihrer Meinung nach sah er jetzt noch besser aus als in London.

»Ich habe schon nach dir gesucht, Arina«, sagte er. »Was hältst du davon? Ich habe vier Lachse gefangen, und einer davon wiegt über 13 Pfund!«

Er sagte das im triumphierenden Tonfall eines Jungen.

»Großartig!« rief Arina. »Da freue ich mich. Kann ich sie mir ansehen?«

»Man wird sie unten in der Speisekammer auf Marmorplatten legen«, antwortete er. »Ich zeige sie dir nach dem Tee, oder wir sehen sie uns morgen an.«

»Du mußt hungrig sein.«

Sie nahm automatisch vor dem silbernen Tablett Platz, auf dem sich ein Kessel, die Teekanne und das übrige Zubehör für die Teezubereitung befanden – stets war das Silber mit dem eingravierten Wappen der McDonons geschmückt.

Der Marquis begann, einen Pfannkuchen dick mit Butter zu bestreichen und erzählte dabei, wie er die Fische gefangen hatte; zwei waren ihm entkommen, und einer hatte sich wieder losgerissen, nachdem der Marquis sich eine Viertelstunde mit ihm abgemüht hatte.

Das alles klang so begeistert, daß Arina beim Zuhören deutlich wurde, wie groß der Unterschied war zu der gelangweilten und herablassenden Manier, mit der er sich unterhalten hatte, als sie noch in London waren.

Es kam niemand sonst zum Tee, und sie hatten sich bereits eine Weile unterhalten, als der Marquis erklärte:

»Ich werde jetzt besser ein Bad nehmen. Ich glaube, es kommen heute ein paar Leute zum Abendessen, aber ich habe schon wieder vergessen, um wen es sich handelt.«

»Es scheint hier jeden Abend ein Fest zu geben!«

»Warum auch nicht?« fragte der Marquis. »Es ist genug Dienerschaft da, um den Leuten aufzuwarten, und das Essen ist gut!«

»Nur zu gut!« Arina lachte. »Es tut mir leid, aber meine neuen Kleider werden tatsächlich schon ein bißchen eng.«

»Genau das will ich hören«, meinte der Marquis, »und ich muß dir sagen, daß du so viel besser aussiehst. Es macht dich sehr hübsch.«

Ein solches Kompliment hatte Arina nicht erwartet. Ihr stieg die Röte ins Gesicht, und da sie schüchtern war, blickte sie zur Seite.

»Sehr hübsch!« sagte der Marquis noch einmal.

Und als Arina ihm wieder in die Augen sah, war es plötzlich

beiden unmöglich, ihre Blicke voneinander zu lösen.

Der Marquis suchte sein Zimmer auf, um sich zum Abendessen umzuziehen, und als Arina in ihr eigenes Zimmer ging, konnte sie hören, wie er nebenan herumging und mit Champkins sprach, und sie wäre gern dabei gewesen, um noch eine Weile mit dem Marquis zusammenzusein, bevor die Gäste zum Abendessen eintrafen.

Sie läutete nach einer Zofe und legte ein wunderschönes Kleid an, das bestickt und mit Spitzen besetzt war.

Das Kleid war aufwendiger als die anderen, die sie normalerweise trug, und sie hoffte, der Marquis würde es anziehend finden.

Während sie noch an ihn dachte, fiel ihr auf, daß es im Ankleidezimmer noch immer ruhig war; entweder nahm er sich Zeit mit seinem Bad, oder er war bereits angekleidet und schon in den Empfangssaal gegangen, wo sie sich vor dem Abendessen treffen wollten.

Da sie ihn unbedingt sehen wollte, lief sie den Flur entlang, mußte jedoch zu ihrer Enttäuschung feststellen, daß der Empfangssaal leer war.

Dann fiel ihr ein, daß das Abendessen erst in einer halben Stunde beginnen würde, und sie fragte sich, ob der Marquis vielleicht im unteren Stock auf die Terrasse hinausgegangen war.

Sie ging hinunter, um nachzusehen, aber wieder wurde sie enttäuscht; es war niemand da.

Die Sonne ging hinter dem Moor unter, aber noch leuchteten ihre Strahlen, und das Meer schimmerte in tiefstem Blau.

Wieder wurde Arina von der Schönheit ringsum überwältigt und schritt langsam die steinernen Treppenstufen zum Garten hinunter.

Hier waren die Schatten schon sehr viel länger geworden, der Geruch der Rosen und Levkojen schien sich noch verstärkt zu haben, und die Sträucher, die in voller Blüte standen, erfüllten alles mit ihrem intensiven Duft.

Sie wollte gerade den Rasen betreten, als sie aus den Büschen ein leises seltsames Wimmern hörte.

Sie blieb stehen und horchte. Da war das Geräusch wieder. Ein leises Wimmern. Sie überlegte, ob sich dort vielleicht ein Tier in einer Falle gefangen hatte.

Weil sie den Gedanken nicht ertragen konnte, daß dort ein Geschöpf leiden mußte, streifte sie die Büsche zur Seite, um unter ihnen nachzusehen, und während sie das tat, fühlte sie, wie ein heftiger, harter Schlag ihren Hinterkopf traf.

Sie stieß einen leisen Schmerzensschrei aus, bevor alles dunkel um sie herum wurde und sie das Bewußtsein verlor...

*

Arina kam langsam wieder zu sich und stellte fest, daß ihr Kopf schmerzte und ihr das Atmen schwerfiel.

Dann wurde ihr klar, daß man ihr irgendeinen groben Stoff über den Kopf gezogen hatte und daß sie auf dem Rücken lag.

Da sie immer noch wie betäubt und halb bewußtlos war, bewegte sie sich nicht.

Dann hörte sie, wie eine Männerstimme sagte:

»Ich hoffe, du hast ihr keine Beule verpaßt. Unsere Lady hat gesagt, es soll nichts zu sehen sein.«

»Ich habe getan, was man mir gesagt hat, und sie am Hinterkopf erwischt«, antwortete ein anderer Mann. »Und unter dem Haar sieht man keine Beule.«

Die Stimmen waren für Arina ein völliges Rätsel.

Als sie schließlich wieder klarer denken konnte, sagte sie sich, daß dies die Männer sein mußten, die sie niedergeschlagen hatten, und ihr Verstand sagte ihr, daß sie wohl erneut schlagen würden, wenn sie sich bewegte.

Vage und schwach erinnerte sie sich daran, daß ihr Vater einmal erzählt hatte, nach einer Schlacht würden sich die verwundeten Soldaten totstellen, wenn die Leichenfledderer kamen, um sie völlig auszurauben.

»Wenn ein Verwundeter versucht, sie daran zu hindern, daß sie ihm alles abnehmen, dann bringen sie ihn um!« hatte ihr Vater gesagt. »Einmal habe ich mich mehrere Stunden lang totstellen müssen, um am Leben zu bleiben.«

Ihre Mutter hatte damals entsetzt aufgeschrien, aber Arina erinnerte sich jetzt an die Geschichte und blieb liegen, ohne sich zu rühren.

Gleichzeitig unternahm sie verzweifelte Versuche, endlich herauszufinden, was mit ihr geschah. Die Männer hatten »unsere Lady« erwähnt. Daraus schloß sie, daß die Entführung im Auftrag Lady Moraigs erfolgte.

Aber wenn die Männer sie entführen sollten, warum mußten sie dann so brutal sein?

Sie fühlte noch immer den stechenden Schmerz an ihrem Hinterkopf, aber ihr war auch klar, es hätte alles viel schlimmer sein können.

Da sie für den Marquis so gut aussehen wollte, wie nur möglich, hatte sie ihr Haar zu einem recht kunstvollen *Chignon* zusammengelegt, und die Zofe hatte ihn mit Haarnadeln festgesteckt und oben noch mit einer kleinen Spitzenrosette verziert, die zu ihrem Kleid paßte.

Es hatte sehr hübsch ausgesehen, aber jetzt wußte Arina, sie hatte ihr Bewußtsein nur deshalb so schnell wiedererlangt, weil ihr dichtes Haar den Knüppel, oder womit man sie auch immer niedergeschlagen hatte, abfangen konnte.

»Wie weit müssen wir sie rausbringen?« fragte einer der Männer.

»Noch ein bißchen weiter«, erwiderte der andere, »aber nicht zu weit. Es soll so aussehen, als wäre sie selbst aufs Meer hinausgerudert.«

»Für mich ist das nicht sehr glaubwürdig«, meinte der erste wieder. »Man sieht doch, daß die Kleine hier nur eine halbe Portion ist.«

»Ja, unsere Lady kann gut mit den Rudern umgehen, deshalb meint sie, andere Frauen könnten das auch.«

Die beiden Männer lachten sarkastisch. Es klang, als seien sie keine großen Bewunderer ihrer eher athletisch anmutenden Herrin.

»Die hier ist wirklich ein bißchen klein geraten«, meinte einer der Männer.

»Eine ›Sassenach‹!«

»Ach was, Frau ist Frau!« lautete die Antwort.

»Na ja, das ist deine Meinung, Jock, aber du hast ja schon immer was für die Mädchen übrig gehabt.«

Die beiden unterhielten sich eine Weile, und ihrem Gespräch entnahm Arina, daß sie wohl etwas gebildeter und nicht ganz so ungehobelt waren wie die meisten anderen Clansleute.

Sie war sicher, wenn die beiden von Lady Moraig den Auftrag erhalten hatten, sie zu entführen und in einem Boot auf dem Meer auszusetzen, dann hatte sie sich für diesen Zweck mehr oder weniger intelligente Untergebene ausgesucht.

Dann sagte ihr das Gehörte, was genau man mit ihr vorhatte.

Die beiden Brüder des Marquis waren ertrunken, als sie zum Fischen auf das Meer hinausgefahren waren, und jetzt würde es so aussehen, als sei sie ebenfalls aus der schützenden Bucht hinausgerudert und dann ertrunken, weil sie nicht die Kraft hatte, wieder das Ufer zu erreichen.

›Ich nehme an, sie werden mich im endlosen Gezeitenstrom treiben lassen‹, dachte Arina, aber dann wurde ihr schlagartig bewußt, daß die beiden Männer etwas anderes planten.

Nur noch einer der beiden ruderte, und das platschende Geräusch schien immer langsamer zu werden, bis er das Rudern schließlich ganz einstellte und seinen Komplizen fragte:

»Meinst du, das ist weit genug?«

»Nehme ich doch an, und es kommt auch ein hübscher Wind auf, da wird die See gleich ein bißchen rauher.«

»Jetzt warte noch mal. Was machen wir, wenn sie zu sich kommt und sich wehrt?«

»Das wird sie nicht«, meinte der andere, »aber wenn doch, dann ziehe ich ihr eben noch einen über den Kopf.«

»Du wirst ihr eine Beule verpassen!«

Arina stellte sich vor, wie der Mann, der zuerst gesprochen hatte, die Schultern zuckte.

»Wenn ihre Leiche an Land gespült wird, dann sucht keiner mehr nach Beulen.«

Arina stockte der Atem, als ihr plötzlich aufging, was die beiden beabsichtigten. Sie sah es förmlich vor sich, wie in Lady Moraigs Kopf der Plan allmählich Gestalt angenommen hatte.

Es würde so aussehen, als sei sie an dem ruhigen, schönen Abend vom Schloß aus losgerudert. Dann war das Boot gekentert, oder der Spund im Bootsboden hatte sich irgendwie gelockert, und sie war ertrunken.

Verzweifelt überlegte sie, wie schnell sie, nachdem man sie ins Wasser geworfen hatte, versuchen konnte, sich durch Schwimmen zu retten.

Wenn die beiden sie zurückließen und dann plötzlich merkten, daß sie tatsächlich eine gute Schwimmerin war, dann würden sie sie erneut bewußtlos schlagen, und sie mußte ertrinken.

›Was soll ich tun? O Papa, rette mich, wie du mich schon einmal gerettet hast!‹ betete sie.

Sie hatte das Gefühl, ihr Vater müsse sie hören, und so wie er damals den Marquis geschickt hatte, um ihre Mutter zu retten, werde er ihn jetzt wieder senden, damit er ihr zu Hilfe kam.

Aber sie wurde zugleich den entsetzlichen Gedanken nicht los, daß der Marquis ihr Verschwinden erst bemerken würde, wenn es an der Zeit war, zum Abendessen zu gehen, und selbst dann konnte es noch lange dauern, bis jemand auf den Gedanken kam, sie in einem Boot auf dem Meer zu suchen.

Als sie ihm ihr Leben auf dem Lande schilderte, hatte sie immer erwähnt, daß sie eine begeisterte Reiterin war.

Aber es hatte keinen Grund gegeben, ihm auch zu berichten, daß sie im Unterschied zu den meisten Mädchen ihres Alters schwimmen konnte, weil es in der Nähe ihres Häuschens einen großen See gab, und seit ihren frühesten Lebensjahren waren sie und ihr Vater dort immer geschwommen, sobald das Wasser nur warm genug war.

Jetzt hoffte sie, daß das Abendkleid die Bewegung ihrer Beine nicht behindern würde, aber wichtiger als alles andere war es, die Männer nicht wissen zu lassen, daß sie im Wasser durchaus am Leben bleiben konnte.

»Na los, bringen wir es endlich hinter uns!« rief einer der Männer plötzlich.

»Schon gut, schon gut«, erwiderte der andere gereizt. »So eilig ist es nun wirklich nicht.«

»Ich will nach Haus«, meinte der erste wieder. »Ich will mein Abendessen haben, und wir haben noch einen langen Weg vor uns.«

Arina entnahm der Art und Weise, wie er das sagte, daß die beiden den Heimweg nicht an Land vom Schloß aus antreten, sondern sich stattdessen weiterhin auf dem Meer halten und eine Landspitze ansteuern wollten, die schon zum Besitz der McNains gehörte.

»Nimm ihr erst mal die Decke vom Gesicht«, befahl der Mann, der die Ruder betätigt hatte.

Arina erstarrte und lag völlig reglos da.

Sie spürte, wie die schwere Decke, die ihr Atmen so behindert hatte, von ihrem Gesicht gezogen wurde, und sie wußte, jetzt würden die beiden Männer, zu deren Füßen sie lag, sie anstarren.

»Sie ist immer noch bewußtlos«, stellte einer von ihnen fest.

»Jetzt steig in das andere Boot. Dann schmeiße ich die Ruder über Bord und ziehe den Spund raus.«

»Sie ist ein hübsches kleines Ding«, meinte Jock.

»Das geht dich nichts an. Das Bewundern kannst du den Fischen überlassen.«

Arina merkte, daß Jock das zweite Boot heranholte. Sie mußten es an dem Boot vertäut haben, in dem sie sich zur Zeit befanden.

Er kletterte hinein, und der andere Mann ließ die Ruder ins Wasser fallen. Arina hörte, wie eins von ihnen gegen die Seitenwand des Bootes schlug, in dem sie lag.

Der Mann, der gerudert hatte, machte sich unter Arinas Füßen zu schaffen.

Er zog den Spund heraus, und sofort merkte sie, wie sich das Boot mit Wasser zu füllen begann.

Dann mußte Jock ihm in das andere Boot geholfen haben.

»Jetzt bring uns nach Haus«, rief er grob, »und zwar ein bißchen flott! Ich will was essen. Laß uns hier endlich abhauen!«

Arina hatte das Gefühl, er würde noch einmal einen letzten Blick auf sie werfen, und erst als sich das Geräusch der vier ins Wasser getauchten Ruder in der Ferne verlor und nur noch das Klatschen der Wellen zu hören war, öffnete sie die Augen.

Das Wasser stieg sehr schnell, und das Boot war bereits halbvoll, aber sie bewegte sich noch immer nicht und spürte, wie das Wasser kalt und feucht ihren Körper berührte.

Als sie wußte, es würde jeden Moment ihr Gesicht erreichen, hob sie erst den Kopf und setzte sich dann ganz auf, wobei sie das Gefühl hatte, ein kaltes Bad zu nehmen.

Sie sah dem anderen Boot nach, aber das war inzwischen nur noch ein winziges Pünktchen am Horizont, und sie bezweifelte, daß die Männer sie noch sehen konnten.

Dann blickte sie zurück in Richtung des Schlosses, woher sie gekommen waren.

Ihr Herz sank tiefer, als sie feststellte, daß die Entfernung viel größer war, als sie angenommen hatte; aus dem Schutz der Bucht war sie längst hinausgetrieben worden auf das offene Meer.

Trotzdem wußte sie, sie konnte es schaffen, ans Ufer zu schwimmen, wenn sie ruhig blieb und durch gleichmäßige Bewegungen die Erschöpfung ebenso vermied wie Unterkühlung durch das kalte Wasser.

›Vielleicht werde ich sterben‹, dachte sie, ›und das wäre entsetzlich für Mama.‹

Sie wußte, daß ihr Ertrinken auch den Marquis schwer treffen mußte, denn dann würde man erneut Druck auf ihn ausüben, im Interesse des Clans zu heiraten, und sie war sicher, Lady Moraig wollte ihn zum Mann haben.

›Natürlich liebt sie ihn, weil er so gut aussieht‹, dachte Arina, ›aber sie ist schlecht, und es war böse von ihr, daß sie versucht hat, mich ... ermorden zu lassen, und der Marquis würde mit ihr unglücklich werden.‹

Plötzlich wußte sie und fand es in einem solchen Augenblick unglaublich und außergewöhnlich, daß sie den Marquis liebte.

Er hatte ihre Mutter gerettet. Jetzt mußte sie ihn retten.

Es ging nicht darum, daß sie den Gedanken nicht ertragen konnte, er könne eine Frau wie Lady Moraig heiraten, die in keiner Hinsicht gut genug für ihn war. Sie wollte bei ihm sein, solange er das wollte.

›Ich ... liebe ihn! Ich liebe ihn!‹ dachte sie.

Wenn sie jetzt starb, wäre ihre Liebe sinnlos, weil sie ihr Versprechen, ihm zu helfen, dann nicht einlösen konnte.

Sie sah erneut zum Ufer hinüber, und es schien ihr jetzt noch weiter entfernt zu sein als kurz zuvor.

Sie wußte, das lag daran, daß die Sonne untergegangen war. Die Dämmerung war hereingebrochen, und ohne das Sonnenlicht über dem Moor schien das Schloß im Nebel zu verschwinden.

»Hilf mir, Papa, hilf mir!« betete Arina.

Als das Wasser im Boot noch höher stieg, kletterte sie hinaus ins Meer.

7

Das Wasser war sehr kalt, und als Arina schwamm und schwamm, hatte sie in immer stärkerem Maße das Gefühl, daß sie ihre Beine nicht mehr bewegen und die Hände nicht mehr vor ihre Brust zurückbringen konnte.

Sie sank tiefer in das Wasser und fühlte, wie die Wellen ihr über Mund und Nase spülten.

»Ich ... ich schaffe ... es nicht!« keuchte sie. »Ich ... kann ... nicht mehr ... weiter!«

Sie wollte wissen, wie weit es noch bis zum Ufer war, aber entweder waren ihre Augen zu schwach, oder es war schon zu dunkel. Als sie die Augen wieder schloß, glaubte sie, sie müsse noch meilenweit schwimmen, bevor sie in Sicherheit war, und das war einfach zu weit.

Dann war es plötzlich, als hörte sie die Stimme ihres Vaters, und die Worte hallten ihr in den Ohren:

»Wenn du stirbst, dann muß der Marquis Lady Moraig heiraten, und dann wird auch er zugrunde gehen!«

Langsam setzte sich dieser Gedanke in ihrem Kopf fest. Es ging nicht nur darum, daß der Marquis sich von Lady Moraig nicht angezogen fühlte. Sie war eine Mörderin, und wenn sie einmal gemordet hatte, konnte sie es auch ein zweites Mal tun.

›Ich muß ... ihn retten! Ich muß!‹ dachte Arina.

Wieder sank ihr Kopf zu tief in das Wasser, das über sie hinwegspülte, so daß sie nicht mehr atmen konnte.

Ihre Beine fühlten sich an, als habe man sie mit Steinen beschwert, und ihre Arme waren so müde geworden, daß sie sie nicht mehr vorstrecken konnte.

»Ich ... liebe dich!« rief sie dem Marquis zu. »Aber ich kann ... dir nicht mehr helfen.«

Während sie fühlte, daß sie tiefer ins Wasser sank, stießen ihre Knie plötzlich gegen etwas Hartes. Im gleichen Moment fiel ihr Kopf vornüber, und ihr Gesicht grub sich in Sand und Meerwasser. Sie verlor das Bewußtsein.

Dann wurde sie abrupt von einer Stimme geweckt und fühlte, wie jemand sie vorwärtszog.

Jemand schrie etwas. Eine Männerstimme. Sie konnte die Worte nicht verstehen, aber der Mann schrie und zerrte sie gleichzeitig weiter, und sie dachte, daß es vielleicht Lady Moraigs Männer waren, die erneut versuchten, sie umzubringen.

Dann legte man sie auf den Rücken, und sie glaubte, jetzt sei das Ende gekommen und sie müsse sterben.

Sie spürte, wie sie wieder in ein undurchdringliches Dunkel glitt, aber sie erwachte zu neuem Leben, als jemand den Arm unter ihre Schultern schob und ihren Kopf aufrichtete.

Schon als er sie berührte, wußte sie, wer es war, und ihr Herz vollführte einen Sprung.

»Arina! Arina!«

Sie hörte, wie er ihren Namen rief, und weil sie ihn liebte, lehnte sie sich mit dem Gesicht gegen seine Schulter. Er war da und drückte sie an sich, und sie war in Sicherheit!

*

»Trinken Sie noch einen Schluck, M'lady«, sagte jemand mit Bestimmtheit.

»Nein ... nein«, erwiderte Arina matt. »Es schmeckt ... furchtbar.«

»Es wird Sie aufwärmen, M'lady. Sie waren kalt wie ein Eisklumpen, als man sie gebracht hat.«

Jetzt war ihr nicht mehr kalt, dachte Arina, denn an ihren Füßen befand sich eine Wärmflasche und eine weitere an ihrer Seite. Sie waren aus Keramik, aber Arina fühlte, wie sich die Wärme in ihrem Körper ausbreitete, während gleichzeitig der unverdünnte Whisky, den ihr jemand eingeflößt hatte, sich brennend den Weg durch ihre Kehle nach unten bahnte.

Es fiel ihr schwer, die Augen zu öffnen, aber schließlich schaffte sie es und konnte jetzt über sich den geschnitzten Thronhimmel des Bettes erkennen. Auf der anderen Seite des Zimmers brannte ein Feuer in dem großen offenen Kamin.

Sie wußte, wo sie war, sie war am Leben, sie hatte den Marquis gerettet, und jetzt war es nicht mehr erforderlich, noch weiterzukämpfen.

Sie hatte schwimmend einen langen, langen Weg zurücklegen müssen, aber sie hatte es geschafft.

Sie schloß erneut die Augen und dabei hörte sie, wie die Wirtschafterin des Schlosses sagte:

»Die Lady schläft, Mylord, aber es ist alles in Ordnung. Gott muß sie gerettet haben.«

»Ich glaube, sie hat sich selbst gerettet«, erwiderte der Marquis ruhig.

Arina wollte ihm sagen, daß sie es für ihn getan hatte, aber die Anstrengung war zu groß, und mit einem Gefühl von Wärme und Sicherheit glitt sie wieder in einen traumlosen Schlaf.

*

Sie erwachte und wußte, daß sie lange geschlafen hatte; die Nacht war vorüber, und es war heller Tag.

Die Vorhänge waren zurückgezogen, und durch die Fenster schien die Sonne herein.

Sie bewegte sich, und sofort trat die Wirtschafterin, die sich in der vergangenen Nacht um sie gekümmert hatte, neben das Bett.

»Sind Sie wach, M'lady?«

Arina nickte, aber sie konnte kaum ein Wort hervorbringen.

»Was M'lady jetzt brauchen, ist etwas zu essen«, erklärte die Wirtschafterin energisch, »und Sie haben wirklich gut und lange geschlafen.«

Arina bewegte sich noch einmal, als wolle sie sich vergewissern, daß ihre Arme und Beine noch immer an Ort und Stelle waren, nachdem sie sich noch vor kurzem so taub und kalt angefühlt hatten, als würden sie nicht mehr zu ihrem Körper gehören.

Als die Wirtschafterin geschäftig das Zimmer verließ, blickte Arina noch einmal zu dem geschnitzten Himmel des Bettes hinauf, wo sich ebenfalls das unvermeidliche Wappen der McDonons befand.

Sie dankte Gott und ihrem Vater dafür, daß sie sie in Sicherheit gebracht hatten.

Dann schauderte sie bei dem Gedanken, daß Lady Moraig es noch einmal versuchen könnte, und daß es vielleicht klug wäre, schnell wieder abzureisen, damit sie für den Marquis keine Belastung und keine Quelle der Sorge mehr war.

Er konnte dann noch immer vorgeben, er sei verheiratet, aber sie wäre dann nicht mehr da, und Lady Moraig konnte ihr dann nicht mehr nachstellen wie einem wilden Tier. Und der Herzog würde sie nicht mehr hassen, nur weil sie in seinen Augen eine Engländerin war.

»Wenn ich abreise, dann ... werde ich ihn ... vielleicht nie wiedersehen«, dachte sie.

Und weil sie noch so schwach war und ihn liebte, rannen ihr die Tränen über das Gesicht.

*

Später, als Arina gegessen, erneut geschlafen und dann wieder gegessen hatte, ging es ihr so viel besser, daß sie nicht länger im Bett bleiben wollte.

Der Marquis hatte sie nicht mehr aufgesucht, und sie vermutete, daß er angeln gegangen war.

Da sie es genau wissen wollte, fragte sie die Wirtschafterin, als sie kam, um nach ihr zu sehen.

»Wo ist der Marquis?«

»Er müßte gleich zurück sein, M'lady. Heute morgen, als Sie noch schliefen, ist er fischen gegangen, aber ich weiß, daß er Sie sofort nach seiner Rückkehr aufsuchen wird.«

Die Wirtschafterin verließ das Zimmer, und Arina stand auf und ging hinüber zur Frisierkommode, um ihr Haar zu bürsten. Dort angekommen, betrachtete sie ihr Gesicht im Spiegel.

Sie hatte erwartet, ihr Spiegelbild würde nach den Ereignissen des Vortages abgehärmt und erschöpft und daher faltenreich und häßlich aussehen.

Stattdessen erschienen ihr ihre Augen groß und strahlend, ihre Haut sehr weiß, und sie wäre unaufrichtig gewesen, wenn sie sich mit ihrem Haar, das ihr über die Schultern fiel, nicht attraktiv gefunden hätte.

Als sei sie durch ihr Spiegelbild wieder selbstbewußter geworden, ging sie zum Bett zurück, stellte dabei jedoch fest, daß sie noch immer etwas unsicher auf den Beinen stand. Dann wartete sie.

Nach einer Weile klopfte jemand an die Tür, und ohne auf eine Antwort zu warten, betrat der Marquis das Zimmer.

Als sie ihn sah, hellte sich ihr Gesicht auf, und dann stieß sie einen Laut des Erstaunens aus, denn es war das erste Mal, daß sie ihn einen Kilt tragen sah. Sie fand, sogar mit der einfachen Felltasche und einer normalen Tweedjacke mit Lederknöpfen sah er großartig aus.

Er trat an das Bett und umfaßte mit beiden Händen ihre Hand.

»Ich brauche ja nicht zu fragen, ob es dir besser geht«, sagte er mit seiner tiefen Stimme. »Ich kann sehen, daß das der Fall ist.«

»Viel ... viel besser. Es ist tatsächlich nicht mehr nötig, daß ich ... so faul bin und ... noch im Bett bleibe.«

»Du mußt auf dich achtgeben.«

Sie hatte das merkwürdige Gefühl, als würden bei ihnen beiden die Lippen etwas anderes ausdrücken als ihre Augen.

Der Marquis setzte sich ihr gegenüber auf das Bett und fragte:

»Geht es dir schon gut genug, daß du mir erzählen kannst, was passiert ist?«

Arina zögerte. Sie empfand es irgendwie als peinlich, ihm zu sagen, daß die Frau versucht hatte, sie zu ermorden, weil sie ihn haben wollte.

Es schien, als wollte der Marquis ihr die Sache erleichtern, als er sagte:

»Ich habe nicht einen einzigen Moment geglaubt, daß du selbst aufs Meer hinausgerudert bist.«

»Es war ... es waren ... zwei Männer«, erwiderte Arina. »Ich bin in den Garten gegangen. Ich habe ... nach dir gesucht.«

Der Marquis hielt seine Augen auf ihr Gesicht gerichtet, aber er unterbrach sie nicht.

Sie berichtete ihm, wie sie geglaubt hatte, in den Büschen ein Tier wimmern zu hören, wie sie dann einen Schlag auf den Hinterkopf erhalten und schließlich auf dem Boden eines Bootes das Bewußtsein wiedererlangt hatte.

»Und mit deinem Kopf ist jetzt alles wieder in Ordnung?« fragte der Marquis schnell.

»Da ist nur eine ganz kleine Beule«, antwortete Arina. »Ich hatte mein Haar sehr sorgfältig frisiert, denn ich wollte schließlich elegant aussehen für ...«

Sie hielt inne, als ihr klar wurde, daß sie gerade im Begriff stand, etwas nur allzu Enthüllendes zu sagen.

Es fiel ihr ohnehin schwer, natürlich zu sprechen, da der Marquis noch immer ihre Hand festhielt.

Und bei seiner Berührung hatte sie das seltsame Gefühl, kleine Sonnenstrahlen würden ihr auf die Arme scheinen und von dort nach oben zu ihrem Herzen wandern.

Sie wußte, daß es Liebe war, und wenn sie ihn nur ansah, klopfte ihr Herz so heftig, daß sie schon befürchtete, er könnte es bemerken.

Aber sie stellte sich vor, wie unangenehm es für den Marquis sein müßte, wenn sie ihm jetzt erklärte, daß sie sich in ihn verliebt hatte, während sie doch nur – um ihre Mutter zu retten – die Rolle spielte, um die er sie gebeten hatte.

›Ich muß sehr vorsichtig sein‹, dachte Arina.

Hastig und mit Worten, die sich geradezu überstürzten, erzählte sie dem Marquis, wie sie, im Boot liegend, die Unterhaltung der beiden Männer belauscht hatte.

Als sie wiederholte, in welcher Weise sie von »unserer Lady« gesprochen hatten, bemerkte sie, daß er erstarrte, und daß seine Finger ihre Hand fester umklammerten.

Ohne eine Pause zu machen berichtete sie dann, wie sie den

Spund im Bootsboden entfernt hatten und davongerudert waren, und wie sie selbst begonnen hatte, zum Schloß zurückzuschwimmen, als das Boot fast vollgelaufen war und zu sinken begann.

»Wie hast du es nur geschafft, so weit zu schwimmen?« fragte der Marquis.

»Ich bin mit meinem Vater immer in einem See geschwommen, als wir noch auf dem Lande lebten«, erwiderte Arina, »aber noch nie so weit und ... noch nie in so kaltem Meerwasser.«

»Das war sehr, sehr tapfer von dir, und ich kenne keine einzige andere Frau, die so klug und so mutig gewesen wäre.«

»Ich ... ich mußte ... dich retten«, erklärte Arina, ohne weiter darüber nachzudenken.

»Mich?« fragte der Marquis. »Oder dich?«

»Ich war ... nicht wichtig«, antwortete Arina, »aber ich wußte, wenn ich tot wäre, würde dein Vater ... dich zwingen, Lady Moraig zu heiraten, und das ... würde dich unglücklich machen.«

»Und das hätte dir Sorgen bereitet?« fragte der Marquis sanft.

Arina stockte der Atem, denn mit ziemlicher Heftigkeit wurde ihr bewußt, daß sie sein Glück mehr wollte als alles andere in der Welt. Dieses Glück war etwas, das sie ihm nicht geben konnte, aber sie konnte ihn zumindest davor bewahren, sich unglücklich zu fühlen.

Sie gab ihm keine Antwort, und eine Weile später meinte der Marquis:

»Arina, ich möchte, daß du mir sagst, warum du besorgt warst, ich könnte unglücklich sein.«

»Du ... du bist so freundlich zu mir gewesen, daß ich ... den Wunsch habe, dir zu helfen.«

»Das hast du bereits getan, aber als ich dich unten am Strand aufgerichtet habe und du den Kopf an meine Schulter legtest, da hatte ich das Gefühl, du wärest glücklich, mit mir zusammen zu sein.«

Da seine Stimme sehr leise und tief klang und gleichzeitig einen bittenden Unterton hatte, den Arina noch nie zuvor gehört hatte, umklammerten ihre Finger seine Hand fester.

»Ich dachte, ich ... wäre tot«, flüsterte sie, »aber ... als du mich berührtest, wurde ich ... wieder lebendig.«

Der Marquis antwortete nicht, und da ihr sein Schweigen seltsam vorkam, blickte sie ihn an.

Als ihre Augen sich trafen, spürte Arina, wie ein bebendes Gefühl sie ergriff, das so neu und so intensiv war, daß sie kaum noch atmen konnte.

»Ich kann mich irren», meinte der Marquis nach einiger Zeit, »aber ich habe das Gefühl, Arina, daß du mich liebst.«

Da seine Augen ihren Blick so zwingend festhielten, war es unmöglich für sie, ihm nicht die Wahrheit zu sagen.

»Ja . . ., ich . . . liebe dich!« flüsterte Arina. »Ich liebe dich . . . und ich . . . will dir helfen, aber . . . ich will keine Belastung für dich sein, und wenn . . . du willst, daß ich abreise, dann tue ich das, wie ich . . . es versprochen habe, ohne . . . viel Aufhebens.«

»Das wird nicht passieren, nicht einmal in einer Million Jahren«, erklärte der Marquis ruhig.

Bei diesen Worten beugte er sich vor, und seine Lippen fanden die ihren.

Zunächst konnte sie nicht glauben, daß das alles wirklich passierte. Aber dann wurde ihr ganzer Körper von einer Ekstase erfaßt, die so plötzlich und heftig einsetzte wie ein Blitzschlag.

Es war ihr, als käme durch den Marquis der Sonnenschein von draußen in sie hinein und als würde er sie hoch über das Moor hinweg in den Himmel tragen.

Er schlang den Arm um sie und drückte sie an sich, während er sie küßte, und sie hatte das Gefühl, nach allem, was sie durchgemacht hatte sei sie jetzt in einen himmlischen Bereich versetzt worden, wo es so unendlich wundervoll war, daß es eine Qual sein würde, ihn wieder zu verlassen.

Und ihr war plötzlich klar, daß sie dies immer gewollt hatte.

Dies war die Liebe, die ihre Mutter und ihr Vater füreinander empfunden hatten, und nichts war mehr wichtig außer dieser Liebe, die die Erde, den Himmel und das Meer ausfüllte und neben der nichts mehr existierte.

Der Marquis hob den Kopf und sagte:

»Ich liebe dich!«

»Wie kannst du das?« fragte Arina. »Es gibt so viele schöne Frauen, die du . . . lieben könntest.«

»Die ›schönen Frauen‹, wie du sie nennst«, erwiderte er lächelnd, »sind alle weit weg und vergessen. Als ich dich am Strand liegen sah und dachte, du seist tot, da wußte ich, daß meine Gefühle für dich etwas anderes sind als alles, was ich bisher empfunden habe.«

»Du ... liebst mich? Du liebst mich ... wirklich?«

»Ich werde viel Zeit brauchen, um dir zu sagen, wie sehr ich dich liebe – mindestens eine Million Jahre, wie ich schon sagte.«

»Ich ..., ich kann es ... einfach nicht glauben! Du bist so großartig, so freundlich, so ... wunderbar! Ich habe dich immer für einen Boten gehalten, den ... Gott geschickt hat, um Mama zu retten, und nicht ... für einen Mann, der mich liebt.«

Der Marquis lächelte.

»Ich bin ein Mann, und ich finde dich so bezaubernd, so hübsch und unglaublich anziehend, daß ich es noch immer kaum fassen kann, endlich das Glück gefunden zu haben, das ich immer gesucht habe.«

Er zog sie näher an sich und fuhr fort:

»Es war, wie du es damals gesagt hast: Wir sind wie Odysseus und Jason zu einem Abenteuer aufgebrochen, und ebenso wie sie habe ich gefunden, was ich suchte.«

»Hast du ... Liebe gesucht?« fragte Arina.

»Liebe«, erwiderte der Marquis mit Nachdruck. »Wahre Liebe. Eine Liebe, die dich veranlaßt hat, in mir einen Ritter zu erblicken.«

»Etwas, das du immer warst.«

»Und das ist es auch, was aus mir in Zukunft ein gutes Oberhaupt meines Clans machen wird.«

Arina hielt den Atem an.

»Du meinst ...?«

»Ich meine, daß ich hier bleiben werde«, unterbrach sie der Marquis. »Ich werde das Leben führen, das mir zukommt, und ich werde mich um meine Leute kümmern.«

Er berührte ihre weiche Wange mit den Lippen und meinte dann:

»Ich glaube, du weißt es bereits: Ich kann das nicht schaffen ohne deine Hilfe.«

»Bist du dir sicher, wirklich sicher, daß du ... mich willst?«

»Sehr, sehr sicher.«

Arina atmete tief durch. Dann sagte sie:

»Ich muß dir etwas erzählen ...«

»Auch ich habe dir eine Menge zu erzählen«, unterbrach sie der Marquis, »aber ich weiß, daß mein Vater dich unbedingt sehen will.

Meinst du, es geht dir schon so gut, daß du zum Abendessen herunterkommen kannst? Danach kannst du sofort wieder ins Bett gehen.«

»Natürlich geht es mir gut genug«, erklärte Arina. »Ich will ... bei dir sein.«

Der Marquis erwiderte nichts. Stattdessen küßte er sie noch einmal.

Sie konnte fühlen, wie sein Herz gegen das ihre schlug, und es kam ihr wie die wunderbarste Sache der Welt vor, daß sie auf ihn so aufregend wirken konnte.

Als es an der Tür klopfte, rückte der Marquis zur Seite. Die Wirtschafterin trat ein.

»Es ist gut, daß Sie hier sind, Mrs. McDonon«, sagte der Marquis. »Meine Frau kommt zum Essen hinunter, aber ich habe versprochen, daß wir sie nicht lange in Anspruch nehmen.«

»Sie darf sich noch nicht überanstrengen, Master Alistair.«

Der Marquis lachte.

»Und wenn sie das tut, dann werden Sie sie mit Sicherheit ebenso ausschimpfen wie mich früher, wenn ich mir die Sachen zerrissen oder Äpfel aus Ihrem Wohnzimmer gestohlen hatte.«

Er wartete die Antwort der Wirtschafterin gar nicht erst ab, sondern ging durch die Verbindungstür ins Ankleidezimmer.

»Er war immer ein furchtbar ungezogener kleiner Kerl!« rief Mrs. McDonon.

Dann berichtete sie, während sie Arina beim Ankleiden half, von den Streichen des Marquis, als dieser noch ein Junge gewesen war, und Arina dachte, wie wundervoll es wäre, wenn sie jemals einen Sohn haben könnten, der im Schloß, diesem idealen Tummelplatz für Kinder, ebensolche Streiche aushecken würde wie sein Vater.

Als sie fertig angekleidet war, stellte sie fest, daß sie mehr auf Mrs. McDonons Erzählungen geachtet hatte als auf sich selbst, und daß sie jetzt ein sehr hübsches Abendkleid trug, in dem sie wie eine Braut aussah.

Nicht einmal sie selbst hatte dieses Kleid bisher gesehen, da es erst im letzten Moment eingetroffen war, kurz bevor sie nach Tilbury aufbrachen, und sie fürchtete schon, der Marquis könnte es vielleicht übertrieben finden.

Aber als sie durch die Verbindungstür trat, konnte sie seinem

Gesichtsausdruck und der Art, wie er sie ansah, deutlich entnehmen, daß er sie sehr hübsch fand.

Und nicht nur sie war elegant – er war es auch, und in seiner Abendgarderobe mit dem Spitzenjabot und den Silberknöpfen, die so blankpoliert waren, daß sie schimmerten wie Edelsteine, sah er so großartig aus, daß sie der Meinung war, es könne außer ihm keinen so gutaussehenden und anziehend wirkenden Mann geben.

Seine traditionelle Felltasche war ebenso reich verziert wie die des Herzogs, und der Cairngorm-Bergkristall am Dolchgriff seines in der herkömmlichen Weise im Strumpf getragenen *Skean Dhu* funkelte wie ein Stern.

Während sie sich dem Innern des Schlosses näherten, sagte der Marquis:

»Ich möchte dir sagen, wie schön du bist und wie sehr ich dich liebe!«

Arina ergriff seine Hand.

»Ich versuche schon ... die ganze Zeit, die ... richtigen Worte zu finden, um dir zu sagen, wie ... gut du aussiehst, wenn du einen Kilt trägst.«

»Es ist wirklich gut, daß du mich ebenso bewunderst wie ich dich«, meinte der Marquis lächelnd, »sonst könnte ich am Ende noch neidisch werden.«

Arina lachte leise.

»Das kannst du ruhig. Dann ... weißt du wenigstens, was ich ... in einem solchen Fall fühlen würde.«

Sie konnten nicht weitersprechen, denn einer der Diener näherte sich dem Marquis mit einigen Briefen auf einem silbernen Tablett.

»Die Post ist gerade gekommen, Mylord.«

Der Marquis nahm die Briefe ohne sonderliches Interesse entgegen, aber als sie dann den Empfangssaal betraten und noch niemanden antrafen, öffnete er schnell eins der Schreiben und begann zu lesen.

Arina stand vor dem Kamin und ließ den eindrucksvollen Saal auf sich wirken, der sich so sehr von allen Räumen des südlichen Flügels unterschied.

Der Saal war sehr hoch, die Fenster mit ihren steinernen Umrandungen hatten rautenförmige Glasscheiben, und an den Wänden hingen Porträts früherer Clans-Oberhäupter.

Das Mobilar war zum Teil französisch, daher wußte sie, daß diese Teile aus der Zeit stammen mußten, in der Maria Stuart französischen Geschmack nach Schottland gebracht hatte.

Der Marquis sah von seinem Brief hoch.

»Ich habe gute Nachrichten für dich, mein Liebling.«

»Gute Nachrichten?«

Der Marquis blickte erneut auf den Brief in seiner Hand.

»Als ich meinem Sekretär in London den Auftrag gab, dem Chirurgen, der deine Mutter operiert hat, seine einhundert Pfund zu bringen, da habe ich ihm auch gesagt, daß ich über das Ergebnis der Operation informiert zu werden wünschte und daß die Informationen direkt an mich geschickt werden sollten für den Fall, daß es schlechte Nachrichten wären.«

»Mama... geht es gut?«

»Die Operation ist vollkommen gelungen, und deine Mutter erholt sich viel schneller, als der Arzt zu hoffen wagte.«

Arina faltete die Hände. Dann stieß sie vor Glück einen leisen Schrei aus und schmiegte sich an den Marquis.

»Das alles... haben wir nur dir zu verdanken. Wenn du uns nicht... das Geld gegeben hättest, wäre Mama gestorben.«

Ihr versagte die Stimme, und in ihren Augen standen Tränen, aber dieses Mal waren es Tränen des Glücks.

Der Marquis drückte sie fest an sich.

»Ich bin froh, sehr froh, mein Liebling.«

»Ich bin sicher, es war Vater, der... dich zu uns geschickt hat, und jetzt... kann Mama wieder gesund und vielleicht... auch wieder glücklich werden.«

»Wir werden sie glücklich machen«, versprach der Marquis.

Arina wollte gerade etwas erwidern, als sie draußen im Flur Schritte hörten. Kurz darauf betrat der Herzog den Empfangssaal.

Etwas verlegen löste sie sich aus den Armen des Marquis, aber sie wußte, daß sein Vater die Umarmung bemerkt hatte.

Der Herzog trat zu ihnen an den Kamin, und Arina begrüßte ihn mit einem Knicks.

»Es geht Ihnen besser?« fragte der Herzog. Sein Tonfall klang freundlicher als zuvor.

»Ja, Euer Gnaden, danke, es geht mir viel besser.«

»Wie ich höre, waren Sie sehr tapfer.«

Er wartete nicht auf eine Antwort Arinas, sondern fuhr fort:

»Draußen ist der Mann, der Sie gefunden hat, als Sie das Ufer erreicht hatten. Er ist ein alter Mann, aber seine Augen waren noch scharf genug, um Sie zu bemerken, als Sie in dem flachen Wasser zusammenbrachen. Sie lagen mit dem Gesicht nach unten, und wenn er Sie nicht gerettet hätte, als er Sie ins Trockene zog, dann wären Sie vielleicht doch noch ertrunken.«

Arina murmelte etwas und fühlte, wie der Marquis ihre Hand berührte.

»Ich habe Malcolm McDonon herbestellt, damit Sie sich bei ihm bedanken können«, sagte der Herzog.

»Ja, natürlich, das würde ich gern tun.«

Der Herzog ging voraus, und sie und der Marquis folgten ihm.

Draußen vor dem Empfangssaal stand auf der obersten Treppenstufe ein alter, graubärtiger Clansmann, der seine Mütze in der Hand hielt und während des Wartens nervös mit ihr herumspielte.

Er legte seine Hand respektvoll an die Stirn, als der Herzog zu ihm trat.

»Ich bringe die Marquise zu dir, Malcolm«, sagte der Herzog langsam, »und ich habe ihr gesagt, daß du sie mit deinem schnellen Pirschblick am Strand gesehen und ihr das Leben gerettet hast.«

Der alte Mann murmelte etwas, und der Herzog sagte zu Arina:

»Er versteht Sie, wenn Sie langsam mit ihm reden, aber sprechen kann er nur Gälisch.«

Arina streckte ihm die Hand hin, und Malcolm McDonon sagte auf gälisch:

»Ich bin sehr froh, daß ich Ihnen, Mylady, diesen Dienst erweisen konnte.«

Arina verstand ihn und ohne weiter darüber nachzudenken antwortete sie ihm in seiner Sprache:

*»Tapadh Leat Tha Mi Glé Thaiwgeal.«**

Erst als sie die Worte ausgesprochen hatte, sah sie die Freude auf Malcolms Gesicht und bemerkte auch, wie überrascht der Herzog und der Marquis waren.

Für einen Augenblick herrschte Schweigen, dann reichte der Herzog Malcolm McDonon einen Umschlag, in dem sich, wie

* »Danke. Ich bin Ihnen sehr dankbar.«

Arina vermutete, Geld befand.

Er dankte ihm auf gälisch, und als der Alte die Treppe wieder hinunterging, sah der Herzog Arina durchdringend an.

»Sie sprechen Gälisch?« erkundigte er sich scharf.

»Ein ... wenig.«

»Wer hat Ihnen das beigebracht?«

Sie zögerte und sagte dann die Wahrheit.

»Meine Mutter.«

»Wieso kann Ihre Mutter Gälisch?«

»Sie ... ist ... eine Schottin.«

Arina sprach mit leiser Stimme, offensichtlich verlegen.

Dann konnte der Marquis seine Neugier nicht länger bezähmen und fragte:

»Warum hast du mir das nie gesagt?«

Sie sah zu ihm auf und antwortete so leise, daß er es kaum hören konnte:

»Ich dachte, du ... könntest ... vielleicht verärgert sein.«

»Verärgert? Warum sollte ich verärgert sein?«

Sie sagte nichts, und als würde er die Antwort bereits erraten, fragte er weiter:

»Wer war deine Mutter?«

Sie streckte die Hände aus, als wolle sie sich an ihm festhalten, aber dann ließ sie sie wieder sinken.

»Meine ... Mutter«, stammelte sie, »ist ... eine McNain.«

Dem Marquis schien es die Sprache zu verschlagen, und der Herzog rief:

»Eine McNain? Wieso habe ich das nicht gewußt? Warum haben Sie das verheimlicht?«

Es fiel Arina offensichtlich leichter, mit dem Herzog darüber zu sprechen, und sie erwiderte:

»Meine Mutter ist mit meinem Vater davongelaufen, und weil er ein Engländer war, hat mein Großvater als ... Clan-Oberhaupt der McNains jede Verbindung zu ihr ... abgebrochen.«

Der Herzog starrte Arina an, als könne er nicht glauben, was er da gerade gehört hatte. Dann sagte er:

»Kommen Sie zurück in den Empfangssaal!«

Arina wußte, daß er dabei an die Bediensteten dachte, die am Fuße der Treppe standen und die Unterhaltung mithören konnten.

Der Herzog ging voraus, und als Arina ihm gehorsam folgte, nahm der Marquis ihre Hand. Da wußte sie, daß er nicht verärgert war, sondern ihr beistehen würde.

Mit hocherhobenem Kopf und in klaren und ruhigen Worten gab sie dem Herzog die Erklärung, auf die er wartete.

»Meine Mutter war zutiefst verletzt darüber, daß mein Großvater sich weigerte, noch etwas mit ihr zu tun zu haben, nur weil sie einen Engländer geheiratet hatte. Aber sie und Papa waren trotzdem so glücklich miteinander, daß das alles für sie nicht wirklich wichtig war.«

»Ihr Großvater war der Earl of Bain?« fragte der Herzog scharf.

»Ja, Euer Gnaden, aber nachdem sie ihre Familie verlassen hatte, hat Mama ihren Adelstitel ... nie wieder verwendet.«

»Er war ein gutes Oberhaupt seines Clans«, erklärte der Herzog, »aber er hat uns fast ebenso sehr verabscheut wie die Engländer.«

Der Marquis lachte.

»Das war die Einstellung aller McNains, so weit ich zurückdenken kann. Und was willst du jetzt wegen Lady Moraig unternehmen?«

Die Lippen des Herzogs wurden schmal.

»Die Ältesten ihres Clans werden sich um sie kümmern und sie dann fortschicken.«

»Kannst du das arrangieren?«

»Als Clan-Oberhaupt wird der Earl das schon regeln, wenn ich ihm erzähle, was passiert ist, und die Männer, die getan haben, was sie ihnen befohlen hatte, werden bestraft.«

Der Marquis spürte, daß sein Vater noch mehr sagen wollte und wartete deshalb.

»Lady Moraig ist nur eine Halbschwester des jetzigen Earls«, erläuterte der Herzog, »und sie haben sich nie besonders gut verstanden. Aber als Clan-Oberhaupt ist er sehr darauf bedacht, daß es zum Frieden zwischen unseren beiden Clans kommt, und dieses Problem ist bereits gelöst, Alistair, denn du hast ja eine McNain geheiratet. Ich bin sicher, er würde es begrüßen, wenn Arinas Mutter, seine Schwester, wieder zu ihrer Familie zurückkehrt.«

»Meinen Sie das wirklich?« rief Arina. »Ich weiß, daß es Mama sehr glücklich machen würde, denn ich weiß auch, daß sie sich nach Papas Tod oft sehr nach ihrer Familie gesehnt hat.«

»Diesen Wunsch werden wir ihr erfüllen, sobald es ihr gut genug geht, um reisen zu können«, sagte der Marquis ruhig.

Vor Glück vergaß Arina ganz, daß der Herzog bei ihnen war und schmiegte ihre Wange an die Schulter des Marquis.

Mit einem lachenden Unterton in der Stimme meinte dieser daraufhin:

»Du siehst, Vater, nach all meinen Missetaten und nach all den Jahren, die ich, wie du meintest, in der Wildnis verbracht habe, bin ich jetzt zurückgekommen und habe genau das Richtige getan und dir jemanden gebracht, mit dem du nicht gerechnet hast – genau die Frau, von der du wolltest, daß ich sie heirate.«

Es bedurfte keiner weiteren Worte.

Der Herzog legte seinem Sohn nur die Hand auf die Schulter, und mit dieser Geste war alles gesagt.

*

Das Abendessen hatte lange gedauert, da außer ihnen noch etliche andere Gäste gekommen waren, und der Dudelsackpfeifer, der zum Abschluß des Essens aufspielte, hatte bereits zwei zusätzliche Weisen intoniert, mit denen, wie Arina wußte, ihre Rettung vor dem Tod gefeiert werden sollte.

Sie war trotz allem nicht müde, aber sie war gleich nach dem Abendessen zu Bett gegangen. Mrs. McDonon hatte ihr beim Auskleiden geholfen und dann neben dem großen Himmelbett eine brennende Kerze stehen lassen. Ein Feuer aus dicken Holzkloben brannte im Kamin.

»Heute nacht kommt kalter Wind vom Meer, M'lady«, meinte die Wirtschafterin, als sie aus dem Fenster blickte. »Es wäre ein Wunder, wenn Sie sich nicht erkälten nach allem, was Sie durchgemacht haben.«

Arina gab keine Antwort, sondern lehnte sich in ihr Kissen zurück und dachte nur noch daran, wie warm und behaglich sie sich fühlte und zudem so glücklich, daß es ihr schien, als würden kleine Flammen aus dem Kaminfeuer in ihrem Innern brennen und ihren ganzen Körper mit Wärme erfüllen.

Sie wartete, und es war noch keine halbe Stunde vergangen, als sich die Verbindungstür öffnete.

Der Marquis betrat das Zimmer, und jetzt trug er nicht mehr die Tracht des schottischen Hochlandes, sondern einen langen samtenen Hausmantel, und sie fand, der stand ihm ebenso gut.

Er ging zum Bett, und sie bemerkte in seinen Augen einen seltsamen Glanz, der sie einschüchterte und zugleich heftig erregte.

Sie streckte ihm beide Hände entgegen.

»Ich war sicher, daß du ... noch kommen und ... mir gute Nacht sagen würdest«, murmelte sie.

Der Marquis setzte sich neben sie auf das Bett, wie er das am gleichen Tag schon früher getan hatte, und sah sie an.

»Gute Nacht?« fragte er. »Ich glaube, mein Liebling, du hast etwas vergessen.«

Sie blickte verwirrt.

»Was ... könnte ich vergessen haben – außer mich bei dir ... immer und immer wieder zu bedanken?«

»Du hast mir bereits genug gedankt.«

»Was könnte ich ... dann noch vergessen haben?«

»Daß wir verheiratet sind!« erwiderte der Marquis mit seiner tiefen Stimme.

Arina schlug die Augen nieder.

»Du hast gesagt, wir ... würden nur so tun, als wären wir verheiratet.«

»Das habe ich gesagt, als ich mich noch wie ein Engländer benommen habe, und unser Vertrag war auch ein englischer Vertrag. Hier in Schottland haben wir vor Zeugen erklärt, daß wir Mann und Frau sind, daher sind wir nach den Gesetzen dieses Landes rechtmäßig verheiratet.«

Arina hatte das Gefühl, als würde jedes einzelne seiner Worte einen ungeheuren Freudentaumel auslösen.

»Ich habe bereits nach Edinburgh geschrieben und unsere Heirat offiziell registrieren lassen«, fügte er hinzu.

Als glaube sie, das alles sei viel zu wunderbar um wahr zu sein, fragte Arina:

»Und du ... bist du dir sicher? Ganz sicher, daß du ... das wirklich willst?«

»Ich bin ganz sicher«, erwiderte der Marquis, »und so will ich es haben. Du gehörst mir, Arina. Du bist meine Frau, jetzt und für immer, und ich werde dich nie mehr gehen lassen!«

Sie erwartete, er werde seine Arme um sie legen, aber stattdessen hielt er einen Moment inne und meinte dann:

»Du weißt, wie sehr ich dich will, nicht nur mit meinem Körper, sondern mit meinem Geist, meinem Herzen und meiner Seele. Aber du hast gerade Schreckliches durchgemacht, und wenn du willst, dann werde ich dir jetzt nur gute Nacht sagen und dich allein lassen, damit du dich ausruhen kannst.«

Arina wußte, nur ein Mann, der ein Idealist und zugleich der Ritter war, den sie immer in ihm gesehen hatte, konnte so verständnisvoll sein.

Und weil sie keine Worte finden konnte, um ihm das zu sagen, streckte sie ihm nur noch beide Arme entgegen und zog ihn an sich . . .

*

Lange Zeit später, als das Feuer im Kamin heruntergebrannt war und die Glut nur noch golden leuchtete, sagte der Marquis:

»Ich wünschte, es gäbe Worte, mit denen ich dir sagen könnte, was es für mich bedeutet, hier in meinem Schloß zu sein, in meinem Land, umgeben von all den Leuten, die mich lieben und achten und denen ich dienen will, solange ich lebe.«

»Das ist genau die Art zu denken, die ich mir von dir wünsche«, erwiderte Arina.

Er drückte sie fester an sich und fühlte die Weichheit ihres Körpers, und die bloße Berührung reichte aus, um ihn daran zu erinnern, daß er hier die Vollkommenheit fühlte, die er in einer Frau immer gesucht hatte.

»Wie konnte ich nur solches Glück haben, dich zu finden?« fragte er.

»Du wirst es sicher . . . merkwürdig finden, aber es war Papa, der mir geholfen hat, als ich so . . . verzweifelt war, der mich zu Lady Beverly geschickt und es dann auf irgendeine magische Weise bewirkt hat, daß du meine Unterhaltung mit ihr hören konntest.«

Arina machte eine Pause. Dann sagte sie:

»Nur ein Mensch mit einem angeborenen Sinn für Freundlichkeit konnte mir so helfen, wie du es getan hast.«

»Es war nicht nur dein Vater. Es waren deine Gebete, mein Liebling, die mir gesagt haben, was ich zu tun hatte.«

Als der Marquis diese Worte aussprach, dachte er, wie seltsam es doch sei, daß er so etwas sagte und glaubte.

Aber seit seiner Rückkehr auf das Schloß hatte er bemerkt, daß der herablassende Zynismus verschwunden war, der sein Denken und die Unterhaltungen mit seinen Freunden in White's Club oder auch mit den Frauen, die in seinem Leben kamen und gingen, immer bestimmt hatte.

Jetzt war ihm eines klar: In Schottland mußte man einfach ehrlich sein.

Schon Arina hatte geahnt, daß die Schönheit des Schlosses und der umliegenden Moorlandschaft seine Gedanken von allen kleinen und unwichtigen Dingen befreien würde, aber jetzt bemerkte er selbst, daß ihn das alles im Vergleich zu früher hatte innerlich wachsen lassen.

Zum ersten Mal konnte er jetzt die Aura der Allmacht verstehen, die seinen Vater umgab, und dessen leidenschaftliches Eintreten nicht nur für die Größe seines eigenen Clans, sondern auch für die Größe Schottlands.

Er wandte den Kopf und blickte zu Arina hinunter, und im Licht des langsam erlöschenden Kaminfeuers kam ihm zu Bewußtsein, daß niemand schöner und zugleich vergeistigter aussehen konnte und daß sie anders war als alle Frauen, die er jemals gekannt hatte.

Er sah ihre Augen, mit denen sie ihn bewundernd anblickte, und er nahm sich vor, Arina nie zu enttäuschen und in Zukunft stets ihren Idealen gerecht zu werden.

Als im Kamin ein Holzklotz in sich zusammenfiel, flammte das Feuer noch einmal auf und ließ ihre Gesichter aufleuchten. Und als sie sich ansahen, schmiegten sie sich unwillkürlich enger aneinander.

»Ich liebe dich!« sagte er.

»Ich habe nicht gewußt, daß Liebe so wunderbar sein kann. Ich fühle mich, als hätten wir gemeinsam eine Reise zu den Sternen unternommen und dann noch weiter hinaus ... bis in einen Himmel, in dem es nur noch ... Liebe gibt.«

Es war ergreifend, wie Arina diese Worte aussprach, und der Marquis berührte ihre Wange mit den Lippen, bevor er fragte:

»Dieses Gefühl habe ich bei dir ausgelöst?«

»Ja, und noch viel mehr. Aber wie kann ich das in Worte fassen? Diese Ekstase – sie ist ... Gott, aber dann bin ich es gleichzeitig auch wieder selbst.«

»Mein kostbarer Schatz!« rief der Marquis.

»Habe ich dich glücklich gemacht?«

»So glücklich, daß es keine Worte gibt für die Gefühle, die wir füreinander empfinden. Es ist Ekstase und gleichzeitig auch wieder etwas sehr Menschliches, weil ich dich berühren kann und weiß, daß du mir gehörst, nicht nur als Frau, sondern auch als Teil meines Blutes.«

»Weil ich eine Schottin bin?«

»Und ich bin ein Schotte, und unsere Kinder werden es sein und deren Kinder ebenfalls.«

Der Marquis hielt einen Augenblick inne und meinte dann:

»Wie konnte ich nur jemals glauben, ich könnte aus Schottland fortlaufen! Wie konnte ich jemals vergessen, was dieses Land den Menschen bedeutet, die hier geboren wurden und in deren Blut ein tiefes Gefühl schlummert, das es ihnen ermöglicht, sich über das Menschliche hinaus zum Göttlichen zu erheben.«

»Dieses Gefühl habe ich auch«, erwiderte Arina atemlos.

»Wir fühlen dasselbe, und wir sind eins«, erklärte der Marquis. »Wir sind eine Person, mein Liebling.«

Sie legte den Arm um seinen Hals, um ihn noch enger an sich zu ziehen, und dabei hatte sie das Gefühl, als würden in ihnen beiden ebensolche Flammen glühen, wie sie auf den Holzscheiten im Kamin züngelten.

Es war ein ekstatisches Gefühl und dabei so intensiv, daß es Schmerz und Lust zugleich war.

»Ich will dich!« sagte der Marquis.

»Ich liebe dich«, erwiderte Arina. »O Liebling, bitte ... liebe mich, laß mich dir gehören, damit wir, wie du es gesagt hast, eine Person sind.«

Die Lippen des Marquis fanden die ihren, und sie fühlte, wie sein Herz an ihrer Brust klopfte.

Dann trug er sie hoch über das Moor bis in den Himmel, und sie gehörte ihm, und beide erreichten jenen besonderen Himmel, in dem es nur noch die göttliche, ewig währende Liebe gibt.

Liebe kennt keine Grenzen

Aus dem Englischen von
Dagmar Hartmann

Titel der Originalausgabe: Broken Barriers
Originalverlag: Arrow Books Ltd., London

1938

1

Norman Melton saß an seinem Schreibtisch und spielte mit den Seiten des Vertrages, der vor ihm lag und auf seine Unterschrift wartete.

Abrupt, ohne aufzublicken, erklärte er:

»Nun, wir haben es geschafft, Johnson.«

»Jawohl, Sir Norman.«

»Ich nehme an, Sie haben das hier gelesen?«

»Ja, Sir Norman.«

»Sie haben alle Korrekturen vorgenommen, die wir mit Miller abgesprochen haben?«

»Jawohl, Sir Norman.«

Er griff nach seinem Füllhalter.

»Wir sollten diesen Tag in unserem Kalender rot anstreichen. Es ist der beste Abschluß, den die Melton Motor Company jemals zuwege gebracht hat oder je zuwege bringen wird.«

»Ja, Sir Norman.«

Sir Norman legte seinen Stift mit einer Geste der Verzweiflung nieder.

»Verdammt nochmal, Johnson! Können Sie denn niemals etwas anderes sagen als ›Ja‹? Schicken Sie mir Miller her. Nein, warten Sie, ich werde nach ihm läuten, wenn ich ihn brauche.«

Johnson verließ mit bekümmertem Gesicht das Zimmer.

Sobald er allein war, sprang Sir Norman auf und trat ans Fenster. Er war nervös und fragte sich, warum ihn Johnsons übliche einsilbige Art heute so besonders wütend machte.

Er war es gewöhnt, seine Ungeduld vor seinen Untergebenen zu zügeln. Er konnte sich noch zu gut daran erinnern, wie er selbst es gehaßt hatte, wenn seine Vorgesetzten losgebrüllt hatten.

Trotz seiner Tüchtigkeit gehörte Johnson zu der Art von

Sekretär, die er nicht mochte. Er galt als unersetzlich, doch die mangelnde Persönlichkeit und Eigenständigkeit des Mannes erweckten in seinem Arbeitgeber den Wunsch, ihn aus seiner Erstarrung aufzuschrecken.

»Ich brauche Urlaub«, sagte sich Sir Norman, als er auf den geschäftigen Hof unter seinem Bürofenster hinabschaute.

Gerade hatte die Sirene geheult, die die Männer zur Mittagspause rief. Die Arbeiter strömten aus den Werkshallen, schlüpften in ihre Mäntel, zogen Päckchen mit Butterbroten aus den Taschen oder zündeten sich erleichtert nach langen Stunden der Enthaltsamkeit wieder eine Zigarette an.

Hoch über den Gebäuden befand sich das große Schild ›The Melton Motor Company‹.

Der Hof war vier Stockwerke unter ihm, und Sir Norman hatte für einen Augenblick das Gefühl, als wäre er, der Direktor und Vorstandsvorsitzende der großen Fabrik, auch zuständig für das Schicksal jedes einzelnen Mannes, der für ihn arbeitete.

›Ich bin ein Teil von ihnen, einer von ihnen‹, versuchte sich Sir Norman einzureden.

Aber er wußte, daß das eine Illusion war. Er hatte sich von ihnen entfernt, war jetzt vollkommen anders als die Männer, die einst seine Kameraden gewesen waren, so, wie er sich auch von dem Leben entfernt hatte, das sie führten, und von der Arbeit, die sie verrichteten.

Er war der Boß.

Er erinnerte sich noch gut daran, wie er als junger Mann in die Fabrik gekommen war – damals noch ein kleines, düsteres Gebäude –, und die schwarzgekleidete Gestalt Edward Bullers mit dem schweren Schnauzbart zum ersten Mal gesehen hatte.

Damals hatte er bestimmt nicht damit gerechnet, daß er neunundzwanzig Jahre später Bullers Platz einnehmen und daß die Fabrik seinen Namen tragen würde, als äußeres Zeichen seines Erfolges.

Heute erlebte er seinen größten Triumph.

Er hatte kaum zu glauben gewagt, daß er für seine eigene Firma den Vertrag mit der Regierung an Land ziehen könnte, aber es war ihm gelungen!

Sobald der Vertrag auf seinem Schreibtisch unterzeichnet war, würde er neue Gebäude, neue Maschinen und mindestens noch fünftausend weitere Arbeiter brauchen. Es war ein Triumph, für den er annähernd drei Monate gearbeitet hatte.

Seine Fabrik war klein im Vergleich zu den anderen, großen Firmen, die ihren Teil zum Wiederaufrüstungsprogramm beitrugen.

Es gab ein Dutzend anderer Firmen derselben Größe überall im Land. Es gab keinen Grund, warum gerade die Melton Motor Company ausgewählt worden war, außer, daß ihr Direktor den Antrieb, die Originalität und die nötigen Perspektiven besaß, um die in Angriff genommene Arbeit erfolgreich zu beenden.

Die Melton Motor Company hatte im Laufe der letzten fünf Jahre sensationelle Erfolge erzielt.

Die Aktien waren gestiegen, bis die Aktionärsversammlungen eine einzige Feier waren, ein Beweis vollkommenen Vertrauens, ein Austausch von Gratulationen und guten Wünschen.

Aber der Vorsitzende hatte an seinem zweiundvierzigsten Geburtstag festgestellt, daß er jetzt auch zu den gelangweilten Millionären gehörte.

Erst jetzt, als die Verträge verabschiedet waren, begriff Sir Norman, wie sehr er sich diese neue Arbeit gewünscht hatte, wie sehr er sich danach gesehnt hatte, sich in etwas Neues zu verbeißen, eine Möglichkeit zu finden, seine Aktivitäten auszuleben, die er bislang im alltäglichen Trott verschwendet hatte.

Seine Nerven waren in dieser letzten Woche bis zum Zerreißen gespannt gewesen.

Zum ersten Mal bedrückte ihn ein Gefühl von Verantwortlichkeit. Er hatte fast Angst vor dem, was er da in Angriff genommen hatte. Es war so groß – größer als alles, was er je zuvor versucht hatte.

Er wandte sich vom Fenster ab und zündete sich eine Zigarette an. Über dem Kaminsims befand sich ein kleines, schlampig gezeichnetes Bild von Bullers Motor Company.

Er betrachtete es eine Weile, ehe er zu seinem Schreibtisch zurückkehrte und läutete.

Erst zwei Stunden später verließ er das Werk. Er hatte nicht zu

Mittag gegessen und es abgelehnt, daß man ihm etwas in sein Büro brachte.

»Meine Schwester wird mich daheim erwarten«, hatte er zu Miller gesagt. »Ich werde gehen, sobald wir hier fertig sind, und ich komme heute auch nicht mehr. Sagen Sie dem Architekten, er soll so schnell wie möglich mit diesen Plänen weitermachen. Wir dürfen keine Zeit verlieren.«

Er hatte bereits jetzt das Gefühl, daß die Zeit drängte. Der bloße Gedanke, ›so viel zu tun, und so wenig Zeit, um es zu tun‹ ließ ihn zu seinem Chauffeur sagen, als er das Werk verließ:

»So schnell Sie können, Davis.«

Norman Melton wohnte etwa drei Meilen außerhalb von Melchester. Sein Haus, das er erst seit fünf Jahren besaß, hatte einst einer alteingesessenen Landadelsfamilie gehört. Steinerne Löwen flankierten den Eingang, die ein Wappenschild zwischen ihren Pranken hielten.

Das schmiedeeiserne Tor stand offen, und der Wagen fuhr eine von Eichen gesäumte Allee hinauf. Das Haus war ein georgianischer Bau, obwohl die ersten Fundamente schon vor mehreren Jahrhunderten gelegt worden waren.

Als der Wagen vor dem Eingang hielt, wurde die Tür geöffnet. Eine Klingel im Torhäuschen war mit dem Herrenhaus verbunden, so daß man dort genau wußte, wann der Hausherr oder seine Gäste eintrafen.

»Wo ist Miss Melton?« fragte Sir Norman den Butler.

»Im Morgenzimmer, Sir Norman.«

Er durchquerte die große Halle und öffnete die Tür am anderen Ende. Seine Schwester saß an ihrem Schreibtisch und schrieb Briefe. Sie blickte auf, als er eintrat, und erhob sich.

»Du kommst sehr spät, Norman«, erklärte sie streng.

»Ich konnte nicht früher fort.«

»Hast du zu Mittag gegessen?«

»Nein. Ich hätte gern etwas.«

Sie drückte auf die Klingel, und als der Butler erschien, erteilte sie die notwendigen Anweisungen.

»Wann hast du London heute früh verlassen?« erkundigte sie sich.

»Ich bin mit dem Zug um 7.30 gekommen.«

Alice Melton wartete. Sie wußte, wie wichtig dieser Besuch in London für ihn gewesen war, daß dort die endgültige Entscheidung darüber gefallen war, ob die Melton Motor Company den Vertrag mit der Regierung bekam, aber sie stellte keine Fragen.

Sie wartete, bis ihr Bruder ihr die Neuigkeiten von selbst erzählte.

Sie hatte Norman gern, aber sie fand es schwer, ihn zu verstehen. Sie war fast zehn Jahre älter als er.

Sie waren ein ungleiches Geschwisterpaar, denn Alice hatte nichts von Normans Feuer, seiner Originalität, und es mangelte ihr absolut an Selbstvertrauen.

Norman war ein gutaussehender Mann. Er war Millionär, besaß eine starke Persönlichkeit.

›Er sollte wieder heiraten‹, dachte Alice bei sich und sah ihn an.

Dann fragte sie sich, warum ihr diese Idee so plötzlich gekommen war.

»Wir haben den Vertrag erhalten«, bemerkte er gleichgültig, als spräche er von etwas vollkommen Unwichtigem.

»Das freut mich«, bemerkte Alice langsam. »Aber das bedeutet eine Menge zusätzliche Arbeit für dich, nicht wahr?«

»Allerdings, und ich bin froh darüber«, antwortete Norman. »Ich werde schon langweilig ... vielleicht auch alt.«

Ehe seine Schwester etwas erwidern konnte, verkündete der Butler, daß das Essen angerichtet wäre. Ohne ein weiteres Wort verließ Norman das Morgenzimmer und ließ seine Schwester allein zurück.

Alice machte nicht den Versuch, ihm zu folgen. Sie wußte, daß er lieber allein aß, und wenn er sich weiter mit ihr unterhalten wollte, dann würde er zurückkommen, sobald er fertig war.

Statt dessen sah sie also aus dem Fenster dorthin, wo sich die ersten Blumen unter den Bäumen auf dem Rasen zeigten. Sie machten ihr nur wenig Freude.

Nachdem seine Frau gestorben war, hatte er Alice gebeten, zu ihm zurückzukommen. Er hatte keine Ahnung, wie bitterlich sie weinte, als sie den Ort verlassen mußte, der ihr so lange ein Heim gewesen war, den einzigen Ort, der ihr in ihrem Leben etwas bedeutete.

Normans Frau hatte immer in London gelebt. Nach ihrem Tod hatte er das Londoner Haus geschlossen und sich entschieden, wieder in der Nähe des Werkes zu wohnen, wo er all seine Zeit verbrachte, genauso wie vor seiner Ehe.

Er hatte keine Ahnung, wie einsam Alice es hier fand. Beide hatten sich nur wenig zu sagen, hatten abgesehen von ihrer Blutsverwandtschaft nichts gemein.

Alice war eine bewundernswerte Haushälterin, und wenn er überhaupt einmal einen Gedanken an sie verschwendete, dann sagte er sich, daß es nur gut für sie war, bei ihm leben zu dürfen.

Langsam betrat er das Zimmer, eine brennende Zigarre zwischen den Fingern, ein Glas Brandy in der anderen Hand.

Er machte es sich am Feuer bequem, ehe er sprach. Er streckte seine langen Beine aus, nippte nachdenklich an dem Brandy und sagte dann, als wäre es eine ernste Ankündigung:

»Ich habe beschlossen, das Haus in London wieder zu öffnen.«

2

Es regnete in Strömen, und die Kanäle in der Shaftesbury Avenue waren voll.

Ein paar Theaterbesucher standen noch trostlos unter dem Portiko des Theaters herum und warteten auf ihre Wagen oder hofften auf ein Taxi.

Unfreundlich schlossen die Portiers die Türen hinter ihnen. Sie hatten es eilig, heim zum Essen zu kommen.

Aus dem Bühneneingang in einer der Seitenstraßen trat langsam ein Mädchen. Im Vorbeigehen rief sie dem Türsteher ein freundliches »Gute Nacht« zu.

»Oh, es regnet!« stieß sie dann hervor.

»Das tut es schon seit fast zwei Stunden, Miss, und es sieht nicht so aus, als wollte es so bald wieder aufhören.«

Sie öffnete ihren Schirm und eilte in den Regen hinaus. Sie überquerte die Straße und wartete auf den Bus. Eine größere Gruppe wartete schon, alle duckten sich unter ihre Schirme, standen stumm da, die Gesichter in dieselbe Richtung gewandt.

Nach ein paar Minuten kam ein Bus. Sofort drängte sich alles zur Tür. Carlotta hastete vorwärts, schloß ihren Schirm, spürte, wie ihr der Regen ins Gesicht schlug.

Sie trat vom Bürgersteig; dann – sie war sich nicht sicher, wie es passiert war – vielleicht war sie ausgerutscht, oder jemand hatte sie gestoßen – stürzte sie vorwärts unter die Beine derjenigen, die in den Bus kletterten.

Einen Moment lang war sie zu überrascht, um irgend etwas zu tun. Sie fühlte sich hilflos, erschreckt, und drohte von den Menschen um sich her erstickt zu werden. Sie versuchte, wieder auf die Beine zu kommen, spürte die kalte, nasse Straße unter den Händen.

»Sind Sie verletzt?« erkundigte sich eine Stimme.

»Nein, überhaupt nicht«, wollte Carlotta sagen, aber als sie den Mund öffnete, gab ihr Knöchel unter ihr nach, und sie schrie vor Schmerz auf.

»Mein Knöchel!« erklärte sie auf einem Bein stehend, noch immer von der festen Hand gestützt.

Der Bus war bereits davongefahren, und die paar enttäuschten Menschen, die nicht mehr hatten einsteigen können, warteten jetzt auf den nächsten und beobachteten sie.

»Da ist ein Taxi. Ich helfe Ihnen hinein.«

Der Mann, der ihr aufgeholfen hatte, winkte ein Taxi herbei. Er öffnete die Tür und hob und schob sie hinein.

»Wo wohnen Sie?« fragte er dann.

Carlotta erzählte es ihm und fügte dann hinzu:

»Aber machen Sie sich bitte nicht die Mühe, mitzukommen. Es geht schon.«

Der Mann antwortete nicht. Statt dessen stieg er neben ihr ins Taxi und warf die Tür zu.

»Sie sind in einem schrecklichen Zustand!« erklärte er und betrachtete den nassen Fleck auf einer Seite von Carlottas rotem Mantel und die verschmutzten Strümpfe und dünnen Lederschuhe.

»Ich weiß nicht, wie ich mich so dumm anstellen konnte«, bemerkte sie traurig.

»Erlauben Sie, daß ich Ihren Knöchel abtaste? Ich bin Arzt.«

Sie sah sich ihren Begleiter genauer an. Er war groß, breitschultrig und glattrasiert. Und er hatte eine besonders nette Stimme, fand sie.

Aber er sprach mit einem ganz leichten Akzent, den sie nicht einordnen konnte; sie überlegte, woher er kommen könnte, während sie mühsam ihr Bein ein wenig bewegte, so daß er ihren Knöchel erreichen konnte.

Er kniete auf dem Boden des Taxis und betastete den Fuß mit geübten Fingern.

»Ich hoffe, es ist nur eine leichte Zerrung«, sagte er. »Tut es weh?«

»Ja«, gab sie zu, »da – wo Ihre Finger jetzt sind.«

»Eine Sehnenzerrung«, erklärte er. »Sie müssen sofort einen

kalten Umschlag auflegen. Es hätte aber schlimmer kommen können, zumindest sind keine Knochen gebrochen –«

»Ich weiß wirklich nicht, wie das passieren konnte«, meinte sie. »Wie ich Busse hasse!«

»Ich auch«, stimmte er ihr zu. »Aber nicht so sehr wie Regen.«

Er nahm den Hut ab, der triefnaß war, und warf ihn vor sich auf den Boden. Erst jetzt sah sie, daß er noch jung war – jünger, als sie gedacht hatte.

»Ich habe wirklich Glück, daß mir ausgerechnet ein Arzt zu Hilfe gekommen ist«, sagte sie ein wenig verlegen. »Für gewöhnlich findet man in solchen Augenblicken meilenweit keinen.«

»Sie haben Pech gehabt«, sagte er. Etwas an der Art, wie er die Worte aussprach, ließ sie ausrufen:

»Sie sind Schotte, nicht wahr?«

»Mein Name ist Hector McCleod«, antwortete er und sie lachten beide, als wäre es ein Witz.

»Ich heiße Carlotta Lenshovski«, stellte sie sich dann vor.

»Russin!« rief er aus, und sie lachten wieder.

Das Taxi hielt mit einem Ruck.

»Ist das hier richtig?« erkundigte sich der Fahrer zweifelnd, nachdem er die Trennscheibe zurückgeschoben hatte.

»Ja, das ist richtig«, antwortete Carlotta und fügte, zu ihrem Begleiter gewandt, hinzu: »Nachts sieht es immer ein wenig merkwürdig aus.«

Sie befanden sich vor einem riesigen, steinernen und von gemeißelten Figuren umgebenen Portal mit einer imitierten, mittelalterlichen Eichentür. Aus keinem der Fenster zu beiden Seiten oder darüber drang Licht.

Carlotta förderte einen Yale-Schlüssel zutage, und Hector McCleod stieg aus dem Taxi und öffnete die Haustür, ehe er zurückkehrte, um ihr zu helfen.

»Kommen Sie jetzt allein zurecht?« fragte er, als sie im Schutz des Portals stand.

»Möchten Sie nicht noch hereinkommen und etwas trinken?« fragte sie.

Er zögerte einen Moment.

»Sind Sie ganz sicher, daß das keine Umstände macht?«

»Überhaupt nicht«, versicherte sie ihm. »Und Sie waren so freundlich zu mir.« Sie hielt ihm ihre Geldbörse hin. »Würden Sie bitte das Taxi für mich bezahlen?«

»Das mache ich.«

»Aber Sie müssen mich bezahlen lassen«, beharrte Carlotta.

Er entlohnte den Mann, und der Regen strömte auf ihn herab, während er auf sein Wechselgeld wartete.

»Bitte, seien Sie vernünftig und lassen Sie sich das Fahrgeld von mir geben«, bat Carlotta, als er zu ihr zurückkehrte.

Er schüttelte den Kopf.

»Ich denke nicht daran. Ich habe nicht oft Gelegenheit, einer Dame in Not zu helfen.«

»Aber ich bestehe darauf.«

»Mit nur einem Bein können Sie nicht darauf bestehen«, erklärte er grinsend. »Lassen Sie mich Ihnen die Treppe hinaufhelfen – wenn wir nach oben müssen.«

Er blickte sich verwirrt um.

Sie befanden sich in einem hohen, schmalen Gang. Im schwachen Licht konnte er an den Wänden etwas sehen, das aussah wie Ritterrüstungen. Carlotta humpelte an seinem Arm bis zu dem Schalter, mit dem sie das Licht einschaltete.

»Schauen Sie doch nicht so überrascht«, meinte sie, als das Licht nicht nur die Ritterrüstungen, sondern auch zwei große Vitrinen erkennen ließ, die mit Theaterjuwelen, Perücken, Federn und aller Art von Schmuck gefüllt waren. »Sie haben doch sicher von diesem Ort gehört, selbst wenn Sie noch nie hier gewesen sind?«

Er schüttelte den Kopf.

»Ich komme aus dem Norden«, entschuldigte er sich.

»Das ist Lenshovski's«, erklärte Carlotta. »Theaterkostüme. Ich fürchte, Sie werden mir die Treppe hinaufhelfen müssen – unsere Zimmer sind ganz oben.«

Langsam stiegen sie die Treppe hinauf. Als sie oben angekommen waren, befanden sie sich in einem riesigen Raum, in dem reihenweise Kleider an Ständern hingen. Die Luft war erfüllt von dem schwachen, verschwitzten Geruch getragener Kleider.

Sie durchquerten den Raum bis zu einer Tapetentür am anderen Ende. Carlotta stützte sich schwer auf Hectors Arm. Ihr Knöchel pochte in beängstigender Weise.

»Sind Sie ganz sicher, daß es gehen wird?« erkundigte er sich. »Oder soll ich Sie lieber tragen?«

»Es geht schon«, antwortete sie. »Würden Sie bitte die Tür öffnen?«

Er tat es, und augenblicklich rief Carlotta:

»Magda! Magda! Wo bist du?«

Eine tiefe, volle Stimme antwortete:

»Bist du zurück, Schätzchen? Das Essen ist fertig.«

Sie gingen durch einen kleinen Flur und öffneten noch eine Tür, gelangten so in einen Raum, der im Gegensatz zu den anderen hell erleuchtet war. An einem Eßtisch saß die größte Frau, die Hector in seinem ganzen Leben gesehen hatte, und wartete auf sie.

Es dauerte einige Zeit, bis er alle Einzelheiten in sich aufnehmen konnte, denn das, was er sah, war so unerwartet, daß es ihm den Atem verschlug. Es war nur ein kleiner Raum, der von oben bis unten mit einer bunten Ansammlung verschiedenster Gegenstände vollgehängt war.

Da gab es Fotos, Stickereien, kostbare persische Teppiche, russische Ikonen, Schwerter mit juwelenbesetzten Griffen und verschiedene Trophäen, die nur sentimentalen Wert haben konnten.

Im Kamin prasselte ein Feuer. Davor lagen auf zwei riesigen Lehnsesseln mehrere Katzen. Es gab drei blaue Perserkatzen, eine junge Siamkatze, die sich damit beschäftigte, eines der Kissen zu zerstören, und eine rote Tabby.

Doch die Besitzerin dieses Zimmers war noch erstaunlicher als das Zimmer selbst.

Magda Lenshovski mußte annähernd zweihundertfünfzig Pfund wiegen. Sie war ein riesiger Fleischberg; es war erstaunlich, daß sie sich überhaupt bewegen konnte; daß sie sich geschickt und sogar schnell bewegen konnte, war unfaßbar.

Hector starrte sie fasziniert an, fragte sich, welche Drüsen in ihrem monströsen Körper zu schnell oder zu langsam arbeiteten.

Sie hatte dunkles Haar, in der Mitte gescheitelt und über die Ohren gekämmt, an denen riesige Ohrringe aus Rubinen, in gehämmertes Gold gefaßt, baumelten.

Über den Schultern trug sie ein prachtvolles Tuch, das mit grellbunten Farben bestickt war. Sie war keine häßliche Frau. Ihre Augen mußten einst schön gewesen sein, und sie waren noch immer dunkel und lebhaft unter den schmalen, geraden Brauen.

Als Carlotta eintrat, erhob sie sich.

»Mein Täubchen, mein Engel – du bist verletzt!«

»Ich habe mir den Knöchel verrenkt«, erklärte Carlotta. »Aber es ist nichts Ernstes.«

Sie hielt sich an Hectors Arm fest. Er schaute auf sie hinab und begriff plötzlich, daß sie schön war.

Sie hatte ihren Hut abgenommen, und ihr dunkles, in die Stirn fallendes Haar hinter die ungeschmückten Ohren gestrichen, wo es eine Masse dicker Locken bildete. Ihre Haut war weiß, und ihre dunklen Augen blitzten, wenn sie sprach.

Ihr Körper war schlank und schön, und er erkannte, daß sie eine fremdartige, sonderbare Sinnlichkeit umgab.

›Sie ist exotisch‹, sagte er sich, ›und die bezauberndste Person, die ich je kennengelernt habe.‹

Ehe sie sich setzte, zog sie den Mantel aus.

Sie trug nur ein einfaches schwarzes Kleid, ohne einen Funken von Farbe. Hector hatte das Gefühl, daß sie in Seide gehüllt sein sollte, von Zobel umgeben und geschmückt mit Brillanten.

Carlotta strahlte etwas Reiches aus, und in ihrem Ausdruck lag eine Eleganz, die er spürte, als er sie ansah.

›Sie ist reizend‹, dachte er, und hätte es fast laut gesagt.

Die riesige Frau, Magda, rief immer wieder etwas in ihrer tiefen Stimme, während Carlotta fröhlich von dem Unfall erzählte, eine Geschichte daraus machte, wie Hector sie davor gerettet hatte, zu Tode getrampelt zu werden! Sie erzählte lebendig und ausdrucksstark.

Carlotta gab Hector das Gefühl, an einem Abenteuer teilgenommen zu haben.

Er verband Carlottas Fuß, nachdem er sie von der Notwendigkeit überzeugt hatte. Als er fertig war, lud Magda ihn ein, mit ihnen zu Abend zu essen, eine Einladung, die er nur zu gern annahm.

Er brauchte nur den Duft der köstlichen Gerichte schnuppern, die auf den Tisch kamen, um zu wissen, daß Magda gerne aß, und daß sie wußte, was gut war. Die russische Vorliebe für Sahne, Butter, Teigwaren zeigte sich selbst bei diesem kurzen Mahl.

Es fiel Hector schwer zu begreifen, wie Carlotta so schlank bleiben konnte, wenn sie öfter so speiste.

»War das Publikum heute abend gut?« wollte Magda wissen.

Jetzt verstand Hector, daß Carlotta Schauspielerin war.

»Welche Rolle spielen Sie?« erkundigte er sich.

»Ach, ich wirke bei einem schrecklichen Stück mit«, erwiderte sie. »Es heißt ›The Starry Staircase‹ und ist von einem dieser ernsten jungen Autoren, die glauben, in ihrem Leben eine Mission erfüllen zu müssen, und denen niemand zuhören will. Ich fürchte, es wird nicht lange laufen.«

»Heutzutage bleibt kein Stück lange auf der Bühne«, erklärte Magda. »Kaum habe ich eine Show ausgestattet, da wird sie auch schon abgesetzt. Naja, wenigstens ist das gut für's Geschäft – solange wir bezahlt werden!«

»Und da kann man sich ganz auf Magda verlassen!« warf Carlotta ein. »Geld im voraus oder keine Kostüme, das ist das Motto des Hauses.«

Magda lachte ein tiefes, kehliges Lachen.

»Und warum sollte ich umsonst arbeiten?« wollte sie wissen.

»Oh, da hast du natürlich ganz recht. Ich erzähle es ja auch nur Mr. McCleod, oder sollte ich Doktor sagen?«

»Haben Sie eine Praxis?«

»Ich bemühe mich um eine Zulassung in London. In Schottland habe ich sie bereits erhalten. Ich bin erst vor einem Monat aus Edinburgh hierher gekommen. Ich bin im St.-Anthony-Krankenhaus.«

»Das ist ein sehr großes Krankenhaus, nicht wahr?« warf Carlotta ein.

»Eines der größten«, stimmte er zu.

»Und die Arbeit gefällt Ihnen?« erkundigte sich Magda.

»Ich habe immer Arzt werden wollen, schon als kleiner Junge«, antwortete er. »Ich kann es noch kaum fassen, daß es nicht nur alles ein Traum ist.«

»Auf diese Weise wird man glücklich«, sagte Magda. »Träumen und seine Träume erfüllen. Ich habe auch einmal einen Traum gehabt – aber das ist lange her.«

»Magda war im Ballett«, erzählte Carlotta.

Sie wies auf das Kaminsims, in dessen Mitte ein Paar rosa Ballettschuhe lagen – sie waren abgetragen und wirkten müde und pathetisch in ihrem gläsernen Gefängnis.

»Ich habe mir das Bein gebrochen«, berichtete Magda. »Danach konnte ich nicht mehr tanzen.«

Hector wußte nicht, was er sagen sollte. In diesen wenigen Worten lag eine ganze Tragödie.

Es war außergewöhnlich, so fand er, wie diese beiden Frauen allein mit ihren Augen, mit dem Ausdruck ihres Gesichtes eine Atmosphäre schufen, der er sich nicht entziehen konnte.

Er spürte die Wunde, die tiefer reichte als jede körperliche Verletzung, doch er fand keine Worte des Trostes, konnte nur zuhören und hoffen, daß man ihm das Mitgefühl ansah, das er empfand.

Sie wurden unterbrochen, als die Tür geöffnet wurde und eine andere Frau eintrat. Sie war groß und dünn, mit lockigem Haar von einer Farbe, die verblichenes Gold oder schmutziges Weiß sein konnte.

»Hallo, Leolia«, sagte Carlotta. »Das ist Dr. McCleod, der mich heimgebracht hat.«

»Warum? Was ist passiert?« erkundigte sich die Dazugekommene.

Wieder wurde die Geschichte von Carlottas Abenteuer erzählt. Leolia setzte sich an den Tisch. Hector schätzte sie auf fast sechzig. Auch sie schien eine ungewöhnliche Frau zu sein. Sie war Engländerin, aber kein alltäglicher Typ.

Wenn sie sprach, dann mit der Stimme einer gebildeten Frau, und sie besaß einen Charme, der ihre Erscheinung Lügen strafte.

»Mrs. Payne wohnt hier bei mir«, erklärte Magda.

»Hilft sie Ihnen im Geschäft?« fragte Hector.

Leolia Payne lachte.

»Wenn ich das täte, wäre bald nichts mehr vom Geschäft übrig! Nein, das macht Magda alles allein. Ich wohne nur hier und kümmere mich um sie, wenn Carlotta auf dem Land spielt oder sich mit einem ihrer jungen Männer amüsiert.«

Carlotta lachte.

»Das hört sich vielleicht an! Ich versichere Ihnen, Dr. McCleod, daß ich für gewöhnlich direkt nach dem Theater nach Hause komme.«

»Das halte ich auch für sehr klug«, stimmte ihr Hector zu. »Wenn Sie Karriere machen wollen.«

»Nun ja, einerseits ja, andererseits ...« seufzte Carlotta.

»Die Mädchen heutzutage haben keinen Ehrgeiz«, erklärte Magda. »Ich dagegen habe mich von ihm auffressen lassen. Das Tanzen war das einzige, was mir wirklich am Herzen lag. Wir mußten üben, bis unsere Zehen bluteten, und glauben Sie etwa, wir hätten etwas dagegen gehabt ...?«

»Erzähl uns nichts davon«, unterbrach Carlotta sie. »Du weißt, daß diese Zeiten vorüber sind. Heutzutage ist niemand mehr so ehrgeizig.«

»Außer vielleicht Norman Melton«, warf Leolia Payne leise ein.

»Ja, Norman schon«, stimmte Magda ihr zu.

Eine Uhr schlug. Hector erhob sich, um sich zu verabschieden. Er war überrascht, wie spät es schon war. Carlotta streckte ihm ihre Hand entgegen.

»Möchten Sie mich nicht morgen besuchen kommen?« fragte sie. »Ich habe keine Matinée, und ich möchte gern, daß mein Bein bis zur Abendvorstellung wieder ganz in Ordnung ist.«

3

Carlotta wachte auf, weil das Telefon neben ihrem Bett klingelte. Verschlafen streckte sie die Hand aus und nahm ab.

»Hallo«, sagte sie.

»Ein privates Gespräch für Sie, Miss, aus Melchester«, hörte sie die Stimme des Jungen, der im Laden die Anrufe entgegennahm.

Carlotta lehnte sich bequem in die Kissen zurück und wartete. Sie wußte, wer es war.

»Spricht dort Miss Carlotta Lenshovski?« fragte jemand.

»Ja, am Apparat«, antwortete sie.

»Einen Augenblick bitte, Sir Norman Melton möchte Sie sprechen.«

Kurz darauf hörte sie Normans Stimme.

»Guten Morgen!« sagte sie. »Ich dachte schon, du hättest mich ganz vergessen.«

»Ich konnte gestern abend nicht anrufen«, entschuldigte er sich. »Ich hatte eine Konferenz, die fast bis Mitternacht dauerte.«

»Dann hast du den Vertrag bekommen?« fragte sie.

»Hab ich.«

In seiner Stimme klang Jubel mit.

»Glückwunsch«, sagte Carlotta nur. »Aber ich habe nie auch nur für einen Augenblick daran gezweifelt, daß du ihn bekommen würdest. Wenn du dich einmal entschlossen hast, Norman, dann bekommst du immer, was du willst, nicht wahr?«

»Ich könnte dich bitten, deinen Glauben an mich zu beweisen«, sagte er. Dann fügte er abrupt hinzu: »Essen wir heute abend nach der Vorstellung zusammen?«

»Gern«, antwortete Carlotta, »das heißt, wenn ich überhaupt ins Theater gehe.«

»Wieso? Was meinst du?«

»Ich kann dir gar nicht sagen, wie faszinierend mein junger schottischer Arzt ist«, sagte sie. »Er hat versprochen, noch einmal zu kommen und mich zu untersuchen, heute noch.«

»Solchen Unsinn habe ich noch nie gehört«, erklärte Sir Norman. »Geh zu Sir Harry Andrews – er ist der einzige Mann, der es wert ist, konsultiert zu werden. Er ist mein Arzt.«

»Ich habe vollkommenes Vertrauen in meinen Schotten«, erwiderte Carlotta.

Sie lachte, als Norman protestierte.

»Keine Sorge«, sagte sie. »Und wenn man dir nicht mitteilt, daß ich im Krankenhaus bin, dann warte um 11.35 auf mich.«

»Das werde ich«, versprach er. »Und paß auf dich auf, mein Kind.«

»Ich werde mein möglichstes tun«, antwortete sie und legte auf.

Lange lag sie ganz still da und betrachtete die Sonnenstrahlen, die durch die Vorhänge fielen. Sie dachte an Norman.

Sie hatten sich vor ungefähr drei Monaten auf einer Cocktailparty kennengelernt. Irgendwann im Laufe des Abends war sie Norman Melton vorgestellt worden.

Die Gastgeberin hatte seinen Namen so leise gemurmelt, daß Carlotta keine Ahnung hatte, wer er war.

Dann fand sie sich wieder, wie sie einem großen, ernst wirkenden Mann die Hand schüttelte. Irgendwie schien er inmitten der lachenden, plappernden, trinkenden Menge fehl am Platz.

»Erzählen Sie mir von sich«, hatte sie gesagt. »Wahrscheinlich sollte ich alles über Sie wissen, aber ich muß einfach die Unwissende spielen.«

»Was glauben Sie denn, wer ich bin?« hatte er gefragt.

Carlotta musterte ihn genau, versuchte es zu erraten.

»Sie könnten Politiker sein. Auf jeden Fall sind Sie kein Schauspieler, und ich finde, Sie sehen nicht weltgewandt genug aus, um Diplomat zu sein. Ja, Sie sind entweder Politiker oder ein großer Geschäftsmann, oder vielleicht auch beides.«

Norman lachte.
»Sie können entweder gut raten«, erklärte er, »oder Sie sind eine Schmeichlerin.«
»Dann habe ich also recht?« fragte Carlotta.
»Nicht, was die Politik angeht, aber im Geschäft, ja. Sind Sie nun enttäuscht, daß ich kein zukünftiger Premierminister bin?«
Für gewöhnlich fühlte sich Norman bei dieser Art von Einladungen unwohl.
Er war so sehr an intensive Konzentration gewöhnt, daran, all seine Energie in das einzubringen, was er in Angriff nahm, daß es ihm schwerfiel, Trivialitäten ernst, aber doch mit jener Leichtigkeit zu diskutieren, die ihrer Unwichtigkeit entsprach.
Bei einer Dinnerparty oder einem Essen konnte Norman sicher sein, früher oder später in einen Streit verwickelt zu werden.
Doch mit Carlotta traf er zum ersten Mal jemanden, mit dem er es leicht fand, sich zu unterhalten.
Er beobachtete ihr Gesicht, das so lebhaft und ausdrucksvoll war; ihm gefiel ihre Stimme und die Gesten, die sie machte, um ihre Bemerkungen zu unterstreichen.
Sie sprach mit den Händen ebenso wie mit den Lippen. Es war offensichtlich, daß sie keine Engländerin war, obwohl sie ihm gestand, daß sie keine andere Sprache sprach.
Sie erzählte Norman, wo sie spielte, und er versprach zu kommen und sich das Stück anzusehen, wenn sie anschließend mit ihm essen ginge.
»Ich habe nur eine winzig kleine Rolle«, erzählte sie, »aber es ist schon eine große Sache, im West End zu sein – die Manager und Agenten sind beeindruckt, wenn auch nicht das Publikum.«
»Warum sind Sie zum Theater gegangen?« wollte er wissen.
Sie zuckte mit den Schultern.
»Nicht, weil ich mich besonders dazu berufen gefühlt hätte«, erklärte sie. »Aber ich bin einfach so erzogen worden. Meine Mutter – meine Adoptivmutter – ist Magda Lenshovski, die Ausstatterin des Theaters.
Der Geruch an Schminkfarben ist mir lebhafter in Erinnerung als alles andere aus meiner Kindheit. Ich habe schon vor meinem

fünften Geburtstag jeden kennengelernt, der einen Namen auf der Bühne hatte, denn ich ging immer mit, wenn Magda die Kostüme anprobieren mußte.

Mein erster Unterricht bestand darin, die Rollen auswendig zu lernen, die ich wieder und wieder hörte, während ich in den leeren Garderoben saß und darauf wartete, daß Magda zurückkam.

Ich konnte nicht nein sagen, als Christian Holden mir eine Rolle in seiner Gruppe anbot. Ich war erst siebzehn, und ich hielt ihn für den bestaussehendsten Mann, den ich in meinem ganzen Leben gesehen hatte. Natürlich habe ich sein Angebot angenommen – wer hätte das nicht getan?«

»Gibt es etwas, das Sie lieber getan hätten?« erkundigte sich Norman.

»Ach, nichts Besonderes. Ich glaube, ich bin einfach nur faul. Ich will eigentlich im Leben nichts weiter tun als mich amüsieren. Das können Sie bestimmt nicht verstehen, oder?«

Zu dieser Zeit wußte sie schon, wer er war, und erinnerte sich, in der Zeitung von ihm gelesen zu haben, von seinem sensationellen Aufstieg zum Direktor und Besitzer der Fabrik, in der er als Junge gearbeitet hatte.

»Mein Ehrgeiz hat mich mein Leben lang angetrieben«, gestand Norman. »Das klingt fast wie aus einem Zeitungsinterview, aber merkwürdigerweise ist es wahr.«

»Und sind Sie jetzt zufrieden?« erkundigte sich Carlotta.

Er lachte abrupt auf.

»Ich habe noch nicht einmal angefangen«, erwiderte er.

Am folgenden Abend aßen sie zusammen, und Carlotta entschied, daß sie ihn mochte.

Seine Intelligenz sprach sie an, und sein abruptes, manchmal fast grobes Verhalten, mit dem er offensichtlich seine Schüchternheit zu überspielen versuchte, amüsierte sie.

Sie konnte recht gut verstehen, warum manche Menschen ihn nicht mochten oder falsch verstanden, aber sie selbst hatte zu lange inmitten aller Arten von Menschen gelebt, um sie nach Äußerlichkeiten zu beurteilen.

»Komisch«, sagte sie später zu Magda, »aber in gewisser

Weise habe ich das Gefühl, älter zu sein als er. Er ist so ungeschickt, wenn es um etwas anderes geht als um seine Motoren.«

Sie saß auf Magdas Bett, als sie das sagte, einem riesigen Himmelbett. Sie trug ein weißes Tüllkleid mit silbernen Trägern und sah sehr jung und reizend aus. Magda verstand, was sie meinte.

»Du bist Russin!« erklärte sie. »Wir sind so alt wie Gott.«

»Nur halb«, widersprach Carlotta. »Du vergißt meinen Vater.«

»Ich habe ihn nie kennengelernt«, bemerkte Magda augenzwinkernd.

»Ich frage mich, wie er wohl gewesen ist.«

Carlotta stand vom Bett auf und ging zu dem großen Spiegel hinüber.

»Ich nehme an, er war groß und blond und dumm«, antwortete Magda, »wie die meisten Engländer.«

»War der, den du geliebt hast, auch so?« wollte Carlotta wissen.

Magda antwortete nicht sofort. Sie lehnte sich gegen ihre Kissen. Ihr massiger Körper lag unter den Bettdecken wie ein Berg vor ihr. Mit dunklen, mißtrauischen Augen schaute sie Carlotta an.

»Wie meinst du das?«

»Tu doch nicht so! Leolia hat es mir erzählt! Ach, das muß Jahre her sein! Du darfst ihr nicht böse sein. Ich habe ihr die Geschichte aus der Nase gezogen!«

»Ich denke nie an ihn«, antwortete Magda.

»Das ist eine Lüge. Aber egal, reden wir also weiter von mir, wenn dir das lieber ist. Bin ich so wie meine Mutter?«

»Das bist du.«

»Dann muß sie sehr schön gewesen sein.«

»Nicht, als ich sie zum ersten Mal sah. Da hatte sie zwei Tage lang nichts gegessen. Sie war bleich und ausgemergelt, und ihre Augen lagen wie dunkle Höhlen in ihrem Kopf.«

»Und doch war sie hübsch«, widersprach Carlotta. »Ich weiß, daß sie hübsch war – sag es mir.«

»Sie muß eine sehr schöne Frau gewesen sein«, erklärte Magda knapp.

»Und sie war eine Romanoff«, betonte Carlotta triumphierend. »Eine Romanoff! Glaubst du, ich bin ihrer wert?«

»Es geht.« Magdas Stimme klang mürrisch, aber dahinter verbarg sich die Zuneigung, die sie für das Kind empfand, das sie aufgezogen hatte. »Geh jetzt ins Bett; sonst bist du morgen früh müde. Wann kommt dieser feine junge Mann, um dich wieder auszuführen?«

»Vielleicht morgen abend. Ich glaube, er mag mich.«

»Er wäre ein Narr, wenn er das nicht täte. Bring ihn zu mir, damit ich ihn kennenlerne und dir sagen kann, was ich von ihm halte.«

»Solange du ihm nicht verrätst, was du denkst, werde ich ihn bringen. Aber nur, wenn du mir das versprichst.«

Carlotta sagte es halb lachend, halb ernst, denn sie hatte schon öfter unter Magdas Offenheit gelitten.

Die alte Frau hatte keine Hemmungen, ihre Meinung zu sagen, ob sie nun unangenehm zu hören war oder nicht.

Magda war ein besonderer Charakter; die gesamte Theaterwelt wußte das. Einige liebten, andere haßten sie, aber alle in diesem Beruf waren gezwungen, sie zu akzeptieren.

Die Designer beteten sie an, denn sie hatte einen ausgeprägten Sinn für Schönheit und hätte es niemals erlaubt, daß etwas Häßliches oder Unpassendes ihre Werkstatt verließ.

Sie hatte nichts dagegen, wenn die Leute über sie lachten, und als ein wütender Jugendlicher ihr den Spitznamen ›Die Häßliche Herzogin‹ verlieh, war sie ihm deshalb nicht einmal böse.

Der Name war hängengeblieben, und für die Theaterwelt blieb Magda ›Die Häßliche Herzogin‹. Sie gewöhnte sich daran, daß die Menschen sie so nannten, und gelegentlich benutzte sie den Spitznamen sogar selbst.

Vielleicht war es Magdas enormer Körper, den sie immer vor sich hatte, der in Carlotta die Sehnsucht nach Schönheit erweckte. Schon als sie noch ein winziges Kind war, wollte sie immer schön sein.

Sie haßte alles, was nicht attraktiv war, weinte aus Angst vor einer Negerpuppe, die man ihr geschenkt hatte, und haßte Spielzeug, das nicht hübsch aussah.

Als sie älter wurde, weigerte sie sich, Kleider zu tragen, die ihrem künstlerischen Sinn nicht gefielen oder ihrem Geschmack nicht entsprachen.

»Wenn ich erwachsen bin«, erzählte sie Magda, als sie fünf war, »dann werde ich so schön sein wie ein Engel.«

Magda hatte über die Bemerkung des Kindes gelacht, aber für Carlotta war es ein Schwur, den sie in all den folgenden Jahren nicht vergessen sollte.

So wuchs das Kind heran.

Sie erblühte zu einer reizenden Person, so hübsch, daß Magda sie manchmal verwundert anstaunte.

Carlotta war nervös gewesen, als sie Norman Melton, nachdem sie fast ein dutzendmal von ihm eingeladen worden war, endlich zu sich nach Hause bat, damit er Magda kennenlernen konnte.

»Sie ist eine merkwürdige Frau«, warnte sie ihn. »Wenn sie Sie nicht mag, kann es sein, daß sie das rundheraus sagt! Auf jeden Fall wird sie ihre Gefühle bestimmt ganz offen zeigen.«

Sie war ein wenig amüsiert, als sie feststellte, daß Norman nervös war. Es erschien ihr komisch, daß dieser kluge, reiche und Erfolgsmensch Angst vor einer dicken, alten Frau mit spitzer Zunge haben sollte.

Gesellschaftlich war Magda Welten von diesem Millionär entfernt, aber Carlotta war das Bindeglied zwischen ihnen, und sie selbst sah sich als eine Brücke.

Es war ein nebliger, trüber Abend, und Magdas Wohnzimmer war stickig.

Die alte Frau saß da, einen roten Schal über die Schultern drapiert, schwere Ringe an den Ohren, die aufblitzten, sobald sie den Kopf bewegte. An ihren Handgelenken klirrten orientalische Armreifen aus Gold und Silber.

Sie sah fantastisch aus. Eine Katze hockte auf ihrem breiten Schoß, zwei andere zu ihren Füßen.

Sie bemühte sich nicht, aufzustehen, sondern hielt Norman eine Hand hin, so herablassend, wie es eine Kaiserin getan haben mochte. Dann schenkte sie ihm einen ihrer kurzen, spekulativen Blicke.

Carlotta wußte, daß sie ihn abschätzte und sich instinktiv eine Meinung bildete.

Einen Moment hatte Carlotta Angst; sie mochte Norman. Es kam nicht oft vor, daß sie auf Magdas Zustimmung hoffte, aber sie fürchtete sich davor, daß die ältere Frau ihre Wahl mißbilligen würde.

»Das Abendessen ist fertig«, erklärte Magda.

In ihrer Stimme schwang ein Unterton mit, der Einverständnis verhieß. Carlotta erkannte ihn.

Sofort fühlte sie sich unsagbar erleichtert.

4

Hector McCleod schlenderte munter aus dem Krankenhaus und blieb vor der nächsten Telefonzelle stehen.

Er suchte eine Nummer unter ›L‹, wählte schnell und fragte dann nach Miss Carlotta Lenshovski.

Es dauerte eine Weile, bis er schließlich ihre Stimme hörte.

»Wer ist da?« erkundigte sie sich.

»Hector McCleod«, antwortete er. »Wie geht es Ihnen heute – schmerzt der Knöchel noch?«

»Oh, Sie sind es. Der Junge hat Ihren Namen so verdreht, daß ich einfach nicht erraten konnte, wen er wohl meinte.«

»Er wird sich mit der Zeit schon noch daran gewöhnen«, versprach Hector. »Und wie geht es inzwischen dem Knöchel?«

»Viel besser. Ich habe ihn den ganzen Nachmittag hochgelegt, und ich glaube, heute abend werde ich nur noch ein winziges bißchen humpeln.«

»Müssen Sie ihn denn überhaupt belasten?«

»Ich kann mich schlecht tragen lassen, wenn ich meinen Part spiele«, erwiderte sie lachend.

»Ich meine, können Sie nicht heute abend freinehmen?«

Wieder lachte sie über seine Unwissenheit.

»Nachdem ich nur fünf Mal auftrete und nur ein paar Worte zu sprechen habe«, erklärte sie, »ist meine Rolle nicht doppelt besetzt. Wenn ich nicht komme, werde ich höchstwahrscheinlich gefeuert.«

»Nun, darf ich dann vorbeikommen und Sie besuchen?« fragte er.

»Nicht, wenn Sie mir sagen wollen, daß Sie als Arzt darauf bestehen müssen, daß ich im Bett bleibe.«

»Das werde ich nicht tun, ich verspreche es Ihnen. Ich werde nur als Freund kommen, wenn ich darf.«

»Dann kommen Sie um 4 Uhr dreißig zum Tee«, lud Carlotta ihn ein.

»Ich werde auf die Minute pünktlich sein«, versprach er eifrig.

Er mußte noch anderthalb Stunden warten. Er schaute auf seine Uhr und verglich sie mit der einer nahen Kirche. Dann schlenderte er durch die schmuddeligen, vollen Straßen, die das Krankenhaus umgaben, dem West End zu.

Allem Anschein nach war Hector ein robuster, nicht sehr gefühlvoller Schotte. Diejenigen, die mit ihm zusammen arbeiteten, hielten ihn für einen Mann mit unerschütterlich guter Laune, freundlich, aber langweilig.

Sie hatten keine Ahnung, daß sich unter der fröhlichen, zuversichtlichen, leichten Art ein Mann verbarg, der von Natur aus sehr gefühlvoll war, und der jetzt hart arbeitete, ohne sich dabei richtig zu ernähren.

Es war nicht leicht, von der winzigen Summe zu leben, die Hector sich pro Woche bewilligte. Er besaß einen gesunden Appetit, und er war es immer gewöhnt gewesen, an einem reich gedeckten Tisch zu sitzen.

Im Grunde war er ständig hungrig. Es gab keinen Augenblick, in dem er nicht mehr hätte essen können. Aber hungrig und einsam wie er war, war er doch glücklich.

Er war so dankbar, endlich in London zu sein, daß er sich nicht beklagen wollte.

Trotzdem war es eine willkommene Abwechslung gewesen, Carlotta in der Nacht zuvor kennenzulernen.

Seine Kollegen im Krankenhaus stammten fast alle aus London und hatten viele Freunde und Interessen außerhalb ihrer Arbeit.

Sie waren im großen und ganzen freundlich, aber Hector wohnte mit keinem von ihnen zusammen, und so blieben sie auch nach einem Monat immer noch lediglich Bekannte, mit denen er nichts weiter gemeinsam hatte als die Arbeit im Krankenhaus.

Carlotta war seit fast sechs Wochen der erste Mensch außerhalb der Klinik, mit dem er sich unterhalten hatte. Er hatte das Abendessen mit ihr genossen, und er wollte sie wiedersehen.

Den ganzen Vormittag hatte er während der Arbeit im Labor mit sich gekämpft, ob er es wagen konnte, sie beim Wort zu nehmen und noch einmal zu besuchen.

Bei der Nachmittagsvorlesung war es ihm schwergefallen, sich auf seinen Dozenten zu konzentrieren. Mehr als einmal überhörte er einen Satz, während er sich fragte:

»Hat sie das wirklich gemeint? Soll ich anrufen oder einfach hingehen?«

Weil er befürchtete, doch unerwünscht zu sein, rief er erst an. Als er die Telefonzelle verließ, war er über alle Maßen glücklich, seine neuen Freunde wiederzusehen.

›Sie ist reizend‹, sagte er sich, und unwillkürlich sprach er den Gedanken laut aus, als er Carlotta sah.

Er hatte eigentlich sagen wollen, daß sie gut aussah, aber stattdessen ertappte er sich dabei, wie er stammelte: »Sie sehen reizend aus«, als sie ihn in Magdas vollgepfropftem Wohnzimmer empfing. Sie streckte ihm die Hand entgegen, blieb aber auf dem Sofa sitzen, das vor dem Fenster stand.

Sie trug ein Kleid aus einem weichen, blutroten Stoff, der am Handgelenk und am Halsausschnitt mit Zobel besetzt war. Ihr einziger Schmuck war ein großes, goldenes, mit Rubinen besetztes Kreuz, das an einem schmalen schwarzen Band hing.

»Wie Sie sehen, ruhe ich mich aus«, sagte sie. »Erzählen Sie mir also nicht, daß ich die Anweisungen meines Arztes nicht befolgen würde.«

Sie amüsierte sich über seine stammelnde Begrüßung. Zugleich aber machte seine jungenhafte Verlegenheit, nachdem ihm die Worte über die Lippen gekommen waren, auch sie schüchtern.

Mit Norman Melton hatte sich Carlotta alt und weltgewandt gefühlt. Bei Hector, der nur um wenige Jahre älter war als sie selbst, kam sie sich jung und unerfahren vor. Sie schlug die Augen unter seinem Blick nieder.

Sie schwiegen hilflos, bis er sagte:

»Darf ich mir Ihren Knöchel noch einmal ansehen?«

Er betastete ihn und stellte fest, daß er nur noch leicht geschwollen war.

»Er tut kaum noch weh«, sagte Carlotta. »Bis morgen ist er wieder ganz in Ordnung.«

»Sie müssen aber ein, zwei Tage noch darauf Rücksicht nehmen«, erklärte Hector. »Mir ist einmal im Sommer dasselbe passiert, und es dauerte fast eine Woche, bis mein Fuß wieder völlig in Ordnung war.«

»Ich werde sehr vorsichtig sein«, versprach sie.

Ein Diener brachte Tee und stellte ihn auf den Tisch. Hector schenkte ein und brachte Carlotta eine Tasse. Dann reichte er ihr Sandwiches und Kuchen.

Sie spielte nur mit ihrem Essen und beobachtete ihn, der eine ganze Platte mit Sandwiches verschlang und sich zwei oder drei Mal von dem Kuchen nahm, ehe er überhaupt bemerkte, daß er allein aß.

»Ich bin verfressen, nicht wahr?« meinte er.

»Was haben Sie heute mittag gegessen?« erkundigte sie sich.

»Ach, überhaupt nichts. Ich habe keine Zeit. Bei mir gibt es nur Frühstück und Abendessen – ich finde, man kann mit zwei Mahlzeiten am Tag besser arbeiten.«

Carlotta sah ihn mit gerunzelter Stirn an.

»Und Sie wollen ein Arzt sein! Sie müssen verrückt sein. Wie kann jemand arbeiten, wenn er nicht genug zu essen bekommt?«

Hector lachte.

»Oh, das klappt bei mir recht gut. Außerdem werden Ihnen alle Experten bestätigen, daß wir heutzutage zuviel essen. Und bald werden wir in der Lage sein, mit einem Salatblatt und einer Orange ab und zu auszukommen.«

»Das ist doch lächerlich!« rief Carlotta aus. »Ich werde es Magda erzählen.«

»Was willst du ihr erzählen?« ertönte eine tiefe Stimme von der Tür her.

»Oh, Sie sind es, Dr. McCleod«, sagte Magda und trat ins Zimmer.

»Er wird noch verhungern«, meinte Carlotta, »freiwillig!«

Magda schaute ihn ernst an.

»Wenn das wahr ist, dann sind Sie ein sehr dummer junger Mann«, sagte sie.

»Nur ein armer!« stieß Hector hervor, errötete aber ein wenig, denn er haßte es, von Geld zu sprechen. »Hier in London ist alles sehr teuer, wissen Sie, und ich bin Schotte genug, um für mein Geld auch etwas Angemessenes zu verlangen.«

»Hier gibt es zu jeder vernünftigen Stunde eine Mahlzeit für Sie«, erklärte Magda mürrisch und bediente sich großzügig mit Toast und Butter.

»Das ist sehr freundlich von Ihnen.«

»Also, nicht vergessen«, sagte Carlotta. »Wenn Magda jemanden zum Essen einlädt, dann möchte sie, daß er kommt und es genießt. Sie spricht niemals eine nur höfliche Einladung aus – nicht wahr, mein Schatz?«

Magda sah noch einmal zu Hector hinüber. Er gefiel ihr. Sie erkannte in ihm einen Ehrgeiz, der sich niemals würde unterdrücken lassen, nicht einmal durch Elend.

Sie erhob sich mühsam auf die Füße.

»Ich erwarte Sie morgen zum Abendessen«, wandte sie sich an Hector. »Sie können mit mir essen, falls Carlotta ausgeht.«

»Es wird mir eine Ehre sein«, erklärte er und hielt ihr die Tür auf.

»Sie meinen, Sie werden enttäuscht sein«, antwortete sie scharf und verschwand durch die Tapetentür in den Laden.

5

Langsam ging Norman die Treppe zum Haus Belgrave Square 225 hinauf.

Ihm gefielen die Gedanken nicht, die sein früheres Heim in ihm wachrief. Alles erinnerte lebhaft an seine Frau.

Evelyn hatte es nach ihrem Geschmack eingerichtet und die Möbel Stück für Stück ausgesucht, aber es kam Norman so vor, als wäre ihm das Haus, das er besaß, ebenso fremd wie es einst die Frau gewesen war, die er geheiratet hatte.

Nach Evelyns Tod war er zu beschäftigt gewesen, um oft an die Jahre zu denken, die sie zusammen verbracht hatten. Wenn er ehrlich zu sich selbst war, dann mußte er zugeben, daß ihr Tod ihn nicht sehr getroffen hatte; im Gegenteil, er hatte eher so etwas wie Erleichterung verspürt.

Er hatte Angst vor seiner Frau gehabt. Er würde es niemals zugeben, aber tief in seinem Herzen wußte er, daß es so war.

Sie schüchterte ihn ein, und sie hatte sich kaum bemüht, die Mauern einzureißen, die so schnell zwischen ihnen gewachsen waren, schon auf der kurzen Hochzeitsreise.

Lady Evelyn Cleeve war die verwitwete Tochter des Earl of Brora gewesen, eines alten Mannes, der selbstherrlich und mit eiserner Hand über das Familienschloß und die wenigen noch verbleibenden Hektar Land regierte.

Er hatte auf der Ehe bestanden, sobald er bemerkt hatte, daß Norman seiner Tochter den Hof machte.

Evelyn hatte Colin Cleeve mitten im Krieg geheiratet und war ein Jahr lang sehr glücklich mit ihm gewesen, ehe er von einem feindlichen Flugzeug abgeschossen worden war.

Colin war ein seltsamer Mensch gewesen, eine Mischung von Dichter und Abenteurer. Er hatte Evelyn gefangengenommen, und sie hatte ihn rückhaltlos geliebt. Als er getötet wurde, hatte sie das Gefühl gehabt, alles, was in ihrem Leben gezählt hatte, sei ihr genommen worden.

Sie war eine verbitterte, gebrochene Frau. Sie war nicht einmal bereit, für das Kind zu sorgen, das er ihr hinterlassen hatte.

Das Mädchen war Anfang 1918 geboren worden, sieben Monate, nachdem Colin getötet worden war.

Evelyn taufte es Skye, teilweise aus einer Art pathetischen Tributs an das Element heraus, in dem ihr Mann seinen Tod gefunden hatte, teilweise auch, weil sie die glücklichsten Tage ihrer Kindheit auf diesen nebligen Inseln verbracht hatte, wo ihr Vater ein kleines Haus besaß.

Als Witwe zog sich Evelyn Cleeve nach Glenholme Castle zurück, um ihrem Vater den Haushalt zu führen. Das Leben zog an ihr vorüber. Sie interessierte sich nicht mehr dafür, was außerhalb der Gegend geschah, in der sich das Schloß befand.

Sie war ein fröhliches und impulsives Mädchen gewesen; als Witwe wurde sie zu einer langweiligen, zurückgezogenen Frau.

Aber sie sah gut aus, war fast auf eine kalte, vornehme Art schön.

Für Norman Melton schien sie, als er sie zum ersten Mal sah, die Verkörperung all dessen zu sein, was aristokratisch war, tatsächlich all dessen, was er selbst nicht war.

Er war von einem Geschäftspartner nach Schottland eingeladen worden, der die Jagd in der Nähe des Glenholme-Besitzes gepachtet hatte. Eines Sonntagnachmittags waren sie zum Tee ins Schloß hinübergegangen.

Als er in dem hohen Raum saß und Evelyn beobachtete, wie sie Tee einschenkte, wie sich ihre schmalen Hände geschickt zwischen dem wertvollen Porzellan und dem kostbaren Familiensilber bewegten, fühlte sich Norman in eine der historischen Romanzen versetzt, die er als Knabe gelesen hatte.

Evelyn trug ein schlichtes, dunkelblaues Kleid, keinen Schmuck, und ihr Haar war glatt aus der weißen Stirn gekämmt und tief im Nacken zu einem unmodernen, aber ihr sehr gut stehenden Knoten geschlungen.

Als er sie anschaute und überlegte, wie er ihr Interesse wecken könnte, kam ihm plötzlich der Gedanke, daß er hier die Frau gefunden hatte, die er heiraten wollte.

Er fühlte ganz deutlich, daß dies der einzige Besitz war, der ihm noch fehlte und den er benötigte.

›Ich besitze Verstand, Energie und Geld‹, sagte er sich. ›Sie besitzt Stil und Schönheit.‹

Er wagte kaum, nicht einmal vor sich selbst, den Gedanken in Worte zu fassen, daß die Kinder einer derartigen Verbindung einfach prachtvoll sein müßten. Evelyn schien so sehr über jeder gewöhnlichen menschlichen Leidenschaft zu stehen.

Andererseits faßte er im selben Augenblick bereits den Entschluß. Er hatte sich für Evelyn entschieden, ebenso schnell und sicher, wie er sich für einen geschäftlichen Vorschlag entscheiden konnte.

›Ich will sie‹, sagte er sich, änderte dann den Satz aber um in: ›Ich werde sie haben.‹

Er wurde charmant, nicht nur Evelyn, sondern auch ihrem Vater gegenüber. Er beurteilte den alten Mann listig, schmeichelte ihm, indem er ihm seine Aufmerksamkeit zuwandte, und erriet die richtigen Methoden, um sein Interesse zu wecken.

Schließlich wurde er eingeladen, eine Woche zur Jagd auf Glenholme zu bleiben.

Evelyn war überhaupt nicht darauf vorbereitet gewesen, von ihm so belagert zu werden. Sie hatte sich daran gewöhnt, sich als fast körperlos zu sehen.

Jeden Abend betete sie fast eine Stunde, ehe sie zu Bett ging, betete demütig zu Gott für den Mann, den sie verloren hatte.

Sie war überzeugt, daß sie auf diese Weise noch immer mit dem geliebten Menschen kommunizieren konnte. Dieses Ritual tröstete sie. Es war der einzige Ausdruck von Gefühl, der ihr noch geblieben war, das einzige Verlangen, das die eintönige Routine noch nicht erstickt hatte.

Bei ihren Gebeten fühlte sie sich Colin nah; fühlte, daß der Tod nicht das Ende ist; daß ihr Geliebter irgendwo jenseits des Grabes auf sie wartete.

Sie hatte seine Gedichte. Vier schmale Bücher, zwei davon

geschrieben, als er noch in Oxford war, zwei später, als er es nicht eilig hatte, sich eine Arbeit zu suchen.

Sie kannte sie auswendig, die dramatischen Ergüsse eines Mannes, der nach etwas suchte, das er zwar spürte, aber nicht fassen und verständlich machen konnte.

Als Evelyn begriff, daß Norman sich zu ihr hingezogen fühlte, wich sie entsetzt vor ihm zurück. Sie hatte das Gefühl, von ihm vergewaltigt zu werden, allein schon dadurch, daß er ihr zeigte, für wie attraktiv er sie hielt.

Es war fast, als würde er damit Colin beleidigen.

›Ich habe einen Ehemann‹, sagte sich Evelyn leidenschaftlich.

Sie konnte sich einfach nicht als Witwe sehen.

Aber Norman wußte, wann er einen falschen Schritt gemacht hatte. Nach den ersten vorsichtigen Versuchen erwähnte er seine Zuneigung mit keinem weiteren Wort, noch weniger sprach er von Liebe. Er schien Evelyn nichts weiter als unpersönliche Freundschaft anzutragen.

Evelyn war zwar entsetzt bei der Vorstellung, er könnte sie lieben, aber jetzt ärgerte es sie, wie er auf ihre erste Zurückweisung reagierte.

Sie glaubte, ihn falsch verstanden zu haben, und die Neugier, ob sie sich nun geirrt hatte oder nicht, drohte sie aufzufressen.

In der Zwischenzeit erkundigte sich ihr Vater nach Norman. Lord Brora war von dem, was er hörte, zutiefst beeindruckt. Was man ihm über Normans Geschäftstüchtigkeit und sein wachsendes Vermögen erzählte, war nicht übertrieben.

Für den zukünftigen Schwiegervater gab Norman jedenfalls ein ausgezeichnetes Bild ab, vor allem, da Lord Brora feststellen mußte, daß er die ständig wachsenden Steuern kaum mehr zahlen konnte.

»Ich mag den Mann«, sagte Lord Brora zu seiner Tochter. »Er hat Köpfchen und er hat Mut. Du könntest es viel schlechter treffen.«

»Ich werde nie wieder heiraten«, erklärte Evelyn ihm ruhig.

»Wenn ich tot bin«, sagte ihr Vater, »wird dir verdammt

wenig zum Leben bleiben, denn dieses Schloß und jeder Pfennig, den ich besitze, fallen an Arthurs Sohn. Ich kann dir nichts hinterlassen, und das weißt du.«

»Ich habe ja Colins Geld.«

»Schäbige fünfhundert im Jahr!« schnaubte ihr Vater. »Das hilft dir auch nicht viel, vor allem mit dem Kind, für das du die Verantwortung trägst.«

Evelyn runzelte, ein wenig beunruhigt, die Stirn. Sie war sich vollkommen klar darüber, daß das Problem einer neuen Heirat sich ganz anders darstellte, wenn sie Skye berücksichtigte.

Das Kind kam jetzt in ein Alter, in dem es entweder eine Gouvernante bekommen oder aber eine erstklassige Schule besuchen mußte. Derzeit hatte sie weder das Geld noch die Möglichkeiten für das eine oder andere.

Als sie nun Skyes Ausbildung und die Sorge ihres Vaters um ihre Zukunft in die Waagschale warf, schlug diese zu Normans Gunsten aus. Evelyn zögerte, ehe sie ihn endgültig fortschickte, und in diesem Zögern war sie auch schon verloren.

Sie konnte dem Drängen ihres Vaters nicht widerstehen und sie mochte Norman. Er zog sie körperlich an, wenn sie es auch leugnete und sich einredete, daß kein Mann jemals Colins Platz einnehmen würde.

Schließlich kapitulierte sie, und sie wurden getraut. Nachdem sie nachgegeben hatte, war sie sanft und willig bis zum Tag der Zeremonie.

Doch kurz darauf spürte sie etwas Bitteres, Rachsüchtiges in ihrem Herzen. Etwas in ihr sehnte sich danach, ihren Mann so zu verletzen, wie sie von Colins Tod verletzt worden war, und dieses Etwas errichtete zwischen ihr und Norman eine Mauer, die keiner von beiden überwinden konnte.

Evelyn bemühte sich, ihr eigenes Inneres zu besiegen, versuchte, ihrem Ehemann zumindest dankbar zu sein für seine Großzügigkeit, aber es war ihr unmöglich, ihn für all das, was er ihr gab, nicht zu hassen.

Sie verabscheute den Schmuck, mit dem er sie überhäufte, weil er nicht von Colin stammte. Sie haßte das Geld, das sie unbegrenzt für Häuser, Möbel und Kleider ausgeben konnte.

Mit einer Leidenschaft, die sie selbst überraschte, wollte sie diese Dinge nur mit der Vergangenheit teilen, mit Colin, dem Ehemann, den sie geliebt hatte, und nicht mit dem Mann, der sie ihr jetzt schenkte.

Sie bekam Angst vor der Heftigkeit ihrer eigenen Gefühle; solche Angst, daß sie sich mit einer Strenge beherrschte, die es ihr nie auch nur für einen kurzen Augenblick gestattete, ihre Reserviertheit aufzugeben.

Nur mit Skye fand Norman in seinem Eheleben Glück. Er hatte seine kleine Stieftochter vom ersten Augenblick an ins Herz geschlossen.

Sie sah ihrer Mutter überhaupt nicht ähnlich, sondern war sehr klein, rundlich und plump. Sie hatte lachende graue Augen und leuchtendrotes Haar, das sie von ihrem Vater geerbt hatte.

In den ersten Monaten ihrer Ehe hatte Evelyn versucht, ihre Tochter dazu zu bringen, Norman *Beau-père* zu nennen, oder ihm einen der anderen Namen zu geben, mit denen man einen Stiefvater für gewöhnlich ansprach, aber Skye hatte darauf bestanden, ihn Norman zu nennen.

Das hatte ihm das Gefühl gegeben, jung zu sein. In Skyes Gesellschaft fühlte er sich immer jung, im Gegensatz zu der Zeit, die er mit Evelyn verbrachte, in der er sich unermeßlich alt vorkam. Seine Frau hatte eine abtötende Wirkung auf ihn, während seine Stieftochter ihn anregte.

Bis er Skye kennenlernte, hatte er nicht gewußt, wie gern er Kinder hatte.

Als Evleyn gestorben war, hatte er Skye gebeten, weiterhin bei ihm zu leben, aber Lord Brora hatte darauf bestanden, daß sie die Ferien im Schloß verbrachte, und Norman hatte nicht das Herz, sie von der Schule zu nehmen.

Sie war dort glücklich, und er bezahlte deshalb die beträchtlichen Gebühren, obwohl die Schule ihn ihrer Gesellschaft beraubte.

So oft er konnte, fuhr er sie während des Semesters besuchen, und er freute sich ebensosehr, wenn nicht mehr, auf diese Besuche wie sie.

Als Skye achtzehn war, erklärte sie Norman, daß sie lieber

eine Wohnung mit einer Freundin in London teilen wollte, als mit ihm zu leben. Er war zutiefst enttäuscht, denn er hatte beabsichtigt, das Haus am Belgrave Square für sie wieder neu zu öffnen.

Aber er war klug genug zu verstehen, daß sie unabhängig sein wollte, und so gab er ihren Wünschen nach.

Skye war mit dem Bedürfnis aufgewachsen, sich selbst auszudrücken, was wahrscheinlich eine Reaktion auf die Reserviertheit ihrer Mutter gewesen war.

Sie war immer lieb, offen und zärtlich ihrem Stiefvater gegenüber, aber ihre Interessen lagen auf ganz anderen Gebieten. Er wußte, daß sie einander niemals all das bedeuten konnten, was er sich erhofft hatte, als sie noch ein Kind gewesen war und unter seinem Schutz gestanden hatte.

Als er in den großen Salon im ersten Stock am Belgrave Square trat, erinnerte sich Norman daran, daß er das letzte Mal hiergewesen war, als Skye mit einem Ball in die Gesellschaft eingeführt worden war.

Es war das erste Mal seit dem Tod seiner Frau gewesen, daß er das Haus geöffnet hatte, aber er hatte an jenem Abend so viele Gäste empfangen, daß es ihm schwergefallen war, einen ernsthaften Gedanken zu fassen oder zu trauern.

Während er noch nachdenklich auf dem Treppenabsatz stand, hörte er von unten eine fröhliche Stimme rufen: »Norman! Norman! Wo steckst du?«

Er beugte sich über das Geländer, blickte ins Treppenhaus hinab und entdeckte seine Stieftochter, die zu ihm aufschaute.

»Skye!« rief er überrascht aus. »Was machst du denn hier?«

»Ich bin zufällig vorbeigekommen, Lieber, habe deinen Wagen draußen gesehen und dachte mir, daß du eine Inspektionsrunde machst«, erklärte sie.

»Komm rauf!« forderte er sie abrupt auf.

Sie gehorchte und lief die Treppe hinauf, dabei zwei Stufen auf einmal nehmend. Dann streckte sie ihm die Arme entgegen.

»Ich freue mich, dich zu sehen«, sagte sie und küßte ihn zärtlich auf beide Wangen.

Sie war so klein, daß er sich zu ihr hinunterbücken mußte. Er hielt sie auf Armeslänge von sich und musterte sie kritisch.

»Du siehst gut aus«, gab er mürrisch zu. »Chelsea bekommt dir.«

»Ich könnte dasselbe von Melchester sagen«, antwortete sie. »Aber weshalb bist du hier?«

»Ich habe mich nur umgesehen«, antwortete er mit schlechtem Gewissen.

Skye musterte ihn mit scharfen Augen.

»Du lügst, mein Lieber! Du denkst daran, dich wieder zu verheiraten!«

6

Skye hatte sich schon oft gefragt, worin sie ihrer Mutter ähnelte.

›Es muß doch zwischen Mutter und Kind ein Bindeglied geben‹, dachte sie, ›das sich früher oder später zeigt.‹

Aber bis zum heutigen Tage konnte sie nichts an sich finden, was sie als einen Teil von Evelyn Cleeves Charakter oder Persönlichkeit erkannte.

Skye war sehr klein, und von kleinen Frauen geht etwas aus, das in jedem Mann, mit dem sie in Berührung kommen, den Wunsch erweckt, sie zu beschützen. Ihr Liebreiz war für sie etwas Natürliches, und sie vergaß im allgemeinen, das Beste aus sich zu machen.

In Schottland war sie eine blendende Schönheit; in London wurde sie häufig von anderen übertroffen, die sich um ihre Kleidung und ihre Gesichter kümmerten.

Skye liebte alte Kleider, bequeme Schuhe und die Gesellschaft intelligenter Menschen.

Mehr als alles andere aber liebte sie das freie Leben in Schottland: die Moore, die Hügel, den Fluß, der sich an Glenholme vorbeiwand.

Sie konnte die Atmosphäre des Alters und geschützten Friedens nie lange ertragen, die ebenso Bestandteil des Haushaltes ihres Großvaters war wie er selbst.

Eine Überzeugung trieb sie ständig – die Überzeugung, daß sie es allein zu etwas bringen mußte.

Sie wußte auch, daß sie diese Unabhängigkeit in Normans Haushalt ebensowenig finden konnte; er bot ihr eine zu luxuriöse und bequeme Existenz.

Als sie heranwuchs, hatte sie versucht, mit ihrer Mutter zu reden, die Antworten oder eine Erklärung für die Fragen zu finden, die sie beschäftigten. Aber Evelyn hatte ihrer Tochter nicht helfen können.

Norman faszinierte Skye mit seiner direkten Art, in der er sich dem Leben stellte. Er brachte ihr viel nützlichere Dinge bei, als sie sie in der Schule lernen konnte.

Es war auch Norman, der entdeckte, daß Skye ein Auge für Farben hatte, und der sie ermutigte zu malen.

Als Skye schließlich entschied, daß es Zeit war, ihr eigenes Leben zu führen, ging sie nach Chelsea. Sie war entschlossen, wenigstens zwei Jahre lang Kunst zu studieren.

Die einzige Bedingung, die sowohl Norman als auch ihr Großvater ihr stellten, war, daß sie sich eine Wohnung mit einem Mädchen teilen sollte, das um einiges älter und erfahrener war als sie selbst.

So war es ein Glück, daß eine entfernte Cousine, die als Dekorateurin ihr Geld verdiente, bereit war, Skye als Untermieterin aufzunehmen – versuchsweise, wie sie es ausdrückte.

Das Experiment wurde ein voller Erfolg. Mary Glenholme war fast vierzig, unauffällig, vernünftig und humorvoll, wenn ihr danach war, und sie war verantwortungsbewußt genug, um sowohl Lord Brora als auch Norman zufriedenzustellen.

Letzterer führte sie einmal allein zum Essen aus und vertraute ihr seine Sorgen um Skyes Zukunft an, doch Marys gesunder Menschenverstand beruhigte ihn augenblicklich.

»Lassen Sie ihr jetzt die Zügel schießen, wenn sie es so will«, sagte sie, »dann werden Sie in Zukunft keine Probleme haben! Aber wenn Sie das nicht tun, dann wird sie über kurz oder lang ausbrechen, und das gibt Ärger. Sie ist nicht so passiv, wie Evelyn es war.

Sie müssen mir verzeihen, daß ich so rede, aber nach Colins Tod war sie eine tote Frau, und Sie wissen es! Skye hat sowohl Persönlichkeit als auch Charakter. Ich werde sie im Auge behalten – aber nicht so, daß sie es merkt!«

»Ich hoffe, daß Sie das tun werden!« meinte Norman besorgt.

»Sie benehmen sich wie eine alte Henne mit nur einem einzigen Küken!« schalt Mary. »Und Skyes Großvater ist genauso schlimm! Sie hätten mal die Fragen hören sollen, die er mir gestellt hat! Man hätte meinen können, Chelsea wäre Sodom und Gomorrah in einem!«

»Lebt man in Chelsea wirklich so ungezwungen?« erkundigte sich Norman. »Oder ist das nur ein Märchen, das die Zeitungen und Romanschriftsteller erfunden haben?«

Mary starrte ihn amüsiert an.

»Sie müssen mir meine natürliche Sorge verzeihen«, bat Norman.

»Sie sind doch alle gleich«, sagte sie. »Sie glauben, weil ein Maler in einer Hand einen Pinsel hält, muß er in der anderen Hand ein Glas Absinth halten. Mein lieber Mann, Chelsea ist heutzutage genauso respektabel wie South Kensington, und verdammt anständiger als Mayfair.

Sie können mir glauben, das bißchen Laster und freie Liebe, das es in Chelsea gibt, bleibt bei denen, die vorgeben, Künstler zu sein, und nicht bei jenen, die es wirklich sind.«

Norman wäre überrascht gewesen, wenn er gewußt hätte, wie oft Skye an ihn dachte.

Er hatte keine Ahnung, wie sehr seine Stieftochter sich darum sorgte, daß all seine Unternehmungen erfolgreich verliefen und daß sie bereits beschlossen hatte, daß er einer der einflußreichsten Geschäftsleute der Britischen Inseln werden sollte.

Sie wußte natürlich, daß es für sie, wäre sie ein Junge gewesen, einen Platz in Normans Werken gegeben hätte und daß sie das Geschäft hätte übernehmen können, wenn er sich zurückzog, ohne bis dahin einen Erben gezeugt zu haben.

Aber so, wie die Dinge lagen, konnte sie keine aktive Rolle in seinen Geschäften spielen. Sie konnte nur zuhören.

Norman besprach häufig seine Probleme mit ihr, und wenn sie ihm in ihrer Unwissenheit auch nicht helfen konnte, so wurden ihm seine Schwierigkeiten doch häufig allein dadurch bewußter, daß er sie aussprechen konnte.

Sie war ihm für sein Vertrauen dankbar, aber andererseits waren dies auch die Augenblicke, in denen sie es bedauerte, ein Mädchen zu sein.

»Norman sollte einen Sohn haben«, sagte sie zu Mary. »Dann hätte er etwas, für das es sich zu arbeiten lohnt – Nicht daß er eine solche Rechtfertigung wirklich brauchen würde, aber ich denke mir, daß jeder Mann sein Erbe seinem eigenen Fleisch und Blut hinterlassen möchte.«

»Dann wird er wieder heiraten müssen«, hatte Mary erklärt. »Ich hoffe, daß er die richtige Frau wählt, dies ...«

Sie biß sich auf die Lippen, aber Skye wußte nur zu gut, was sie hatte sagen wollen.

»... diesmal«, beendete sie den Satz für ihre Cousine. »Du brauchst mir nichts vorzumachen, Mary. Ich weiß, daß Mami für Norman die absolut falsche Frau war. Man kann sich kaum zwei Menschen vorstellen, die weniger gemeinsam hatten.

Mami machte Norman verlegen; ich habe oft beobachtet, wie er in ihrer Gegenwart nervös wurde, und er tat mir leid. Ja, ich hoffe, daß er jemanden heiratet, der wirklich lieb und nett ist.«

Als sie auf dem Heimweg nach einem Essen am Belgrave Square vorbeigekommen war, hatte sie Normans Wagen vor der Nummer 225 stehen sehen.

Skye hätte nicht sagen können, warum der Anblick ihres Stiefvaters oben an der Treppe in ihr den Gedanken erweckte, er könnte eine zweite Heirat in Erwägung ziehen, und doch spürte sie instinktiv, daß es so war.

Ihrem inneren Auge erschien es, als wäre er nicht allein, sondern als könnte sie neben ihm das lebhafte ovale Gesicht entdecken, das sie in seinem Wagen neben ihm gesehen hatte.

»Sag die Wahrheit!« befahl sie.

Sein Zögern, seine stammelnde, zögernde Antwort verrieten ihr, daß sie richtig vermutet hatte, auch wenn er es nicht zugeben wollte.

»Mach doch nicht gleich wieder aus der Maus einen Elefanten«, schimpfte Norman. »Ich bin hier, weil ich in Zukunft häufig in London sein muß, und da habe ich beschlossen, das Haus wieder zu öffnen.«

»Wie schön. Es hat mir nie gefallen, daß es so versperrt und verriegelt war. Das arme alte Ding – es sah so einsam aus, nicht wahr? Aber du mußt es renovieren.«

»Das habe ich mir auch gedacht. Du wirst mir dabei helfen müssen.«

»Vielleicht habe ich aber nicht denselben Geschmack wie deine zukünftige Braut«, neckte Skye.

»Ich habe dir doch bereits gesagt«, erklärte Norman entschieden, »daß ich nicht beabsichtige, mich wieder zu verheiraten.«

»Ich habe euch neulich abend gesehen«, erzählte Skye.

»Wann? Wo?« fragte Norman schroff.

»Sie ist sehr hübsch. Wie heißt sie?«

»Wer?«

Norman fing Skyes Blick auf und begriff, daß sie entschlossen war, ihre Neugier zu befriedigen. Er lachte.

»Also schön. Ich werde es dir verraten, wenn du es unbedingt wissen willst. Ihr Name ist Carlotta. Sie ist am Theater, und sie ist die Adoptivtochter von Magda Lenshovski.«

»Was, von dieser riesigen Frau, die alle Stücke ausstattet? Die kenne ich natürlich. Ich habe mir bei ihr immer mein Kleid für den Künstlerball in Chelsea geliehen.«

»Genau die. Und Carlotta ist ihre Adoptivtochter.«

»Ist sie hübsch? Und klug? Norman, mein Schatz, du darfst keine dumme Frau heiraten, ganz gleich, wie hübsch sie auch ist.«

»Ich werde sie nicht heiraten. Ich habe sie noch nicht einmal gefragt.«

»Aber du denkst doch oft daran, nicht wahr? Ach Norman, suche dir jemanden aus, der dir auch helfen wird. Meinst du, Melchester wird ihr gefallen? Du mußt auch das bedenken.«

»Ich werde daran denken, keine Sorge.«

»Aber natürlich mache ich mir Sorgen. Du bildest dir doch wohl nicht ein, du könntest allein zurechtkommen, oder?«

»Ich habe mir immer eingebildet, ich würde das sogar recht gut schaffen«, antwortete Norman.

Sie lachten beide.

»Gibt es noch etwas Neues, was du mir erzählen mußt?« erkundigte sich Skye.

»Ich habe den Vertrag mit der Regierung«, antwortete Norman.

Skye warf die Arme um seinen Hals und küßte ihn.

»Oh, wie wunderbar!« sagte sie. »Ich habe es kaum gewagt,

dich zu fragen, falls es noch nicht entschieden sein sollte. Nach all diesen Monaten ist er jetzt wirklich unterzeichnet und besiegelt?«

»Er ist unterzeichnet, und wir fangen sofort mit der Arbeit an. Es ist eine gewaltige Aufgabe, das ist dir doch wohl klar?«

»Aber natürlich! Aber nicht zu groß für dich. Für dich könnte nichts zu groß und schwer sein, nicht wahr? Du würdest mich wohl nicht mit ins Geschäft nehmen, damit ich dir helfen kann, oder?«

Norman legte eine Hand unter ihr Kinn und hob ihr Gesicht an.

»Wir würden nicht mehr arbeiten können, wenn du in der Fabrik bist, und das ist ein Kompliment.«

Skye verzog das Gesicht.

»Nicht die Art von Kompliment, die ich gern hätte. Es ist wirklich unmöglich, daß die Männer bei einer Frau nur das Aussehen für wichtig halten! Und wenn es einem nicht gelingt, etwas Intelligentes zu tun, dann ignorieren sie das einfach und sagen: ›Was kümmert es dich, solange du nur hübsch bist?‹ Manchmal wünschte ich, ich hätte Warzen und würde schielen.«

»Mach dir nichts draus«, antwortete Norman. »Eines Tages wirst du froh darüber sein, wenn du nämlich jemanden findest, für den du hübsch sein möchtest. Wie geht es übrigens all deinen jungen Männern?«

»Schrecklich! Ich habe es Mary überlassen, sie abzuwimmeln. Sie jammern und werden lästig. Ich weiß wirklich nicht, warum ich keinen jungen Mann wie dich finden kann, mit Verstand und Ehrgeiz.«

»Davon müssen doch eine Menge herumlaufen«, meinte ihr Stiefvater.

Sie waren in der Zwischenzeit nach unten ins Rauchzimmer gegangen. Skye kauerte sich mit angezogenen Beinen in einen großen Lehnsessel, Norman setzte sich ihr gegenüber vor den Kamin.

»Jetzt laß uns mal nicht mehr von mir sprechen«, sagte sie. »Erzähl mir alles, was du tust, erzähl mir von den neuen

Fabriken, den Maschinen und dem Vertrag. Erzähl mir alles – von Anfang an.«

Und Norman, angeregt von ihrer Begeisterung, tat, wie ihm geheißen.

Er war, entgegen Skyes Warnung, nicht besonders vorsichtig bei seinen Plänen für eine Wiederverheiratung gewesen.

Gegen seine Vernunft, die ihm sagte, daß er sich lächerlich machte, wußte er, daß er Carlotta mehr begehrte als alles andere in seinem Leben.

Schon bei ihrem ersten Treffen hatte er sich in sie verliebt, und jedesmal, wenn sie sich sahen, fühlte er sich noch mehr eingenommen, saß er tiefer in der Falle, fasziniert von ihrem Charme und ihrem Liebreiz.

Zuerst versuchte er, die Gefühle zu ignorieren, die ihn überkamen, wenn er sie traf, versuchte, mit reiner Willenskraft den Tumult in seinem Inneren zu unterdrücken, den die bloße Berührung ihrer Hand in ihm erweckte.

»Das ist Irrsinn! Ich werde sie ein letztes Mal zum Abendessen einladen«, nahm er sich vor.

Aber bei jeder dieser Gelegenheiten wußte er, daß er sie wiedersehen mußte.

Er wußte, wenn er ein jüngerer Mann gewesen wäre, wenn er zu Carlottas Generation gehört hätte, dann hätte er ihr schon längst einen Heiratsantrag gemacht. Es war nicht nur auf seine Vorsicht zurückzuführen, daß er die Worte, die ihm auf den Lippen lagen, so lange nicht ausgesprochen hatte.

Er hatte sich gezwungen, stumm zu bleiben, die Worte unausgesprochen zu lassen, nicht, weil er Angst vor ihrer Antwort hatte, sondern weil er davon überzeugt war, daß es das beste war, dieses Problem so anzugreifen wie alle anderen in seinem Leben, nämlich mit Geschäftsmethoden.

Zuerst einmal wollte er in Carlotta ernsthaftes Interesse an ihm erwecken, ehe er ihr einen Teil seines Lebens anbot. Er trennte sich von ihr, ohne die Worte der Liebe auszusprechen, weil er glaubte, daß der richtige Zeitpunkt noch nicht gekommen war.

Als Skye das Haus am Belgrave Square verlassen hatte, bedauerte es Norman fast, daß er nicht offen gewesen war, daß er ihrem Mitgefühl nicht entgegengekommen war, ihrem Verständnis in einer Angelegenheit, die ihm als die schwerste Aufgabe erschien, die er je in Angriff genommen hatte.

Jetzt dachte er plötzlich, daß sie ihm vielleicht mit weiblicher Intuition hätte sagen können, auf welche Weise er sich Carlotta nähern sollte. Aber seine angeborene Schüchternheit hatte ihn davon abgehalten, ehrlich zu sein.

Als Skye sich verabschiedete und ihn küßte, sagte sie:

»Gute Jagd, mein Lieber! Ich hoffe, sie sagt ja.«

»Du bist albern«, antwortete Norman schroff.

»Bin ich das? Nun, wir werden ja sehen.«

Er wußte, daß er sie nicht überzeugt hatte.

›Skye hatte schon immer fast hellseherische Fähigkeiten entwickelt‹, dachte er.

Er hatte das schon oft feststellen können, und auch, daß es erstaunlich oft richtig war, ihrem Rat zu folgen. Jetzt verspürte er den Wunsch, ihr nachzulaufen, sie zu bitten, zurückzukehren und alles mit ihm zu besprechen.

Statt dessen ging er ins Haus zurück. Im Rauchzimmer rauchte er drei Zigaretten nacheinander, die Stirn in Falten gelegt, intensive Konzentration auf dem Gesicht.

Nachdem fast eine Stunde vergangen war, trat er ans Telefon. Carlotta nahm den Anruf selbst entgegen.

»Ich möchte dich sehen«, sagte er. »Was machst du gerade?«

»Oh, ich bin schrecklich beschäftigt, und du wirst lachen, wenn ich dir sage, was ich tue.«

»Nun, was ist es denn?«

»Ich klebe meine Zeitungsausschnitte in ein Buch. Ich denke, meine Enkelkinder wollen einmal sehen, wie strahlend schön ihre Oma war.«

»Mußt du dir jetzt unbedingt Gedanken um deine Enkelkinder machen? Ich möchte, daß du hierherkommst.«

»Wo ist ›hier‹?«

»Ich bin in meinem Haus am Belgrave Square. Ich habe dir ja erzählt, daß ich es wieder eröffnen möchte, und ich brauche deinen Rat, was die Inneneinrichtung betrifft.«

Eine kleine Pause entstand.

»Ich würde dir ja gern helfen. Aber nicht jetzt. Ich bin voll Klebstoff, und ich kann mich jetzt wirklich nicht extra umziehen. Komm doch lieber her und trink statt dessen Tee mit mir.«

Norman wollte widersprechen, sagte dann aber:

»Ich komme sofort.«

Er hatte sich gewünscht, daß Carlotta das Haus sehen würde. Jetzt war er enttäuscht, aber gleichzeitig auch erleichtert.

Er hatte Angst davor, sie an Evelyns Stelle zu sehen, Angst davor, sie könnte sich am Belgrave Square als ganz anderer Mensch entpuppen als der, den er in der sonderbaren Bohémien-Umgebung so liebte.

Während er zum Strand fuhr, ertappte er sich dabei, wie er seine Zukunft plante. Er sah Carlotta im ›Paddocks‹ am Belgrave Square; er versuchte, sich ihr gemeinsames Leben vorzustellen; sich vorzustellen, wie es wäre, glücklich verheiratet zu sein – und vielleicht Familienvater zu werden.

Doch immer war das Bild unharmonisch, unvollständig. Er sah die Fabrik, die nach ihm verlangte, die seinen Verstand, seine Zeit, seine Aufmerksamkeit forderte.

Er sah Carlotta, die trotz allem, was er ihr bieten konnte, ›The Paddocks‹ unzureichend und Belgrave Square so düster fand, wie er es einst getan hatte.

›Eine solche Ehe ist unmöglich‹, sagte er sich, wie er es schon tausendmal getan hatte.

Als er vor Magdas phantastischer, reich verzierter Eingangstür stand, seufzte Norman. Er fragte sich, ob Carlotta ihn wirklich sehen wollte. Warum sollte sie?

Er wußte, er hatte das verloren, was im Leben wirklich zählt: die Begeisterung der Jugend für ein Ideal.

Carlotta arbeitete tatsächlich, wie sie es Norman erzählt hatte, an ihrem Buch mit Zeitungsausschnitten.

Sie hatte die Zeitungsausschnitte immer nur in eine Schublade geworfen, wenn sie eingetroffen waren, und jetzt war sie um Monate zurück.

Sie hatte fest vorgehabt, am ersten regnerischen Tag alles

einzukleben, aber immer, wenn ein solcher Tag gekommen war, hatte sie etwas anderes gefunden, was interessanter oder wichtiger gewesen war.

An diesem Nachmittag nun hatte sie sie alle hervorgeholt und mußte entsetzt feststellen, wieviel zu tun war.

Sie schnitt alle Ausschnitte säuberlich aus und klebte sie dann ordentlich in ein großes, grünes Buch, auf dem ihr Name stand.

Es war Carlotta in der kurzen Zeit, die sie auf der Bühne stand, gelungen, mehr Presse zu bekommen, als es ihren Rollen entsprach, denn sie war ausgesprochen fotogen, und die Zeitungsherausgeber veröffentlichten ihr Bild gerne.

Carlotta betrachtete sich kritisch. Sie konnte nicht anders, sie fand einige der Fotos von sich selbst ausgesprochen hübsch.

Sie sah tatsächlich erstaunlich schön aus, und was für Carlotta noch wichtiger war: Ganz gleich, welche Pose sie auch einnahm, nie sah sie billig aus, immer ging von ihr ein gewisses Etwas aus.

Carlottas Überzeugung nach war dies das untrügliche Zeichen dafür, daß sie einer guten Familie entstammte. Denn Carlotta, von Magda in der lockeren Atmosphäre des Theaters großgezogen, war ein Snob.

Sie hätte das natürlich nicht einmal ihren engsten und liebsten Freunden gegenüber zugegeben, aber wichtiger als alles andere war ihr, daß ihre Mutter eine Romanoff gewesen war.

Die Geschichte ihrer tatsächlichen Geburt war romantisch genug, um ihre Phantasie zu entfachen. Ein junger Engländer hatte Carlottas Mutter bei ihrer Flucht während der Revolution geholfen.

Ein paar Tage lang war es ihnen unmöglich gewesen, über die Grenze zu gelangen, und in dieser Zeit hatten sie sich unsterblich ineinander verliebt.

Doch schließlich war ihnen die Flucht gelungen, und auf einem Viehfrachter waren sie über das Schwarze Meer nach Konstantinopel gefahren.

Von dort aus konnten sie eine Weile nicht weiter, und so hatten sie in Konstantinopel als Mann und Frau zusammen gelebt, unerkannt inmitten der verängstigten, hungrigen Flüchtlinge.

Nach vielen Wirren waren sie endlich in Paris eingetroffen, und nachdem Carlottas Vater dort eine vorübergehende Bleibe für die Frau gefunden hatte, die er gerettet hatte, war er nach England weitergereist.

Er war gleich zu Beginn des Krieges verwundet worden und kehrte jetzt in den Diplomatischen Dienst zurück, den er verlassen hatte, um in die Armee einzutreten.

Er hatte Carlottas Mutter versprochen, sie bei erster Gelegenheit nachkommen zu lassen. Jetzt begab er sich ins Auswärtige Amt und erfuhr dort, daß er sich unverzüglich in wichtiger Mission nach New York zu begeben habe.

Er konnte nur noch einen kurzen Abschiedsbrief schreiben, ehe er an Bord ging.

Carlottas Mutter brach fast das Herz, als sie den Brief las, den sie für einen Abschiedsbrief hielt. Sie beantwortete ihn nicht, sondern verließ kurz darauf Paris und begab sich nach England.

Sie wußte inzwischen, daß sie ein Kind bekommen würde, und sie wollte es nicht in einem Frankreich bekommen, das sich im Krieg befand und der Niederlage gefährlich nahe war.

Durch ihren Umzug bekam sie die Briefe nicht, die er aus Amerika schickte, denn in den Wochen, die es dauerte, bis ein Schiff den Atlantik überquert hatte und bis die Post dann wieder in Europa war, hatte sie allen Mut verloren und war ganz sicher, daß sie den Mann nie wiedersehen würde, den sie so liebte. Sie hatte keine Ahnung, was sie tun sollte, wenn das wenige Geld, das sie besaß, aufgebraucht war.

Zum ersten Mal hatte sie Angst um sich.

Ihre Flucht vor den Menschen, die ihren Vater und ihre Mutter vor ihren Augen umgebracht hatten, die Tage und Wochen der Angst und des Hungers, des Kampfes ums reine Überleben hatten sie alles vergessen lassen, bis auf ihren Selbsterhaltungstrieb. Aber nun hatte sie Angst.

Ihre Familie war über alle Maßen stolz. Die Verwandten, bei denen sie früher gewohnt hatte, nahmen alle eine hohe Stellung ein. Ganz plötzlich hatte sie das Gefühl, sie könnte ihnen nicht wieder gegenübertreten, konnte sie in ihrem jetzigen Zustand nicht aufsuchen.

Hoffnungslos schlenderte sie den Strand entlang, fragte sich, was sie tun könnte. Sie bog in eine Seitenstraße ein, und der Anblick eines russischen Namens über der Tür zu einem merkwürdig aussehenden Laden zog ihre Aufmerksamkeit an – ›Lenshovski‹. Sie trat ein und fand Magda.

»Ich suche Arbeit«, erklärte sie.

Als Magda den Kopf schüttelte, sank das russische Mädchen in einen Stuhl und brach in Tränen aus.

Danach ging alles sehr schnell. Sie fand sich in Magdas privaten Zimmern wieder, mit der ersten Tasse guten, russischen Tees, seit sie St. Petersburg verlassen hatte.

Sie sprachen miteinander als zwei Frauen im Exil, wie zwei Freunde, die sich lange nicht mehr gesehen hatten.

Jeder bemerkte in der anderen überwältigendes Heimweh, und nach einer Stunde willigte Magda ein, die Fremde nicht nur in ihr Geschäft, sondern auch in ihr Haus aufzunehmen.

Carlotta wurde an einem kalten Morgen im Oktober geboren. Der Wind pfiff ums Haus und durch den Kamin, und der Himmel war grau und bedeckt.

Der Arzt, der hastig herbeigerufen worden war, sagte Magda die Wahrheit.

»Es ist ganz unmöglich, die Mutter zu retten«, erklärte er.

Magda murmelte leise traurige Worte.

»Sie ist bei vollem Bewußtsein«, erzählte er. »Aber es ist nur noch eine Frage von Stunden. Wir können nichts tun, um sie zu retten.«

Magda ging zu der Frau hinein, die im Laufe der Monate, die sie zusammengewesen waren, ihre gute Freundin geworden war.

Erschöpft lag sie nun in dem großen Himmelbett. Alles Blut war aus ihrem Gesicht gewichen, und es war weißer als die Kissen, auf denen sie lag. Als Magda näher kam, winkte sie der Schwester und ließ sich das Baby bringen.

Es war in Tücher gewickelt, ein winziges, faltiges Geschöpf, mit einem dünnen, schwachen Weinen. Die Mutter streckte mühsam die Arme danach aus und hielt es an sich gepreßt.

»Nimmst du sie?« flüsterte sie. »Ich gebe sie dir. Mein Baby;

ich werde sie nie wiedersehen. Sorge für sie wie für dein eigen Fleisch und Blut, und wenn du möchtest, taufe sie auf deinen Namen.«

Sie machte den Versuch, Magda das Kind zu geben, aber es war zu schwer für ihre kraftlosen Arme.

Magda verstand, was sie wollte, nahm das Baby auf den Arm und hielt es einen Moment lang an die Brust, wiegte es sanft. Das Weinen ließ nach; das Baby öffnete einen Moment lang die Augen, schloß sie dann wieder, als wäre es zufrieden.

Für Magdas orientalische, fatalistische Einstellung war das, als hätte das Baby ein Zeichen seines Einverständnisses gegeben. Sie beugte sich zum Bett hinab.

»Ich werde für sie sorgen«, versprach sie leise. »Wie soll sie heißen?«

»Carlotta!« Die sterbende Frau nannte den Namen, als wäre er heilig.

»Es war der Name meiner Mutter«, fügte sie nach langem Schweigen schwach hinzu.

Die Schauspielerei machte Carlotta Spaß, solange sie ihre Phantasie anregte. Ihr gefiel alles, was ihr eine Verkleidung ermöglichte.

Als sie Norman kennenlernte, war sie sich im klaren darüber, daß hier ein Mann war, der ihr gegenwärtiges Leben verändern konnte. Sie wußte, daß er reich war und in Zukunft wahrscheinlich noch reicher werden würde.

Es hätte Norman und Magda jedoch wohl beide überrascht, wenn sie gewußt hätten, daß Carlotta, wenn sie an eine mögliche Verbindung zwischen sich und Norman Melton dachte, das Gefühl hatte, ihm einen Gefallen zu tun.

›Ich bin eine Romanoff‹, sagte sie sich, ›und er war nur ein Arbeiter.‹

Sie achtete die Tatsache, daß er sich selbst emporgearbeitet hatte, nicht, nur, daß er Geld besaß.

Das Gold um Norman blendete sie, sie sah nicht den Mann, der es aus eigener Kraft erarbeitet hatte.

Sie war gern mit ihm zusammen, aber es wäre ihr schwergefallen, den Mann ohne sein Vermögen zu sehen.

Das Zusammensein mit Norman bedeutete für Carlotta einen Rolls-Royce, der am Bühneneingang auf sie wartete, einen warmen Pelz über den Knien. Es bedeutete außerdem Orchideen an der Schulter, den besten Tisch in einem Restaurant, die Dienste gut ausgebildeter Diener, delikate Speisen und teure Weine.

Er vermittelte ihr das Gefühl von Wohlstand, Luxus und Komfort, und so fiel es ihr ebenso leicht, seine Aufmerksamkeit anzunehmen, wie sie es genoß, ein weiches Kissen im Rücken zu spüren.

Etwas in seiner Stimme beunruhigte sie, als er anrief. Er klang so drängend.

Als sie den Hörer abgenommen hatte, hatte sie einen Augenblick lang befürchtet, er hätte schlechte Nachrichten; sie war erleichtert, als sie hörte, daß er nichts weiter suchte als ihre Gesellschaft.

Trotzdem blieb sie einen Moment lang nachdenklich neben dem Telefon stehen, nachdem sie aufgelegt hatte.

Ihr Instinkt sagte ihr, daß Norman sie liebte, obwohl er bislang noch nichts gesagt hatte. Aber sie war noch nicht bereit, ihm eine Antwort zu geben. Sie wollte noch so viel für sich erreichen, mehr als Norman ihr geben konnte, viel mehr sogar, als sie in Worte fassen konnte.

Als sie an den Mann dachte, der jetzt schon zu ihr eilte, wußte Carlotta, daß sie auch Liebe wollte.

Sie hatte sie nie kennengelernt; nie die Erfahrung dieser flammenden Leidenschaft gemacht, die eine Frau alles vergessen machen kann, selbst ihren Ehrgeiz und die Konventionen.

In einer Geste der Sehnsucht streckte sie die Arme aus. Sie sah ihr Gesicht im Spiegel am anderen Ende des Zimmers, die Augen dunkel in einem unbekannten Gefühl, die Lippen rot und sinnlich.

Ganz plötzlich, so daß sie zusammenschrak, klingelte das Telefon wieder. Sie nahm den Hörer.

»Hallo.«

Es war Hector, der ihr antwortete.

»Bist du daheim, Carlotta?« fragte er überflüssigerweise.

»Oh, ich bin so froh. Ich hatte schon Angst, du wärst ausgegangen. Hör zu, ich habe zwei Karten für den Zoo bekommen – von einem Freund – für heute nachmittag. Kannst du mitkommen? Sag, daß du kommst, Carlotta.«

Carlotta zögerte einen Augenblick. Sie wußte, daß Norman in wenigen Minuten eintreffen konnte. Sie wußte auch, daß es ihm wichtig war, ungewöhnlich wichtig, sie zu sehen.

Aber mehr als alles wollte sie mit Hector ausgehen. Sie würden den Bus nehmen, sie würden alles auf die billigst mögliche Art tun, und doch würden sie sich amüsieren.

Sie würden lachen, weil sie jung waren, weil es einfach Spaß machte, alles unwichtig, ohne Ernst, einfach nur lustig war.

Sie faßte einen Entschluß.

»Hör zu«, sagte sie. »Ich werde kommen, aber ich muß sehr schnell kommen. Jemand kommt mich besuchen, und wenn sie erst einmal hier sind, komme ich nicht mehr fort. Triff mich in zehn Minuten am Charing Cross. Ich werde unter der Uhr warten. Komm nicht zu spät, wenn es sich vermeiden läßt.«

»Trage eine weiße Nelke und die *Financial Times* unter dem Arm, für den Fall, daß ich dich nicht erkenne!« rief Hector lachend und fügte dann hinzu: »Du bist ein Engel.«

Er legte auf.

Carlotta lachte laut. Sie hatte das Gefühl, etwas Verrücktes zu tun, und es tat ihr gut. Sie dachte an Norman; für einen kurzen Augenblick trat ein besorgter Ausdruck in ihre Augen.

Dann nahm sie Hut und Mantel, die auf einem Stuhl lagen, und lief aus dem Zimmer.

7

Magda mischte ein Kartenspiel und legte es, mit den Bildern nach oben, kreisförmig aus, die Herzkönigin in der Mitte.

Leolia Payne, die in diesem Moment das Zimmer betrat, sah ihr stumm eine Weile zu. Dann meinte sie:

»Die Pik-Neun sieht bedrohlich aus, findest du nicht?«

Magda ordnete die Karten neu an, diesmal paarweise, stockte, als sie an ein As kam, und antwortete unwirsch:

»Aber Karo ist gut.«

Leolia Payne ging zum Kamin hinüber, entfernte zwei der Katzen von einem Lehnsessel und nahm Platz. Sie war an Magdas Art gewöhnt und wußte, daß diese immer die Zukunft aus den Karten las, wenn etwas Ernstes bevorstand.

Jetzt fragte sie sich, was es diesmal wohl sein mochte, aber sie sagte nichts. Sie wußte, daß Magda ihre Sorgen nicht für sich behalten konnte und daß sie ihr früher oder später in allen Einzelheiten erzählen würde, was sie beunruhigte.

Sie zog ihr Strickzeug aus der Tasche und machte sich an die Arbeit.

»Ich verstehe das einfach nicht«, meinte Magda beunruhigt.

Leolia Payne erwiderte nichts.

»Das ergibt keinen Sinn«, fuhr sie fort. »Zwei Buben, die Karo-Königin und die Herz-Acht.«

Sie machte eine Pause.

»Man sollte doch meinen, daß Norman Melton der Kreuz-König ist, oder nicht?« fragte Magda.

»Warum nicht der Bube?« schlug Leolia vor.

Jetzt wußte sie, warum Magda die Karten legte. Nicht das Geschäft machte ihr Sorgen, sondern Carlotta.

»Möchtest du, daß Carlotta Norman Melton heiratet?« wollte sie wissen.

Magda legte die Karten ab, stützte die Ellbogen auf den kleinen Tisch und starrte Leolia an.

»Die Karten zeigen Kummer – Liebeskummer.«

»Für Carlotta?« fragte Leolia völlig überflüssig.

»Ich möchte, daß sie Norman heiratet – er wird sie glücklich machen.«

»Wie kannst du da so sicher sein?« wollte Leolia wissen. »Carlotta muß ihre Wahl selbst treffen – wir sind alt, wir können uns nicht einmischen.«

»Sie glaubt, daß sie Hector liebt.«

Leolia war überrascht.

»Hat sie dir das gesagt?«

Magda schüttelte den Kopf.

»Im Augenblick glaube ich, gibt sie es nicht einmal vor sich selber zu. Aber wenn er kommt, singt ein Vogel in ihrem Herzen, ihre Augen leuchten wie Lampen in einem dunklen Raum. Ist das nicht Liebe, Leolia, Liebe, wie wir sie vor Jahren auch gekannt haben?«

Leolia blieb stumm.

»Er ist arm«, fuhr Magda fort, »aber ehrgeizig. Er geht in seiner Arbeit auf. Er sieht in Carlotta eine nette Freundin – für ihn ist sie ein freundliches Gesicht in einer fremden Stadt.«

»Woher weißt du das, Magda?« erkundigte sich Leolia scharf.

»Ich weiß es«, antwortete Magda mit ihrer tiefen Stimme. »Ich weiß es, und mein Herz blutet für das Kind, das ich liebe, das Kind, das ich vor Schmerz und Leid beschützen möchte.«

Leolia stand auf.

»Beten wir also, daß du dich irrst«, meinte sie besorgt.

8

Honey St. Clair, deren Name, ehe sie zur Bühne ging, Marjorie Robinson war, rief laut:

»Herein!«

Die Tür zur Garderobe wurde von einem winzigen Botenjungen geöffnet, der einen riesigen Korb mit Rosen und Maiglöckchen und eine kleine, grüne Schachtel schleppte, die offensichtlich Blumen für die Schulter enthielt.

»Oh, du bist ein Sonnenstrahl, mein Kleiner«, meinte sie zu dem Kind. »Diese Garderobe sieht seit ein paar Tagen aus wie die Sahara. Stell die Blumen in die Ecken und gib mir die Schachtel.«

Er gehorchte, und sie betrachtete nachdenklich das Etikett, ehe sie die Schachtel vor Carlottas Spiegel legte.

Kurz darauf hörte man draußen Schritte, und die Tür wurde aufgestoßen.

»Diese Hexe hat mir schon wieder meinen Auftritt verdorben«, schimpfte Carlotta und warf sich trotzig auf einen Stuhl. »Das ist langsam wirklich kein Spaß mehr, Honey. Ich werde mich beim Manager beschweren.«

»Der hört dir doch überhaupt nicht zu, meine Liebe. Er hat immer Angst vor seinen Hauptdarstellerinnen – ich habe schon früher mit ihm gearbeitet.«

Carlotta zuckte die Schultern. Dann sah sie die Blumen.

»Sind die für mich?« fragte sie.

»O nein, Liebes! Hast du denn noch nichts gehört? Ich habe mir selbst einen Millionär geangelt. Er ist ein charmanter Mann, wir haben uns in der Milchbar am Piccadilly kennengelernt.«

Honey schnitt Carlotta eine Grimasse und fügte dann hinzu:

»Ich bin nicht eifersüchtig, aber ich sollte es sein. Es reicht dir nicht, nur einfach einen Millionär im Schlepptau zu haben, er soll auch noch großzügig sein.«

»Du redest ja, als würden die beiden Dinge niemals nebeneinander bestehen«, meinte Carlotta, die Normans Karte las. Ein leichtes Lächeln umspielte ihre Lippen.

»Tun sie auch nicht. Die meisten Millionäre sind so verdammt geizig, daß man ihre Buskarte auch noch zahlen muß, nicht nur die eigene. Ein Mann, der immer mit mir ausgegangen ist – und ich sage dir, der schwamm im Geld! – hat niemals Trinkgeld gegeben. Ich habe mich so geschämt, daß ich immer Kleingeld in die Hände der Diener gedrückt habe, wenn er nicht hingesehen hat – ich konnte es einfach nicht ertragen.«

Carlotta zog einen großen Zweig Orchideen aus der grünen Schachtel.

»Oh!« rief Honey. »Sind die aber hübsch! Ein Glück, daß du heute abend dein silbernes Kleid hier hast. Sie werden auf der Schulter wunderbar aussehen.«

Carlotta hielt sie vor das schwarze Samtkleid, das sie auf der Bühne trug.

»Sie sind wirklich hübsch«, gab sie zu. »Ja, Honey, ich bin wohl tatsächlich ein Glückskind.«

Aber aus der Art, wie sie die Worte sprach, klang kein Jubel, und Honey schaute sie neugierig an.

»Was ist denn los? Gefällt er dir nicht?«

»Doch, sehr sogar«, antwortete Carlotta.

»Aber du liebst ihn wohl nicht«, meinte Honey.

Carlotta zögerte.

»Ich glaube, das ist wirklich das Problem«, meinte sie schließlich. »Ich liebe ihn nicht.«

»Großer Gott!« sagte Honey. »Du verlangst aber auch viel. Ein Millionär, noch dazu gutaussehend, jemand, der großzügig ist und dich verwöhnt, und noch dazu ein unverheirateter Mann! Und du beklagst dich, weil du möchtest, daß dein Herz höher schlägt, als wäre er ein Wüstenscheich. Du machst mich krank! Du bist gierig. Das ist alles – einfach nur gierig. Ich wünschte, ich hätte deine Chancen.«

Sie fuhr sich heftig mit einem fettigen Farbstift über die bereits knallroten Lippen.

Carlotta starrte sie an. Dann lachte sie.

»Du bist selbst ein sentimentaler Dummkopf«, sagte sie. »Wer würde sich sonst schon zu Tode schuften, um einem invaliden Ehemann ein bequemes Leben am Meer zu ermöglichen, während du dir in London die billigsten ›Löcher‹ mit einem anderen Mädchen teilst?«

»Ach, halt den Mund! Sprich nicht so laut. Wenn man hier im Theater von Bill erfährt, ist mein Ruf dahin.«

Carlotta stand auf und legte ihr zärtlich den Arm um die Schultern.

»Meine Liebe, dein Bill bedeutet dir mehr, als alle Millionäre der Welt mir jemals bedeuten können, und das weißt du.«

Nachdem die Vorstellung zu Ende war, befestigte Carlotta Normans Orchideen auf ihrer Schulter und warf einen Blick auf ihr Spiegelbild. Norman würde sie reizend finden, das wußte sie.

Dann befestigte sie die winzigen Ohrclips aus Perlen und Brillanten, die sie zu ihrem letzten Geburtstag von Magda geschenkt bekommen hatte. Zum Abschluß noch ein Hauch Puder auf ihre Nase, dann nahm sie ihr Silberfuchs-Cape.

Honey, die einen einfachen schwarzen Mantel und Rock trug, wartete bereits auf sie.

»Gute Nacht, Schätzchen«, sagte Carlotta zu ihr. »Ich wünschte, du würdest mitkommen. Es würde viel mehr Spaß machen, wirklich.«

»Und wie würde mich der Baronet willkommen heißen? Carlotta, du siehst traumhaft aus. Wenn du morgen nicht kommst und erzählst, daß du eingewilligt hast, seine Frau zu werden, dann knall ich dir eine!«

Sie küßte sie flüchtig und sah dann zu, wie Carlotta durch den Gang auf die Treppe zuging, die zum Bühneneingang führte.

Norman wartete bereits im Rolls auf sie. Als er sie in der Tür sah, stieg er aus und stand barhäuptig, die Hände nach ihr ausgestreckt.

»Ich dachte schon, du würdest nie mehr kommen«, sagte er.

Sie wußte, daß seine Ungeduld auf den Wunsch zurückzuführen war, sie zu sehen, und nicht daher rührte, daß sie zu spät heim kam.

Sie stieg in den Wagen, ließ zu, daß er die Decke um ihre Beine zog. Sie fühlte sich von Würde und Luxus umgeben, eingehüllt in Pelze und bequem auf den breiten, weichen Sitzen des Wagens sitzend.

Sie wußte, wenn sie mit Norman zusammen war, der ihr all diesen Luxus bieten konnte, dann wurde sie ein ganz anderer Mensch, war nicht mehr die lachende, scherzende Carlotta, die durch die schäbigen Garderobenräume lief oder zusammen mit Honey im Bus heimfuhr.

Carlotta war ausgesprochen sensibel für ihre Umgebung. Ein paar Orchideen an ihrer Schulter konnten sie in ein exotisches Geschöpf verwandeln.

Andererseits konnte sie auf den Vorschlag hin, ein Eis bei einem Straßenhändler zu kaufen, zu einem wilden Kind werden, war bereit, durch die Straßen zu schlendern und dabei an dem Eis zu schlecken, ohne sich um ihr Aussehen zu kümmern.

Bei Norman war sie ruhig und würdevoll. Vielleicht war es sein Alter, vielleicht der unbewußte Respekt vor seiner Position und seinem Geld.

Sie war sich nicht sicher, wußte nur, daß es ihr schwerfiel, frei und unbekümmert zu sein, sowohl in der Sprache als auch im Verhalten, und oft mußte sie sich zwingen, überhaupt etwas zu sagen, wenn sie mit ihm zusammen war.

Für gewöhnlich jedoch übernahm er die Initiative. Es war, als würde er sich auf ihre Begegnungen vorbereiten, was er sagen und tun wollte.

Heute abend, als der Wagen zum Ciros Club fuhr, preßte er seine Hand auf ihren Arm.

»Freust du dich, mich zu sehen?« wollte er wissen.

Carlotta war überrascht von seiner Frage. Es war gar nicht typisch für Norman, so zu reden.

»Natürlich«, antwortete sie.

Er hob ihre Hände an seine Lippen, beugte den Kopf, so daß sie ihn im vorbeiziehenden Licht deutlich sehen konnte, die grauen Haare zwischen den dunklen, den Hauch von Weiß an den Schläfen.

»Er ist alt«, sagte sie sich.

Sie kamen im Ciros an und wurden zu einem gut gelegenen

Tisch mit Sofa in dem bereits überfüllten Raum geführt. Die Band spielte, und unter den Tänzern befanden sich viele bekannte, vornehme Persönlichkeiten.

Sie verbeugten sich oder winkten Norman zu. Manche kannten auch Carlotta vom Sehen und lächelten zu ihr hinüber, während sie sich langsam über den Tanzboden bewegten.

»Ich habe gehört, sie hätten das beste Cabaret in London«, sagte Norman.

Er rief nach dem Weinkellner und bestellte eine Flasche Champagner.

Carlotta warf ihr Cape ab, berührte die Blumen an ihrer Schulter und sagte:

»Ich habe mich noch nicht für die Orchideen bedankt. Findest du, daß sie hübsch aussehen?«

Er schaute nicht auf die Blumen, sondern auf sie.

»Du siehst hübsch aus«, erklärte er.

Seine Worte weckten die Erinnerung an jemand anderen, der das gleiche zu ihr gesagt hatte, jemand, der ihr – ebenso wie jetzt Norman – in die Augen geblickt hatte.

Hastig wandte sich Carlotta dem wartenden Kellner zu, der ihr die Speisekarte hinhielt.

»Was soll ich essen?« meinte sie. »Ich glaube, ich bin nicht sehr hungrig.«

»Unsinn«, widersprach Norman. »Du hattest kein Abendessen, und du hast gearbeitet. Ich werde dir etwas bestellen.«

»Ja, bitte, tu das«, sagte sie.

Sie hörte, wie er ein ausgezeichnetes Souper zusammenstellte und dachte wieder einmal, wie angenehm es doch war, jemanden zu haben, der für sie die Entschlüsse faßte. Vielleicht hatte Honey recht, vielleicht brauchte sie wirklich einen Ehemann, der sie liebte und verwöhnte.

Sie sagte sich, daß sie nichts dagegen hätte, die Bühne aufzugeben – es wäre sogar eine Erleichterung. Sie hatte begriffen, daß sie sehr, sehr hart arbeiten mußte, wenn sie jemals berühmt werden wollte.

Die Schauspielerei machte ihr Spaß, und sie besaß viel Einfühlungsvermögen, so daß alle Worte, die sie zu sagen hatte, natürlich und aufrichtig klangen. Aber sie würde niemals berühmt werden. Dazu fehlte ihr der nötige Ehrgeiz.

Sie wünschte, daß ihr Name in großen Lettern auf allen Plakaten zu lesen war, aber sie wollte nicht kämpfen und an sich arbeiten, um dieses Ziel zu erreichen.

Die Musik, das Stimmengemurmel, die sanfte Beleuchtung und das Prickeln des goldenen Champagners in ihrem Glas gaben ihr in diesem Moment das Gefühl, daß es dies war, worauf es im Leben wirklich ankam.

›Was könnte ich mir Schöneres wünschen?‹ fragte sich Carlotta, denn eine unzufriedene Stimme in ihrem Innern warnte sie, daß dies noch nicht genug war.

»Rede mit mir«, bat sie Norman hastig. »Erzähl mir, was du getan hast.«

»Ich war den ganzen Tag in Melchester«, antwortete er. »Ich bin erst um halb elf wieder nach London gekommen.«

»Wie geht es der Fabrik!« erkundigte sich Carlotta. Sie sprach davon wie von einem Schoßhündchen.

»Die neue Fabrik ist fast fertig. Wir haben Tag und Nacht gearbeitet.«

»Bist du mit dem Ergebnis zufrieden?« fragte sie gleichgültig.

»Ich kann nicht einmal anfangen, froh zu sein, ehe die Maschinen laufen und die Flugzeuge herauskommen.«

Er sprach beiläufig, aber in seinen Augen stand Begeisterung.

›Wie er seine Arbeit liebt‹, sagte sich Carlotta. ›Ich wünschte, ich könnte dasselbe Gefühl für irgend etwas aufbringen.‹

Sie seufzte, und schnell fragte Norman:

»Du machst dir doch keine Sorgen wegen irgend etwas, oder?«

Carlotta nickte.

»Doch, um mich selbst.«

»Aber warum denn nur?«

»Ich scheine zu treiben. Du planst immer schon im voraus, arbeitest für die Zukunft, schaust voraus, kämpfst, bist voller Ehrgeiz, und mehr noch, du hast die Chance, ihn zu befriedigen. Ich bin wie ein Kind; ich weiß nicht, was ich will, aber ich werde erst zufrieden sein, wenn ich es habe.«

»Und dein Theater?«

»Ich könnte es morgen aufgeben. Und würde nicht einmal merken, daß mir etwas fehlt. Ich liebe die Atmosphäre, bis zu einem gewissen Maß, und die Schauspieler – sie sind nette, großzügige Menschen und ganz anders, als sie von der anderen Seite der Scheinwerfer aus aussehen. Aber wenn ich die Bühne aufgebe, was gäbe es dann für mich zu tun?

Magda will mich nicht im Geschäft, hat mich nie gewollt. Ich wäre vollkommen nutzlos, ich habe nicht ihr künstlerisches Gespür oder ihre Kraft, mit Menschen umzugehen. Nein, es scheint wirklich nichts für mich zu geben. Kann das vielleicht daran liegen, daß ich nur halb englisch bin?«

»Ich glaube, es könnte einen anderen Grund geben«, meinte Norman.

»Und der wäre?«

»Daß du ein eigenes Heim haben möchtest«, antwortete er.

Bei seinen Worten zuckte sie zusammen. Sie bemerkte, daß er sie ansah, als er sprach. Sie blickte an ihm vorbei und auf die Tänzer.

Ganz plötzlich empfand sie etwas wie Panik. Norman würde sie bitten, ihn zu heiraten, und sie wußte die Antwort nicht. Blitzschnell schossen ihr all die Vorzüge durch den Kopf, die er ihr bieten könnte.

Nicht einmal vor sich selbst konnte sie leugnen, daß sie gern einen Titel getragen hätte.

Sie wußte, daß sich ihr viele Türen der Gesellschaft öffnen würden, daß sie ihre Liebe zum Luxus voll ausleben könnte, ihre Reiselust, die Großzügigkeit, die sie immer hatte ausdrücken wollen, all das könnte ihr gehören ...!

Aber dieselbe warnende Stimme wie zuvor fügte hinzu: »Und Norman ebenfalls!«

Sie wußte, daß er wieder sprechen würde. Daß sie in einem Augenblick eine Entscheidung treffen mußte, in der einen oder anderen Richtung.

Sie griff nach ihrem Glas, hielt es ganz fest, hob es an ihre Lippen.

Als sie das tat, wußte sie, daß ihre Hand zitterte und daß sie Angst hatte.

9

Skye warf sich in die Heide, die am Ufer des Lochs wuchs. Die beiden Spaniels, die sie auf ihrem Spaziergang begleitet hatten, stillten ihren Durst und legten sich dann zu ihren Füßen nieder.

Sie war fast zwei Stunden gelaufen, und jetzt fühlte sie sich angenehm müde.

Ihre Waden schmerzten ein wenig, aber das war zu erwarten gewesen, nachdem sie drei Monate in London gelebt und dort nur wenig Bewegung gehabt hatte.

Es war ein herrlicher Tag im Mai. Der Himmel war blau, mit wenigen, weißen Wolken, die vom Meer herübergetrieben wurden, und die Hügel um sie herum waren dort dunkel, wo sie im vergangenen Jahr verbrannt waren, und dort grün, wo die neue Heide wuchs.

Der schmale Loch, neben dem Skye saß, befand sich hoch oben in einer Felsspalte. Ein kleiner Bach plätscherte ins Tal hinab zum Salmon River.

Es gab viele Vögel hier am Ufer, denn es war lange trocken gewesen. Die Lachsfischer beklagten sich, aber Skye genoß die Sonne; sie konnte auf den Sport verzichten. Sie liebte das Fischen, aber in diesem Jahr hatte ihr Großvater sein Schiff auf dem Fluß gelassen.

Er konnte die Miete, die es ihm einbrachte, besser gebrauchen. In Glenholme stand es wie immer; Skye konnte sich nicht daran erinnern, daß Armut und Geld einmal kein Thema gewesen waren.

Im letzten Herbst hatten sie keinen Pächter für das Hochmoor mehr finden können. Lord Brora hatte nichts dagegen, das Moor zu verpachten, denn er war zu alt, um noch mit Hunden zu jagen. Selbst mit Hilfe eines Ponys fand er es zu anstrengend.

Aber er angelte gern, und er hatte sich wütend beklagt, als er das ausgesprochen gute Angebot annahm, das ihm zu Beginn der Saison für sein Gewässer gemacht worden war.

So kam es, daß er nicht gerade guter Laune war, als Skye zu ihrem alljährlichen Besuch eintraf.

Wie so oft hegte er wieder einmal seinen Groll gegen die Regierung; aufgrund der neuen Einkommenssteuer ging es ihm in diesem Jahr noch schlechter als gewöhnlich, und er tobte laut während der Mahlzeiten, froh, jemanden gefunden zu haben, der ihm zuhören mußte.

Skye hatte nur wenig Mitleid mit ihm.

»Du mußt bezahlen, Großpapa, warum tust du es also nicht einfach und bleibst ruhig? Dein Murren wird dir nichts helfen, und schließlich dient es doch unserer Verteidigung.«

»Verdammter Blödsinn«, knurrte der alte Mann. »Wer wird das Britische Empire schon bekämpfen? Das möchte ich mal wissen.«

Skye ließ sich lieber nicht auf einen Streit mit ihm ein. Sie versuchte, seine Aufmerksamkeit auf sich selbst zu lenken oder auf das Schloß, aber beides waren keine glücklichen Themen.

Das Schloß kostete zuviel, und sie selbst erregte Lord Broras Unmut, weil sie es vorzog, in London zu leben und nicht das ganze Jahr in Schottland zu verbringen.

An diesem Morgen war sie, nach einem ungewöhnlich stürmischen Frühstück, froh gewesen, aus dem Schloß zu entfliehen und in die Berge zu laufen. Als die klare Luft ihr ins Gesicht blies, verspürte sie wieder ein Gefühl von Freiheit und Heimat, wie sie es immer gefunden hatte, wenn sie in Glenholme gewesen war.

Die Hunde waren begeistert von ihrer Rückkehr. Es war nicht nötig, ihnen zu pfeifen, als sie zu ihrem Spaziergang aufbrach, denn sie folgten ihr schon auf den Fersen, als fürchteten sie Skye auch nur für einen Moment aus den Augen zu lassen.

Hinter dem Haus kletterte sie nach oben, lief über das Moor, das direkt an das Gebäude anschloß, und wandte sich dann nach Westen, schritt am Kamm entlang, bis sie zu dem kleinen Loch hinabstieg, das schon ihr Lieblingsplatz gewesen war, als sie noch ein kleines Mädchen war.

Ihr war heiß, und der Teich, geschützt von dem ihn umgebenden Moor, war kühl und einladend. Sie brauchte nur wenige Augenblicke, um ihre Stiefel auszuziehen, den kurzen, grünen Pullover über den Kopf zu streifen und den Kilt zu öffnen...

Nackt schritt sie langsam ins Wasser. Sie keuchte, als sich die Kälte zuerst um ihre Knie schloß, dann höher hinaufstieg, als sie weiterging, bis sie schließlich ihre Taille erreichte.

Erst da schwamm sie los. Die Sonne funkelte auf dem glatten Wasser, blendete beim Schwimmen. Sie schloß ihre Augen halb, bis sie das Gefühl hatte, in einem goldenen Dunst zu schweben.

Ihr Körper, fast taub vor Kälte, fühlte sich an wie Marmor, aber sie wußte, in dem Moment, in dem sie aus dem Wasser stieg, würde er prickeln.

Sie schwamm über die gesamte Länge des Lochs und wieder zurück, lief dann dorthin, wo die Spaniel bei ihren Kleidern Wache hielten. Sie bellten fröhlich, als sie näher kam, und Skye schüttelte sich zur Begrüßung nach Hundeart.

Wie erwartet spürte sie jetzt, wie das warme Blut wieder an die Oberfläche ihrer Haut zurückströmte. Sie war so glücklich, daß sie laut lachte und mit den Hunden redete, während sie – ohne großen Erfolg – versuchte, sich mit ihrem Taschentuch trockenzureiben.

Die Sonne war warm, und sie schwenkte Arme und Beine, um schneller zu trocknen. Dann legte sie sich eine Weile in die Heide, spürte das Glühen und die Wärme des Sonnenscheins auf ihrem bloßen Körper.

»Das ist vollkommen«, sagte sie laut.

Sie wartete jedoch nicht zu lange, bis sie sich wieder anzog. Als sie ihre Schuhe zuband, blickte sie auf und bemerkte zu ihrer Überraschung einen Mann, der sich von der entgegengesetzten Seite dem Loch näherte.

Der Gedanke, er hätte ein paar Minuten früher kommen und sie überraschen können, verärgerte sie.

Als er näher kam, stand sie auf und ging auf ihn zu.

»Sie befinden sich hier auf Privateigentum«, erklärte sie entschieden, sobald sie in Hörweite war. »Wer sind Sie?«

Er war ein großer Mann, und sie mußte aufschauen, um mit

ihm reden zu können. Als sie gesprochen hatte, hatte sie einen kurzen Moment lang gedacht, sein Gesicht wäre ihr vertraut, aber sie kannte alle Pächter auf dem Besitz ihres Großvaters und ihn konnte sie nicht unterbringen.

»Mein Vater hat mich nach Burra Hills geschickt«, antwortete er. »Es gibt da eine Falle, die geleert werden muß.«

Er sprach mit leiser, gebildeter Stimme, so daß Skye, noch immer verwirrt, fragte:

»Ihr Vater – wer sind Sie?«

»Ich bin Hector McCleod«, erwiderte der Mann.

»McCleods Sohn? Aber natürlich! Wie dumm von mir, dich zu vergessen! Wie geht es dir, Hector? Ich habe dich nicht mehr gesehen, seit du ein kleiner Junge gewesen bist!«

Sie streckte ihm die Hand hin.

»Es wäre erstaunlich gewesen, wenn Sie sich noch an mich erinnert hätten. Ich war, glaube ich, fünfzehn, als ich einen Fisch für Sie aus dem Withy Pool holte.«

»Ich erinnere mich noch so gut«, meinte Skye. »Es war mein erster Lachs. Ich glaube, ich war in meinem ganzen Leben noch nie so aufgeregt.«

Sie unterhielten sich über den Vorfall. McCleod hatte als Jagdgehilfe für Lord Brora gedient, und Skye war mit dem jungen Hector als Begleiter zum Fluß hinabgeschickt worden. Sie sollte ihr Glück an einem seichten Tümpel versuchen, bei dem sie nicht im Wasser waten mußte.

Ein Lachs hatte angebissen. Es war ein großer Fisch, und sie hatte fast eine Stunde gebraucht, bis er endlich so weit ermüdet war, daß sie ihn ins flache Wasser ziehen konnte, wo Hector ihn dann einfing.

Beide Kinder waren schrecklich aufgeregt gewesen, und Lord Brora stolz auf den Erfolg seiner Enkelin.

Seit damals hatte Skye Hector nicht mehr gesehen. McCleod hatte noch zwei andere Söhne, die beide auf dem Besitz arbeiteten, und die sie häufig bei ihren Besuchen im Schloß getroffen hatte, nicht aber Hector.

Kurz darauf hatte ihre Mutter Norman Melton geheiratet, und sie hatten viel Zeit in London verbracht.

Als sie älter war und häufig nach Glenholme zurückkehrte, hatte man ihr erzählt, daß Hector nach Edinburgh gegangen war, und seine Besuche zu Hause fielen nie mit ihren auf dem Schloß zusammen.

Mrs. McCleod war sehr stolz auf ihren dritten Sohn. Skye besuchte die Ehefrau des Pächters jedesmal am zweiten oder dritten Tag, nachdem sie auf dem Schloß eingetroffen war.

Die McCleods wohnten in einem Häuschen bei den Zwingern, und Mrs. McCleod hatte früher als Mädchen im Schloß gearbeitet. In dieser Zeit hatte sie so gut kochen gelernt, daß heute ihre selbstgemachten Kuchen und Pasteten von der gesamten Nachbarschaft gerühmt wurden.

Skye trank für gewöhnlich Tee mit ihr in dem kleinen, vollgestellten Wohnzimmer, während Mrs. McCleod drauflosplapperte und sie über allen Klatsch des Ortes auf dem laufenden hielt. Stolz erzählte sie dabei auch von Hectors Fortschritten.

Jetzt fiel Skye ein, daß sie ihr das letzte Mal, als sie bei ihr Tee getrunken hatte, erzählt hatte, daß Hector nach London gehen würde.

»Ich muß dir noch gratulieren, zu deinem Abschluß in Edinburgh«, sagte sie. »Wie ich höre, arbeitest du jetzt in London.«

»Ich hatte Glück, man hat mir ein bißchen Geld hinterlassen. Mein Onkel – nach ihm bin ich getauft – ist gestorben und hat mir seine Ersparnisse vermacht. Ich möchte mich auf Bakteriologie spezialisieren, und jetzt lebe ich von dem Erbe, bis ich meine Prüfungen hinter mir habe.«

»Ich wünsche dir viel Glück.«

Skye interessierte dieser Junge, von dem sie so viel gehört hatte. Sie hätte ihn niemals wiedererkannt; er hatte sich vollkommen verändert. Aus dem unordentlichen Jungen mit dem wirren Haar, der ihren Fisch eingefangen hatte, war ein ordentlicher, junger Mann geworden.

Sie entdeckte nur wenig Ähnlichkeit zwischen ihm und dem alten bärtigen Mann, der sein Vater war, oder den schüchternen, rotgesichtigen Jungen, seinen beiden Brüdern.

Die Tatsache, daß er einen großen Teil seines Akzents abgelegt hatte, betonte nur noch den Unterschied, denn der alte McCleod war so schottisch in seiner Sprache, daß es Fremden oft schwerfiel, ihn überhaupt zu verstehen.

Skye wandte sich den Burra Hills zu und ging neben Hector her.

»Wie gefällt es dir in London?« wollte sie wissen.

»Die Arbeit macht mir Spaß.«

»Und hast du schon viele Freunde dort?« erkundigte sich Skye.

»Den einen oder anderen«, erwiderte er.

Er erzählte nicht viel von sich selbst, aber sie unterhielten sich dann über andere Dinge, über Medizin, Menschen, Psychologie. Unter anderem hatte Hector nämlich auch Psychologie belegt, als er für sein Examen in Edinburgh gearbeitet hatte, und es überraschte ihn, wieviel Skye zu diesem Thema zu sagen wußte.

»Es interessiert mich«, erklärte sie ihm. »Ich habe viel darüber gelesen, und ich habe ein paar Vorlesungen in London besucht.«

»Ich dachte, du wärst zum Malen dort?«

»Das versuche ich, aber ich werde niemals ein wirklicher Künstler. Es gibt Tausende von Menschen, die besser sind als ich, und heutzutage muß man erstklassig sein, oder man gibt besser gleich auf.«

»Das klingt nach einem ziemlich harten Urteil.«

»Aber stimmt es etwa nicht?« meinte Skye. »Heutzutage ist alles professionell. Wenn man früher Talent hatte, dann hat man das Beste daraus gemacht. Auch enthusiastische Amateure erhielten damals immer noch eine gewisse Anerkennung und haben wohl auch ein bißchen Geld mit ihren Werken verdient, denke ich mir.

Aber heute wollen die Menschen von allem nur das Allerbeste, und wenn ich nicht erstklassig sein kann, dann muß ich mich wohl nach einem anderen Ausdrucksmittel umschauen.«

Hector platzte los. Sie sah ihn überrascht an, und er riß sich zusammen.

»Tut mir leid«, entschuldigte er sich. »Ich wollte nicht lachen.«

»Erzähl mir den Witz«, forderte sie ihn auf.

Hector lief rot an. Man konnte es unter der sonnenbraunen Haut sehen.

»Es ist bloß... du hast dich so ernst angehört«, meinte er stockend, »und... irgendwie hast du nicht ernst ausgesehen, wenn du weißt, was ich meine.«

Skye wußte sehr gut, was er meinte. Eine ganze Reihe von Männern hatte ihr schon dasselbe gesagt. Sie hatten sich zwar flüssiger und deutlicher ausgedrückt, aber sie hatten denselben Gedanken gehabt.

Sie schien zu hübsch, zu klein und zu weiblich, um eine andere Aufgabe im Leben zu haben als die, den Männern zu gefallen.

Zum ersten Mal, seit sie angefangen hatte, sich mit Hector zu unterhalten, bemerkte sie, daß er sich nicht nur äußerlich oder seine Sprache betreffend verändert hatte, sondern auch innerlich.

Hectors Vater und seine Brüder redeten sie mit ›Miss‹ an, sprachen ehrerbietig, wie es sich einem Diener oder Pächter geziemte, der mit der Enkelin des Grundbesitzers sprach.

Aber mit Hector hatte sie sich unterhalten, als wäre er ihr ebenbürtig, und so hatte sie ihn auch gesehen.

Erst als er ihr ein Kompliment machte, fiel ihm ein, daß sie das für eine Unverschämtheit halten könnte, und so hatte er die Worte, die ihm bereits auf der Zunge lagen, schnell unterdrückt und gegen weniger offene vertauscht.

Sie blickte zu ihm auf und erkannte, daß er im Vergleich zu den Männern, die sie kannte und die ihre Freunde in London waren, sehr gut abschnitt. Er sah gut aus, und er trug seine alten Kleider mit Bescheidenheit, aber selbstsicher.

Sie bemerkte auch, daß er wach und intelligent war und daß ihn eine Entschlossenheit prägte, die nur durch harte Arbeit entsteht.

In diesem Augenblick wußte sie für sich, wie die Unterhaltung weiter verlaufen sollte, und mit einem Lächeln überbrückte sie die Scheu zwischen ihnen.

»Wenn du glaubst, daß ich zu hübsch bin, um klug zu sein, warum sagst du es dann nicht?« meinte sie.

Ihre Bemerkung war absichtlich provozierend. Hector begriff, daß sie die neue Beziehung zwischen ihnen akzeptierte.

»Ich habe niemals bezweifelt, daß hübsche Frauen auch Verstand haben können«, erklärte er, »aber ob sie Karriere machen sollten oder nicht, das ist noch ungeklärt.«

»Bist du so altmodisch, was deine Ansichten von Frauen angeht?«

»Nein, aber ich bin vernünftig. Theoretisch mag es ja in Ordnung sein, wenn Frauen die Gleichberechtigung verlangen; aber vom medizinischen oder wissenschaftlichen Standpunkt aus gesehen ist es unmöglich.«

Sie blieben stehen, um zu streiten, und setzten sich dann, noch immer redend, in die Heide.

Nachdem Hector über die Tatsache hinweggekommen war, daß er mit einer Frau stritt, war ihm klar, daß er all seine Intelligenz brauchen würde, um seine Argumente zu verteidigen. Skye war ein starker Gegner.

Sie redeten fast eine Stunde, ohne daß es einer von ihnen bemerkte. Schließlich wandten sie sich wieder den Burra Hills zu.

»Dein Problem liegt darin«, erklärte Skye aggressiv, als sie weitergingen, »daß du dich hundertprozentig nach dem richtest, was du gelernt hast, nicht nach den Erfahrungen, die du selbst gemacht hast. Du plapperst nur nach, was andere Menschen herausgefunden haben, nicht, was du selbst gelernt hast.«

»Bis zu einem gewissen Grad muß man das auch machen«, verteidigte sich Hector hitzig.

»Aber warum?« wollte Skye wissen. »Soweit es Gegenstände betrifft, ja, aber wenn es um Lebewesen geht, um Menschen, dann finde ich, daß Meinungen, die man sich aus Büchern angelesen hat, nutzlos sind. Statistiken ohne menschlichen Hauch sind nur Papiervergeudung. Die größten Diagnostiker waren Psychologen.«

»Ist das nicht eine etwas zu allgemeine Aussage?«

»Widerlege sie erst einmal«, forderte Skye ihn heraus.

Dann mußten plötzlich beide lachen.

Sie schauten sich an und lachten weiter.

»Es ist schon komisch«, meinte Skye. »Das letzte, was ich heute morgen erwartet habe, als ich zu meinem Spaziergang aufgebrochen bin, war eine derartige Diskussion.«

»Du glaubst doch wohl nicht, daß es im Dorf viele Leute gibt, mit denen ich so reden kann?«

»So, da bekommen also sogar die armen, verachteten weiblichen Wesen hin und wieder ein Kompliment, was?« lachte Skye.

Sie hatten die Burra Hills erreicht, und als sie auf die Uhr sah, stellte sie fest, daß es fast ein Uhr war.

»Ich komme zu spät zum Mittagessen«, stellte sie fest. »Auf Wiedersehen, Hector. Und vielen Dank für den sehr interessanten und lehrreichen Morgen.«

Sie streckte ihm die Hand hin, und als er sie ergriff, sagte sie impulsiv:

»Ich werde morgen am Loch sein, falls dir noch weitere Argumente einfallen.«

Ehe er ihr antworten konnte, lief sie bereits durch die Heide den Hügel hinab. Instinktiv fühlte sie, daß er ihr nachsah, aber sie drehte sich nicht um.

Erst als sie das Schloß erreichte, wurde ihr klar, wie unmöglich es sein würde, ihrem Großvater zu erklären, wie sie den Morgen verbracht hatte.

Und noch schwieriger war es für sie, sich selbst zu erklären. wie sehr sie sich auf den nächsten Morgen freute.

Sie beschloß, nichts davon zu erzählen.

10

Murdoe McCleod stand am Kopfende des Tisches und sprach das Gebet.

»Herr, segne die Gaben auf diesem unserem Tisch und halte Frieden in unserem Haus, Amen.«

Er setzte sich und schaute erwartungsvoll zu seiner Frau hinüber, als diese in die goldene Kruste einer großen Pastete schnitt. Zu seinen Seiten saßen seine Söhne, Euan rechts, Alan links; Hector saß neben seiner Mutter.

Als sein Blick auf seinen jüngsten Sohn fiel, trat wohlwollendes Leuchten in seine Augen. Der alte Mann war stolz, weil einer seiner Söhne sich nicht damit zufriedengegeben hatte, in seine Fußstapfen zu treten.

Obwohl er sie bekämpft hatte, gefiel ihm die Unabhängigkeit, die Hector schon als kleiner Junge an den Tag gelegt hatte.

Und wenn er auch alles getan hatte, um zu verhindern, daß sein Sohn sein Haus verließ und die medizinische Laufbahn einschlug, die er sich in den Kopf gesetzt hatte, war sein Vater jetzt, da es Hector so weit gebracht hatte, doch stolz auf ihn.

Es war Mrs. McCleod, die die Interessen ihres Sohnes immer schon verteidigt hatte, die an den langen, wortreichen Streitereien teilgehabt hatte, die sich über ein Jahr erstreckten, und sie war es, die das Gefühl hatte, man hätte ihr ein Teil ihrer selbst genommen, als Hector schließlich gegangen war.

Von all ihren Kindern liebte sie Hector am meisten. Ihr Mann dachte öfter als sie an das kleine Grab auf dem Friedhof, in dem die letzte der Familie begraben lag, die kleine Jeannie, die nur wenige Stunden nach ihrer Geburt gestorben war.

Murdoe McCleod hatte sich eine Tochter gewünscht. Seine Frau war mit ihren Söhnen zufrieden gewesen. Ihr kam es so vor, als wäre der Jüngste ganz allein ihr Kind, denn er hatte kaum etwas von dem Ernst und der Schwerfälligkeit seines Vaters, sondern war von Anfang an ein fröhliches, lebhaftes Kind gewesen.

Die beiden älteren Jungen wuchsen zu außerordentlich tüchtigen Burschen heran. Man respektierte sie im Dorf, aber sie waren schüchtern und hatten nur wenige Freunde. Sie zogen es vor, all ihre Energie in ihre Arbeit zu investieren und verlangten nach nicht mehr Entspannung als nach einer Pfeife am Feuer.

Hector war anders. Er wünschte sich Bücher, kaum daß er alt genug war zu lesen. Er interessierte sich für alles und jeden, und er hatte die Gabe, für ein krankes Kind oder Tier zu sorgen, noch ehe er die Schule abgeschlossen hatte.

Es war der Dorfarzt, der seinen Eltern als erster die Idee eingab, daß Hector eines Tages vielleicht studieren sollte. Er hielt seinen Wagen eines Tages an, um mit McCleod zu reden.

Der alte Pächter kam den Hügel herunter, ein Gewehr unter dem Arm, zwei Hunde auf den Fersen. Er grüßte den Doktor.

»Schön' gut'n Morg'n, Doktor. Woll'n Se nach Mrs. McTavish seh'n? Hab gehört, sie wär in dies'm Winter arg krank.«

»Ich fahre jetzt zu ihr«, erwiderte der Arzt. »Ich bezweifle, daß sie das Frühjahr noch erleben wird, McCleod, sie ist eine kranke Frau. Aber ich wollte mit dir über deinen Sohn sprechen. Er ist gestern bei mir in der Praxis gewesen, hat mir einen Patienten gebracht.«

»Sprech'n Se von Hector?«

Der Arzt lächelte.

»Natürlich. Der Junge ist der geborene Arzt. Wenn du zuläßt, daß er sein Talent wegwirft, dann ist das ein Verbrechen. Er hat mir ein Kind gebracht, das sich am Strand schwer geschnitten hat. Hat ihm einen Verband angelegt, und noch dazu sehr gut. Und dann hat er mir geholfen, als ich die Wunde genäht habe. Hat sich so nützlich gemacht, wie irgendein junger Student in einem Krankenhaus es kaum geschafft hätte. Du solltest besser anfangen zu sparen, McCleod, denn früher oder später wirst du ihn nach Edinburgh schicken müssen.«

Der Doktor legte den Gang ein und fuhr wieder los, und

McCleod starrte ihm nach, bis der Wagen längst außer Sichtweite war.

An diesem Abend erzählte McCleod seiner Frau, was der Arzt gesagt hatte, und fügte hinzu:

»Wenn ich den Mann das nächste Mal seh', werd' ich ihm sag'n, ich wär froh, wenn er dem Knaben keine Flausen innen Kopf setzt. Das hier war gut genug für mich und meinen Vater vor mir, und es ist auch gut genug für ihn.«

Mrs. McCleod hatte damals wenig gesagt, aber sie hatte sorgfältig über den Vorschlag des Arztes nachgedacht und dann mit Hector gesprochen.

Sie stellte fest, daß der Junge bereits selbst mit dem Arzt über die Möglichkeiten gesprochen hatte, und daß sein Entschluß feststand.

Es sollten noch zwei Jahre vergehen, bis sich die Lage wirklich zuspitzte. Dann informierte Hector seinen Vater, daß er nach Edinburgh mußte. Im Hause McCleod herrschte Sturm.

Die beiden älteren Brüder waren nicht direkt eifersüchtig auf Hector, aber sie fanden es lächerlich, daß er eine Stellung, die ihm sicher war, gegen eine problematische eintauschen wollte, für die er noch dazu mehrere Jahre ausgebildet werden mußte. Und in dieser Zeit würde er nicht einmal Geld verdienen!

Lord Brora hatte die Familie McCleod immer beschäftigt, und wie bei anderen Familien auf dem Land würde sich auch für die nachkommende Generation der McCleods ein Platz finden lassen.

Die Bezahlung war nicht gut; tatsächlich war sie in den vergangenen Jahren sogar sehr schlecht gewesen; aber trotzdem hatten sie den Trost, daheim zu wohnen, konnten zufrieden sein, denn sie befanden sich in ihrer vertrauten Umgebung, unter vertrauten Menschen.

»Selbst wenn du deine Prüfungen bestehst, Hector«, hatten seine Brüder zu ihm gesagt, »glaubst du wirklich, daß du eine Praxis bekommen wirst?«

Diese Frage wurde ihm von seiner Familie laufend gestellt, und er gab immer dieselbe Antwort:

»Ich weiß, daß ich sie bekommen werde.«

Er klang weder starrköpfig noch trotzig, einfach nur zuversichtlich und sicher in Anbetracht seiner eigenen Fähigkeiten.

Fast gegen seinen Willen war sein Vater beeindruckt, aber Hector sprach doch offener zu seiner Mutter.

»Ich muß einfach gehen, Mutter«, erklärte er. »Ich kann nicht hierbleiben. Etwas in mir sagt mir, daß ich meine Zeit vergeude. Ich weiß, daß ich Erfolg haben werde; ich weiß, daß ich es schaffe.«

Aber trotz all ihrer Pläne war Murdoe McCleod nicht bereit, Hector Geld zu geben, obwohl er es hatte. Er war sein Leben lang ein vorsichtiger Mann gewesen und hatte seit seiner Hochzeit für einen Notfall gespart, der niemals eingetreten war.

Aber schließlich, als es den Anschein hatte, sie ständen an einer unüberwindlichen Mauer, als sein Vater einfach nicht einlenken wollte, als seine Mutter ihm nicht mehr helfen konnte, da war es der Doktor, der ihm zu Hilfe kam.

Er verschwendete keine Zeit darauf, Murdoe McCleod zu überreden, seine Meinung zu ändern. Statt dessen erklärte er ihm rundheraus, daß er an Hector glaubte und bereit war, für seine Meinung einzutreten. Und wenn Murdoe es sich nicht leisten konnte, ihn zur Universität zu schicken, dann würde er, der Doktor, eine öffentliche Sammlung im Dorf durchführen.

Murdoe McCleods Stolz ließ Almosen nicht zu. Er kapitulierte, und zwei Monate später verließ Hector Glenholme und fuhr nach Edinburgh.

Kurz bevor er seine Abschlußprüfungen ablegte, erhielt er die Nachricht, daß der Bruder seiner Mutter, sein Patenonkel, verstorben war und ihm dreihundert Pfund hinterlassen hatte.

Zuerst konnte er sein Glück kaum fassen. Dann aber begriff er, was diese unerwartete Wendung für ihn bedeutete.

Wenn sich die Familie zu den Mahlzeiten um den großen Tisch mit der weißen Decke versammelte, dann war es Hector, der redete. Selbst schon als kleiner Junge hatte er unaufhörlich geplappert, während er aß; tatsächlich bestand eine seiner ersten Erinnerungen an seinen Vater darin, daß dieser vom anderen Ende des Tisches herüberbrüllte:

»Iß und halt den Mund, Junge!«

Dieser Befehl hatte ihn jedoch niemals beunruhigt, denn der große, bärtige Mann hatte ihm niemals Furcht eingeflößt. Im Gegensatz zu seinen großen Brüdern, die unweigerlich verlegen schwiegen, sobald ihr Vater in der Nähe war.

Für ihren jüngsten Sohn kochte und backte Mrs. McCleod mit größter Sorgfalt, und der Tisch bog sich unter großen Platten mit goldbraunen Scones und knusprigem, selbstgemachtem Brot.

Beunruhigt stellte sie fest, daß Hector viel dünner war, seit er fort war, und sie versuchte in den wenigen Tagen, die er daheim verbrachte, ihn wieder aufzupäppeln, wollte, daß er ebenso muskulös und fleischig war wie ihre älteren Söhne.

Nach dem Essen nahm Murdoe McCleod sein Gewehr aus der Ecke, in die er es gestellt hatte, pfiff den Hunden, die draußen auf ihn warteten, und machte sich erneut auf den Weg den Hügel hinauf.

Um diese Zeit des Jahres mußte man auf Schädlinge achten, Wiesel, Ratten und Füchse, die die brütenden Moorhühner aufscheuchten und die Eier zerstörten.

Die beiden älteren Jungen arbeiteten im Schloß. Sie stiegen auf ihre Fahrräder und waren bald ihren Blicken entschwunden, den schmalen Pfad entlang, der zu den Ställen und Garagen von Schloß Glenholme führte.

Nachdenklich schob Hector seinen Stuhl vom Tisch zurück.

»Ich wünschte, ich könnte dich mit nach London nehmen, Mutter«, bemerkte er. »Ich könnte so ein Essen wenigstens zweimal am Tag vertragen, wenn ich arbeite.«

»Ich wünschte, ich könnte mit dir kommen, mein Sohn«, antwortete sie.

Sie stapelte die Teller aufeinander, um sie in die kleine Küche zu tragen, wo sie sie abwaschen wollte.

»Eines Tages wirst du kommen«, versprach er, »und ich werde dir all die Sehenswürdigkeiten zeigen. Den Tower, das House of Parliament. Ich werde dich überall herumführen.«

»Das wäre schön«, erklärte Mrs. McCleod enthusiastisch.

Sie hatte ihr ganzes Leben in dem kleinen Dorf Glenholme verbracht, aber sie sehnte sich danach zu reisen, in den Süden zu fahren, die großen Städte kennenzulernen, von denen sie soviel gehört hatte und denen sie enormes Mißtrauen entgegenbrachte.

»Bist du auch ganz sicher, daß sie deine Decken auslüften?« hatte sie Hector gefragt, kurz nachdem er aus London eingetroffen war.

Er hatte nur gelacht. Er wußte nur zu gut, daß sie sich ständig Sorgen um ihn machen würde, wenn er ihr die Wahrheit erzählte.

Er wußte, wie entsetzt sie wäre, wenn sie das kleine, schmuddelige Haus sehen könnte, in dem er wohnte; das Schlafzimmer, das immer staubig und oft ganz ungemacht blieb; das rissige Linoleum auf dem Boden; und das winzige, alte Badezimmer, das dringend hätte repariert werden müssen.

Die Sauberkeit in seinem Elternhaus war für ihn eine Erholung.

Die groben, aber makellosen Leintücher, die frisch gebügelten Spitzenvorhänge, die geschrubbten und gebohnerten Fußbodenbretter waren ein Luxus, an den er nicht mehr gewöhnt war.

Aber mehr noch lag ihm an der frischen Luft, an dem Wind, der seinen alten Kilt um seine Beine flattern ließ, an dem Regen, der ihm ins Gesicht schlug und an dem Geruch des Meeres, der Heide und der Pinien, der alles durchdrang.

Er stand vom Tisch auf, legte einen Arm um die Taille seiner Mutter und umarmte sie.

»Ich bin froh, zu Hause zu sein«, sagte er und küßte sie auf die Wange.

»Und ich dachte schon, deine feinen Freunde würden dich so in Anspruch nehmen, daß du uns ganz vergißt«, erwiderte seine Mutter, halb im Scherz.

Aber ein Hauch von Ernsthaftigkeit lag in ihrem Ton, der Hector verriet, daß ihre Angst echt gewesen war.

»Wenn du das denkst, bist du eine dumme, alte Frau. Du weißt, daß ich keine Zeit für feine Freunde habe.«

»Auch nicht für Mädchen?«

Er wollte schon den Kopf schütteln, als ihm Carlotta einfiel.

»Ich habe eine Freundin«, sagte er langsam. »Ich werde dir einmal von ihr erzählen.«

»Liebst du sie?« erkundigte sich seine Mutter besorgt.

Als sie diese Frage stellte, lag in ihrer Stimme ein Anflug von Eifersucht. Denn sie wußte, daß bei Männern wie Hector nur eine Frau im Herzen Platz hatte und daß sie der Frau weichen mußte, die er heiraten würde.

Hectors Lachen beruhigte sie.

»Du bist unheilbar romantisch«, meinte er. »Nein, ich bin nicht verliebt. Mein Herz gehört dem Hochland.«

Er küßte seine Mutter noch einmal und ging durch die Tür hinaus in die Sonne.

Mit Tränen in den Augen sah sie ihm nach. Er war so liebenswert, dieser Sohn, der einzige in ihrer Familie, der ihr die Zärtlichkeit zeigte, nach der sie sich immer gesehnt hatte.

Hector schlenderte den schmalen Gartenweg entlang. Er bückte sich, um einen kleinen Strauß Pfingstrosen zu pflücken, den er sich in sein Knopfloch steckte.

Dann überquerte er die Felder zwischen ihrem kleinen Hof und dem kleinen Wäldchen, das den Fluß an dieser Stelle verbarg.

Auf beiden Ufern war von den Fischern und Schafhirten ein Pfad niedergetrampelt worden.

Hector folgte dem Weg, und nachdem er das Wäldchen verlassen hatte, erreichte er den tiefen, felsigen Teich, der als Pulpits Point bekannt war.

Er setzte sich und sah zu, wie das dunkle Wasser vorüberwirbelte, hörte hin und wieder ein Plätschern, wenn ein Fisch aus dem Wasser sprang.

Die Bewegung des Wassers setzte in ihm Gedanken und Gefühle frei, die in den vergangenen Tagen verborgen gewesen waren.

Jetzt stürzten sie auf ihn ein, Fragen, die eine Antwort verlangten, Pläne für die Zukunft, Gedanken an seine Arbeit und seine Familie, lebhafte, farbige Erinnerungen an Carlottas Gesicht, an Skyes roten Mund und ihre blauen Augen.

Als er an Skye dachte, verschwanden alle anderen Bilder. Er

ertappte sich dabei, daß er überlegte, was er zu ihr sagen wollte, wenn er sie das nächste Mal sah. Etwas Provozierendes ging von ihr aus, sie regte ihn geistig an, sie forderte ihn heraus.

Er wollte sie wiedersehen; wollte mit ihr sprechen; er wollte sich als Sieger beweisen, als Eroberer in ihrem verbalen Streit.

An den drei vergangenen Tagen hatten sie sich morgens auf dem Hügel getroffen. Heute hatte sie keine Zeit gehabt; im Schloß sollten Gäste eintreffen.

Sie hatte es für unwahrscheinlich gehalten, daß sie zum Loch, ihrem heimlichen Treffpunkt, kommen konnte. Trotzdem hatte er den ganzen Morgen gewartet. Sie war nicht erschienen.

Er war so enttäuscht gewesen, daß er sich über seine eigenen Gefühle gewundert hatte.

Er hatte sich gesagt, daß er in der Heide sitzen und nachdenken könnte, während er wartete, aber er stellte fest, daß er sich auf nichts konzentrieren konnte. Immer wieder schaute er auf den Pfad, über den sie kommen mußte.

Die Morgenstunden waren nur langsam verstrichen. Als es ein Uhr war, begriff er, daß er vergebens gewartet hatte.

Jetzt, als er am Flußufer saß, fragte er sich, ob es klug war, sich weiterhin mit ihr zu treffen.

Skye war die Enkelin des Earls, sein Platz war der eines respektvollen Dieners. Es gab keinen Grund, warum sie auch nur daran gedacht haben sollte, daß er vielleicht auf sie wartete.

Wütend schimpfte er sich selbst einen Narren, und dann, als er aufschaute, sah er Skye, die durch die Bäume auf ihn zukam ...

11

Im Schatten der Nadelbäume war es sehr still.

Ein rotes Eichhörnchen huschte über einen Ast. Skye und Hector lagen auf dem moosbedeckten Boden und redeten.

Skye entschuldigte sich, weil sie am Morgen nicht gekommen war.

»Freunde meines Großvaters sind gekommen«, erklärte sie. »Sie sind mit dem Auto unterwegs, und deshalb wußten wir nicht, wann sie eintreffen würden. Und natürlich sind sie gerade gekommen, als ich das Haus verlassen wollte. Ich mußte die Rolle der Gastgeberin übernehmen. Sie sind beide alt und ziemlich langweilig. Gottseidank wollen sie den Nachmittag mit Briefeschreiben verbringen. Ich war wirklich froh, daß ich ihnen nach dem Essen entkommen konnte.«

»Wieso bist du gerade hierhergekommen?« wollte Hector wissen.

»Ich war auf dem Weg zu eurem Haus. Falls ich dich verfehlt hätte, hätte deine Mutter mir vielleicht sagen können, wohin du gegangen bist.«

Hector starrte sie überrascht an. Er sagte nichts, aber Skye verstand ihn auch so.

»Wäre es schlimm gewesen?« wollte sie wissen.

»Nein, natürlich nicht«, versicherte er ihr heftig.

Sie wußten beide, daß Mrs. McCleod es merkwürdig gefunden haben würde.

Einen Augenblick lang herrschte gespanntes Schweigen.

»Hector, macht es dir etwas aus, mich zu treffen?«

Sie sah ihn offen an, schaute ihm direkt ins Gesicht.

»Es geht nicht darum, ob es mir etwas ausmacht.«

»Du weißt genau, was ich meine«, erklärte sie ungeduldig. »Ich kann es nicht in Worte fassen.«

Er setzte sich auf, schaute auf den Fluß unter ihnen hinab.

»Findest du es klug? Von deinem Standpunkt aus?«

»Ich weiß nicht, was du damit meinst. Du weichst mir aus. Ich wollte, daß du mein Freund bist.«

»Das kann ich nicht sein«, erwiderte Hector.

Skye machte eine ungeduldige Handbewegung.

»Gibt es einen anderen Ort auf der Welt, der so engstirnig ist wie Schottland?«

»Es ist keine Frage von Engstirnigkeit. Es ist eine Frage unserer verschiedenen gesellschaftlichen Positionen, und das weißt du auch.«

Sie lachte.

»Und welche Position ist das?« fragte sie. »Du bist Arzt, und ich glaube, daß die sogar in der besten Gesellschaft akzeptiert werden; ich dagegen bin eine erfolglose Künstlerin, die in einem Studio in Chelsea haust.«

»Und mein Vater«, fuhr Hector grimmig fort, »ist ein Pächter deines Großvaters. Siehst du denn nicht, daß eine Freundschaft zwischen uns unmöglich ist?«

Skye sprang auf.

»Du bist albern«, fuhr sie ihn an. »Albern und dumm.«

Sie wandte sich um und wollte davongehen, aber Hector war ebenfalls aufgesprungen und stand jetzt neben ihr. Sie bedauerte ihr Verhalten und wandte sich ihm wieder zu.

»Soll ich gehen? Möchtest du das?«

Hector starrte sie an.

»Ob ich das möchte?« fragte er heiser. »Glaubst du wirklich, daß ich das möchte?«

Ihre Blicke trafen sich. Sie standen da und starrten sich an.

Langsam hob Hector die Arme. Er legte sie um Skye, zog sie an sich. Sie zitterte und sog leise hörbar die Luft ein.

Er zog sie fester und fester an sich. Dann war es wie ein Sturm: Er packte sie, riß sie an sich und senkte den Kopf, um sie zu küssen.

Das Blut dröhnte in seinen Ohren. Er wußte nicht, warum er das tat, nur, daß er von einer Macht getrieben wurde, die stärker war als er.

Sie war so klein, so winzig in seinen Armen. Er fühlte ihren weichen Mund unter seinen Lippen, ihre Hände an seiner Brust.

Ein Augenblick der Ekstase, der Freude verband sie, als wären ihre Körper eine Einheit, als wären sie eins in Körper und Geist, es übertraf alle Worte, alles Verstehen...

Hector zog die Arme zurück und stieß einen Laut aus, der halb ein Stöhnen, halb ein kummervoller Aufschrei war.

Skye jedoch machte keinerlei Anstalten, von seiner Seite zu weichen. Sie lehnte sich an ihn und schaute in sein Gesicht.

»Ich... liebe dich«, erklärte sie zitternd, und ihre Stimme war ganz leise und weich.

»Oh, mein Gott!« hauchte Hector. »Was habe ich getan?«

Sie lächelte über ihn und seine Verzweiflung.

»Verstehst du denn nicht?« fragte er und legte die Hände auf ihre Schultern. »Begreifst du nicht, daß das Wahnsinn ist?«

»Ich liebe... dich«, wiederholte sie nur.

Ihre Worte schienen Hector anzufeuern. Wieder zog er sie an sich. Doch dann, als er sie eigentlich küssen wollte, beherrschte er sich und hielt sie nur fest.

Er schaute in ihr hübsches, gerötetes Gesicht.

»Mein kleiner Liebling«, murmelte er zärtlich.

Er versuchte zu sprechen, zu argumentieren, aber es gelang ihm nicht. Die Schönheit dieses Mädchens, das zu ihm aufschaute, die Sanftheit ihrer Hände, die sie an seine Wangen hielt, der Duft ihres Haares und die Berührung ihrer Lippen entfachten in ihm ein Feuer, das ihn alles vergessen ließ, bis auf den Wunsch, sie wieder und wieder zu küssen.

Er verschloß ihre Augen mit Küssen, küßte sie auf den Nakken, auf die kleinen, rosigen Ohren.

»Sag es... mir«, flüsterte sie. »Sag es... mir, Hector.«

»Ich liebe dich, ich bete dich an.«

Seine Stimme war rauh vor Gefühl.

Viel Zeit schien vergangen zu sein, als sie sich trennten. Beide waren über ihre Gefühle erstaunt. Skyes Gesicht leuchtete.

Sie streckte die Hand aus, die Hector fest ergriff.

»Wir müssen reden«, erklärte er ernst. »Sieh mich nicht an, Liebling, ich ertrage es nicht, wenn du das tust.«

»Laß uns nicht reden«, bat sie. »Worte zerstören alles. Laß uns einfach glücklich sein, laß uns alles vergessen, bis auf uns selbst und unsere Liebe.«

Er schüttelte den Kopf.

Skye seufzte. Aber es war ein Seufzer der Zufriedenheit, nicht des Kummers.

»Also schön«, sagte sie. »Du kannst zuerst reden. Aber ich kenne schon deine Argumente, und ich bin mit keinem einverstanden.«

»Liebling«, flehte er, »mach es mir nicht noch schwerer.«

»Das tue ich auch nicht. Ich weiß genau, was du sagen willst, daß wir uns aufgeben müssen, uns nie wiedersehen dürfen. Das ist es doch, oder?«

Hector nickte unglücklich.

»Nun, es tut mir leid«, fuhr Skye fort. »Aber ich weigere mich, von dir oder einem anderen Mann, den ich liebe, verlassen zu werden. Ich liebe dich und du liebst mich ... das tust du doch, oder?«

In ihrer letzten Frage lag nur ein Hauch von Sorge. Hector wandte sich um, ihr zu, legte eine Hand unter ihr Kinn und schaute ihr tief in die Augen.

»Hör mal zu«, fing er an. »Was immer ich dir sage, was immer ich vorschlage, ich tue es nur, weil ich dich liebe. Weil ich jetzt nämlich weiß, daß ich von dem Augenblick an, als ich dich an jenem Morgen am Loch zum ersten Mal gesehen habe, immer nur an dich gedacht habe. Du warst immer in meinem Herzen. Ich hatte Angst, mir selbst die Wahrheit einzugestehen, aber ich liebe dich. Ich glaube, ich habe dich immer geliebt, und ich weiß, daß es immer so sein wird.«

Er beugte sich vor und küßte sie. Einen Moment lang klammerten sie sich aneinander. Dann schob er sie zurück.

»Das heißt aber nicht, daß wir uns weiterhin treffen können, daß wir zusammen sein können.«

»Aber ... natürlich heißt es das!« widersprach Skye.

Hector schwieg einen Moment. Dann sagte er:

»Willst du etwa sagen, ich sollte zum Schloß spazieren, mich mit deinem Großvater treffen und zu ihm sagen:

›Ich liebe ihre Enkelin Skye.‹ Er würde zu mir sagen: ›Wer sind Sie?‹ Und ich würde antworten: ›Ich bin der Sohn Ihres Pächters, die dritte Generation von Männern, die sich an die Mütze fassen, um Sie zu grüßen, und die bei Ihnen im Dienst steht.‹ Was glaubst du, würde dein Großvater sagen?«

»Was glaubst du, würde er sagen, wenn ich zu ihm kommen und erklären würde: ›Ich habe mich in einen Arzt verliebt. Der Mann heißt McCleod. Du hast nie von ihm gehört, weil er aus einem anderen Teil Schottlands stammt.‹«

»Das wäre einfacher«, gab Hector zu, »aber ich komme nicht aus einem anderen Teil Schottlands. Ich komme aus Glenholme. Ich bin hier geboren und aufgewachsen. Ich habe die Dorfschule besucht, und meine Mutter hat deiner Mutter gedient, und als Zeichen dafür hat sie eine Kappe und eine Schürze getragen.«

»Was schlägst du also vor? Was sollen wir tun?« erkundigte sich Skye ganz leise.

»Ich schlage vor, daß du fortgehst und mich vergißt, daß du in das Leben zurückkehrst, zu dem du gehörst. Und manchmal, wenn du an diesem Fluß entlangschlenderst, erinnerst du dich vielleicht an einen Moment des Glücks mit einem Mann, der aus deinem Leben verschwunden ist.«

»Du bist ein Feigling«, schalt Skye.

Hector zuckte bei dem Wort zusammen.

»Das bin ich nicht.« Gebrochen fügte er dann hinzu: »Glaubst du denn, Liebling, daß es leicht wäre, das zu tun?«

»Natürlich nicht. Es ist unmöglich. Deshalb tun wir es auch nicht.«

Sie streckte erneut die Hand aus und ergriff seine.

»Wir sind zwei kluge, intelligente Menschen«, erklärte sie entschieden. »Wir wissen beide, was wir wollen, wir wissen beide genau, was wir vom Leben erwarten. Sollen wir uns wirklich von veralteten Traditionen, von der Meinung einiger weniger Menschen hindern lassen? Natürlich nicht!«

Lächelnd schaute sie zu ihm auf.

»Hector McCleod«, sagte sie, »ich bitte dich, mich zu heiraten.«

»Nein!« fuhr er sie heftig an.

»Du wirst es tun«, sagte sie. »Du mußt ... ich werde dich dazu bringen.«

Sie sprach ebenso wütend wie er, und einen Moment lang funkelten sie einander zornig an.

Dann lag sie wieder in seinen Armen. Er küßte sie und hielt sie an sich gepreßt, als wollte er sie niemals wieder loslassen ...

Es wurde spät, als sie schließlich zum Schloß zurückgingen. Die untergehende Sonne tauchte alles in einen roten Schimmer.

Der erste Stern funkelte am dunkler werdenden Abendhimmel. Hector hielt Skyes Hand ganz fest, als sie nebeneinander gingen. Sie waren jetzt still, weil ihnen schließlich die Worte ausgegangen waren.

Sie hatten geredet und argumentiert, ohne zu einem Schluß zu kommen. Sie wußten nur eines, und das ließ sich nicht leugnen: Sie liebten einander mit einer Leidenschaft, die alle möglichen Einwände auswischte.

»Ich bleibe nur noch drei Tage«, erzählte Hector.

Sie hatten ein Tor im Wald erreicht, das in den Schloßgarten führte.

»Ich komme in einer Woche nach London zurück«, sagte sie.

»Das ändert nichts. Verstehst du denn nicht, Liebling, daß ich dich in London nicht ausführen kann. Ich habe kein Geld, jedenfalls kaum genug, um mich bis zu meiner Prüfung über Wasser zu halten – wenn ich sie bald mache.«

»Es gibt etwas, das ich nicht dulden werde«, bemerkte Skye, »und das ist das Reden von Geld. Ich habe ein bißchen, nur ein ganz kleines bißchen, und was wir haben, werden wir miteinander teilen. Ich werde dir zuhören, wenigstens einige Zeit, wenn es um unsere Liebe und unsere Ehe geht. Aber wenn du mir verbieten willst, selbst für mich aufzukommen, dann werde ich wahnsinnig.«

Hector lachte, er konnte nicht anders.

»Es gibt so viele Schwierigkeiten«, gab er zu bedenken.

»Die sind unwichtig.«

Dann streckte sie die Arme empor und zog seinen Kopf zu sich herab.

»Und nun gute Nacht... mein Liebling... mein Schatz«, flüsterte sie.

Er hielt sie ganz fest.

»Gute Nacht. Wann sehe ich dich morgen?«

»Ich werde so früh wie möglich am Loch sein, so gegen halb zehn oder zehn. Ach Hector, ist das nicht eine schrecklich lange Wartezeit?«

Sie klammerte sich an ihn, ehe sie sich mit einer plötzlichen Bewegung losriß.

»Ich muß jetzt gehen. Bis morgen.«

Sie öffnete das schmiedeeiserne Tor und schlüpfte hindurch. Dann wandte sie sich noch einmal um, um ihm einen Kuß zuzuwerfen, und verschwand zwischen den Bäumen.

Er beobachtete sie, schloß das Tor, durch das sie gegangen war. Es schien ihm ein Symbol für all das zu sein, was zwischen ihnen lag. Sie war drinnen, und er stand draußen.

Lange blieb er vor dem Tor stehen. All seine Zweifel und Unsicherheiten schwebten um ihn wie böse Geister, die sich nicht vertreiben lassen wollten.

Er wußte, daß etwas Wunderbares in sein Leben getreten war, so wunderbar, daß er es nicht wagte, daran zu glauben.

Das war Liebe, wie er sie sich immer erträumt hatte; das war der Grund, warum er sich nie etwas aus anderen Frauen gemacht hatte, sich nie für die Mädchen im Dorf interessiert hatte, die ihr möglichstes getan hatten, um ihn auf sich aufmerksam zu machen.

In Edinburgh hatte er zusammen mit den anderen Studenten Frauen kennengelernt. Sie hatten ihm ganz offen gezeigt, daß er ihnen gefiel und daß sie ihn gern näher kennengelernt hätten.

Aber er hatte keinen Vorteil aus den Angeboten gezogen, die sie ihm gemacht hatten; er zog es vor, sich mit Männern anzufreunden oder allein zu sein.

Jetzt wußte er, daß er die ganze Zeit über nur auf Skye gewartet hatte. Er wußte, daß er in seinem Herzen vor ihr kniete wie ein Priester vor einem heiligen Schrein.

Er begehrte sie leidenschaftlich; er liebte sie mit einem Feuer, das sich nicht abstreiten ließ, aber gleichzeitig war die Leidenschaft nur ein kleiner Teil seiner Liebe zu ihr.

Er hatte um ihretwillen Angst; ihretwegen hatte er das Gefühl, daß der einzig anständige Weg für ihn darin bestand, sie in Ruhe zu lassen.

Sie durfte nicht verletzt werden, mußte vor den Härten des Lebens beschützt werden, vor allem, was nicht perfekt und schön war...

Hector hatte sich seiner Herkunft und Familie noch nie auch nur im geringsten geschämt.

Er hatte kein Geheimnis daraus gemacht, mit welchen Männern er gearbeitet hatte, und in Edinburgh war es auch ganz natürlich, daß erfolgreiche Männer aus den ärmsten Häusern kamen.

Jedem Menschen auf der Welt gegenüber war er bereit, den Kopf hoch zu halten, den Respekt zu fordern, der ihm zukam, ungeachtet seiner gesellschaftlichen Stellung.

Aber bei Skye war das anders. Sie war unerreichbar.

Ein kehliger Laut kam über seine Lippen. Es war fast ein Schluchzen. ›Unerreichbar‹ – das Wort setzte sich in seinem Kopf fest.

Mit langsamen Schritten und hängendem Kopf ging er traurig den Weg zurück, den er gekommen war, auf die Lichter des Bauernhofes zu.

12

Zwei Tage später stand Skye ihrem Großvater gegenüber. Trotzig sah sie den alten Mann an, der in einem hochlehnigen Eichenstuhl am Kamin saß.

»Wo hast du diesen Mann kennengelernt?« fragte Lord Brora.

»Spielt das eine Rolle?« erkundigte sich Skye.

»Wirst du nun meine Frage beantworten oder nicht?« tobte ihr Großvater.

»Du hast meine noch nicht beantwortet«, gab Skye zurück.

Der alte Mann schnaubte wütend.

»Die ganze Sache ist unmöglich. Ich glaube, du hast den Verstand verloren.«

»Ich habe schon erwartet, daß du so etwas sagen würdest«, meinte Skye zu ihm. »Immer, wenn die ältere Generation den Standpunkt der jungen nicht verstehen kann, dann sagt ihr, wir wären verrückt.«

Sie sprach kühl mit leicht erhobener Stimme, weil ihr Großvater ein wenig schwerhörig war.

»Aber du kannst doch nicht den Sohn meines Pächters heiraten«, erklärte Lord Brora in etwas ruhigerem Ton.

»Warum nicht? Er ist ein kluger junger Mann, der es weit bringen wird.«

»Und wo wollt ihr bleiben, wenn ihr nach Glenholme kommt? Im Schloß? Oder unten bei den McCleods?«

»Wir kommen gern hierher, wenn du uns haben willst.«

»Bildest du dir etwa ein, ich würde diesen jungen Gecken in meinem Haus willkommen heißen?« tobte Lord Brora. »Kommt hierher und steigt meiner Enkelin nach – eine verdammte Unverschämtheit ist das!«

»Großvater!« Skye legte besänftigend eine Hand auf seinen

Arm. »Hör mir doch einen Moment zu. Ich liebe Hector McCleod, und er liebt mich.«

»Liebe! Was hat denn Liebe damit zu tun?« erkundigte sich ihr Großvater. »Der Mann gehört nicht zu deiner Klasse, und das weißt du!«

Skye trat ein wenig näher an den Stuhl des alten Mannes heran. Dann sagte sie:

»Würdest du mir etwas sagen, Großvater, und antworte mir bitte ehrlich. Warum hast du erlaubt, daß meine Mutter Norman Melton heiratete?«

Lord Brora starrte sie unter seinen buschigen Brauen hervor an, antwortete aber nicht.

»Du hast die Ehe doch gebilligt, nicht wahr?« fuhr Skye fort. »Ich glaube, du hast sie sogar ermutigt. Würdest du mir bitte sagen, warum?«

»Er war ein anständiger Kerl«, brummte Lord Brora.

»Und ein reicher. Sehr reich sogar, aber gleichzeitig war er auch der Sohn eines Arbeiters aus Melchester! Als er noch ein Junge war, hat er in der Fabrik gearbeitet! Er gehörte gewiß nicht zu Mutters Klasse – und das weißt du!«

»Das war eine vollkommen andere Situation!«

»Anders, weil Norman Geld hatte. Das war der einzige Unterschied«, beharrte Skye. »Wenn Hector ein Millionär wäre, dann wärest du entzückt, wenn ich ihn heiraten würde – und das weißt du auch!«

»Großer Gott, McCleod ist mein Pächter, seine Frau war Mädchen hier im Haus. Erwartest du wirklich, daß ich ihren Sohn als Ehemann meiner Enkelin willkommen heiße? Ich werde das nicht zulassen, ich verbiete es. Du wirst diesen Mann nicht heiraten. Das ist mein letztes Wort.«

»Und wenn ich es doch tue?«

»Dann brauchst du nicht wieder hierherzukommen.«

»Also schön, das war ganz deutlich.«

»Mehr noch«, fuhr er fort, als sie sich abwandte, »du kannst dem jungen Mann sagen, daß sein Vater sein Haus verlassen kann an dem Tag, an dem er dich heiratet. Ich werde weder ihn noch seine beiden Söhne auf meinem Land beschäftigen.«

»Großvater!« rief Skye aus. »Das kann nicht dein Ernst sein. Du kannst nicht im Ernst behaupten, du würdest McCleod hinauswerfen! Er hat seit sechzig Jahren in dem Haus gewohnt, und sein Vater war vor ihm dort, zusammen mit deinem Vater.«

»Wenn du seinen Sohn heiratest, dann muß er gehen«, beharrte Lord Brora.

Skye ging zu ihrem Großvater und berührte ihn am Arm.

»Meinst du das wirklich?«

»Natürlich meine ich es. Ich sage niemals Dinge, die ich nicht meine.«

»Das ist das Ungerechteste, was ich je im Leben gehört habe.«

»Nun, du hast die Wahl. Aber das ist mein Entschluß, und ich werde ihn nicht ändern.«

Skye wußte, daß der alte Mann meinte, was er sagte. Sie starrte ihn einen Moment lang an, fragte sich, ob sie noch einmal an seine Großzügigkeit appellieren sollte, aber sie wußte, es war hoffnungslos.

Lord Brora war ein starrköpfiger und harter Mann. Er war ein guter Grundbesitzer, aber als Magistrat war er für seine gnadenlosen Urteile und seine starren Überzeugungen bekannt.

Wilderer und Landstreicher in der Nachbarschaft hatten Angst vor ihm. Er ließ ihnen zwar Gerechtigkeit widerfahren, war niemals ungerecht, aber wenn er Recht sprach, verhängte er immer die Höchststrafe, ohne Mitleid und ohne Gnade.

Skye schritt durch die Tür des Arbeitszimmers, warf sie hinter sich zu. Eine Weile blieb Lord Brora noch am Kamin sitzen.

Dann stand er auf und straffte die müden Schultern. Das Gespräch hatte ihn erschöpft, aber Skyes Trotz beunruhigte ihn nicht im geringsten.

»Sie wird schon wieder vernünftig werden!« sagte er laut. »Diese Unverschämtheit von dem Kerl!«

Er klingelte und wartete einige Zeit, bis der alte Butler, der fast ebenso alt war wie er selbst und im Dienst des Schlosses ergraut war, an der Tür erschien.

»Ich will McCleod sprechen«, befahl Lord Brora.

»Wen, Mylord?« Der Butler kam näher, denn er wurde taub.

»McCleod, den Pächter. Laß ihn holen. Er soll sich im Schloß melden, sobald er heimkommt.«

»Sehr wohl, Mylord.«

Skye wartete in der Halle, als er aus dem Arbeitszimmer kam.

»Nach wem hat er geschickt, Masters?« fragte sie.

»McCleod, Miss Skye. Seine Lordschaft wünscht Murdoe McCleod zu sehen.«

»Das dachte ich mir.«

Skye rannte aus dem Haus und den Gartenpfad entlang zum Fluß. Sie mußte fast zehn Minuten schnell gehen, bis sie das Häuschen der McCleods erreichte. Als sie ein wenig keuchend dort eintraf, sah sie Euan, der im Garten arbeitete.

»Ist Hector da?« fragte sie über den Zaun.

Euan McCleod sah überrascht auf. Er hatte Skye nicht kommen hören. Als er sah, wer es war, tippte er sich mit einem Finger an den Hut.

»Morgen, Miss Skye. Ich werde Hector suchen. Ich glaube, er is noch gar nich auf.«

Er legte die Forke hin und ging langsam ins Haus. Skye wartete.

Kurz darauf erschien Mrs. McCleod und wischte sich die Hände an der Schürze ab.

»Guten Morgen, Miss Skye«, rief sie. »Wollen Sie Hector sprechen?«

Sie war offensichtlich überrascht von der Bitte und schien zu bezweifeln, daß Euan die Botschaft richtig überbracht hatte.

»Ja. Ist er im Haus?«

»Er ist hinten, holt Feuerholz«, antwortete Mrs. McCleod. »Wollen Sie nicht hereinkommen, Miss Skye, und sich setzen?«

»Nein, danke. Ich möchte mit Hector reden, und da kann er ein Stück mit mir am Fluß entlanggehen.«

Mrs. McCleod schien das alles offensichtlich zu verwirren. Sie zupfte an den Ärmeln ihrer weißen Bluse, die sie beim Kochen über die Ellbogen hochgerollt hatte.

»Geht es seiner Lordschaft gut, Miss Skye?« fragte sie.

»Sehr gut, danke. Und Ihrer Familie – hoffentlich doch auch?«

»Wir freuen uns schrecklich, daß Hector wieder bei uns ist. Und den Jungens geht es gut, Gott sei Dank. Aber McCleod leidet seit vierzehn Tagen wieder an seinem Rheuma.«

»Das tut mir leid.«

Skye entdeckte Hector in der Tür.

»Miss Skye möchte mit dir reden, Hector«, berichtete Mrs. McCleod und schob ihn vor.

Skye ging auf ihn zu.

»Komm zum Fluß hinunter«, sagte sie leise. »Ich möchte mit dir reden. Auf Wiedersehen, Mrs. McCleod. Und entschuldigen Sie, daß ich Sie gestört habe.«

Sie und Hector gingen zusammen fort, während Mrs. McCleod ihnen mit besorgtem Gesicht nachstarrte.

»Was will Miss Skye mit unserem Hector?« fragte Euan von der Tür herüber.

Mrs. McCleod schrak zusammen.

»Hat' Se nich verraten«, antwortete sie barsch und kehrte in ihre Küche zurück.

Skye erzählte Hector, was geschehen war.

»Ich bin sofort gekommen, um mit dir zu reden, damit du es deinem Vater erzählen kannst, ehe Großvater mit ihm spricht. Hast du schon irgend etwas gesagt?«

Hector schüttelte den Kopf.

»Nichts.«

»Dann mußt du es jetzt tun. Du mußt es ihm unverzüglich erzählen«, sagte Skye.

»Was erwartest du von ihm? Was soll er tun? Seine Siebensachen packen und das Haus verlassen, in dem er sein Leben lang gewohnt hat? Seine Arbeit aufgeben?«

»Nein, nein. Natürlich will ich nicht, daß er das tut. Großvater wird seine Meinung schon noch ändern – ich sorge dafür. Es ist Tyrannei, es ist böse, eine grausame Drohung, um mich einzuschüchtern.«

Sie hatten jetzt den Schutz der Pinien erreicht. Dort blieben sie stehen und starrten einander an.

»Was sollen wir tun?« fragte Hector, und seine Stimme war leise.

Skye schob ihre Hand in seine.

»Kämpfen!« erklärte sie. »Und gewinnen!«

Hector hielt ihre Hand, machte aber keine Anstalten, sie weiter in seine Arme zu ziehen.

»Ich kann meinen Vater und meine Mutter nicht dafür leiden lassen«, sagte er. »Das verstehst du doch, nicht wahr?«

»Natürlich«, erwiderte Skye sanft.

»Ich habe dir ja gesagt, daß es unmöglich ist«, erklärte Hector unglücklich. »Jetzt siehst du, daß meine Worte wahr sind.«

»Und danach hast du mir gesagt, daß du mich liebst, und du hast mir auch versprochen, mich zu heiraten, Hector.«

»Du hast mich dazu gebracht, das zu sagen. Ich habe versucht, dich vor dir selbst zu schützen, und ich habe versagt. Ich wußte, daß es so enden würde.

Glaubst du wirklich, ich wäre nicht selbst zu ihm gegangen, wenn auch nur die geringste Aussicht bestanden hätte, daß er mir erlauben würde, dich zu heiraten? Aber wie sollte er das? Ich, der Sohn des Pächters, den er fristlos entlassen kann, ungeachtet all der Jahre, die er ihm gedient hat?«

»Hector, liebst du mich noch?« fragte Skye leise.

Unglücklich schaute er sie an. Dann streckte er die Arme nach ihr aus und zog sie an sich.

»Ich bete dich an«, sagte er.

Aus seiner Stimme sprach kein Feuer, nur der gebrochene Ton eines Mannes, der all sein Glück verloren sieht.

»Ist deine Liebe zu mir größer als dein Respekt vor Traditionen und Konventionen?«

»Warum willst du das wissen?«

»Antworte mir«, befahl Skye, »beantworte diese Frage – jetzt sofort.«

»Ich liebe dich mehr als alles andere auf der Welt. Du gehörst zu mir und ich zu dir.«

»Also schön. Mehr wollte ich gar nicht wissen. Ich habe einen Plan – einen Plan, bei dem am Ende alles gut ausgehen wird, aber du mußt einwilligen.«

Sie legte die Arme um seinen Hals und zog sein Gesicht zu sich herab.

»Küss mich zuerst, ehe ich es dir erzähle. Ich habe ein wenig Angst vor dir.«

»Mein Liebling!« sagte er.

Ihr Lippen trafen sich. Der Kuß, der begann, entfachte in ihnen beiden ein Feuer der Leidenschaft und Freude.

Sie klammerten sich aneinander. Es schien Skye, als stände die Zeit still ...

Sie wußte nur, daß diese Liebe, die sie für Hector empfand, sie vollständig einhüllte. Sie gehörte ihm, war ein Teil von ihm.

Sie wußte, gegen alle Argumente und Vernunftgründe, daß eine solche Liebe am Ende siegen würde. Es war unmöglich, daß die Welt sie trennen konnte.

Sie hatte das Gefühl, daß von Anfang an eine übermenschliche Macht eine Verbindung zwischen ihr und Hector beabsichtigt hatte.

Es mochte Streit und Schwierigkeiten geben, aber früher oder später würden sie beigelegt, besiegt werden, denn er und sie gehörten zusammen.

Sie liebte ihn. Auf ihn hatte sie ihr Leben lang gewartet; er war alles, was sie sich gewünscht hatte. All ihr Sehnen für die Zukunft konzentrierte sich jetzt auf ihn.

Wenn sie für ihn sorgte, ihn zum Mittelpunkt ihres Lebens machte, dann konnte sie etwas Starkes und wirklich Wichtiges schaffen.

Im Augenblick konnte Hector die Dinge nicht so sehen wie sie. Er hatte Angst, nicht um sich, sondern um sie. Er zweifelte daran, daß ihre Liebe klug war, wenngleich er ihre Macht nicht abstreiten konnte.

Er begehrte sie von ganzem Herzen und von ganzer Seele. Skye glaubte an ihn, sie wußte, daß ihm eine große Zukunft bevorstand.

Er war nicht so weitblickend. Seine Bescheidenheit verbot es ihm, die Dinge so zu sehen, wie sie es tat. Aber tief in seinem Innern besaß er einen starken Glauben, und dieser Glaube würde ihn niemals verlassen.

Als ihr Kuß zu Ende ging, legte Skye ihre Wange an seine und stieß einen leisen Seufzer der Erleichterung und Zufriedenheit aus.

»Ist noch irgend etwas anderes wichtig als das?« murmelte sie.

Im Augenblick war er damit zufrieden, nur in ihr Gesicht zu schauen, ihr Strahlen zu sehen und, genau wie sie, zu glauben, daß dieser Moment ewig währen würde und daß sonst nichts zählte.

»Du kannst mich nicht aufgeben«, sagte Skye.

Die Schatten von Kummer und Sorge kehrten wieder in seine Augen zurück, töteten die Freude und Ekstase.

»Soll ich mit deinem Großvater sprechen?« fragte er.

Skye schüttelte den Kopf.

»Nein, das hätte keinen Sinn. Ich möchte, daß du mit deinem Vater sprichst, ehe er ins Schloß geht, und ihm sagst, daß er zustimmen soll, daß eine Ehe zwischen uns beiden nicht in Frage kommt. Er soll meinem Großvater erzählen, daß er sich mit aller Kraft dagegen wehren will.«

Hector starrte Skye verblüfft an.

»Ich dachte...« sagte er.

Dann riß er sich zusammen.

»Du hast recht«, meinte er betrübt, »eine Ehe zwischen uns ist unmöglich. Das habe ich dir ja gleich gesagt, und endlich hast du es auch eingesehen.«

Skye sah ihn an, sah den Kummer in seinem Gesicht, die hilflose Ergebenheit, die im Augenblick sogar seine Kraft und Härte zu erschüttern schien.

Dann lachte sie.

»Liebling, du bist manchmal schrecklich dumm, auch wenn ich glaube, daß du der klügste Mann der Welt bist.«

»Wie meinst du das?«

»Hör mal zu. Dein Vater muß ins Schloß gehen und tun, was ich sage. Die beiden alten Männer werden übereinstimmen, daß die ganze Idee entsetzlich ist, verrückt, lächerlich. Du und ich, wir werden morgen nach London zurückkehren.«

Hector schüttelte den Kopf.

»Wir können nicht heimlich heiraten, wenn es das ist, was du denkst. Du weißt so gut wie ich, daß die Presse es herausfinden würde. Dann würde dein Großvater seine Drohung wahr machen und meinen Vater und meine Mutter aus dem Häuschen werfen.«

»Ich schlage gar nicht vor, daß wir heiraten«, erklärte Skye. »Ich werde mit dir zusammen nach London zurückkehren, Hector McCleod, und ich werde mit dir in Sünde leben.«

Hector starrte Skye an, als wäre sie vollkommen verrückt geworden. Eine dunkle Röte überzog sein Gesicht.

»Du wirst nichts dergleichen tun.«

»Und ob. Verstehst du denn nicht, Liebling, das ist das einzige, was sie in die Knie zwingen wird. Ich werde dich nicht heiraten, aber ich werde als deine Frau mit dir leben. Ich schäme mich nicht, das zu tun. Ich werde stolz und froh sein, als deine Geliebte zu gelten.«

»Ich weigere mich«, erklärte Hector heftig.

»Liebling, du hast mir erzählt, daß du mich mehr liebst als alles auf der Welt, als alle Konventionen, und kaum bitte ich dich zum ersten Mal, unkonventionell zu sein ...«

»Ich liebe dich zu sehr, um Schande über dich zu bringen«, erklärte Hector.

»Du bist sehr schottisch und sehr traditionsverbunden. Es ist die einzige Chance für uns und unser Glück!«

»Ich werde es nicht tun«, weigerte sich Hector.

»Warum nicht? Beantworte mir diese Frage, aber ganz ehrlich.«

»Ich werde es dir sagen.«

Hector kniete plötzlich zu ihren Füßen, ergriff ihre beiden Hände.

»Ich bete dich an«, erklärte er sanft. »Für mich bist du perfekt, die Frau, von der ich immer geträumt habe, die Frau, von der ich niemals dachte, daß ich sie treffen würde. Wenn du glaubst, ich könnte dich auf eine Art berühren, die nicht vollkommen ...«

Skye fühlte, wie ihr Tränen in die Augen traten.

»Mein Liebling, mein dummer, kleiner Liebling, mein geliebter wunderbarer Hector. Ich werde mit dir im selben Haus leben, und wir lassen die alten Leute glauben, was sie sehen.

Wir werden sie zwingen, ihre Einwilligung zu unserer Ehe zu geben, aber zwischen uns wird es genauso sein, wie du es dir wünschst. Unsere Liebe ist stark genug, um uns rein zu halten, bis wir heiraten können.«

Sie beugte sich vor und küßte seine Lippen.

13

Carlotta wartete in der Lounge des Ritz Hotels auf Norman. Sie hatten sich zum Mittagessen verabredet.

Sie hatte die Einladung angenommen, weil sie ihr die Möglichkeit geboten hatte, ihm am Vorabend zu entgehen, weniger, weil sie ihn wirklich wiedersehen wollte.

Sie hatte ihn daran hindern können, seinen Heiratsantrag vorzubringen, aber nur durch Mittel und Wege, die ihr selbst billig vorkamen.

»Ich weigere mich, ernsthaft zu reden«, hatte sie im Ciro Club erklärt. »Du siehst heute abend so ernst aus, und ich habe das Gefühl, daß du mich in allen möglichen schwerwiegenden Problemen ertränken willst. Vergiß sie, laß uns fröhlich sein, glücklich und verantwortungslos.«

Norman hatte einen sechsten Sinn, wenn es darum ging, einen Handel einzugehen.

Dies war ihm in der Vergangenheit sehr nützlich gewesen, und jetzt half es ihm, seine Ungeduld zu zügeln, die ihn drängte, weiterzusprechen und ein für alle Mal herauszufinden, welche Gefühle Carlotta ihm entgegenbrachte.

Wochenlang hatte er versucht, den richtigen Augenblick abzupassen, ob ihr Interesse an ihm tiefer ging oder ob sie seine Gesellschaft nur zum Mittag- und Abendessen ertragen konnte.

Er erkannte nicht, oder wollte nicht sehen, daß Carlotta den Augenblick zu vermeiden suchte, den er anstrebte. Am Vorabend war sie ihm ausgewichen, indem sie erst Verantwortungslosigkeit und dann Erschöpfung vorgab.

Bei Ciro hatte sie die ganze Zeit über geplappert. Sie hatte ihn zum Tanzen und zum Lachen gebracht, und sie hatte sich selbst übertroffen und zahlreiche Bekannte begrüßt.

Menschen, die sie bei anderen Gelegenheiten mit einem Winken oder einem freundlichen Lächeln abgespeist hätte, begrüßte sie jetzt, als wären es ihre besten Freunde.

Sie strahlte und funkelte, und ihre gute Laune war ansteckend. Aber als er schließlich die Rechnung bezahlt hatte, als die Vorstellung des Cabarets vorüber war und das Restaurant sich leerte, da stieg Carlotta in Normans Wagen und sank müde in die weichen Kissen.

»Ich bin todmüde«, erklärte sie. »Es war ein wunderschöner Abend, aber jetzt habe ich Kopfschmerzen. Sprich nicht mit mir, laß mich einfach entspannen, bis wir daheim sind.«

Sie sah in dem schwachen Licht sehr hübsch aus; ihre Augen hatte sie geschlossen, die Finger mit den rosigen Spitzen ruhten schlaff in ihrem Schoß. Norman wollte ihre Hände nehmen, wollte sie halten und küssen und Carlotta dann in die Arme schließen.

Statt dessen hatte er aus dem Fenster gestarrt, mit verschränkten Armen und zusammengekniffenen Lippen.

Als sie vor dem Laden hielten, öffnete Carlotta die Augen.

»Sind wir schon zurück? Ich bin so müde. Steig nicht aus, Norman, Liebling. Ich bin sicher, du bist auch müde.«

Er gehorchte ihr nicht, sondern stieg als erster aus dem Auto, um ihr behilflich zu sein. Als er mit ihr in den Schatten an der Haustür treten wollte, hielt sie ihn zurück.

»Ich finde schon allein hinauf«, sagte sie. »Gute Nacht, und danke für einen wunderschönen Abend.«

»Carlotta!« Normans Stimme war rauh.

Es war der Aufschrei eines Mannes, der fast um den Verstand gebracht worden war.

Sie lenkte ein.

»Ich muß dich morgen sehen«, sagte sie. »Rufst du mich am Vormittag an?«

»Iß mit mir zu Mittag«, flehte er. »Ich bin in London. Ich kann um halb zwei frei sein, wenn du mich im Ritz treffen willst oder wo immer du möchtest.«

Carlotta hatte eine andere Verabredung, aber ihr Gewissen regte sich, weil sie ihn an diesem Abend so schlecht behandelt hatte.

»Gern«, antwortete sie. »Also dann im Ritz – um halb zwei.«

Sie warf ihm noch eine Kußhand zu und öffnete die Tür, um sie dann scharf hinter sich zu schließen.

Erst als sie allein in ihrem Schlafzimmer war und ihr Bild im Spiegel betrachtete, blickte sie sich ehrlich in die Augen und sagte:

»Ich liebe Hector.«

Bis zu diesem Augenblick hatte sie es nicht gewagt, sich der Wahrheit zu stellen. Jetzt konnte sie ihre Rolle nicht länger spielen. Sie hatte Norman gern, sie bewunderte ihn, und sie genoß die Aufmerksamkeit, die er ihr schenkte, aber er rief in ihr keine leidenschaftlichen Gefühle wach.

Hector, der Mann, den sie nur wenige Male gesehen hatte, von dem sie so wenig wußte, war der Mann, dem sie ihr Herz geschenkt hatte.

Etwas tief in ihrem Innern, das sie niemals vermutet hatte, war erregt von dem Gedanken an seinen schmalen und doch kräftigen Körper, sein kluges Gesicht, seine jungen, lebhaften Augen. Hector wirkte, als befände sich in ihm ein Dynamo, der ihn vorwärtstrieb, auf seine Ideale zu.

Das war wohl der Unterschied zwischen dem jüngeren Mann und Norman, dachte sie. Norman war ebenfalls dynamisch, aber er war materialistisch – ein Realist, würde er selbst sagen.

Von Hector ging der unbeschreibliche Glanz eines Mannes aus, der immer zu den Sternen aufblickt und einer Straße nur folgt, wenn sie zu ihnen führt.

Aber sonst hatte er nichts – keine Stellung, kein Geld, nur eine problematische Zukunft.

»Ich bin verrückt«, sagte sich Carlotta, »verrückt, aber ich kann es nicht ändern.«

In der letzten Woche, seit Hector fort war, hatte sie das Gefühl gehabt, etwas Wesentliches wäre ihrem Leben genommen. Sie hatte es der Ruhelosigkeit zugeschrieben; sie hatte sich geweigert, die Wahrheit zu sehen.

Aber jetzt konnte sie ihre eigenen Gefühle nicht länger leugnen. Sie wollte Hector; sie wollte ihn wiedersehen, wollte seine Stimme hören, die erregende, unerwartete Schüchternheit spüren, die seine Gegenwart immer in ihr erweckte.

Er wollte am kommenden Tag wieder in London sein, und sie wußte, daß sie sich nur deshalb um den Heiratsantrag gemogelt hatte, der heute abend auf Normans Lippen gelegen hatte.

»Was soll ich nur tun?« fragte sie sich.

Sie sank in ihren Sessel vor dem Ankleidetisch und vergrub das Gesicht in den Händen. Es kam ihr vor, als stände sie an einer Kreuzung.

Auf einer Seite stand Norman mit seinem Reichtum und seiner gesellschaftlichen Stellung; auf der anderen Hector, ohne einen Pfennig – sein einziges Vermögen war sein Vertrauen in sich selbst.

»Ich bin ein Dummkopf, ein verdammter Dummkopf«, wiederholte Carlotta.

Sie warf sich auf ihr Bett und fing an zu weinen.

Seit Jahren hatte sie nicht mehr geweint. Die aufgestaute Erregung der vergangenen Wochen, die ganze Angst, die Zweifel, die Sorgen kamen in diesem Augenblick zum Ausbruch.

Als sie am Morgen aufwachte, hatte sie sich gesagt, wie dumm sie doch gewesen war, sich so aufzuregen. Aber als die Sonne dann in ihr Schlafzimmerfenster schien, da wußte sie, daß der Tag herrlich werden würde, weil Hector wieder in London war.

Sie erwartete, daß er sie anrufen würde. Der Morgen verging, ohne daß das Telefon läutete. Erst als sie sich auf den Weg zum Ritz machen wollte, eilte der Lakai herbei, um ihr zu sagen, daß sie verlangt wurde.

Mit einem Aufschrei lief sie zum Apparat.

»Hallo«, sagte sie, und ihre Stimme war belegt vor freudiger Erwartung.

»Ich rufe im Auftrag von Sir Norman Melton an«, sagte ein Mann.

»Oh«, stieß Carlotta hervor. Nach einer Pause fügte sie hinzu: »Hier spricht Miss Lenshovski.«

»Sir Norman kommt eventuell einige Minuten zu spät zum Lunch, Miss. Er ist noch aufgehalten worden.«

»Das ist schon in Ordnung. Sagen Sie ihm, ich werde warten«, erwiderte Carlotta.

Sie knallte den Hörer auf die Gabel. Sie war bitter enttäuscht, aber sie entschuldigte Hector vor sich selbst.

»Wahrscheinlich ist er im Krankenhaus aufgehalten worden. Er wird mich heute nachmittag anrufen, ehe ich ins Theater fahre. Er wird doch wissen, daß ich ihn sehen möchte. Er muß das einfach wissen.«

Magda aß bereits, als Carlotta endlich ging.

»Ich esse mit Norman zu Mittag«, erzählte Carlotta und zupfte an ihren langen, schwarzen Handschuhen.

»Wo?«

»Im Ritz.«

Magda blickte mit verständnisvollen Augen zu ihr auf.

»Du siehst blaß aus. Irgend etwas hat dich aufgeregt. Was denn?«

Carlotta schüttelte den Kopf.

»Nichts«, antwortete sie. »Wahrscheinlich komme ich immer zu spät ins Bett. Gestern war es wieder nach zwei.«

»War Hector am Telefon?« erkundigte sich Magda beiläufig.

Bei der unerwarteten Frage schoß Carlotta das Blut in die Wangen. Sie wandte sich ab, aber Magda hatte es bereits gesehen.

»Nein«, meinte Carlotta. »Ist er wieder zurück?«

Magda vergeudete keine Worte. Sie schaute ihre Adoptivtochter nur an und beugte sich dann achselzuckend wieder über ihr Essen.

Nachdem Carlotta gegangen war, begab sie sich langsam durch den Gang zu Leolia Paynes Zimmer, setzte sich auf ihre Bettkante, denn Leolia lag mit einer Erkältung im Bett, und unterhielt sich fast eine Stunde lang mit ihr.

Carlotta war zornig auf Magda, als sie zum Ritz fuhr. Sie wollte ihre Liebe zu Hector geheimhalten.

»Aber ich hätte mir denken können«, sagte sie sich, »daß Magda es herausfinden würde.«

Zum ersten Mal in ihrem Leben hatte sie etwas vor der alten Frau verborgen. Sonst hatten sie immer über die Männer gesprochen, die sie liebten.

Und obwohl Carlotta es nicht bemerkt hatte, hatte Magda sie beschützt, besser, als jede Anstandsdame es vermocht hätte.

Aber Hector war ein Geheimnis, das Carlotta mit niemandem teilen wollte, nicht, ehe er ihr seine Liebe gestanden hatte.

Daß er sie nicht lieben könnte, kam ihr überhaupt nicht in den Sinn. Sie war sicher, daß nur seine Schüchternheit und Unerfahrenheit mit Frauen ihn daran hinderten, die Bewunderung, die sie in seinen Augen gesehen hatte, zu etwas Tieferem und Zärtlicherem werden zu lassen.

Sie hatte leise vor sich hin gelacht, wenn er sich von ihr abgewandt hatte, in Augenblicken, in denen er nur die Hände zu heben brauchte, und sie wäre in seine Arme gefallen.

»Ich will ihn haben«, sagte sie sich.

Sie wußte nur, daß sie Hector begehrte, wie sie nie zuvor einen Mann begehrt hatte.

Für Carlotta war Liebe immer etwas gewesen, das andere Menschen ihr entgegenbrachten. In ihr selbst hatte es kaum eine Reaktion darauf gegeben, sie war es zufrieden gewesen, bewundert zu werden, war immer diejenige gewesen, die nahm, niemals diejenige, die gegeben hatte.

Aber nun hatte sie das Gefühl, nach der Welt zu greifen. Sie wollte den anderen ihr inneres Glück mitteilen, es auf sie übertragen, wollte sie mit ihrer eigenen Freude überhäufen.

Als sie das Ritz erreichte, machte es ihr nichts aus, auf Norman zu warten. Sie war zufrieden, in einem der roten Plüschsessel zu sitzen und den Menschen zuzusehen, die hin- und hergingen.

Die Band spielte einen leisen, sentimentalen Walzer. Carlotta hatte das Gefühl, auf der Bühne zu stehen. Alles war so luxuriös, so unwirklich, dieses ganze vornehme Leben, von dem sie bislang nur einen Schimmer erahnt hatte.

»Diese Welt könnte mir gehören, wenn ich Norman heirate.« Der Gedanke schoß ihr durch den Kopf, war verführerisch.

Sie sah sich selbst, nicht, wie sie war, als unbekannte Schauspielerin, sondern als wichtige Persönlichkeit.

Sie könnte als ›Lady Melton‹ hierher kommen und würde von den vornehmsten und berühmtesten Leuten eingeladen werden, die jetzt an ihr vorübergingen, ohne sie auch nur eines Blickes zu würdigen.

Die Perlen um ihren Hals wären echt; Brillanten würden an ihren Händen blitzen; ein Rolls-Royce würde vor dem Hotel auf sie warten und sie nach dem Essen fortbringen.

»Ich wäre jemand«, flüsterte Carlotta vor sich hin. »Ich müßte nicht mehr arbeiten, sondern mich nur noch amüsieren.«

Es kam ihr vor, als würde sie vor einem verlockenden Schaufenster stehen.

Sie beobachtete Norman, der durch die Pendeltür eintrat, seinen Hut und Stock einem livrierten Diener reichte und sich suchend im überfüllten Foyer umsah. Sie winkte.

»Verzeih, daß ich zu spät komme«, entschuldigte er sich, als er sich ihr näherte.

Carlotta wußte sofort, daß ihn etwas aufgeregt hatte. Sein Mund war grimmig zusammengekniffen, die Augen waren stahlhart. Er bot Carlotta keinen Cocktail an.

»Sollen wir hineingehen?« fragte er abrupt.

Überrascht, aber ohne Einwände zu erheben, ging sie ihm voraus ins Restaurant. Ein Tisch am Fenster war für Norman reserviert worden, und die Kellner geleiteten sie unter unterwürfigen Verbeugungen dorthin. Sie bestellten ihr Essen.

»Was ist los?« wollte Carlotta wissen, sobald sie allein waren.

»Warum glaubst du, daß etwas los ist?« gab Norman zurück.

»Ich weiß es sofort, wenn dich etwas aufgeregt hat«, erklärte sie lächelnd.

Er schien erfreut, sein grimmiges Gesicht entspannte sich.

»Das ist lieb von dir.«

»Du bist ein komischer Mensch, Norman. Auf den ersten Blick wirkst du wie ein starker, ruhiger Geschäftsmann, wie man ihn nur aus Büchern oder von der Bühne kennt. Ich hatte anfangs den Eindruck, daß dich nichts erschüttern könnte, daß dich nichts aus der Ruhe bringen würde.

Wenn das Dach einstürzen oder ein Feuer unter dem Tisch

ausbrechen würde, dann würdest du damit fertig werden, unbeirrt, ruhig, reserviert und kühl. Jetzt glaube ich immer noch, daß du mit allem fertig werden kannst, aber ich habe auch gelernt, daß du trotzdem verletzlich bist.«

»Carlotta«, sagte Norman und beugte sich vor, »du könntest mir so sehr helfen, wenn du nur wolltest.«

Er hatte Carlotta seinen Antrag nicht auf diese Weise machen wollen. Er hatte sich so viele Dinge überlegt, die er sagen könnte.

Jetzt kamen ihm die Worte über die Lippen, einfach so, im Laufe einer Unterhaltung, so beiläufig, als hätte er nur eine unwichtige Frage gestellt.

Carlotta blickte zu ihm auf, schaute dann hastig fort.

»Ich möchte, daß du meine Frau wirst«, sagte Norman ruhig. »Ich glaube, daß du das weißt. Du mußt es schon lange wissen. Ich liebe dich mehr, als ich dir sagen kann.

Ich bin nicht gut im Umgang mit Worten, aber ich liebe dich, Carlotta. Ich würde dich glücklich machen – wenigstens würde ich alles tun, was in meiner Macht steht, um das zu tun.«

»Ich weiß nicht«, murmelte Carlotta leise. »Ich weiß nicht, was ich sagen soll.«

Es kostete sie Mühe, ihn anzusehen.

»Um ehrlich zu sein«, fuhr sie fort, »ich wußte, daß du mich liebst. Es gibt keinen anderen Grund, warum du dir meinetwegen soviel Mühe gemacht haben solltest, mich ausgeführt, mich angerufen, mir ständig Blumen geschickt hast.

Du warst sehr freundlich, Norman, und sehr geduldig, aber das Schreckliche ist, daß uns das nicht viel weiterbringt. Ich weiß nicht, was ich dir antworten soll.«

»Dann laß mich die Entscheidung für dich treffen«, schlug er vor.

»Ich wünschte, das könntest du, aber so einfach ist es nicht.«

»Nicht?« fragte er. »Sag ja, Carlotta, sag, daß du mich heiraten wirst, und ich werde alles arrangieren. Wir können noch eine Weile warten, wenn du willst, und dann machen wir unsere Hochzeitsreise. Wenn wir zurückkommen, wird das Haus am Belgrave Square für uns bereit sein. Du kannst nach Melchester kommen und dir mein Haus dort ansehen – ich glaube, es wird dir gefallen. Ich möchte auch, daß du cin paar Leute kennenlernst, Leute, die viel Wirbel um dich machen werden, weil du meine Frau bist.«

Nach einer kurzen Pause fügte er hinzu:

»... und die dich lieben werden, weil du du selbst bist, weil du so schön bist.«

»Ich weiß nicht«, murmelte Carlotta unglücklich. »Ach, Norman, es ist so schwer, sein eigenes Leben zu regeln.«

»Und wenn du jemand anderem helfen würdest, was würdest du ihr raten?«

»Ich würde sagen, sie wäre dumm, wenn sie dich nicht heiratet«, antwortete sie. »Du bist so klug, Norman, und du bist reich. O ja, ich tue nicht so, als wäre Geld nicht wichtig, denn das ist es. Aber du bist auch immer so freundlich und schrecklich nett. Jedes Mädchen, das dich zurückweist, ist ein Dummkopf.«

»Dann sei kein Dummkopf«, schlug Norman vor.

»Ich kann das nicht so entscheiden. Gib mir Zeit zum Nachdenken, Norman. Dräng mich nicht.«

»Du sollst alle Zeit haben, die du brauchst«, erwiderte er sanft.

Nur einen kurzen Augenblick lang ließ er seine Hand auf ihrer ruhen, die auf dem Tisch lag.

»Ich möchte, daß alles so ist, wie du es dir wünschst«, erklärte er. »Nur vergiß nicht, daß ich dich liebe, und mach es mir nicht zu schwer.«

»Das werde ich nicht«, versprach sie.

»Wir müssen auf die Zukunft anstoßen!«

Norman rief einen Kellner. Er schlug die Weinkarte auf, wählte eine Flasche Champagner und ordnete an, daß sie auf Eis gelegt werden sollte.

Carlotta ließ ihren Teller zurückgehen, ohne das Essen angerührt zu haben, und bat um eine Zigarette.

»Ich kann nichts essen«, gestand sie.

Norman beugte sich vor und gab ihr Feuer.

»Du darfst dir keine Sorgen machen«, befahl er.

»Das ist leichter gesagt als getan.« Carlotta lächelte ihm zu.

»Und wenn wir schon von Sorgen sprechen, erzähl mir von dir selbst. Was hat dich so aufgeregt, als du hierher gekommen bist?«

»Ich hatte eine Unterredung mit meiner Stieftochter«, antwortete er, »und ich fürchte, ich habe die Beherrschung verloren. Das passiert mir nicht oft, schon gar nicht mit Skye.«

»Was hat sie denn angestellt, daß sie dich so verärgert hat?« erkundigte sich Carlotta überrascht.

Sie hatte schon viel von Skye gehört und wußte, wie sehr er seine Stieftochter liebte.

»Ich weiß nicht, ob ich es dir erzählen soll«, überlegte Norman. »Aber du wirst mein Vertrauen nicht mißbrauchen. Und eines Tages werden wir vielleicht überhaupt keine Geheimnisse mehr voreinander haben.«

»Erzähl es mir«, bat sie neugierig. »Du weißt, daß ich nie ein Wort zu irgend jemandem sagen würde.«

»Nun, Skye hat sich verliebt«, erzählte Norman, »und dummerweise hat sie sich den Sohn des Pächters ihres Großvaters als Objekt erwählt. Die Familie steht seit zwei oder drei Generationen im Dienste von Lord Brora. Es sind anständige, hart arbeitende, gewöhnliche Leute.

Der Sohn jedoch, an dem Skye interessiert ist, hat seine Heimat verlassen und eine eigene Laufbahn eingeschlagen. Die beiden haben sich getroffen und scheinbar auf der Stelle ineinander verliebt.

Sie ging zu ihrem Großvater und sagte ihm, daß sie den Mann heiraten wollte. Lord Brora war natürlich wütend. Er hat ihr die Heirat verboten und gedroht, den Pächter und seine Familie von seinem Besitz zu jagen, sollte sie gegen seinen Willen handeln.«

»Wie unfair!« warf Carlotta ein.

»Ich nehme an, er hält ihre Liebe nur für eine Laune, die vergeht, wenn genügend Druck ausgeübt wird. Bei den meisten Menschen wäre das wohl auch so, aber leider ist Skye sowohl hartnäckig als auch stur, wenn sie etwas erreichen will. Sie ist entschlossen, den jungen Mann zu bekommen, und wird nicht zulassen, daß sich ihr jemand in den Weg stellt.«

»Aber er kann doch wohl nicht zulassen, daß seine Familie verhungert?« meinte Carlotta.

»Nein, er akzeptiert die Tatsache, und das macht alles nur noch schlimmer.«

»Wieso?«

»Nachdem Lord Brora die Ehe verboten hat, hat Skye Schottland verlassen und war heute morgen bei mir, kaum, daß sie den Zug verlassen hatte. Sie hat mir erzählt, daß sie und der junge Mann zusammen leben wollen, bis ihr Großvater zur Vernunft kommt.«

»Großer Gott!« stöhnte Carlotta. »Aber was wird Lord Brora tun?«

»Ich habe keine Ahnung. Er ist auf seine Weise ebenso stur wie Skye auf ihre.«

»Aber du kannst das doch nicht zulassen?«

»Zulassen! Ich habe geschimpft, gedroht, sie angefleht, aber alles ohne Erfolg. Sie liebt diesen jungen Mann und beabsichtigt, früher oder später seine Frau zu werden. Ich kann überhaupt nichts tun.«

»Armer Norman«, murmelte Carlotta.

Sie wußte, wie sehr ihn das aufregen mußte.

»Ich habe alles getan, was ich konnte, um sie umzustimmen – alles. Übrigens, ich glaube, du kennst den Mann. Ich habe gehört, wie du seinen Namen erwähnt hast, glaube ich.«

Carlotta starrte ihn an. Sie hatte das Gefühl, eine eisige Hand griffe nach ihrem Herzen, es war, als wiche alles Blut aus ihrem Gesicht. Leichenblaß lehnte sie sich zurück.

»Ich habe ihn erwähnt?« rief sie mit schwacher Stimme aus. »Wie heißt er denn?«

Es kam ihr vor, als wiche der ganze Raum vor ihr zurück, als würde alles um sie her neblig trüb; klar, fast laut, hörte sie Normans Stimme antworten:

»Sein Name ist McCleod – Hector McCleod.«

14

Skye kletterte auf die Leiter und befestigte die gefältelte Rüsche aus buntem Chintz an dem Brett über dem Flügelfenster.

Sie summte bei der Arbeit vor sich hin. In der Tasche des Overalls, den sie über ihrem Kleid trug, steckten ein großer Hammer und eine Schere, die einem Arbeiter hätten gehören können.

Eine Tür fiel zu, daß der winzige Raum bebte. Einen Augenblick später kam Hector herein.

»Liebling!« rief Skye. »Du kommst früh, wie schön!«

»Ich bin gegangen, so früh ich konnte«, antwortete er, »und hatte Glück. Ich habe genau den richtigen Bus erwischt. Du weißt ja, normalerweise fährt er immer eine Minute, bevor man kommt.«

Sie drehte sich um, um die Leiter herabzusteigen, aber er hob sie von der zweiten Stufe in seine Arme.

Er küßte sie leidenschaftlich, ihren Mund, ihre Augen und Wangen. Dann hielt er sie auf Armeslänge von sich und erklärte:

»Laß dich anschauen. Ja, du siehst wirklich gezähmt aus. Die perfekte Ehefrau für einen müden Geschäftsmann.«

»Wie bist du heute im Labor vorangekommen?« erkundigte sie sich.

»Der Chef war entzückt von mir. Ich habe ihm meine Experimente aus der letzten Woche gezeigt, und er hat mich vor der ganzen Klasse gelobt. O ja, du kannst stolz auf mich sein. Ich habe es verdient.«

»Ein kleines Lob, und schon steigt es dir zu Kopf«, bemerkte Skye ernst. »Hier, sieh dir an, was ich getan habe. Das ist viel wichtiger als deine Käfer.«

Sie zeigte ihm die Vorhänge, die sie genäht und bereits aufgehängt hatte.

»Du bist schlau«, lobte er. »Ich glaube, niemand sonst könnte soviel hermachen, von sechseinhalb Pence, oder haben wir diese Woche schon sieben ausgegeben?«

»Eine Menge mehr als das«, antwortete Skye, »aber es ist es wert. Schließlich ist das hier unser Heim.«

»Wird es sein«, verbesserte er, nahm ihre Hand und küßte sie.

Sie hatten die kleine Wohnung in Victoria nach zwei langen Tagen der Suche genommen, nachdem sie, wie Skye erschöpft bemerkt hatte, Millionen Meilen gewandert waren, ohne etwas Angemessenes zu finden.

Endlich hatten sie in einem alten Hinterhof entdeckt, was sie gesucht hatten. Ursprünglich waren die Zimmer über einem Kutschenhaus gelegen. Man erreichte sie, indem man über eine kleine Eisentreppe stieg, die ein früherer Mieter grün gestrichen hatte.

Die alten Ställe darunter hatte man in eine Garage umgebaut. Sie wurde von den Mietern eines modernen Hauses benutzt, das kürzlich in der Nähe erbaut worden war.

Die Wohnung selbst entzückte sie. Sie war hell und luftig, und – außer, wenn Autos in die Garage gebracht wurden oder jemand fortfuhr – ausgesprochen ruhig.

Außerdem gab es vor der Küche ein winziges, flaches Dach. Hier wollten sie einen Dachgarten einrichten, sobald sie Zeit und Geld genug dafür hatten.

Ein großes Zimmer, mit einem alten Kamin, diente ihnen als Wohnzimmer, und davon ging ein großes, gemütliches Schlafzimmer ab, in dem im Augenblick noch Skye allein schlief. Durch eine Tür damit verbunden war ein winziges Zimmer, das jetzt Hector bewohnte.

Die viereckige Halle gleich hinter der Eingangstür diente als Eßzimmer, und außerdem gab es noch eine Küche und ein Bad.

»Das ist perfekt«, rief Skye aus, sobald sie es sah.

Ein paar Stunden später hatten sie den Mietvertrag unterzeichnet und die Schlüssel in Empfang genommen.

Nachdem Hector sich erst einmal auf Skyes Vorschlag eingelassen hatte, verlor er keine Zeit mehr mit Bedauern oder Sorge.

Wie sie glaubte auch er, daß ihre Liebe wichtiger war als

alles andere, und er wußte, daß sie bereit sein mußten, der öffentlichen Meinung zu trotzen, um ihr Glück zu erlangen.

»Ich habe Großvater natürlich erzählt, daß ich jedem sagen werde, wo ich bin und was ich tue«, sagte Skye, »aber in Wirklichkeit werden wir zuerst sehr verschwiegen sein und hoffen, daß er es sich anders überlegt, ehe wir zu heftig werden müssen!

Ich habe ihm einen langen Brief geschrieben«, fügte sie hinzu, »und ihm genau erklärt, was wir zu tun beabsichtigen. Ich habe ihm auch geschrieben, daß ich mit Norman gesprochen habe. Er wird entweder selbst nach London kommen oder Norman bitten, ihn in Schottland aufzusuchen, und beide zusammen werden dann vielleicht vernünftig.«

»Was soll ich tun, wenn dein Stiefvater erscheint und mich angreift?« wollte Hector wissen.

»Zurückschlagen«, erwiderte Skye. »Das würde ihm gefallen. Er hat sich immer alles genommen, was er haben wollte, ungeachtet jeglicher Opposition. Also kann er nicht erwarten, mich aufzuhalten.«

»Er wird es versuchen!« gab Hector zu bedenken.

»Natürlich wird er das. Das würdest du doch auch, wenn du an seiner Stelle wärst, oder nicht?«

»Ich würde jeden umbringen, der meine Stieftochter so behandelt, wie ich dich behandle.«

»Wenn er nur wüßte, wie anständig du bist.« Sie lachte. »Manchmal ist es, als würde ich mit einer alten Tante zusammen wohnen.«

Hector hatte sich tatsächlich strikt an die Regeln gehalten, die er selbst aufgestellt hatte, nachdem er zugestimmt hatte, mit ihr zu leben.

Abends küßte er Skye, wünschte ihr eine gute Nacht, und dann gingen beide in ihre Zimmer und trafen sich erst wieder beim Frühstück. Unter keinen Umständen hätte er ihr Zimmer betreten, nachdem sie sich für die Nacht zurückgezogen hatte.

Und obwohl Skye über ihn und seine Skrupel lachte, respektierte sie ihn auch, weil er sich an den einmal von ihm gewählten Kurs hielt, so groß die Versuchung auch sein mochte.

Als sie ihn jetzt beobachtete, dachte sie wieder einmal, wieviel besser er aussah, wenn er glücklich war.

Er sah jünger aus, und sein Gesicht strahlte Zufriedenheit und Freude aus.

Er erzählte jetzt oft, wenn er nach Hause kam, wie nett die Leute zu ihm gewesen waren, wie er von seinen Mitstudenten umworben oder von den Ärzten gelobt worden war.

Sie vermutete, daß er in der Vergangenheit zu reserviert gewesen war, daß er sich von den anderen abgesondert hatte, statt sich unter sie zu mischen.

Als sie in sein Leben getreten war, hatte sich seine Einstellung verändert, und sie war froh, daß es so war.

»Ach, was glaubst du, wer heute hier gewesen ist?« fragte sie.

»Ich habe keine Ahnung. Ein Besucher?«

»Ein sehr wichtiger Besucher!« antwortete Skye. »Norman – mein Stiefvater.«

»Was hat er gesagt?« wollte Hector wissen.

»Es ist genau, wie ich es vermutet habe. Großvater hat ihm einen langen, wütenden Brief geschrieben und besteht darauf, daß er nach Schottland kommt. Norman hat den Brief vor zwei oder drei Tagen erhalten, aber er konnte nicht früher fahren, weil er in Melchester war, wegen der neuen Fabrik.

Er fährt heute abend nach Schottland, und er hat versprochen, gleich nach seiner Rückkehr hierherzukommen und mir genau zu berichten, was Großvater entschieden hat.«

»War Sir Norman noch sehr wütend?«

»Er hat es versucht, aber ich habe ihn schnell rumgekriegt. Er war so süß. Ich hätte ihm am liebsten erzählt, daß alles nicht so schlimm ist, wie es den Anschein hat.«

»Warum hast du es nicht getan?«

»Und alles verdorben?« rief Skye aus. »Sei nicht albern! Was Norman und Großvater am meisten ängstigt, ist die Tatsache, ich könnte ein Kind bekommen. Das ist unsere stärkste Karte, Liebling, und ich werde sie ausspielen.

Norman hat sich natürlich nicht so direkt ausgedrückt, aber er hat um das Thema herumgeredet, bis ich schließlich zu ihm gesagt habe;

›Ich denke, was dich wirklich beunruhigt, sind die Konsequenzen meiner Sünde, nicht die Sünde selbst.‹«

»Und was hat er gesagt?«

»›Ich verlasse mich darauf, daß du an diese Möglichkeit gedacht hast.‹ Und ich habe geantwortet: ›Natürlich, mein Lieber, aber das dauert neun Monate, und Hector und ich wohnen erst seit sechs Tagen zusammen. Du und Großvater, ihr habt also noch Zeit genug nachzugeben, damit das Kind ehelich geboren wird.‹«

»Deine Offenheit ist immer ein wenig verblüffend. War Sir Norman sehr böse?«

»Nein, er hat gelacht«, gab Skye zu. »Und ich glaube, er wird wirklich versuchen, Großvater zur Vernunft zu bringen. Schließlich kann Norman nicht mit Steinen werfen. Er hat mit vierzehn Shilling die Woche angefangen.«

»Aber ich verdiene nicht einmal das.«

Skye legte die Arme um seinen Hals.

»Denk nur an all das Geld, das du eines Tages verdienen wirst, wenn deine Patienten vor unserem Haus in der Harley Street Schlange stehen.«

»Und wenn ich es niemals dorthin schaffe?« gab Hector zu bedenken.

»In Balham oder Wigan werden wir genauso glücklich sein.«

»Ich liebe dich«, erklärte er, »ich liebe dich.«

Er zog sie an sich und küßte ihren Hals dort, wo der Overall ein wenig offenstand und ein Dreieck weißer Haut enthüllte.

»Hör mal«, protestierte Skye und befreite sich. »Du hast ja noch gar nicht alles erfahren. Norman wird heiraten, und noch dazu eine Freundin von dir.«

»Carlotta«, vermutete Hector. »Das freut mich.«

»Ich hoffe wirklich, daß ich sie mag. Lange, ehe du mir von ihr erzählt hast, habe ich Norman gebeten, vorsichtig zu sein. Er ist ein so prächtiger Mensch, wirklich, aber er muß die richtige Frau heiraten.«

»Carlotta ist süß. Ich habe übrigens ein furchtbar schlechtes Gewissen, weil ich sie nicht angerufen habe. Sie und Mrs. Lenshovski waren so freundlich zu mir. Ich möchte natürlich, daß du sie kennenlernst, aber ich habe einfach keine Zeit, jemanden zu treffen. Ich möchte lieber mit dir allein sein.«

»Nun, ich denke, wir werden Carlotta schon sehr bald sehen«, antwortete Skye. »Norman hat mir erzählt, daß sie in zwei Wochen heiraten.«

»Warum denn so schnell?«

»Keine Ahnung, aber worauf sollen sie warten? Carlotta möchte die Bühne aufgeben, und Norman kann nur eine kurze Hochzeitsreise machen. Da können sie ebensogut gleich aufbrechen.«

»Ist er sehr glücklich?«

»Im siebten Himmel«, antwortete Skye. »Ich habe noch nie einen Mann so aufgeregt gesehen – viel aufgeregter, als du es meinetwegen bist.«

»Das glaube ich nicht. Das ist unmöglich.«

Er streckte die Arme aus, aber Skye wich ihm aus.

»Ich habe noch zu tun«, erklärte sie ernst und räumte das Teegeschirr ab.

»Kann ich dir helfen?« erbot er sich.

»Wenn wir erst ein paar Jahre verheiratet sind, wirst du das nicht mehr sagen. Dann machst du es dir bequem, die Füße auf dem Kaminsims, und liest die Abendzeitung, während ich für deine Bequemlichkeit schufte.

Paß auf, Dummchen«, fügte sie hastig hinzu, als Hector ihren Kopf nach hinten bog, um sie zu küssen, und dabei fast das Tablett umstieß, das sie in Händen hielt.

Sie lachten und scherzten in der Küche und waren beide erstaunt, als die elektrische Glocke über der Haustür summte.

»Wer kann das sein?« fragte Skye.

Hector schüttelte den Kopf.

»Keine Ahnung. Ich werde nachsehen.«

Er ging zur Tür, und einen Moment später konnte Skye ihn sagen hören:

»Ja, die wohnt hier. Wollen Sie nicht hereinkommen?«

Sie spähte um die Tür und entdeckte Mary Glenholme.

»Mary, meine Liebe!« Mit ausgestreckten Armen ging sie auf sie zu.

»Dein Großvater hat mir deine Adresse verraten«, erklärte Mary steif.

Enttäuscht begriff Skye, daß sie nicht als Freundin, sondern als Feind gekommen war.

»Ich wußte nicht, daß du schon so bald wieder in London sein würdest«, erklärte sie, »sonst hätte ich dir meine Adresse selbst gegeben. Aber als ich meine Sachen aus der Wohnung geholt habe, sagte man mir, du würdest noch mindestens zwei Wochen fort bleiben.«

»Wenn du dich erinnerst, ich hatte die Absicht, zur selben Zeit zurückzukehren wie du. Du wolltest für einen Monat nach Glenholme fahren, aber ich hörte, die Umstände hätten dich veranlaßt, bereits nach einer Woche wieder umzukehren.«

Skye wies mit der Hand auf Hector.

»Darf ich dich den Umständen vorstellen? Das ist Hector McCleod, mit dem ich lebe.«

Mary sah sie ernst an.

»Das ist nicht sehr lustig, Skye.«

»Soll es auch nicht sein. Aber zufällig ist es die Wahrheit.«

»Aber Skye ...« fing Mary an.

Hector mischte sich ein.

»Ich weiß, was Lord Brora Ihnen gesagt hat, Miss Glenholme«, sagte er ruhig. »Aber ich denke, um Skye und mir gerecht zu werden, sollte ich erklären, daß wir heiraten wollten und daß Lord Brora uns in diese Situation gebracht hat, weil er seine Einwilligung verweigerte und darüber hinaus meinen Eltern drohte. Ich kann nur sagen, daß ich nicht sehr stolz auf das bin, was wir tun.«

Mary sah ihn lange an.

»Erklären Sie sich, junger Mann«, forderte sie ihn auf.

Hector kam ihrem Wunsch nach, und Skye bemerkte, wie sich Marys Haltung lockerte.

»Das ist allerdings eine ganz andere Geschichte als die, die ich von Lord Brora gehört habe.«

»Nun, was schreibt er denn? Zeig uns den Brief«, bat Skye.

»Das werde ich gewiß nicht tun. Er würde euch nur aufregen oder sollte es zumindest. Ich finde euer Verhalten schändlich, Skye, aber was Mr. McCleod mir erzählt hat, setzt die Sache natürlich in ein ganz anderes Licht.«

»Gut! Du hättest dir denken können, daß Großvater voreingenommen ist.«

»Aber ihr hättet doch bestimmt warten können! Warum diese Eile?«

»Weil wir sonst nie weitergekommen wären, meine Liebe«, erklärte Skye. »Du kennst doch Großvater, kein Argument kann ihn dazu bewegen, etwas zu ändern. Wir hätten ihn nur immer weiter und weiter angefleht, und Hector und ich wären immer unglücklicher geworden. Da habe ich mir gesagt, es wäre besser, sofort etwas zu unternehmen und seine Einwilligung zu erzwingen. Er wird nachgeben müssen.«

»Du bist ja sehr zuversichtlich.«

»Natürlich bin ich das. Weißt du, Hector bedeutet mir alles.«

Sie schob ihren Arm unter seinen.

»Gib uns deinen Segen, Mary«, schmeichelte sie. »Ich kann es nicht ertragen, wenn du böse auf mich bist.«

»Du bist hoffnungslos, Skye. Ich bin hergekommen, auf eine Szene eingestellt, und eigentlich wollte ich dich mit heimnehmen. Aber es sieht nicht so aus, als hätte ich damit Erfolg.«

»Ich fürchte nicht«, bemerkte Hector grinsend.

»Natürlich bekomme ich die Schuld an alldem«, fuhr Mary fort. »Dein Großvater schiebt die ganze Sache auf meinen schlechten Einfluß.«

»Das ist ja ein Witz!« rief Skye. »Wenn er nur wüßte, wie respektabel dein Studio ist. Es ist das langweiligste in ganz Chelsea.«

»Das macht die Sache für mich auch nicht besser. Jetzt beschimpft mich die ganze Familie, und man kann es ihr nicht verdenken.«

»Nun, die Familie muß es ja nie erfahren, wenn du Großvater überredest, vernünftig zu werden. Ich habe es nur Norman erzählt, und wenn der auch wütend ist, so glaube ich doch nicht, daß er seinem Zorn jemand anderem gegenüber Luft machen wird.«

»Nein, das ist wohl wahr.«

»Hör zu, ich habe eine Idee. Warum fährst du nicht heute abend mit Norman nach Glenholme – Großvater hat ihn rufen lassen, und wenn du mit ihm fahren würdest, wäre das wohl das beste. Ihr könntet versuchen, ihn zu überreden, vernünftig zu werden.«

»Da ist etwas dran«, meinte Mary nachdenklich. »Ich glaube, wenn ihr euch in den Kopf gesetzt habt zu heiraten, dann bringen wir das besser hinter uns.«

»Ein wahres Wort«, stimmte Skye zu. »Kommt, wir gehen aus und rufen Norman von einer Telefonzelle aus an. Hier können wir uns natürlich kein Telefon leisten«, fügte sie noch hinzu.

Sie griff sich ihren Hut und drängte die beiden vor sich her die grüne Treppe hinunter auf die Straße. Als sie an der roten Telefonzelle ankamen, förderte Hector zwei Pennies zutage, und Skye wählte Normans Nummer.

»Kann ich bitte Sir Norman sprechen?« bat sie.

»Einen Moment, ich verbinde.«

»Norman«, fing sie an, als sie seine Stimme hörte, »Mary ist hier. Sie ist ein Engel und hat eingewilligt, heute abend mit dir nach Glenholme zu fahren und Großvater zu umschmeicheln.«

»Das ist eine gute Idee.«

»Wir bringen sie zum Bahnhof. Um welche Zeit geht der Zug?«

Norman erzählte ihr, daß er kurz vor Mitternacht in Euston abfahren würde.

»Ich dachte mir schon, daß er nicht früher fahren würde«, bemerkte Skye, als sie aus der Zelle trat. »So kann er sich noch von Carlotta verabschieden. Vielleicht kommt sie auch zum Bahnhof. Dann werde ich endlich Hectors Freundin und Normans Verlobte kennenlernen.«

»Kennt Hector Carlotta Lenshovski?« fragte Mary neugierig. »Wie ungewöhnlich. Scheint ein großes Durcheinander zu sein, ich meine, wo Hectors Vater auf dem Besitz deines Großvaters beschäftigt ist, und Norman ausgerechnet eine Schauspielerin heiraten will, die Hector kennt.«

»Da kann ich nur zustimmen«, unterbrach Skye. »Es ist alles schrecklich dramatisch. Wenn Hector jetzt noch mit ihr verheiratet oder wenigstens in sie verliebt gewesen wäre, dann wären wir alle auf die eine oder andere Art miteinander verwandt.«

»Sei nicht absurd«, sagte Hector.

Skye schaute ihn neugierig an, als ihr plötzlich ein Gedanke kam.

»Sie ist doch nicht in dich verliebt, mein Schatz?« fragte sie. »Ich meine, ihr habt euch schließlich auf sehr romantische Art kennengelernt, und es gibt keinen Grund, warum sie dich so oft getroffen hat, oder?«

»Ich habe noch nie jemanden soviel Unsinn reden hören. Sie?« wandte er sich an Mary.

»Es könnte leicht wahr sein«, beharrte Skye, schob aber ihre Hand in Hectors und drückte sie zärtlich. »Nun, auf jeden Fall gehörst du jetzt mir, nicht wahr?«

Trotz Marys Gegenwart legte er den Arm um ihre Schultern.

»Da kannst du ganz sicher sein«, beruhigte er sie ernst.

15

Carlotta kam ins Zimmer. Sie hielt ein Päckchen in den Armen, das sie vor Magda auf den Tisch legte.

»Ein Geschenk der Gruppe«, erklärte sie.

»Was ist es denn?« fragte Magda und zerrte das Geschenkpapier fort.

Es war eine Porzellanfigur von Mrs. Siddons. Auf der Unterseite trug sie die Inschrift:

»Für Carlotta Lenshovski, in Erinnerung an ihre Hochzeit.«

Dem folgten die Namen all jener, die sich beteiligt hatten und die zusammen mit Carlotta auf der Bühne gestanden hatten.

»Hübsch. Das ist doch nett von ihnen, nicht wahr, mein Liebling?« meinte Magda.

Carlotta stand vor einem der Spiegel an der Wand und fuhr sich mit den Fingern durch das Haar, das von der schmalen Satinspitzenkappe flachgedrückt war, die sie getragen hatte.

Etwas an ihrem Ausdruck und ihrem Ton verriet Magda, daß nicht alles in Ordnung war. Besorgt musterte sie Carlotta. Morgen war ihr Hochzeitstag.

Trotz aller Proteste Magdas und Normans hatte Carlotta darauf bestanden, bis zum letzten Augenblick auf der Bühne zu stehen.

Am Theater war man bereit gewesen, sie freizustellen, aber aus einem Grund, den nur sie kannte, wollte sie das Theater erst am Samstagabend aufgeben und Sonntag morgen Normans Frau werden.

Norman wäre mit einer kleinen Hochzeit auf dem Standesamt zufrieden gewesen, hätte das sogar vorgezogen, aber etwas in Carlotta hatte sie gezwungen, seine Vorschläge abzulehnen.

Sie war entschlossen, in der Kirche getraut zu werden, im traditionellen weißen Satin mit Orangenblüten.

»Ich habe ein Recht darauf«, hatte sie erklärt. »Ich war noch nie verheiratet, und ich werde nie wieder mit demselben Aufruhr und derselben Aufregung heiraten. Ich werde eine ganz konventionelle Braut sein.«

Norman hatte eingewilligt. Er war bereit, allem zuzustimmen, was Carlotta sich wünschte. Aber er war überrascht über ihren Willen, die Hochzeit so schnell stattfinden zu lassen.

Er freute sich sehr darüber, auch wenn Carlotta im Augenblick Gefallen daran zu finden schien, ihn zu verletzen, wann immer sich eine Gelegenheit dazu bot.

»Natürlich bedeutet unsere Hochzeit dir nichts, Norman«, sagte sie zum Beispiel eines Tages, als sie ihre Pläne besprachen. »Ich meine, du hast das alles schon einmal durchgemacht, und deine Schwüre waren beim ersten Mal nicht sehr erfolgreich, nicht wahr?«

»Jetzt ist das etwas ganz anderes«, versicherte er ihr.

Carlotta gab mit hochgezogenen Brauen zurück:

»Ich nehme an, das hast du zu deiner ersten Frau auch gesagt.«

Es schien ihr zu gefallen, bei jeder sich bietenden Gelegenheit Evelyn ins Spiel zu bringen. Norman konnte sie nicht verstehen.

Aber großzügig, wie er war, schrieb er es ihrer Aufregung zu, die, wie er glaubte, jede Frau empfinden mußte, ehe sie den entscheidenden Schritt in ein neues Leben unternahm.

Doch am Freitag vor ihrer Hochzeit hatte sie alle Bedenken beseitigt, die er in bezug auf ihre Wünsche hegen konnte.

»Ich kann nicht glauben, daß du in achtundvierzig Stunden meine Frau sein sollst«, hatte Norman leise gesagt, als sie nach dem Theater heimfuhren.

»Bist du ganz sicher, daß du dich freust?« wollte Carlotta wissen.

»Mein Schatz«, antwortete Norman leise, »ich kann es nicht fassen. Bist du ganz sicher, daß du mich heiraten willst?«

»Ganz sicher«, hatte Carlotta leise geantwortet.

Er hatte ihr geglaubt, und die Freude, die sein Herz erfüllte, veranlaßte ihn, ihr erneut sein Leben zu widmen.

Carlotta hatte sich jedoch geweigert, ihn am Tag vor der Hochzeit zu sehen.

»Ich habe zuviel zu tun«, hatte sie erklärt. »Du mußt bis Sonntag warten, wenn wir uns in der Kirche sehen werden.«

Magda hatte ihre Entscheidung überrascht, aber auch sie hatte es in den letzten Wochen gelernt, nicht zu oft mit Carlotta zu streiten. Nie zuvor war das Mädchen so verletzlich gewesen, war so trotzig und mürrisch geworden, wenn es auch nur winzige Schwierigkeiten gab.

»Dein Kleid ist da«, berichtete sie jetzt. »Ich habe es in dein Schlafzimmer gebracht.«

»Wie sieht es aus?« Carlotta war nicht sehr interessiert.

»Hübsch.«

»Ich war ein Dummkopf.« Carlotta verließ den Spiegel und setzte sich an den Tisch. »Ich hätte in Scharlachrot, Grün oder einer anderen sensationellen Farbe heiraten sollen.«

»Das hätte dir nicht so gut gestanden wie weiß«, meinte Magda.

»Aber die Zeitungen hätten etwas gehabt, worüber sie schreiben können.«

»Hast du noch nicht genug Publicity gehabt?« Magda dachte an den Stapel von Zeitungsausschnitten, die jeden Tag eingetroffen waren, seit Carlottas Verlobung bekannt war.

Sie und Norman waren wie Gestalten aus einem Märchen beschrieben worden.

Die Romantik von Normans Lebensgeschichte hatte die Phantasie der Leute angeregt, und seine Verlobung mit einer schönen jungen Schauspielerin war genau das Richtige in den Augen der Verleger, die damit die Öffentlichkeit füttern konnten.

»Ich würde ihnen gern etwas zum Klatschen geben«, sagte Carlotta.

Ihre Stimme klang verbittert, obwohl sie lächelte, und Magda schob ihren Teller beiseite und beugte sich zu ihrer Adoptivtochter hinüber.

»Sag die Wahrheit, Carlotta. Warum heiratest du ihn?«

Carlotta hob den Kopf und schaute Magda an.

»Weil er reich ist. Was hast du denn gedacht, warum ich es tue?«

Magda zuckte die Schultern.

»Ich verstehe dich nicht. Ich weiß nie, ob du nun die Wahrheit sagst oder mir eine Rolle vorspielst wie allen anderen. Was für Gefühle hast du wirklich, mein Kind? Entscheide dich, ehe es zu spät ist.«

»Es war schon vor Wochen zu spät. Damals habe ich meinen Entschluß gefaßt.«

Carlotta stand auf und ging zum Kamin. Eine Weile stand sie mit dem Rücken zu Magda, starrte auf die Ballettschuhe in ihrem Glaskasten.

»Bist du böse auf mich?« fragte sie.

»Warum? Weil du ein gefährliches Spiel mit deinem eigenen Leben spielst? Nein, wenn ich dir glauben würde, dann hätte ich Mitleid mit dir, aber böse wäre ich nicht.«

»Und warum ist es gefährlich? Wird Norman nicht in der Lage sein, mir alles zu geben, was ich mir je gewünscht habe?«

»Weißt du genau, was das ist?« erkundigte sich Magda.

Carlotta drehte sich um und sah sie an.

»Was soll ich denn tun?« Ihre Stimme bebte.

»Mein Schatz, mein Kleines. Ist es nicht ein wenig spät, um das zu fragen?«

Carlotta legte plötzlich beide Hände an den Kopf.

»Ich bin verrückt«, rief sie. »Ich fühle mich irrsinnig, mein Hirn schmerzt, ich kann nicht verstehen, was ich tue. Ach, Magda, du hast mich nie im Stich gelassen, hilf mir auch jetzt.«

Sie lief im Zimmer auf und ab. Magda verschränkte die Hände ineinander. So gern hätte sie dem Kind geholfen, das sie so liebte.

»Was ist denn los? Erkläre es mir. Ich bin vielleicht dumm, aber ich verstehe es wirklich nicht.«

»Ich liebe ihn«, stöhnte Carlotta. »Ich liebe ihn. Ich wollte ihn, aber was hätte ich tun sollen?«

»Hector?« flüsterte Magda.

»Ach, Magda, Magda!«

Carlotta lief durchs Zimmer zu ihr, warf sich neben ihr auf die Knie und verbarg ihr Gesicht im Schoß ihrer Adoptivmutter.

Magda legte die Arme um die schmalen Schultern, die vom Schluchzen geschüttelt wurden.

»Meine kleine Taube, nun weine doch nicht.«

»Was soll ich nur tun? Was soll ich tun?«

Magda ließ zu, daß Carlotta sich ihrem Kummer überließ. Doch nach kurzer Zeit strich sie ihr über das dichte, lockige Haar und sagte sanft:

»Hör zu, Carlotta, ich muß dir etwas sagen.«

Mühsam unterdrückte Carlotta ihr Schluchzen; sie wurde ruhiger, der Sturm verebbte, nur ihr Atem ging noch stoßweise.

»Ich will dir etwas erzählen«, fing Magda an. »Ich werde dir erzählen, warum ich so froh war, als du mir erzählt hast, daß du Norman heiraten wirst. Er ist reich, und ich habe mir immer Geld für dich gewünscht. Du hältst es vielleicht für sonderbar, daß ich das sage, wo doch alle Welt glaubt, ich wäre eine reiche Frau, aber das ist nicht wahr.«

Carlotta hob überrascht den Kopf; ihre Augen waren rot und verschwollen. Durch ihre Tränen starrte sie Magda an.

»Die Summe, die ich dir hinterlassen werde, ist nicht groß. Natürlich bleibt dir etwas, aber du mußt Steuern dafür bezahlen, und die sind enorm.

Deshalb war ich froh, als du mir erzählt hast, daß du Norman heiraten würdest. Zumindest war das ein Grund für mich, froh zu sein. Es gibt noch andere.«

»Und die wären?« fragte Carlotta mit trockenen Lippen.

»Ich glaube, daß er einen guten Einfluß auf dich haben wird, daß du mit ihm ruhiger und beständiger wirst. Als ich deine Mutter kennenlernte, war sie eine kranke Frau, und du wurdest bald darauf geboren. Aber in ihr war etwas Wildes, das ich gut verstehen konnte, weil wir von derselben Rasse sind. Ich hatte es schon häufig zuvor gesehen, bei vielen Frauen, die ein schnelles, lockeres Leben geführt haben.«

»Aber was meinst du nur? Ich verstehe dich nicht.«

»Diesen Frauen fehlt das Gleichgewicht, Liebes«, erklärte Magda. »Sie konzentrieren sich nur auf das, was offensichtlich ist, sie nutzen ihre Kräfte nicht, blicken nicht über ihre Nasenspitze hinaus.«

»Das stimmt in meinem Fall ja wohl kaum«, widersprach Carlotta. »Ich bin ehrgeizig, und das weißt du auch.«

»So? In welcher Beziehung?«

Carlotta zögerte.

»Bildest du dir nicht nur ein, daß du es bist? Du möchtest reich und wichtig sein, du möchtest bemerkt werden, willst, daß man über dich spricht. Aber das, Carlotta, ist Selbstzufriedenheit, kein Ehrgeiz.«

»Warum nicht?«

»Ich weiß es, weil ich einmal sehr ehrgeizig war. Aber ich bin nicht klug genug, es in Worte zu fassen. Frage Norman, er weiß Bescheid. Er ist wirklich ehrgeizig.«

»Und Hector auch?«

»Vielleicht auch Hector.«

»Warum mußte mir das passieren? Wenn Hector mich doch nur lieben könnte, dann wäre alles ganz anders gewesen.«

»Er hat kein Geld«, antwortete Magda. »Verlangst du kein Geld, Carlotta? Schon als Kind hast du dir immer die teuersten Dinge ausgesucht, von allem nur das Beste verlangt. Wärest du als Ehefrau eines kleinen Arztes zufrieden, der ums Überleben kämpft, selbst wenn er in ferner Zukunft möglicherweise reich wird? Vorher bedeutet das jahrelangen Kampf.«

»Ich weiß nicht. Ich weiß nur, daß ich ihn liebe.«

»Ich frage mich, ich frage mich wirklich, ob du überhaupt schon angefangen hast zu verstehen, was Liebe bedeutet. Ich habe sie einmal kennengelernt, ein einziges Mal in meinem Leben. Es ist noch immer ein wunderschöner Traum! Mein Leben ging ohne diese Ekstase, ohne diese Freude weiter.

Jetzt, als alte Frau, frage ich mich, wenn ich über die vergangenen Jahre nachdenke, ob ich nicht eine tiefere Liebe zu Ivor empfunden habe. Unsere Freundschaft, unser Verständnis füreinander hätte, glaube ich heute, den Namen ›Liebe‹ sehr wohl verdient.«

»Ich möchte deine Traumliebe«, sagte Carlotta. »Ich möchte Hector – ich will ihn!«

Sie sprach leidenschaftlich erregt. Nach einem Augenblick sprang sie auf, ging zu dem kleinen Tischchen, nahm sich eine Zigarette aus der Schachtel und zündete sie an. Langsam gewann sie ihre Beherrschung zurück.

»Ich hasse Skye, ich hasse sie!«

Jetzt sprach sie mit derselben festen, harten Stimme, die sie auch zuvor an den Tag gelegt hatte.

Bekümmert schaute Magda sie an.

»Es ist dumm, so eifersüchtig zu sein.«

»Kann ich es ändern?« fragte Carlotta wütend.

»Sie ist Normans Stieftochter«, warnte Magda sie, »und er hängt sehr an ihr.«

»Sie haßt mich auch«, antwortete Carlotta.

»Woher weißt du das?«

»Als wir uns das erste Mal gesehen haben, am Bahnhof Euston, da wußte sie, daß ich Norman nicht liebe. Ich habe gespürt, wie sie mich ablehnt, ich wußte, daß sie alles in ihrer Macht Stehende getan hätte, um diese Ehe zu verhindern.«

»Sie liebt ihren Stiefvater«, gab Magda zu bedenken.

»Sie vermutet wahrscheinlich nicht, daß ich Hector liebe«, fuhr Carlotta fort. »Ich habe ihn kaum angeschaut, obwohl er sehr freundlich war, und eifrig darauf bedacht, mich mit Skye bekanntzumachen. Er hat gehofft, wir würden Freundinnen werden – der Dummkopf! Warum sind Männer nur immer so blind Frauen gegenüber?

Norman hat ebenfalls versucht, Skye und mich zu Freundinnen zu machen. In diesem Augenblick habe ich sie alle gehaßt. Ich wollte fortlaufen, um beide, Hector und Norman, so schnell wie möglich zu vergessen. Als der Zug Norman aus dem Bahnhof brachte, habe ich gewinkt. Hector stand neben mir, und Skye beobachtete mich mit eisigem Mißtrauen.

Sie sagte sich, daß ich ihren Stiefvater des Geldes wegen heirate, und ich wußte, daß sie es Hector sagen würde, sobald ich fort war.

Wenn ich sie auf der Stelle hätte töten können, ich hätte es getan. So jedoch lächelte ich nur höflich, verabschiedete mich und fuhr allein in Normans Wagen heim.

Seitdem habe ich Skye zweimal gesehen. Norman hat darauf bestanden, daß wir zusammen zu Mittag oder Abend essen, aber Hector war nicht bei ihr. Er wurde im Krankenhaus aufgehalten, oder zumindest damit entschuldigt.«

Carlotta faltete die Hände.

»Glaubst du«, fragte sie atemlos, »daß er mich meidet, weil er mich liebt, aber der Tatsache nicht ins Auge sehen will?«

»Meine kleine Taube, mach dir nichts vor«, riet Magda ihr sanft.

Das Leuchten verschwand von Carlottas Gesicht.

»Ich weiß. Ich muß mich der Wahrheit stellen, und morgen muß ich Norman gegenübertreten.«

»Heirate ihn nicht. Sage es ab, bevor es zu spät ist. Ruf ihn jetzt gleich an, sag ihm, du bist krank, und später erzählst du ihm die Wahrheit. Du bist jung, du bist hübsch. Warum solltest du dich an jemanden verschwenden, den du nicht liebst?«

Carlotta drückte die halb gerauchte Zigarette im Aschenbecher aus. Mit einem harten, gezwungenen Lachen griff sie nach der Porzellanfigur von Mrs. Siddons und betrachtete sie.

»Für Carlotta Lenshovski, in Erinnerung an ihre Hochzeit«, las sie laut.

»Magda«, erklärte sie, »ich darf nicht zurückblicken. Schließlich ist er ein sehr reicher Mann.«

16

»Können wir es wagen, zur Hochzeit zu gehen?« wollte Skye von Hector wissen; aber als er vorschlug, sie sollte ohne ihn gehen, weigerte sie sich.

»Nein, ich muß den Mut haben, zu meinen Überzeugungen zu stehen«, erklärte sie. »Bloß, die Familie *en masse* ist eine ziemlich bittere Pille, wenn man sie auf einmal schlucken soll.«

»Du mußt hingehen«, beharrte er. »Dein Stiefvater wäre furchtbar verletzt, wenn du nicht da wärst. Er hat dich so gern.«

»Er ist der liebste Mensch auf der Welt. Weißt du, was er mir gestern angeboten hat? Eine monatliche Unterstützung.«

»Ich hoffe, du hast sie nicht angenommen«, sagte Hector hastig.

»Ich kenne ja deinen Stolz, Liebling, also habe ich abgelehnt. Aber ich habe ihm gesagt, daß ich entzückt sein würde, sie anzunehmen, sobald wir durch das heilige Band der Ehe miteinander verbunden sind.«

»Ich wünschte, ich könnte dich selbst unterhalten«, meinte Hector wütend.

»Nun, eines Tages wirst du dazu in der Lage sein«, tröstete Skye ihn, »und bis dahin ist es albern, zu stolz zu sein. Ich habe Normans Angebot nur abgelehnt, weil mir klar war, daß er nur sein eigenes Gewissen beruhigen wollte.

Er macht sich Sorgen, weil wir so leben, und es würde sein Gewissen erleichtern, wenn es uns wirklich gut ginge. Mein ›Nein‹ wird ihn dazu bringen, Großvater nur hoch härter zu bearbeiten.«

»Es dauert lange, bis der nachgibt.« Hector war unglücklich.

»Zeit ist etwas, das in Glenholme nie in Betracht gezogen wird«, erwiderte Skye. »Sie zieht einfach vorüber, bringt alle immer näher ans Grab, aber so friedlich, daß sie nicht einmal merken, wie es geschieht.«

»Ich möchte, daß du mir gehörst«, sagte Hector nur und legte die Arme um sie.

»Ich möchte dich auch«, antwortete Skye.

Er küßte sie, und einen Moment lang vergaßen beide alles außer ihrer Leidenschaft und Begierde. Zitternd wich Skye ein wenig vor ihm zurück.

»Es sind deine Regeln und Bestimmungen, die alles so schwierig machen«, sagte sie halb im Scherz, halb im Ernst.

Hector drehte sie zu sich herum.

»Du bedauerst doch nichts? Wenn ich glauben müßte, du würdest dir Sorgen machen, wenn ich auch nur denken müßte, ich würde dich irgendwie unglücklich machen, dann würde ich aus deinem Leben gehen und nie zurückkommen. Ich liebe dich genug, um das zu tun, mußt du wissen.«

Sie legte ihm die Finger auf den Mund.

»Sei nicht albern«, bat sie sanft. »Ich finde es nur manchmal schwer, auf dem Podest zu stehen, das du für mich erschaffen hast. Es ist schön, bewundert zu werden, Hector, aber manchmal fühle ich mich sehr menschlich.«

»Glaubst du etwa, für mich wäre es leicht?« fragte er mit gefühlsgeladener Stimme.

Sie lächelte ihn an. Sie wußte, wie hart es für ihn war. Sie hatte ihn schon in vielen Nächten in seinem winzigen Schlafzimmer hin- und hergehen gehört, unfähig zu schlafen, weil sie so nah bei ihm war, und doch durch eine undurchdringliche Mauer von ihm getrennt, die er selbst errichtet hatte.

»Ich bin schrecklich nervös«, hauchte sie, als sie in der kleinen Steinkirche knieten, in der Carlotta getraut wurde.

Sie spürte den beruhigenden Druck seiner Hand und wußte, daß er sie verstand.

Sie hatten sich tapfer den Blicken von Skyes Verwandtschaft gestellt, waren zusammen durch das Kirchenschiff gegangen, um ihre Plätze in der ersten Reihe einzunehmen, die Norman für sie reserviert hatte. In derselben Reihe saßen auch Alice, seine Schwester, und zwei von Evelyns Cousinen.

Alice, die Skye nur einmal in ihrem Leben gesehen hatte, streckte ihr die Hand hin, die in einem engen, weißen Glacéhandschuh steckte.

»Ich bin so froh, dich wiederzusehen«, flüsterte sie. »Erinnerst du dich noch an mich? Ich bin Normans Schwester Alice.«

»Natürlich erinnere ich mich«, antwortete Skye.

Sie erinnerte sich vage daran, daß ihre Mutter immer vernichtende Kritik an Normans Schwester geübt hatte, die sie langweilig und dumm fand. Aber irgendwie gefiel ihr das ehrliche, freundliche Gesicht der grauhaarigen Frau; und sie begriff mit erstaunlicher Klarheit, daß sie ihr Bestes getan hatte, um für ihren Bruder elegant auszusehen, auch wenn ihr pflaumenfarbener Mantel mit dazu passendem Rock und der beige Fuchspelz von beklagenswert schlechtem Geschmack waren.

»Ich hoffe wirklich, daß Norman glücklich wird«, sagte Skye.

Es überraschte sie, daß Alice plötzlich Tränen in die Augen traten.

»Sie hat wirklich Glück«, antwortete Alice. »Er ist so nett und großzügig.«

Eine Menschenmenge hatte sich versammelt, um zu beobachten, wie Norman und Carlotta getraut wurden. Von Carlottas Seite waren einige Mitglieder des Theaterensembles erschienen, und in der ersten Reihe saßen Magda und Leolia in ihren besten Kleidern.

Skyes Verwandte beäugten die auffallenden Bühnenstars, während diejenigen von Normans Angestellten, die von Melchester herübergekommen waren, unter aufgeregtem Flüstern ihre Lieblingsstars herauspickten.

Carlotta hatte sich Lilien zur Dekoration der Kirche ausgesucht, die einen schweren, exotischen Duft, manchmal fast überwältigenden Duft verströmten. Norman sah blaß und besorgt aus, als er die Kirche betrat, aber Carlotta, die fast zehn Minuten zu spät kam, wirkte vollkommen beherrscht.

Kameras klickten, Blitzlichter flammten auf, man hörte das Surren einer Filmkamera, als sie eintraf.

Der Chor fing an zu singen, und Carlotta, die einen riesigen Strauß aus purpurfarbenen Orchideen trug, schritt langsam den Gang entlang, auf ihren zukünftigen Ehemann zu.

Erst als sie die erste Reihe erreichte, hob sie die Augen und sah zu Hector hinüber, als sie vorüberging.

Sie schaute ihn nur kurz an und wandte sich gleich wieder ab, aber Magda, die sie von der anderen Seite des Ganges aus beobachtete, hatte das Gefühl, daß sie mit diesem Blick ihr Geheimnis der Welt preisgegeben hatte.

Als die Zeremonie vorüber war, schritten Braut und Bräutigam zu den Klängen des Hochzeitsmarsches den Gang entlang. Normans Wagen wartete auf sie. Sie fuhren zum Belgrave Square, wo ein kleiner Empfang stattfinden sollte.

Als sie in den Wagen stiegen, stürzte jemand aus der Menge vorwärts und drückte Carlotta einen Strauß weißer Heide in die Hand.

»Gott segne dich, Süße«, rief die Frau, »und viel Glück.«

Carlotta schleuderte die Heide zu Boden.

»Das bringt Unglück«, erklärte sie schaudernd, »jedenfalls mir. Ich habe sie nie vor einer Premiere in meiner Garderobe geduldet.«

»Uns kann nichts mehr Unglück bringen«, Norman.

Er streckte die Hand aus, um ihre zu ergreifen, aber sie stieß einen spitzen Schrei aus.

»Paß auf meinen Schleier auf. Er reißt so leicht. Du mußt vorsichtig sein.«

Sie lächelte, und zwei leuchtendrosa Flecken zeigten sich auf ihren Wangen, als sie beim Empfang Hände schüttelten, redeten und mit ihren Gästen lachten. Sie hatte nie hübscher ausgesehen, aber Magda wußte, daß sie nur aufgeregt war.

Als Carlotta hinaufging, um sich vor der Reise umzuziehen, folgte sie ihr. Da sie sie allein antraf, schloß sie die Tür hinter sich und sperrte ab.

»Ich möchte dich eine Minute sprechen. Ich möchte dir alles Glück der Welt wünschen, mein Schatz, und ich bitte dich jetzt, wo du verheiratet bist, alles zu tun, um Norman glücklich zu machen, ihm eine gute Frau zu sein.«

Ein Ausdruck überzog Carlottas Gesicht, den Magda für Angst hielt, aber er verschwand so schnell wieder, daß sie nicht sicher war, ob sie ihn wirklich gesehen hatte.

»Geh fort, meine Liebe«, meinte Carlotta leichthin. »Du bringst mich noch zum Weinen, wenn du so sentimental bist. Dann verläuft meine Wimperntusche, und ich sehe schrecklich aus. Außerdem bin ich vollkommen erschöpft.«

Magda konnte nichts anderes tun, als ihr gehorchen.

Als sie die Tür öffnete, sah sie sich einer Gruppe lachender, schwatzender Freundinnen gegenüber, die ins Zimmer stürzten, und sie wußte, daß sie nie wieder einen Augenblick mit Carlotta allein sein würde.

In Normans Zimmer saß Skye auf dem Bett und sah zu, wie er seine Krawatte band.

»Ich wünschte, es wäre meine Hochzeit gewesen«, murmelte Skye.

Norman wandte sich zu ihr um und trat dann neben sie.

»Hör mal, Skye, ich habe eine Idee. Wenn der alte Mann nicht nachgibt, dann gibt es für mich nur eines, was ich tun kann: Ich muß Hectors Familie unterstützen. Dann könntet ihr heiraten.«

Skye schüttelte den Kopf.

»Das ist schrecklich lieb von dir, aber du verstehst uns nicht. Hector würde das niemals annehmen, und sie genausowenig. Sie haben ihr Leben lang in dem Haus gewohnt. Außerdem sind sie stolz, schrecklich stolz. Nein, wir können nur warten und hoffen, daß Großvater nachgeben wird; früher oder später wird er es tun, da bin ich ganz sicher.«

»Er ist ein sehr starrköpfiger Mann«, gab Norman zu bedenken.

»Ich bin auch hartnäckig. Und außerdem habe ich die Zeit auf meiner Seite. Ich bin jung, ich kann warten – er kann sich das nicht leisten.«

»Das ist das Härteste, was ich dich je habe sagen hören.«

»So? Ich bin nicht wirklich böse oder verbittert. Ich kann seinen Standpunkt verstehen. Aber er begreift einfach nicht, daß sich die Welt verändert hat; daß die gesellschaftlichen Schranken einstürzen. Für ihn war Hector ein Bediensteter, für mich ist er ein Mann, und das ist alles, was zählt. Das ist der Unterschied zwischen unseren Generationen, und dieser Unterschied muß zwischen uns ausgekämpft werden.«

»Ich wünsche dir Glück, meine Liebe. So lange du glücklich bist, bin ich zufrieden, obwohl ich wünschte, du hättest einen anderen Weg finden können.«

Skye sah ihn mit glänzenden Augen an.

»Das ist nur eine Frage des Mutes. Du hättest für Carlotta dasselbe getan.«

»Ich hoffe es.« Norman konnte nicht umhin, sich zu fragen, wieviel Carlotta wohl für ihn getan hätte.

Aber als er sie die Treppe hinabkommen sah, in ihrem Reisekostüm aus blaßrotem Chiffon mit einem großen Strohhut, der ihr Gesicht umrahmte, fühlte er sich als der glücklichste Mann der Welt.

In einem Chor von Abschiedsküssen und Glückwünschen gingen sie zum Wagen. Es regnete Reis und Rosenblätter auf sie herab, die Freunde jubelten, dann wurden sie davongefahren.

Norman hatte geplant, daß sie die erste Nacht in Paris verbringen sollten, um von dort aus nach Cannes weiterzureisen. Er konnte nicht länger als zehn Tage fortbleiben, und es war nur allzu wahrscheinlich, daß er zurückgerufen wurde.

Die Arbeit an der Fabrik hatte ein akutes Stadium erreicht. Experimente fanden statt, und er mußte anwesend sein, wenn die wichtigeren Entscheidungen getroffen werden mußten, sowohl bei den Designern als auch bei den Bauunternehmen.

Er hatte am Vorabend bis in die Nacht hinein gearbeitet, aber jetzt verdrängte er alle Gedanken an die Arbeit und sah nur noch Carlottas Schönheit, dachte daran, daß sie nun seine Frau war.

Der Flug über den Ärmelkanal verlief ruhig, und am späten Nachmittag landeten sie in Le Bourget.

Eine halbe Stunde später trafen sie im Ritz ein, wo Norman eine Suite gebucht hatte. Carlotta fand die Zimmer angefüllt mit Lilien, denselben, die auch die Kirche geschmückt hatten.

»Wie hübsch!« sagte sie.

Der Angestellte von der Rezeption verließ sie. Norman ging durchs Zimmer auf sie zu.

»Nicht so hübsch wie du«, sagte er.

Er streckte die Arme nach ihr aus, aber in diesem Augenblick ertönte ein Geräusch von draußen.

»Das Gepäck«, sagte Carlotta hastig.

Er trat von ihr zurück.

Sie hatten nur einen Teil ihrer Koffer mitgebracht, denn Carlottas neu eingestelltes Mädchen war mit dem restlichen Gepäck schon am Morgen gekommen.

Während sie in Carlottas Zimmer auspackte, fand Norman es schwierig, mit seiner frisch angetrauten Frau ein Gespräch zu führen. Er schlenderte im Wohnzimmer auf und ab; dann ließ er sich mit seinem Sekretär verbinden, um weitere Anweisungen zu erteilen.

Vor dem Abendessen bestellte er Champagnercocktails, und als Carlotta aus ihrem Zimmer kam, in ein fließendes Gewand aus grünem Chiffon gehüllt, fand er, daß sie nie reizender ausgesehen hatte.

Sie legte sich ein Cape aus dunklem, russischen Zobel um die Schultern, ehe sie nach unten ging. Es war eines von Normans Hochzeitsgeschenken für sie. An ihrem Handgelenk funkelte ein weiteres – ein Armband aus Smaragden und Brillanten.

»Wir werden im Maxims essen«, erzählte Norman ihr. »Das ist im Augenblick in Mode, und ich nehme an, du möchtest dein neues Kleid vorführen.«

»Sehr gern.«

Stolz stellte er fest, daß die Leute Carlotta interessiert musterten, als sie das Restaurant betrat. Es überraschte ihn nicht, denn sie war auffallend schön. Außerdem, so fand er, hatte sie eine neue Würde erlangt, die sie noch charmanter machte.

»Ich liebe dich«, erklärte er ihr plötzlich.

Sie lächelte ihm mit einem koketten Augenaufschlag zu, antwortete aber nicht.

Sie redeten über viele Dinge, von der Hochzeit, von dem Haus und den Einladungen, die sie nach ihrer Rückkehr geben mußten.

Carlotta war fröhlich; sie trank viel Champagner und bat zu ihrem Kaffee um einen Brandy.

»Ich habe dich noch nie schöner gesehen«, sagte Norman und beugte sich über den Tisch zu ihr hinüber. »Du siehst überhaupt nicht müde aus, obwohl es für uns beide ein anstrengender Tag war.«

»Mir hat es gefallen«, sagte sie. »Stell dir nur vor, ich hätte dir deinen Willen gelassen und wir wären in einem schäbigen, kleinen Büro auf dem Standesamt getraut worden. Was wäre uns da alles entgangen!«

»Du hattest ganz recht«, sagte er tapfer. »Der Gottesdienst war sehr schön.«

»Ach, der Gottesdienst«, meinte Carlotta, als würde sie zum ersten Mal daran denken. »Ja, natürlich, und der Empfang war lustig, nicht wahr? Hast du gehört, wie albern Magda und Sir John Christian waren? Ich glaube, deine Schwester Alice war ziemlich schockiert.«

Um ein Uhr warf Norman einen Blick auf seine Armbanduhr.

»Sollten wir nicht heimkehren?« fragte er.

»Ich würde lieber weitergehen, zum Montmartre«, antwortete Carlotta.

»Heute nicht«, widersprach Norman entschieden. »Ich hatte vor, dich morgen dorthin auszuführen.«

Sie erhob keinen Einwand, aber als sie ins Taxi stiegen, das sie zum Hotel bringen sollte, spürte er, wie sie sich ein wenig von ihm zurückzog und sich weiter in ihre Ecke drängte, als es nötig gewesen wäre.

Als sie ihre Suite mit den rosafarbenen Lampen erreichten, die die Fülle weißer Lilien in einen sanften Schimmer tauchten, blieb Carlotta mitten im Zimmer stehen.

Als sie ihren Mann anschaute, der ihr durch die Tür gefolgt war, sah er, wie blaß sie war.

»Mein Schatz«, sagte er sanft, »du hast doch keine Angst, oder?«

Er streckte die Hand aus, um ihre zu ergreifen, und stellte fest, daß sie kalt war und zitterte, obwohl es eine warme Nacht war.

»Carlotta, du weißt doch, daß ich dich liebe.«

»Nicht«, bat sie.

Sie ballte die Hände zu Fäusten und versuchte, vor ihm

zurückzuweichen. Er streckte die Hände aus und hielt sie an den Schultern, so daß sie ihm nicht entkommen konnte.

»Was ist los?« wollte er wissen.

»Nichts«, antwortete sie und versuchte erneut, ihm zu entfliehen.

Er suchte verzweifelt in ihrem Gesicht, weigerte sich, sie loszulassen.

»Erzähl es mir«, befahl er, und aus seiner Stimme klang eine Autorität, die sie nie zuvor gehört hatte.

»Da gibt es nichts zu erzählen«, sagte sie wütend. »Warum kannst du mich nicht in Ruhe lassen? Ich will nicht bedrängt werden.«

»Ich bedränge dich nicht«, sagte Norman langsam. »Etwas ist nicht in Ordnung. Du versuchst, mir aus dem Weg zu gehen. Du spielst deine Rolle nicht sehr gut, Carlotta.«

»Ich spiele überhaupt nichts, ich bin müde.«

»Und unglücklich?«

»Also gut, dann eben unglücklich«, sagte sie zornig.

Er ließ die Hände von ihren Schultern fallen. Hastig trat sie zurück, ließ den Zobel zu seinen Füßen auf den Boden fallen. Sie ging zum Fenster hinüber und öffnete es weit. Am Himmel funkelten zahlreiche Sterne.

»Ich kann nichts dafür«, sagte sie endlich.

In ihrer Stimme schwang ein Unterton mit, als wäre sie bis zum Zerreißen gespannt.

»Wofür kannst du nichts?« erkundigte sich Norman ruhig. »Daß du mich nicht liebst? Ist es das, was du sagen willst?«

»Ich habe es versucht ... wirklich versucht«, erklärte Carlotta wild.

»Und jetzt, wo es zu spät ist, um irgend etwas zu ändern, bedauerst du das Abkommen?«

»Mußt du immer in Geschäftsterminologie denken?« fuhr Carlotta ihn an. »Kannst du dich nie auf etwas anderes konzentrieren?«

»Ich glaube, ich verstehe«, sagte er. »Du liebst mich nicht, du hast mich nie geliebt.«

»Und ich habe dich wegen deines Geldes geheiratet!« schrie

Carlotta hysterisch. »Warum fügst du das nicht noch hinzu – du denkst es doch schließlich. Ich weiß, daß du das denkst. Warum sagst du es dann nicht?«

»Und du hast mich wegen meines Geldes geheiratet«, echote Norman gehorsam.

Einen Moment stand er ganz still. Dann sagte er:

»Zum ersten Mal in meinem Leben habe ich an etwas anderes als ans Geschäft gedacht. Ich sehe jetzt, daß es ein Fehler war. Durch meine eigene Blindheit habe ich einen verdammt schlechten Handel abgeschlossen.«

Er sprach verbittert, und seine Worte schienen sich in Carlottas Hirn zu brennen.

Sie verspürte plötzlich Mitleid, Angst und Kummer, aber weil sie so überdreht war, weil sie kaum wußte, was sie sagte, versuchte sie, ihn zu verletzen, ihn in die Knie zu zwingen.

»Es tut mir leid, daß du glaubst, mit mir einen schlechten Handel gemacht zu haben«, sagte sie, »aber jetzt ist es zu spät. Ich bin deine Frau, auch wenn ich einen anderen liebe.«

»Wie du so richtig bemerkt hast, du bist meine Frau«, erklärte Norman ernst.

Er durchquerte das Zimmer und öffnete die Tür, die zu seinem Ankleidezimmer führte.

»Gute Nacht, Carlotta«, sagte er.

Er ging hinaus und schloß leise die Tür hinter sich.

17

Als Carlotta aufwachte, hatte sie Kopfschmerzen und fühlte sich deprimiert.

Es dauerte einige Zeit, bis sie sich erinnerte, wo sie war, und als sie schließlich die Augen öffnete und die hellgrauen Wände und die rosa Vorhänge in ihrem Schlafzimmer sah, begriff sie traurig, daß sie allein war.

Sie preßte die Hände auf die schmerzenden Augen, setzte sich dann auf und versuchte, ihre Gedanken zu ordnen.

»Was soll ich tun? Was soll ich nur tun?« fragte sie sich.

Sie mußte am Abend zuvor verrückt gewesen sein. In ihrer hysterischen Stimmung hatte sie unverzeihliche Dinge gesagt, die sie nicht einfach mit einer Entschuldigung oder einem Lächeln auswischen konnte.

Was dachte Norman? Was hatte dieser Höhepunkt ihres Hochzeitstages für ihn bedeutet?

Sie warf einen Blick auf ihre Uhr und stellte überrascht fest, daß es schon fast halb elf war. Letzte Nacht hatte sie lange wach gelegen, hatte geweint und geglaubt, daß sie nie einschlafen würde. Aber schließlich war sie doch in einen erschöpften, traumlosen Schlaf versunken.

Sie wünschte, sie hätte den Mut, direkt in Normans Zimmer zu gehen, ihm zu sagen, wie leid ihr alles tat. Aber irgendwie wußte sie, daß das unmöglich war.

Zum ersten Mal sah sie, als sie an ihn dachte, in ihm nicht den Mann, der in sie verliebt war, sondern ihren Ehemann, eine Autoritätsperson, jemand, mit dem man nicht nur kokettierte, sondern auf den man auch Rücksicht nehmen mußte.

»Ich muß nachdenken«, nahm sie sich vor. »Ich muß mich ihm in der richtigen Art und Weise nähern.«

Stolz sagte sie sich, daß es ihr gelingen würde, den gestrigen

Abend aus seiner Erinnerung zu löschen. Schließlich waren die Launen und Ängste einer Braut in ihrer Hochzeitsnacht verständlich.

Norman war kein Kind, das sich von einer einzigen Szene niederschmettern ließ. Er war vernünftig, würde begreifen, daß sie übermüdet gewesen war, daß das, was sie gesagt hatte, keinesfalls der Wahrheit auch nur nahe kam.

Mehr denn je wünschte sie sich, sie hätte zumindest das Geld bei ihrem Streit nicht erwähnt. Sie hatte immer schon gefühlt, daß Norman empfindlich war, wenn es ums Geld ging.

Er hatte es ihr zwar nicht erzählt, aber sie hatte trotzdem gewußt, daß Evelyn ihn geheiratet hatte, weil er reich war. Jetzt hatte sie sich selbst in dieselbe Position gebracht.

»Warum war ich nur so dumm?« stöhnte sie.

Sie hielt ihre Tränen zurück, die ihr vor Schwäche in die Augen treten wollten, und betätigte die Klingel neben dem Bett. Als ihr Mädchen kam, bestellte sie Frühstück.

Nachdem sie die Kissen in ihrem Rücken arrangiert, sich die Nase gepudert und das Haar gebürstet hatte, entschied sie, daß sie bereit wäre.

»Klopf an die Tür von Sir Norman, Elsie, und bitte ihn, zu mir zu kommen.«

Sie fühlte, wie ihr das Blut in die Wangen stieg, als sie diese Anweisung gab. Sie war verlegen und hatte Angst, aber dieser Augenblick mußte durchgestanden werden.

Elsie blieb einige Minuten lang fort. Als sie zurückkam, hielt sie einen Brief in der Hand.

»Sir Norman ist ausgegangen, Mylady. Wenigstens ist er nicht in seinem Zimmer, und diesen Brief für Sie habe ich auf dem Tisch im Wohnzimmer gefunden.«

Carlotta nahm ihn mit zitternden Fingern entgegen. Wilde Gedanken jagten sich in ihrem Kopf. Hatte Norman sie verlassen? War er nach England zurückgekehrt?

War ihre Ehe bereits am Ende? Sie konnte sich kaum genug beherrschen, um den Umschlag aufzureißen und zu lesen, was er geschrieben hatte.

Es handelte sich nur um wenige Zeilen.

Liebe Carlotta,

ich muß mich geschäftlich mit einem Mann treffen. Um ein Uhr werde ich unten an der Bar sein, bereit, Dich zum Essen einzuladen.

Dein Norman

Es war also nichts Schlimmes, nichts, wovor sie Angst haben mußte. Carlotta hätte vor Erleichterung laut auflachen können.

Aber nachdem sie gefrühstückt hatte, öffnete sie die Nachricht und las sie noch einmal. Sie war kalt, fand sie, aber das war verständlich.

Sie erinnerte sich an Normans frühere Briefe, die sie in den vergangenen Wochen erhalten hatte. Sie hatten alle mit einem Kosenamen angefangen und waren immer mit ›Dein dich liebender Norman‹ unterschrieben.

»Ich werde es schon wieder in Ordnung bringen«, sagte sie sich zuversichtlich.

Sie legte sich in die Kissen zurück, plante, was sie sagen würde und was sie tun wollten, wenn sie sich trafen.

Aus einem Impuls heraus hätte sie am liebsten Magda angerufen, sie um Rat gefragt, ihr anvertraut, was in der letzten Nacht geschehen war. Aber sie wußte, daß ein Telefongespräch sinnlos wäre. Es würde sie nur noch mehr verunsichern.

Als Elsie ihr sagte, daß ihr Bad bereit wäre, stand Carlotta auf. Sie konnte nicht länger im Bett liegen. Sie wollte sich bewegen; sie wollte etwas tun.

Es war erst zwölf Uhr mittags, als sie fertig angezogen war. Sie trug eines ihrer neuen Kleider aus ihrer Ausstattung und dazu einen breitkrempigen Hut.

»Ich gehe nach unten«, sagte sie.

Als sie in die Halle trat, sah sie ein junges Ehepaar, das sie kannte, von der Straße hereinkommen.

Sie begrüßten sie enthusiastisch, denn sie hatten Carlotta immer gern gehabt und fanden sie jetzt, als Ehefrau eines Millionärs, noch reizvoller. Der Ehemann, sein Name war Drayson, war Sekretär an der Britischen Botschaft.

Seine Frau war vor der Ehe eines dieser ermüdenden, künstlerischen Mädchen gewesen, die sich für die Bühne interessieren und jedem alles erzählen, was sie für die richtige Technik auf der Bühne halten.

›Baba‹ Drayson war Carlotta oft zur Last gefallen, wenn sie während einer anstrengenden Probe oder einer überfüllten Wohltätigkeitsmatinée zu ihr in die Garderobe gekommen war.

Jetzt freute sie sich, sie zu sehen, hatte das Gefühl, ihre Depression könnte sich in ihrer Gesellschaft bessern.

»Hast du schon die Zeitungen gelesen, Carlotta?« fragte Baba.

Carlotta schüttelte den Kopf.

»Die wunderbarsten Fotos von dir und deinem Mann, wirklich gute Aufnahmen. Du hast Glück, daß du so fotogen bist. Vivian und ich haben bei unserer Hochzeit wie Gangster ausgesehen.

»Ich muß die Zeitungen kaufen«, erklärte Carlotta.

»Wir helfen dir«, versprach Baba aufgeregt.

Sie gingen zu der langen Passage im Ritz, die den Place Vendome mit der Rue Cambon verbindet. In der Mitte befindet sich der Zeitungskiosk, an dem es Zeitungen und Zeitschriften aus aller Welt gibt.

Baba hatte nicht übertrieben. Carlotta sah auf den Fotos wirklich reizend aus, und Norman, der lächelnd die Kirche verließ, wirkte jung und gutaussehend.

»Ich habe noch nie ein glücklicheres Paar gesehen«, bemerkte Vivian.

Carlotta fühlte einen Stich.

›Was würden sie denken, wenn sie wüßten, wie wir die Hochzeitsnacht verbracht haben?‹ überlegte sie.

»Trinkst du etwas mit uns?« wollte Vivian wissen, als sie alle Fotos betrachtet und die Zeitungen bezahlt hatten.

»Ich bin um ein Uhr mit meinem Mann verabredet«, antwortete Carlotta.

»Bis dahin ist noch viel Zeit, fast eine dreiviertel Stunde. So lange kannst du doch unser Gast sein«, erklärte Baba.

Sie gingen zur Bar und setzten sich an einen der kleinen

Tische. Vivian bestellte Champagnercocktails für alle, und Carlotta trank ihren dankbar aus. Sie hoffte, er würde ihr Mut machen.

Carlotta lachte gerade über eine geistreiche Bemerkung, als sie aufschaute und Norman an der Tür stehen sah. Ihr Herz schlug schneller, und ihre Hände wurden kalt.

›Was soll ich tun?‹ dachte sie aufgeregt. ›Er ist zu früh hier.‹

Norman schaute sich in der Bar um und entdeckte Carlotta. Er kam zu ihrem Tisch, ernst, aber vollkommen beherrscht. Es erforderte all ihre Beherrschung, fröhlich zu sagen:

»Hallo, Liebling. Ich bin zu früh gekommen, aber zum Glück habe ich ein paar alte Freunde getroffen.«

Sie stellte ihm Baba und Vivian vor, die Norman erklärten, sie müßten auf seine Gesundheit trinken.

»Wir waren so traurig, daß wir nicht zu Ihrer Hochzeit kommen konnten, Sir Norman«, sagte Baba, »aber dafür wollen wir Ihnen jetzt Glück wünschen. Wir haben uns die Zeitungen gekauft«, fuhr sie fort. »Ich habe noch nie zwei Menschen gesehen, die glücklicher ausgesehen hätten. Also sind unsere Wünsche eigentlich gar nicht nötig.«

»Wir freuen uns trotzdem«, erwiderte Norman galant.

Carlotta beobachtete ihn. Sie hatte, wenn auch nur für einen kurzen Augenblick, befürchtet, er könnte sich ärgern, weil sie mit den Draysons zusammen war.

Aber er unterhielt sich fröhlich mit Baba und ließ sich sogar von Vivian in eine geschäftliche Diskussion verwickeln.

Es war schon fast halb zwei, als Baba aufstand.

»Wir müssen jetzt gehen«, erklärte sie. »Wir halten euch beide vom Essen ab. Und außerdem wollt ihr sicher allein sein.«

»Bleiben Sie doch zum Essen bei uns«, schlug Norman vor.

»O nein, das geht nun wirklich nicht«, widersprach Baba. »Das wäre völlig falsch, schließlich ist das hier Ihre Hochzeitsreise, nicht wahr, Vivian?«

Vivian zögerte. Er fühlte sich in ihrer Gesellschaft sehr wohl.

»Wenn Sie ganz sicher sind, daß Sie uns dabei haben wollen«, meinte er.

»Aber natürlich wollen wir das, nicht wahr, Carlotta?«

Es war das erste Mal, daß Norman sich direkt an sie wandte. Sie errötete und antwortete so herzlich sie konnte: »Natürlich, ihr müßt bleiben.«

Sie gingen alle zusammen in den Speisesaal, und nach einem ausgezeichneten Mittagessen schlug Norman vor, zusammen zum Rennplatz hinauszufahren.

»Das wäre himmlisch«, stimmte Baba begeistert zu.

Sie hatte während des Essens ganz klar erkennen lassen, wie sehr sie Carlotta um ihren charmanten Ehemann beneidete, und Carlotta stellte amüsiert fest, daß sie ihr Möglichstes tat, um mit Norman zu flirten.

»Sag, daß es dir gefallen würde, Carlotta«, bettelte sie jetzt. »Ich liebe Pferderennen, und Vivian kennt viele Trainer. Wir gewinnen also bestimmt.«

»Ich fände es ganz nett«, antwortete Carlotta.

Ihre Stimme klang ein wenig eisig, aber das ließ sich nicht ändern.

Sie hätte nicht sagen können, warum, aber Babas Benehmen begann ihr auf die Nerven zu gehen. Sie hatte die Begegnung mit ihrem Ehemann gefürchtet, aber nachdem sie sich darauf eingestellt hatte, war es um so unangenehmer, nur Zuhörerin zu spielen, während er und Baba miteinander lachten und sich amüsierten.

Sie versuchte sich auf Vivian zu konzentrieren, stellte aber fest, daß auch er sich mehr für Norman als für sie interessierte. Sie wußte, daß sie eigentlich froh sein sollte, weil alles so glatt verlief. Aber sie war es nicht.

Während des ganzen Nachmittags hatte sie keine Gelegenheit, allein mit Norman zu reden.

Baba war neben ihm, bat um seinen Rat, machte ihn mit den Autoritäten der Rennwelt bekannt und hielt die ganze Zeit über die Unterhaltung in Gang.

Carlotta, die daran gewöhnt war, selbst im Rampenlicht zu stehen, versuchte, die Situation komisch zu finden. Aber am Ende des Nachmittags sehnte sie sich nur noch danach, von den Draysons fortzukommen und in Ruhe und Frieden zum Hotel zurückzukehren.

Sie fuhren gemeinsam nach Paris zurück. Als sie sich dem Ritz näherten, meinte Baba:

»Es wäre wohl nicht möglich, daß Sie heute abend ins Café de Paris kommen? Ein paar Freunde von uns geben eine Superparty, und ich weiß, sie würden Sie gern sehen. Ich wünschte wirklich, Sie würden kommen.«

»Das tun wir sicher gern«, antwortete Norman enthusiastisch. »Das heißt, unter einer Bedingung.«

»Und die wäre?« wollte Baba wissen.

»Daß Sie zuerst mit uns zu Abend essen.«

»Aber das ist lächerlich!« stieß Baba hervor, in einer Mischung von Schüchternheit und Verlegenheit. »Wir wissen doch, daß wir Ihnen auf die Nerven gehen, wenn wir uns so aufdrängen. Wenn ich mit Ihnen in den Flitterwochen wäre, Sir Norman... also, ich wäre wütend.«

»Carlotta und ich haben unsere eigenen Vorstellungen, nicht wahr, Carlotta?« meinte Norman.

Ohne eine Antwort abzuwarten, fuhr er fort:

»Das ist also abgemacht. Sie und Vivian fahren heim und ziehen sich um, und dann kommen Sie direkt hinauf in unsere Suite. Dort werden wir die Cocktails trinken. Anschließend werden wir im Larue dinieren, ehe wir uns der Menge im Café de Paris stellen.«

»Wie wunder-, wunderbar«, jubelte Baba und klatschte begeistert in die Hände. »Sie sind wirklich ein wundervoller Mensch, Sir Norman. Carlotta, ich glaube, du bist das glücklichste Mädchen der Welt!«

Carlotta lächelte mit Mühe. Sie war zornig, hatte aber Angst, es zu zeigen. Vielleicht zum ersten Mal, seit sie ihn kannte, wollte sie mit Norman allein sein.

›Ich werde vor dem Abendessen mit ihm reden‹, nahm sie sich vor und verspürte wieder einen Schauer der Angst und Aufregung.

Aber diesmal freute sie sich darüber. Wenn sie erst einmal Normans Einstellung ihr gegenüber kannte, dann würde dieses schreckliche Angstgefühl, das sie seit dem Aufwachen gequält hatte, vergehen.

Aber als sie ihre Suite erreichten, mußte sie ihre Pläne ändern. Sobald er die Tür zum Wohnzimmer geöffnet hatte, erklärte Norman:

»Ich habe noch einige wichtige Telefongespräche zu führen, Carlotta. Ich weiß, du wirst mich bis zum Dinner entschuldigen. Wir treffen uns hier um Viertel vor neun.«

Carlotta war zu überrascht, um zu widersprechen. Als er die Tür zu seinem eigenen Zimmer öffnete, hielt sie ihn auf.

»Norman, ich möchte mit dir sprechen.«

Er blieb stehen, die Hand auf dem Türgriff.

»Tut mir leid«, erklärte er entschieden, »aber hier geht es ums Geschäft. Ich bin sicher, daß du das verstehen wirst.«

Er ging, und sie blieb allein in dem blumengeschmückten Zimmer zurück, bebend vor Zorn. Sie stürzte in ihr eigenes Zimmer und warf die Tür hinter sich zu, aber auch das half ihr nicht.

Sie legte sich aufs Bett und bat ihr Mädchen, ihr ein Aspirin und ein in Eau de Cologne getauchtes Taschentuch zu bringen, da sie Kopfschmerzen hatte. Aber sie konnte nicht schlafen.

Nachdem Elsie gegangen war, stand sie auf und ging im Zimmer auf und ab. Plötzlich kam ihr ein Gedanke.

Sie hatte ihr Kleid ausgezogen, um sich hinzulegen, und war in ein dünnes Gewand aus Chiffon und Spitze gehüllt. Die korallrote Farbe ließ sie reizend und lebhaft und sehr verführerisch aussehen. Wieder puderte sie ihre Nase, versprühte etwas Parfüm über ihr Haar und ihren Nacken. Sie zitterte ein wenig bei dem Gedanken an das, was sie zu tun beabsichtigte, ging dann aber zur Tür von Normans Zimmer und klopfte ...

Er antwortete nicht. Sie wartete kurz und klopfte erneut. Noch immer keine Reaktion.

Sie zögerte. Dann warf sie mit trotziger Geste den Kopf zurück und drehte den Türknauf.

Die Tür war abgeschlossen.

18

Die Sonne glitzerte auf dem tiefblauen Wasser des Mittelmeers: weit draußen, wo Himmel und Meer zusammenstießen, vermischten sie sich im schwachen Dunst.

Auf den Hügeln hinter Cannes grünten die Bäume, und in den Gärten leuchteten die Sommerblumen.

Carlotta lag allein auf ihrem Balkon. Ein großer grünweißer Schirm schützte ihren Kopf vor der Sonne, aber Nacken und Arme waren bloß, und ihr Kleid war im Rücken tief ausgeschnitten.

In den letzten Tagen hatte sie angefangen, sich zu bräunen. Ihre Haut nahm einen goldenen Schimmer an, als wäre sie von dem strahlenden Sonnenschein durchdrungen.

Carlotta sah nicht glücklich aus. Ihre Augen waren müde und von dunklen Rändern umgeben, ihre Mundwinkel hingen herab.

Norman hatte vorgeschlagen, daß sie nach dem Mittagessen täglich ruhen sollte, und sie hatte eingewilligt.

Sie hatte gelernt, allem zuzustimmen, was er wollte, obwohl sie die beiden langen Stunden fürchtete, die sie allein in ihrem Schlafzimmer oder auf dem Balkon verbringen mußte.

Carlotta war erst seit einer Woche verheiratet, aber schon hatte sie begriffen, daß ihr Ehemann ganz und gar nicht der Mensch war, für den sie ihn gehalten hatte.

Seit ihrer ersten Nacht in Paris war er ein Fremder für sie. Die drei Tage und Nächte, die sie dort verbracht hatten, waren für Carlotta ein Alptraum gewesen.

Norman hatte sich mit Freunden umgeben, so daß sie nicht in der Lage gewesen war, sich ihm zu nähern oder ein Gespräch mit ihm allein zu führen. Er hatte Einladungen gegeben, und sie war gezwungen gewesen, die Rolle der Gastgeberin zu spielen.

Sie waren bei den Rennen gewesen, im Theater, hatten jedes

Restaurant besucht, das gerade in Mode war, sie hatten sogar ein paar Sehenswürdigkeiten besichtigt, aber immer waren sie von einer Menge lachender, schwatzender Menschen umgeben gewesen.

Carlotta war sich nicht sicher, woher sie gekommen waren. Nur eines hatten sie alle gemeinsam – ihre Bereitschaft, Normans Geld für ihn auszugeben.

Carlotta war geistig und körperlich erschöpft, als sie aus dem Blauen Zug stieg, der sie nach Cannes brachte. Der strahlende Sonnenschein hatte ihr das Gefühl vermittelt, daß die allgegenwärtige Schönheit hier sich als gutes Omen für ihr künftiges Glück erweisen würde.

»Ich kann so nicht weitermachen«, sagte sie sich. »Ich kann nicht, ich kann nicht.«

Endlich hatte sie eine Gelegenheit, es Norman zu sagen.

Der Morgen war über dem Auspacken verstrichen, aber nach dem Essen gingen sie die Treppe hinauf in ihre Suite. Sie hatten hier keine Diener und waren zum ersten Mal seit Tagen einen Moment allein.

»Ich nehme an, du möchtest dich gerne ausruhen«, sagte Norman höflich.

Er war ausnahmslos höflich zu Carlotta, widmete ihr eine Aufmerksamkeit, die sie verabscheute, weil sie spürte, daß sie falsch und aufgesetzt war.

»Norman, ich möchte mit dir reden. Bitte, hör mir zu«, sagte sie.

»Aber natürlich. Was möchtest du sagen?«

»Seit Tagen habe ich versucht, mit dir zu sprechen«, setzte sie nervös an, »aber wir waren nie allein, und deshalb hatte ich keine Gelegenheit dazu.«

»Das tut mir leid«, entschuldigte er sich. »Ich dachte, dir hätte es Spaß gemacht. Es hat eine Menge gekostet.«

Carlotta wurde rot.

»Norman, du behandelst mich entsetzlich.«

»Entsetzlich! Tut mir leid, aber das verstehe ich nicht. Ich habe alles in meiner Macht Stehende getan, um unsere Flitterwochen amüsant zu machen.«

»O, sei doch ehrlich«, sagte Carlotta ungeduldig. »Du tust nichts dergleichen. Wir umgeben uns mit lächerlichen, dummen Leuten, aus denen sich keiner von uns etwas macht.«

»In diesem Fall tut es mir leid. Ich dachte, die Draysons wären deine Freunde und du magst sie.«

»Darum geht es doch gar nicht«, meinte Carlotta müde. »Es geht um uns, Norman. Es tut mir leid, was neulich nacht passiert ist ... schrecklich leid.«

»Mein liebes Kind, mach dir bitte wegen dieser Kleinigkeit keine Gedanken mehr«, erwiderte Norman.

»Norman, du bist nicht ehrlich zu mir«, sagte Carlotta verzweifelt. »Verstehst du denn nicht? Ich war übermüdet, verrückt, hysterisch, und ich habe eine Menge Dinge gesagt, die ich nicht so gemeint habe. Mußt du mich dafür immer noch bestrafen?«

Norman sah sie an. Ihr kam es vor, als wären seine Augen aus Stahl.

»Es gibt nichts, wofür du dich entschuldigen müßtest«, sagte er. »Das versichere ich dir. Ich mag die Wahrheit – habe sie immer gemocht.«

»Aber das war nicht die Wahrheit. Ich schwöre dir, Norman, was ich gesagt habe, war nicht die Wahrheit.«

Norman ging durchs Zimmer auf sie zu. Er rührte sie nicht an, stand nur ganz nah vor ihr und schaute in ihr Gesicht hinab.

»Sieh mich an!« befahl er.

Sie zitterte, aber sie zwang sich, ihr Gesicht zu heben, ihm in die Augen zu schauen, obwohl ihre Lippen bebten und sie die Hände krampfhaft zusammenballte.

»Schwörst du mir auf die Bibel, bei allem, was dir heilig ist, daß du mich um meiner selbst willen liebst?«

Carlotta war wie gelähmt; sie konnte nichts sagen; ihre Zunge schien am Gaumen zu kleben; ihre Lippen waren trocken. Sie konnte ihn nur anstarren und dann die Augen niederschlagen.

Er lachte kurz auf. Es war ein humorloses Lachen, das keine Worte brauchte. Dann ließ er sie allein.

Ein paar Minuten blieb sie reglos stehen. Dann ließ sie sich aufs Sofa fallen und schluchzte, als müßte ihr das Herz brechen.

Als sie sich wiedersahen, verhielt sich Norman genau wie zuvor. Er sprach mit ihr, höflich, aber nur wie mit einer flüchtigen Bekannten.

Sie unternahmen einiges zusammen, aber Carlotta hatte das Gefühl, nur automatisch zu essen, zu laufen und zu tanzen. Sie sah sich einer Mauer gegenüber, die sie nicht durchbrechen konnte. Nie im Leben hatte sie sich in einer Situation befunden, die so schwierig, so unbegreiflich war wie die Kluft zwischen ihr und Norman.

Sie wußte nicht, was sie tun sollte. Sie war verloren, voller Ängste, die nur noch größer wurden, weil sie hinter höflichen Konventionen verborgen waren.

»Ich kann es nicht ertragen... ich kann es einfach nicht«, sagte sie sich tausendmal.

Sie versuchte mit Norman zu flirten; sie versuchte ihn zu verlocken, seine Beherrschung aufzubrechen; sie versuchte trotzig, unnahbar und aufreizend zu sein. Er blieb immer gleich, ein Geschöpf aus Stein.

Sie konnte keinen Eindruck auf ihn machen.

An ihrem zweiten Tag in Cannes kam er vor dem Abendessen mit einem rosafarbenen Lederkästchen in der Hand in ihr Zimmer. Elsie kleidete sie gerade an, und sowohl sie als auch Carlotta schauten überrascht auf, als Norman eintrat.

Es war das erste Mal, daß er ihr Schlafzimmer betrat, und Carlottas Herz machte vor Aufregung einen Satz. Bedeutete das den Anfang einer neuen Ära?

Sie machte Elsie eine Geste, aber Norman bemerkte es.

»Gehen Sie nicht, Elsie«, bat er großzügig, »ich habe Ihrer Ladyschaft ein Geschenk mitgebracht, und ich nehme an, Sie möchten es auch gern sehen.«

»Ein Geschenk!« Carlotta war überrascht.

»Alle Bräute erhalten während der Flitterwochen Geschenke. Hast du das nicht gewußt?«

»Nein, das wußte ich nicht«, erwiderte Carlotta leise.

»Mach's auf und sieh nach, ob es dir gefällt«, schlug er vor.

Er hielt ihr das Kästchen hin. Sie nahm es entgegen.

Darinnen befand sich eine riesige Brosche aus Brillanten und

Smaragden. Es war ein prächtiges, wenn auch auffälliges Schmuckstück, das sowohl in einem als auch in zwei Stücken getragen werden konnte.

Carlotta wäre zu jeder Zeit in Ekstase ausgebrochen vor Entzücken, ein solches Stück geschenkt zu bekommen. Aber jetzt hätte sie aus einem unerfindlichen Grund am liebsten geweint.

»Mylady, das ist wunderschön«, rief Elsie über ihre Schulter.

»Gefällt es dir, Carlotta?« wollte Norman wissen.

»Es ist sehr... schön«, antwortete sie, aber aus ihrer Stimme klang ein Schluchzen.

»Nun, dann trag es heute abend. Ich nehme an, du hast ein dazu passendes Kleid. Wenn nicht, dann müssen wir eines besorgen.«

Er verließ das Zimmer. Carlotta betrachtete die funkelnde Brosche.

»Sir Norman ist so freundlich«, bemerkte Elsie. »Es ist wirklich ein hübsches Geschenk, Mylady. An Ihrem weißen Kleid wird es wunderschön aussehen.«

Carlotta sprang abrupt auf.

»Ja, bring mir das weiße Kleid. Ich habe eine Idee.«

»Eine Idee?«

»Habe ich das gesagt? Ich habe wohl laut gedacht. Bring mir mein weißes Kleid, Elsie, und dazu werde ich die grünen Sandalen tragen.«

Sie zog sich langsam an, ließ sich besonders viel Zeit, bis sie wußte, daß Norman im Wohnzimmer auf sie warten würde.

Als sie fertig war, legte sie das Brillant-Smaragd-Armband um ihr Handgelenk, steckte den Ehering auf den Finger, nahm die neue Brosche in die Hand und ging ins Wohnzimmer.

Wie sie erwartet hatte, war Norman bereits fertig und wartete auf sie. Er stand am Fenster und schaute hinaus. Es wurde gerade dunkel. Das Meer war unruhig und zeigte ein tieferes Purpur als der Himmel darüber. Die ersten Sterne funkelten wie Juwelen.

Alles war sehr still, und der süße Duft der Mittelmeernacht drang durch die offenen Fenster.

Carlotta blieb an der Tür stehen und starrte auf Normans eckige Schultern. Sie fand, daß er in seinem Abendanzug sehr gut aussah, und zum ersten Mal kam ihr der Gedanke, daß er als Liebhaber begehrenswert wäre...

Nur bei Hector hatte sie das gedacht, nie bei einem anderen Mann. Jetzt spürte sie, daß es einige Frauen geben mußte, die froh wären, von Norman geliebt zu werden. Selbst sie, die einen anderen liebte, fand sich fast zu ihm hingezogen.

›Ich werde dafür sorgen, daß er mich wieder liebt‹, nahm sie sich vor. ›Ich werde ihn dazu bringen, es mir zu gestehen. Es ist da. Ich glaube, daß es das ist. Er versteckt es bloß, versucht nur mich zu bestrafen, weil meine Worte ihn verletzt haben.‹

Entschlossen ging sie vor bis zur Mitte des Zimmers.

»Norman«, sagte sie leise.

Er wandte sich abrupt um, als sie seinen Namen nannte – sie wußte, daß er in Gedanken weit fort gewesen war. ›Bei seinen Geschäften‹, vermutete sie eifersüchtig.

»Bist du soweit?« erkundigte er sich.

»Fast, bis auf meine Brosche.«

Sie hielt sie ihm hin.

»Was ist damit los?«

»Nichts«, antwortete Carlotta lächelnd. »Aber bei solchen Gelegenheiten ist es einfach üblich, der Braut das Geschenk anzustecken.«

Sie sah ihn an, hoffte, daß seine höflich-strenge Art einem anderen Ausdruck weichen würde.

»Tatsächlich, ist das üblich? Davon hatte ich keine Ahnung. Wie dumm von mir.«

Er kam auf sie zu, öffnete die Brosche.

»Wo möchtest du sie tragen?«

Sie deutete auf das ›V‹ an ihrem Kleid, das tief zwischen die Brüste schnitt.

›Das wird sicher etwas bei ihm auslösen‹, hoffte sie, aber seine Hand zitterte nicht, und äußerlich blieb er ungerührt.

Es war Carlotta, die zitterte, als sie spürte, wie seine Finger sich mit der Brosche abmühten, die er nur mit Schwierigkeiten an dem dünnen Chiffon ihres Kleides befestigen konnte.

Er hielt den Kopf gebeugt, nur wenige Zentimeter von ihrem entfernt; sie wußte, daß das verführerische Parfüm, das sie benutzte, ihm in die Nase steigen mußte. Er mußte ihre Nähe spüren, das schnelle Schlagen ihres Herzens...

»Ist es so richtig?« fragte er und trat zurück, um sein Werk mit der Miene eines Mannes zu betrachten, der eine schwierige Aufgabe bewältigt hat.

»Sitzt sie gerade?« fragte Carlotta und sah ihn an.

Sie wußte, daß sie begehrenswert war, wußte, daß ihr Ausdruck bescheidener Aufmerksamkeit jeden anderen Mann in die Knie zwingen mußte, die Sinne eines jeden Mannes erregen würde, der nicht aus Stein war.

»Ganz gerade«, antwortete Norman. »Ich finde, sie sieht wirklich hübsch aus. Hat viel Geld gekostet.«

Carlotta spürte die Tränen aufsteigen.

»Mußt du immer den Preis der Dinge erwähnen?« fragte sie.

»Aber das interessiert dich doch sicher? Du willst den vollen Wert, meine liebe Carlotta, das hast du mir selbst erzählt. Und ich habe mir geschworen, daß du ihn bekommen sollst.

Übrigens«, fügte er dann hinzu, »wir werden in zwei Tagen nach London zurückkehren. Ich muß wegen meiner Arbeit zurück, weißt du. Ich habe bei meiner Bank die Anweisung gegeben, dir vierteljährlich Geld zukommen zu lassen, und ein Konto auf deinen Namen eingerichtet.

Du wirst bei unserer Ankunft am Belgrave Square ein Scheckheft vorfinden. Solltest du zwischendurch Geld benötigen, brauchst du mich nur zu fragen.«

»Ich will dein Geld nicht«, erklärte Carlotta wütend.

»Nett von dir, das zu sagen, aber ich glaube, du wirst es sehr nützlich finden. Und außerdem wirst du als meine Frau natürlich eine Menge Unkosten haben, die dir früher nicht entstanden sind.«

»Bin ich denn deine Frau?« fragte Carlotta verbittert. »Es sind schon merkwürdige Flitterwochen, nicht wahr?«

»Meine liebe Lady Melton«, erklärte Norman und verbeugte sich tief, »Sie müssen müde sein. Lassen Sie mich Sie zum Essen geleiten. Nach dem Essen und einer Flasche Champagner werden Sie sich wohler fühlen. Ich habe eine bestellt und bereits auf Eis legen lassen.«

»Kannst du nicht einen Augenblick menschlich sein?« fragte Carlotta.

»Laß uns zum Essen gehen.«

Sie hätte ihn am liebsten angeschrien. Ihm die Geschenke, die er ihr gemacht hatte, ins Gesicht geschleudert, sich in ihrem eigenen Zimmer eingeschlossen und sich geweigert, wieder herauszukommen. Aber sie wußte, es würde nicht helfen. Am nächsten Morgen wären sie in genau derselben Situation wie vorher.

Sie zögerte, und währenddessen ging Norman zu ihrer Schlafzimmertür.

»Das Cape für ihre Ladyschaft, Elsie«, rief er. »Wir gehen nach dem Essen ins Casino.«

Elsie kam mit einem Cape aus weißem Fuchs herbeigeeilt.

»Möchten Sie dieses, Mylady, oder lieber das aus grünem Samt?«

»Den weißen Fuchs«, antwortete Norman für sie. »Die Smaragde als einziger Farbtupfer sind perfekt. Ich sehe schon, daß ich dir als nächstes Ohrringe schenken muß, Carlotta, vielleicht an unserem ersten Hochzeitstag. Das wäre doch eine schöne Art, ein Jahr voll Glück zu beenden, nicht wahr?«

Carlotta legte sich mit müder Geste das Pelzcape um.

»Soweit voraus kann ich nicht denken«, erklärte sie.

»Ein Jahr ist eine sehr lange Zeit.«

»Es wird sehr schnell vergehen«, versprach er und hielt die Tür für sie auf.

»Gute Nacht, Elsie«, sagte er.

»Gute Nacht, Sir Norman, und gute Nacht, Mylady. Ich hoffe, Sie verbringen einen schönen Abend.«

»Das hoffe ich auch«, bemerkte Carlotta und schaute Norman an.

»Das werden wir bestimmt«, erklärte dieser.

Aber er sprach in dem Ton, den sie haßte und inzwischen mehr fürchtete, als sie je in ihrem Leben irgend etwas gefürchtet hatte.

19

Alice lief im ›The Paddocks‹ von einem Zimmer zum andern, ordnete die Blumen neu, die sie bereits am Morgen arrangiert hatte, wischte imaginären Staub von den Tischen und schüttelte die Vorhänge, bis sie in ordentlichere Falten fielen.

Sie war entschlossen, daß alles piekfein und sauber sein sollte, wenn Norman und seine Braut eintrafen.

Als Carlotta eintraf, blaßgrau gekleidet mit passenden Pelzen und einem riesigen Bund scharlachroter Nelken am Aufschlag, bemerkte Alice sofort, daß Norman sich verändert hatte.

Etwas hatte ihn verstört; etwas hatte den freudigen Ausdruck aus seinen Augen vertrieben, den sie im Monat vor der Hochzeit häufig darin bemerkt hatte.

Sie fragte sich, was los war. Nur wenn es einen Unfall gegeben hatte, bei dem jemand ums Leben gekommen war, hatte er so grimmig und streng geschaut.

Sie trat vor, um Carlotta zu küssen, ehe sie das Gesicht hob, um die pflichtbewußte Liebkosung ihres Bruders entgegenzunehmen.

»Hattet ihr eine gute Reise?« erkundigte sie sich.

»Sehr gut«, lautete seine schroffe Antwort.

Alice, die seine Launen kannte, wußte, daß er keine Fragen hören wollte, daß er ins Haus gehen und allen Begrüßungen und Glückwünschen entfliehen wollte, die sie und die Dienerschaft aussprechen wollten.

Schließlich, nachdem Carlotta den höheren Bediensteten die Hand geschüttelt hatte, befanden sie sich allein im Morgenzimmer. Alice fragte Carlotta nervös, ob sie das Haus sehen wollte.

»Am liebsten vor allem mein Schlafzimmer«, antwortete Carlotta. »Ich bin müde und schmutzig. Ich habe das Gefühl, wochenlang unterwegs gewesen zu sein.«

»Nun, dann komm hinauf. Ich habe das große Südzimmer für dich vorbereitet. Ich dachte, das würde dir am besten gefallen, aber es läßt sich natürlich leicht ändern, wenn du lieber ein anderes Zimmer hättest.«

»Ach, im Augenblick ist es eigentlich egal«, meinte Carlotta gleichgültig.

Sie sah ihren Mann nicht an und unternahm keinen Versuch, mit ihm zu sprechen. Alice hatte das Gefühl, daß es zwischen ihnen einen Streit gegeben hatte, der durch ihre Ankunft unterbrochen worden war und jetzt gerade den Höhepunkt erreicht hatte.

›O je‹, dachte sie, ›ich hoffe nur, daß Norman glücklich wird.‹

Sie führte Carlotta nach oben, zeigte ihr unterwegs die Tür zur Bibliothek.

»Das ist das Südzimmer«, erklärte sie, als sie im ersten Stock ankamen.

Sie öffnete die Tür zu einem großen Zimmer mit hohen Erkerfenstern, in das die Sonne fiel. Die Möbel waren altmodisch, aber paßten sich harmonisch dem großen Himmelbett mit den gelben Brokatvorhängen an, die vom Alter ausgeblichen waren und aussahen wie flüssiger Sonnenschein.

Carlotta durchquerte das Zimmer und trat an den Schminktisch, nahm ihren kleinen grauen Hut vom Kopf und legte ihn mit einem Gefühl der Erleichterung ab.

»Ich bin wirklich müde«, wiederholte sie.

»Hättest du gern etwas zu essen oder trinken?« fragte Alice. »Norman hat mir erzählt, daß ihr auf dem Weg hierher zu Mittag essen würdet, sonst hätte ich etwas vorbereiten lassen.«

»Nein, ich brauche nichts«, entgegnete Carlotta. »Ich habe letzte Nacht nicht gut geschlafen. Ich hasse Schlafwagen, und wir hatten eine ziemlich rauhe Überfahrt. Norman wollte ja fliegen. Ich wünschte jetzt, ich hätte eingewilligt, aber ich fliege nicht gern.«

»Ich bin noch nie geflogen«, erzählte Alice bescheiden. »Ich weiß, es klingt feige, aber ich habe wirklich nicht den Mut dazu.«

»Das ist wohl kaum die richtige Bemerkung für Normans Schwester, oder?« meinte Carlotta scherzhaft.

»Erzähl es ihm bitte nicht«, bat Alice. »Ich glaube, es ist ihm überhaupt nicht aufgefallen, daß ich den Boden noch niemals verlassen habe. Wenn er es sich einmal in den Kopf setzen würde, dann würde er mich zum Fliegen zwingen, und ich glaube, ich würde vor Angst sterben.«

»Ich werde kein Wort verraten, das verspreche ich«, erklärte Carlotta und fragte dann neugierig: »Hast du Angst vor Norman?«

Alice lief rot an. Es war eine häßliche Röte des Alters, die ihre bleichen Wangen scharlachrot färbte.

»Nein, natürlich nicht!« versicherte sie hastig. »Er ist immer sehr freundlich zu mir, genau wie zu dir.«

»O ja, sehr freundlich.«

Aus ihrem Ton sprach eine Bitterkeit, die Alice nicht überhören konnte.

»Meine Liebe«, fing sie impulsiv an, hielt sich dann aber zurück.

Es war nicht ihre Aufgabe, sich in das Intimleben ihres Bruders und dieses einzigartigen hübschen Mädchens einzumischen, das er geheiratet hatte.

Carlotta jedoch drehte sich um und sah sie an.

»Was wolltest du sagen?«

»Nichts«, versicherte Alice hastig, »überhaupt nichts.«

Unter Carlottas fragendem, ungläubigem Blick fügte sie hinzu:

»Deine Stimme klang unglücklich. Ich habe mich natürlich geirrt, aber einen Moment lang dachte ich das.«

»Du hast dich nicht geirrt«, sagte Carlotta leise.

Alice zuckte zusammen.

»O je, soll das heißen, daß ihr nicht glücklich seid? Wie schrecklich. Was kann ich tun? Wie kann ich euch helfen?«

»Niemand kann mir helfen. Es ist ganz allein meine Schuld, aber so ist es nun mal. Eine hübsche Heimkehr für eine Braut, nicht wahr?«

»Was kann ich denn tun?« erkundigte sich Alice unglücklich. »Ich muß euch helfen, du mußt es mir erlauben.«

»Es war dumm von mir, überhaupt etwas zu sagen«, meinte

Carlotta. »Ich muß mit meinen Problemen allein fertig werden. Ich bin alt genug.«

Sie zuckte die Achseln.

»Komm, zeig mir das Haus. Norman hat mir erzählt, daß du ›The Paddocks‹ verlassen wirst. Stimmt das?«

»Ja.« Alices Ton veränderte sich – erregte Vorfreude klang aus ihrer Stimme.

»Mußt du uns verlassen? Ich würde mich freuen, wenn du bei uns bleiben würdest.«

»Oh!« Alices Ausruf verriet Entsetzen und Unterwürfigkeit gleichzeitig.

»Aber du willst nicht bleiben!« erkannte Carlotta. »Dann mußt du natürlich fortziehen. Ich dachte, du hättest vielleicht etwas dagegen, mir dieses Haus zu überlassen.«

»Aber überhaupt nicht«, versicherte Alice eilig. »Weißt du, Norman hat ein kleines Haus für mich gekauft – eines, das wir schon früher hatten. Es ist sehr klein, aber ich liebe es. Ich bin dort glücklich.«

Sie zögerte. Dann machte sie die heldenhafteste Geste ihres Lebens.

»Aber wenn du möchtest, daß ich hierbleibe«, sagte sie langsam, »wenn du das wirklich willst, Carlotta, dann bleibe ich natürlich.«

Carlotta schüttelte den Kopf.

»Ich möchte dich um nichts in der Welt von deinem kleinen Haus fernhalten«, sagte sie.

»Bist du ganz sicher?« zweifelte Alice.

»Ganz sicher.«

Sie gingen zusammen durchs Haus. Carlotta zeigte nur wenig Interesse an der Anzahl der Schlaf-, Ankleide- und Badezimmer, in denen größtenteils die Fenster verdunkelt und die Möbel mit Tüchern bedeckt waren.

Als sie das Erdgeschoß erreichten, hatte sie von ihrem neuen Heim nur einen Eindruck von Leere. Das Wohnzimmer war formell und düster. Ihm fehlten die Dinge, die nur eine Frau einem Raum geben kann, wenn sie ein Haus liebt und stolz darauf ist.

Die Bibliothek war Normans Reich. Hier arbeitete er, und hier entspannte er sich auch. In der strengen Atmosphäre lag etwas, das typisch für ihn war.

Auf dem Arbeitstisch stapelten sich Briefe und Dokumente, die auf seine Rückkehr gewartet hatten. Als sie eintraten, las er gerade eine Zeitung und erhob sich langsam, ohne ein Wort zur Begrüßung.

»Ich zeige Carlotta das Haus«, erklärte Alice nervös.

Carlotta merkte, daß sie Angst vor ihrem Bruder hatte, daß ihre Haltung ihm gegenüber von nervöser Unterwürfigkeit gezeichnet war, als erwartete sie, daß er jedem ihrer Worte widersprechen würde.

»Gefällt es ihr?« wollte Norman wissen.

Carlotta war wütend über seinen Tonfall und darüber, daß er sie nicht direkt angesprochen hatte. Ein schwaches Lächeln kräuselte ihre Lippen.

»Es ist viel Platz für Kinderzimmer hier, nicht wahr, Norman?«

Alice keuchte überrascht, aber Norman schaute Carlotta direkt an.

Sie sah ein wütendes Funkeln in seine Augen treten, und als er die Lippen zusammenkniff, wußte sie, daß er böse auf sie war.

Sie lachte. Dann schob sie ihren Arm durch Alices und zog sie zur Tür.

»Aber dafür ist noch viel Zeit«, sagte sie über die Schulter. »Auf Wiedersehen, Norman, wir wollen dich nicht länger stören.«

Sie war zufrieden, weil sie ihn verletzt hatte, weil sie ausnahmsweise einmal einen Vorteil ihm gegenüber erzielt hatte. Aber sie wußte nicht, daß Norman, nachdem sie die Tür zur Bibliothek hinter sich geschlossen hatte, in seinen Sessel zurücksank und das Gesicht in den Händen verbarg.

Lange saß er da, ohne sich zu rühren. Schließlich stieß er einen Seufzer aus, der aus der Tiefe seines Herzens zu kommen schien, stand dann auf und ging zum Schreibtisch. Er setzte sich und starrte auf den Stapel von Briefen und Papieren.

Dann straffte er sich, als schüttelte er eine unsichtbare Last von den Schultern, ehe er sich an die Arbeit machte.

Es war fast eine Stunde später, und er arbeitete immer noch, als das Telefon klingelte. Er nahm den Hörer ab und lauschte schweigend minutenlang einer Stimme am anderen Ende.

Dann sagte er kurz angebunden:

»Ich komme sofort.«

Er läutete dem Butler und ordnete an, daß sein Wagen gebracht wurde.

»So schnell wie möglich. Es ist dringend.«

»Sehr wohl, Sir Norman«, antwortete der Butler. »Möchten Sie nicht noch eine Tasse Tee, ehe Sie fahren? Im Morgenzimmer ist bereits alles vorbereitet.«

»Ist ihre Ladyschaft dort?« fragte Norman.

»Ich denke ja, Sir Norman.«

Norman ging zur Tür des Morgenzimmers und öffnete sie. Carlotta und Alice saßen am Fenster.

»Ich fahre zum Werk.« Er richtete seine Worte an beide Frauen. »Es hat einen Unfall gegeben. Ich weiß nicht, wann ich zurück sein werde.«

»Einen Unfall!« rief Alice aus. »Ich hoffe, es ist niemand verletzt.«

Norman antwortete ihr nicht. Er hatte bereits die Tür hinter sich geschlossen und eilte durch den Gang, wartete ungeduldig an der Haustür darauf, daß sein Wagen gebracht wurde.

»Was glaubst du, ist passiert?« wandte sich Carlotta an Alice.

»Ich weiß nicht. Manchmal ist es nur ein ziemlich leichter Unfall, aber einmal, vor fast sechs Jahren, wurde ein Mann getötet, und Norman war schrecklich traurig. Es war nicht seine Schuld – der Mann ist ausgeglitten und in die Maschine gestürzt – aber es gab natürlich Fragen und eine Untersuchung – alles sehr bedauerlich.«

»Gehst du manchmal zum Werk?« wollte Carlotta von ihr wissen.

Alice schüttelte den Kopf.

»Ich bin nur zweimal dort gewesen. Einmal, als Norman die Fabrik übernommen hat, und dann, als er zum Baronet ernannt wurde. Es gab eine Art Feier, und mir wurde aufgetragen, eine Gruppe von Besuchern durch das Werk zu führen.«

»Ich möchte es gern sehen. Ich möchte wissen, was drei Viertel von Normans Gedanken beansprucht.«

»Ich glaube, das Werk hat seine gesamten Gedanken in Anspruch genommen, bis du gekommen bist«, bemerkte Alice schüchtern.

»Ich glaube nicht, daß ich einen großen Unterschied ausmache«, erwiderte Carlotta verbittert. »Du wirst sicher feststellen, daß er sich seinem Geschäft im selben Maße widmet wie in der Vergangenheit.«

»Ich hoffe nicht. Norman war immer ein einsamer Mensch. Zeitweise war er schrecklich unglücklich.«

»Tatsächlich?« Carlotta war überrascht.

Es klang komisch in ihren Ohren, daß diese merkwürdige, altmodische Schwester Norman bemitleidete.

»Er war in seiner ersten Ehe sehr unglücklich«, erzählte Alice. »Ich wußte das. Ich habe ihn oft gesehen, denn Evelyn kam niemals nach Melchester. Sie wollte nur in London leben. Wenn Norman dann über Nacht bleiben mußte, wohnte er immer bei mir. Er kam dann immer zum Mittagessen, wenn der Arbeitsdruck in der Fabrik nicht zu groß war.«

»Warum war er so unglücklich?«

»Sie war sehr stolz. Und sie war grausam zu ihm.«

»Grausam!« wiederholte Carlotta.

»Nun, das ist vielleicht nicht ganz das richtige Wort. Es ist ziemlich schwer zu erklären, was ich meine, aber sie hat immer so gesprochen, als würde sie ihn verachten. Mich hat sie auch verachtet, aber ich habe das natürlich erwartet. Schließlich bin ich ein Niemand, und sie war eine Lady aus gutem Haus und mit Generationen im Rücken!«

»Wie lächerlich!« widersprach Carlotta. »Ich kann das kaum glauben. Glaubst du nicht, daß sie vielleicht nett sein wollte und bloß ihre Gefühle schlecht zeigen konnte?«

»Ich glaube nicht, daß sie überhaupt Gefühle hatte«, meinte Alice. »Sie war wie eine Statue, schön, still und kalt. Ich habe fast erwartet, sie wäre aus Marmor.«

»Der arme Norman«, murmelte Carlotta, und in diesem Moment meinte sie das wirklich.

»Einmal«, fuhr Alice fort, »hat Norman mir gestanden, daß er einen Fehler gemacht hätte. Du darfst ihm nie verraten, daß ich dir das erzählt habe, denn er würde mich hassen, weil ich sein Vertrauen mißbraucht habe. Manchmal ist er rührend. Ich habe das Gefühl, ihr werdet zusammen glücklich sein. Ihr seid einfach nur müde gewesen, als ihr angekommen seid, und vielleicht habt ihr euch ein wenig gestritten. Das kommt bei Liebenden doch öfter vor, nicht wahr?«

»Sehr oft«, erwiderte Carlotta trocken.

»Sieh mal, du bist so hübsch und so jung, ganz anders als Evelyn. Was Norman braucht, ist das Gefühl, bemuttert zu werden. Er möchte im Mittelpunkt stehen, möchte, daß sich jemand freut, wenn er am Abend nach der Arbeit heimkommt, möchte das Gefühl haben, zu jemandem zu gehören.

Komisch, daß ich dir das erzähle, aber ich habe oft selbst darüber nachgedacht. Ich bin so dumm, wenn es um Norman geht. Ich finde es sehr schwer, mit ihm zu reden.

Er spricht mit mir, aber ich sage nie die richtigen Dinge. Ich bin sicher, du kannst mit ihm umgehen, kannst ihm all die Dinge geben, die er sich immer schon gewünscht hat.«

»Was hat er sich denn gewünscht? Ich bin sicher, er hat alles, was es auf der Welt gibt.«

»Alles, was es gibt!« Alice war überrascht. »Du glaubst doch wohl nicht, weil er Geld hat? Er ist allein – siehst du das denn nicht? Er hat keine Freunde mehr in der Klasse, zu der er gehört, und auch keine in der Klasse gefunden, zu der er aufgestiegen ist.

Bei mir ist es dasselbe, aber für mich ist das nicht so wichtig. Außerdem wird jetzt sowieso alles besser, weil ich in mein kleines Haus zurückkehren kann. Da habe ich ein paar Nachbarn, mit denen ich gelegentlich eine Tasse Tee trinken kann. Aber bei Norman ist das anders.

Er ist so ehrgeizig, daß die Menschen in Melchester nie gut genug für ihn waren, und die Menschen aus London – Leute wie Evelyn – haben ihn nicht wirklich gewollt. Sie wollten nur sein Geld.

Oh, ich weiß, ich sollte das alles nicht sagen. Aber ich habe das seit vielen Jahren beobachtet. Er ist so manches Mal von einer der großen Parties in London zu mir gekommen, und ich wußte einfach, daß es ihm nicht gefallen hat. Die Leute haben ihn entweder links liegen lassen oder ihn so umschwänzelt, daß er ihr Spiel durchschaut hat.

Das einzige, was ihm all diese Jahre harter Arbeit eingebracht haben, ist Geld. Und jetzt, wo er es hat, weiß er nicht, was er damit anfangen soll.«

»So habe ich ihn nie gesehen«, sagte Carlotta langsam.

»Aber jetzt kann sich das alles ändern«, fuhr Alice ernsthaft fort. »Du kannst ihm helfen; du kannst ihm das Gefühl geben, nicht allein zu sein, daß er kein Fremder unter all diesen hochnäsigen Leuten ist. Du bist so hübsch, daß sie froh sein werden, dich willkommen zu heißen, ob du nun Geld hast oder nicht.«

»Eine unbekannte Schauspielerin?« fragte Carlotta lächelnd.

»Damit hat es nichts zu tun. Du hast das einzige, was meiner Meinung nach in der vornehmen Gesellschaft zählt – Sicherheit, vielleicht sollte ich sagen, Selbstvertrauen. Du zeigst es in der Art, wie du gehst, wie du Hände schüttelst und lächelst. Norman hat das nicht – nicht richtig. Du wirst es ihm beibringen, nicht wahr, Carlotta?«

Als sie in Alices Augen blickte, in ihr ernstes Gesicht, dem man ansah, welche Mühe sie hatte, ihre geheimsten Gedanken in Worte zu fassen, da antwortete Carlotta schnell und mit großem Ernst:

»Ich werde es versuchen, das verspreche ich.«

20

Norman ging in dem kleinen Wartezimmer des Krankenhauses auf und ab. Ohne zu überlegen, nahm er eine Zigarette aus der Schachtel.

Als er sie gerade anzünden wollte, fiel ihm ein, daß es in dieser Umgebung wohl besser wäre, nicht zu rauchen, und er steckte sie wieder fort. Er warf einen Blick auf seine Armbanduhr. Er wartete jetzt seit fast zwanzig Minuten.

Das laute Ticken der Uhr auf dem Kaminsims war der einzige Laut, der zu hören war, abgesehen vom ständigen Schlag seiner eigenen Füße. Sein Gehirn stellte immer und immer wieder dieselbe Frage: Hätte ein solcher Unfall verhindert werden können?

Sie hatten erst im vergangenen Jahr riesige Summen in die Sicherheitsvorkehrungen gesteckt.

Norman hatte gedacht, daß sie narrensicher waren, und doch war es in den vergangenen fünf Monaten zu drei kleineren Unfällen gekommen, und jetzt zu diesem großen.

Er schrak zusammen, als die Tür geöffnet wurde und der Chirurg eintrat.

»Es tut mir leid, Melton«, sagte er. »Ich konnte ihm nicht helfen.«

»Der Mann ist tot?«

»Er starb auf dem Operationstisch. Aber wir hätten ohnehin nichts mehr tun können. Der Schädel war vollkommen zertrümmert.«

Sie unterhielten sich noch kurz, dann ging Norman die Treppe hinunter zu seinem wartenden Wagen. Er hatte ihn gerade erreicht, als ein zweiter Wagen in den Hof raste und sein Sekretär ausstieg.

»Haben Sie die Einzelheiten?«

Sein Sekretär reichte ihm ein Blatt Papier.

»Soll ich zu ihm heimfahren, Sir Norman?« fragte er.

Norman schüttelte den Kopf.

»Ich gehe selbst. Walker war einer unserer besten Männer.«

»Das war er wirklich, Sir Norman. Er ist seit fast zehn Jahren bei uns gewesen, wie Sie sehen können. Gibt es eine Chance, ihn zu retten?«

»Keine. Er ist eben gestorben.«

»Das tut mir leid.«

Norman stieg in seinen eigenen Wagen und nannte eine Adresse. Der Chauffeur fuhr los.

Nachdem sie eine halbe Meile auf der Hauptstraße gefahren waren, bogen sie in die schmutzigen, elenden Slums von Melchester ab. Seit einiger Zeit bereits herrschte ihretwegen Aufregung, und das Problem der Unterkünfte wuchs und wurde zunehmend akut. Dennoch war bislang nur wenig getan worden.

Norman bemerkte die schmalen Bürgersteige, auf denen Kinder spielten, sah die zersprungenen Fensterscheiben in vielen Häusern, die rissigen, schlecht eingepaßten Türen und die kleinen, schmuddeligen Ziegelsteine. Alle Häuser hätten dringend gestrichen werden müssen.

Er hatte das Gefühl, sich nicht nachdrücklich genug für den Abriß dieser Häuser eingesetzt zu haben.

Er wußte sehr wohl, daß man davon gesprochen hatte, ein Wohngebiet abseits der Stadt zu errichten. Er hatte diesen Vorschlag oft gehört.

Er hatte in den Lokalzeitungen davon gelesen, aber immer war er mit seiner eigenen Fabrik zu beschäftigt gewesen, hatte mit seinem eigenen Werk zu viel Sorgen gehabt, um sich um die Heime seiner Arbeiter zu kümmern.

Jetzt sah er, daß er einen Fehler gemacht hatte. Dafür war er sehr anständig gewesen, was ihre Arbeit und ihren Lohn anging.

Zum ersten Mal seit Jahren erinnerte er sich jetzt plötzlich genau an das Innere dieser stickigen Häuser; er dachte an die schwarzen Käfer und Kellerasseln, die nachts aus ihren Löchern krochen, an die Mäuse und Ratten, die unmöglich auszurotten waren.

Er verspürte den impulsiven Wunsch, den Menschen zu helfen, zu denen er gehört hatte. Er würde ihre Schlachten schlagen. Er würde ihr Helfer werden.

»Ich habe Glück gehabt«, sagte er sich, »mein ganzes Leben lang. Und deshalb muß ich das Leben dieser Leute schöner machen. Ihnen lacht das Glück nicht. Ich kann es tun, und ich werde es tun.«

Der Wagen hielt vor einer Reihe von Häusern, von denen eines wie das andere aussah. Alle waren in ihrer schmuddeligen Häßlichkeit kaum voneinander zu unterscheiden.

»Hier ist es, Sir«, bemerkte der Chauffeur und hielt ihm die Tür auf.

Norman stieg drei Stufen empor, die direkt vom Bürgersteig zur Haustür führten, und klopfte.

Augenblicklich wurde geöffnet, und eine Stimme sagte:

»Gott sei Dank, daß Sie da sind. Aber ich fürchte, Sie kommen zu spät.«

Er sah sich einer kleinen, rundlichen Frau gegenüber.

»Es tut mir leid«, fügte sie hinzu, ehe er etwas sagen konnte. »Ich dachte, Sie wären der Doktor.«

An ihrer Uniform erkannte er, daß sie die Bezirkskrankenschwester war.

»Ist etwas nicht in Ordnung?«

»Alles«, erwiderte sie knapp. »Mrs. Walker hatte gerade eine schwere Fehlgeburt. Ich habe einen Jungen losgeschickt, um den Arzt zu holen, aber ich fürchte, er war nicht da.«

»Kann mein Chauffeur etwas tun?« bot Norman an.

»Nun, wenn Dr. Matthews in der Praxis gewesen wäre, wäre er wohl inzwischen eingetroffen. Und wenn er seine Runde macht, dann weiß Gott allein, wo man ihn finden könnte.«

»Wie steht es mit einem anderen Arzt?« schlug Norman vor.

»Da wäre Dr. Martin in der Cheapside Road«, anwortete sie. »Wenn Sie den holen könnten.«

Norman drehte sich um, lief zu seinem Wagen und gab die nötigen Anweisungen.

»So schnell Sie können. Es geht um Leben und Tod«, betonte er.

Als er sich umdrehte, war die Krankenschwester bereits wieder verschwunden. Er konnte Schritte von oben hören. Er ging ins Haus und schickte sich an zu warten.

Er stand in einer sehr kleinen, vollgestopften, aber makellos sauberen Küche. Tisch und Boden waren offensichtlich frisch geschrubbt, und um den Herd hatte man Zeitungspapier ausgebreitet, damit nichts auf die sauberen Fliesen fallen konnte.

Er wollte sich gerade in einen Lehnstuhl setzen, als er hinter sich ein Geräusch vernahm und ein kleiner Junge hervorkroch.

»Hallo, ich wußte nicht, daß du da bist«, meinte Norman.

»Ich spiele, daß ich gerade in einen Tunnel gefahren bin«, erklärte der Kleine mit Würde, aber auch mit Schwierigkeiten bei den ›R‹s.

Norman lachte und setzte sich. Das Kind stand auf. Der Junge konnte nicht älter als sechs Jahre sein.

Er war ein besonders nett aussehendes Kind mit sauberem Pullover und dunkelblauen, kurzen Hosen, die mehrfach geflickt waren.

»Meine Mammi ist krank«, erzählte er, »und ich muß sehr leise sein.«

»So ist es brav«, lobte Norman.

»Wenn mein Papi heimkommt«, fuhr das Kind fort, »fährt er mit mir Fahrrad. Das hat er mir versprochen.«

Norman spürte, wie sich sein Herz vor Mitleid zusammenzog. Nach allem, was die Krankenschwester gesagt hatte, befand sich die Frau oben in Lebensgefahr.

»Wer wohnt denn sonst noch hier?« erkundigte er sich, »außer deinem Papi und deiner Mammi?«

»Nur ich«, antwortete der Junge.

»Und wie heißt du?«

»Billy«, lautete die Antwort. »Mein richtiger Name ist William, aber alle nennen mich Billy.«

»Nun, Billy, hast du denn keine Tante oder Großmutter, die dich manchmal besucht?«

Billy schüttelte den Kopf.

»Meine Oma ist im Himmel, sagt meine Mammi.«

»Und wie steht es mit einer Tante oder einem Onkel?«

»Keine Tanten«, erklärte Billy stur.

Es hörte sich an, als wüßte er nicht so recht, was das wäre.

Norman war verblüfft und überlegte, was er als nächstes fragen sollte, als er hörte, daß draußen ein Wagen hielt.

Eine Sekunde später wurde die Tür aufgerissen und ein untersetzter Mann mit grauem Haar und grauem Bart eilte ins Zimmer. Er trug die übliche Arzttasche, und Norman erkannte in ihm Dr. Matthews.

Der Arzt war offensichtlich überrascht, Norman zu sehen.

»Großer Gott, Melton«, sagte er. »Sie sind es doch, oder?«

»Ja«, antwortete Norman. »Aber verlieren Sie jetzt keine Zeit mit mir. Oben gibt es Probleme. Die Schwester wartet auf Sie.«

Es war nicht nötig, den Arzt weiter zu drängen. Er hastete bereits die wackelige Treppe empor.

»Glaubst du, daß meine Mammi bald wieder gesund ist?« fragte Billy unsicher. »Ich möchte meinen Tee.«

»Hast du den noch nicht bekommen?« erkundigte sich Norman.

Der kleine Junge schüttelte den Kopf.

»Die Milch ist gekommen«, erzählte er und zeigte auf einen Krug auf der Kommode. »Aber die Schwester hat gesagt, ich soll sie nicht anrühren.«

Norman stand auf, nahm die Milch herunter und goß etwas in eine Tasse.

»Ich gebe sie dir«, erklärte er fröhlich, »und später werden wir es der Schwester erklären. Wie steht es mit ein bißchen Butterbrot? Weißt du, wo das Brot aufbewahrt wird?«

Nach Billys Anweisungen fand Norman einen halben Laib Brot und ein kleines Töpfchen mit Margarine in einem Schrank. Er schnitt etwas für den Jungen ab, der sich zufrieden an den Tisch setzte.

»Du auch«, lud er ihn gastfreundlich ein.

Norman schüttelte den Kopf.

»Ich bin nicht hungrig«, erklärte er.

»Ich hab immer Hunger«, erzählte Billy. »Papi sagt, ich esse zuviel.«

Norman warf einen Blick auf seine Uhr und fragte sich, wie

lange es dauern würde, bis der Arzt ihm etwas Neues von der Mutter des Kindes berichten könnte.

Als er seine Uhr fortsteckte, hörte er Schritte auf der Treppe und Dr. Matthews kam ins Zimmer. Sein Gesicht war ernst. Ohne fragen zu müssen, wußte Norman, daß Billys Mutter tot war.

»Kommen Sie mit, Matthews«, forderte er ihn auf, »ich möchte einen Moment mit Ihnen reden.«

Der Arzt kam seiner Aufforderung nach, tätschelte Billy im Vorbeigehen auf den Kopf und meinte freundlich:

»Schmeckt dir der Tee, Alter?«

»Er hat's mir gegeben«, sagte Billy und zeigte mit dem Finger auf Norman.

Doktor Matthews schaute zu Norman hinüber.

»Sie haben mir noch nicht gesagt, was Sie herführt«, meinte er.

Die beiden Männer gingen die Stufen hinab und schlossen die Tür hinter sich. Dann gingen sie ein Stück die Straße entlang.

»Walker hatte heute nachmittag einen Unfall«, berichtete Norman. »Er ist im Krankenhaus gestorben.«

»Großer Gott!« stieß Matthews hervor.

»Und seine Frau?« wollte Norman wissen.

»Tot. Ein Blutsturz. Wenn die Schwester mich rechtzeitig hätte holen können, hätte ich vielleicht noch etwas tun können. Aber ich bezweifle es.«

Norman blieb stumm.

»Was wird jetzt aus dem Kind?« erkundigte er sich dann.

Dr. Matthews zuckte die Schultern.

»Er wird wohl in ein Heim kommen, denke ich. Soviel ich weiß, hat er keine Verwandten mehr. Wir können uns natürlich umhören, aber Walker stammt nicht aus Melchester. Er kam vor etwa fünfzehn Jahren aus Birmingham. Seine Frau war aus dem Ort; ihre Eltern sind beide tot. Ich kannte sie gut und habe sie versorgt; sie war das einzige Kind.«

»Ich mache mir Gedanken um den Kleinen«, meinte Norman.

»Armer kleiner Teufel«, stimmte der Arzt zu. »Er ist ein netter Bursche, hat seine Eltern geliebt, und sie haben ihn vergöttert. Seine Mutter war schrecklich aufgeregt, weil sie ein zweites Kind haben sollte. Sie kam gleich zu Beginn der Schwangerschaft zu mir. Sie war eine zierliche Frau, aber ich dachte, alles würde in Ordnung gehen. Meistens sind es die robust aussehenden Frauen, die einen im Stich lassen.«

Sie gingen den Weg zurück, auf dem sie gekommen waren, und blieben an der Haustür stehen.

»Die Schwester wird sich um alles kümmern«, sagte der Arzt. »Ich habe noch eine andere Patientin am anderen Ende der Stadt. Ich gehe besser zu ihr. Ich glaube, diesmal bekommt sie Zwillinge.«

»Was haben Sie mit dem Jungen vor?« erkundigte sich Norman.

»Bei Gott! Ich muß etwas tun. Ich frage wohl besser die Schwester, ob sie jemanden kennt, der sich heute abend um das Kind kümmern kann. Dann fahre ich morgen früh ins Waisenhaus und spreche mit dem Leiter.«

»Ich nehme ihn für die Nacht«, erklärte Norman heftig.

»Sie!« stieß der Arzt überrascht hervor.

Er vergaß seine gute Erziehung und starrte Norman erstaunt an.

»Ja, ich nehme ihn«, wiederholte Norman.

»Aber wohin? Ich nehme an, Sie meinen nach ›The Paddocks‹. Aber Sie sind doch gerade erst aus den Flitterwochen zurückgekehrt. Was wird Ihre Frau dazu sagen?« gab der Arzt zu bedenken.

»Es gibt mehr als genug Platz in meinem Haus«, erklärte Norman.

»Ich muß sagen, das ist außergewöhnlich nett von Ihnen, Melton. Ich werde gleich morgen früh mit dem Leiter des Waisenhauses sprechen und ihm sagen, wo das Kind ist.«

»Danke.«

»Wir wollen es der Schwester erzählen«, sagte der Arzt und öffnete die Haustür. »Das Kind muß ein paar Sachen mitnehmen.«

Billy hatte sein Mahl beendet und seine Tasse und mehrere Teller zu einer Pyramide gestapelt.

»Vorsicht, Billy«, sagte der Arzt, als sie eintraten.

»Du zerbrichst sonst noch etwas.«

»Ich baue ein großes Haus, und da drinnen sind Löwen«, erklärte Billy.

Norman ging zum Tisch hinüber.

»Hör mal, Billy, möchtest du mit mir kommen und ein sehr großes Haus sehen? Es gibt leider keine Löwen dort, aber das Haus gibt es wirklich. Einverstanden?«

»Und wie kommen wir dorthin?« wollte Billy ganz praktisch wissen.

»Mit meinem Auto«, antwortete Norman.

»Mit dem Auto da draußen?« fragte Billy mit großen Augen.

»Ja, mit dem.«

»Toll!« rief Billy begeistert. »Kann meine Mammi auch mitkommen?«

»Leider nicht. Deine Mammi ist sehr krank, aber ich glaube, sie würde sich freuen, wenn du mitkommst und heute nacht bei mir schläfst. Sie wünscht sich bestimmt einen braven Jungen.«

»Ich werde ein ganz braver Junge sein, wenn ich in dem großen Auto fahren darf. Ich erzähle es nur meiner Mammi.«

Er drehte sich zur Treppe um, aber Norman hielt ihn zurück.

»Warte, du darfst deine Mutter jetzt nicht stören.«

Ein paar Minuten später kam die Schwester mit dem Arzt nach unten. Sie trug eine mitleiderregend kleine braune Papiertüte, in der sich alles befand, was Billy besaß. Über dem Arm hielt sie einen grauen Mantel, zerrissen und abgetragen und mit nur einem einzigen Knopf, um ihn zu schließen.

Sie half Billy hinein und gab ihm die Tüte.

»Da drin ist eine Zahnbürste und ein Hemd für heute nacht. Vergiß nicht, deine Zahnbürste zu benutzen, Billy.«

Sie wandte sich an Norman.

»Tut mir leid, Sir Norman, daß ich Sie nicht erkannt habe, als Sie gekommen sind. Aber ich war so aufgeregt – verstehen Sie?«

»Natürlich verstehe ich das. Ich werde mich um Billy kümmern, und der Doktor wird morgen nach ihm sehen.«

»Das ist mir eine große Erleichterung.«

»Nun komm«, forderte Norman das Kind auf.

Billy zögerte.

»Kann ich meiner Mammi wenigstens ›Auf Wiedersehen‹ zurufen?« fragte er. »Das stört sie doch nicht, oder?«

»Nein, das stört sie nicht. Aber du mußt nicht erwarten, daß sie antwortet, weißt du, weil sie so krank ist.«

Billy legte die Hände um den Mund.

»Auf Wiedersehen, Mammi«, rief er. »Ich komme morgen wieder. Ich fahre in einem großen Auto. Ich werde ein sehr braver Junge sein.«

Er nahm die Hände herunter.

»Glaubst du, sie hat mich gehört?« fragte er besorgt.

»Bestimmt«, antwortete die Schwester.

Norman streckte die Hand nach Billys aus. Er sah Dr. Matthews nicht an. Schweigend gingen sie die Treppe hinunter und stiegen ins Auto.

Billy kletterte neben Norman. Er war blaß vor Aufregung, und seine Augen hatte er vor Staunen weit aufgerissen.

»Das ist ein sehr großes Auto«, meinte er ehrfürchtig.

»Es ist eines von denen, die ich mache«, erklärte Norman, als sie losfuhren.

»Mein Papi macht auch Autos«, antwortete Billy. »Arbeitest du mit meinem Papi zusammen?«

»Ja.«

»Habt ihr, du und Papi, dieses Auto gemacht?« wollte Billy wissen.

»Ja, das haben wir.«

»Wenn ich groß bin, mache ich auch Autos«, erklärte der Junge.

»Das hoffe ich.«

»Melton-Autos sind besser als alle anderen, sagt mein Papi immer.«

Norman lachte.

»Weißt du, wie ich heiße?« fragte er dann.

»Du hast es mir nicht erzählt.«

»Mein Name ist Melton«, verkündete Norman.

Billy sah ihn von der Seite an, den Kopf schief gelegt.

»Wie die Autos?«

»Wie die Autos. Weißt du, sie gehören nämlich mir.«

»Die Autos, die mein Papi macht, gehören dir?« Billy war verwirrt.

»Richtig.«

Billy dachte kurz nach.

»Dann bist du Mr. Melton«, sagte er schließlich ernst.

»Richtig.«

»Und hast du auch so Jungs wie mich?« erkundigte sich Billy.

»Leider nicht.«

»Wenn du das hättest, dann könntest du ihnen allen ein eigenes Auto schenken, nicht wahr? Du mußt sie ja nicht bezahlen, wenn sie dir gehören.«

»Aber ich habe keine kleinen Jungs«, wiederholte Norman fast scharf.

»Fahren wir dorthin, wo du all deine Autos hast?« fragte Billy.

»Nein, wir fahren nicht ins Werk. Du kommst mit zu mir nach Hause. Es ist ein sehr großes Haus, in dem ich wohne.«

»Ich würde lieber die anderen Autos sehen«, meinte Billy nachdenklich.

»Das sollst du auch«, versprach Norman. »Eines Tages werde ich dich in der Fabrik herumführen, und du kannst zusehen, wie sie gemacht werden.«

»Und zusehen, wie mein Papi Autos macht?«

Norman streckte die Hand aus und ergriff Billys kleine. »Hör mal zu, alter Junge. Glaubst du, du könntest ganz furchtbar tapfer sein, wenn ich dir jetzt etwas erzähle?«

»Ich bin sehr tapfer; meine Mammi sagt das immer.«

»Dein Vater hatte heute nachmittag einen Unfall; er ist ins Krankenhaus gebracht worden.«

Norman fühlte, wie sich Billys kleine Finger fester um seine schlossen. Davon abgesehen sah ihn das Kind an, ohne mit der Wimper zu zucken.

»Ist er verletzt?«

»Sehr schlimm«, erwiderte Norman ernst.

Billy sah ihn lange an, als müßte er die nächste Frage gründlich überdenken. Dann erkundigte er sich ganz leise:

»Geht Papi in den Himmel wie Großmama?«

»Ja. Er ist im Himmel«, antwortete Norman ernst.

Lange Zeit herrschte Schweigen.

»Werde ich Papi nie wiedersehen? Wird er mich nie mehr auf dem Fahrrad mitnehmen? Nie, niemals?«

»Ich fürchte, nein. Aber du hast gesagt, du wärest ein sehr tapferer Junge. So etwas passiert manchmal, weißt du.«

»Ich wäre so gern noch einmal mit ihm auf dem Fahrrad gefahren«, murmelte Billy traurig.

»Ich werde dir ein Rad schenken«, versprach Norman heftig. »Ich werde dir eines schenken, das dir ganz allein gehört. Es wird nicht so groß sein, wie das von deinem Papi, aber dafür kannst du allein darauf fahren.«

Billys Augen leuchteten auf, obwohl eine Andeutung von Tränen darin zu entdecken war.

»Hier kann ich damit nicht fahren. Mammi läßt mich nicht einmal einen Roller haben, weil es in unserer Straße so viele Autos gibt, daß ich überfahren werde.«

»Du darfst in meinem Garten damit fahren«, versprach Norman. »Ich werde es morgen besorgen.«

»Wirklich?« Billy suchte in seinem Gesicht nach einer Bestätigung dieser verblüffenden Aussage. »Und vergißt du es auch bestimmt nicht?«

»Ich werde es nicht vergessen«, versprach Norman. »Du sollst es morgen bekommen.«

Sie trafen vor dem ›The Paddocks‹ ein. Wie gewöhnlich standen der Butler und ein Lakai wartend an der offenen Tür, als der Wagen vorfuhr.

Trotz ihrer langen Berufserfahrung konnten beide einen Ausdruck der Überraschung nicht unterdrücken, als Norman ausstieg, seine Arme um einen kleinen Jungen legte und diesen aus dem Wagen hob.

Er nahm Billys Hand und ging in die Halle.

»Wo ist Ihre Ladyschaft?« erkundigte er sich.

»Im Morgenzimmer, Sir Norman. Miss Alice hat sich gerade zurückgezogen.«

Norman öffnete die Tür zum Morgenzimmer und trat ein.

Carlotta stand am Fenster, eine Hand am Vorhang, und schaute in den Garten hinaus. Auf ihrem Gesicht stand ein ungewöhnlich nachdenklicher Ausdruck.

Als die Tür geöffnet wurde, drehte sie sich um und sah sich ihrem Mann gegenüber. Er kam auf sie zu. Sie starrte erst ihn an, dann das zerlumpte Kind an seiner Hand.

»Carlotta«, sagte Norman, »ich habe unseren ersten Gast mitgebracht, der über Nacht bleiben wird. Sein Name ist Billy.«

21

Skye beeilte sich, die Fenster zu schließen, als der Regen herabprasselte und gegen die Scheiben schlug, die dünnen Vorhänge durchnäßte, die im Wind wehten. Sie stand am Fenster und schaute in den leeren Innenhof hinab.

Sie war müde und mutlos. Das unendliche Warten fing an, sich bemerkbar zu machen. Außerdem machte sie sich Sorgen um Hector.

Sie wußte, wie sehr er die Position haßte, in die sie sich gebracht hatten. Jeden Tag, den sie zusammenblieben, ohne daß ihre Liebe abgesegnet worden wäre, hatte er das Gefühl, sie zu beschmutzen.

Nichts, das sie sagen konnte, kein Argument konnte seine Meinung ändern.

Obwohl keiner von beiden es zugeben wollte, begann die Barriere, die das zwischen ihnen errichtete, ihr Glück zu schmälern, ihre Liebe zu verletzen.

Wenn sie sich küßten, wenn die Leidenschaft sie in einer Ekstase des Glücks verband, mußten sie sich immer wieder daran erinnern, daß dieser Zustand ewig dauern konnte.

Sie waren nicht weitergekommen, waren so wenig Mann und Frau wie am ersten Tag, als sie sich im Schatten der Pinienbäume geküßt hatten.

»Ich liebe dich«, würde Hector sagen, »ich liebe dich, Skye.«

»Ich weiß, mein Schatz«, würde sie zurückflüstern.

Und eben weil sie ihn liebte, versuchte sie, die Spannung und Flamme zwischen ihnen nicht zu vergrößern, sondern sie im Gegenteil zu verkleinern. Sie versuchte, die Unterhaltung frivol zu halten, fröhlich und geistreich zu sein, statt gefühlvoll und liebevoll.

Auch sie hatten ihre kleinen Streitigkeiten, und wenn es auch

Teil ihrer Liebe war und wenn diese Differenzen auch nicht im geringsten zählten: Die Zeiten, in denen sie sich ›küßten und wieder vertrugen‹ wurden verdorben.

Der Abend zog sich dahin, und früher oder später mußten sie in ihre Schlafzimmer gehen, durch etwas getrennt, das stärker war als alle Schlüssel oder Ketten.

»Soll ich deinem Großvater schreiben?« fragte Hector plötzlich, als er ostentativ einen medizinischen Aufsatz studiert hatte.

Skye blickte von der Näharbeit auf, mit der sie sich beschäftigte. Sie wußte, daß er ebensolche Schwierigkeiten hatte wie sie, sich auf etwas anderes als das Problem ihres Zusammenlebens zu konzentrieren.

»Das würde nichts helfen«, erwiderte sie sanft.

»Ich komme mir vor wie ein Feigling«, murmelte Hector. »Ich hätte ihn aufsuchen sollen. Du hast mich überredet, mit dir in den Süden zu kommen. Jetzt glaube ich, daß das falsch war.«

Mit einem Knall schloß er sein Buch und stand auf.

»Ich sollte wirklich mit ihm reden«, sagte er und schritt im Zimmer auf und ab.

»Du kannst nichts sagen, was nicht bereits gesagt worden ist. Er ist ein sturer alter Mann, aber früher oder später wird er kapitulieren, glaube ich. Er liebt mich, auf seine Art, und er muß mich in Glenholme vermissen.«

Sie dachte an Glenholme, als sie jetzt aus dem Fenster sah. Es war ein heißer Tag gewesen, bis der Sturm losbrach, stickig, trocken und sauerstofflos, typisch für eine Stadt vor einem Gewitter.

Skye hatte das Gefühl zu ersticken. Sie sehnte sich nach der Freiheit der Moore, dem Wind, der vom Meer herüberkam. Mehr als alles andere wünschte sie sich, mit Hector in Schottland zu sein.

Sie gehörten beide dorthin. Sie waren in der wilden Umgebung, fern der kämpfenden Menschheit, beide glücklich.

»Ich bin undankbar«, sagte sie sich. »Ich habe so viel. Hector, seine Liebe, und unsere Hoffnungen für die Zukunft.«

Aber sie wußte, daß diese Hoffnungen im Laufe der langen Wartezeit strapaziert wurden.

Wenn ihr Großvater nun nicht nachgeben würde? Sollte sie Hector weiterlieben, Jahr um Jahr, seine Liebe und Kameradschaft annehmen? Und wäre sie in der Lage, keine weitere Vereinigung mit ihm zu suchen?

Sie wußte, wenn sie ihn in einem Augenblick des Wahnsinns, in dem er sich nicht beherrschen konnte, überredete, ihr Liebhaber zu werden, würde er das sich und ihr niemals verzeihen.

Trotz seiner Klugheit und seiner Intelligenz war Hector engstirnig. Die Prinzipien, die Religion, nach denen er erzogen worden war, bestimmten immer noch sein Leben. Er würde sich von ihnen nicht abbringen lassen, unter welchen Umständen auch immer.

Skye wußte, wenn Hector sie darum bitten würde, würde sie mit ihm bis ans Ende der Welt gehen, ohne sich darum zu kümmern, ob sie als seine Geliebte oder Ehefrau ging. Aber bei ihm war das anders. Er würde keinen Kompromiß akzeptieren, nicht einmal, wenn es um sein eigenes Glück ging.

Das kleine Wohnzimmer war ärmlich möbliert, denn Skye konnte sich nicht erlauben, viel Geld auszugeben. Ihre fünfhundert Pfund im Jahr wurden ihr nur als Taschengeld gewährt, und sie konnte das Kapital nicht anrühren.

Trotzdem war das Zimmer hell und fröhlich. Auf dem Chintz prangten bunte Blumen, und die Teppiche, die sie gebraucht gekauft hatte und die jetzt den Boden bedeckten, waren geschmackvoll.

»Mein Heim«, sagte sie laut, aber sie wußte, daß es nie ein wirkliches Heim sein würde, bis sie und Hector verheiratet waren.

Zum ersten Mal, seit sie Hector getroffen hatte, verließ Skye der Mut. Sie ließ sich in einen Lehnsessel fallen. Langsam sammelten sich Tränen in ihren Augen.

Sie versuchte, sie fortzuzwinkern, aber sie liefen ihr über die Wangen. Nach einem Augenblick suchte sie nach einem Taschentuch, unfähig, dem Sturm Einhalt zu gebieten, der sie schüttelte...

Sie wurde vom Geräusch der Klingel aus ihrem Kummer

gerissen. Sie sprang auf die Füße, wischte sich die Augen und ging zur Tür.

›Das wird nur der Bäcker sein‹, dachte sie.

Sie fuhr sich übers Haar und rieb noch einmal über die roten Augen. Dann öffnete sie die Tür und blieb wie angewurzelt stehen. In der Tür stand ihr Großvater.

Schweigend sahen sie sich an.

»Darf ich hereinkommen?« fragte Lord Brora.

»Aber natürlich, Großvater. Tut mir leid, daß ich mich so dumm verhalten habe, aber ich war so überrascht, dich zu sehen.«

Er schaute sie an, und sie wußte, daß er die Spuren der Tränen auf ihren Wangen bemerkte.

»Komm herein«, forderte sie ihn hastig auf und ging voraus ins Wohnzimmer. »Ich war gerade beim Aufräumen. Laß mir einen Moment Zeit, dann mache ich mich schön für dich.«

»Laß nur! Ich möchte dich so sehen, wie du bist. Bist du allein?«

Er schaute sich im Wohnzimmer um, als erwarte er, daß Hector hinter einer Tür oder unter einem Stuhl hervorspringen könnte.

»Ganz allein«, antwortete Skye mit schwachem Lächeln. »Hector ist im Krankenhaus.«

Lord Brora sagte nichts. Er lehnte den niedrigen Sessel ab, den Skye ihm anbot, und setzte sich statt dessen auf einen hochlehnigen Stuhl von der Art, die er am bequemsten fand.

»Das ist also das Heim, das du dir ausgesucht hast«, sagte er langsam und schaute sich um.

»Wir können uns nicht sehr viel leisten«, entschuldigte sich Skye. »Noch nicht. Weißt du, Hector hat nur wenig Geld – er hat es geerbt – und er muß sparen, damit er sein Studium davon finanzieren kann.«

»Dann lebt McCleods Sohn also von deinem monatlichen Zuschuß!« bemerkte ihr Großvater sarkastisch.

»Im Gegenteil«, widersprach Skye. »Er gibt mir alles, was er nur erübrigen kann, zum Haushalt dazu.«

»Das ist ja sehr freundlich von ihm.«

Skye biß sich auf die Lippen.

»Ich bin ganz offen mit dir, Großvater«, sagte sie, »und ich möchte keinen Streit. Also sei bitte nicht gemein, was Hector angeht. Du weißt, ich liebe ihn.«

»Das dachte ich mir.«

Schweigen entstand zwischen ihnen.

»Warum bist du hergekommen?« wollte Skye wissen.

»Um dich zu sehen«, erwiderte ihr Großvater mürrisch.

Skye lächelte ihm zu.

»Das war sehr nett von dir, wenn du es in freundlicher Absicht getan hast.«

»Du hast Mary Glenholme zu mir geschickt, die von jugendlicher Freiheit und all solchem Mist gequasselt hat, und Norman hat versucht, mich gegen sein besseres Wissen zu überreden. Ich habe beiden zugehört und ihnen gesagt, was ich dachte. Nachdem sie abgereist waren, beschloß ich, mir die Sache selbst anzusehen.«

»Vielleicht hast du mich ein wenig vermißt?« schlug Skye vor.

Der alte Mann streckte die Hand aus.

»Komm zurück nach Glenholme, Kind«, bat er. »Es ist so einsam dort ohne dich.«

Skye zögerte einen Moment. Dann ging sie auf ihren Großvater zu, ließ sich neben seinem Stuhl auf die Knie fallen und schaute in sein Gesicht empor.

»Laß mich als verheiratete Frau kommen«, bat sie. »Bitte, Großvater, du mußt es mir erlauben.«

Der alte Mann setzte zum Sprechen an, unterdrückte dann aber die Worte, die ihm über die Lippen kommen wollten.

»Muß!« brummte er. »Was soll das heißen, muß? Sag mal, bist du ...?«

Skye schüttelte den Kopf.

»Nein. Ich werde kein Kind bekommen. Ich könnte leicht sagen, ich wäre schwanger, und dann würdest du nachgeben, nicht wahr? Aber ich will dir die Wahrheit sagen, wie ich dir immer die Wahrheit gesagt habe.«

Sie wußte nicht, warum sie jetzt, nach all ihren Plänen, mit denen sie ihren Großvater zum Nachgeben hatte zwingen wollen, ihre Chancen wegwarf.

Sie wußte nur, daß sie den alten Mann nicht belügen konnte.

In ihm war etwas Starkes, sehr Feines, das jegliche Heuchelei unterband. Vielleicht war er bigott, vielleicht stur, aber auf seine Art war er ein großer Herr, und Skye war stolz auf ihn.

Sie sah die Erleichterung, die in sein Gesicht trat, als sie zu sprechen anfing. Sie wußte, daß er aus diesem Grund zu ihr gekommen war; davor hatte er Angst gehabt.

Sie war aufgestanden und sah ihn jetzt offen an.

»Großvater, ich muß dir etwas sagen. Ich wollte es dir niemals erzählen, und ich weiß nicht, warum ich es jetzt tue, aber ich kann einfach nicht anders. Ich lebe zwar hier mit Hector zusammen, aber nicht so, wie es den Anschein hat. Es war meine Idee, mit ihm zusammenzuziehen und dich zu zwingen, in unsere Heirat einzuwilligen. Er wollte es nicht und hat nur unter einer Bedingung eingewilligt.«

»Und die lautet?«

»Daß wir wie Freunde zusammen wohnen. Daß zwischen uns nichts passiert, ehe wir verheiratet sind.«

Nachdem Skye das gesagt hatte, drehte sie sich um und ging zum Fenster. Dort blieb sie eine Weile stehen und schaute hinaus. Ihr Großvater wußte, daß sie weinte.

»Komm her, mein Kind«, brummte er.

Sie gehorchte nicht, und nach einer Weile wiederholte er:

»Komm her, Skye, ich möchte es.«

Da erst drehte sie sich zu ihm um, und er sah, daß ihr die Tränen übers Gesicht liefen ... Sie machte ein paar Schritte auf ihn zu.

Dann plötzlich lag sie neben ihm auf den Knien, seine Arme lagen um sie, und sie schluchzte bitterlich an seiner Schulter.

»Jetzt habe ich alles verdorben«, meinte sie unglücklich. »Ich wollte es dir nicht erzählen, aber ich bin so unglücklich, weil ich so leben muß. Ich möchte heiraten, Großvater. Ich möchte Hector heiraten und ein eigenes, anständiges Heim haben.«

Er hielt sie fest, eine Hand auf ihrer Schulter, während er mit der anderen über ihr Haar streichelte. Nach einer Weile wurde sie ruhiger und atmete heftig und stoßweise.

Atemlos fragte sie:

»Ich habe mich ganz schön zum Narren gemacht, was?«

Der alte Mann sah ihr zärtlich in die Augen.

»Ich hätte gern eine Tasse Tee, mein Kind. Und du könntest auch eine gebrauchen.«

Skye versuchte ein Lachen.

»Möchtest du ihn in der Küche? Oder spielst du den vornehmen Mann und wartest hier, bis ich ihn dir bringe?«

»Ich trinke ihn in der Küche«, antwortete Lord Brora.

Er folgte ihr in die winzige Küche. Dort setzte er sich an den Tisch und sah zu, wie sie Brot schnitt und Butter auf einen Teller tat, während sie wartete, bis das Wasser kochte.

»Du siehst blaß aus«, bemerkte er plötzlich.

»Das ist die Luft von Glenholme, die mir fehlt, und meine Sorgen!« erwiderte sie mit einem Lächeln, das ihren Worten die Schärfe nahm.

Ihr Großvater grunzte und wechselte dann das Thema.

»Norman kommt heute aus den Flitterwochen zurück. Hast du seine Frau gesehen?«

»Ich habe sie am Bahnhof getroffen, an dem Abend, als er zu dir gefahren ist. Sie ist sehr hübsch.«

»Und Schauspielerin«, bemerkte Lord Brora, als wäre das eine vollständige Beschreibung.

»Keine sehr bekannte. Und ich glaube auch nicht, daß sie zur Bühne zurückkehren will.«

»Norman ist ein verdammter Dummkopf, in seinem Alter noch einmal zu heiraten. Aber er scheint ganz glücklich, das läßt sich zumindest zu seinen Gunsten sagen.«

»Sie liebt ihn nicht«, erklärte Skye.

»Warum hat sie ihn dann geheiratet?« fragte der alte Mann.

»Wegen des Geldes, nehme ich an. Der arme Norman, ich hoffe nur, daß er diesmal glücklich wird.«

Lord Brora warf seiner Enkelin einen scharfen Blick zu, gab aber keinen Kommentar.

Er war sich klar darüber, daß Normans erste Ehe mit seiner Tochter Evelyn nicht glücklich gewesen war. Er sprach zwar nur selten über solche Dinge, aber ihm entging nur wenig.

Als sie ihren Tee getrunken hatten, stellte Skye die Tassen und Teller ins Spülbecken, um sie später abzuwaschen.

»Wie lange wirst du in London bleiben, Großvater?«

»Das hängt von dir ab«, antwortete Lord Brora.

»Von mir!«

»Ich dachte, du würdest gern mit mir zurückfahren, zu Besuch natürlich.«

Skye zögerte. Sie war müde und wollte nicht mehr diskutieren. Sie hatte das Gefühl, sie könnte das alles nicht noch einmal durchmachen, und doch wollte sie ihn nicht verletzen und endgültig ›nein‹ sagen.

Sie seufzte.

Ihr Großvater zog seine große, goldene Uhr hervor und warf einen Blick darauf.

»Wann kommt der junge McCleod heim?« wollte er wissen.

»Er muß jetzt jeden Moment kommen. Für gewöhnlich erwarte ich ihn gegen fünf.«

Sie wartete, daß ihr Großvater aufstand. Statt dessen schob er seine Uhr zurück.

»Ich werde mit ihm sprechen, wenn er kommt.«

»Du wirst mit ihm sprechen!« wiederholte Skye.

»Ich werde mir anhören, was er zu sagen hat«, fügte er hinzu.

Skye stieß einen leisen Schrei aus.

»O, Großvater! Siehst du die Sache jetzt wirklich anders? Gibt es wirklich eine Chance, daß du uns deine Einwilligung geben wirst?«

»Ich verspreche nichts«, lautete die Antwort. »Ich werde nur ein Gespräch mit dem jungen Mann führen, das ist alles.«

Skye warf ihm die Arme um den Hals.

»Du bist ein Schatz. Ach, Großvater, ich hätte nie gedacht, daß du so nett sein kannst.«

»Versuch jetzt nicht, mich zu quälen. Ich werde mir meine eigene Meinung bilden, und ich lasse mich von niemandem gegen mein eigenes Urteil überreden.«

Sie umarmte ihn erneut.

»Ich bin ja so glücklich«, sagte sie zuversichtlich. »Ich weiß, Hector wird dir gefallen.«

22

Carlotta gähnte verschlafen, reckte die Arme, als das Mädchen die Vorhänge vor dem Fenster beiseite zog, um die Morgensonne hereinzulassen.

»Wie spät ist es, Elsie?« fragte sie.

»Neun Uhr, Mylady. Ich dachte, Sie würden heute gern ein wenig länger schlafen, nach der langen Reise.«

»Ich bin immer noch erschöpft«, beklagte sich Carlotta.

Nachdem sie im Zimmer aufgeräumt hatte, ging Elsie zur Tür, wo sie ein Frühstückstablett entgegennahm, das mit geblümtem Porzellan und schwerem Silber gedeckt war.

Carlotta setzte sich im Bett auf und schob sich zwei mit Spitze eingefaßte Kissen in den Rücken.

»Ich bin hungrig«, erklärte sie. »Ich glaube, heute morgen wird mir mein Frühstück wirklich schmecken.«

»So ist es richtig, Mylady. Da ist noch jemand im Haus, der heute morgen ein gutes Frühstück genossen hat – das hat mir die Köchin erzählt.«

»Und wer ist das?«

»Der kleine Junge, Mylady. Cook sagt, sie hat noch nie im Leben ein Kind gesehen, das so viel gegessen hat, und das es noch dazu so genossen hat. Sie sind beim Pächter gewesen und haben ein paar ordentliche Kleider für den Jungen geliehen, und jetzt sieht er aus wie ein ganz anderes Kind. Man erkennt ihn kaum noch wieder. Er ist wirklich hübsch in seinen neuen Kleidern.«

»Ich werde ihn sehen, wenn ich fertig bin«, erklärte Carlotta.

»Sir Norman hat viel Freude mit ihm«, fuhr Elsie fort, während sie Carlottas Unterwäsche aus *Crepe de Chine* auf dem Sessel zurechtlegte. »Er hat ihn gleich heute früh in sein Zimmer gerufen, und jetzt sind sie draußen und spielen auf dem Rasen. Es macht wirklich Spaß, ihnen zuzusehen. Das finden wir alle.«

»Das wäre alles, Elsie«, sagte Carlotta scharf. »Ich werde läuten, wenn ich Sie benötige.«

»Sehr wohl, Mylady«, erwiderte Elsie beleidigt und verließ den Raum mit verletzter Würde.

Als sie fort war, machte Carlotta keine Anstalten, das Frühstück zu verzehren, das sie so freudig willkommen geheißen hatte. Sie sah sich im Zimmer um, die Stirn in Falten gelegt, in Gedanken weit fort von ihrer Umgebung.

Nach ein paar Minuten überwältigte sie die Neugier. Sie schob die Bettdecke zurück und stieg in ihrem dünnen Chiffonnachthemd aus dem Bett, ging ans Fenster.

Sie näherte sich vorsichtig auf Zehenspitzen und spähte um den Vorhang. Sie sah ein Kind in einem Anzug aus rotem Jersey, das auf einem kleinen Fahrrad über den Rasen schoß, während Norman den Sattel hielt und beim Lenken behilflich war.

»Lächerlich!« sagte sie laut.

Aber sie kehrte nicht in ihr Bett zurück. Statt dessen schaute sie weiter zu.

Billy war ausgesprochen unsicher, und es erforderte Normans ganze Geschicklichkeit, das Fahrrad zu lenken und ihn gleichzeitig im Sattel zu halten.

Nach ein paar Minuten hörten sie auf. Billy stieg ab, und sie lachten sich an. Die Sonne schien in ihre Gesichter.

›Norman sieht jung und glücklich aus‹, dachte Carlotta.

Plötzlich war sie eifersüchtig. Eifersüchtig auf dieses Kind, das seine Gedanken von ihr ablenken konnte, das die Härte und Strenge aus seinem Gesicht auslöschen konnte, an die sie sich in der vergangenen Woche hatte gewöhnen müssen.

Von dem mit Blumen bewachsenen Garten, dem gepflegten Rasen, den Steinterrassen, von dem Haus selbst mit seiner Atmosphäre von Alter und Frieden ging etwas aus, das in Carlotta mehr als je zuvor die Sehnsucht nach Sicherheit weckte.

Schon als sie Norman heiratete, hatte sie sich das gewünscht, aber mit ein paar hysterischen Worten hatte sie es verspielt, mit Worten, die unüberlegt und ohne Rücksicht auf seine Gefühle ausgesprochen worden waren.

Jetzt hatte sie das Gefühl, als wäre es unwichtig, daß sie nach

›The Paddocks‹ gekommen war. Sie war nur eine Besucherin, jemand, der in Normans Leben getreten war und es höchstwahrscheinlich wieder verlassen würde.

Auf dem Rückweg von Cannes hatte sie an Scheidung gedacht, aber etwas hatte sie davon abgehalten, mit ihm darüber zu sprechen, zu ihm zu sagen:

»Wir haben einen Fehler gemacht. Wie können wir aus dem Vertrag aussteigen?«

»Ich hasse ihn«, sagte sie sich jetzt.

Aber der Abscheu war aus ihrer Stimme gewichen, ebenso wie aus ihren Gefühlen. Sie wollte ihn nicht mehr verletzen; sie wollte ihn nicht verwunden, wie es gestern der Fall gewesen war. Sie war müde und traurig.

Sie ging ins Bett zurück, aber die ganze Zeit über spitzte sie die Ohren, lauschte auf die fernen Stimmen, die durch das offene Fenster hereindrangen – die tiefe Stimme ihres Mannes und das schrille, aufgeregte Plappern des Kindes.

Bis gestern abend hatte Carlotta keine Ahnung gehabt, daß Norman Kinder so gern hatte oder daß er sie verstand. Sie wußte, daß er Skye liebte, aber sie hatte sie als erwachsene Frau kennengelernt und nicht daran gedacht, daß sie noch ein Schulmädchen gewesen war, als Norman Evelyn heiratete.

Sie hatten nie über Kinder gesprochen. Und Carlotta selbst hatte tatsächlich nur sehr wenig darüber nachgedacht.

In ferner Zukunft würde sie selbst ein Kind haben, hatte sie immer vage gedacht. Aber ihre Gedanken waren unpersönlich geblieben, als hätte dieses Wesen nichts mit ihr zu tun.

So viele Frauen, die sie kannte, sprachen davon, ein Kind zu bekommen, als wäre es ein neues Auto oder ein weiteres Haustier, das im Haushalt aufgenommen wurde.

Als sie Norman mit Billy beobachtet hatte, hatte sie einen völlig anderen Aspekt von ihm zu Gesicht bekommen.

Er war liebevoll; er war sanft mit dem Kind; er machte sich die Mühe, ihm alles zu erklären; versuchte, sein Interesse zu erhalten und zu verhindern, daß er sich einsam fühlte oder in dem großen Haus Angst bekam, dem Haus, das so ganz anders war als alles, was er bisher gesehen hatte.

Billy hatte bestimmt nicht wenig Mut. Er überdachte alles ernsthaft und interessiert. Carlotta gegenüber war er ein wenig schüchtern und nicht so gesprächig wie bei Norman.

»Das ist meine Frau, Billy«, hatte Norman erklärt.

»Ist sie Mrs. Melton?« fragte Billy und wandte sich an Norman.

»Das ist richtig, aber gewöhnlich nennen wir sie Lady Melton. Das gefällt ihr«, fügte er mit einem höhnischen Lächeln zu Carlotta gewandt hinzu.

»Lady Melton!« wiederholte Billy. »Das ist hübsch, was? Und sie ist auch hübsch, nicht wahr?«

»Sehr hübsch«, stimmte Norman kühl zu.

Gegen ihren Willen errötete Carlotta.

Norman hatte den Jungen in den Garten geschickt, während er Carlotta die Umstände und die Tragödie erläuterte, die zu Billys Ankunft geführt hatten.

»Morgen früh wird Dr. Matthews ihn ins Waisenhaus bringen«, erklärte er. »Mir tat der arme, kleine Kerl leid, der Vater und Mutter auf einen Schlag verloren hat. Deshalb habe ich ihn einfach mit hierhergebracht.«

»Muß er ins Waisenhaus?« fragte Carlotta. »Er hat doch sicher irgendwo Verwandte.«

»Der Doktor stellt schon Nachforschungen an«, antwortete Norman, »aber ich glaube, sie sind im Heim sehr glücklich. Es ist ein gutes Heim unter sehr guter Führung.«

»Ich denke auch, daß diese Häuser heutzutage gut sind«, bemerkte Carlotta gleichgültig.

»Trotzdem wird er Heimweh bekommen«, fügte Norman hinzu. »Das muß so sein, als wäre man immer in der Schule und könnte sich nicht einmal auf die Ferien freuen.«

Er sprach nachdenklich. Carlotta warf ihm einen scharfen Blick zu. Diese Einfühlsamkeit paßte nicht zu dem Bild, das sie sich von Norman gemacht hatte.

»Kannst du ihn nicht adoptieren?« schlug sie vor.

»Vielleicht.«

Ohne weiter mit ihr zu sprechen, ging er wieder zu dem Kind in den Garten hinaus.

Vor dem Abendessen ging Billy bereits zu Bett, und so verlief ihr erstes, gemeinsames Mahl in ›The Paddocks‹ schweigend. Das Speisezimmer war groß und der riesige Mahagonitisch war mit silbernen Bechern und Blumenschalen bedeckt. Der Butler und zwei Lakaien bedienten sie.

Carlotta stellte fest, daß Norman sie in der Umgebung seines Hauses einschüchterte.

Am Kopf der Tafel war er ein weitaus ehrfurchteinflößenderer Mann als derjenige, der in Restaurants oder verschwiegenen Nachtclubs mit ihr geflüstert hatte.

Sie musterte ihn aufmerksam. In seinem zweireihigen Dinnerjackett, das graue Haar aus der hohen, klugen Stirn gekämmt, sah er sehr gut aus.

Sie hätte sich nach dem Essen gern noch mit ihm unterhalten, aber er erklärte ihr, daß der Verwalter ihn in der Bibliothek erwartete.

»Ich hoffe, du findest eine Beschäftigung«, sagte er. »Im Wohnzimmer gibt es ein Radio. Läute jemandem, der es dir erklärt. Es ist ein bißchen schwierig, bis man sich daran gewöhnt hat.«

»Danke.«

»Das ist ja vielleicht ein fröhlicher Abend«, sagte sie sich wütend, als sie allein in dem großen, leeren Wohnzimmer stand.

Sie betrachtete sich in dem Spiegel, der über dem Kamin hing. Ihr karmesinrotes Nachmittagskleid aus Chiffon betonte die Blässe ihrer Haut.

Sie wußte, daß sie schön aussah, aber diese Schönheit war bei ihrem Ehemann vergeudet.

»Kann Liebe so schnell sterben?« fragte sie sich.

Es schien unglaublich, aber seit jener Nacht in Paris konnte sie tun oder sagen, was sie wollte – nichts beugte Norman, nichts wies darauf hin, daß er sich auch nur im geringsten für sie interessierte.

Sie ging zum Fenster hinüber und schaute ins sommerliche Dämmerlicht. Es war sehr still, selbst die Vögel schwiegen. Am dunklen Himmel konnte sie ganz schwach die Umrisse des Neumondes ausmachen.

Unvermittelt wandte sie sich vom Fenster ab, als könnte sie soviel Schönheit nicht ertragen. Sie fummelte am Radio herum, und es gelang ihr, es einzuschalten.

Sie drehte am Suchlauf, bis die Musik einer Swing Band durchs Zimmer tönte.

Als sie schließlich in ihr Schlafzimmer hinaufgegangen war, hatte sie keine Ahnung, wo Norman war, ob er überhaupt im Haus war. Sie war um halb zehn nach oben gegangen, nachdem die Drinks gebracht und auf einem Beistelltisch abgestellt worden waren.

»Wünschen Sie noch etwas, Mylady?« hatte der Butler gefragt.

»Nichts, danke«, antwortete Carlotta.

Als er das Zimmer verließ und leise die Tür hinter sich schloß, verspürte sie den wilden Wunsch, ihn zurückzurufen – zu sagen: »Sagen Sie Sir Norman, ich wünsche ihn augenblicklich hier zu sehen.«

Nur ihr Stolz hielt sie davon ab, nur ihre Würde hinderte sie daran, sich auf die Suche nach Norman zu machen; ein Gefühl von Frustration drückte sie nieder, aber sie konnte nichts dagegen tun.

An diesem Morgen ging sie den vergangenen Abend noch einmal durch, wie sie es seit ihrem Hochzeitstag so oft getan hatte. Sie hatte sich gesagt, daß sie Norman nicht gewinnen lassen würde; daß sie nicht zulassen durfte, daß seine kalte Gleichgültigkeit fortdauerte; daß sie ihn in die Knie zwingen würde; daß sie als Sieger aus dem Kampf hervorgehen würde.

Aber sie begann als erste zusammenzubrechen; sie fand die Situation unerträglich.

Sie fing an zu begreifen, daß sie sich etwas gegenübersah, das stärker war als sie selbst – einem Mann von großer Entschlossenheit, einem Mann, dessen Lebenserfahrung ihn mit Waffen versehen hatte, die sie nicht besaß.

›Bald wird er in die Fabrik gehen‹, dachte sie. ›Ohne sich auch nur zu verabschieden.‹

Sie läutete hastig nach Elsie.

»Ich möchte mein Bad sofort«, erklärte sie.

»Aber Sie haben nicht gefrühstückt, Mylady«, protestierte Elsie, »und Sie sagten, Sie wären hungrig.«

»Ich habe meine Meinung geändert. Ich möchte hinausgehen, es ist ein wunderbarer Morgen.«

»Natürlich, Mylady. Ich werde Ihr Bad sofort herrichten.«

Carlotta kleidete sich, so schnell sie konnte, an. Sie wählte ein Kleid aus blaßblauem Leinen mit passenden Sandalen, eine Kette aus geschnitzten Elfenbeinkugeln, die ihr jemand zur Hochzeit geschenkt hatte, und einen weißen Strohhut. Als sie fertig war, lief sie die Treppe hinab.

Norman war in der Halle.

»Guten Morgen!« rief sie fröhlich. »Erzähl mir nur nicht, daß du in die Fabrik fahren willst. Ich möchte nämlich, daß du mir den Garten zeigst.«

»Ich will gerade gehen«, erwiderte er.

»Ist das nicht enttäuschend? Und wann gedachtest du zurückzukommen?«

»Ich fürchte, zum Mittagessen kann ich heute nicht kommen«, antwortete er.

»Das ist zu schade«, sagte sie leichthin. »Wie es scheint, finden unsere Flitterwochen ein sehr abruptes Ende.«

In diesem Augenblick kam Billy aus dem Garten.

»Ich habe ein Fahrrad«, rief er, als er Carlotta sah. »Ein Fahrrad ganz für mich allein. Hilfst du mir, damit zu fahren?«

»Du darfst sie nicht belästigen, Billy«, erklärte Norman mit fester Stimme. »Jackson wird später kommen und dir helfen, aber jetzt mußt du mit etwas anderem spielen.«

Billy lief zu ihm und schob seine Hand in die große.

»Ich werde ganz brav sein, das verspreche ich.«

Norman blickte in das kleine, eifrige Gesicht hinab.

»So ist es gut«, sagte er. »Dr. Matthews wird dich später besuchen kommen.«

»Er bringt mich doch nicht fort?« fragte Billy plötzlich.

Carlotta sah, wie sich seine Hand um Normans krampfte. Einen Augenblick lang herrschte Stille.

»Möchtest du noch nicht fort?« erkundigte sich Norman langsam.

Billy schüttelte den Kopf.

»Ich will meine Mammi, aber ich möchte nicht fort. Kann Mammi nicht herkommen und mich und mein Fahrrad besuchen?«

»Ich fürchte, nein«, antwortete Norman.

»Darf ich bitte noch bleiben?« bat Billy, »und mit meinem Fahrrad spielen? Bitte, sag ja.«

»Ich werde mit Dr. Matthews darüber reden«, versprach Norman.

Er wandte sich an Carlotta.

»Ich rufe ihn an, sobald ich ins Büro komme. Der Junge kann auf jeden Fall noch eine Nacht bleiben. Sagst du der Haushälterin bitte Bescheid?«

»Natürlich«, erwiderte Carlotta.

»Gehst du und schaust zu, wie die Autos gemacht werden?« fragte Billy.

»Ja.«

»Kann ich mitkommen?«

»Leider nein.«

»Aber du hast es versprochen«, sagte Billy vorwurfsvoll.

»Wenn er es versprochen hat«, mischte sich Carlotta ein, »dann muß er sein Versprechen auch halten. Du und ich, wir werden heute nachmittag hinfahren und zusehen, wie die Autos gemacht werden. Wir sind um drei Uhr da.«

Sie sprach in trotzigem Ton, und Norman wußte, daß sie diese Entscheidung nur getroffen hatte, um ihn zu ärgern. Höflich nahm er ihren Vorschlag an.

»Ich werde auf euch warten – auf euch beide«, betonte er und ging zum Wagen.

Billy winkte ihm begeistert nach, aber Carlotta stand nur in der Tür und sah Norman abfahren, ohne eine Geste des Abschieds.

Nachdem der Wagen auf der Auffahrt verschwunden war, wandte sie sich seufzend dem Haus zu.

»Komm und sieh dir den Teich an«, sagte Billy aufgeregt zu ihr. »Da gibt es Fische – ich hab sie gesehen.«

Carlotta zögerte, ließ sich dann aber von ihm bei der Hand

nehmen und zu dem Teich zerren, in dem Goldfische zwischen den Wasserlilien schwammen.

»Sind die nicht hübsch?« murmelte Billy.

»Sie heißen Goldfische«, erzählte Carlotta ihm.

»Sind die aus richtigem Gold?« staunte Billy ehrfürchtig.

»O nein!« Carlotta lachte. »Es sind richtige Fische, so wie die, die du manchmal zum Frühstück bekommst.«

»Sie sind zu hübsch, um gegessen zu werden«, erklärte Billy entschieden und schaute auf sie herab.

Carlotta betrachtete die kleine Gestalt in dem roten Anzug, den Billy vom Sohn des Pächters geliehen hatte, und sein helles Haar, das im Sonnenschein glänzte.

Morgen würde er vielleicht ins Waisenhaus gebracht werden, in dieselbe Uniform gezwängt werden wie tausende andere Kinder, freundlich behandelt, gut versorgt, aber ohne die individuelle Liebe, die jedes Kind sich von seinem Vater und seiner Mutter ersehnt.

Vielleicht war Norman wie dieser kleine Junge gewesen, sagte sie sich. Und vielleicht würde sich Billy seinen Weg durch die Welt erkämpfen, wie er es getan hatte.

Sie dachte daran, wie Magda für sie gesorgt hatte, wie sie die Stelle ihrer Mutter eingenommen hatte und wie sie und Leolia sie mit Liebe und Verständnis überhäuft hatten.

›Armer, kleiner Billy‹, dachte sie.

Es schoß ihr durch den Kopf, daß sie ihn zu Magda und Leolia bringen könnte, sie bitten könnte, für ihn zu sorgen. Aber sie waren zu alt.

Sie konnten nicht mehr für ein Kind sorgen wie vor zwanzig Jahren. Sie wollten nichts weiter als ihr Strickzeug, ihre Karten und ihre Katzen, wenn sie friedlich am Feuer saßen.

»Komm und zeig mir den Rest des Gartens«, forderte sie Billy auf.

Sie streckte ihm die Hand hin.

›Ich wünschte, er wäre mein Sohn‹, dachte sie.

23

Der Lärm der Maschinen, das Wirbeln der Räder, die Bewegung und Kraft des Stahls sorgten dafür, daß es Carlotta den Atem verschlug und sie verwirrt stehenblieb – eine Fremde in einer neuen Welt. Sie war noch niemals in einer Fabrik gewesen und hatte nicht genau gewußt, was sie erwarten sollte.

Aus dem Chaos, dem Lärm und der Unwirklichkeit dessen, was sie umgab, entwickelte sich bei Carlotta ein neuer Respekt vor dem Mann, dem das alles gehörte.

Sie hatte sich Norman niemals inmitten seiner eigenen Leute vorgestellt, vor dem, was er selbst erreicht hatte.

Das war nicht der Norman, den sie kannte, höflich und ehrerbietig in London, der Mann, der sich in Restaurants immer ein wenig unwohl zu fühlen schien; auch nicht der Ehemann, der ihr in ihrem kurzen Eheleben sowohl Autorität als auch unerwartete Zurückhaltung gezeigt hatte.

Dies war ein Mann der Tat; ein Mann, von dem große Dinge abhingen und der Vertrauen zu sich selbst hatte.

Carlotta mit ihrer lebhaften Phantasie konnte Norman verstehen, wenn sie ihn so sah, besser als je zuvor, als sie ihn immer nur in ihrer eigenen Welt erlebt hatte – in der er ein Fremder und Außenseiter geblieben war.

Er hielt tatsächlich seine Schultern straffer; sein Gesicht zeigte einen anderen Ausdruck; und er sprach in verändertem Ton.

Erstaunt beobachtete sie ihn, als sie in der großen Fabrik herumgeführt wurden. Zum ersten Mal in ihrem Leben fühlte sie sich klein und bedeutungslos.

Billy hielt ihre Hand ganz fest, aber sie achtete kaum auf das Geplapper des Kindes. Es war Norman, dem sie zuhörte.

Er sagte oder tat nichts Ungewöhnliches, beschränkte sich darauf, den höflichen Führer zu spielen. Er ließ es zu, daß sich

Billy über die kleineren Maschinen amüsierte, sprach manchmal mit den Arbeitern, wenn sie vorübergingen, oder wechselte auch wohl ein Wort mit dem Vorarbeiter einer Abteilung. Aber jede Bewegung, die er machte, jedes Wort, das er sagte, war für Carlotta eine Erleuchtung.

Als sie mit Billy im Auto nach ›The Paddocks‹ zurückfuhr, schien es ihr, als würde eine Stimme in ihrem Innern wieder und wieder sagen: »Sieh nur, was dir entgangen ist, was du nicht gesehen hast.«

Der Lärm der Maschinen hatte ihr dasselbe gesagt; auch die Tüchtigkeit der Büroangestellten und der Arbeiter, denen sie begegnet waren.

Sie saß stumm da, bis Billy an ihrem Arm zupfte, um ihre Aufmerksamkeit auf sich zu lenken.

»Hattest du Angst vor den großen Maschinen?« wollte er wissen.

»Nein, hatte ich nicht. Du?«

»Natürlich nicht!« antwortete Billy wütend. »Ich bin ein Junge, und Jungs haben vor gar nichts Angst. Aber ich dachte, du wärest ein ganz klein bißchen ängstlich gewesen.«

Carlotta vermutete, daß das Kind gespürt hatte, wie ihre Hand zitterte, und irgendwie hatte es wohl gefühlt, daß sie sich nur mühsam beherrschte und am liebsten laut geweint hätte.

Nie zuvor war ihr so deutlich klar geworden, wie schwierig es werden würde, die Barriere einzureißen, die sie selbst zwischen Norman und sich errichtet hatte.

Im Vergleich zu Norman war bei ihr alles dumm und nutzlos. Er arbeitete für die Wirklichkeit, sie für Frivolitäten, die keinen Augenblick der Zeit wert waren, die sie an sie verschwendet hatte.

Carlotta war beschämt, und weil sie bei allem, was sie tat, extrem war, stand sie jetzt vor den eingestürzten Ruinen ihres eigenen Ideals.

»Ich bin müde, Billy«, erklärte sie.

Sie versuchte, sich auf diese Weise dafür zu entschuldigen, daß sie eine Frage nicht beantwortete, die sie nicht einmal gehört hatte.

»Wenn Mammi müde ist, bin ich immer ganz leise«, antwortete er. »Für dich bin ich jetzt auch leise.«

Sie legte die Arme um ihn und drückte ihn fest an sich.

»Du bist sehr lieb«, sagte sie. »Ich erzähle dir eine Geschichte, wenn du möchtest.«

Er stieß bei dieser Vorstellung einen verzückten Schrei aus, und Carlotta zermarterte sich das Hirn nach einer Geschichte, die ihnen die Zeit vertreiben würde, bis sie daheim ankamen.

In ›The Paddocks‹ wartete ein Brief auf sie. Sie nahm ihn von dem Eichentisch in der Halle. Sie rechnete damit, daß er von Magda oder Leolia sein würde, aber zu ihrer Überraschung war er in einer fremden Handschrift geschrieben.

Schnell öffnete sie ihn, schaute zuerst auf die Unterschrift und stellte fest, daß er von Honey kam. Er fing ganz abrupt an und war in der ungeduldigen Art geschrieben, die so typisch für Honey war.

Was glaubst Du wohl, ist passiert? Wenn Du diesen Brief bekommst, bin ich schon auf dem Meer, unterwegs nach Amerika. Als der alte Winthorpe – Du erinnerst Dich doch noch an ihn? – mir eine Rolle in seinem nächsten Film versprochen hat, wäre ich vor Überraschung fast tot umgefallen!

Ich hatte bloß vier Tage Zeit, um meine Siebensachen zusammenzupacken, mich zu verabschieden und aufzubrechen. Ich denke nur noch wie ein Millionär, denn als ein solcher will ich zurückkommen! Und was glaubst Du, Carlotta, er wollte Dich auch!

Ist es nicht zu dumm, daß Du gerade in dem Augenblick, wo sich uns diese Chance bietet, geheiratet und uns alle aufgegeben hast? Er sagte:

»Wo ist das Mädchen, das sonst noch immer hier war, die Süße mit dem russischen Namen? Ich will ihr auch eine Rolle geben. Sie hat das richtige Gesicht für die Leinwand.«

Ich mußte ihm natürlich sagen, wer Du bist und was geschehen ist, und er war absolut aufgeregt! Es würde mich nicht wundern, wenn Du trotzdem von ihm hören würdest, aber natürlich war bei dieser Reise keine Zeit mehr, Dich aufzusuchen.

Ich glaube zwar nicht, daß Du daheim bist, aber solltest Du doch, dann schick mir ein Glückwunschtelegramm nach Hollywood. Ich denke an Dich. Vergiß mich nicht in deinen Marmorhallen. Ach, meine Liebe, ich bin schrecklich aufgeregt! Ehrlich. Bis bald,

Honey

Lächelnd las Carlotta den Brief. Sie war entzückt, daß Honey Gelegenheit haben sollte, beim Film gutes Geld zu verdienen. Sie hatte sicher Erfolg, denn sie war eine gute Schauspielerin, und außerdem war sie der Typ, der sich immer gut auf der Leinwand verkaufte.

Noch vor ein paar Wochen hätte auch Carlotta der Gedanke erregt, nach Hollywood zu gehen.

Sie hatte Probeaufnahmen für den englischen Film gemacht, und sie waren gut geworden. Aber sie konnte die Verträge nicht unterzeichnen, hauptsächlich, weil sie Ansprüche an ihre Zeit stellten, die bei dem geringen Lohn, den sie zahlen wollten, unvernünftig waren.

»Ich werde ihr ein Telegramm schicken«, beschloß Carlotta.

Sie ging zum Telefon und nahm den Hörer auf.

Als sie wiederkam, war der Tee fertig, und Billy wartete mit verzücktem Gesicht am Tisch und starrte auf eine Platte mit Kuchen.

»Geeister Kuchen!« sagte er zu Carlotta, als sie hereinkam. »Gibt es eine Party?«

»Nur eine ganz kleine, nur du und ich«, erklärte sie. »Aber mach dir nichts draus, um so mehr gibt es zu essen, nicht wahr?«

Sie schenkte sich ihren Tee und Billy seine Milch ein.

Sie gab sich Mühe, das Kind zu unterhalten, aber die ganze Zeit über schweiften ihre Gedanken ab. Sie dachte an Norman, an diese große Fabrik, die Tag und Nacht in Betrieb war, an die Motoren und Flugzeuge, die laufend vom Fließband rollten.

Ganz unerwartet traten ihr Tränen in die Augen, und ehe sie sie verbergen konnte, liefen sie ihr schon über die Wangen.

Billy stand von seinem Platz am Tisch auf.

»Tut dir etwas weh?« erkundigte er sich.

Carlotta schüttelte den Kopf.

»Ich bin nur albern«, sagte sie.

Er kam näher zu ihr und schlang dann impulsiv die kleinen Arme um ihren Hals, preßte sein Gesicht an ihres.

»Wein doch nicht. Tut dir was weh?«

Carlotta mußte unter Tränen lächeln.

»Stimmt«, sagte sie, »ich habe böse Schmerzen, und ich bin nicht sehr tapfer.«

»Dann mußt du Medizin nehmen«, erklärte Billy.

»Ich fürchte, Medizin kann mir nicht helfen.«

Er sah sie ganz ernst an.

»Das müssen wirklich schlimme Schmerzen sein.«

»Sind es auch«, stimmte Carlotta mit schmerzlichem Lächeln zu. »Iß du auf, Billy, mein Schatz. Ich gehe nach oben.«

Sie ging aus dem Zimmer und rannte die breite Treppe hinauf in ihr Schlafzimmer. Dort angekommen, verschloß sie die Tür.

Ihr ganzer Kummer stürzte auf sie ein, brach ihren Widerstand und brachte eine Art dumpfer Verzweiflung hervor. Sie war zu erschöpft, um auch nur zu weinen.

Sie schien in ihr Herz zu schauen und dort nur Kummer und Leere zu sehen, ohne einen Hoffnungsstrahl, der sie führen oder ihr helfen konnte.

»Was soll ich nur tun?« fragte sie sich.

Das Zutrauen in ihren Charme und ihre Schönheit, mit deren Hilfe sie alle Hindernisse überwinden wollte, war verloren.

Norman erschien ihr nicht mehr der Mann zu sein, der sie geliebt hatte; der Mann, den sie für ziemlich unbedeutend gehalten hatte.

Sie sah jetzt, daß er etwas besaß, was ihr fehlte und was außerhalb ihrer Reichweite lag. Im Vergleich zu ihm war sie billig und wertlos.

»Ich habe ihn verletzt, ihm absichtlich weh getan.«

Sie wiederholte die Worte laut. Sie ging in ihrem Zimmer auf und ab, hatte das Gefühl, die Wände würden sie einsperren wie einen Gefangenen ohne Fluchtmöglichkeiten.

Sie spürte den impulsiven Wunsch, augenblicklich nach London zu fahren, Magda aufzusuchen und ihr zu erzählen, was vorgefallen war. Aber sie schämte sich zu sehr, daß sie niemandem erzählen könnte, nicht einmal Magda, wie sie sich Norman gegenüber verhalten hatte.

Ihr fielen die Worte ihrer Adoptivmutter von ihrem Hochzeitstag wieder ein.

Sie sah Magda nach der Hochzeitszeremonie in ihrem Zimmer stehen.

Sie sah den flehenden Ausdruck in ihrem Gesicht, hörte den bittenden Ton ihrer Stimme.

Sie hatte beides ignoriert; sie hatte ihr Herz verhärtet. Ihre Bitterkeit und das Gefühl von Ungerechtigkeit hatten sie blind gemacht für alles außer ihrer eingebildeten Liebe zu Hector.

Wie dumm war sie doch gewesen. Das hier war das Ergebnis. Eine Ehe, die keine Ehe war; ein Ehemann, der sie verachtete und haßte – und wer konnte ihm einen Vorwurf daraus machen?

Nach langer Zeit zog Carlotta sich um, puderte ihr Gesicht und kam nach unten. Norman war von der Fabrik heimgekehrt und spielte mit Billy.

Er hatte ihm einen kleinen Zug und Schienen mitgebracht, und jetzt setzten sie sie auf dem Parkettfußboden des großen Wohnzimmers zusammen.

Carlotta beobachtete sie eine Weile, ehe sie überhaupt bemerkten, daß sie da war.

Billy schaute auf.

»Komm und sieh dir mein Geschenk an«, rief er froh. »Ich habe einen Zug bekommen, einen Zug und Schienen ganz für mich allein.«

»Und noch dazu einen so schönen«, meinte Carlotta und kam näher.

Norman schaute nicht auf, als sie sich näherte. Er kniete am Boden und setzte die Schienen aneinander. Sie sah ihn an, hoffte, daß er mit ihr sprechen würde.

»Die Fabrik hat mir gefallen«, sagte Carlotta schließlich fast schüchtern.

»Das freut mich«, antwortete Norman, noch immer, ohne sie anzusehen.

»Der Gedanke, daß du sie besitzt, ist wunderbar«, fuhr sie fort.

»Ja, es macht sich wirklich bezahlt«, stimmte er zu.

Sie hatte das Gefühl, er hätte ihr ins Gesicht geschlagen. Sie unterdrückte die wütenden Worte, die ihr auf den Lippen lagen, und ging fort.

Von der Bank am Fenster aus sah sie zu, wie Norman die Schienen so verlegte, daß sie unter dem Klavier und um einige der größeren Möbelstücke herum verliefen.

Schließlich zog er die Lokomotive auf und ließ sie probelaufen. Er war vollkommen vertieft in das, was er tat, und Billy, aus dessen Augen Bewunderung leuchtete, starrte ihn an, als wäre er etwas Übernatürliches.

Es kam Carlotta vor, als würde sie ständig einen neuen Charakterzug an diesem Mann entdecken, den sie geheiratet hatte und der ihr doch immer noch fremd war.

›Wer hätte gedacht‹, fragte sie sich, ›daß Norman so geschickt im Umgang mit Kindern ist?‹

Mit jedem Tag lernte sie dazu, aber sie hatte das Gefühl, daß es jetzt, wo sie endlich zu verstehen begann, bereits zu spät war.

Billy ging erst zu Bett, als es Zeit wurde, hinaufzugehen und sich zum Abendessen umzuziehen. Carlotta kam eine halbe Stunde später nach unten, gerade, als der Gong ertönte. Sie und Norman begaben sich direkt ins Eßzimmer.

Sie unterhielten sich ein wenig über Belanglosigkeiten, solange die Diener im Raum waren, aber als sie schließlich allein waren und Norman sie um die Erlaubnis gebeten hatte, eine Zigarre zu rauchen, stellte sie ihm eine Frage.

»Hast du Dr. Matthews heute gesehen? Was hat er wegen Billy gesagt?«

»Ich habe beschlossen, das Kind zu adoptieren«, antwortete Norman. »Er wird eine Gouvernante hier im Haus haben müssen, bis er alt genug ist, zur Schule zu gehen. Er ist ein prächtiger kleiner Kerl, und ich glaube, er hat eine anständige Ausbildung und eine Chance im Leben verdient. Und in der Fabrik gibt es auf jeden Fall immer Arbeit für ihn.«

Nach einer Pause fügte er hinzu:

»Ich werde eine kleine Summe jährlich für ihn zurücklegen, die ich in den kommenden Jahren erhöhen werde.«

»Ich bin froh, daß du so entschieden hast. Er ist ein Schatz – er ist ausgesprochen gut erzogen. Seine Eltern müssen sehr nette Leute gewesen sein.«

»Ich mag Kinder«, erklärte Norman und schenkte sich ein Glas Brandy ein, »und da es unwahrscheinlich scheint, daß ich selbst welche haben werde, soll Billy ihren Platz einnehmen.«

Carlotta ballte die Hände zu Fäusten.

»Norman«, fragte sie heiser, »muß das so weitergehen? Für immer... und ewig?«

Norman schaute sie an und zog die Brauen hoch.

»Wie weitergehen?« fragte er.

»Kannst du mir nicht verzeihen? Wirst du niemals vergessen, was in der Nacht unserer Hochzeit passiert ist?«

Eine gespannte, vibrierende Pause entstand.

»Wie nett von dir, mich um Verzeihung zu bitten«, bemerkte Norman und suchte langsam nach Worten. »Natürlich gewähre ich sie dir, wenn du das möchtest, aber ich versichere dir, es gibt nichts zu verzeihen. Ich höre gern die Wahrheit; ich würde sie jederzeit einer Lüge vorziehen.«

»Aber es war nicht die Wahrheit. Ich schwöre dir, Norman...«

Er unterbrach sie.

»Meine Liebe, du solltest meine Leichtgläubigkeit nicht zu sehr strapazieren. Und überhaupt, warum regst du dich auf? Wir haben alle einen langen Tag hinter uns, nicht wahr? Wollen wir nicht ins Wohnzimmer gehen?«

Er stand auf und öffnete die Tür. Sie wollte ihm gerade antworten, als sie einen Lakaien durch die Halle gehen sah und wußte, daß ihr Gespräch gehört werden würde.

Sie verließ das Speisezimmer, ging aber nicht ins Wohnzimmer, sondern rannte statt dessen die Treppe hinauf in ihr Schlafzimmer.

»Es ist hoffnungslos«, sagte sie laut, als sie sich in der Abgeschiedenheit ihres eigenen Zimmers befand. »Oh, Gott, wie hoffnungslos! Und ich... möchte, daß... er mich liebt!«

Sie bedeckte das Gesicht mit beiden Händen, aber ihre Augen waren trocken. Sie wußte jetzt, daß ihr nur eines zu tun blieb …

24

Norman schlief fest, als sein Diener ihn rief. Er rührte sich kaum, als der Mann die Vorhänge zurückzog und das Tablett mit dem ersten Tee neben dem Bett abstellte.

Dann nahm er das Telefon und stellte es in Reichweite seines Herrn.

»Sie werden am Telefon verlangt, Sir Norman.«

Norman öffnete halb die Augen und gähnte.

»Was ist los?« fragte er verschlafen.

»Das Telefon, Sir Norman«, wiederholte der Mann.

Augenblicklich war Norman hellwach. Er dachte an die Fabrik und setzte sich im Bett auf, hielt den Hörer ans Ohr.

»Hallo, wer ist da?«

Skyes Stimme antwortete ihm.

»Ich konnte einfach nicht warten, mein Lieber; wenn du noch geschlafen hast, mußt du mir verzeihen. Was glaubst du nur, ist passiert?«

»Keine Ahnung, aber deiner Stimme nach zu urteilen etwas Tolles.«

»Und ob! Erstens, Großvater hat seine Einwilligung zu unserer Hochzeit gegeben – das ist natürlich wichtiger als alles andere; und dann hat Hector das erstaunlichste, wundervollste Angebot der Welt bekommen.«

»Und das wäre?«

»Er soll für drei Jahre nach New York gehen, um am Rockefeller Institute zu arbeiten«, erzählte Skye. »Aber er geht erst in drei Monaten. Vorher heiraten wir noch. Unsere ganzen Unkosten werden übernommen, und er bekommt ein recht gutes Gehalt in der Zeit, wenn er dort arbeitet.«

»Das freut mich für euch.«

»Ich bin vor Aufregung ganz durcheinander«, fuhr Skye fort.

»Endlich haben wir alle Trümpfe in der Hand! Es ist alles so wunderbar, daß ich kaum glauben kann, daß es wahr ist. Hector hat es erst gestern abend erfahren, und wir waren so aufgeregt, daß wir zum Essen ausgegangen sind. Danach war es zu spät, um dich anzurufen; ich mußte dich so früh ich konnte anrufen. Wir sind gerade mit dem Frühstück fertig.«

»Mein Schatz, ich freue mich wirklich für euch«, sagte Norman noch einmal.

»Das wußte ich, und was Großvater angeht, warst du wirklich ein Engel. Er hat mich besucht. Ich bin sicher, das habe ich nur dir zu verdanken. Er hätte nicht netter sein können. Nachdem er mit Hector geredet hat, hat er erkannt, daß wir es wirklich ernst meinen. Und jetzt noch das, damit sind unsere Probleme gelöst.

Wir sind für drei Jahre fort, und wenn wir dann wiederkommen, hat man alles über uns vergessen, ich meine, den Skandal und das. Das ist doch schicksalhaft, findest du nicht auch?«

»Und ob. Und was wollt ihr in der Zwischenzeit tun?«

»Oh, ich muß für eine Weile nach Glenholme fahren. Danach kann ich vielleicht ein paar Wochen am Belgrave Square bleiben; ich muß Kleider und alles mögliche kaufen; du weißt ja, wie das so ist mit einer Hochzeit – eine Million Dinge, um die man sich kümmern muß! Darf ich in deinem Haus am Belgrave Square wohnen?«

»Gern, wenn du möchtest.«

»Carlotta hat doch nichts dagegen, oder?« wollte Skye wissen.

»Nein, sie wird sich freuen«, bemerkte Norman trocken.

»Wie geht es ihr? Bist du auch so schrecklich glücklich, Norman? Hector und ich haben euch an eurem Hochzeitstag so beneidet, wir wären fast gestorben. Und als ihr dann gefahren seid, haben wir ständig an euch gedacht und von euch gesprochen.«

»Das war nett von euch«, bemerkte Norman.

Skye spürte die Anspannung in seiner Stimme.

»Es ist doch alles in Ordnung bei euch, oder?«

»Alles«, antwortete er.

Sie war offensichtlich nicht vollkommen beruhigt.

»Ich möchte, daß du glücklich bist. Nach Hector liebe ich dich mehr als jeden anderen auf der Welt – das weißt du!«

»Danke, mein Kind. Übrigens, ich habe hier eine Neuigkeit, die dich interessieren wird. Ich habe beschlossen, einen kleinen Jungen zu adoptieren.«

»Adoptieren!« wiederholte Skye überrascht. »Aber warum denn?«

Norman erzählte ihr von Billy, und obwohl sie sehr wenig sagte, erkannte er doch an ihren Fragen und dem überraschten Klang ihrer Stimme, daß sie es für etwas merkwürdig hielt, nur eine Woche nach seiner Hochzeit.

Als sie schließlich auflegte, blieb Norman einige Zeit reglos liegen.

Er dachte weniger an Skyes Glück und ihre guten Nachrichten, als vielmehr an sein eigenes Leben und das Kind, das er unter seine Obhut nehmen wollte.

Norman hatte oft daran gedacht, ein eigenes Kind zu haben. In den letzten Jahren hatte er es sich mehr gewünscht als irgend etwas sonst, mehr sogar als seinen beruflichen Erfolg. Seine Ehe mit Evelyn war eine bittere Enttäuschung gewesen.

Als er sie damals geheiratet hatte und sie um ihrer selbst willen geliebt hatte, hatte er noch keinen Gedanken an die Familie verschwendet, die sie haben könnten. Erst später, als er Skye kennen- und liebengelernt hatte, war der Wunsch nach einem eigenen Sohn gekommen.

Tief in ihm verwurzelt war, neben seiner Bewunderung für Carlotta und dem Wunsch, sie zu besitzen, auch die Überzeugung, daß sie kräftig war, nicht nur schön; daß sie, jung und schön, wie sie war, die perfekte Mutter für sein Kind abgeben würde.

Die Wunde, die sie ihm an ihrem Hochzeitstag geschlagen hatte, war tiefer, als er es sich selbst eingestehen wollte.

Sie hatte nicht nur alles zerstört, nach dem er sich in den vergangenen Monaten gesehnt hatte, seit er sie kennengelernt hatte, sondern auch ein Traumschloß, daß er sich im Laufe von vielen einsamen Jahren erbaut hatte.

Seit dem Tod seiner Mutter hatte Norman kein richtiges Heim mehr gehabt. Das Leben mit Alice konnte nie dasselbe bedeuten wie das Leben mit einer Mutter oder Ehefrau.

Er hatte gehofft, in Carlotta die Sanftmut seiner Mutter in ihren letzten Lebensjahren wiederzufinden. Von der Frau, die er liebte und die ihn liebte, erhoffte sich Norman Zärtlichkeit ebenso wie Leidenschaft, mütterliches Verständnis ebenso wie die Intuition einer Geliebten.

Norman war ausgesprochen bescheiden, wenn es um seine persönlichen Belange ging. Die Ehe mit Evelyn hatte ihn unsicher gemacht, hatte in ihm Angst vor Frauen erzeugt.

Jetzt deutete er Carlottas Verhalten als List und Tücke, um ihn einzufangen und zu verletzen.

Er schwor sich, daß es für ihn keine Liebe mehr geben sollte. Zweimal war er enttäuscht worden, und er würde sich sein Leben nicht zerstören, sich nicht unglücklich machen lassen.

Sein Stolz sagte ihm, daß er nach außen hin niemals zugeben durfte, daß seine Ehe erneut ein Fehlschlag war.

Er würde gute Miene machen zu dem, was für ihn eine Tragödie bedeutete. Er würde niemandem verraten, was geschehen war, und er und Carlotta würden nach außen hin als Ehepaar gelten.

»Sie hat mich meines Geldes wegen geheiratet«, sagte er sich wütend, »sie soll es haben. Sie soll alles bekommen, was sie sich wünscht.«

Er schmiedete Pläne, die zornigen Pläne eines frustrierten Mannes, der verletzt worden war und seinerseits verletzen wollte. Er schrieb an Cartier und bat darum, ihm eine Auswahl von Brillantarmbändern vorzulegen, wenn er das nächste Mal nach London kam.

Er bestellte einen eigenen Wagen für Carlotta, den teuersten, luxuriösesten, der zu bekommen war. Er hatte beträchtliche Summen auf ihr Konto eingezahlt.

Es bereitete ihm ein wildes Vergnügen, das zu tun und dabei zu denken, wieviel er seiner Frau geben konnte. Das war es, was sie sich gewünscht hatte, weshalb sie ihn geheiratet hatte.

Nun, sie sollte sehen, daß er zumindest seinen Teil des Handels einhalten würde.

Auch für Billy machte er Pläne, aber von freundlichen Gedanken an die Zukunft erfüllt.

»Vielleicht wird der kleine Kerl eines Tages die Fabrik übernehmen«, sagte er sich. »Irgend jemandem muß ich sie hinterlassen, und Gott weiß, wem.«

Norman war ein Idealist. Vor vielen Jahren hatte er geplant, daß Skye, wenn sie erwachsen war, einen Mann heiraten sollte, der seine Nachfolge antreten würde, wenn er starb oder sich zurückzog.

Doch diese Träume waren, zusammen mit vielen anderen, vergangen. Nun aber gab es Billy, an den er denken konnte.

Der ganze Plan stand klar vor seinem geistigen Auge. Norman hatte eine direkte Art des Denkens, die die kompliziertesten Probleme einfach erscheinen ließ.

Er sah keinerlei Schwierigkeiten. Der Pfad lag vor ihm. Er mußte ihn nur beschreiten.

Er versuchte, alles Bedauern aus seinem Hirn zu streichen, alle Erinnerungen an die zärtlicheren, intimeren Träume, die mit der Liebe zu Carlotta in ihm gewachsen waren.

›Ich war ein Narr, mir einzubilden, daß ein solches Glück für mich bestimmt sein könnte‹, dachte er.

Er sah sich selbst als grimmig, entschlossen, mächtig, nicht als zärtlich oder sanft, oder umhüllt von der Liebe einer Frau oder der Zärtlichkeit eigener Kinder.

Auf diese Dinge mußte er verzichten; er mußte sich dem künftigen Aufschwung seiner Fabrik widmen, mußte zum Wohle der Menschen arbeiten, die ihm dienten.

Er war froh, daß Skye ein Leben führen sollte, wie er es sich wünschte.

Er beschloß, ihr unverzüglich zu schreiben und ihr als Hochzeitsgeschenk die monatliche Summe zu geben, die sie bislang abgelehnt hatte.

Es sollte eine großzügige Summe sein, denn er wollte, daß sie in ihrem neuen Leben nicht durch Geldsorgen eingeschränkt war.

Aber sie würde von ihm fortgehen.

Eine Woge der Einsamkeit stürzte auf ihn ein. Wieder schien die Fabrik sein einziger Freund zu sein – dieses große, unpersönliche Gebäude war das einzige, auf das er sich verlassen konnte, das einzige, was voll von ihm abhing.

Er wollte seinen Gedanken entfliehen. Er setzte sich im Bett auf und griff nach den Zeitungen, die neben ihm lagen. Er blätterte sie durch.

Als sein Diener kam, ordnete er an, er möge Billy bringen.

»Ich möchte mit ihm reden, während ich mich ankleide«, erklärte er. »Ist mein Bad fertig?«

»Ja, Sir Norman, und ich habe einen blauen Anzug herausgelegt.«

»Danke, das wäre dann alles.«

Norman stieg aus dem Bett, schlenderte zum Fenster und stand dort, schaute in den Garten und den Park hinunter, die das Haus umgaben. Es war eine sehr friedliche, eindrucksvolle Szenerie.

Aber auf Norman wirkte sie plötzlich unbefriedigend, beunruhigend. Sie war wie das Alter, das langsam auf ihn zukroch, ihn von der Welt trennte, ihn vom Schlachtfeld der Arbeit und Vitalität entfernte.

»Es gibt noch immer viel für mich zu tun.« Er sprach diese Worte laut, fast trotzig aus.

Es klopfte an der Tür, und der Diener trat ein.

Nun?« fragte Norman schroff.

»Der Kleine ist fort, Sir Norman«, berichtete der Diener.

»Fort!« stieß Norman aus. »Was soll das heißen? Fort – wohin?«

»Er hat das Haus nach dem Frühstück verlassen«, antwortete der Mann.

»Aber wohin ist er gegangen?« fragte Norman zornig.

»Ihre Ladyschaft hat ihn mitgenommen.«

»Schicken Sie das Mädchen ihrer Ladyschaft zu mir«, befahl Norman.

Er warf seine Zigarette fort und ging ungeduldig im Zimmer auf und ab, bis Elsie erschien.

Norman bemerkte sofort, daß sie ganz aufgeregt war.

»Wohin ist ihre Ladyschaft gefahren?« erkundigte er sich.

»Ich weiß es nicht«, erwiderte Elsie zitternd. »Sie hat mir nur aufgetragen, so viele Kleider wie möglich einzupacken, und sie ist um halb acht mit dem Wagen davongefahren. Den kleinen Jungen hat sie mitgenommen. Sie ist selbst gefahren, und sie hat niemandem von uns erzählt, wohin sie will.«

Norman starrte sie schweigend an. Dann entließ er sie.

»Das wäre alles, danke.«

25

Innerhalb kürzester Zeit hatte sich Norman angezogen. Er eilte die Treppe hinab und in die Bibliothek, wo er die Glocke läutete.

Als der Butler kam, fragte er ihn nach Carlotta, erfuhr aber nicht mehr, als was Elsie ihm bereits erzählt hatte.

Carlotta hatte das Haus um halb acht mit Billy und einer Menge Gepäck verlassen.

Sie hatte Anweisung gegeben, ihren Wagen vorzufahren, und der Chauffeur hatte auf sie gewartet. Aber als sie aus dem Haus kam, hatte sie ihn entlassen und war selbst davongefahren.

Die Diener waren neugierig, und Norman wußte, daß sie Spekulationen anstellten, was geschehen war. Er machte keine Anstalten, etwas zu erklären, versuchte aber auch nicht, seine eigene Überraschung über das, was vorgefallen war, zu verbergen.

Er ging nach oben in Carlottas Schlafzimmer. Der Raum war in schrecklicher Unordnung. Seidenpapier lag auf dem Boden, Kleider und Hüte lagen über Bett und Stühle verstreut.

Elsie stand inmitten des Durcheinanders, den Tränen nahe. Sie hatte Angst vor Norman, und als er ins Zimmer kam, schlüpfte sie unauffällig hinaus und ließ ihn allein.

Er blieb eine Weile mitten im Zimmer stehen. Seit Carlotta ins Haus gekommen war, war dies das erste Mal, daß er das Zimmer betreten hatte. In der Luft hing ein schwacher Hauch des Parfüms, das Carlotta immer benutzte.

Es erinnerte ihn an Gardenien und an die Abende, als sie zusammen ausgegangen waren, wenn die Vorstellung im Theater beendet war.

Auf dem Ankleidetisch lagen ein oder zwei Dinge, die sie nicht benötigt hatte. Eine Puderquaste, eine kleine Dose mit Puder, ein Lippenstift.

Geistesabwesend hob er sie auf, starrte sie an, als könnten sie ihm einen Hinweis darauf geben, wo sich seine Frau aufhielt.

Auf dem Schreibtisch stapelten sich Papiere. Er sah, daß es sich um Rechnungen handelte, einige von ihnen noch ungeöffnet, einige einfach aufeinandergestapelt.

Auf dem Tisch lag ein Brief. Er nahm ihn hoch, schaute auf die Unterschrift. Er hatte keine Bedenken, ihn zu lesen. Der Brief war von einer Frau.

Ein Wort stach ihm ins Auge. ›Hollywood‹.

Er las, was Honey geschrieben hatte. Ihm kam es vor, als wäre hier endlich etwas, das ihm weiterhelfen könnte. Er nahm den Brief in die Hand und ging wieder nach unten.

In der Bibliothek ließ er sich mit Magda verbinden, wartete ungeduldig, bis die Verbindung hergestellt war. Schon nach wenigen Minuten meldete sich das Fräulein vom Amt.

»Mrs. Lenshovski kann den Anruf nicht entgegennehmen, aber Mrs. Payne ist da, wenn Sie mit ihr sprechen möchten.«

»Stellen Sie durch.«

Einen Augenblick später hörte er Leolias Stimme, hoch und aufgeregt.

»Sind Sie das, Norman? Ich wollte gerade anrufen. Ich habe leider schlechte Nachrichten für Carlotta.«

»Was ist los?«

»Magda hatte heute früh einen Schlaganfall«, berichtete Leolia. »Der Arzt war gerade bei ihr und will eine Pflegerin schikken. Sie ist noch bewußtlos. Wir machen uns große Sorgen.«

»Das tut mir leid«, sagte Norman nur.

»Sie hat in letzter Zeit häufig über Kopfschmerzen und Schwindelgefühl geklagt«, erzählte Leolia, »aber sonst ging es ihr gut. Bitten Sie Carlotta, sofort zu kommen? Ich finde, sie sollte hier sein.«

»Ich werde es ihr sagen, und wir werden so bald wie möglich kommen. Brauchen Sie irgend etwas? Kann ich irgend etwas tun?«

»Nein, danke«, antwortete Leolia.

Er wußte, daß sie weinte, und nachdem er ihr noch einmal sein Mitgefühl ausgedrückt hatte, legte er auf.

Er wollte ihre Sorgen nicht noch vergrößern und erzählen, daß er keine Ahnung hatte, wo Carlotta war. Er hatte herausgefunden, was er wissen wollte – daß sie nicht zu Magda gefahren war.

Er nahm die *Times* und schaute schnell die Liste der abfahrenden Schiffe durch. Wie er erwartet hatte, entdeckte er, daß mittags ein Dampfer von Southampton nach New York aufbrechen würde.

Erneut griff er zum Telefon. Er wurde mit dem Werk verbunden.

»Ein Flugzeug soll in zwanzig Minuten für mich startklar sein«, ordnete er an.

Es gab einige Schwierigkeiten, aber damit wurde er fertig. Dann ließ er seinen Wagen kommen. Während er darauf wartete, trank er eine Tasse Kaffee, lehnte das Frühstück aber ab, das im Eßzimmer für ihn bereitstand.

Der Butler blieb in seiner Nähe, bemüht zu helfen, aber Norman schickte den Mann fort. Als er seinen Wagen vorfahren hörte, hastete er hinaus und sprang hinein.

»So schnell Sie können«, befahl er dem Chauffeur.

Sie rasten die lange Auffahrt entlang und über die Landstraßen, bis sie in den Verkehr von Melchester gerieten.

Eine halbe Stunde später hatte Norman, hoch über den Wolken fliegend, Zeit zum Nachdenken. Er hoffte, daß seine Intuition richtig war und Carlotta beabsichtigte, ihrer Freundin nach Hollywood zu folgen und die Filmrolle zu übernehmen, die auf sie wartete.

Er fragte sich, warum sie Billy mitgenommen hatte.

Dann kam ihm die plötzliche Erleuchtung. Er begriff, daß sie eifersüchtig war, daß sie ihm das Kind nicht überlassen wollte, dem er in den vergangenen Tagen soviel Zuneigung entgegengebracht hatte. Sie wollte ihn verletzen, wollte ihn mit nichts zurücklassen.

Etwas anderes als ihr Stolz war von seinem Verhalten ihr gegenüber verletzt worden. Könnte sie ihn vielleicht doch ein wenig gern haben? überlegte er.

Ein Teil der Bitterkeit, die seine Gefühle seit dem Abend ihrer Hochzeit eingefroren zu haben schien, schien zu schmelzen.

Er sah Carlotta wie ein Kind, hin- und hergerissen von ihren Gefühlen, mit unsicherem, unbeherrschtem Charakter. Er sah, wie sie ihm trotzte, wie sie dann versuchte, seine Liebe und sein Interesse zurückzugewinnen.

Er sah auch, daß sie verwirrt war, dann verängstigt, als ihre Koketterien versagten, als ihre Schönheit nicht mehr ausreichte, ihn erneut in die Knie zu zwingen.

Die Welt, die sie regierte, weil sie eine sehr schöne Frau war, stürzte für sie ein. Auch sie war allein, aber ohne die Reserven, die er hatte, ohne die Erfahrung, allein und einsam überleben zu müssen.

»Es tut mir leid«, murmelte er und fügte wahrheitsgetreu hinzu: »Und ich liebe sie.«

Sie hatte ihn verletzt. Trotzdem liebte er sie immer noch; begehrte sie noch immer; hatte immer noch das Gefühl, sie vor der Welt beschützen und sie glücklich machen zu können, wenn sie es nur zuließe.

Es kam ihm vor, als bewegte sich das Flugzeug zu langsam. Er war erfüllt von dem dringenden Gefühl, sie wiedersehen zu müssen ...

Er prüfte sich und seine Gedanken. Er hatte gehört, daß Carlotta sagte, sie liebte ihn nicht, hatte ihn nur des Geldes wegen geheiratet.

Wie konnte er so dumm sein und sie weiterhin mögen? Warum sollte er sein Leben wegen einer Frau ruinieren, der er nichts bedeutete?

Er versuchte, an andere Dinge zu denken, sich daran zu erinnern, daß er nur zu seiner Frau flog, weil ihre Adoptivmutter lebensgefährlich erkrankt war.

Aber gegen seinen Willen und entgegen aller Vernunft war diese Verfolgung auch ein Kreuzzug für sein eigenes Glück. Zum letzten Mal kämpfte er um ihre Zuneigung. Wenn er jetzt geschlagen würde, wäre es das Ende.

Er fragte sich, was Carlotta zu Billy gesagt hatte. Es war lächerlich, aber er war froh, daß das Kind bei ihr war. Mit dem Jungen an ihrer Seite wäre sie vorsichtiger.

Sie hatte drei Stunden Vorsprung, und mehr als einmal zog er seine Uhr aus der Tasche und fragte sich, ob er zu spät kommen würde. Sie hatten Gegenwind, der ihr Vorwärtskommen verzögerte.

Dennoch dröhnte das Flugzeug gleichmäßig weiter, sackte hin und wieder durch, schaukelte, wenn es durch Wolkengebiete und Sturm mußte.

Es war fast elf Uhr, als sie schließlich den Flughafen in Southampton erreichten. Ein Wagen wartete bereits auf Norman. Er hatte seinem Sekretär Anweisung gegeben, telefonisch einen zu bestellen.

»Zum Hafen!« befahl er.

Es dauerte eine Weile, bis er durch die engen, verstopften Straßen Southamptons zum Hafen gelangte. Passagiere gingen an Bord des großen Dampfers, ihr Gepäck wurde verstaut.

Es herrschte die übliche fiebrige Aktivität bei der Abfahrt eines Überseedampfers.

Norman ging zum Büro des Zahlmeisters und stellte Erkundungen an. Er fragte sich, ob Carlotta unter ihrem eigenen oder seinem Namen reisen würde. Nach kurzem Zögern wurde ihm die Nummer ihrer Kabine mitgeteilt. Er ging hin.

Er klopfte. Einen Moment erhielt er keine Antwort. Dann sagte eine leise Stimme:

»Herein.«

Er öffnete die Tür. Carlotta hockte lustlos und traurig auf dem Bett. Billy spielte glücklich am Boden mit einem Aufziehspielzeug.

Er sah Norman zuerst. Mit einem freudigen Aufschrei sprang er auf und lief zu ihm.

»Ich fahre auf diesem großen Schiff nach Amerika«, erzählte er.

Carlotta schaute auf. Ihr Blick traf auf Normans.

»Warum willst du fort?« fragte er.

Er sprach ruhig und sehr ernst.

Ohne ihre Worte zu wählen, antwortete sie ehrlich:

»Weil ich so ... schrecklich ... unglücklich ... bin.«

»Es tut mir leid«, sagte Norman, »sehr leid, Carlotta.«

Sie wandte ihr Gesicht von ihm ab.

»Jetzt ist es ... zu spät. Du wirst mir ... nie verzeihen. Ich kann ... nicht mehr. Es ist hoffnungslos ... ganz hoffnungslos.«

Norman ging zu ihr und legte seine Hand auf ihre Schulter. Sie schrak bei seiner Berührung ein wenig zusammen und war dann ganz still.

»Carlotta, du mußt nach London zurückkommen, jetzt sofort. Es ist wegen Magda. Sie ist krank.«

Carlotta stieß einen leisen, bebenden Schrei aus, wie ein verletztes Tier.

»Magda krank! Was ist passiert? Sag es mir, schnell!«

Norman streckte die Hand aus und ergriff ihre.

»Sie hat einen leichten Schlaganfall erlitten. Ich habe heute morgen mit Leolia Payne gesprochen. Sie möchte, daß du sofort kommst.«

Carlotta war sehr bleich. Sie stand auf, nahm ihre Tasche und den Mantel, der neben ihr lag.

»Ich muß ... zu ihr ...« murmelte sie unsicher. »Fährst ... du mich ... hin?«

Norman läutete. Als der Steward kam, gab er Anweisungen bezüglich des Gepäcks. Dann nahm er Billy bei der Hand und folgte Carlotta durch die Gänge zur Gangway.

Sie traten in die strahlende Sonne hinaus. Nachdem sie kurz gewartet hatten, wurde auch das Gepäck an Land gebracht und auf dem Wagen verstaut.

Als sie davonfuhren, wandte sich Carlotta Norman zu, der neben ihr saß, und sprach zum ersten Mal, seit sie die Kabine verlassen hatten.

»Kommen wir ... zu spät?« fragte sie.

»Ich hoffe nicht«, erwiderte er.

Sie zitterte, und er sah, wie sich ihre Augen mit Tränen füllten. Sie öffnete ihre Handtasche, suchte blindlings nach einem Taschentuch. Er zog eines aus seiner Tasche und gab es ihr.

»Wenn ich doch nur ... zu ihr gefahren wäre«, sagte Carlotta leise. »Warum habe ich das nicht getan ... anstatt hierherzukommen?«

»Wir sind in zwei Stunden dort«, tröstete er sie.

»Magda ... meine geliebte Magda«, flüsterte Carlotta.

Als könnte sie sich nicht länger beherrschen, wurde sie vom Weinen geschüttelt. Sie vergrub das Gesicht in beiden Händen.

Instinktiv streckte Norman die Arme aus und zog sie an sich. Sie leistete keinen Widerstand, ließ den Kopf auf seine Schulter sinken.

»Wenn sie stirbt«, schluchzte Carlotta, »ist das das Ende. Ich bin ... verlassen! Allein ... niemand ist da ... der mich liebt.«

»Das stimmt nicht, mein Schatz«, murmelte Norman.

»Doch, es ist die Wahrheit! Die Wahrheit!« antwortete Carlotta in wilder Verzweiflung. »Sie hat mich geliebt. Sie war die einzige. Ich war so unglücklich ... so ... traurig. Ach, Norman, warum ... haßt du ... mich?«

Er konnte ihre Worte kaum hören, weil ihr Gesicht an seiner Schulter lehnte.

Ihr Kummer steckte Billy an. Er wimmerte und verließ den kleinen Sitz, auf dem er gesessen hatte, um näher an Norman zu rücken. Nach der langen Fahrt war er müde, wurde ängstlich angesichts Carlottas Elend.

Norman legte den anderen Arm um das Kind. Vertrauensvoll schmiegte sich Billy an ihn.

Als spürte sie, wie seine Aufmerksamkeit von ihr zurückgezogen würde, rückte Carlotta näher.

»Paß auf mich auf ... Norman. Ich kann es nicht ertragen.«

Die Worte quälten sich über ihre Lippen.

»Ich habe es ... nicht verstanden, aber ... ich ... liebe dich ... ich liebe ... dich wirklich ... nur hast du ... mir nie glauben wollen.«

Sie schluchzte verzweifelt.

»Ich habe bloß ... geglaubt, daß ich ... Hector liebe ... weil er ... mich nicht ... wollte.«

Norman erstarrte vor Überraschung.

»Und ich ... dachte, ich ... wollte nur dein ... Geld.« Carlotta weinte noch lauter. »Aber ich ... war so dumm ... ich hasse ... dein Geld ... ich will ... dich ... dich.«

Ihre Stimme wurde undeutlich, und sie brach vollends zusammen. Ihr ganzer Körper wurde von heftigem Schluchzen geschüttelt.

Auch Billy weinte.

Norman schaute auf die beiden Köpfe hinab, und ein unbekannter Ausdruck ließ sein ernstes Gesicht weicher werden.

Er erkannte, daß dieser Augenblick den Anfang seines Familienlebens markierte.

»Es ist ja schon gut, mein Liebling«, sagte er leise, »es ist ja gut.«

Schiff der Versuchung

Aus dem Englischen von
Eva Gregor

Titel der Originalausgabe: Journey to a Star
Originalverlag: Arrow Books Ltd., London

Vorbemerkung der Autorin

Der Grenzstreit in Siam im Jahre 1883 legte sich allmählich. 1897 besuchten König Chulalongkorn und Königin Saowabha für einige Wochen Europa. Sie reisten auf der Yacht *Maka Chakri*.

Zu ihrer eigenen Überraschung wurden die Majestäten in Frankreich äußerst herzlich empfangen. In England residierten sie im Buckingham-Palast, und da die Königin sich in Windsor aufhielt, um ihr diamantenes Regierungsjubiläum vorzubereiten, wurden sie vom Prinzen von Wales (dem späteren Edward VII.) empfangen.

Der große Erfolg der Reise, die sie auch nach Rußland, Italien, Schweden und Belgien führte, lag darin begründet, daß der König der erste asiatische Monarch war, der mit seinen Gastgebern Englisch sprechen konnte und keinen Dolmetscher brauchte.

Als ich 1982 in Bangkok war, wohnte ich im neu ausgebauten *Oriental Hotel*, das heute eines der besten Hotels der Welt ist. Der Blick von meinem Balkon auf den Fluß war genauso aufregend und überwältigend wie eh und je, der »Schwimmende Markt« genauso bunt, wie ich ihn beschrieben habe.

Leider hatte ich nicht genug Zeit, um nach den Tempelgemälden der Jataka-Geschichten zu suchen. Es gibt jedoch ein schönes Buch darüber, »Ten Lives of the Buddha«, von A. B. Criswold, in dem sie in all ihrer herrlichen Farbigkeit abgebildet sind.

1

1894

Der Marquis von Oakenshaw gähnte, denn die Luft in St. James' Palace war stickig, und das Levée* zog sich länger als gewöhnlich hin.

Der Prinz von Wales war in gelöster Stimmung und sprach daher nahezu mit jedem ein paar Worte, der ihm vorgestellt wurde. Immer wieder hallte sein Lachen durch das Empfangszimmer mit der niedrigen Decke.

Der Marquis, der das alles schon oft erlebt hatte, war nicht sonderlich beeindruckt von dem Pomp und dem prachtvollen Aussehen der anwesenden Soldaten, Marinesoldaten, Diplomaten und Minister.

Da sich der Tag für die Jahreszeit, es war Januar, ungewöhnlich sonnig zeigte, dachte er daran, wieviel lieber er jetzt auf dem Lande mit einem seiner feurigen Pferde durch den Park reiten oder auf seiner privaten Rennstrecke mit einigen seiner engsten Freunde ein Pferderennen veranstalten würde.

Er war so tief in seine Gedanken versunken, daß er auffuhr, als das Levée beendet war und der Prinz von Wales auf die Tür zuging.

Der Marquis eilte an seine Seite und stellte dabei beiläufig fest, der Prinz werde jedes Jahr beleibter; zweifellos würden die von ihm so genannten »Phantasiekleider« in Kürze ersetzt oder weiter gemacht werden müssen.

* Levée = In England Audienz bei Hofe am frühen Nachmittag, bei der nur Männer empfangen werden. (A. d. Ü.)

Der Marquis war hingegen ganz anders.

Da er gern flott ritt und auf seinen eigenen Tieren dem Pferdesport huldigte, so oft er konnte, achtete er auf sein Gewicht.

Das bedeutete Zurückhaltung bei den üppigen Mahlzeiten, die in Marlborough House und von jeder Gastgeberin serviert wurden, die den Prinzen von Wales mit seinem Gefolge bewirten wollte.

Während der Marquis erneut ein Gähnen unterdrückte, dachte er, daß ihn Mahlzeiten, die sich in die Länge zogen, genauso langweilten wie ausgedehnte Levées und andere Verpflichtungen bei Hofe.

Es fiel ihm daher schwer, Begeisterung zu heucheln, als der Prinz sich an ihn wandte:

»Ich hoffe, Vivien, daß Sie heute abend mit mir dinieren werden. Die Prinzessin ist auf Reisen, und ich freue mich nicht nur auf ein Dinner unter alten Freunden, sondern auch darauf, daß wir uns später bei glitzerndem Licht amüsieren werden.«

Der Marquis wußte, was das bedeutete. Sie würden zu irgendeinem dieser Theaterfeste gehen, die der Prinz so sehr liebte, und der Abend würde zweifellos in einem der Freudenhäuser enden, wo man sie mit offenen Armen empfing.

Fast verdrießlich mußte er sich eingestehen, daß er für solche Frivolitäten zu alt sei – und der Prinz ebenfalls.

Doch Seine Königliche Hoheit genoß noch immer mit der Begeisterung eines jungen Leutnants den Glanz und Flitter der Bühne und den sogenannten Zauber der »Damen der Stadt«.

»Das hört sich prächtig an, Sire«, antwortete der Marquis dennoch.

Der Prinz lachte stillvergnügt vor sich hin, während sie die alte Eichentreppe des Palastes hinuntergingen, die seit mehr als vier Jahrhunderten von königlichen Hoheiten ausgetreten wurde.

Eine Kutsche wartete im Hof, um den Prinzen zum ganz in der Nähe gelegenen Marlborough House zu bringen.

Bei der Abfahrt verneigten sich der Marquis und die anderen Höflinge, Staatsmänner und Oberstallmeister, die ihn begleitet hatten, wie es einer Königlichen Hoheit zukommt; die Spannung wich erst von ihnen, als der Thronfolger außer Sicht war.

»So, das hätten wir«, sagte einer der Kämmerer zum Marquis. »Jetzt kann ich Gott sei Dank diese unbequeme Uniform ausziehen.«

»Dasselbe habe ich auch vor«, antwortete ihm der Marquis.

Er wandte sich ab und ging auf seine eigene Kutsche zu, die ihn erwartete, als der Kämmerer noch sagte:

»Ach, übrigens, Oakenshaw, das hätte ich beinahe vergessen. Der Außenminister läßt fragen, ob Sie ihn vor dem Lunch im Außenministerium aufsuchen können.«

»In welcher Angelegenheit?« fragte der Marquis in wenig freundlichem Ton.

»Ich habe keine Ahnung«, war die Antwort, »doch da ich Seine Lordschaft kenne, nehme ich an, er möchte etwas von Ihnen erledigt haben – am liebsten gestern.«

Der Marquis lachte kurz auf, doch es klang nicht sehr heiter.

Er war sich durchaus darüber im klaren, daß Lord Rosebery mit seinen Fähigkeiten, seinem Rang und seinem Reichtum auch ohne den Elan und den regen Verstand, die ihn in vieler Hinsicht bemerkenswert machten, ein mächtiger Mann geworden wäre.

Mr. Gladstone hatte ihn einmal als »Mann der Zukunft« bezeichnet.

Als er auf den Posten des Außenministers befördert wurde, hatte seine Redegabe ihm viele Bewunderer und große Popularität im Lande eingetragen.

Noch beliebter machte ihn zudem die Tatsache, daß er einen fabelhaften Rennstall besaß und seine Pferde ständig gewannen.

Der wesentlich jüngere Marquis von Oakenshaw zählte zu seinen engen Freunden; das war nicht überraschend, denn sie hatten beide einen Sinn für Humor, der sie befähigte, nicht nur über ihre Zeitgenossen, sondern auch über sich selbst zu lachen.

Während zwei herrliche Pferde seine Kutsche rasch und mühelos zum Außenministerium brachten, fragte sich der Marquis, warum wohl Lord Rosebery, mit dem er doch erst vor wenigen

Tagen diniert hatte, ihn in solcher Eile schon wieder sehen wollte.

Er wäre nur zu gern zuerst in sein Haus am Grosvenor Square gefahren, um sich umzukleiden. Wenn Lord Rosebery ihm jedoch ausrichten ließ, er brauche ihn dringend, konnte er ihn natürlich nicht warten lassen.

Als die Kutsche vor dem Außenministerium vorfuhr, eilte einer der Privatsekretäre von Lord Rosebery die Stufen hinab, um den Marquis zu begrüßen.

»Guten Morgen, Mylord. Der Außenminister wird sehr dankbar sein, daß Sie so schnell kommen konnten.«

»Guten Morgen, Cunningham«, sagte der Marquis, der den jungen Mann schon vorher einmal kennengelernt hatte. »Warum eine solche Aufregung?«

»Ich glaube, das möchte Seine Lordschaft Ihnen selbst mitteilen«, erwiderte Mr. Cunningham.

Er führte den Marquis durch die hohen Gänge, öffnete beinahe errötend die Tür zum Büro seines Chefs und meldete:

»Der Marquis von Oakenshaw, Mylord.«

Mit einem freudigen Ausruf stand Lord Rosebery auf, als der Marquis eintrat.

»Danke, daß Sie gleich gekommen sind, Vivien«, sagte er. »Ich muß sagen, Sie sehen prachtvoll aus. Wie war das Levée?«

»Eher noch langweiliger als gewöhnlich«, antwortete der Marquis.

Er nahm gemäß der Etikette in einem Sessel gegenüber dem Schreibtisch Platz; Lord Rosebery setzte sich ebenfalls und begann:

»Danke, daß Sie gekommen sind. Stanhope hat Ihnen sicher gesagt, daß die Sache dringend ist.«

»Was ist denn passiert?« fragte der Marquis. »Ist in Europa der Krieg ausgebrochen, oder sind die Russen in Indien eingedrungen?«

»So schlimm steht es zwar nicht«, erwiderte Lord Rosebery lächelnd, »aber ich brauche Ihre Hilfe in Siam.«

»Siam?« rief der Marquis verwundert. »Ich dachte, die Schwierigkeiten dort seien beigelegt.«

»Sie sind es ja auch – oder sollten es bald sein«, gab Lord Rosebery zurück. »Aber ich brauche Sie für einen Besuch in Bangkok im Rahmen eines Gefälligkeitsbesuches in unserem Interesse.«

Der Marquis warf den Kopf zurück und lachte.

»Eines muß man Ihnen lassen, Archibald, Sie sind immer voller Überraschungen. Ich hätte eher erwartet, daß Sie mich nach Paris oder Kairo schicken wollen, aber doch nicht nach Siam.«

Lord Rosebery setzte sich bequemer in seinem Sessel hinter dem Schreibtisch zurecht, und seine Augen zwinkerten, als er sagte:

»Ich will Ihnen keine unnötigen Ungelegenheiten bereiten. Ich dachte mir, Ihre Yacht, die zweifellos mangels Seefahrt schon Muscheln ansetzt, wäre vielleicht ein bequemes Reisegefährt, und Sie könnten im Fluß ankern, wie es die Franzosen voriges Jahr mit ihren Kanonenbooten ja auch getan haben.«

»Davon habe ich wohl gehört«, antwortete der Marquis, »und sie haben auch ein schönes Durcheinander damit angerichtet. Soviel ich weiß, beruhigte sich die Lage erst, nachdem wir unsererseits ein paar Kriegsschiffe in die Nähe geschickt hatten.«

»Stimmt«, bestätigte Lord Rosebery. »Ich hätte mir denken können, daß Sie wie stets gut informiert sind.«

Er schwieg für einen Augenblick und sah nachdenklich den gutaussehenden jungen Mann an, der ihm gegenübersaß. Ohne merklichen Übergang fragte er plötzlich:

»Warum spielen Sie mit Ihrem Verstand und Ihrer Weltkenntnis keine größere Rolle in der Politik? Wir brauchen Leute wie Sie.«

Der Marquis lächelte, so daß der gelangweilte Ausdruck von seinem Gesicht verschwand.

»Die Ursache dafür liegt vermutlich darin, daß die hochtrabenden Reden im Oberhaus ebenso langweilig sind wie die Leute, von denen sie gehalten werden.«

Lord Rosebery lachte über den Scherz.

»Nun gut, ich will Sie nicht zu irgendeiner Tätigkeit im Parlament treiben, wenn Sie mir, wie früher schon, auch außerhalb des Parlaments zu helfen verstehen.«

»Wollen Sie wirklich, daß ich gerade jetzt nach Siam reise?«

»Wenn Ihnen eine solche Fahrt so ungelegen kommt«, erwiderte Lord Rosebery, »kann ich mir bestens vorstellen, weshalb dieses Unternehmen Ihnen widerstrebt. – Ist sie sehr verführerisch?«

»Ja, durchaus.«

Dabei dachte er daran, daß Lady Bradwell, die gerade in sein Leben getreten war, anders war als alle Frauen, die er vor ihr gekannt hatte – zumindest glaubte und hoffte er das.

Die zahlreichen Liebesaffären des Marquis, allesamt feurig und leidenschaftlich, dauerten indes nie lange, weil ihn ihre Gleichartigkeit unweigerlich langweilte.

Mit seinen 33 Jahren war er noch immer unverheiratet, und zwar aus dem einfachen Grund, daß er noch nie eine Frau getroffen hatte, die immer um sich zu haben er ernstlich hätte in Erwägung ziehen wollen.

Bei den meisten seiner *affaires de coeur* war deshalb von Heirat keine Rede.

Er hatte festgestellt, daß sogar die verlockenden, geistreichen und gefeierten Schönheiten, die mit schmeichelhafter Bereitwilligkeit in sein Leben traten, bereits nach kurzer Weile einander in ihren Ansichten und ihrer Konversation ihm so ähnlich schienen, daß sie ihn nur zu bald zum Gähnen brachten.

»Großer Gott, Vivien«, hatte sein engster Freund Harry Prestwood erst vor einer Woche zu ihm gesagt, »was zum Teufel erwartest du eigentlich vom Leben? Wonach suchst du? Und, da wir gerade dabei sind, was hat dir eigentlich Daisy getan?«

Er sprach von einer Dame, die man einhellig als größte Schönheit des Jahrhunderts bezeichnete und die, wie so viele Frauen vor ihr, an den Marquis zuerst ihr Herz und dann auch all ihr Denken verloren hatte.

Die Gräfin besaß einen langmütigen Gatten, der das Leben auf dem Lande dem Aufenthalt in der Stadt London vorzog und nach zehnjähriger Ehe die privaten Vergnügungen seiner Frau geflissentlich übersah, solange sie in der Öffentlichkeit die Würde seines Namens nicht verletzte.

Der Marquis hatte bereits einen Ruf der Liederlichkeit, der besser in die Regierungszeit Georges IV. gepaßt hätte als in die der Königin Viktoria; daher begann der Klatsch schon, wenn eine Frau auch nur mit ihm gesehen wurde.

Er hatte sich jedoch sehr bemüht, in bezug auf Daisy umsichtig zu sein, und zwar aus dem einfachen Grunde, daß sie beide bekannte Persönlichkeiten waren und ihre Verbindung daher bei Bekanntwerden auf jeden Fall Sensation machen mußte.

Doch Daisy verliebte sich immer offenbarer in ihn, und man begann schon, über sie beide zu tuscheln. Weil dem Marquis aber die Anspielungen seiner Freunde und die abfälligen Bemerkungen der Klatschkolumnisten mißfielen, machte er der Affäre kurz entschlossen ein Ende.

Wenn er wollte, konnte er sehr rücksichtslos und verletzend sein: Hatte er einmal eine Entscheidung getroffen, so konnten ihn keine Tränen und keine Vorwürfe mehr davon abbringen.

»Wie kannst du mir das antun?« hatte Daisy geweint, als er ihr sagte, er halte es für besser, daß sie einander nicht mehr so oft sähen.

»Ich fürchte, es gibt keine andere Möglichkeit«, antwortete der Marquis.

»Ich liebe dich aber«, sagte Daisy, »ich bete dich sogar an. Ich hätte es nie für möglich gehalten, daß ich jemals einen Mann so lieben könnte, wie ich dich liebe.«

»Das ist zwar überaus schmeichelhaft«, antwortete der Marquis, »aber du kannst es dir nicht leisten, deinen Ruf zu schädigen, weder in der Öffentlichkeit noch in Marlborough House.«

Daisy erstarrte für einen Augenblick, und ihre blauen Augen füllten sich mit Tränen; sie sah den Marquis so ungläubig an, als ob sie bezweifelte, daß er die Wahrheit sage.

»Was hat Marlborough House damit zu tun?« fragte sie. »Der Kronprinz würde nie etwas gegen mich sagen, das weißt du sehr gut.«

»Gestern abend beim Dinner fragte mich die Prinzessin recht spitz, wann dein Mann denn wohl nach London zurückkehre«, antwortete der Marquis.

Daisy verstummte darauf.

Sie wußte genau, daß es gesellschaftlich verheerend wäre, sich die Prinzessin zur Feindin zu machen; sie hielt es zwar für unwahrscheinlich, daß die schöne Alexandra ihre erklärte Feindin werden würde, doch sie war auch nie so freundlich zu ihr gewesen, wie Daisy sich das gewünscht hätte.

Als wüßte er, daß er in einem wichtigen Punkt gesiegt habe, sagte der Marquis ruhig:

»Ich möchte dir danken, Daisy, für das Glück, das du mir geschenkt hast; ich hoffe daher, wir werden immer Freunde bleiben.«

Noch während er sprach, spürte er, daß sich seine Worte übertrieben anhörten, doch er konnte nicht anders.

In Wahrheit ging es ihm nicht so sehr um Daisys Ruf wie vielmehr um die Tatsache, daß sie ihn nicht mehr so fesselte wie am Anfang.

Er konnte nicht verstehen, warum sich bereits nach sehr kurzer Zeit jede Frau, für die er sich interessierte, in ihren Reden nur noch zu wiederholen schien, bis er jedes Wort, das über ihre Lippen kommen würde, schon vorher kannte.

Er wünschte sich keine allzu gescheite Frau – Gott behüte –, denn nichts brachte ihn mehr auf als Blaustrümpfe.

Daisy konnte zwar seinen Körper in Flammen setzen, doch gleichzeitig ärgerte seinen Verstand die Banalität dessen, was sie sagte, auch wenn diese Worte aus einem Mund mit zwei üppig geschwungenen Lippen kamen.

»Hol's der Teufel«, hatte er zu Harry gesagt, und zwar nicht nur einmal, sondern viele Male, »ich werde eben nie heiraten!«

»Natürlich wirst du es einmal müssen«, antwortete Harry. »Du mußt schließlich einen Erben haben, und, offen gesagt, würde es der Gastfreundschaft auf deinem Schloß guttun, wenn am Ende der Tafel eine Hausherrin säße.«

Der Marquis hätte nicht aufgebrachter sein können, wenn Harry eine Bombe unter seinen Füßen gezündet hätte.

»Willst du damit etwa sagen«, fragte er, »daß ich kein guter Gastgeber bin?«

»Niemand könnte ein besserer sein«, antwortete Harry, »aber bei deinen Einladungen – und die könnten bei niemandem wohl großzügiger sein – wirkt es irgendwie unausgewogen, daß nicht am anderen Ende der Tafel eine schöne Frau sitzt und die Oakenshaw-Diamanten trägt, die sie auch bei der Zeremonie zur Parlamentseröffnung tragen würde.«

Der Marquis lachte aus vollem Hals.

»Du redest genau wie meine Mutter«, sagte er.

Gleichzeitig wußte er aber, daß Harry recht hatte.

Es wurde von ihm erwartet und war unvermeidlich, daß er schließlich eine Frau nähme, die als Herrin im Schloß, in London und in seinen anderen Häusern in verschiedenen Teilen des Landes auftreten und außerdem bei Hofe den ihr zustehenden Platz neben ihm einnehmen würde.

Dann dachte er an die Langeweile, die er zu ertragen hätte, wenn er sich das Geschwätz irgendeines jungen Mädchens beim Frühstück, beim Mittagessen und auch noch beim abendlichen Dinner anhören müßte, und zwar in dem entsetzlichen Bewußtsein, dies würde unverändert für den Rest seines Lebens so bleiben.

»Ich kann und werde es nicht tun«, sagte er sich.

Nachdem er sich Daisy erfolgreich vom Halse geschafft und ihr in seiner üblichen Großzügigkeit diese Kränkung mit einem außerordentlich teuren Geschenk in Form eines Diamanten versüßt hatte, sah er sich nach einer neuen Augenweide um.

Er hatte noch niemanden diesbezüglich gefunden, bis er letzte Woche bei der Dinnerparty eines Abgeordneten, den er gewöhnlich ignorierte, Tischnachbar einer Dame gewesen war, die er nie zuvor gesehen hatte: Es war Lady Bradwell.

Sie war schön, aber das verstand sich von selbst; er wußte genau, daß man sie sonst nicht neben ihn gesetzt hätte.

Doch sie war insofern ungewöhnlich, als ihre Schönheit von

dem Zirkel in Marlborough House nie zuvor erblickt oder sonstwie gewürdigt worden war.

»Wo haben Sie sich bisher versteckt?« erkundigte sich der Marquis.

»Ich war in Paris«, antwortete sie, »und ein Jahr lang in Trauer.«

»Das erklärt alles.«

Er meinte, das erkläre nicht nur, daß er sie noch nicht kennengelernt hatte, sondern auch ihre außerordentlich elegante Kleidung und die Art, wie sie sprach und seine kühneren Avancen mit einer Gewandtheit parierte, die den meisten englischen Damen fehlte.

Nach Beendigung des Dinners war der Marquis sichtlich fasziniert.

Zwei Tage später machte er sich auf eine Verfolgung, die, wie er aus Erfahrung wußte, nicht lange dauern würde und deren Ausgang unzweifelhaft war.

Der Marquis war nicht übermäßig eitel; er hätte sich jedoch als extrem stumpf erwiesen, wenn es ihm nicht aufgefallen wäre, daß jede Frau, auf die er einen Blick warf, stets und sofort bereit war, sich seinen Wünschen zu fügen, und ihm jenen, zur Rettung ihres Stolzes nur gespielten Widerstand entgegensetzte.

Lady Bradwell jedoch hatte ihn nicht nur fasziniert, sondern es auch fertiggebracht, ihn mit einer Klugheit, auf die er nicht gefaßt war, im Ungewissen zu lassen.

Mit anderen Worten: Der Marquis hatte sein Ziel noch nicht erreicht, so daß er, obwohl der Ausgang der Angelegenheit unzweifelhaft war, gleichwohl keineswegs den Wunsch hegte, gerade jetzt ins Ausland zu fahren.

Plötzlich fiel ihm ein, daß Lady Bradwell ja keinen Gatten hatte und es daher nicht schwer wäre, sie vielleicht zu überreden – natürlich mit einer angemessenen Anstandsdame –, ihn auf die Reise zu begleiten.

Deshalb stellte er an den Außenminister die Frage:

»Wann soll ich mich zu dem aufmachen, was Sie als Gefälligkeitsbesuch bezeichnen, Archibald? Was genau wird von mir erwartet?«

Am Lächeln auf dem Gesicht des Außenministers und seinem Augenzwinkern sah er, daß Lord Rosebery nicht nur über seine Zusage entzückt war, sondern auch den Grund dafür mehr oder weniger erriet.

»Die Antwort auf Ihre erste Frage lautet: so bald wie möglich«, teilte er ihm mit. »Und was die zweite Frage betrifft – da Sie ja wissen, was in Siam geschehen ist, brauche ich Ihnen nicht zu erklären, daß Sie das Unbehagen des Königs wegen der englisch-französischen Übereinkunft vom vorigen Jahr beschwichtigen sollen.«

Er lächelte, als er fortfuhr:

»Sie müssen Seine Majestät davon überzeugen, daß es seinem Land nicht schaden, sondern im Gegenteil seine Unabhängigkeit vielmehr sichern wird.«

»Das soll heißen«, bemerkte der Marquis, »daß die Kolonialmächte, die Briten in Burma und die Franzosen in Laos, Siam als Pufferstaat entwickeln möchten.«

»Genau«, stimmte der Außenminister zu. »Aber nach all den Unannehmlichkeiten der letzten Zeit – insbesondere durch die Franzosen –, zeigt sich König Chulalongkorn natürlich nervös und hegt gewisse Befürchtungen für die Zukunft.«

»Ich hoffe, daß er nicht allzu sehr seinen Zweifeln freien Lauf läßt«, bemerkte der Marquis. »Ich war schließlich immer mit Ihnen der Meinung, daß Chulalongkorn einer der großen Könige unseres Zeitalters ist und sicherlich in die Geschichte eingehen wird.«

Der Außenminister nickte.

Beide Männer erinnerten sich daran, wie der König seine Herrschaft mit der Erklärung begonnen hatte, die Kinder von Sklaven sollten zu freien Menschen werden, und seither seine Untertanen allmählich von der Sklaverei befreit hatte.

Er hatte ein modernes Postsystem eingeführt, Eisenbahnlinien gebaut und regionale Feudalherren, die viel zu sehr ihre Macht genossen, durch zentral eingesetzte Gouverneure ersetzt, die nur direkt dem Thron verantwortlich waren.

Als der Marquis einige Jahre zuvor Siam besucht hatte, war er damals überaus beeindruckt vom König und dessen Reformen gewesen, vor allem, als Seine Majestät ihm persönlich gesagt hatte:

»Alle Kinder, von meinen eigenen bis zu den ärmsten, werden die gleichen Bildungschancen haben.«

König Chulalongkorn war entschlossen, Siam nicht einfach zu einer westlich orientierten Kolonie zu machen; eines der Mittel, das zu vermeiden, bestand darin, den Weg zum Fortschritt selbst und ohne fremde Hilfe einzuschlagen.

Da Großbritannien zur gleichen Zeit die gesamte Kontrolle über Burma hatte, beunruhigten ihn berechtigterweise der Machtzuwachs und der Einfluß der Franzosen in Indochina.

Im vorigen Jahr hatte es ärgerliche Zwischenfälle gegeben, als zwei französische Kanonenboote auf dem Weg nach Bangkok bei der Einfahrt in den Chiapana-Fluß die Thai-Festungen beschossen hatten.

Beide Seiten hatten Verluste erlitten; inzwischen sollten sich aber alle Feindseligkeiten gelegt haben.

»Sie«, sagte der Außenminister, »sollen dem König klarmachen, daß Britannien wirkliche Anstrengungen zur Freundschaft macht; und ich kenne niemanden, Vivien, der dafür besser geeignet wäre als Sie.«

»Sie schmeicheln mir«, sagte der Marquis, »aber ich weiß genau, daß Sie das nur tun, um Ihren Willen durchzusetzen.«

Er seufzte unüberhörbar.

»Nun gut, ich werde reisen, aber nur, wenn Sie mir zusichern, daß ich unterhaltsame Gesellschaft mitnehmen kann.«

»Was Sie mir zu verstehen geben wollen«, bemerkte Lord Rosebery, »bedeutet nichts anderes, als daß Ihre Mission davon abhängt, ob der augenblickliche Gegenstand Ihrer unbeständigen Herzensneigung Ihre Einladung annimmt.«

Er machte eine Pause, ehe er hinzufügte:

»Ich kenne Sie schon lange, Vivien, und habe noch nie erlebt, daß irgendeine Frau Sie abgewiesen hätte.«

»Es gibt für jeden ein erstes Mal.«

»Sorgen Sie dafür, daß es nicht bei dieser Gelegenheit ist.«

Lord Rosebery fuhr beim Aufstehen fort:

»Ich werde zu einem Treffen erwartet. Können Sie morgen mit mir zu Mittag essen? Dann kann ich Ihnen mehr über die Lage in Siam berichten und Ihnen auch Briefe an den König und an unseren Gesandten und Generalkonsul in Bangkok geben, Captain Henry Michael Jones, der zudem Träger des *Victoria Cross* ist.«

»Ich habe das seltsam unbehagliche Gefühl, daß Sie mich in dieser Sache unter Druck gesetzt haben«, antwortete der Marquis. »Wenn irgendetwas schiefgeht, Archibald, schwöre ich, daß dies das letzte Mal ist, daß ich mich einem Ihrer Vorschläge beuge; als Sie früher Außenminister waren, hat mich das in Teile der Welt geführt, deren Kennenlernen mich nicht besonders begeistert hat.«

»Unsinn!« antwortete Lord Rosebery. »Sie wissen genauso gut wie ich, daß Sie sich freuen werden, von den Intrigen in Marlborough House und den endlosen Essen wegzukommen, derer Sie oft schon allzu überdrüssig waren. Und wer weiß – in neuen Weidegründen finden Sie vielleicht die seltene Orchidee, oder war es ein Stern – das Ziel Ihrer geheimen Suche und Wünsche?«

Der Marquis starrte ihn ungläubig an.

»Wer sagt, daß ich nach irgendetwas suche?«

»Natürlich tun Sie das«, antwortete Lord Rosebery. »Mit Ihrem Aussehen, Vivien, Ihrer Position und Ihrem Reichtum haben Sie alles, außer dem, was für einen Mann das Wichtigste ist.«

»Und was ist das?« fragte der Marquis mit gereizter Stimme, da er die Antwort schon im voraus kannte.

»Liebe«, antwortete Lord Rosebery.

Der Marquis wollte gerade einwenden, das sei das letzte, was er sich wünsche, und er komme sehr gut ohne zurecht, da fiel ihm ein, daß Lord Rosebery erst vor vier Jahren seine Frau verloren hatte; alle seine Freunde wußten, was für ein einsamer und unglücklicher Mann er seither gewesen war.

Er besann sich daher anders und bemerkte nur leichthin:

»Mir hat man immer gesagt, daß der am schnellsten reist, der allein reist.«

»Eine etwas abgedroschene Bemerkung für Sie, Vivien«, sagte Lord Rosebery trocken, »obwohl es natürlich darauf ankommt, auf welcher Art von Reise Sie sich befinden.«

Der Marquis würdigte die feinsinnige Anspielung der Bemerkung, da der Außenminister ihn oft genug gebeten hatte, seine ungewöhnlichen und glänzenden Gaben auf seriösere Weise zu benutzen als in seinen augenblicklichen Amouren.

Nach einem kurzen Schweigen griff der Außenminister das vorige Thema auf:

»Wenn Sie zurückkommen, habe ich einen ernsthafteren Vorschlag mit Ihnen zu besprechen.«

Der Marquis hob fragend die Brauen:

»Was kann das sein?«

»Das werde ich Ihnen jetzt nicht erläutern«, antwortete Lord Rosebery, »aber ich habe es bereits Seiner Majestät gegenüber erwähnt, und ihm gefällt der Vorschlag sehr.«

»Ich vermute«, sagte der Marquis langsam, »daß Sie an einen Gouverneursposten denken?«

»Vielleicht etwas Höheres. Kommen Sie auf jeden Fall rasch zurück – ich möchte nicht, daß Sie zu lange draußen in der Wildnis sind.«

Der Marquis erhob sich.

»Ich werde morgen mit Ihnen zu Mittag essen, Archibald«, sagte er, »und Sie täten gut daran, mich zu überzeugen, daß meine Reise wirklich notwendig ist, sonst bin ich durchaus imstande, noch im letzten Moment abzusagen.«

»Sie haben mich noch nie im Stich gelassen«, antwortete der Außenminister, »und ich wünschte mir wirklich, ich hätte die Zeit, Sie zu begleiten. Wenn ich an Ihrer Stelle wäre, würde ich nicht zögern, auf eine Entdeckungsreise zu gehen, die mich vielleicht zu meinem Goldenen Vlies führen könnte.«

Beim Durchqueren des Arbeitszimmers legte Lord Rosebery die Hand auf die Schulter des jüngeren Mannes.

»Ich bin ganz sicher, Vivien, sie wird Ihre Einladung begierig annehmen – tatsächlich nur zu begierig! Hoffen wir nur, daß sie Sie zumindest so lange zu unterhalten versteht, bis Sie zurückkommen.«

»Ihre Unverfrorenheit verblüfft mich!« rief der Marquis aus.

Beide Männer lachten, als sie aus dem Büro des Außenministers in den Flur traten.

Tarina Worthington läutete die Glocke am Haus von Belgrave Square 115 und wartete etwas nervös, bis die Tür von einem Lakaien in Livree geöffnet wurde.

Ein Butler trat vom hinteren Ende der Eingangshalle heran, als sie sagte:

»Ich bin gekommen, um Lady Bradwell zu besuchen.«

»Haben Sie eine Verabredung mit ihr, Madam?«

»Leider nicht«, antwortete Tarina, »aber würden Sie ihr ausrichten, daß ihre Kusine, Miß Tarina Worthington, sie sehen möchte?«

»Natürlich, Miß.«

Das beinahe feindselige Verhalten des Butlers änderte sich, als Tarina das Wort »Kusine« aussprach; er schritt langsam auf das Morgenzimmer zu, öffnete die Tür und ließ sie eintreten.

»Ich werde meiner Herrin mitteilen, daß Sie hier sind, Miß«, sagte er.

Tarina sah sich in dem rechteckigen, hohen Raum um, der auf eine Art ausgestattet war, die mehr Wohlstand als guten Geschmack verriet, und erblickte ihre eigene Erscheinung in einem großen Spiegel.

Dabei wurde ihr bewußt, warum der Butler sie zuerst hatte abweisen wollen, statt sie einzulassen.

Das schwarze Kleid, das sie anläßlich des Todes ihres Vaters gekauft hatte, war damals schon sehr billig gewesen und sah jetzt in der Wintersonne schäbig aus.

Ihr Mantel, leider unentbehrlich bei einer Temperatur nur wenig über null Grad, war bereits fadenscheinig und hatte viele Jahre lang ihrer Mutter gehört.

Mit einem traurigen Lächeln gestand sie sich ein, daß ihre Erscheinung völlig heruntergekommen sei.

Sie hatte einfach nicht gewagt, viel Geld für Trauerkleidung auszugeben, weil all der Besitz, der über das nackte Überleben hinausging, aus der sehr kleinen Summe bestand, die nach der Beerdigung ihres Vater auf der Bank noch übrigblieb.

»Wie hätte Papa auch überhaupt je etwas sparen können?« fragte Tarina sich verzweifelt.

Schon bevor sie alles verkaufte, was im Pfarrhaus ihr gehörte, hatte sie geahnt, daß sie nicht mehr als ein paar Pfund dafür bekommen würde.

Sie war nervös wegen des Besuchs bei ihrer Kusine, die sie seit zwei Jahren nicht gesehen hatte, und versuchte, ihren Hut zur besseren Wirkung in etwas anderer Weise aufzusetzen.

Weil sie während der ganzen Woche nicht die Zeit gehabt hatte, es zu waschen, hatte ihr Haar etwas von dem roten Glanz verloren, der, wie ihre Mutter zu sagen pflegte, von einer österreichischen Vorfahrin stammte.

»Es ist merkwürdig, Tarina«, hatte sie oftmals geäußert, »doch das rote Haar der Wienerin, das immer so sehr bewundert wurde, scheint in meiner Familie zwei Generationen zu überspringen und erst bei dir wieder aufzutauchen.«

»War meine Urgroßmutter sehr schön?« hatte Tarina gefragt.

»Das hat man immer erzählt«, antwortete ihre Mutter. »Und sie war außerordentlich begabt. Sie hatte eine herrliche Stimme; ihre Tagebücher verraten, daß sie bei Festen in Wien sehr gefragt war. Zweimal hat sie im Palast von Schönbrunn vor dem Kaiser Franz Joseph und der Kaiserin Elisabeth gesungen, die ebenfalls rotblondes Haar hatte.«

»Glaubst du, ich bekäme eine gute Stimme – wenn sie ausgebildet wäre?« fragte Tarina.

Ihre Mutter lächelte.

»Ich habe keine Ahnung, mein Liebling«, sagte sie. »In der Kirche singst du zwar zauberhaft, aber wir beide wissen, daß das nicht dasselbe ist wie die Fähigkeit, ein Publikum zu faszinieren.«

Sie hielt inne, ehe sie fortfuhr:

»Aber einer Sache kannst du ganz sicher sein: Papa und ich müssen uns einschränken und sparen, um die Stunden zu bezahlen, die du im Augenblick bekommst; weitere können wir uns gewiß nicht leisten.«

Tarina wußte, daß ihr rotes Haar, wenn sie glücklich war, zu strahlen schien; wenn sie sich dagegen unwohl oder bekümmert fühlte, verblaßte das Rot, und der Glanz sah stumpf aus, als spiegele er die Gefühle ihres Herzens wieder.

Im Augenblick sah man nur einen Hauch von Rot, aber ihre Haut war so schneeweiß wie immer, und im Sonnenlicht hatte sie fast etwas Durchscheinendes.

Ihre Augen in einer Tönung von Grün und Grau wirkten im Augenblick nur dunkel vor Angst und Sorge.

»Und falls Kusine Betty ... mich nicht empfängt?« flüsterte sie zu sich selbst. »Was ... soll ich ... tun? Wohin ... soll ich ... mich wenden?«

Die Tür öffnete sich.

»Die Lady wird Sie empfangen, Miß«, verkündete der Butler.

»Danke«, antwortete Tarina.

Sie folgte ihm durch die Halle und die Treppe hinauf zu einem geräumigen Treppenabsatz.

Dort konnte sie durch eine offene Tür ein riesiges Empfangszimmer mit Stühlen und Sofas als Imitation der Mode zur Zeit des Sonnenkönigs, einen dunkelfarbigen Teppich und mehrere ziemlich formstrenge Leuchter erblicken.

Sie hatte indes nur Zeit für einen raschen Blick, ehe der Butler weiterging.

Am Ende des Korridors öffnete er die Tür zu dem, was, wie Tarina wußte, ein Boudoir war.

Ein Boudoir stellte etwas dar, das ihre Mutter ihr beschrieben hatte und das sie immer gern hatte sehen wollen. Es gab keinen Zweifel, daß dies hier eines war mit seinen blaßblauen Vorhängen und einer Chaiselongue in der gleichen Farbgebung des Brokats.

Es machte den Eindruck auserlesener Weiblichkeit, noch gesteigert durch die großen Vasen mit Malmaison-Nelken, deren Duft den Raum erfüllte und deren Schönheit sich in den goldgerahmten Spiegeln an den Wänden vielfach wiederfand.

Niemand befand sich in dem Zimmer; als Tarina sich umsah, kam gerade jemand durch eine weitere Tür am anderen Ende.

Zögernd trat Tarina vor, als die eben erschienene Frau auch schon rief:

»Tarina! Ich konnte kaum glauben, daß du es seist! Was machst du denn in London?«

Tarina stand vor ihr.

»O Betty ... wie freundlich von dir, mich zu empfangen.«

»Aber natürlich empfange ich dich«, antwortete Lady Bradwell. Dann hielt sie erstaunt inne.

»Aber du bist in Schwarz! Warum?«

»Papa starb vor einem Monat.«

»Oh, das tut mir leid! Das wußte ich nicht, Liebste. Er wird dir gewiß fehlen.«

»Mehr, als ich dir sagen kann. Aber jetzt, da er tot ist, wirst du verstehen, daß ich mir selbst meinen Lebensunterhalt verdienen muß.«

»Du armes Kind!« rief Lady Bradwell aus. »Komm, setz dich zu mir und erzähl mir alles.«

Sie ließ sich in der Ecke des Sofas nieder, und Tarina nahm daneben Platz.

Dabei dachte sie, daß wohl niemand reizvoller aussehen könne als ihre Kusine Betty.

Mit ihrem blonden Haar und ihren veilchenblauen Augen war sie wie ein Gemälde von Fragonard; Tarina konnte sie nur fassungslos anstarren.

»Du bist so schön, Betty! Viel schöner als früher! Und etwas an dir hat sich verändert.«

Lady Bradwell lächelte wissend.

»Das sagen alle, und es liegt wohl daran, daß ich in Paris war. Oh, Tarina, ich habe solches Glück! Nachdem mein Mann starb, lud mich eine seiner Verwandten, mit der ich immer freundschaftlich verbunden war, zu einem Aufenthalt bei ihr ein.«

»Es tat mir damals sehr leid, von dem Tod deines Mannes zu hören«, sagte Tarina. »Ich weiß, daß Papa dir zu jener Zeit geschrieben hat.«

»Er schrieb mir einen wunderschönen Brief«, antwortete Lady Bradwell, »aber da ich offen zu dir sein kann – ich war gar nicht unglücklich, Witwe zu werden.«

Tarina entfuhr ein überraschter Ausruf.

»Oh, Betty! Warum denn nicht?«

Lady Bradwell seufzte leise.

»Mein Mann war das ganze letzte Jahr unserer Ehe über krank, und es war sehr, sehr eintönig, sich um ihn zu kümmern. Und schon vorher hatte er eine sehr verschrobene Art. Schließlich war er vierzig Jahre älter als ich.«

»Ich weiß wohl«, sagte Tarina. »Aber alle sagten, es sei eine so glänzende Heirat und er sei ein sehr bedeutender Mann.«

»Vermutlich war er auf seine Art nett«, antwortete Betty. »Ich genoß zwar die Dinnerpartys und Bälle, aber wir luden stets nur Arthurs Freunde ein, und die waren ebenfalls alt. Ich hatte bis zu seinem Tode wirklich nicht viel Freude.«

Sie stieß einen leisen Jubelschrei aus und rief:

»Ich kann dir gar nicht sagen, wie wunderbar es ist, hier in London zu sein! Allein zu sein, mir leisten zu können, in diesem Haus zu leben, und die herrlichsten Kleider zu haben!«

»Und Unmengen von Freunden, die dich bewundern«, fügte Tarina hinzu.

»Aber natürlich«, antwortete Betty. »Ich werde als Schönheit gefeiert, und Tarina, was meinst du wohl ...«

Es war wie in alten Tagen, als Betty, da sie die Ältere war, gesprochen und Tarina bloß zugehört hatte.

Jetzt, da Tarina dasaß und die Augen in offensichtlicher Bewunderung nicht von ihrer Kusine wandte, sprach Betty so, wie sie gesprochen hatte, als sie siebzehn war und sich erwachsen fühlte, während Tarina mit fünfzehn in gewisser Weise noch ein Kind war.

»Was hat sich zugetragen?« fragte Tarina, als Betty innehielt.

»Ich bin eingeladen worden«, sagte Betty langsam, »auf eine Kreuzfahrt zu gehen – auf einer Yacht mit dem Marquis von Oakenshaw.«

»Auf einer Yacht?« rief Tarina. »Wirst du nicht seekrank?«

»Das ist belanglos«, sagte Betty rasch. »Er ist der gefeiertste, bestaussehende, am schwersten einzufangende Mann in ganz London, und ich habe das Gefühl, er bemüht sich um mich.«

»Wie phantastisch! Wie aufregend!« rief Tarina aus. »Wird er um deine Hand anhalten?«

Betty lachte leise.

»Das halte ich für ziemlich unwahrscheinlich, denn er ist ein eingeschworener Junggeselle – wie alle Frauen sich beeilt haben, mir zu erzählen.«

Tarina sah verwirrt drein.

»Ich verstehe nicht ...«

Betty sah sie an und sagte dann schnell:

»Natürlich könnte ich ihn vielleicht dazu bringen, seine Meinung zu ändern, aber inzwischen werde ich sein Gast sein, und alle anderen Frauen, die ihn je gekannt haben, werden vor Neid platzen!«

Tarina fragte sich, was daran so befriedigend sein mochte, doch gleichzeitig beteuerte sie, aus Liebe zu ihrer Kusine:

»Ich freue mich so für dich. Wann wirst du abreisen?«

»Beinahe sofort – in zwei Tagen. Tarina, ich bezweifle, ob ich bis dahin mit allem fertig werde!«

Tarina lächelte.

»Ich bin sicher, du hast zahllose Freunde, die dir helfen.«

»Ich müßte zwar neue Kleider haben, aber das ist in der kurzen Zeit wohl nicht möglich. Gott sei Dank habe ich ein paar fabelhafte Kleider aus Paris mitgebracht. Ich habe ein Vermögen dafür ausgegeben!«

Tarina betrachtete das Kleid, das Betty trug, und beim Anblick der reichen Seide und der echten Spitzen, mit denen es besetzt war, erkannte sie, daß sie von dem, was es gekostet hatte, mindestens ein Jahr hätte behaglich leben können.

Sie verdrängte solche Gedanken und sagte:

»Ich bin hergekommen, Betty, nicht um dir lästig zu fallen, sondern nur, um dich zu bitten ... ob du mir helfen könntest, indem du mir eine ... Empfehlung gibst.«

»Eine Empfehlung?«

Das Erstaunen in Bettys Augen ließ Tarina lächeln.

»Liebste, du mußt wissen, daß Papa zu seinen Lebzeiten kein eigenes Geld besaß außer seinem kleinen Gehalt. Jetzt ist er gestorben, und ich muß meinen Lebensunterhalt selbst verdienen.«

»Oh, Tarina, es tut mir so leid!« rief Betty. »Wie schrecklich für dich! Was wirst du nun anfangen?«

»Ich werde als Gouvernante arbeiten«, sagte Tarina ruhig. »Es gibt nichts anderes, für das ich qualifiziert wäre. Vermutlich muß ich anfangs Gouvernante für Kleinkinder sein, da ich selber noch so jung bin.«

»Du beabsichtigst, dein Hirn, von dem dein Vater immer sagte, es sei so fähig wie das eines Jungen, an eine Menge plärrender Kinder zu verschwenden?« fragte Betty. »Tarina, das kannst du nicht wollen!«

»Ich werde schon zurechtkommen«, antwortete Tarina. »Aber wie du weißt, Betty, finde ich nie eine anständige Stellung, wenn ich nicht eine wirklich ausgezeichnete Empfehlung vorweisen kann, und ich habe außer dir niemanden, den ich darum bitten könnte.«

»Meine Liebe, ich werde dir eine Lobrede schreiben, die in jedem den Wunsch erweckt, dich sofort zu engagieren!«

»Vielen Dank!« sagte Tarina erleichtert.

»Aber zuerst möchte ich dir meine Kleider zeigen«, fuhr Betty fort, »die unverkennbar aus Paris stammen, und auch den neuen Kleiderschrank, den ich extra für sie gekauft habe.«

Bei diesen Worten stand sie auf, und Tarina folgte ihr in das angrenzende Schlafzimmer, das noch eindrucksvoller war als das Boudoir.

Das große Bett war mit Seidenvorhängen drapiert, die seitlich von geschnitzten goldenen Engeln gehalten wurden.

Am Fußende des Bettes lag über einer Decke aus echten Spitzen eine Hermelindecke. Die Kissen hatten Rüschen der gleichen Machart, Spitzen von blauen Satinbändern durchzogen; in der Mitte war ein großes Monogramm eingestickt.

Tarina sah sich erstaunt um. Oft hatte sie versucht, sich die Schlafzimmer eleganter Damen in ihren großen Häusern vorzustellen, doch an etwas so Hübsches oder Luxuriöses hatte sie nie gedacht.

»Ich habe dieses Zimmer und das Boudoir neu dekoriert«, sagte Betty. »Jetzt habe ich im Salon angefangen; er ist von bedrückender Schwüle, wie es der Stimmung meines Mannes entsprach.«

Unter ihren Wimpern hervor sah sie dabei ihre Kusine schelmisch an, so daß Tarina in der Ahnung, daß Betty nur versuchte, sie zu verunsichern, ausrief:

»Betty, du solltest so etwas nicht sagen!«

»Es stimmt aber. Oh, Tarina, es ist eine solche Erleichterung, von ihm befreit zu sein! Er sprach immer mit mir, als sei ich schwachsinnig, und nach unserer Hochzeitsreise, die ziemlich fürchterlich war, machte er mir nicht einmal ein Kompliment.«

Der Schmerz klang in ihrer Stimme so offenkundig heraus, daß Tarina sie impulsiv umarmte und sagte:

»Mach dir nichts draus, Liebste! Du bist so schön, daß der Marquis dich gewiß wird heiraten wollen. Oder vielleicht lernst du einen verführerischen Prinzen und Herrscher über eines dieser entzückenden kleinen Länder in Europa kennen, von denen ich immer in den Zeitungen lese.«

Betty lachte.

»Das hört sich ja wie ein Märchen an!«

»Das sollte es auch sein: Du – eine Märchenprinzessin«, sagte Tarina. »Du hast gewiß das Aussehen dazu.«

»Nur, weil meine gute Fee – oder vielmehr die *Comtesse* – mir geholfen hat, genau die Garderobe zu kaufen, die Aschenbrödel tragen würde. Einige meiner Kleider sind hier im Schrank, und nebenan habe ich noch ein ganzes Zimmer voll.«

Sie ging auf den Kleiderschrank zu, der passend zu den Zimmerwänden blau und weiß gestrichen war, und dessen Spiegel die Möbel und den Sonnenschein, der durch die Fenster drang, reflektierten.

Sie legte die Hand bereits auf den Griff des Schrankes, als es an der Tür zum Korridor klopfte.

»Wer ist da?« fragte sie.

»Ich bin es, Mylady.«

»Kommen Sie herein, Bates.«

Der Butler, der Tarina unten empfangen hatte, stand in der Tür.

»Verzeihen Sie, Mylady, aber ich habe schlechte Nachrichten.«

»Schlechte Nachrichten?« fragte Betty. »Was ist passiert?«

»Jones, Mylady. Sie hatte einen Unfall.«

»Wie ... wie konnte sie? Was ist geschehen?«

»Sie holte etwas aus dem großen Schrank auf dem obersten Treppenabsatz, Mylady«, erklärte Bates, »und durch das Gewicht von dem, was sie herauszunehmen versuchte, verlor sie das Gleichgewicht und fiel die Stufen hinunter.«

»Großer Gott!« rief Betty aus. »Ist sie verletzt?«

»Ich befürchte, Mylady, sie hat sich ein Bein gebrochen.«

»Ein Bein gebrochen? Wie ist das nur möglich? Oh, meine arme Jones, sie tut mir so leid!«

Sie hielt inne und fügte fast atemlos hinzu:

»Wie in aller Welt soll ich ohne sie verreisen?«

2

Mit einiger Selbstbeherrschung sagte Betty zum Butler:

»Sagen Sie Jones, daß ich später hinaufkomme, um nach ihr zu sehen. Der Doktor hat doch alles ihm Mögliche für sie getan?«

»Er hat ihr Bein geschient, Mylady, und gesagt, er werde morgen wiederkommen. Ich glaube, Jones schläft jetzt.«

»Das ist das Beste, was sie tun kann«, antwortete Betty. »Ich möchte den Tee für Miß Worthington und mich in einer halben Stunde im Boudoir serviert bekommen.«

»Sehr wohl, Mylady.«

Der Butler verbeugte sich und verließ das Zimmer.

Betty sah Tarina bestürzt an.

»Kannst du dir etwas Schlimmeres vorstellen«, rief sie, »als daß meine Zofe mich gerade jetzt im Stich läßt? Ich werde versuchen müssen, jemand anderen zu finden, obwohl das sicher unmöglich ist.«

Sie hielt inne, ehe sie fortfuhr:

»Das Gepäck muß noch fertig gemacht werden, obwohl Jones den größten Teil schon verpackt hatte. Aber wie kann ich in solcher Hast eine Zofe einstellen, ohne zu wissen, wie sie sich um meine Kleider und mein Haar kümmern wird?«

Sie sah die Kleiderschränke an, als erwarte sie, daß die ihr helfen könnten.

Da schlug Tarina vor:

»Ich könnte für dich packen, wenn dir das helfen würde.«

»Das könnten vermutlich noch die Hausmädchen tun«, erwiderte Betty.

Plötzlich drehte sie sich mit einem völlig veränderten Gesicht zu ihrer Kusine um.

»Tarina!« rief sie. »Du hast doch früher immer mein Haar frisiert, ehe ich heiratete, und du kannst zudem besser nähen als irgend jemand, den ich kenne.«

Tarina hielt den Atem an, als könne sie kaum glauben, was ihre Kusine anscheinend gerade sagen wollte.

Dann fragte Betty zögernd, als fürchte sie, Tarina zu kränken:

»Würdest du . . .? Würdest du mit mir reisen, oder ist das zuviel verlangt?«

»Mit dir auf die Yacht kommen?« fragte Tarina.

»Das meine ich doch«, antwortete Betty. »Aber ich könnte den Marquis nicht bitten, dich als zusätzlichen Gast einzuladen.«

»Nein, natürlich nicht!« rief Tarina aus. »Aber wenn du möchtest, begleite ich dich als deine Zofe oder in irgendeiner anderen Funktion.«

Bettys Augen erhellten sich.

»Du bist immer so zuvorkommend, Tarina, aber ich habe das Gefühl, das wäre zuviel verlangt! Und außerdem suchst du ja gerade eine Stellung.«

»Eben«, sagte Tarina, »deswegen bin ich ja hier. Ich kann mir nichts Aufregenderes vorstellen, als von dir angestellt zu werden, um ins Ausland mitzureisen!«

Betty setzte sich in einen Sessel vor dem Kamin und begann zu grübeln.

»Überlegen wir in Ruhe«, sagte sie. »Denk daran, Tarina, ich bin in einer schrecklichen Lage – einer wirklichen Zwangslage!«

»Natürlich verstehe ich das, und du mußt so gut wie möglich aussehen, um den Marquis für dich zu begeistern.«

Während dieser Worte bedachte Tarina, daß es für jeden Mann wohl schwierig wäre, nicht von ihrer Kusine fasziniert zu sein.

Obwohl sie sich Sorgen machte, sah Betty gleichwohl bildschön aus.

Ihr Haar glänzte im Sonnenschein, sie wirkte wie ein Gedicht in Rosa, Weiß und Gold und ähnelte mehr denn je einem Gemälde von Fragonard.

»Du wirst mich genau unterweisen müssen, was eine Zofe so zu tun hat«, sagte Tarina, »wenn sie sich nicht gerade um dich kümmert. Ich bin sicher, das kann gar nicht so schwer sein.«

»Hier im Haus wäre es allerdings schwer«, antwortete Betty, »weil es nicht einfach wäre, die anderen Dienstboten zu täuschen. Doch als ich sagte, ich wolle Jones mitnehmen, hat der Marquis zugestimmt.«

Sie machte eine Pause, ehe sie hinzufügte:

»Ich bin fast sicher, daß er gesagt hat, die anderen Damen würden ihre Zofen niemals mitbringen, weil sie die Seereisen haßten.«

Tarina lachte laut auf.

»Das stimmt sicher. Ich erinnere mich, daß vor Jahren deine

Mutter einmal erwähnt hat, daß Ashton, ihr Mädchen, sich strikt weigere, mit ihr nach Paris zu reisen.«

»Das ist richtig«, rief Betty, »und obwohl Mama klagte, es sei unbequem, war es in Wirklichkeit eine ziemliche Erleichterung ohne die Gegenwart von Ashton.«

»Ich glaube, alle Dienstboten hassen nämlich Veränderungen und Reisen.«

»Deshalb beschäftige ich ja eine Französin. Die sind bekanntlich viel anpassungsfreudiger.«

»Eine Französin?«

Betty lachte.

»Du bist wohl überrascht, weil ich sie ›Jones‹ nenne. In Wirklichkeit heißt sie ›Janzé‹, aber du kannst dir vorstellen, wie das hier im Haus ausgesprochen wurde. Sie fingen an, sie ›Jonesy‹ zu nennen, und das ging mir doch zu weit. Also beschloß ich endlich, sie solle mit ›Jones‹ angeredet werden.«

Tarina lachte leise vor sich hin.

»Das war sicher vernünftig, wenn auch irreführend.«

»Du wirst ›Janzé‹ sein, und da dein Französisch viel besser ist als meines, wird niemand auch nur den mindesten Argwohn hegen. Und es wird auch erklären, warum du nicht wie eine englische Dienstbotin aussiehst.«

»Das will ich hoffen!« rief Tarina aus.

Sie lachten beide. Nach einem Augenblick wurde Betty wieder ernster:

»Bist du ganz sicher, Liebste, daß du mir meine Bitte nicht übelnimmst?«

»Übelnehmen?« sagte Tarina. »Ich bin vollkommen entzückt! Ich glaube, mein Schutzengel hat mich genau im richtigen Augenblick zu dir geführt!«

Sie sah, daß Betty etwas sagen wollte, und fügte rasch hinzu:

»Und nun wollen wir keine Zeit verlieren und an die Arbeit gehen. Sag mir genau, was ich tun soll.«

»Ein weiterer Schrankkoffer muß gepackt werden«, erwiderte Betty, »und die Hausmädchen können dir dabei helfen. Du darfst ihnen aber nicht sagen, daß du als Zofe mit mir kommst; du begleitest mich einfach als Gast des Marquis.«

Es folgte eine kleine Pause, bevor Tarina zögernd sagte:

»Das werden sie kaum glauben, wenn sie mein Aussehen begutachten. Könntest du . . . mir vielleicht . . . ein bißchen Geld geben, Betty, nicht viel . . . nur genug, um mir etwas in Schwarz zu kaufen, wie es meiner Stellung zukommt?«

»Nur ein . . .?« fragte Betty und hielt dann inne.

Wie zum ersten Mal besah sie sich eingehend das, was ihre Kusine unter dem schäbigen Mantel trug, und rief aus:

»Oh, Tarina, wie selbstsüchtig von mir, daß ich dir nicht schon eher ein paar Kleider geschickt habe! Ich habe nie daran gedacht, wo ich doch Unmengen abgelegter Kleider besitze, und . . .«

Sie hielt plötzlich inne und stieß einen Ruf aus, der wie ein Signal der Erleuchtung klang.

»Du bist ja in Trauer!« rief sie, als sei das eine völlig neue Entdeckung. »Für diesen Anlaß habe ich die perfekte Ausstattung.«

Tarina sah sie mit großen Augen an.

»Ich habe ein Jahr lang Trauerkleidung getragen«, sagte Betty. »Du weißt ja, wie die Franzosen bei Sterbefällen sind, so etwas von konventionell, daß sie bis zur allerletzten Stunde des allerletzten Tages des Trauerjahres aussehen wie die Krähen.«

Bei Bettys Worten mußte Tarina unwillkürlich leicht lächeln.

»Aber am Ende habe ich etwas gemogelt«, fuhr Betty fort, »mit Kleidern in blassem Mauve und Weiß; die werden für dich genau richtig sein, wenn es in Siam heiß ist, während die schwarzen Kleider überaus passend sind für eine Zofe. Als echte Französin sieht sie sogar noch in Sackleinen *chic* aus.«

Tarina lachte auf und sagte ungläubig:

»Ich kann es noch gar nicht glauben! Wie du das alles machst! Es hört sich an wie ein Märchen!«

»Das wird es hoffentlich auch werden«, sagte Betty, »aber ich versichere dir, da sind zwei Schrankkoffer voller schwarzer Kleider, die ich aus Paris mitgebracht habe und zum größten Teil einem Armenhaus schenken wollte. Ich bin gewiß, Liebste, daß du darin zauberhaft aussehen wirst.«

»Das ist wohl das letzte, was man von einer Zofe erwartet«, sagte Tarina streng.

»Auch die Kreuzfahrt geht einmal vorüber«, antwortete Betty, »und wenn du zurückkommst, wirst du eine Stellung in einem sehr vornehmen Haus finden und zweifellos dem ältesten Sohn den Kopf verdrehen, ihn heiraten und glücklich leben bis ans Ende deiner Tage.«

»Das halte ich für unwahrscheinlich«, sagte Tarina. »Aber ich muß schon dankbar sein, sehr, sehr dankbar, auch nur ein neues Kleid zu haben, in dem ich mich meines Aussehens nicht zu schämen brauche.«

»Ich werde dir alle meine Trauerkleider geben«, schlug Betty vor, »und nie wieder, meine liebe kleine Kusine, werde ich so gedankenlos sein, dir nicht sofort jedes Kleid zu schenken, das ich nicht mehr trage. Du wirst also zumindest die bestangezogene Gouvernante von ganz England sein!«

Noch während sie das sagte, kam ihr der Gedanke, daß das möglicherweise ein großer Fehler sei!

Vielleicht würde dann nämlich nicht nur der älteste Sohn des Hauses Tarina nachstellen, sondern der Vater der Kinder, die sie zu unterrichten hatte, was dann natürlich verheerende Folgen nach sich ziehen könnte.

Dann beschloß sie jedoch, daß sie sich mit diesem Problem später beschäftigen würden. Im Augenblick war nur wichtig, daß Tarina sich auf der Yacht um sie kümmern und dafür sorgen würde, daß sie, die Lady Bradwell, für den Marquis so gut und verführerisch wie möglich aussähe.

Tarina stand auf, um ihren Mantel und ihren Hut abzulegen.

»Als erstes«, sagte sie, »muß ich mir ansehen, wie Jones dein Haar frisiert, ehe es in Unordnung gerät. Es ist schließlich schon lange her, seit ich dich zuletzt frisiert habe; mir gefällt die Art, wie du dein Haar jetzt trägst.«

Bettys Frisur sah in der Tat sehr wirkungsvoll aus: Ihr Haar war aus der schmalen Stirn zurückgekämmt und auf dem Oberkopf zu einem kleinen Knoten gebunden, wobei einige weiche, goldene Strähnen ihr in die Stirn fielen und irgendwie das Blau ihrer Augen leuchtender zu machen schienen.

Tarina ging um Betty, die auf dem Sofa saß, herum und sagte dann:

»Ich bin sicher, daß ich dich genauso frisieren kann.«

Betty ließ einen leichten Seufzer der Erleichterung vernehmen.

»Du warst immer so geschickt mit deinen Händen, Tarina. Erinnerst du dich noch, wie wir uns an Weihnachten verkleideten und für Papa und Mama ein Spiel aufführten? Du hast das Stück geschrieben, alles eingerichtet, die Kostüme gemacht, und außerdem warst du auch noch eine viel bessere Schauspielerin als ich.«

»Aber du brauchtest doch nur schön auszusehen!« sagte Tarina. »Zumindest sollte ich von nun an ohne allzu große Schwierigkeiten in der Lage sein, die Rolle einer Zofe zu spielen. Soll ich vor dir einen Knicks machen?«

Betty lachte.

»Jones ist sich viel zu gut, um das zu tun, aber sie machte immer widerstrebend eine Andeutung von einem Knicks vor meinem Mann und der *Comtesse*. Ich nehme also an, daß du es ebenfalls tun solltest, wenn du mit dem Marquis oder einem seiner vornehmen Gäste zusammentriffst.«

Tarina dachte einen Augenblick darüber nach. Dann sagte sie:

»Ich glaube, es wäre von Vorteil, wenn ich meine Mahlzeiten in meiner eigenen Kabine einnehmen würde.«

»Dafür werde ich sorgen«, sagte Betty. »Ich glaube, daß das so üblich ist, denn Jones würde es sicher für unter ihrer Würde halten, mit der Mannschaft zu essen.«

»Sie scheint ja recht eigenwillig zu sein! Warum hast du jemanden wie sie als Zofe?«

»Weil sie eine fabelhafte Zofe ist, und sogar die *Comtesse* war mit ihr einverstanden. Sie suchte für mich ein französisches Mädchen aus, um alle zu ersetzen, die ich aus England mitgebracht hatte.«

»Ich hoffe nur, daß ich Sie zufriedenstellen werde ... Mylady!« spielte Tarina demütig in ihrer neuen Rolle.

Dann lachten beide.

»Es wird solchen Spaß machen, dich bei mir zu haben«, sagte Betty. »Unter uns, Tarina, ich bin ganz überwältigt von dem Marquis; er ist überaus eigen und schwierig im Umgang, und obwohl ich in Paris einige sehr charmante Leute kennengelernt habe, ist das nicht dasselbe, wie mit der hochnäsigen Clique von Marlborough House zu verkehren.«

»Was meinst du mit hochnäsig?« fragte Tarina.

»Sie schauen jeden von oben herab an, der nicht zu ihnen gehört«, antwortete Betty, »und sie sind sich ihrer eigenen Bedeutung äußerst bewußt.«

»Wer sind denn die anderen Gäste?«

»Ich weiß es nicht genau«, erwiderte Betty, »aber ich glaube, es sind alte Freunde, derer der Marquis sicher nicht überdrüssig wird. Jeder sagt mir, daß er sehr leicht einer Person überdrüssig wird.«

»Das hört sich wirklich ziemlich schwierig mit ihm an«, antwortete Tarina. »Bist du ganz sicher, daß es dir gefallen wird, mit ihm zusammen zu sein?«

»Selbstverständlich!«

»Das wäre doch viel wichtiger als seine Gefühle.«

Betty unterdrückte nur mühsam ihr Erstaunen.

»Alles andere wäre ja beinahe Majestätsbeleidigung! Der Marquis ist der angesehenste Junggeselle der ganzen Gesellschaft, und die Frauen laufen ihm in der empörendsten Weise nach.«

Sie machte eine Pause, ehe sie, in Erinnerungen schwelgend, fortfuhr:

»Neulich abends sah ich die schöne Lady de Grey vor ihm sich aufplustern, und ihre Rivalin, die Marquise von Londonderry, tat dasselbe. Wenn sie nicht zwei Damen von Adel gewesen wären, hätten sie sich wohl um ihn gestritten wie die Fischweiber!«

Tarina sah sie verblüfft an.

»Aber ich hielt ... Lady de Grey ... und die Marquise für verheiratet!«

Dabei dachte sie daran, daß sie Bilder von ihnen in ›*The Ladies Journal*‹ gesehen hatte.

Ein kurzes Schweigen folgte. Als Betty erkannte, wie unschuldig und weltfremd ihre Kusine war, sagte sie in einem anderen Ton:

»Komm, Tarina. Wir können nicht hier sitzen und schwatzen. Wir haben noch so viel zu tun! Ich werde Robinson, mein erstes Hausmädchen, rufen.«

Sie zögerte einen Augenblick und sagte dann:

»Ich werde ihr mitteilen, daß du mir hilfst, die Kleider auszusuchen, die noch eingepackt werden müssen, und dann können sie und die anderen Mädchen sie in den Schrankkoffer hängen.«

»Das ist eine glänzende Idee«, stimmte Tarina zu.

»Inzwischen werde ich dem Butler Newman sagen, daß du hierbleibst; er soll dein Gepäck heraufbringen.«

»Ich habe es gar nicht mitgebracht.«

»Wo ist es denn dann?« fragte Betty. »Du hast es doch nicht etwa bei dir zu Hause gelassen?«

»Ich habe alles, was ich besitze, nach London mitgebracht«, antwortete Tarina. »Ich wollte, nachdem du mir eine Empfehlung gegeben hättest, sofort zur Personalvermittlung in der Mount Street gehen; man sagte mir, sie sei die beste.«

»Das wird ja jetzt nicht mehr nötig sein«, unterbrach Betty sie.

»Daher habe ich mein Gepäck am Paddington-Bahnhof gelassen«, fuhr Tarina fort. »Es ist aber recht bescheiden.«

»Ich werde einen Bediensteten danach schicken.«

Betty ging aus dem Schlafzimmer ins Boudoir, wo ein Butler und zwei Lakaien einen Teetisch deckten.

Ungeheure Mengen Silber standen überall, was in Tarinas Augen überaus üppig wirkte, und so viele Platten mit belegten Broten und Kuchen jeder Art, daß sie sich gleich überaus hungrig fühlte.

Sie hatte nämlich das Pfarrhaus, in das der neue Amtsinhaber heute einziehen sollte, um sechs Uhr morgens verlassen, war am nächsten Bahnhof in den Zug gestiegen und in London direkt zum Belgrave Square gegangen, um ihre Kusine aufzusuchen, ohne vorher etwas zu essen.

Als lese sie diese Gedanken in Tarina, sagte Betty:

»Ich bin sicher, daß du nach einem so langen Tag hungrig bist. Ich hätte eher daran denken sollen.«

Ohne auf Tarinas Antwort zu warten, wies sie den Butler an:

»Bringen Sie ein gekochtes Ei zu Miß Worthingtons Tee und sagen Sie Mrs. Peel, daß sie heute hier übernachten wird. Und schicken Sie James oder Frank zum Paddington-Bahnhof, um ihren Koffer bei der Gepäckaufbewahrung abzuholen.«

»Sehr wohl, Mylady.«

Als der Butler mit den beiden Lakaien den Raum verlassen hatte, sagte Tarina:

»Das kommt mir alles wie ein Traum vor! Ich hatte solche Angst, als ich herkam, daß du mich nicht empfangen würdest, und fürchtete sogar, ich würde keine Herberge finden, in der ich heute nacht schlafen könnte.«

Betty streckte die Hand aus und legte sie auf Tarinas Arm.

»Es trifft mich sehr, vom Tod deines Vaters zu hören«, sagte sie. »Du mußt nämlich wissen, daß ich Onkel David immer sehr bewundert habe. Wenn ich davon gewußt hätte, wäre meine erste Sorge gewesen, in Erfahrung zu bringen, was aus dir werden soll.«

»Jetzt, da du so gut zu mir bist, kann ich kaum glauben, nicht direkt in ein Märchen verwickelt zu sein.«

»Was immer in Zukunft geschieht«, sagte Betty fest, »du kannst dich auf mich verlassen. Ich habe nie vergessen, wie freundlich Tante Louise zu mir war, als meine Mutter starb, und du weißt ja, daß ich dich wirklich immer als Schwester betrachtet habe.«

»Du bist sehr schön und sehr lieb ... Schwester«, sagte Tarina mit einem bewegten Schluchzer in der Stimme.

Betty drückte ihr die Hand, ehe sie fortfuhr:

»Hör auf, in Erinnerungen zu rühren. Wenn ich weine, verwischt sich meine Wimperntusche.«

Tarina sah sie in blankem Erstaunen an.

»Deine Wimperntusche?«

»Überleg doch mal, Tarina! Du weißt doch, daß ich früher nie dunkle Wimpern hatte. Niemand braucht es zu wissen, aber ich färbe sie leicht und sehr vorsichtig mit Haarfarbe.«

»Das ist sicher sehr wirkungsvoll – und dir gut gelungen.«

»Das muß es auch«, erwiderte Betty, »aber es gilt als sehr verwegen für eine Dame, sich zu schminken. Dabei weiß ich genau, daß alle irgendwelche Puder benutzen, wenn es keiner sieht, und sich Rouge auf die Wangen und die Lippen reiben.«

Sie lächelte, als sie fortfuhr:

»Als ich zum ersten Mal merkte, daß das dazugehörte, habe ich meinen Mund oft mit Geranienblüten eingerieben, aber jetzt gehe ich zu einem Theater-Maskenbildner, der Fettschminke und andere Schönheitsmittel an Schauspielerinnen verkauft.«

Tarina betrachtete Bettys Gesicht aus der Nähe. Dann gab sie zu:

»Du hattest doch immer wunderschöne Haut, und auch jetzt sieht dein Gesicht für mich nicht sehr verändert aus.«

»Warte nur, wenn du mich am Morgen siehst, nachdem ich eine ganze Nacht lang auf einem Ball aus war!«

Sie lachten, und Tarina sagte:

»Deine Geheimnisse sind bei mir sicher, und es wäre bestimmt ein großer Fehler, wenn irgendjemand sie entdeckte, besonders der Marquis.«

Eine kleine Pause trat ein, als denke Betty über diese Worte nach. Dann sagte sie:

»Da der Marquis immer mit weitgereisten und sehr schönen Frauen zusammen war, die viel älter sind als ich, würde es mich überraschen, wenn er den Unterschied zwischen einer Orchidee und einem Gänseblümchen nicht genau kennte.«

»Falls du dich selbst mit einem Gänseblümchen vergleichst«, sagte Tarina, »finde ich das nicht sehr treffend. Du siehst aus wie eine rötlich blasse Rose, sehr lieblich und in sich selbst vollkommen. Den Eindruck muß er immer von dir haben.«

»Er ist nicht nur kritisch, sondern zudem blasiert«, sagte Betty, »und wir müssen uns etwas ausdenken, mit dem wir ihn interessieren und amüsieren können. Weißt du, Tarina, du bist in diesen Dingen viel einfallsreicher als ich.«

Tarina gewann allmählich die Vorstellung, daß der Marquis ein ziemlich verwöhnter und eher unerfreulicher Mensch sein müsse; sie fragte sich, warum Betty so an ihm interessiert war.

Da sie jedoch Lord Bradwell kennengelernt hatte, den Mann ihrer Kusine, konnte sie gut verstehen, daß dieser nicht nur zu alt, sondern auch zu aufgeblasen und in ihren Augen zu langweilig war, um ein so junges und lebenslustiges Mädchen wie Betty glücklich zu machen.

»Warum hat sie diesen alten Mann bloß geheiratet?« hatte sie ihren Vater gefragt, als Betty ihre Hochzeitsreise antrat und zauberhaft, aber auch jung genug aussah, um die Enkelin ihres Gatten zu sein.

Der Vikar, der ein gutaussehender Mann war, hatte verständnisvoll geseufzt.

»Ich kann nur hoffen, daß sie glücklich miteinander werden, meine Beste«, hatte er geantwortet. »Die Fleischtöpfe Ägyptens haben etwas unwiderstehlich Anziehendes, und der Rosenpfad des Lebens ist oft dornig und manchmal schmerzlich.«

Tarina, die genau verstanden hatte, was er meinte, hatte mit einem Seufzer geantwortet:

»Ich wünsche Betty so sehr, saß sie bei ihm glücklich wird.«

»Ich auch«, stimmte der Vikar zu, »aber wenn sie meine Tochter gewesen wäre, hätte ich auf einer langen Verlobungszeit bestanden und sie nicht mit so unangebrachter Schnelligkeit vor den Altar gedrängt, ehe sie wirklich Zeit hatte, sich klarzumachen, was die Ehe wirklich bedeutet.«

Zweifellos, dachte Tarina zurückblickend, waren Bettys Vater und ihre Mutter, Tarinas Tante Alice, nicht wirklich wohlhabend, obwohl sie in einem großen Haus lebten und viel Land besaßen.

Daher waren sie von der Vorstellung begeistert gewesen, daß ihr einziges Kind den Lord Lieutenant, den Vertreter des Königs in der Grafschaft, heiraten sollte, der gesellschaftlich bedeutend und zudem außerordentlich reich war.

»Betty wird sich alles leisten können – wirklich alles!« hatte Tarinas Tante zu ihr gesagt.

Erst später, als Tarina ihre Kusine nach deren Rückkehr von der Hochzeitsreise sah, hatte sie erkannt, daß sie nicht glücklich war und daß der hohe Rang ihres Gatten sie nicht für seine Mängel als Mann entschädigte.

Jetzt sagte sie impulsiv:

»Liebste Betty, du bist so gut zu mir! Ich verspreche dir, daß ich alles in meiner Macht Stehende tun werde, um dich in Zukunft glücklich zu sehen.«

»Ich bin glücklich«, erwiderte Betty. »Es ist wunderbar, Tarina, so viel Geld zu besitzen und niemanden, der sich darüber beklagt, wie ich es ausgebe.«

Tarina wollte antworten, daß Geld sie nicht so mit Glück erfüllen würde wie Liebe.

Dann meinte sie, das sei vielleicht zu persönlich; doch sie dachte, wenn der Marquis mit Bettys Zuneigung nur ein lockeres Spiel triebe, würde sie ihm dafür den Tod wünschen.

Niemand wußte besser als sie, daß Betty nicht nur eine sanfte Natur, sondern auch in vieler Hinsicht sehr verletzlich war.

Sie war impulsiv und schenkte Menschen ihre Zuneigung fast schon, ehe sie sie kannte; Tarina hatte manchmal befürchtet, sie sei sehr leicht zu täuschen.

Sie vermutete, daß der Marquis eigentlich zu weltgewandt und zu großartig für jemanden wie ihre Kusine schien und nicht die Art von Mann sei, die sie heiraten sollte.

Als sie beide noch jung waren, stellte sie sich gern vor, Betty würde einen reizenden jungen Landedelmann heiraten, mit dem sie zusammen jagen und an allen Belangen und Ereignissen der Grafschaft Anteil nehmen würde und in so einfachen Dingen ihrer beider Glück fände.

Während sie Betty jetzt betrachtete, dachte sie, daß sie in London einfach Erfolg haben mußte, weil sie so bezaubernd aussah.

Obwohl sie nichts von dem wußte, was in der sogenannten ›Clique von Marlborough House‹ vor sich ging, hätte sie taub sein müssen, wenn sie nicht sogar in der kleinen Pfarrei, in der sie lebte, die Leute über den Prinzen von Wales hätte reden hören.

Der Klatsch über seine Vernarrtheit in anerkannte Schönheiten der Gesellschaft wie Lady Langtry, Lady Brooke und jetzt Mrs. Keppel war unerschöpflich.

Man flüsterte auch über die Reisen, die er allein nach Paris unternahm, wenn Prinzessin Alexandra in Dänemark ihre Familie besuchte.

Vieles von dem, was getuschelt wurde, war Tarina unverständlich, wenn die öffentliche Aufregung auch nicht zu überhören war; sie wußte aber, daß das Verhalten des Prinzen unschicklich war, nicht nur für einen Thronerben, sondern umso mehr für einen verheirateten Mann.

Sie hatte sich jedoch nicht sonderlich dafür interessiert, weil sie es für sehr unwahrscheinlich gehalten hatte, daß sie je solchen Leuten begegnen würde.

Es war ihr auch nie eingefallen, daß dies ihrer Kusine Betty, die sie liebte, jemals zustoßen könnte.

Jetzt konnte sie verstehen, daß derart genußsüchtige Leute fasziniert sein mußten von einer jungen Frau, die einen zänkischen, alten Mann bis zu seinem Tode gepflegt und dann im Ausland in der sittenstrengen Gesellschaft des französischen Adels gelebt hatte.

Während sie Betty zuhörte, hatte Tarina ihren Tee ausgetrunken und nicht nur ein Ei gegessen, sondern auch etliche der Brote und köstliche kleine Kuchen, von denen es eine Unzahl zu geben schien.

Als habe Betty alles in sich aufgespeichert, weil sie niemanden hatte, dem sie davon erzählen konnte, berichtete sie Tarina nun von ihrem erstaunlichen Erfolg bei dem allerersten Ball, den sie nach ihrer Rückkehr nach London besucht hatte.

Von jenem Augenblick an waren damals Einladungen nur so ins Haus geströmt, bis sie, für eine Unbekannte unglaublich schnell, zu einer Gesellschaft in Marlborough House gebeten wurde.

»Der Prinz von Wales machte mir Komplimente«, sagte sie. »Selbst Prinzessin Alexandra war sehr gnädig; ich kann die vornehmen Herrschaften, denen ich vorgestellt wurde, gar nicht mehr zählen.«

Sie lächelte und fuhr dann fort:

»Als ich heimkam, schwirrte mir der Kopf; am nächsten Morgen konnte ich mich nur noch daran erinnern, daß der Marquis von Oakenshaw mich gebeten hatte, am selben Abend mit ihm zu dinieren, und ich konnte es kaum fassen, daß ich da nicht nur geträumt hatte.«

»Du mußt wunderschön ausgesehen haben«, sagte Tarina.

»Ja«, sagte Betty, »und das bringt mich wieder auf meine Kleider! Komm, Tarina, wir müssen uns an die Arbeit machen, sonst werde ich bis zur Abreise übermorgen nie fertig!«

Sie läutete eine kleine, goldene Glocke, die auf dem Teetisch stand, und als die Tür geöffnet wurde und ein Lakai erschien, sagte sie:

»Sagen Sie Robinson, sie möchte sofort in mein Schlafzimmer kommen. Ist James zum Bahnhof gegangen, um Miß Worthingtons Gepäck zu holen?«

»Ja, Mylady. Er müßte bald zurück sein.«

»Lassen Sie mich wissen, wenn er kommt.«

»Sehr wohl, Mylady.«

Der Lakai schloß die Tür, und Betty sagte:

»Aus deinem Gepäck brauchst du nur diejenigen kleinen Dinge, die du unbedingt behalten möchtest, herauszuholen. Alles andere, wenn es so aussieht wie das, was du jetzt trägst, werden wir entfernen.«

Tarina stieß einen entsetzten Schrei aus.

»Das hört sich sehr extravagant an!«

»Der Meinung wirst du nicht mehr sein, wenn du die Kleider gesehen hast, die ich für dich habe. Doch wir brauchen sie nicht alle einzupacken; es langt, wenn du nur eines für die Reise mitnimmst. Und ich habe Dutzende von Hüten und Hauben, unter denen du dir welche auswählen kannst.«

Sie sprang auf und hielt Tarina die Hand hin.

»Komm! Ich habe das Gefühl, dies ist ein Stück, in dem wir beide eine Rolle spielen. Früher warst du immer sehr talentiert bei deinen Inszenierungen!«

Sie lachten beide, als sie eilig Hand in Hand ins Schlafzimmer liefen.

Der Marquis runzelte die Stirn; wenn er überhaupt etwas haßte, dann war es, daß seine Pläne, die er gründlich bedacht hatte, durchkreuzt wurden.

Am Abend zuvor hatte Lord Rosebery ihn in Marlborough House beiseite genommen, und er hatte sich gefragt, was er wohl zu hören bekommen werde.

»Wann reisen Sie, Vivien?« fragte er.

»Morgen.«

»Gut!« rief der Außenminister. »Ich möchte Sie noch um einen weiteren Gefallen bitten.«

Der Marquis stöhnte übertrieben.

»Nicht schon wieder!«

»Ich fürchte doch, und ich hoffe, daß es Ihnen nicht lästig sein wird.«

»Ich habe schon meine Befürchtungen.«

»Ich teilte dem Premierminister mit, daß Sie zugestimmt haben, nach Siam zu reisen, und er ist Ihnen sehr dankbar, doch er fragt, ob Sie ihm, da Sie auf Ihrer Yacht reisen, einen Gefallen tun könnten.«

»Werde ich nun um einen oder um zwei Gefallen gebeten?« fragte der Marquis mit einer Andeutung von Schärfe in der Stimme.

»Nur um einen«, erwiderte Lord Rosebery.

»Um welchen handelt es sich?«

»Der Premierminister hat eine Verwandte, die nach Indien muß, und er wäre Ihnen dankbar, wenn Sie so freundlich wären, sie sicher dorthin zu begleiten.«

Der Marquis preßte die Lippen zusammen.

Er hatte bereits mit großer Sorgfalt seine Gesellschaft ausgewählt, und er hegte keinerlei Absicht, sich im letzten Augenblick jemanden aufzwingen zu lassen, der nicht dazu paßte.

Ihm fuhr es durch den Kopf, daß er sagen könne, alle Kabinen seien bereits belegt, und es sei daher unmöglich, noch jemanden unterzubringen; doch das Zwinkern in Lord Roseberys Augen veranlaßte ihn zu der Frage:

»Und wer ist die so schutzlos Reisende?«

Das überlegene Lächeln auf den Lippen des Außenministers war nicht zu verkennen, als er antwortete:

»Eine Dame, die zu ihrem Gatten nach Kalkutta möchte: Lady Millicent Carson!«

Der Marquis konnte ein kurzes Auflachen nicht unterdrücken.

Ihm war völlig klar, daß der Außenminister absichtlich Befürchtungen in ihm geweckt hatte und genau wußte, daß Lady Millicent Carson ihn eine Weile interessiert hatte.

Sie hatte ihn in der Tat beinahe ein ganzes Jahr lang unablässig verfolgt.

Da sie sich jedoch ihrem Mann verpflichtet fühlte, der in diplomatischer Mission nach Rußland gereist war, hatte sie ihn dorthin begleitet, wodurch sie voneinander getrennt worden waren, da die Lady erst kürzlich sich wieder in London hatte sehen lassen.

Wie üblich hatte der Marquis sie zwar nicht vermißt, wenn er jedoch jetzt darüber nachdachte, freute er sich doch darauf, sie wiederzusehen und das zu erneuern, was nur ein Flirt mit Lippen und Augen gewesen war, allerdings mit der Aussicht auf größere Intimität, falls sich die Gelegenheit böte.

Es überraschte ihn keineswegs, daß Lady Millicent klug genug gewesen war, sich nicht direkt an ihn zu wenden, als sie erfuhr, wohin er reiste, sondern ihre Bitte durch den Premierminister und dessen Außenminister hatte übermitteln lassen.

Das war ein feinsinniges Unterfangen, das er schätzte, und mit etwas spöttischem Lächeln sagte er:

»Sie wissen genau, Archibald, daß ich kaum etwas verweigern kann, was, wie ich vermute, ein Befehl ›von höherer Stelle‹ ist!«

Der Außenminister lachte verständnisvoll.

»Wenn Sie ehrlich sind, Vivien, wollen Sie Lady Millicent gewiß die Gastfreundschaft auf Ihrer Yacht nicht verweigern, obwohl das die Dinge komplizieren könnte, bis Sie Kalkutta erreichen. Doch ich habe Sie noch nie als Verlierer erlebt, so viele Eisen Sie auch im Feuer haben mochten!«

Weil dem Marquis jede Anspielung auf seine Erfolge beim schönen Geschlecht mißfiel, gelang es ihm sogar, verächtlich dreinzublicken, als er erwiderte:

»Ich habe nicht die leiseste Ahnung, wovon Sie reden! Im übrigen bin ich sicher, daß sich auf der *Sea Siren* noch eine Kabine für Lady Millicent wird finden lassen.«

»Was für ein passender Name«, lobte der Außenminister trokken. »Und vielen Dank, Vivien, für das Angebot Ihrer Gastfreundschaft. Ich weiß, der Premierminister wird entzückt sein.«

»Angebot?« rief der Marquis aus und zog die Brauen hoch.

Er dachte nicht weiter darüber nach; erst als er zu Hause war und Anweisungen aufschrieb, die sein Sekretär am Morgen ausführen sollte, fragte er sich, wie weit Lady Millicent wohl seine Werbung um Lady Bradwell beeinträchtigen würde.

Beide Frauen waren von exquisiter Schönheit, jede auf ihre eigene Art eine Venus; gleichzeitig aber waren sie von äußerst verschiedenem Reiz.

Lady Millicent stellte eine große und dunkle Erscheinung dar, mit blitzenden Augen und herausforderndem Auftreten, verbunden mit einem geschmeidigen Körper, der jeden Mann seinen Kopf verlieren ließ.

Von Lady Bradwell hatte der Marquis ein ganz ähnliches Bild wie Tarina: Sie verkörperte die köstliche Weiblichkeit, die Fragonard in seinen verspielten Bildern beschrieben hatte, und gleichzeitig besaß sie, was er bei einer so jungen Frau faszinierend fand, nämlich eine Kennerschaft, die sehr französisch wirkte.

»Ich werde mich auf der Reise gewiß nicht langweilen«, sagte er sich, »zumindest nicht am Anfang.«

Mit Lady Millicent umfaßte die Gästeliste nun sieben Personen.

Außer Lady Bradwell hatte er zwei langjährige Freunde gebeten, auf deren Charme und Gutwilligkeit er sich immer verlassen konnte und für die er eine tiefe und echte Zuneigung empfand.

Lady Loraine und ihr Gatte waren nicht allzu wohlhabend, und der Marquis, der sie beide sehr gern hatte, wußte, wie viel es für sie bedeutete, seine Gastfreundschaft genießen zu können.

Er veranstaltete daher selten eine Festlichkeit auf dem Landsitz oder in London, ohne sie dazuzubitten.

Er wußte, daß Elspeth Loraine alle Schwierigkeiten glätten würde, die sich ergeben könnten, und daß sie die Rolle der Gastgeberin vollkommen beherrschte.

Ihr Mann spielte ausgezeichnet Bridge, war ein geistreicher und amüsanter Unterhalter und, soweit es den Marquis anging, genau der Typ Mann, den er gern um sich hatte.

Dasselbe galt für Harry Prestwood, mit dem er ständig zusammen war und der in seinem Leben eine wichtigere Rolle spielte als jeder andere Mann seiner Bekanntschaft.

Harry war immer in Geldnöten, weil sein Vater, der achte Baronet, im hohen Alter nach einer Verkrüppelung durch einen Jagdunfall der Spielleidenschaft verfallen war.

»Wenn mein Vater stirbt«, sagte Harry oftmals verzweifelt zu dem Marquis, »kann ich noch von Glück sagen, wenn mir der sprichwörtliche letzte Shilling bleibt. Er könnte ihn mir also genausogut jetzt bereits geben, und der Fall wäre damit erledigt!«

»Aber du kannst ihn doch sicher daran hindern, so unmäßig zu spielen«, hielt der Marquis ihm entgegen.

»Wie denn?« fragte Harry in seiner Hilflosigkeit. »Den ganzen Tag lang grämt er sich, weil er nicht reiten oder auch nur seinen Lehnstuhl verlassen kann, in den er jeden Morgen von seinem Schlafzimmer aus mehr oder weniger getragen werden muß. Da er sich langweilt, wettet er noch auf die lahmsten Pferde, investiert in Unternehmungen, die schnellen Reichtum versprechen, und wirft, um es mit einem Wort zu sagen, jeden Penny unseres

Besitzes zum Fenster hinaus.«

»Hast du schon mit deinen Anwälten gesprochen?«

»Sie können nichts dagegen tun. Es ist sein Geld, solange er am Leben ist. Das Haus, das wegen völliger Vernachlässigung bald auseinanderfällt, ist unveräußerliches Erbgut, ebenso die Landgüter. Doch alles andere gehört ihm!«

Weil dem Marquis so viel an Harry lag, veranlaßte er seine eigenen Anwälte, ohne Wissen des Baronet die Lage in aller Stille zu prüfen.

Was sie herausfanden, entsprach genau dem Bericht von Harry: Sir Roger konnte alles ausgeben, was er besaß, ohne daß ihn jemand daran hindern konnte, und er war bereits hoch verschuldet.

»Er nimmt an jeder verdammten Lotterie teil, von der er hört«, rief Harry verzweifelt, »und meines Wissens hat er nie auch nur einen roten Heller gewonnen!«

»Es tut mir so leid für dich, Harry«, sagte der Marquis mitfühlend.

»Ich tue mir selbst auch verdammt leid!« antwortete Harry. »Wenn du nicht wärst, Vivien, würde ich wohl aufgeben und als Holzfäller nach Australien oder Kanada auswandern.«

»Vielleicht kannst du etwas in Angriff nehmen, wenn dein Vater stirbt.«

»Das bezweifle ich«, sagte Harry, »und vermutlich werde ich das Haus einfach verfallen lassen müssen. In seinem jetzigen Zustand würde die Wiederherstellung Tausende kosten.«

Der Marquis empfand tiefes Mitgefühl; gleichzeitig wußte er, daß sein Freund sehr stolz war.

Nur einmal hatte er Harry Geld angeboten, dieser jedoch hatte es fast empört zurückgewiesen.

»Wenn du glaubst, daß ich bei dir schmarotze wie so viele andere Nutznießer, die ständig an deine Tür klopfen«, hatte er aufgebracht abgelehnt, »dann irrst du dich sehr.«

Mit ruhiger Stimme fuhr er fort:

»Ich habe dich seit eh und je gern, Vivien, und wir sind Freunde, seit wir zusammen in Eton waren; aber ich will dir nicht verpflichtet und auch nicht Gegenstand deiner Mildtätigkeit sein. Laß mich das klarstellen, ein für alle Mal!«

Der Marquis hatte darüber nicht weiter gesprochen, sondern seinem Freund Harry nur versichert, er freue sich an seiner Gesellschaft und erwarte, ihn mehr oder weniger alltäglich zu sehen.

Das bedeutete, daß Harry sich um seine Mahlzeiten keine Sorgen zu machen brauchte und außerdem die herrlichen Pferde des Marquis reiten konnte.

Obwohl er eine dürftige kleine Bleibe in einer der engen Gassen jenseits von Piccadilly hatte, war er meist mit dem Marquis auf dem Landsitz, begleitete ihn in dessen Jagdhütte in Leicestershire oder zum Fischen oder zur Schnepfenjagd nach Schottland.

Weil sie so enge Freunde waren, luden viele Leute aus lauter Selbstverständlichkeit Harry zusammen mit dem Marquis ein.

Den meisten Gastgeberinnen kam es zupaß, zwei äußerst gutaussehende Junggesellen auf ihren Gesellschaften zu haben; nur ehrgeizige Mütter mit hübschen Töchtern, die ein Vermögen erben sollten, lotsten diese rasch aus Harry Prestwoods Nähe.

Für Harry hatte der Marquis keine Frau eingeladen, weil sein Herz im Augenblick frei war und er sich für niemanden besonders interessierte.

Er dachte daher jetzt, Harry könne entweder Lady Millicent oder Lady Bradwell beschäftigen, bis sie Kalkutta erreichten.

Danach würde er sich auf Betty Bradwell konzentrieren; er glaubte zu wissen, wie ihre Gefühle ihm gegenüber dann sein würden.

»Vermutlich wird alles bestens verlaufen«, beruhigte er sich selbst.

Dennoch behagte es ihm nicht sonderlich, daß er unter Druck gesetzt worden war, einen weiteren Gast an Bord der *Sea Siren* zu akzeptieren.

Während er hinauf in sein Schlafzimmer ging, kam es ihm in den Sinn, daß er im Augenblick eigentlich gar nicht den Wunsch hatte, England zu verlassen; doch vielleicht würde eine Kreuzfahrt in sonnige Gefilde ihm das Gefühl von Abenteuer geben, das der Außenminister erwähnt hatte.

»Eine neue Orchidee oder ein Stern«, wiederholte er bei sich.

Und dann lachte er, weil ihm das so überaus unwahrscheinlich schien.

3

Die ganze Zeit über auf der Fahrt nach Southampton hatte Tarina das Gefühl, in einem Theaterstück mitzuspielen, das sie selbst geschrieben hatte.

Wenn es nach dem Tod ihrer Mutter zu Hause sehr langweilig gewesen und das Abrackern bei der Hausarbeit mit der alleinigen Hilfe eines einfältigen Dorfmädchens allzu groß war, dann hatte sie sich selbst Geschichten erzählt. Gewöhnlich waren es Abenteuergeschichten, in denen sie in ferne, fremde Länder reiste.

Oft befragte sie dann beim Abendessen ihren Vater über die Orte, die sie im Geist besucht hatte.

Der Vikar war in seiner Jugend viel gereist und außerdem ein überaus belesener Mann. So konnte er weiterführende Literatur zu den besprochenen Themen vorschlagen oder zu dem Land, nach dem Tarina sich erkundigte, und sie studierten sie gemeinsam.

Daher wußte Tarina eine Menge über die Gebräuche und Eigenheiten ferner Länder.

Siam war ihr immer besonders geheimnisvoll und aufregend erschienen und vielleicht typischer für das ferne Asien als seine Nachbarn.

Selbst in ihren kühnsten Träumen aber hatte Tarina nie gedacht, daß sie einmal Gelegenheit haben würde, es zu besuchen.

Und nun saß sie in einem bequemen Wagen zweiter Klasse, in dem der Sekretär des Marquis für sie als Zofe einen Platz reserviert hatte, und fühlte sich, als trage ein fliegender Teppich sie davon.

Sie hoffte nur, daß der Mann, dem sie diese Reise zu verdanken hatte, nämlich der Marquis, sich als einigermaßen umgänglich erweisen würde.

Je mehr sie durch Betty von ihm gehört hatte, desto mehr neigte sie aber zu der Vermutung, er sei in vieler Hinsicht ein unangenehmer, verwöhnter und, mit den Worten ihrer Kusine, »eingebildeter« Mensch, so daß sie sich gewiß war, daß er ihr schon auf den ersten Blick wohl mißfallen müßte.

Betty war natürlich so aufgeregt über die Einladung, sich der Gesellschaft des Marquis anzuschließen, daß sie kaum noch von etwas anderem redete.

»Ich habe sogar von ihm gehört, als ich in Paris war«, erzählte sie Tarina. »Den Franzosen machen Engländer, die über einen erfolgreichen Rennstall verfügen, großen Eindruck, aber noch mehr imponieren ihnen ihr Stammbaum und ihre gesellschaftliche Stellung.«

Tarina lachte darüber.

»Mama sagte immer, die Franzosen seien Snobs.«

»Natürlich sind sie das!« stimmte Betty zu. »Mit dem Ergebnis, daß ich bei meinem Aufenthalt in Frankreich nur Aristokraten kennengelernt habe. Einige waren allerdings sehr jung und stürmisch.«

»Hat denn keiner um deine Hand angehalten?« erkundigte sich Tarina.

»Ich bekam nur einen Heiratsantrag«, erwiderte Betty, »weil ich nicht katholisch bin; die älteren Franzosen waren alle verheiratet.«

Sie lachte, als sie hinzufügte:

»Ich bin überzeugt davon, wenn ich diesen einzigen Heiratsantrag – er kam von einem jungen Grünschnabel – angenommen hätte, dann wären seine Eltern und Großeltern dazwischen getreten, um die Hochzeit zu verhindern!«

»Das hört sich ja alles sehr beeindruckend an«, sagte Tarina, »aber ich bin jedenfalls sicher, daß du mit einem Engländer glücklicher wärst.«

»Ja, das glaube ich auch«, stimmte Betty zu.

Ein leichtes Lächeln umspielte ihre Lippen, und Tarina wußte, daß sie an den Marquis dachte.

Sie betete daher, er möge sehr viel netter sein, als sie nach allem, was sie von ihm gehört hatte, annahm.

Als sie den Waterloo-Bahnhof erreichten, erfuhr sie, daß für die Gäste des Marquis ein Privatwaggon an den Zug angehängt worden war.

Während Tarina von einem der Lakaien zu einem für sie reservierten Sitz im angrenzenden Wagen geleitet wurde, erhaschte sie einen kurzen Blick auf zwei sehr schöne Damen, die in Zobelpelze gehüllt waren und von zwei Herren mit Pelzkrägen an den Mänteln begleitet wurden.

Weil es bitter kalt war und am Vortag geschneit hatte, schätzte Tarina den pelzgefütterten Mantel umso mehr, den Betty ihr gegeben hatte.

Sie hatte den Schrankkoffer im Schlafzimmer nur so weit ausgepackt, bis sie ein schwarzes Kleid fand; dann hatte sie überlegt, was sie darüber tragen könnte.

Sie war deshalb zu Betty gegangen und hatte gesagt:

»In dem Koffer, den du mir gegeben hast, ist alles so gut in Papier verpackt, daß ich es nicht für die Suche nach einem Mantel durcheinanderbringen möchte. Könntest du dein Mädchen fragen, ob sie sich erinnern kann, wo sie auch einen Mantel eingepackt hat?«

»Keine Sorge«, erwiderte Betty. »Ich habe genau das Richtige für dich.«

Sie war zum Schrank in dem Schlafzimmer neben ihrem eigenen gegangen und hatte einen Reiseumhang herausgezogen, der nicht nur mit schwarzem Hermelin gefüttert, sondern auch an Kragen und Säumen damit besetzt war.

Er war wunderbar gearbeitet und offenkundig sehr kostbar.

»Aber das kann ich doch nicht annehmen!« wandte Tarina ein.

»Sei nicht dumm!« antwortete Betty. »Ich werde ihn nie wieder tragen. Ich habe ihn letzten Winter gekauft, um nach Frankreich zu gehen, und selbst die Franzosen fanden ihn elegant! Er wird dir wunderbar stehen.«

Überwältigt, etwas so Teures zu besitzen, hatte Tarina den Umhang übergeworfen. Schwarz war die geeignete Farbe für eine Zofe, doch gleichzeitig bildete es einen wirkungsvollen Rahmen für ihre blasse Haut und ihr rotes Haar.

Sie war jedoch vernünftig genug zu wissen, daß sie unter keinen Umständen besondere Aufmerksamkeit erregen durfte.

Also kämmte sie ihr Haar streng zurück, faßte es zu einem großen, straffen Knoten zusammen und wählte die einfachste von Bettys Hauben für die Reise aus.

Selbst in dieser Aufmachung aber hatte sie den unbehaglichen Eindruck, nicht wie eine Zofe auszusehen; sie hoffte nur, man werde das der Tatsache zuschreiben, daß sie ja angeblich eine Französin war.

Am Abend vorher hatte sie noch Betty gegenüber erwähnt:

»Ich habe mir überlegt, Liebste, daß es am besten wäre, wenn ich sagen würde, ich sei halb englischer und halb französischer Abstammung, falls mich jemand fragt.«

»Warum?« erkundigte sich Betty.

»Weil man so leicht vergißt, mit Akzent zu sprechen«, antwortete Tarina, »und wenn mich jemand wider Erwarten fragt, kann ich sagen, mein Vater sei Franzose und meine Mutter Engländerin, und ich lebte schon jahrelang in England.«

»Natürlich, das klingt sehr vernünftig«, stimmte Betty zu. »Du bist klug, Tarina! Ich wußte, daß du dich in die Rolle hineinfinden würdest!«

»Hoffentlich gelingt mir alles mit ein wenig Glück«, meinte Tarina.

»Das habe ich selbst nötig«, sagte Betty. »Wenn du schon nervös bist wegen der Rolle, die du spielen sollst, so bin ich noch viel nervöser wegen meiner.«

»Ich wüßte nicht, warum du das sein solltest«, antwortete Tarina. »Keine von den Mitreisenden könnte schöner sein als du.«

»Es handelt sich nicht um mein Aussehen«, erläuterte Betty,

»sondern darum, daß ich mit Leuten zusammen bin, die ihre eigenen, besonderen Anspielungen pflegen, ihre Zu- und Abneigungen ausleben und, was noch wichtiger ist, an gemeinsame Zeiten Erinnerungen besitzen.«

Sie sah Tarina an, um festzustellen, ob sie ihren Gedanken folgen konnte, und fuhr dann fort:

»Ich bin der Außenseiter, die Fremde in ihrer Mitte, und, ehrlich gesagt, fühle ich mich wie eine ›Neue‹ in einer Schulklasse.«

Tarina lachte.

»Warum sagst du nicht die ganze Reise ab, bleibst in London, wo du bereits ein Erfolg bist, und kümmerst dich um all die Einladungen, die ich auf deinem Schreibtisch sehe?«

»Das kann ich mit fünf Worten beantworten«, erwiderte Betty.

»Und die wären?«

»Wegen des Marquis von Oakenshaw.«

Während der Zug jetzt durch die von Schnee weiß überzogenen Felder dampfte, dachte Tarina an Betty und hatte die unangenehme Vorahnung, sie würde enttäuscht werden.

Vielleicht hatte sie neben dem österreichischen auch keltisches Blut in sich, vielleicht lag es aber andererseits auch daran, daß sie so viel allein gewesen war: Tarina hatte jedenfalls einen Instinkt oder etwas, das ihr Vater als Sehergabe bezeichnete, und konnte oft unter die Oberfläche blicken.

»Wir benutzen unsere Wahrnehmungsfähigkeiten nicht genug«, hatte der Vikar gesagt. »Die Menschen sind durch die Zivilisation stumpf geworden. Früher konnte der Mensch wie die Tiere Gefahr spüren und ließ sich selten durch Worte täuschen, weil er in die Seele eines anderen Menschen hineinsehen konnte.«

»Tust du das auch, Papa?«

»Ich versuche es, mein Liebes«, hatte der Vikar geantwortet, »und manchmal bin ich entsetzt über das, was ich dann zu sehen bekomme.«

Nach allem, was Betty ihr erzählt hatte, sagte Tarinas Instinkt ihr, der Marquis verdiene die Mühe nicht, die Betty auf sich nahm, um ihm zu gefallen.

»Wenn er nicht erkennt, daß Betty eine zauberhafte, charmante, unverdorbene, freundliche Person ist«, dachte Tarina in aller Loyalität, »dann sollte sie ihn besser so schnell wie möglich vergessen!«

Im stillen fuhr sie fort:

»Wenn er raffinierte, exotische Frauen will, soll er sich anderswo umsehen.«

Sie hatte keine Vorstellung, wie solche Art Frauen waren, doch da sie viel gelesen hatte, wußte sie, daß es auf der Welt immer eine reizvolle Delilah gab und eine Lilith, die nichts als einen Adam im Garten Eden verführen wollten!

Und außerdem gab es noch Sirenen, Hexen, Zauberinnen und schlimme Weiber, wie sie in den Büchern gelesen hatte, die in der Bibliothek ihres Vater überreichlich vorhanden waren.

Vorher hatten die Bände seinem Vater gehört und davor dessen Vater, und es hatte Tarina das Herz gebrochen, als sie diese Werke verkaufen mußte.

Weil sie alt waren, hatte der Käufer sie als »unmodern« bezeichnet.

Er hatte ihr nur eine sehr kleine Summe dafür geboten, und einen Augenblick hatte sie mit dem Gedanken gespielt, sie zu behalten.

Dann war ihr zu ihrer Verzweiflung klargeworden, daß sie es sich nicht einmal leisten konnte, sie bei einem Buchhändler gegen eine Miete einzulagern.

Selbst wenn der neue Vikar oder einer der Bauern aus der Nachbarschaft ihr gestattet hätten, die Bücher in einer unbenutzten Scheune abzustellen – Ratten und Mäuse hätten sie angenagt, oder der Regen wäre durchs Dach gedrungen, und nach einer Weile wären die Bücher nicht einmal mehr leserlich gewesen.

Die Bücher ihres Vaters zu verlieren, tat ihr mehr weh als alles andere.

So viele Stunden hatte sie mit ihnen auf dem Schoß verbracht, hatte das Gefühl gehabt, sie öffneten ihr unzählige Fenster zu einer Welt, die sie im wirklichen Leben nie sehen und nie kennenlernen würde, die aber die ihre wurde, weil sie das, was sie gelesen hatte, in ihrem Gedächtnis bewahrte.

»Ob der Marquis wohl Bücher auf seiner Yacht hat?« fragte sie sich, kam aber zu dem Schluß, das sei wohl unwahrscheinlich.

Sie war sicher, daß er kein Leser sei, da er ein allgemein geschätzter Sportbegeisterter war.

Die Dienerschaft des Marquis hatte für sie einen Proviantkorb in den Wagen stellen lassen, dessen Inhalt Tarina mit jedem einzelnen Bissen genoß.

Die Reise nach Southampton war lang, und sie fragte sich, was Betty wohl täte. Sie wußte ja, daß Betty über die Aussicht, nach Siam zu reisen, aus anderen Gründen aufgeregt war als sie selbst.

Betty war tatsächlich ein wenig pikiert, als sie Lady Millicent Carson sah, denn diese Dame gehörte zu der Art von schönen Frauen, die sie einschüchterte.

Nach allem, was der Marquis gesagt hatte, als er sie einlud, und auf Grund der Art, wie er sie dabei angesehen hatte, war sie der Meinung gewesen, er werde sich auf dieser Reise nur für sie interessieren.

Als ein paar Minuten vor Abfahrt des Zuges Lady Millicent in den Wagen rauschte, konnte Betty sie daher nur erstaunt anstarren.

Wie Tarina hatte Betty sie bereits auf dem Bahnsteig gesehen; doch statt mit den anderen Gästen zu sprechen, war Lady Millicent mit einem großen, gutaussehenden Herrn, der eindeutig nicht zur Yacht-Gesellschaft gehörte, außer Hörweite gegangen.

Sie hatten einander offenbar viel zu sagen; als Lady Loraine dann vorschlug, in den Wagen zu steigen, war Betty ganz sicher gewesen, daß Lady Millicent sie nicht begleiten würde.

Doch kurz bevor die Türen geschlossen wurden und der Bahnwärter mit einer Pfeife in der einen und einer roten Fahne in der anderen Hand bereitstand, war sie doch noch eingestiegen, und ihr Erscheinen hatte so eindrucksvoll wie ein Bühnenauftritt gewirkt.

Der Marquis, der neben Betty gesessen hatte, war aufgestanden, als Lady Millicent gerufen hatte.

»Bitte, suchen Sie mir einen bequemen Platz, der nicht über den Rädern liegt. Ich bin im Augenblick zu erschöpft, um eine dauernde Erschütterung dieser Art zu ertragen.«

Der Marquis half ihr in einen bequemen Armsessel des Waggons, der wie ein Miniatursalon eingerichtet war, und setzte sich zu Bettys größtem Kummer auch noch neben sie.

»Ich bin entzückt, daß ich Sie auf Ihrer Reise nach Indien ein wenig behüten kann«, flüsterte er.

Betty wußte nun, wie weit Lady Millicent mit ihnen reisen würde, und hörte aufmerksam zu, als diese antwortete:

»Ich bin Ihnen sehr dankbar, Mylord, und natürlich habe ich meinem Mann geschrieben, wie zuvorkommend Sie waren.«

Betty stieß einen leisen Seufzer der Erleichterung aus.

Lady Millicent war also verheiratet!

Sie war über diese Neuigkeit so glücklich und lächelte, als der Sitz, den der Marquis eben neben ihr verlassen hatte, von einem gutaussehenden jungen Mann eingenommen wurde.

»Mein Name ist Harry Prestwood«, stellte er sich Betty vor, »und ich bin einer von Viviens ältesten Freunden.«

»Er hat früher schon von Ihnen gesprochen.«

Betty fand, Harry Prestwood sehe sehr gut aus, und schon nach kurzer Fahrtstrecke hatte sie alle Scheu verloren, mit ihm zu reden.

»Erzählen sie mir von sich«, schlug Harry vor. »Vivien sagte mir, Sie hätten in Frankreich gelebt – zweifellos war das ein Gewinn für die Franzosen und ein Verlust für uns.«

Betty lächelte ihn an.

»Das ist sehr schmeichelhaft von Ihnen«, sagte sie. »Ich bin so aufgeregt, wieder in England zu sein, und noch aufgeregter, weil ich mich auf dieser wunderbaren ›Entdeckungsreise‹ befinde.«

Harry lachte.

»Wer sagte Ihnen, es sei eine Entdeckungsreise?«

»Es muß eine sein, da wir doch in ein so fremdes und fernes Land reisen wie Siam.«

»Das Gefühl habe ich auch«, sagte Harry. »Auch ich fahre wie Sie zum ersten Mal dorthin.«

»Ich bin so froh«, sagte Betty. »Nun brauche ich mich nicht so unwissend zu fühlen, wenn ich eine Menge Fragen stelle, und ich bin sicher, daß es viele faszinierende Dinge zu sehen geben wird.«

Ihre Worte klangen so jung und naiv, daß Harry meinte:

»Das ist genau die richtige Einstellung! Ich kann Leute nicht leiden, die sich bei allem langweilen, weil sie alles schon kennen, und leider ist das nur zu oft die Art unseres edlen Gastgebers.«

»Immerhin dürfte er dann in der Lage sein, uns das zu sagen, was wir wissen möchten«, antwortete Betty.

»Ich glaube schon, wenn Sie es sind, die ihm die Fragen stellt!«

Harrys Augen zwinkerten, als amüsiere er sich, doch die Art, wie er sie ansah, verriet ihr, daß er sie zugleich bewunderte; sie fühlte sich jetzt schon bedeutend selbstsicherer und weniger aufgeregt.

Wie Tarina schon bei der Abfahrt von Grosvenor Square bemerkt hatte, sah sie hinreißend aus in ihrem Reisekleid, das von derselben Farbe war wie ihre Augen; darüber hatte sie einen Umhang in dunklerem Blau mit Zobelfutter und -besatz umgeworfen.

Ihre zierlichen Ohren schmückten Saphire, und einen großen Saphirring trug sie am Finger.

»Sie sehen aus wie ein Stück aus Dresdner Porzellan!« sagte Harry auf einmal.

Wieder sah er die Grübchen, die jedesmal erschienen, wenn sie lächelte, und fügte hinzu:

»Vermutlich hat man Ihnen das schon Dutzende von Malen gesagt.«

»Vielleicht zwei Dutzend Mal.«

Er lachte.

»Jetzt versuchen Sie, mir etwas wirklich Originelles zu entlokken.«

»Ich warte darauf!«

Auf der gegenüberliegenden Seite des Wagens beobachtete Millicent den Marquis aus den Winkeln ihrer leicht exotisch aussehenden Augen.

»Ich beginne zu glauben«, sagte sie, »daß es Schicksal ist, daß wir so unerwartet gerade in diesem Augenblick England verlassen.«

»Warum glauben Sie das?« fragte er.

»Weil ich dachte«, antwortete sie, »als ich von Roderichs Auftrag in Indien hörte, ich würde Sie nie wiedersehen.«

»Und das bedrückt Sie?«

»Wenn ich überhaupt etwas verabscheue«, gestand Lady Millicent, »dann, von den ersten beiden Seiten eines Buches gefesselt zu sein und es nicht zu Ende lesen zu können!«

»Wir haben mindestens drei Wochen Zeit, um herauszufinden, was im nächsten Kapitel geschieht.«

»Ob das lang genug ist, hängt natürlich von Ihnen ab.«

»Ich hätte gedacht, es hängt von uns beiden ab«, erwiderte der Marquis ruhig.

Sie warf ihm einen aufreizenden Blick zu und schürzte einladend die Lippen.

Nicht zum ersten Mal bemerkte der Marquis für sich, man könne schwerlich eine schönere, verlockendere Frau sich vorstellen, denn ihre sirenengleiche Anziehungskraft erschien ihm äußerst faszinierend.

Doch wenn er dagegen Lady Bradwell ansah, fand er ihre rosa-weiße Lieblichkeit, frisch wie eine Blume, ebenso reizvoll.

Wieder einmal verglich er sich selbst mit Paris zwischen zwei schönen Göttinnen.

Bis man an Bord der *Sea Siren* ging, die die Gesellschaft in Southampton erwartete, war ihm allerdings klargeworden, daß es sehr schwierig sein würde, nicht Lady Millicents Reizen zu verfallen – sogar wenn er das gewollt hätte.

Er schwankte zwar noch, aber sie hatte offenbar ihren Entschluß schon gefaßt.

Er war völlig sicher, daß sie genauso, wie sie es geschafft hatte, sein Gast zu sein, es auch schaffen würde, ihn zu ihrem Liebhaber zu machen, ehe sie Kalkutta erreichten.

Er war gleichwohl nicht abgeneigt, die ihm zugedachte Rolle zu spielen; er fragte sich nur, was er mit Betty Bradwell inzwischen machen sollte, die ihn mindestens ebenso, wenn nicht mehr als Lady Millicent anzog.

Doch dann sagte er sich, daß sie noch den restlichen Weg nach Siam und die lange Rückfahrt vor sich hatten, wenn Lady Millicent erst einmal von Bord gegangen wäre; Betty würde ihm ja dableiben.

Nachdem er seine Gäste in ihren Kabinen untergebracht hatte, blieb der Marquis allein mit Harry in dem privaten »Allerheiligsten« neben seinem Schlafzimmer.

»Ich muß gestehen, Vivien«, sagte Harry, »du hast dich selbst übertroffen: Zwei der schönsten Frauen, die ich je gesehen habe, begleiten dich.«

»Ich bin auch recht zufrieden mit mir«, stimmte der Marquis zu.

»Beide sind exquisit«, fuhr Harry fort, »doch ich habe das Gefühl, Lady Millicent ist die Rolle der Übeltäterin zugedacht, und Lady Bradwell ist eindeutig die Heldin.«

Der Marquis lachte.

»Ich rechne auf dich, Harry, um eine von beiden zu unterhalten, wenn ich mit der anderen anderweitig beschäftigt bin.«

»Das dürfte wohl mein Schicksal sein«, erwiderte Harry, »doch diesmal bin ich bereit, dir den Gefallen zu tun, Vivien, und ich habe nicht den geringsten Widerwillen gegen die Rolle, die ich spielen soll.«

»Danke«, sagte der Marquis sarkastisch, »ich wußte bisher gar nicht, daß du diesbezüglich Vorbehalte hattest.«

»Nicht diesmal«, antwortete Harry, »aber in der Vergangenheit hatte ich nur allzu oft deine verflossenen Lieben am Hals, die sich an meiner Schulter ausweinten, und dabei wurde ich das Gefühl nicht los, ich würde wohl nie der Bräutigam und sicherlich nie dein Trauzeuge.«

»Armer Harry! Ich verspreche, wenn wir das nächste Mal auf Abenteuer ausgehen, werde ich jemanden für dich bereitstellen.«

»Nein, besten Dank«, sagte Harry trocken. »Ich habe das früher schon ausprobiert, und ich versichere dir, es ist sehr entmutigend zu wissen, daß ich beim schönen Geschlecht, wenn du in der Nähe bist, unweigerlich die zweite Geige spiele.«

Der Marquis lachte erneut auf, ehe er sagte:

»Sei nicht griesgrämig, Harry! Du weißt, daß ich mich auf dich verlasse, und ich habe Lady Millicent nicht eingeladen. Sie wurde mir vielmehr aufgedrängt!«

»Ich weiß, ich weiß!« gab Harry zu. »Doch sie ist eine erbarmungslose Jägerin, und wenn sie einmal ihre Krallen ausgefahren hat, wird es dir schwerfallen, ihr zu entkommen.«

Der Marquis antwortete nicht, sondern sah nur zynisch drein.

Harry wußte, wie hartnäckig eine Frau auch sein mochte, daß der Marquis nie zu irgendjemandes Besitz wurde; er würde sich aus jeder Fessel befreien, so fest sie ihn auch umklammern mochte.

Der Marquis erhob sich aus dem Sessel.

»Hören wir auf, über Frauen zu reden, Harry«, sagte er. »Komm und schau dir meine Yacht an. Du hast noch nicht alles darauf gesehen, und ich schlage vor, daß wir die Zeit bis zum Dinner auf der Brücke verbringen und zusehen, wie wir aus dem Hafen auslaufen.«

»Das ist ein Erlebnis, das mir gefallen wird«, stimmte Harry zu, »und wenn ich das sagen darf, ehe du mich danach gefragt hast: Die *Sea Siren* ist einfach großartig! Ich kann dir nur von ganzem Herzen zu deiner Neuerwerbung gratulieren.«

Wenn Harry von der *Sea Siren* beeindruckt war, so war sie für Tarina geradezu eine Offenbarung.

Sie hätte nie gedacht, daß eine Yacht so groß, so bequem und von so herrlichem Aussehen sein könnte.

Schon oft hatte sie sich gewünscht, einmal eine Schiffsreise zu machen, obwohl ihr Vater sie mit seinen Geschichten über die Unbequemlichkeit der Schiffe, auf denen er als junger Mann gesegelt war, zum Lachen gebracht hatte.

Von dem Moment an, in dem Tarina den Gästen des Marquis an Bord der *Sea Siren* gefolgt war, zusammen mit den anderen Dienstboten, die mit dem Zug aus London gekommen waren, hatte sie den Eindruck, die Yacht sei wirklich wie ein perfekt ausgestattetes kleines Haus.

»Der einzige Unterschied«, sagte sie sich, »besteht darin, daß es sich auf dem Meer bewegt, statt feststehend an Land zu bleiben.«

Die *Sea Siren* war erst vor einem Monat von der Werft geliefert worden. Betty hatte ihr erzählt, der Marquis habe jedes Einzelteil selbst ausgewählt und Vorrichtungen erfunden, die es auf keiner anderen Yacht je gegeben hatte.

Als Tarina zusammen mit dem Kammerdiener des Marquis in einer Kutsche vom Bahnhof zum Hafen gefahren war, hatte der ihr berichtet, wie sein Herr alle Bauabschnitte der Konstruktion und Gegenstände der Ausstattung geplant und überwacht hatte.

»Seine Lordschaft ist ein Perfektionist«, sagte er stolz. »Er erwartet, daß alles vollkommen ist, und wehe, wenn jemand es ihm nicht recht macht!«

»Er hat gewiß höchste Maßstäbe angelegt«, sagte Tarina lächelnd.

»Und ob er das hat!« stimmte der Diener zu. »Sie werden verstehen, was ich meine, wenn Sie seine anderen Erwerbungen sehen.«

Er warf ihr einen vielsagenden Blick zu und fuhr fort:

»Nach allem, was man so hört, trifft das überall zu.«

»Was meinen Sie damit?« fragte Tarina neugierig.

»Nun, Ihre Lady sieht wirklich sehr gut aus«, antwortete der Diener, »und deshalb hat Seine Lordschaft sie auch gern.«

Instinktiv lehnte Tarina sich innerlich gegen diese Worte auf und fand, der Diener sei unverschämt.

Doch dann tröstete sie sich damit, daß Dienstboten wohl stets über ihre Herrschaft so redeten.

»Übrigens«, sagte der Kammerdiener, »mein Name ist Hunt, und da Sie Französin sind, fragte ich mich, wie man Sie anreden soll.«

»Warum nicht mit ›*M'mselle*‹?«

»Das macht es einfacher«, antwortete Hunt. »Vermutlich liegt es daran, daß Sie aus Frankreich kommen, denn ich habe nämlich noch nie eine Zofe gesehen, die so aussieht wie Sie.«

Tarina wollte vermeiden, über sich selbst zu reden, und sagte daher rasch:

»Ich hoffe, Mr. Hunt, Sie werden mir sagen, wer zur Gesellschaft gehört. Ich sah am Waterloo-Bahnhof zwei sehr schöne Damen, ehe ich zu meinem Platz geführt wurde.«

Hunt, der mit seiner Kenntnis der Angelegenheit seines Herrn prahlen wollte, zählte die Namen auf.

»Die meisten sind langjährige Freunde«, sagte er, »außer Ihrer Lady nur noch Lady Millicent Carson, die Seine Lordschaft noch nicht lange kennt«

Eine Pause folgte. Dann sagte er mit einem Lachen:

»Ich war überrascht, daß Lady M. in letzter Minute dazukam, denn ich meinte, Seine Lordschaft würde sich auf Ihre Herrin konzentrieren. Das schien bis vor drei Tagen ja auch ausgemacht zu sein.«

Tarina war entschlossen gewesen, nicht zu viele Fragen über den Marquis zu stellen.

Sie hatte immer gewußt, daß die Dienstboten alles ausplauderten; nichts konnte man vor ihnen verbergen, wie ihre Mutter ihr gesagt hatte. Dennoch fand sie es ungehörig, in Dingen herumzustochern, die sie eigentlich nichts angingen.

Gleichzeitig schloß sie aus der Art, wie der Kammerdiener so redete, daß Lady Millicent sich durchaus als Bedrohung für Betty erweisen würde.

»Wer ist Lady Millicents Vater?« fragte sie.

»Der Graf von Hull«, antwortete der Diener, »und ihr Mann ist Sir Roderick Carson, der in diplomatischen Diensten steht.«

Tarinas Augen weiteten sich.
»Sie ist demnach verheiratet?«
»Natürlich ist sie verheiratet«, erwiderte Hunt. »Seine Lordschaft gibt sich nie mit unverheirateten Mädchen ab.«
Tarina fand das sehr merkwürdig, erklärte dies sich aber damit, daß er junge Mädchen wohl langweilig finde, da er so viel älter war.
»Ich hoffe und denke oft«, sagte Hunt nebenbei, »daß der Herr nie heiraten wird. Er beabsichtigt, stets Junggeselle zu bleiben, aber Sie sollten einmal hören, wie einige seiner Verwandten ihm zureden und ihn anflehen, für einen Erben zu sorgen und sich fest zu etablieren.«
Er lachte kurz auf.
»Es ist ganz so wie ein Melodrama auf der Bühne!«
»Woher wissen Sie das alles?« fragte Tarina.
»Manchmal muß ich bei Tisch aufwarten«, antwortete Hunt, »vor allem, wenn man in der Jagdhütte oder in Schottland weilt.«
Er grinste, ehe er hinzufügte:
»Die Herrschaften benehmen sich immer, als seien die Dienstboten taubstumm, aber ich spitze die Ohren genau, weil es mich amüsiert.«
»Sie glauben also, daß Ihr Herr niemals heiraten möchte?«
»Früher oder später wird er wohl eingefangen werden«, antwortete Hunt, »aber das muß schon eine Schlaue sein! Wie ich immer sage: ›Sich regen bringt Segen!‹«
Er lachte wieder, und Tarina sank das Herz.
Wenn der Marquis wirklich nicht heiraten wollte, warum hatte er dann Betty zu einer so langen Reise eingeladen?
»Er wird seine Meinung ändern ... er muß sie einfach ändern!« sagte sie sich im stillen.
Und doch wußte sie genau, weil ihr Instinkt sie nicht trog, daß Betty enttäuscht werden und der Marquis sich wieder einmal davonmachen würde.
Als sie dann von Betty erfuhr, der Marquis habe gemeint, ihre Kabine sei die größte und bequemste nach seiner eigenen, schöpfte sie doch wieder Hoffnung.

Die Kabine war in der Tat sehr eindrucksvoll: Das Bett umgaben blaue Seidenvorhänge, die eigens als Hintergrund für Bettys Augen und ihr blondes Haar hätten ausgewählt sein können.

Der Teppich war eine Flut von rosa Rosen und blauen Bändern, und die eingebauten Kleiderschränke entlockten sowohl Betty als auch Tarina entzückte Ausrufe.

»Wie kann ein Mensch sich etwas so Praktisches und Geschmackvolles ausgedacht haben?« fragte Tarina.

Sie begann, einen von Bettys Koffern, der in die Kabine gebracht worden war, auszupacken; die beiden anderen waren draußen auf dem Gang abgestellt worden.

Betty warf sich inzwischen aufs Bett und lehnte sich in die Kissen zurück.

»Gott sei Dank habe ich genug Kleider gekauft, um für die ganze Reise gerüstet zu sein!« sagte sie. »Die schönsten werde ich zuerst tragen, solange Lady Millicent noch bei uns ist. Ich sehe, sie wirkt als Schlange im Paradies!«

Genau das hatte Tarina ebenfalls gedacht, doch sie sagte zur Beruhigung:

»Sie braucht dir keine Sorgen zu machen. Schließlich ist sie verheiratet und reist nach Indien zu ihrem Mann.«

»Sie versucht bereits, mir den Marquis wegzuschnappen!« rief Betty aus.

»Wie kann sie das denn, da sie doch bereits verheiratet ist?«

Ein kurzes Schweigen folgte, dann sagte Betty gedehnt:

»Sie kann ... mit ihm flirten. Davon hält die Ehe eine Frau schließlich nicht ab.«

»Nun, das sollte sie aber!« versetzte Tarina, während sie ein anderes Kleid aus dem Koffer nahm und in den Schrank hängte.

Als der Marquis von der Brücke herunterkam, um sich zum Dinner umzukleiden, hörte er Gelächter aus der Kabine neben der seinen, die er absichtlich Lady Bradwell gegeben hatte.

Es klang wie ein natürliches und ungezwungenes Lachen eines jungen Mädchens.

Indem er einen Augenblick lauschte, dachte er, es unterscheide sich stark von dem ziemlich gezwungenen Lachen Lady Millicents und der meisten anderen Damen der Gesellschaft, mit denen er seine Zeit zubrachte.

Er hatte dabei immer das Gefühl, sie übten das Lachen, damit es musikalisch und natürlich verführerisch klänge!

Das aber, was er jetzt hörte, war der fröhliche Ton zweier junger Menschen, die scherzten, als könnten sie nicht anders.

Einen Augenblick lang fragte er sich, wer wohl bei Betty Bradwell sein mochte, ehe ihm einfiel, es müsse wohl ihre Zofe sein.

Er war zunächst etwas unangenehm berührt gewesen, als sie darauf bestanden hatte, eine Zofe mitzubringen.

Weibliche Dienstboten, so hatte er nämlich festgestellt, waren auf langen Reisen immer lästig: Wenn sie alt waren, wurden sie seekrank und in der Folge streitsüchtig, und wenn sie jung waren, schufen sie Unruhe unter der Mannschaft.

Doch weil Betty ihn so reizend gebeten hatte, ihre Zofe mitbringen zu dürfen, hatte er nachgegeben, da er wußte, daß Elspeth Loraines Zofe ihre Herrin nie auf Seereisen begleitete, weil sie zu alt war.

Nachdem er jedoch einmal gegen seine eherne Regel verstoßen hatte, hegte er nicht die Absicht, das ein zweites Mal zu tun; als sein Sekretär ihm mitteilte, Lady Millicent wolle ihre Zofe mitbringen, hatte er es streng abgelehnt, denn für eine Zofe sei keine Kabine mehr frei.

Sie könne, fügte er hinzu, mit einem Liniendampfer schneller nach Indien gelangen und zweifellos den größten Teil des Gepäcks ihrer Lady mitnehmen.

Er war ganz sicher, daß Lady Millicent darüber verärgert sein würde.

Doch er hatte nicht die Absicht, ihretwegen Ungelegenheiten auf sich zu nehmen; außerdem war er sicher, daß gegen eine großzügige Entlohnung Lady Bradwells Zofe sich mit Hilfe Hunts auch um Lady Millicent kümmern könne.

Sein Kammerdiener war durchaus daran gewöhnt, das Gepäck

weiblicher Gäste an Bord einer seiner Yachten auszupacken, und auch seine eigens ausgewählten und erfahrenen Stewards konnten das.

Tarina jedoch war aufgebracht und besorgt, als Betty ihr sagte:

»Ach übrigens, der Marquis hat gefragt, ob du bereit wärst, Lady Millicent in jeder Weise behilflich zu sein. Sie hat ihre Zofe nicht mitgebracht, was ich, unter uns gesagt, für ein Glück halte, und darum habe ich zugesagt, du würdest ihr helfen.«

»Ist das ratsam?« fragte Tarina nervös.

»Was meinst du damit?« erkundigte sich Betty.

»Und wenn ich Fehler mache? Wenn sie Verdacht schöpft, daß ich keine echte Zofe bin?«

»Warum sollte sie?« fragte Betty. »Du bist so klug und flink, Tarina, daß du bald erraten wirst, was man von dir erwartet, so daß du keine Fehler machst.«

»Ich hoffe, du behältst recht.«

Sie sah auf die Uhr und sagte:

»Ich sollte besser jetzt gehen und fragen, ob sie etwas wünscht, und dein Gepäck später fertig auspacken. Vermutlich wirst du heute abend das silberne Kleid anziehen wollen – oder willst du lieber das blaue Spitzenkleid?«

»Besser das Spitzenkleid«, entschied Betty. »Ich bin sicher, Lady Millicent wird es irgendwie schaffen, verlockend zu glitzern wie eine Schlange.«

Nervös verließ Tarina Bettys Kabine und überquerte den Gang, auf dessen gegenüberliegender Seite, wie man ihr gesagt hatte, Lady Millicent schlief.

Sie stellte fest, daß beide Damen am selben Ende eines Ganges logierten, der durch die Mitte der Yacht lief und bei der Eigentümersuite endete, die natürlich vom Marquis bewohnt wurde.

Diese umfaßte, wie Tarina später erfahren sollte, das ganze Heck des Schiffes und bestand aus einer sehr geräumigen Schlafkabine, einem kleinen, privaten Salon und einem großen Badezimmer, in dem er, wenn er wollte, Gymnastik treiben konnte.

Für den Augenblick aber war sie nur mit Lady Millicent beschäftigt, die ihr Klopfen mit einem scharfen: »Kommen Sie herein!« beantwortete.

Sie öffnete die Tür, erinnerte sich an das, was Betty ihr erzählt hatte, und machte einen leichten Knicks.

»Kann ich Mylady helfen?« fragte sie.

»Und ob Sie mir helfen können«, antwortete Lady Millicent brüsk, »da ich ja meine eigene Zofe nicht mitbringen durfte!«

Sie saß auf einem Stuhl vor einem eingebauten Toilettentisch und trug ein kostbares Negligé aus scharlachroter Seide, reich besetzt mit Spitzen und kleinen Samtbögen.

»Was wünscht Mylady, das ich für sie tun soll?« fragte Tarina und trat etwas weiter in die Kabine.

Sie stellte fest, daß der Raum zwar das Pendant zu Bettys Kabine war, aber nicht so anziehend.

Das große Bett war nicht mit Seidenvorhängen drapiert; statt dessen hing am Kopfende des Bettes ein großes Bild von einem Schiff, und andere Schiffsabbildungen hingen an den Innenwänden, die weder Bullaugen noch eingebaute Schränke aufwiesen.

Es war, wie Tarina dachte, tatsächlich ein sehr viel männlicher wirkender Raum als Bettys, und vielleicht hatte der Marquis ihn ihr deswegen gegeben.

»Ich nehme an, daß Sie frisieren können?« sagte Lady Millicent in einem Ton, als sei sie vom Gegenteil überzeugt.

»Ich werde mein Bestes tun, wenn Mylady mir ihre Wünsche sagt«, antwortete Tarina.

»Für den Augenblick sollten Sie mein Haar nur da ordnen, wo es durch den Hut flach gedrückt worden ist«, sagte Lady Millicent. »Morgen können wir es ganz auskämmen und sehen, wie Sie zurechtkommen.«

Tarina antwortete nicht.

Sie ordnete Lady Millicents Haar, das allem Anschein nach modisch zurechtgemacht war, also vorn sehr voll und bauschig war, an den Seiten hochgenommen und auf dem Oberkopf zu einem kleinen Knoten gesteckt wurde.

Sie beurteilte diese Frisur als nicht so schwer nachzumachen;

da Lady Millicent nichts zu ihrer Arbeit meinte, beschwerte sie sich wenigstens auch nicht.

Als Tarina ihr in ein Kleid aus smaragdgrün glitzerndem Stoff geholfen hatte, mußte sie unwillkürlich zugeben, daß diese Lady schön, aufsehenerregend und unverkennbar wie die Schlange aus dem Paradies aussah, wie es Betty vorausgesehen hatte.

Lady Millicent besaß ein breites Smaragdhalsband, das Tarina ihr um den Hals legte.

Dann trat Lady Millicent vorsichtig, weil die Yacht sich nun auf offener See befand, und mit hoch erhobenem Haupt aus ihrer Kabine, wobei ihre seidenen Unterröcke raschelten, während sie durch den Gang und über die Treppe zum oberen Deck stieg.

Als Tarina in Bettys Kabine zurückkam, fand sie Betty noch immer dort.

»Du hast aber lange gebraucht«, sagte sie vorwurfsvoll.

»Ihre Ladyschaft war recht anspruchsvoll. Ich werde sehr standhaft sein müssen und ihr sagen, daß ich dich zuerst bedienen muß«, beschloß Tarina.

»Ich finde, sie strahlt eine Art Beklemmung aus«, bemerkte Betty. »Sie gibt mir das Gefühl, wie ein Schulmädchen zu sein.«

»Unsinn!« schalt Tarina freundlich. »Kopf hoch, meine Liebe; du mußt dir sagen, daß du tausendmal schöner bist als sie und außerdem noch ungebunden. Was kann sie dir anhaben, wenn sie einen Mann hat, der in Kalkutta auf sie wartet?«

Betty lachte leise und küßte Tarina auf die Wange. »Ich liebe dich, und ich bin so froh, daß du hier bei mir bist«, sagte sie.

»Wenn sie den Marquis dazu bringt, mit ihr zu flirten«, riet Tarina, als verfolge sie ihre eigenen Gedanken weiter, »dann kannst du dich revanchieren, indem du mit Mr. Prestwood flirtest. Hunt, der Kammerdiener, hat mir gesagt, daß er unverheiratet und einer der nettesten Gentlemen ist, die er je gekannt hat.«

»Das ist gewiß eine gute Empfehlung!« rief Betty, und beide lachten.

Ähnlich, als befolge sie Tarinas Rat, ging Betty beim Betreten des Salons nicht auf den Marquis zu, der neben Lady Millicent saß und sich mit ihr unterhielt, sondern in Richtung auf Harry Prestwood.

»Ich bin entzückt, Sie zu sehen«, sagte er. »Ich begann schon zu fürchten, Sie seien den rollenden Wogen erlegen.«

»So schlimm ist es nicht!« wehrte sich Betty scherzhaft. »Wenn ich zu spät komme, so deshalb, weil ich meine Zofe mit Lady Millicent teilen muß.«

Sie senkte die Stimme, und irgendwie ahnte er, daß die folgenden Worte amüsant waren.

Harrys Augen zwinkerten.

»Ich bin sicher, das ist noch schlimmer, als wenn man einen Ehemann teilen muß!«

Betty versuchte, sich eine geistreiche Antwort auszudenken, als auch schon der Marquis ihr ein Glas Champagner brachte.

»Ich wäre sehr nachlässig, wenn ich Ihnen nicht gestehen würde, was ich gerade festgestellt habe: Sie sind genau das, was in meinem neuen Schiff noch als Krönung fehlte!« sagte er.

»Eine sehr hübsche Rede«, erwiderte Betty, »aber ich bin sicher, Sie haben sie sich ausgedacht, während Sie Ihr Bad nahmen!«

Der Marquis lachte.

»Französinnen verstehen es immer, wie man ein Kompliment entgegennimmt, und Sie haben in Frankreich lange genug gelebt.«

»Ich bin im Wesen noch immer englisch und ziemlich argwöhnisch gegenüber Franzosen«, erwiderte Betty.

Er lachte wieder, und Harry sagte:

»Es klang tatsächlich sehr glatt, Vivien, und war nicht auf der Höhe deiner sonstigen Artigkeiten.«

Der Marquis hob die Hände in gespielter Verzweiflung.

»Wenn ihr beide mich angreift«, rief er, »muß ich mich zurückziehen und anderswo Trost suchen.«

Er kehrte zurück zu Lady Millicent, und Lady Loraine, die an Harrys anderer Seite saß und zugehört hatte, sagte:

»Ich bin sicher, Lady Bradwell, daß es für unseren Gastgeber sehr gut wäre, wenn Sie ihn gelegentlich neckten. Ich denke oft, daß Vivien im Begriff ist, sich selbst allzu ernst zu nehmen.«

»Sie haben ganz recht«, stimmte Harry zu. »Die Schwierigkeit ist nicht, daß er sich selbst zu ernst nimmt, sondern daß alle anderen es tun!«

Lady Loraine senkte die Stimme und erwiderte:

»Ich glaube, Harry, das wirkliche Problem liegt darin, daß Vivien zu oft mit älteren Menschen zusammen ist; wir vergessen, daß er noch ein vergleichsweise junger Mann ist. Er sollte sich viel mehr amüsieren, als er es tut, und es macht mir Sorgen, wenn ich diesen zynischen Ton in seiner Stimme höre und das spöttische Lächeln auf seinen Lippen sehe.«

»Völlig richtig«, stimmte Harry ihr zu, »aber Lady Bradwell ist jung genug, um in uns allen den Wunsch zu wecken, zu lachen, zu tanzen und zu singen.«

»Sie sieht aus wie der blaue Himmel, auf den wir hoffen, wenn wir das Mittelmeer erreichen«, gestand Lady Loraine ihm zu.

»Sie machen mich verlegen«, wehrte Betty ab, »und wenn es mir nicht gelingt, unseren Gastgeber ebenfalls zum Lachen, Singen und Tanzen zu veranlassen, dann werden Sie mich gewiß als Versager abschreiben.«

»Oh, ich weiß, daß Sie das niemals sein werden!« sagte Harry.

Als Betty zu ihm aufblickte und die Bewunderung in seinen Augen sah, erkannte sie für sich, was Harry Prestwood doch für ein netter Mann sei.

Und sie war ganz sicher, ob nun mit oder ohne Lady Millicent an Bord, daß sie die Kreuzfahrt genießen würde.

4

Als Tarina erwachte, bemerkte sie, wie einer ihrer Schuhe vom einen Ende der Kabine zum anderen glitt, und schloß daraus, daß sie sich auf rauher See befanden.

Ihr erster Gedanke war, ob sie wohl nicht seekrank würde, ihr zweiter Gedanke galt Betty.

Sie sah auf ihre Uhr und stellte fest, daß sie länger geschlafen hatte als beabsichtigt, doch sie war sehr müde gewesen, als sie zu Bett ging.

Diese Müdigkeit war nicht nur auf ihre Erschöpfung, sondern auch auf die Aufregung zurückzuführen.

Einer der Stewards hatte ihr auf einem Tablett ein köstliches Dinner gebracht. Wie zu erwarten, hatte der Marquis einen guten Koch an Bord, und sie hatte mehr gegessen als jemals zu Hause.

Nachdem sie dann in Bettys Kabine alles für sie vorbereitet hatte, was ihre Kusine zum Schlafengehen brauchen würde, hatte sie einen der Koffer ausgepackt, die ihr selbst in Belgrave Square zugeteilt worden waren.

Nach dem Kleid zu urteilen, das sie augenblicklich trug, hatte sie gewiß einige hübsche Kleider erwartet, doch sie hatte nicht damit gerechnet, daß Betty nach Ablauf des Trauerjahres auch alles andere ohne weitere Verwendung weggepackt hatte, das sie früher getragen hatte.

Sie fand nicht nur seidene Unterröcke in allen Schattierungen von Mauve, sondern auch Nachthemden in der Farbe von Parmaveilchen und weiße Unterkleider, mit Spitzen und mauvefarbenen Bändern verziert.

Wie Tarina wußte, war es im Augenblick Mode, alles mit Durchziehbändern zu versehen: Kissenhüllen, Hemden und gelegentlich sogar Kleider.

Doch sie hatte keine Bänder an den exquisiten seidenen oder dünnen Batistnachthemden erwartet, die Betty damals getragen hatte. Weil schon das kleinste Stückchen Band Trauer für sie bedeutete, hatte Betty beschlossen, diese Dinge nie wieder zu tragen.

Während sie auspackte, fragte Tarina sich beständig:

»Wie kann ich nur solches Glück haben? Danke, lieber Gott, danke, daß du so gut zu mir bist!«

Sie hatte fast das Gefühl, ihre Mutter lächle ihr zu vor Freude, daß ihre Tochter nun all das hatte, was ihr selbst als junges

Mädchen auch zu eigen gewesen war, ehe sie aus Liebe einen mittellosen Pfarrer geheiratet hatte.

Sie hatte diesen Schritt nie bereut, aber manchmal hatte sie für ihre Tochter sehnsüchtig erhofft, all das bieten zu können, was ihr selbst auch Freude gebracht hatte – nicht nur Kleider, sondern auch Bälle und Feste, Pferde zur Jagd und natürlich die Einführung am Hofe der Königin.

»Ich bin ganz zufrieden mit dem, was ich habe, Mama«, hatte Tarina kurz vor dem Tod ihrer Mutter gesagt.

Doch als sie mit ihrem gramgebeugten Vater allein geblieben war und niemanden mehr hatte, mit dem sie lachen oder reden konnte, da hatte sie ihre Mutter so schmerzlich vermißt, daß sie die Pein manchmal sogar körperlich spürte.

Nachdem sie mit dem Auspacken fertig war, zog sie ein Nachthemd aus sehr feiner Seide an, das mit Bändern verziert und an Halsausschnitt und Saum mit Valenciennes-Spitzen besetzt war.

»Ich könnte es beinahe zu einem Ball tragen«, sagte sie sich, als sie in den Spiegel schaute.

Dann erinnerte sie sich daran, daß sie ja eine Zofe war, und bedenken mußte, daß, wenn jemand sie sähe, er wissen würde, daß sie nicht das war, was sie vorgab zu sein.

Doch im Augenblick konnte zum Glück niemand sie beobachten, und keine argwöhnischen Hausmädchen konnten ihr nachspionieren.

Als sie sich mit dem Gefühl, eine Märchenprinzessin zu sein, zu Bett legte, stimmte sie vor dem Schlafengehen mehr einen Lobgesang als ein Dankgebet an den Gott an, der sie zu Betty geführt hatte.

»Nun habe ich keine Angst mehr und bin über mein Hiersein sehr, sehr glücklich.«

Weil alles so aufregend war, konnte sie nur schwer einschlafen. Während sie sich jetzt am Morgen hastig anzog, dachte sie, sie müsse Hunt oder einen der Stewards bitten, in der Frühe an ihre Kabinentür zu klopfen, damit sie nicht verschlief.

Ihre Eile war jedoch unnötig, denn als sie in Bettys Kabine kam, fand sie Betty noch halb im Schlaf und entschlossen, noch eine Weile dort zu bleiben.

»Laß mich, Tarina!« brummte Betty. »Wenn du glaubst, ich würde schon aufstehen, dann irrst du dich gewaltig.«

»Ist dir schlecht, Liebste?«

»Nein, aber mir könnte schlecht werden, wenn ich mich bewege«, antwortete Betty. »Ich werde im Bett bleiben, und ich glaube, das werden auch alle anderen tun.«

»Dann sollte ich vielleicht nachsehen, ob Lady Millicent etwas von mir wünscht.«

»Ich hoffe, daß sie so recht an Seekrankheit leidet!« sagte Betty ziemlich unfreundlich.

Dann, als habe sie Angst zu lachen, weil ihr sonst übel werden könnte, schloß sie die Augen und drehte den Kopf von dem Licht weg, das unter den blauen Vorhängen vor den Bullaugen hervorschimmerte.

Tarina verließ die Kabine und schloß leise die Tür hinter sich.

Sie klopfte an Lady Millicents Tür, und als keine Antwort erfolgte, trat sie ein.

Zweifellos schlief die Lady fest. Tarina sah sich in der Kabine um und erblickte auf dem Tisch neben dem Bett eine ihr verdächtig erscheinende Flasche.

Tarina vermutete, daß sie Laudanum oder ein Schlafmittel enthielt.

Sie hatte schon gehört, daß viele Damen der Gesellschaft sich mit solchen Mixturen beruhigten, die ihre Mutter immer für gefährlich erklärt hatte.

Einmal hatte Betty eine Gouvernante gehabt, und Tarina mußte zusammen mit ihrer Kusine an den Unterrichtsstunden teilnehmen. Die Gouvernante litt oftmals unter Kopfschmerzen.

Wann immer sie diese hatte, pflegte sie einen Löffel Laudanum einzunehmen und sich hinzulegen. Die Mädchen wußten dann, daß sie mehrere Stunden frei sein würden und sich amüsieren könnten, bis Miß Gordon ihren Rausch ausgeschlafen hatte.

Leise schloß Tarina Lady Millicents Tür und hoffte, daß sie nun frei hätte, da ihre Dienste nicht benötigt wurden.

Als sie sich entfernte, sagte ein Steward, der auf etwas wackligen Beinen den Gang entlang kam, zu ihr:

»Guten Morgen, *M'mselle*! Sind Sie bereit zum Frühstück? Das heißt, wenn Sie überhaupt eines möchten!«

»Ich muß gestehen, daß ich selbst sehr hungrig bin«, antwortete Tarina.

Der Steward grinste.

»Ich bringe es sofort«, versprach er.

Tarina ging in ihre Kabine, machte ihr Bett und räumte auf.

Inzwischen hatte sie bereits festgestellt, daß der Marquis achtern in der Yacht zehn Passagierkabinen angelegt hatte; vier davon waren jedoch vergleichsweise klein wie ihre eigene.

Die nächste neben der ihren war nicht von einem Gast belegt, sondern enthielt leere oder nicht benutzte Koffer.

Tarinas Kabine war raumsparend eingerichtet, reinlich und ihrer Meinung nach sehr hübsch.

Das Messingbett war im Gegensatz zu Bettys und Lady Millicents ein Einzelbett, aber sehr bequem; wie in den anderen Kabinen auch war alles mögliche in die Wände eingebaut.

Tarina hatte einen Kleiderschrank, einen Toilettentisch und etliche Schubladen neben einem Waschbecken.

Die Kabine war blaßgrün gestrichen, und wenn Tarina im Bett lag, fühlte sie sich fast wie unter Wasser.

Der Steward brachte ihr ein Frühstück aus Schinken, Eiern und Würstchen und sagte ihr, wenn sie noch hungrig sei, könne sie mehr haben.

Es war ein größeres Frühstück, als sie je zu Hause hatte essen können, denn neben dem Hauptgericht gab es auch noch Honig und Marmelade, Weißbrot und Toast sowie eine Banane und eine Mandarine.

»Wenn wir in die Sonne kommen, können Sie auch Erdbeeren haben«, versprach der Steward, als plaudere er mit einem Kind.

»Im Januar?« fragte Tarina.

»Warten Sie nur ab«, sagte er, »und in Indien werden Ihnen die Mangofrüchte schmecken.«

Als er gegangen war, stieß Tarina einen leisen Seufzer des Entzückens aus. Dann konnte sie nicht länger stillsitzen, weil alles so aufregend war.

Sie wollte das Meer draußen sehen und die Wellen beobachten, wie sie über den Bug spritzten.

Ihr Vater hatte ihr oft die Stürme beschrieben, die er in der Biskaya erlebt hatte, und obwohl sie hoffte, die gegenwärtige rauhe See sei nicht gefährlich, hatte sie doch das Gefühl, sie genießen zu müssen, einfach, weil so etwas eine neue Erfahrung war.

»Siehst du, Papa«, sagte sie laut, als sei er bei ihr, »ich erlebe all die Dinge, von denen wir gesprochen haben! Sie geschehen tatsächlich! Ich wünschte nur, wir wären zusammen hier!«

Ihr Herz zog sich zusammen; ihr Vater war tot, und sie vermißte schmerzlich die Art und Weise, wie er stets ihren Geist und ihre Vorstellungskraft angeregt hatte.

Viele Leute hatten geglaubt, es sei überaus langweilig für ein junges Mädchen, in einem ruhigen kleinen Dorf zu leben und außer ihrem Vater kaum Gefährten zu haben.

Doch nachdem der Vikar den Schock über den Tod seiner Frau überwunden hatte, hatte Tarina festgestellt, daß jeder Augenblick, den sie mit ihm verbrachte, die reine Wonne war.

Er sprach mit ihr, als sei sie ebenso alt wie er, und da er ein sehr kluger Mann war, wirkte alles, worüber sie sprachen, als Stoff zu ihrer Begeisterung.

»Wenn du bei mir wärst, Papa«, sagte sie jetzt, »könntest du mir alles sagen, was ich über Siam wissen möchte, wenn wir hinkommen. Doch zuerst kommen das Mittelmeer, der Suezkanal und das Rote Meer.«

Ihr Vater hatte tatsächlich noch die Eröffnung des Suezkanals miterlebt.

Kurz nach seinem Examen war er als sogenannter *Bärenführer* oder Tutor mit einem reichen jungen Mann dorthin gereist, dessen

Eltern solch eine Reise für eine gute Erfahrung für ihn gehalten hatten.

Es war gleichfalls für ihren Vater ein großes Erlebnis gewesen. Er hatte Tarina die Zeremonie der Eröffnung durch die Kaiserin Eugenie beschrieben und die Erregung, als die Schiffe mit flatternden Fahnen wie in einer Prozession durch den Kanal fuhren.

»Ich muß mich erinnern, ich muß mich an all das erinnern, was du mir erzählt hast, Papa«, sagte Tarina zu ihm, »doch zu allererst muß ich das Meer sehen.«

Sie nahm ihren schweren, pelzgefütterten Mantel aus dem Wandschrank.

Da sie einsah, daß es bei dem Wind draußen unmöglich war, einen Hut zu tragen, nahm sie ein schwarzes Chiffontuch aus ihrem Koffer, legte es über den Kopf und band es um ihren schlanken Hals, so daß es ihr schmales Gesicht einrahmte.

Dann knöpfte sie ihren Mantel zu, schlug den Kragen hoch und trat in den Gang.

Sie dachte, draußen werde wohl kaum jemand sein, da es noch früh war.

Die meisten Gäste des Marquis hatten sicher wie sie selbst ihr Frühstück in der Kabine eingenommen, falls sie überhaupt bereits etwas essen konnten.

Bei der gestrigen Ankunft hatte sie kurz gesehen, wie die Yacht angelegt war, und so fand sie leicht den Weg vom oberen Ende der Treppe zu der Tür, die an Deck führte.

Sie war schwer zu öffnen, weil der Wind so heftig dagegen drückte, doch irgendwie gelang es ihr; darauf trat sie hinaus und blieb sprachlos vor der Szenerie stehen, die sich ihr bot.

Die Yacht nahm tanzend ihren Weg durch ein Meer, das, wie Kinder sagen würden, von weißen Pferden bedeckt war; obwohl der Wind heftig blies, drangen fahle Sonnenstrahlen durch die grauen Wolken.

Es war so schön und so erhaben, daß Tarina lange dastand und schaute, ehe sie vorsichtig einen Weg über das Deck suchte.

Sie drückte sich eng an den Schiffsaufbau, bis sie eine Stelle erreichte, an der sie beobachten konnte, wie die Wellen über den Bug spritzten, während das Schiff stampfte und auf und ab tanzte.

Sie wagte nicht, allzu nahe heranzugehen, wo der Gischt über das Deck schwappte und rasch wieder ablief.

Lange stand sie da, den Rücken angelehnt, und spürte, wie der Wind ein paar Haarlocken unter ihrem schwarzen Chiffontuch hervorzog. Er war belebend, und sie hatte das Gefühl, er trage nicht nur ihre Angst vor dem ihm Ausgesetztsein davon, sondern auch ihre sonstige Furcht vor der Zukunft.

»Ich sollte mehr Glauben haben und mich nicht ängstigen«, sagte sie sich.

Als das Schiff auf einmal in ein riesiges Wellental tauchte, stolperte sie doch ein wenig und mußte sich kräftig wieder zurück an die Wand hinter ihr ziehen.

Sie fuhr zusammen, als plötzlich eine Stimme sie ansprach:

»Was tun Sie denn hier? Sie wissen doch sicher, daß das gefährlich ist?«

Als sie den Kopf wandte, erblickte sie einen Mann und erkannte gefühlsmäßig, daß es der Marquis war.

Er war es tatsächlich, genau so, wie sie ihn sich vorgestellt hatte, nur sah er noch besser und eindrucksvoller aus.

Die Falten des Zynikers zogen sich von seiner Nase zu den Mundwinkeln. Betty hatte sie ihr schon beschrieben. Sie sah seine tiefen grauen Augen, die hart waren wie die scharfe Spitze eines Messers.

Einen Augenblick lang konnte sie nicht antworten, weil sie von der Situation und von ihm zu überrascht war.

»Wer sind Sie?« fragte er. »Ich dachte schon, Sie seien Lady Bradwell.«

In diesem Augenblick ermahnte Tarina sich zur Aufmerksamkeit, und da sie erkannte, daß es unmöglich war, einen Knicks zu machen, wie sie es hätte sollen, sagte sie:

»Entschuldigen Sie bitte, Mylord. Ich dachte, niemand hätte etwas dagegen, wenn ich hier nach draußen komme, um die See zu sehen.«

»Sie sind wohl Lady Bradwells Zofe«, sagte der Marquis, als habe er es selbst herausgefunden.

»Ja, Mylord.«

Tarina hatte keine Ahnung, daß sie mit ihrem roten Haar, das ihr um die Stirn wehte, und ihrer verblüffend weißen Haut gegen die Schwärze ihres Mantels und Schals nach allem anderen aussah, als wonach sie zu sein vorgab.

»Offenbar vertragen Sie den Seegang«, sagte der Marquis, als wolle er sich selbst erklären, warum sie hier sei.

»Ich hoffe, Mylord. Ich bin zum erstenmal auf dem Meer.«

Er lächelte, und das ließ den zynischen Ausdruck von seinem Gesicht verschwinden.

»Zum erstenmal!« sagte er. »Nun, und wie finden Sie es?«

Ohne nachzudenken, sagte Tarina das, was ihr in den Sinn kam.

»Ich horche«, antwortete sie, »auf *die Musik im Wellenschlag am ew'gen Meer.*«

Während sie sprach, wandte sie den Blick vom Marquis ab auf die Wellen, die sich am Bug brachen, und bemerkte daher die Überraschung auf seinem Gesicht nicht.

»Die Menschen lieb' ich, doch Natur noch mehr«, beendete er ihre Verszeile. »Ist es das, was Sie fühlen?«

»Ja, natürlich«, sagte Tarina.

> *»Denn allem, was ich war und bin, entrann*
> *ich oft in solchem heimlichen Verkehr,*
> *um aufzugehn im All, und fühlte dann*
> *mehr, als ich sagen, mehr, als ich verschweigen kann.«**

Sie sprach so natürlich, wie sie mit ihrem Vater gesprochen hatte, wenn einer die Zitate des anderen fortsetzte.

Noch immer hatte sie überhaupt nicht bemerkt, daß der Marquis sie anstarrte, als traue er seinen Ohren nicht.

Da er schwieg, wandte sie sich ihm nun wieder zu, um ihn noch

* Zitiert nach der Übertragung von Otto Gildemeister, Winkler Verlag, München, 1977.

einmal anzusehen. Seine Augen waren geweitet und schienen im Augenblick das Grün der Wellen widerzuspiegeln.

»Ich sehe, Sie kennen Ihren Byron«, sagte er. »Aber da es rauher zu werden scheint, schlage ich vor, daß Sie nach unten gehen, und zwar ganz vorsichtig.«

»Natürlich, Mylord«, stimmte Tarina zu.

Um auf demselben Weg zurückzugehen, auf dem sie gekommen war, mußte sie an ihm vorbei, und er trat zur Seite, um sie passieren zu lassen.

Eine Welle, die über das Deck schlug, ließ ihn einen Augenblick schwanken; reflexartig streckte Tarina die Hand aus, als wolle sie ihn retten.

Aber es war unnötig, und als er über ihren Kopf hinweggriff, um sich festzuhalten, eilte sie so schnell, wie sie es wagte, zurück zur Tür.

Der Marquis folgte ihr, und als sie im Innern des Schiffes waren, sagte er in trockenem Ton:

»Ich sehe zwar, daß Sie abenteuerlustig sind, aber es wäre sehr unangenehm, wenn Sie über Bord gespült würden, da nicht die leiseste Chance bestünde, Ihr Leben zu retten.«

»Da ich mich auf den Besuch in Siam ganz besonders freue, verspreche ich Mylord, daß ich sehr vorsichtig sein werde«, antwortete Tarina.

Sie hielt sich am Treppengeländer fest, und es gelang ihr, einen angedeuteten Knicks zu machen, ehe sie sagte:

»Haben Sie vielen Dank für Ihre Besorgnis um mein Leben. Es ist mir im Augenblick sehr kostbar.«

Dabei wandte sie sich um und begann, die Treppe hinunterzugehen; wieder entging ihr daher der erstaunte Blick des Marquis.

Erst als sie ihre Kabine erreicht und den von dem Nieselregen nassen Mantel ausgezogen hatte, kam ihr in den Sinn, daß diese Unterhaltung mit einem Fremden vielleicht etwas seltsam gewesen war – und schon gar mit dem Marquis!

»Vielleicht hätte ich nichts sagen sollen«, dachte sie.

Doch sie rechtfertigte sich dadurch, daß sie von seinem Erscheinen überrascht worden war und überhaupt nicht darauf geachtet hatte, was sie sagte, sondern einfach das in Worte faßte, was ihr in den Sinn kam.

Sie merkte jetzt, daß sie ihn gar nicht so abstoßend gefunden hatte, wie sie erwartet hätte, und fragte sich, warum Betty so ängstlich war.

Dann dachte sie, sie sei ja unbeteiligt und stehe auf einer ganz anderen Stufe als der Marquis. In seinen Augen war sie nur eine Dienstbotin, der man befehlen konnte, hineinzugehen, und zwar so, wie er mit seinen Gästen nicht gesprochen hätte.

»Ich werde ein Plätzchen an Deck finden müssen, wo ich sitzen kann, ohne gesehen zu werden«, beschloß Tarina. »Ich kann ja wohl kaum die nächsten zwei Monate hier unten verbringen.«

Dann vergaß sie den Marquis beim Gedanken an die Erhabenheit der See und an die Art, wie schnell er ihr Zitat aus *»Childe Harold«* erkannt hatte.

»Vermutlich ist er doch recht belesen«, erklärte sie es sich und war gespannt, ob es wohl Bücher an Bord gäbe.

Sie beendete gerade das Auspacken und war über jedes Kleid, das Betty ihr überlassen hatte, begeistert, obwohl sie sie fast zu gut für sich fand, als es an die Tür klopfte.

Als sie den Anklopfenden hereinbat, erschien Hunt.

»Guten Morgen, *M'mselle*«, rief er fröhlich, »ich hörte, daß Sie oben an Deck waren und Schwierigkeiten hatten!«

»Wer hat Ihnen das erzählt?« fragte Tarina.

»Der Herr meinte, Sie riskierten Ihr Leben und er hätte keine Lust, das Schiff wenden zu lassen, um nach Ihnen zu suchen, falls Sie ins Wasser gefallen wären.«

»Müßte er das, wenn jemand über Bord fiele?« fragte Tarina neugierig.

»Wenn Sie mich fragen, hätte er Sie vermutlich den Haifischen überlassen«, scherzte Hunt.

»Es tut mir leid, wenn es falsch war, an Deck zu gehen«, sagte Tarina nach einem Augenblick, »aber keine der Damen brauchte mich, und ich fand die See gewaltig.«

»Dann schätzen Sie sie mehr als alle anderen.«

»Sind die anderen denn alle seekrank?«

»Nicht der Herr und Mr. Prestwood, aber Lord Loraine sagt, er wolle kein gebrochenes Bein riskieren, also bleibt er in seiner Kabine, und seine Lady hat mir aufgetragen, ihr einige Bücher zu besorgen.«

Tarinas Augen leuchteten auf.

»Bücher?« rief sie. »Gibt es denn Bücher auf der Yacht?«

»Hunderte!« antwortete Hunt. »Der Herr hat eine private Kabine, die voller Bücher ist.«

Tarina rang die Hände.

»Oh, bitte, wenn Sie einige für Lady Loraine holen, könnten Sie mir dann auch welche mitbringen? Ich sehne mich nach etwas Lektüre.«

»Ich werde Ihnen Bücher besorgen«, versprach Hunt. »Was möchten Sie? Einen schönen, düsteren Mord oder etwas von Liebe und Küssen? Davon hat Seine Lordschaft aber nicht sehr viele.«

»Was ich wirklich gern hätte«, sagte Tarina, »wären Bücher über die Gegenden, die wir sehen werden. Hat seine Lordschaft etwas über Siam?«

»Ganz bestimmt«, antwortete Hunt.

»Wir passieren Italien, Afrika, die griechischen Inseln, Ägypten und Indien, ehe wir am Ziel ankommen«, sagte Tarina.

»Langsam, langsam!« rief Hunt. »Das kann ich mir nicht alles merken, aber ich weiß ungefähr, was Sie wünschen.«

»Bitte, dann suchen Sie mir etwas über eines dieser Länder«, bat Tarina.

»In welcher Sprache wollen Sie sie?«

Tarina brauchte einen Augenblick, ehe ihr einfiel, daß sie ja für eine Französin gehalten wurde, und sie sagte:

»Das ist ganz gleich. Ich lese Englisch genauso leicht wie Französisch, aber in Arabisch oder Siamesisch bin ich nicht sehr beschlagen.«

Hunt lachte herzhaft.

»Vermutlich können Sie sich überall verständlich machen, genau wie ich, wo immer ich mit Seiner Lordschaft hinkomme. Und wenn die Person, mit der ich rede, hübsch ist, ist Liebe eine Sprache, die alle Frauen verstehen.«

Tarina fand das ein bißchen zu vertraulich und wandte sich deshalb von ihm ab. So würdevoll wie möglich ließ sie ihn wissen:

»Ich wäre Ihnen sehr dankbar, Mr. Hunt, für alle Bücher, die Sie für mich ausleihen können, und natürlich werde ich sehr, sehr sorgsam damit umgehen.«

»Das sollten Sie auch«, erwiderte Hunt, »sonst reißt Seine Lordschaft mir den Kopf ab! Er rechnet wohl nicht damit, daß seine Gäste Lust zum Lesen haben.«

Tarina fuhr der Gedanke durch den Kopf, daß der Marquis in ihrem Fall, nach dem vorhin geführten Gespräch, darüber wohl nicht überrascht wäre, doch für den Fall, daß er ihr keine Bücher leihen wollte, fügte sie schnell hinzu:

»Bitte, Mr. Hunt, sagen Sie Seiner Lordschaft nichts davon. Aber ich kann mir nicht vorstellen, wochenlang ganz ohne Lektüre auszukommen.«

»Machen Sie sich deshalb kein Kopfzerbrechen, *M'mselle*«, antwortete Hunt, »Sie werden Ihre Bücher bekommen, und wenn Seine Lordschaft denkt, sie wären für Ihre Ladyschaft, dann werde ich den Mund halten.«

Er grinste ihr zu und schloß die Kabinentür, und sie hörte ihn den Gang hinuntergehen.

»Er ist ein netter Kerl«, dachte Tarina.

Sie fragte sich, ob ihre Mutter es sehr verwerflich finden würde, daß sie so vertraulich mit einem Dienstboten sprach und sich heimlich die Bücher des Marquis auslieh, ohne daß dieser davon wußte.

Dann tröstete sie sich damit, daß ihr Vater sie verstehen würde, und wartete ungeduldig auf Hunts Rückkehr.

Die See blieb noch drei Tage lang rauh; erst am vierten Morgen sah Tarina, als sie erwachte, daß das Schiff sich ebenmäßig fortbewegte und keine Wellen mehr vor den Bullaugen ihrer Kabine tanzten.

Betty hatte sich entschieden geweigert, ihr Bett überhaupt zu verlassen, und Lady Millicent hatte den größten Teil der Zeit im Drogenrausch verbracht.

Daher hatte Tarina kaum etwas zu tun gehabt, außer sich zu Betty zu setzen und mit ihr zu reden, wenn sie das wollte, und zu lesen.

Hunt hatte sich inzwischen schon daran gewöhnt, daß sie ihn oft nur wenige Stunden, nachdem er ihr ein Buch gebracht hatte, bat, es gegen ein neues auszutauschen.

Da er keine Ahnung hatte, was sie wollte oder was zur Verfügung stand, nahm er einfach auf gut Glück Bücher aus der privaten Kabine, wenn sein Herr an Deck war oder im Salon eine Mahlzeit einnahm.

Tarina las daher eine bunte Mischung aus französischen Romanen, Reiseführern und Studien über östliche Religionen.

Nach der Unterhaltung mit dem Marquis überraschte es sie eigentlich nicht, daß er auch viele Gedichtbände besaß.

Irgendwie schien das jedoch nicht dem Bild von ihm zu entsprechen, das sie sich nach Bettys Erzählungen gemacht hatte.

Dann dachte sie, er könne seine Bibliothek ja einfach mehr zur Unterhaltung seiner Gäste als für sich selbst zusammengestellt haben.

Die Bücher über östliche Religionen fand sie faszinierend und sehr lehrreich, und sie wünschte, ihr Vater wäre bei ihr, damit sie mit ihm über das Gelesene sprechen könnte.

Er hatte oft gesagt, er sei zwar ein Christ, halte aber den Buddhismus für eine ausgezeichnete Religion; nachdem Tarina sich durch mehrere sehr gelehrte Abhandlungen über Buddhismus gekämpft hatte, bewegten sie über hundert Fragen, auf die sie eine erschöpfende Antwort suchte.

Hunt hatte für sie einen Platz an Deck gefunden, wo seiner Ansicht nach wohl kaum jemand aus der Gesellschaft des Marquis sie bemerken würde.

Er erklärte, wenn die Gäste an Deck seien, setzten sie sich immer ans Heck, und sobald Sonne und Wärme dort hinkämen, würde ein Sonnensegel aufgezogen.

Es entzückte Tarina, daß es einen Platz gab, an dem sie lesen und gleichzeitig die frische Seeluft atmen konnte. Als Mädchen vom Lande haßte sie das Eingesperrtsein.

Sobald die See ruhiger wurde, wollte Betty sich unterhalten.

»Erzähl mir, was sich so tut«, bat sie.

»Sehr wenig, soweit ich das feststellen kann«, antwortete Tarina. »Hunt sagte mir, daß der Marquis und Mr. Prestwood viel Zeit auf der Brücke verbringen, und sie nehmen das Mittagessen und das Dinner gemeinsam ein, während alle anderen in ihren Kabinen bleiben.«

»Wenn ich auch nur ein bißchen besser beieinander wäre«, sagte Betty, »würde ich aufstehen und dem Marquis Gesellschaft leisten. Aber jedesmal wenn ich versuche aufzustehen, wird mir schwindlig; ich bin zwar nicht seekrank geworden, aber ich war nahe daran.«

»Dann bleib, wo du bist«, riet Tarina. »Es gibt nichts weniger Abstoßendes als ein kreidebleiches Gesicht und einen rebellierenden Magen!«

Sie lachten beide.

»Immerhin«, sagte Betty, »war Lady Millicent auch nicht in der Lage, mir zuvorzukommen!«

»Ich hätte nie geglaubt, daß jemand sich so ruhig verhalten kann«, sagte Tarina, »aber wenn sie einmal wach ist, ist sie sehr unangenehm. ›Holen Sie dies – holen Sie das‹ – so geht es die ganze Zeit. Dann nimmt sie einen Löffel von dem, was Mama zweifellos als ›Teufelszeug‹ bezeichnet hätte, und schläft weiter.«

»Sieht sie sehr schön aus?« fragte Betty gedankenvoll.

Tarina kicherte.

»Sie fettet ihr Gesicht ein, und ihr Haar ist auf dem Kopf festgesteckt, damit es nicht durcheinandergerät.«

»Ein Jammer, daß der Marquis sie so nicht sehen kann!« rief Betty.

Als sie Gibraltar erreichten, schien die Sonne, und die See wurde schon viel glatter.

Es war jedoch noch recht frisch, und als Betty aufstand und erklärte, sie werde im Salon zu Mittag essen, überredete Tarina sie dazu, ein warmes, aber sehr kleidsames Wollkostüm anzuziehen, und für den Fall, daß sie an Deck ginge, einen langen Chinchilla-Pelzmantel mitzunehmen.

Betty sah mit ihrem von Tarina elegant frisierten Haar so reizend aus, daß es schade schien, eine Kopfbedeckung zu tragen; doch ihr Hut mit den blaßblauen Bändern stand ihr so gut, daß sie aussah wie eine Figur aus Dresdner Porzellan.

»Du bist richtig schön, Liebste!« lobte Tarina, als sie fertig war. »Ich glaube nicht, daß irgendein Mann eine aufgetakelte Person wie Lady Millicent ansieht, wenn du da bist.«

»Hoffentlich«, sagte Betty. »Und hoffentlich hat meine Abwesenheit die Zuneigung des Marquis vielmehr angefacht!«

»Ganz bestimmt«, ermutigte Tarina ihre Kusine.

Sie sah Betty nach, während diese langsam durch den Gang schritt, und kehrte dann in die Kabine zurück, um aufzuräumen.

Ein paar Minuten später kamen zwei Stewards, um das Bett zu machen; Tarina ging inzwischen in ihre eigene Kabine.

Sie hatte sie kaum erreicht, als Hunt um die Ecke schaute.

»Ihre Ladyschaft verlangt nach Ihnen«, sagte er und verschwand wieder.

Tarina ging zu Lady Millicents Kabine.

»Ich höre, daß Lady Bradwell bereits oben ist«, sagte die Lady scharf.

»Jawohl, Mylady.«

»Ich werde auch nach oben gehen; und nun wollen wir sehen, ob Sie mit meinem Haar zurechtkommen, ohne eine einzige Verheerung anzurichten.«

Als Tarina Lady Millicent fertig angekleidet hatte, sah sie ohne Zweifel großartig aus, doch ihre Laune war deshalb nicht besser geworden.

Sie schlug einen scharfen Ton an und fand an allem etwas

auszusetzen; dennoch erschien sie Tarina bildschön.

Sie trug ein grünes Kleid mit dazu passendem Mantel mit Hermelinbesatz. Tarina dachte, wie immer ihr Charakter sein möge, ihr Gesicht sei wundervoll und ihre Figur blendend.

Lady Millicent dankte Tarina jedoch nicht für das, was sie getan hatte, sondern gab nur die verschiedensten Anordnungen. Dann rauschte sie wie eine Bugwelle in großartiger Manier davon.

Als sie Lady Millicent fortgehen sah, stieß Tarina einen Seufzer der Erleichterung aus.

Irgendwie fühlte sie, daß Betty diesen Wettbewerb niemals bestehen und Lady Millicent ihren Willen bekommen würde, ganz gleich, wer sie aufzuhalten versuchte.

Sobald sie merkte, daß im Salon das Mittagessen serviert wurde, nahm Tarina die drei Bücher, die Hunt ihr am Morgen des Vortages gebracht und die sie ausgelesen hatte; sie gedachte nun eine Gelegenheit zu finden, sich selbst andere auszusuchen.

Sie ging durch den Gang, öffnete die Tür zur Suite des Herrn des Schiffes und fand, wie sie erwartet hatte, Hunt im Schlafzimmer seines Herrn.

»Mr. Hunt, wäre es möglich, daß ich die Bücher zurückstelle, die Sie mir gebracht haben, und mir andere aussuche?« fragte sie.

»Haben Sie sie denn schon ganz gelesen?« fragte Hunt. »Das kann ich kaum glauben.«

»Ich habe jedes Wort gelesen«, sagte Tarina. »Ich lese sehr schnell.«

»Entweder das, oder Sie lügen ganz gut.«

Tarina lachte nicht, und als merke er, daß sie wartete, sagte er:

»Gehen Sie nur. Jetzt haben Sie Gelegenheit, sich alles anzusehen und das Passende für Sie auszuwählen, und nächstes Mal sagen Sie mir dann, was ich Ihnen bringen soll.«

Ohne weitere Bedenken öffnete Tarina die Tür, die in den privaten Raum des Marquis führte.

Als sie eintrat, hielt sie den Atem an.

Sie hatte Hunt nicht wirklich geglaubt, als er ihr mitgeteilt hatte, es stünden hier Hunderte von Büchern!

Nun erkannte sie, wie klug der Marquis gewesen war, als er die Yacht geplant und drei Seiten seines »Allerheiligsten« für eine große Bibliothek freigelassen hatte.

Die Bücher reichten tatsächlich vom Boden bis zur Decke, und für Tarina war es so aufregend, als dürfe sie sich frei in Aladins Höhle umschauen.

Den Schreibtisch mit dem flachen Aufsatz und die hübschen, mit rotem Leder bezogenen Sitzmöbel bemerkte sie kaum.

Sie hatte nur Augen für die Bücher, und schon beim ersten Blick wurde ihr klar, daß dort genau das stand, was sie lesen wollte.

Die Bücher waren nicht alt oder das, was jener Käufer als »altmodisch« und überholt bezeichnet hätte wie die Bücher ihres Vaters.

Es waren lauter allerneueste Ausgaben über jedes Thema, das sie sich nur denken konnte.

Als sie an den Regalen entlangschritt, fühlte sie sich so bewegt wie ein Mann, der gerade an einer völlig unerwarteten Stelle eine Goldader oder ein Ölvorkommen entdeckt hat.

Da die Zeit eilte, wählte sie schließlich einen großen Gedichtband, einen anderen über Ägyptologie und einen dritten mit dem Titel: *»Mythen und Götter Indiens.«*

Sie sah auch einige Bücher über Siam, meinte aber, dazu sei später noch Zeit.

Es war wichtiger, sie der Reihe nach zu lesen, und große Freude überkam sie bei dem Gedanken, daß sie Zeit genug haben würde, den Inhalt aller für sich zu gewinnen.

Sie trug die Bücher zurück in ihre Kabine und dachte voller Freude an die Stunden der Lektüre, die vor ihr lagen.

Dann fragte sie sich, ob der Marquis die Bücher wohl selbst ausgewählt oder nur seinen Sekretär angewiesen habe, die Regale mit den neuesten Ausgaben aus einer Buchhandlung zu füllen.

Wie auch immer die Antwort lauten mochte, sie hatte das Gefühl, zwar schon vorher an Bord der *Sea Siren* glücklich gewesen zu sein, doch erst jetzt war ihr Glück vollkommen.

»Ich kann stundenlang lesen«, sagte sie sich voller Freude, »statt wie Betty und Lady Millicent um einen Mann kämpfen zu müssen, der höchstwahrscheinlich keine von ihnen beiden will!«

Wieder einmal erlaubte ihr Sehertalent ihr einen kurzen Blick in die Zukunft.

Sie wußte zwar nicht, woher sie das wußte, aber sie war jetzt, nachdem sie den Marquis gesehen hatte, noch sicherer als zuvor, daß er Betty nicht heiraten würde und daß Lady Millicent, auch wenn er mit ihr flirtete, ihm nichts bedeutete.

»Wonach sucht er eigentlich?« fragte sie sich. »Was erwartet er noch vom Leben, das er nicht schon besitzt?«

Als ob eine Stimme in ihrem Inneren spreche, wußte sie plötzlich die Antwort darauf.

Dann sagte sie sich rasch, falls das die Wahrheit sei, wolle sie lieber nicht darüber nachdenken.

Das Mittelmeer, erstaunlich warm für die Jahreszeit, war nicht nur so blau wie das Gewand der Madonna, sondern auch ruhig wie der sprichwörtliche Ententeich.

Während sie ostwärts segelten, stellte Betty, die unter dem am Heck des Schiffes aufgespannten Sonnensegel saß, mit Unbehagen fest, daß Lady Millicent den Marquis völlig mit Beschlag belegt hatte.

Während der ganzen Mittagsmahlzeit hatte sie vertraulich mit ihm gesprochen, und als er dann vorgeschlagen hatte, alle sollten nach draußen an die Luft gehen, war es ihr irgendwie gelungen, ihn beiseite zu ziehen, und beide blieben für eine Weile verschwunden.

Harry Prestwood setzte sich hastig neben Betty, und als wolle er sie von den düsteren Gedanken ablenken, sagte er:

»Sie sehen jeden Tag reizender aus, und ich bin es leid, Sie Lady Bradwell zu nennen; darf ich so formlos sein und Betty zu Ihnen sagen?«

»Natürlich«, lächelte Betty, »und mir fällt es schwer, anders an Sie zu denken als an Harry.«

»Genau so sollen Sie mich nennen«, sagte er. »Und jetzt fange ich noch einmal von vorn an und sage Ihnen, wie schön Sie sind.«

In seiner Stimme schwang eine Aufrichtigkeit mit, die jetzt anders klang als die Komplimente, die er ihr zuerst gemacht hatte und die den Männern, die sie in Frankreich kennengelernt hatte, so leicht über die Lippen gekommen waren.

»Ich höre das gern«, sagte sie nach einem Augenblick. »Gleichzeitig finde ich oft, daß es unfair ist.«

»Was ist unfair?« fragte Harry.

»Daß das Leben für eine hübsche Frau so viel einfacher ist.«

»Nicht unbedingt.«

Sie sah ihn fragend an, als er erklärte:

»Gouvernanten, Ladenmädchen und alle Frauen in untergeordneter Stellung werden von Schürzenjägern verfolgt und oftmals in der Folge ruiniert, weil sie ein attraktives Äußeres haben.«

»Das ist vermutlich wahr«, gab Betty zu, »aber ich möchte lieber nicht darüber nachdenken.«

»Warum sollten Sie auch?« fragte er. »Alles um Sie herum sollte ebenso schön sein wie Sie. Ich wäre sehr betrübt, wenn ich Sie in Sorge, traurig oder ängstlich sähe.«

»Ich hoffe, das alles ... nie wieder zu sein.«

»Waren Sie glücklich, als Sie verheiratet waren?«

Eine kleine Pause trat ein, ehe Betty sagte:

»Darüber möchte ich lieber nicht sprechen.«

»Sie haben mir die Antwort gegeben, die ich erwartete.«

»Ich bin jetzt sehr glücklich.«

»Sprechen Sie allgemein oder von diesem besonderen Augenblick?«

Sie lachte und erwiderte:

»Beides!«

Sie schwiegen einen Moment, dann fing Harry an:

»Sie haben irgend etwas an sich, das anders ist als bei den Frauen, die ich Abend für Abend treffe, auf jedem Fest, jedem Ball, jedem Empfang.«

»Ich freue mich, daß ich Ihnen so anders erscheine, aber in welcher Weise?«

»Ich habe schon versucht, mir das selbst zu erklären«, sagte Harry ernst, »und mir wurde plötzlich klar, daß es daran liegt, daß Sie ein von Grund auf guter Mensch sind, und das ist ungewöhnlich in der Gesellschaft, in der ich mich bewege.«

Betty sah ihn mit verwirrtem Gesichtsausdruck an.

»Ich hoffe, daß ich gut bin, aber falls dem so ist, was tun denn schlechte Frauen, das sie anders erscheinen läßt?«

»Es ist eigentlich nicht das, was sie *tun*«, sagte Harry nachdenklich, »sondern das, was sie *denken*. Ich habe das Gefühl, Betty, daß Ihre Gedanken nobel und schön sind und daß Sie Menschen nicht heftig hassen und auch nicht diejenigen, die Sie lieben, verspotten, belügen oder enttäuschen.«

Betty stieß einen leisen Entsetzensschrei aus.

»Das will ich doch hoffen! Aber ich kann nicht glauben, daß all die anderen Frauen so schrecklich sind, wie Sie sagen.«

Harry lächelte.

Dann rückte er etwas näher heran und schlug vor:

»Wir sollten die anderen Frauen vergessen und über Sie sprechen.«

5

Tarina, die am Bullauge ihrer Kabine stand, sah zu, wie die Gesellschaft über den schmalen Außenpier ging, an dem die *Sea Siren* vertäut war.

Sie dachte, daß Betty sehr hübsch aussah und daß Lady Loraine mit ihrem gewinnenden Lächeln und ihrer leisen, freundlichen Stimme wohl jemand war, den sie immer gern haben würde.

Sie hatte der Lady zwar nur kleine Dienste erwiesen, doch dafür nicht nur Dankbarkeit, sondern auch Lob und eine Sympathie geerntet, die Tarina recht anrührte.

»Sie sind so hübsch«, hatte Lady Loraine erst gestern zu ihr gesagt, »ich bin sicher, daß Sie eine interessantere Tätigkeit finden könnten als die einer Zofe.«

»Ich bin sehr glücklich mit dem, was ich bin«, antwortete Tarina.

»Das ist natürlich das Wichtigste«, hatte Lady Loraine lächelnd gesagt, »und nochmals vielen Dank, *Mademoiselle*, daß Sie mein Kleid so vortrefflich geflickt haben.«

Als sie beide vorsichtig über den hölzernen Steg gingen, folgten ihnen Harry Prestwood, Lord Loraine und der Marquis.

Wann immer sie ihn zu sehen bekam, fiel es Tarina unwillkürlich auf, daß er anders war als alle anderen, und obwohl sie sich selbst sagte, es sei wohl nur Einbildung, hatte er doch eine merkwürdige Wirkung auf sie.

Es war fast, als würde sie ihm in Erregung entgegen getragen und spüre von ihm ausgehende Erregungen, wann immer sie seine Stimme vor ihrer Kabine oder an Deck hörte, ohne daß sie sich das erklären konnte.

Die ganze Zeit über, die sie auf der Yacht verbrachte, war sie sich seiner lebhaft bewußt.

Ob sie ihn nun gerade sah oder nicht, sie empfand seine Persönlichkeit so stark, daß es ihr unmöglich war, ihm zu entkommen.

Sie hatte sorgfältig vermieden, an Deck zu gehen, wenn die Möglichkeit bestand, daß er dort irgendwelche Turnübungen machte oder sich mit seinen Freunden erging.

Sie schlüpfte auch nur dann in sein Studierzimmer, um Bücher auszuleihen, wenn er beim Dinner oder in irgendeinem Hafen an Land gegangen war.

Während der Fahrt auf dem Roten Meer war es sehr heiß gewesen, so daß Betty und die anderen Gäste nichts weiter als unter dem Sonnensegel liegen wollten.

»Es ist sogar zum Plaudern noch zu heiß«, hatte Betty ihr gesagt und dann hinzugefügt:

»Lady Millicent scheint dem Marquis jedoch viel zu erzählen zu haben.«

Tarina antwortete darauf nicht, doch als die Tage so dahinflossen, hatte sie, auch wenn sie nichts davon erwähnte, das Gefühl, Betty sei gar nicht so böse über Lady Millicents Anspruch auf den Marquis, wie sie erwartet hatte.

Dann geschah etwas, das Tarina entsetzte und ihr das Gefühl gab, der Marquis sei wirklich so unangenehm, wie sie ihn zuerst eingeschätzt hatte.

Es war ein brütend heißer Tag ohne den geringsten Luftzug gewesen. Als die Gesellschaft zum Dinner in den Salon ging, glaubte Tarina es unter Deck nicht länger aushalten zu können.

Sie ging daher hinauf an jenes Deck, das vom Sonnensegel verdeckt war, so daß keine Gefahr bestand, daß die Gäste des Marquis sie sehen könnten.

Es war ein wunderschöner Abend. Der Himmel war voller Sterne, die sich in der glatten See spiegelten; das Schiff zog eine glitzernde Spur hinter sich her.

Es war so schön, daß Tarina dasaß wie in Trance.

Dann hob sie das Gesicht zu den Sternen; als sie sie betrachtete, schienen sie eine Botschaft für Tarina und die ganze bekümmerte und mühselige Welt zu haben.

»Warum müssen wir die Dinge häßlich machen, wenn soviel Schönheit uns umgibt?« fragte sich Tarina, wie gebannt von dem Anblick.

Der blasse Mond stieg langsam am Himmel empor, und sein Licht zusammen mit dem der Sterne verlieh allem einen magischen Glanz.

Tief in ihrem Inneren bewegte sie all das, was sie auf der Reise in den Büchern gelesen hatte.

Sie fühlte sich, als antworteten ihr Geist und ihre Seele auf etwas, das zwar außerhalb ihrer Reichweite lag und doch ein Teil ihrer selbst war.

Plötzlich fiel ihr ein, daß es bereits sehr spät sein müsse, weil sie keine Stimmen mehr hörte; sie nahm an, alle seien zu Bett gegangen.

Sie fühlte sich vom langen Sitzen an Deck ein bißchen steif. Sie stand daher auf und wollte über das leere Deck zurückgehen.

Doch kaum hatte sie ihr Versteck verlassen, da traten direkt vor ihr zwei Menschen hinter dem Sonnensegel hervor.

Hastig zog sie sich in den dunklen Schatten des Schiffsaufbaus zurück und lehnte sich dagegen; sie war sicher, daß sie so nicht gesehen werden konnte.

Da erkannte sie, daß der Marquis und Lady Millicent an der Reling standen, und sie hörte ihn mit einer Stimme, die für sie immer jene merkwürdige Erregung zu besitzen schien, zu ihr sagen:

»Das ist der Stern, den ich dir zeigen möchte.«

Dabei wies er zum Himmel, doch Lady Millicent antwortete leise:

»Ich bin nicht an Sternen interessiert, Vivien, sondern an dir!«

Sie streckte ihm die Arme entgegen und zog seinen Kopf zu sich herab.

Sie trug ein glitzerndes Kleid aus Tüll und glitzernden Blättchen, das Tarina ihr vor dem Dinner anzuziehen geholfen hatte. Im Licht von Mond und Sternen schien sie zu glänzen, als sei sie direkt dem Meer entstiegen.

Tarina hatte noch nie gesehen, wie ein Mann und eine Frau sich leidenschaftlich küssen.

Während der Marquis und Lady Millicent einander umschlungen hielten, hatte sie ein merkwürdiges Gefühl in der Brust, völlig anders als alles, was sie je empfunden hatte.

Der Marquis hob den Kopf, und Lady Millicent sagte:

»Du erregst mich, Vivien, wie du es immer tust. Ich möchte dir sehr viel näher sein als in diesem Augenblick. Laß mich nicht zu lange warten, mein wundervoller Geliebter.«

Der Ton, in dem sie sprach, war noch leidenschaftlicher als die Worte.

Dann wandte sie sich um und ging mit solcher geschmeidiger Anmut davon, daß Tarina den Eindruck hatte, daß sie wie eine Schlange in die Dunkelheit glitt.

Der Marquis verharrte einen Augenblick und hob dann wieder das Gesicht zu den Sternen.

Als er sich umwandte, mußte das Schiff die Richtung geändert haben, denn plötzlich fiel das Mondlicht direkt auf die Stelle, an der Tarina stand.

Ihr Gesicht war mit einem Mal hell beleuchtet, und der Marquis konnte sehen, wie ihre Augen ihn über das Deck hinweg groß und erstaunt ansahen.

Einen Augenblick stand er wie versteinert da, und Tarina hatte das Gefühl, keinen Ton herauszubringen.

Dann sagte er ruhig in einem seltsamen Tonfall:

»Vermutlich sind Sie an Deck gekommen, um die Sterne zu sehen. Heben Sie also die Augen zu ihnen empor und schauen Sie nicht nach unten auf das irdische Treiben.«

Das war ein Befehl, und dennoch hatte sie das Gefühl, es sei auch eine Bitte, wenn sie auch keine Ahnung hatte, wieso und warum.

Sie ließ ihn ohne Antwort, und nach einem Augenblick drehte er sich um und verschwand hinter dem Sonnensegel wie vorher Lady Millicent.

Erst als sie in ihre eigene Kabine zurückkehrte, bemerkte Tarina, wie sie zitterte; sie war entsetzt und empört.

Sie sah ein, wie dumm sie gewesen war, wie ahnungslos und töricht, daß sie nicht eher erkannt hatte, daß Lady Millicent nicht nur mit dem Marquis flirtete, sondern seine Geliebte war.

»Wie kann sie ... sich so benehmen ... wo sie doch verheiratet ist?« fragte sich Tarina.

Es war so überraschend und so anders als alles, was sie in ihrem ruhigen und schlichten Leben im Pfarrhaus kennengelernt hatte, daß ihre Wangen vor Verlegenheit brannten.

Was hatte sie gesehen? Was hatte sie gehört?

»Wie konnte ich so einfältig sein, nicht zu bemerken, daß ... daß Damen wie Lady Millicent sich ... sich eben so verhalten?« fragte sie sich.

Als überschwemme diese neue Erkenntnis sie wie die Wellen der See, verstand sie plötzlich viele Dinge, die sie früher verwirrt hatten.

Sie erinnerte sich an gelegentlich aufgeschnappte Bemerkungen über den Prinzen von Wales, an ihres Vaters Mißbilligung der Damen, die immer in seiner Gesellschaft waren, und einiger Dinge, die Betty erwähnt hatte.

Als Betty gemerkt hatte, wie unwissend ihre kleine Kusine war, hatte sie rasch das Thema gewechselt, doch Tarina erinnerte sich jetzt an den Ausdruck in ihren Augen.

Liebende!

Sie hatte dieses Wort geistig immer mit Romeo und Julia verbunden oder mit den Liebesgedichten, die sie gelesen und auf die sie reagiert hatte, ohne ihren Sinn wirklich zu verstehen, wie es ihr jetzt vorkam.

Daß eine verheiratete Frau wie Lady Millicent, die nach Indien zu ihrem Mann reiste, mit einem anderen Mann das Bett teilte, erschien ihr entsetzlich.

Es war so skandalös, daß sie in der Dunkelheit wachlag und dachte, Betty sollte sich nicht mit einem so dreisten und unmoralischen Menschen zusammentun.

Dann drängte sich ihr, fast wie die Schlangenbewegungen von Lady Millicent selbst, die Frage auf, ob Betty wohl bereit sei, im Leben des Marquis dieselbe Rolle zu spielen.

»Wie könnte sie so etwas tun?« dachte Tarina.

Dann fiel ihr zu ihrer unendlichen Erleichterung ein, daß Betty ja noch ungebunden war.

Der Marquis könnte Betty heiraten, und da sie das ja auch beabsichtigte, könnte sie ihm vielleicht sein gegenwärtiges Verhalten verzeihen, sobald Lady Millicent erst einmal das Schiff verlassen hatte.

Gleichzeitig empfand Tarina das alles als empörend und demütigend.

Da sie befürchtete, stiller Zeuge davon zu werden, wie der Marquis in Lady Millicents Kabine ging oder sie in die seine, bedeckte sie ihre Ohren mit den Händen.

»Es ist schlecht, es ist verdorben, und Papa wäre sehr, sehr empört!« flüsterte sie.

Doch auch sie selbst empfand in dieser Weise, und für den Rest der Nacht lag sie schlaflos.

Als sie einige Tage später Kalkutta erreichten, war Tarina unsagbar froh. Sie wußte, daß Lady Millicent nun von Bord gehen würde.

Sie sagte Betty nichts, und weil ihre Kusine nicht so erfreut schien, wie sie erwartet hatte, hielt sie es für das Beste, gar nicht darüber zu sprechen.

Tatsächlich verhielt sich Betty, nachdem die Yacht Lady Millicent abgesetzt hatte und wieder in See gestochen war, so still, daß Tarina meinte, sie müsse wohl krank sein.

»Warum bleibst du nicht heute im Bett?« fragte sie, da Betty so blaß und ruhig dalag.

»Nein, nein«, sagte Betty rasch, »natürlich muß ich aufstehen.«

»Du siehst so müde aus, Liebste.«

»Es ist von der Hitze«, wich Betty widerstrebend aus, »aber es heißt, morgen würde es kühler sein.«

Es wurde in der Tat etwas kühler, als aus Südwesten Wind aufkam, doch Betty war noch immer nicht so fröhlich und munter wie sonst.

Tarina dachte, sie müsse wohl unter der Untreue des Marquis leiden.

»Sicher wird sich alles zum Guten wenden«, sagte sie tröstend zu sich selbst, »da nun diese schreckliche Lady Millicent fort ist.«

Lady Loraine fragte sie, ob sie wohl ein Kleid ausbessern könne, das einen kleinen Riß aufwies.

»Ich wollte Sie vorher nicht darum bitten, *Mademoiselle*«, sagte Lady Loraine mit ihrer sanften Stimme, »da Sie sich auch um Lady Millicent kümmern mußten. Doch ich wäre Ihnen nun sehr dankbar, wenn Sie das für mich flicken könnten. Ich gebe zu, daß ich mit Nadel und Faden leider nicht umgehen kann.«

»Natürlich werde ich es für sie erledigen, Mylady«, erwiderte Tarina, »und von nun ab habe ich viel Zeit dazu.«

»Ich habe immer gehört, Lady Millicent sei sehr anspruchsvoll«, sagte Lady Loraine mit einem Lächeln.

»Sehr sogar!« stimmte Tarina zu.

Der Klang ihrer Stimme verriet ihre offensichtliche Mißbilligung der dunkeläugigen Schönheit und ihre Erinnerung daran, wie unangenehm sie gewesen war.

»Jetzt werden wir eine fröhliche und behagliche Gesellschaft sein«, bemerkte Lady Loraine wie zu sich selbst. »Lady Millicent hatte schon immer nur einen störenden Einfluß.«

Der Tonfall dieser Worte erweckte in Tarina das Verlangen, ihr anzuvertrauen, wie sehr sie Lady Millicent verabscheute und mißbilligte, doch sie wußte, daß keine Zofe so etwas tun würde.

Sie nahm Lady Loraines Kleid zur Ausbesserung mit in ihre Kabine.

Nur mit Hunt konnte sie darüber sprechen, wie aufgeregt sie war, als sie den Chao P'Raya-Fluß erreichten.

Aus den Büchern des Marquis hatte sie gelernt, wie wichtig er für das Königreich Siam war und daß die westlichen Geographen ihn unter dem Namen *»Menam«* oder *»Mutter des Wassers«* kannten.

Nur, weil sie den Flußverkehr kontrollierten, waren die Ayudhya-Könige in der Lage, fast das ganze Gebiet des heutigen Siam zu beherrschen.

Während sie langsam den Fluß hinauf in Richtung Bangkok fuhren, war Tarina fasziniert von den zahlreichen Booten, Dampfern und Barken aller Art, die die Wasserstraße bevölkerten.

Sie konnte den Schrecken und die Panik des vergangenen Jahres gut nachvollziehen, als die französischen Kanonenboote das Feuer auf die siamesichen Küstenstädte eröffnet hatten.

Die Einwohner in ihren Holzhütten, die auf Pfählen in das Wasser hineingebaut waren, mußten Todesängste ausgestanden haben.

Als die Yacht Anker warf und Tarina in der Ferne die vergoldeten Türme der Tempel und Paläste sehen konnte, fand sie Bangkok genauso aufregend, wie sie erwartet hatte.

Das Einzige, was ihr Sorgen machte, war die Frage, wie sie an Land kommen und sich alles ansehen könne.

Doch Hunt beruhigte sie; da der Marquis zweifellos viele Unterredungen mit dem König führen müsse, würde sie genug Zeit haben, die Stadt und alles, was sie enthielt, zu besuchen.

»Ich hoffe nur, daß Sie recht behalten«, antwortete Tarina.

Sie ging ganz früh morgens an Deck, wenn noch niemand sonst draußen sich aufhielt, und sah den Fluß schon lebendig voller Boote und Barken; die Sonne glitzerte in der Ferne auf einem Gebäude, von dem sie wußte, daß es der Palast des Königs war.

Als sie den Marquis jetzt von Bord gehen sah, in weißer Hose und blauer Bootsjacke, wünschte sie sich mehr als je etwas zuvor, sie könne ihn begleiten.

Betty hatte ihr erzählt, er und seine Gäste seien von König Chulalongkorn in den Palast eingeladen worden.

Nach dem Mittagessen sollten sie durch eines der schönsten Gebäude Bangkoks geführt werden.

»Du hast Glück, solches Glück!« murmelte sie und schämte sich dann, weil sie einen gewissen Neid aufkommen fühlte.

Was konnte sie anderes als Dankbarkeit verspüren, Siam erreicht zu haben, ein Land, das zu sehen sie sich nie auch nur hätte träumen lassen können?

Sie würde zwar nicht den König sehen, doch sie konnte die goldglitzernden Pagoden und die Schönheit des Flusses betrachten.

Sobald der Marquis und seine Gesellschaft außer Sicht waren, lief sie hinauf an Deck, und in der warmen, feuchten Luft beobachtete sie die vorbeiziehenden Boote und die Menschen am Ufer.

In ihren Büchern hatte stets gestanden, daß in Siam alle Menschen lächeln, und tatsächlich sahen die Kinder und alle anderen Leute so aus, als lächelten sie.

Die in den Booten auf dem Fluß winkten beim Vorbeifahren, und Tarina winkte zurück.

Da trat Hunt zu ihr und sagte:

»Wenn ich mit allem fertig bin, was ich für Seine Lordschaft zu tun habe, werde ich Sie an Land bringen, *M'mselle*, wenn Sie das möchten.«

»Oh, schrecklich gern!« antwortete Tarina. »Ich möchte Ihnen so viele Fragen stellen.«

»Fragen Sie nur«, erwiderte Hunt. »Vermutlich wissen Sie schon, daß wir gegenüber dem *Oriental Hotel* vor Anker liegen, in dem der ganze Adel wohnt.«

Er wies auf ein eindrucksvoll aussehendes Gebäude und fügte hinzu:

»Wenn Sie durch die Bäume da hinten blicken, dann sehen Sie Prinzen und Lords und auch einige Millionäre herumspazieren!«

Tarina lachte und schaute interessiert auf das halb hinter Kokospalmen verborgene Gebäude.

»Es heißt, es sei zwar von zwei Schiffskapitänen erbaut worden«, erklärte Hunt, »und zwar für Seereisende wie uns, nur können wir uns das nicht leisten.«

»Wann wurde es denn gebaut?« fragte Tarina.

»Ehe Sie geboren wurden, vor ungefähr hundert Jahren!«

Tarina lachte.

»Aber Sie wünschen sich wohl eine Gelegenheit, mit dem König zusammenzutreffen«, sagte Hunt. »Muß ein ganzer Kerl sein, da er siebenundsiebzig Kinder hat.«

»Das glaube ich Ihnen nicht!« rief Tarina aus.

»Ehrenwort«, beharrte Hunt, »und davon zweiunddreißg Söhne.«

Als sie meinte, es sei Zeit zum Mittagessen, ging Tarina nach unten in ihre Kabine und sah, daß man ihr Tablett bereits gebracht hatte.

Darauf stand eine köstliche Mahlzeit, und da es sich um ein kaltes Gericht handelte, hatte ihm die Wartezeit nicht geschadet.

Die Luft war zu heiß, um viel zu essen; als sie fertig war, ließ Hunt sich immer noch nicht sehen, der mit der übrigen Mannschaft aß.

Sie nahm daher die Bücher, die sie zu Ende gelesen hatte, und wollte sie im Studierzimmer des Marquis gegen neue umtauschen.

Es war sehr still auf der Yacht. Sie ging durch die Außentür der Suite und wollte in die private Kabine mit den Büchern, die ihr so viel zum Genuß dieser Reise beigetragen hatten.

Sie hatte das Gefühl, so viel daraus gelernt zu haben, daß sie seit ihrer Abreise aus England beinahe ein anderer Mensch geworden war.

Als sie das Studierzimmer betrat, stockte ihr der Atem. Auf Stühlen standen zwei Gemälde, und auf dem Schreibtisch lag ein drittes.

Kaum hatte sie sie etwas betrachtet, da erkannte sie, worum es sich handelte. In vielen der Bücher, die sie über Siam gelesen hatte, wurden die Wandgemälde erwähnt, die die Wände der buddhistischen Tempel schmückten und *»Jatakas«* hießen.

Sie illustrierten alte Erzählungen, Fabeln und Legenden, die aus vorhinduistischen Zeiten Indiens stammten.

Tarina hatte darüber gelesen und die Hoffnung aufgegeben, sie jemals zu sehen, weil sie aus ihrer Lektüre wußte, daß die besten sich nicht in Bangkok selbst befanden, sondern in Tempeln draußen auf dem Land.

Und doch, hier lagen erlesene Reproduktionen dieser Gemälde vor ihr.

Sie waren so delikat gemalt wie Miniaturen, doch groß genug, um einen lebhaften Eindruck davon zu vermitteln, wie sie an den Wänden eines Tempels aussehen müßten.

Die Wandbilder stellten eine von mythischen Geschöpfen und Gottheiten bewohnte Welt dar, und ihre Hauptfunktion bestand darin, die Menschen etwas zu lehren.

Sie betrachtete die Gemälde und wußte, daß sie Mut, Liebe, Freundlichkeit des Herzens, Weisheit, Geduld und Wahrheit darstellten.

Diese Tafeln hatten etwas Mystisches an sich, und ihr Herz, oder vielmehr ihre Seele, reagierte darauf.

Sie betrachtete eines, dann ein anderes, und versuchte zu verstehen, was sie aussagen wollten, wie sie im Laufe der Jahrhunderte Tausende von Buddhisten etwas gelehrt hatten.

Die Tür hinter ihr öffnete sich, und da sie annahm, es sei Hunt, tat es ihr ein wenig leid, daß ihr ehrfürchtiges Gefühl, das fast einem Gebet gleichkam, gestört wurde.

»Kann es noch etwas Schöneres geben?« fragte sie.

»Ich dachte mir, daß Sie sie schätzen würden«, sagte eine tiefe Stimme.

Tarina stieß einen leisen Schrei aus und wandte sich um; nicht Hunt war gekommen, sondern der Marquis selbst.

Fassungslos sah sie ihn mit großen Augen an; seine Anwesenheit kam so unerwartet für sie, daß ihr Kopf leer zu sein schien, so daß sie kein Wort herausbrachte.

Der Sonnenschein, der durch das Bullauge fiel, ließ ihr Haar golden und rötlich schimmern, dessen Glanz sich in den Gemälden, vor denen sie stand, widerzuspiegeln schien.

Weil es so heiß war, trug Tarina nicht das schwarze Kleid, das ihrer Position als Zofe angemessen war.

Statt dessen hatte sie eines der sehr blassen mauvefarbenen angelegt, von dem Betty gesagt hatte, daß es bei Hitze genau das richtige sei.

Es war wunderbar gearbeitet, betonte ihre schlanke Taille, zeichnete ihre Hüften nach und floß in einer Flut aus Seide und Chiffon bis zu den Füßen.

Als die Augen des Marquis sie flackernd musterten, gelang es Tarina, ihre Stimme wiederzufinden, und sie stammelte fast flüsternd:

»Es ... es ... tut mir leid.«

Der Marquis schloß die Tür hinter sich.

»Vermutlich sind Sie hergekommen, um Ihre Bücher mal wieder umzutauschen«, sagte er, »wie Sie das immer tun, wenn ich ausgegangen bin.«

»Sie ... Sie wußten ... das?«

»Ich konnte kaum annehmen, daß Lady Loraine in so kurzer Zeit so viele Bücher lesen und dennoch so überaus unwissend über deren Inhalt bleiben könnte.«

Tarina hielt den Atem an.

»Es ... es tut mir leid ... es muß Ihnen ... sehr verwerflich erscheinen, aber ich befürchtete, wenn ich Ihren Kammerdiener gebeten hätte, Sie um Erlaubnis zu fragen ... hätten Sie sie mir verweigern können.«

Noch während dieser Worte erkannte sie, daß es tatsächlich für eine Untergebene absolut unangebracht war, wie sie sich verhalten hatte, und so sagte sie rasch:

»Bitte, nehmen Sie ... es Ihrem Diener nicht übel ... es war falsch von mir, Sie zu täuschen ... Es geschah nur, weil Ihre Bücher ... mir so viel bedeuteten.«

»Hat es Ihnen wirklich Freude gemacht, sie zu lesen?« fragte der Marquis.

Zum erstenmal, seit er den Raum betreten hatte, leuchteten Tarinas Augen auf.

»Ich habe eben insgeheim gedacht ... daß das, was ich gelesen habe, seit ich an Bord der Yacht von Mylord bin, mich verändert hat.«

»Verändert? In welcher Weise?«

»Ich ... ich weiß jetzt ... so viel mehr als vorher ... und, wie mein Vater gesagt hätte ... das hat mir neue Horizonte eröffnet.«

Ein Schweigen folgte, bis der Marquis sagte:

»Und nun stehen Sie entzückt vor meinen Bildern!«

Tarina schaute auf die Gemälde und sagte:

»Sie sind ... wundervoll! Ich habe über die *Jatakas* gelesen ... aber ich hätte nie gedacht, daß ich je eines davon zu sehen bekäme.«

»Und nun, da Sie sie gesehen haben, was halten Sie davon?« fragte der Marquis.

Tarina schwieg einen Augenblick, dann sagte sie:

»Ich weiß, daß sie seit Jahrhunderten dazu gedacht waren, eine Lehre zu verbreiten ... aber ich kann nicht in Worte fassen, worin genau diese Lehre bestehen soll.«

Der Marquis trat ein wenig näher heran und sah herunter auf das *Temiya Jataka*, ein Bild in fein abgestimmten Farben, das Dutzende von Menschen bei den verschiedensten Beschäftigungen zeigte.

Jedes Portrait war ein Miniaturbild für sich, und doch bildeten alle zusammen ein Ganzes, und als Tarina genauer hinschaute, fiel ihr die Antwort auf die Frage des Marquis ein.

»Ich denke«, sagte sie gedehnt, »daß diese Bilder nicht nur dazu gedacht sind, daß man sie mit den Augen ansieht, sondern auch mit dem Instinkt – oder vielleicht sollte ich sagen, mit der Seele.«

Der Marquis schwieg eine Weile, dann sagte er:

»Sie fassen das in Worte, was ich selbst auszudrücken versuchte.«

»Dann verstehen Sie diesen Inhalt der Gemälde also?« fragte Tarina eifrig. »Wichtig ist, was sie jedem Menschen spontan zu geben vermögen, der sie ansieht, und nicht, was wir aus ihnen zu lernen *versuchen*.«

Ein kurzes Schweigen folgte, ehe der Marquis in scharfem Tonfall fragte:

»Wer sind Sie?«

Tarina fuhr zusammen, als habe er sie aus einem Dämmerschlaf geweckt.

Als sie zögerte und nach Worten suchte, sagte er:

»Ich meine nicht Ihr Erscheinen auf meiner Yacht in der Eigenschaft einer Zofe, sondern Ihre wirkliche Identität.«

Er machte eine Pause und fügte dann hinzu:

»Ich glaube zum Beispiel nicht, daß Sie Französin sind, wie man mir sagte.«

Tarina fühlte den Drang, sich zu wehren und ihm zu sagen, was sie und Betty beschlossen hatten, daß nämlich ihr Vater Franzose sei und ihre Mutter Engländerin.

Doch weil sie dazu erzogen worden war, nicht zu lügen, spürte sie, daß sie errötete und schuldbewußt aussah.

»Ich bin sicher, es gibt eine vernünftige und für alle annehmbare Erklärung dafür«, fuhr der Marquis fort, »daß Lady Bradwell gerade Sie auf meine Yacht mitgebracht hat, aber ich möchte dennoch zu gern wissen, wie es kommt, daß Sie ganz anders denken als all meine anderen Gäste und daß Sie im Hinblick auf diese Bilder dasselbe empfinden wie ich?«

»Ist das wirklich wahr?« fragte Tarina. »Ich hätte nicht gedacht ...«

Sie hielt inne, weil sie erkannte, daß das, was sie zu sagen im Begriff war, zu persönlich war.

»Daß ich so fühlen könnte?« fragte der Marquis. »Ich glaube zu verstehen, warum Sie so denken. Tatsache ist, daß ich vor vier Jahren hier war und in einem Tempel auf dem Land einen Künstler traf, der gerade die Wandgemälde kopierte; ich beauftragte ihn, für mich einige Reproduktionen anzufertigen.«

Er lächelte, ehe er fortfuhr:

»Ich hatte fast vergessen, daß ich sie bestellt hatte, doch die Siamesen sind sehr gewissenhaft, und Zeit ist für sie unwichtig. Der Künstler brachte mir die Bilder, nachdem wir gestern abend vor Anker gegangen waren.«

»Ich bin überaus froh, sie zu Gesicht bekommen zu haben.«

»Das sehe ich«, sagte der Marquis ruhig. »Aber ich warte noch immer auf die Antwort auf meine Frage.«

»Ich glaube, Mylord, es ist unnötig ... und vielleicht ein Fehler ... mich überhaupt zu bemerken.«

»Das ist eine lächerliche Antwort!« sagte der Marquis scharf. »Wie könnte ich Sie nicht bemerken? Wie könnte ich mir Ihrer Anwesenheit nicht bewußt sein, selbst wenn ich Sie nicht sehe?«

Tarina sah ihn erstaunt an. Dann sagte sie, ohne zu überlegen:

»Wie können Sie so empfinden, während ich ...«

Sie hielt inne, weil das, was sie sagen wollte, ihr zu aufschlußreich schien, und der Marquis sagte ruhig:

»... während Sie dasselbe im Hinblick auf mich fühlen!«

Er blickte erneut auf seine Gemälde herab und sagte:

»Braucht einer von uns wirklich eine Erklärung? Ich habe jedes Buch über den Buddhismus gelesen, das hier in meinen Regalen steht. Und jedes dieser Bücher bringt ganz deutlich zum Ausdruck, daß dieses Leben nur eines von vielen ist.«

Er machte eine Pause und fuhr dann langsamer fort:

»Wenn Sie und ich einander so deutlich bewußt sind, so deshalb, weil wir uns schon früher gekannt haben und unsere innere Erregung oder das, was Sie unsere Seele nennen, eine klarere Wahrnehmungsgabe besitzt als unsere Augen.«

»Glauben Sie ... das wirklich?«

»Ich bin dessen ganz sicher«, antwortete der Marquis, »und ich glaube, das sind Sie auch.«

Tarina senkte die Augen und sagte:

»Mein Vater und ich, wir haben oft darüber gesprochen. Er meinte, der Buddhismus sei eine gerechte und vernünftige Religion, und er dachte, wenn man sich in seine Philosophie vertiefe, so passe sie ausgezeichnet zur traditionellen christlichen Lehre.«

Der Marquis lachte kurz auf.

»Nachdem Sie mir all das erzählt haben, könnten Sie mir eigentlich auch sagen, wer Sie sind, es sei denn, Sie sind aus einem dieser Wandgemälde gestiegen, um mich zu unterhalten oder zu verwirren.«

»Ich glaube, das ist eine sehr gute ... Erklärung«, antwortete Tarina. »Bitte, Mylord, könnten wir es ... einfach dabei belassen?«

Sie sah, daß er etwas sagen wollte, und fügte rasch hinzu:

»Doch da ich wohl kaum wieder in das Bild zurückgehen kann, wäre ich dankbar, wenn Seine Lordschaft mich auf dieselbe Weise wieder nach Hause bringen würde, auf die ich hergekommen bin.«

Jetzt fiel ihr auf einmal ein, daß, wenn der Marquis zurückgekommen war, auch die übrige Gesellschaft zurück sein müßte, und sie beeilte sich zu sagen:

»Wenn Ihre Ladyschaft zurückgekommen ist, sollte ich zu ihr gehen.«

»Das hat keine Eile«, versicherte der Marquis. »Lady Bradwell und die übrige Gesellschaft besichtigen den Palast, und da ich ihn schon kenne und meine Unterredung mit dem König beendet war, kam ich allein zur Yacht zurück.«

»Ich muß ... vorsichtiger sein!« sagte Tarina. »Ich kann mich nur noch einmal dafür entschuldigen, daß ich ... ohne Ihre Erlaubnis die Bücher seiner Lordschaft gelesen habe.«

Der Marquis machte eine Handbewegung:

»Mein Studierzimmer steht zu Ihrer Verfügung, und ich hoffe auch, daß Ihnen meine Bilder gefallen.«

Tarinas Beklemmung wich allmählich.

»Danke ... danke!« sagte sie. »Aber ›gefallen‹ ist nicht das richtige Wort. Sie bezaubern mich! Und ich glaube, ihr bloßer Anblick lehrt mich mehr als ein ganzer Stapel Bücher darüber.«

Sie sprach mit einem Unterton von Entzücken, der dem Marquis nicht entging. Dann drang er erneut auf sie ein:

»Ich warte noch immer darauf zu erfahren, wo Sie so viel über Themen gelernt haben, über die ich übrigens noch nie mit einer Frau gesprochen habe.«

Tarina hielt es für ungefährlich, ehrlich zu sein, und antwortete:

»Mein Vater war ein humanistisch gebildeter Gelehrter, Mylord, und schrieb in Oxford seine Doktorarbeit über östliche Philosophie.«

»Und nachdem er Ihnen so viel beigebracht hat, hat Ihr Vater Ihnen dann etwa gestattet, diese erniedrigende Stellung als Zofe anzunehmen?«

»Mein Vater ... ist tot.«

»Also deshalb tragen Sie Mauve!« bemerkte der Marquis. »Darf ich Sie darauf aufmerksam machen, daß Sie ein sehr schönes und sehr teures Kleid tragen?«

Ein Unterton von Argwohn schwang in seiner Stimme mit, den Tarina nicht verstand; weil der Marquis etwas an sich hatte, das sie den Blick senken ließ, sagte sie:

»Jedesmal, wenn ich eines der schönen Kleider anziehe, die ich jetzt besitze, spreche ich ein Dankgebet dafür, daß etwas so Hübsches nun mir gehört.«

Noch bei diesen Worten erinnerte sie sich, daß sie, als sie auf Deck den Marquis Lady Millicent hatte küssen sehen und die weiteren Folgen begriffen hatte, auch dieses Kleid als häßlich empfunden hatte.

Sie war nicht nur entsetzt und angewidert gewesen, weil eine verheiratete Frau sich so benahm, sondern irgendwie auch darüber, daß der Marquis sich für so etwas hergab.

Er mußte gespürt haben, was sie dachte, weil ihre Augen sehr ausdrucksvoll waren, denn er sagte mit Bestimmtheit:

»Ich habe Ihnen doch gesagt, Sie sollten die Sterne ansehen und vergessen, wie oft sie in Verzerrung widergespiegelt werden.«

Sie spielte nicht, als ob sie seine Worte nicht verstehe, und sagte daher nach einer kurzen Pause:

»Was falsch ... und böse ist ..., verdirbt die Schönheit ..., die Gott uns geschenkt hat.«

»Gott hat uns als Menschen geschaffen«, erwiderte der Marquis, »doch weil Sie noch sehr jung sind, sind Sie unduldsam gegen menschliche Schwächen. Wenn Sie älter geworden sind, werden Sie eher verstehen, daß ein Mann das Glück da suchen muß, wo er es finden kann.«

Tarina machte eine beiläufige hilflose Geste.

»Sie haben recht«, gestand sie leise, »und ich merke, daß ich ... sehr unwissend ... und wahrscheinlich sehr töricht bin.«

»Beidem würde ich nicht zustimmen«, erwiderte der Marquis. »Aber versuchen Sie nicht, diese gesellschaftliche Unmoral nachzuahmen. Man kann keinen Schmutz berühren, ohne sich damit zu besudeln.«

Tarina sah ihn verwirrt an, und er fuhr fort:

»Nicht nur ihre Handlungen sind es, die die Menschen verderben, sondern auch ihre Gedanken. Was Sie im Augenblick denken, ist Ihrem Wesen selbst fremd, und es ist nicht das, was meine Bilder Ihnen zu sagen vermögen.«

»Sie haben recht ... natürlich, Sie haben vollkommen recht!« sagte Tarina leise. »Und das ist etwas ..., das ich ... selbst hätte wissen müssen.«

»Werden Sie dafür alles vergessen, was Sie verstört hat?«

»Ich werde ... es versuchen«, hauchte Tarina bescheiden, »aber manchmal ... ist es schwierig.«

»Es ist immer schwierig«, sagte der Marquis. »Aber wenn alles so einfach wäre, gäbe es nichts, wofür man kämpfen könnte, nichts, das zu erreichen sich lohnte.«

Tarina stieß einen leisen Schrei hervor.

»Das ist wahr, und wenn man den Horizont erreicht hat, so öffnet sich immer noch ein weiterer. Wie konnte ich so dumm sein, das zu vergessen?«

»Warum geschah Ihnen das?«

»Weil ich Angst hatte.«

Bei diesen Worten erinnerte sie sich, welche Verzweiflung sie verspürt hatte, als ihr Vater gestorben war und sie gesehen hatte, wie wenig Geld ihr blieb.

Sie wußte noch, wie inbrünstig sie auf dem Weg nach London gebetet hatte, Betty möge ihr helfen.

Und als sie es am wenigsten erwartet hatte, hatte sich das plötzliche Strahlen eines Regenbogens am bewölkten Himmel diese zauberhafte Reise ihr angeboten, und die düsteren Gedanken waren verflogen, alles glänzte hell.

»Eine echte Entdeckungsreise!« sagte sie fast tonlos.

Der Marquis zuckte zusammen.

Er erinnerte sich dessen, was der Außenminister zu ihm gesagt hatte und an die Worte, er werde vielleicht den Stern finden, nach dem er immer gesucht hatte.

Als verstöre ihn dieser Gedanke, ging er durch den Raum, griff in ein Regal und nahm einige Bücher herunter.

»Diese haben Sie noch nicht gelesen«, sagte er. »Wenn Sie damit fertig sind, würde es mich interessieren, was sie für Sie bedeuten, sowohl für Ihren Geist als auch für Ihre Seele.«

Tarina nahm die Bücher entgegen, wobei sie merkte, daß etwas abrupt den Verlauf ihrer Unterhaltung verändert hatte und er jetzt wollte, daß sie ging.

Mit den Büchern in der Hand ging sie zur Tür. Dann blickte sie zurück, deutete leicht einen Knicks an und sagte:

»Danke, Mylord, danke ... vielen Dank!«

Sie schloß leise die Tür hinter sich und lief dann in ihre Kabine.

Sie hatte das zwingende Gefühl, sie laufe vor etwas Überwältigendem davon, vor dem es jedoch kein Entkommen gäbe, weder jetzt noch jemals.

Weil sie merkte, daß ihr Herz heftig schlug, und sie spürte, eine merkwürdige Erfahrung gemacht zu haben, die irgendwie mystischer Art war und gleichzeitig alles in ihr in Aufruhr versetzte, beschlich sie geheime Angst.

Wie hatte sie nur so reden können, ausgerechnet mit dem Marquis?

Wie hatte sie sich ihm so vertraut fühlen können, ihre wirklichen Gedanken und Gefühle zu äußern?

Aber wie hatte er ihr solche Fragen stellen und ihr gleichzeitig anvertrauen können, er sei sich ihrer Erregung ebenso bewußt gewesen wie sie sich seiner?

»Ich muß träumen... so etwas kann er doch nicht gesagt haben!« dachte Tarina bei sich.

Als sie dann auf ihrem Bett saß und nachzudenken versuchte, schien es ihr, als sei ihr Denken so unentwirrbar durcheinander wie ein Labyrinth ohne Ausgang.

Der Gedanke beherrschte sie, daß der Marquis ganz anders war, als sie zuerst vermutet hatte und als er auf andere zu wirken schien.

Wenn sie diese Worte von ihm wirklich gehört und nicht nur geträumt hatte, dann war alles, was sie über ihn erfahren hatte und was ihn als verwöhnten, zynischen, ausschweifenden Schürzenjäger schöner Frauen erscheinen ließ, eigentlich völlig falsch.

Dieses Bild stellte vielleicht eine Hälfte von ihm dar, doch die andere Hälfte, die er ganz für sich behielt, mußte völlig verschieden davon sein.

Es war, als sehe sie die bösen Dämonen und die himmlischen Gottheiten der Wandgemälde in einem Menschen vereint.

Nun begriff sie zum erstenmal in ganzer Tragweite die Worte ihres Vaters, jeder Mensch trage Gott und zugleich den Teufel in sich und habe die Freiheit zu wählen, wer ihn führen solle.

Während sie so dasaß und an den Marquis dachte in dem prickelnden Bewußtsein, daß etwas in ihr sich nach ihm ausstreckte und sie sich seiner von dem Augenblick des Betretens an Bord der *Sea Siren* an deutlich bewußt gewesen war, spürte sie im Herzen eine Beklemmung, Betty gegenüber illoyal zu sein.

Schließlich war es Betty, die sie hergebracht hatte, Betty, die sie mit ganzer Seele liebte und der sie doch helfen wollte, und Betty beabsichtigte doch den Marquis zu heiraten.

»Ich bin sicher ... er wird sie ... sehr glücklich machen«, sagte Tarina laut.

Aber dann wimmerte sie fast über den Schmerz, den dieser Gedanke ihr einflößte, und entsetzt gestand sie sich den Grund dafür ein.

6

Tarina fand keinen Schlaf.

Sie lag wach und dachte an den Marquis und an all die seltsamen Dinge, die seit ihrer Abreise aus London geschehen waren.

Dann, als das erste Morgenlicht durch das Bullauge fiel, stand sie auf und beobachtete, wie der Himmel allmählich heller wurde und die Sterne verblaßten.

Sie erinnerte sich daran, wie der Marquis ihr gesagt hatte, sie solle die Sterne betrachten, als sie ein leises Geräusch auf der anderen Seite der Kabine hörte. Sie wandte sich um und schaute nach der Tür.

Zu ihrem Erstaunen sah sie, daß ein Stück Papier darunter durchgeschoben wurde.

Sie hob es auf und erkannte an der wohl ausgeformten starken Handschrift, daß es die Schrift des Marquis war.

»Würden Sie mich, falls Sie wach sind, zum Schwimmenden Markt begleiten? Gehen Sie zum Pier neben unserer Yacht, der zum Oriental Hotel gehört.«

Sie las die Worte, zuerst mit Erstaunen, dann mit steigender Erregung.

Sie hatte vom Schwimmenden Markt gehört und davon, wie einzigartig er in Bangkok war, doch da sie wußte, daß er sehr früh am Morgen abgehalten wurde, hatte sie angenommen, sie würde nie die Gelegenheit haben, dorthin zu gehen.

Bewegt von einem inneren Drängen, nicht nur den Marquis zu sehen, sondern ihn auch nicht warten zu lassen, wusch sie sich und zog dann aufs Geratewohl das erstbeste Kleid an, das ihr in die Hände fiel.

Als sie sich dann im Spiegel betrachtete, um sich zu frisieren, sah sie, daß sie ein sehr hübsches Baumwollkleid trug, das Betty sicher in Paris gekauft hatte.

Der Schnitt des Kleides und die englische Stickerei mit den mauvefarbenen Durchziehbändern gaben ihm etwas sehr Ausgefallenes.

Das Kleid war so hübsch und gleichzeitig so schlicht, daß es einen ganz eigenen Schick besaß.

Während Tarina ihr Haar ordnete, fiel ihr ein, daß sich ein Hut mit nicht allzu breitem Rand in dem Gepäck befand, der dazu paßte.

Der Hut war aus weißem Musselin, mit mauvefarbenen Bändern verziert und, wie Tarina empfand, genau das Richtige für ein junges Mädchen.

Sie fragte sich, ob er nicht zu jugendlich für sie sei, und war davon überzeugt, daß er für eine Zofe wahrlich zu elegant wirkte.

Es blieb aber keine Zeit mehr, sich umzuziehen, und so nahm sie ihre Handschuhe und schlüpfte aus ihrer Kabinentür in die Dämmerung des Ganges.

Niemand schien in der Nähe zu sein; alles lag still.

Sie eilte hinauf an Deck; da von keinem Dienstboten etwas zu sehen war, aber eine Tür offenstand, vermutete sie, der Marquis müsse sie wohl entriegelt haben.

Sie brauchte nur ein paar Minuten, um bis zu dem besagten Pier zu gelangen, an dessen Ende man den Garten des *Oriental Palace* betrat.

Sie sah, daß der Pier, der zum Hotel gehörte, sich am hinteren Ende des Gartens befand. Unter den Kokospalmen führte ein Weg hin, und der Marquis erwartete sie dort.

Als sie auf ihn zuschritt, sah sie, wie er mit seinen Blicken ihr Kleid und ihren Hut abschätzte. Sie hoffte, er werde beides bewundern, war sich aber dessen nicht so sicher.

Als sie ihn erreichte, sagte sie ein wenig atemlos:

»Danke ... herzlichen Dank! Ich wollte den Schwimmenden Markt so gerne sehen ... und ich hatte gedacht, das sei für mich ganz unmöglich.«

»Ich glaube, er wird Ihnen gefallen«, lachte er. »Hier wartet ein Boot auf uns.«

Es war ein ziemlich seltsames Boot, wie Tarina noch nie eines gesehen hatte.

Sie und der Marquis saßen vorn; durch die Mitte des Boots verlief eine Abtrennung, und dahinter befanden sich zwei Ruderer und ein Mann, der das Boot steuerte.

Tarina hatte das Gefühl, mit dem Marquis ganz allein zu sein; sie war ohnehin sicher, daß keiner der Männer hinter ihnen ihre Sprache verstehen würde.

Während sie sofort auf die Flußmitte hinausfuhren, wurde es hell, und Tarina ahnte, daß in wenigen Minuten die ersten Sonnenstrahlen den Horizont erleuchten würden.

Nur wenige Sterne standen noch am Himmel über ihnen; es war jener mystische, kostbare Augenblick zwischen Dunkelheit und Licht, in dem die Welt den Atem anzuhalten scheint.

Auf dem Fluß selbst ging es bereits lebhaft zu.

Boote aller Art verließen ihre nächtlichen Ankerplätze, und die Fähren waren voller Menschen, die zur Arbeit fuhren.

Eine Weile glitten sie schweigend dahin. Dann sagte der Marquis:

»Ich konnte letzte Nacht kaum schlafen, und als ich über unsere gestrige Unterhaltung nachdachte, fand ich sie sehr verwunderlich.«

»Vielleicht sollten Ihre Bilder ... uns dieses Gefühl vermitteln?« antwortete Tarina.

»Damit wir nach ihrem wirklichen Sinn suchen?« fragte der Marquis zurück.

»Das sollte ... jeder, der sie sieht ... selbst herauszufinden versuchen«, erwiderte Tarina.

Schweigen folgte. Dann fragte der Marquis:

»Wie heißen Sie?«

»Tarina.«

»Ein merkwürdiger Name, aber er paßt zu Ihnen. Ich habe noch nie jemanden gekannt, der so heißt.«

»Es war der Name meiner Urgroßmutter, einer Österreicherin.«

Der Marquis lächelte.

»Das erklärt Ihre Haarfarbe; ich wußte doch gleich, daß Sie keine Französin sind!«

Weil Tarina keine Erklärungen dafür abgeben wollte, warum sie »Janzé« genannt wurde, wandte sie den Kopf ab und schaute zu den Ufern, an denen es allmählich lebendig wurde.

Frauen traten aus den Holzhäusern, die auf Pfählen im Wasser standen, und hängten Wäsche auf.

Kinder winkten den vorbeifahrenden Booten zu, und mehrere braunhäutige kleine Jungen planschten im Wasser, wobei sie sich an einem kleinen Gländer aus Holzbalken festhielten.

Alle lächelten, und Tarina sagte:

»Das ist ein glückliches Land. Viele der Menschen sind zwar sehr arm, das sieht man, aber sie lächeln freudig und scheinen das Leben so beglückend zu finden, wie es sein sollte.«

»Und schön«, sagte der Marquis ruhig.

Sie verstand, daß er ihr damit wieder sagen wollte, sie solle an nichts Häßliches denken.

Es dauerte eine ganze Weile, bis sie die Einfahrt zu jenem Arm des Flusses erreichten, in dem der Markt abgehalten wurde.

Es gab so viel Interessantes zu sehen, daß es Tarina nur wie ein paar Minuten vorkam, bis sie in einen *Klong* oder schmalen Seitenarm des Hauptflusses einfuhren, und zwar im Gefolge mehrerer Boote, die offenbar dasselbe Ziel hatten.

Als der *Klong* dann immer schmaler wurde, standen ganz dicht zu beiden Seiten Häuser mit Lattenverhauen, alle auf Pfählen und mit einer kleinen Plattform davor direkt über dem Wasserspiegel errichtet, von der aus Stufen nach oben in das Haus führten.

Unglaublich aber war die Anzahl der Boote oder *Sampans* auf dem *Klong* selbst.

Ein Mann oder eine Frau mit Korbhut steuerte mittels einer langen Stange das Boot, das bis zum Rand mit Waren gefüllt war, meist Obst und Gemüse.

Erdbeeren, Radieschen und Wassermelonen hoben sich darin leuchtend von Gurken, Ananas, Bohnen und Pilzen aller Art ab.

Es gab auch *Sampans*, auf denen Töpfe und Pfannen, Fleisch, Fische, Nudeln und sogar Holzkohle verkauft wurden.

Als die Sonne aufging, schien sich eine Dunstglocke feuchter Hitze zu erheben und alles zu umfangen; die Bootsführer stellten daher große Sonnenschirme auf, um ihre Waren zu schützen.

Das Boot glitt zwischen den Käufern und Verkäufern hindurch, und Tarina wußte nicht, ob sie nach rechts oder links schauen sollte, so aufregend und interessant erschien ihr alles.

Nie zuvor hatte sie etwas wie den Schwimmenden Markt gesehen.

Obwohl alle damit beschäftigt waren, ihre Waren unter ausgiebigem und kompliziertem asiatischem Feilschen zu verkaufen, lächelten sie und waren guter Dinge.

Ihr Boot fuhr weiter, und Tarina nahm alles staunend in sich auf wie ein Kind, das zum erstenmal ins Puppentheater geführt wird. Sie war so fasziniert davon, daß sie nicht bemerkte, wie der Marquis sie beobachtete, als sie ihren Hut abnahm, um besser zu sehen. Ihr rotes Haar glänzte im Licht der fremdartigen Umgebung.

Erst nachdem sie lange umhergefahren waren und das Boot schließlich gewendet hatte, stieß sie einen erschöpften Seufzer aus und sagte:

»Ich hätte nie gedacht, daß es etwas so Eigenartiges, Anziehendes und Ungewöhnliches gibt.«

»Ich dachte mir, daß er Ihnen gefallen würde«, meinte er.

Auf der Rückfahrt schienen das Stimmengewirr, der Sonnenschein und das Kaleidoskop von Farben und Eindrücken noch intensiver und schöner zu werden als bei der Hinfahrt.

Erst als sie den Hauptarm des Flusses wieder erreicht hatten, fragte Tarina:

»Wie kann ich Ihnen nur dafür danken, daß Sie mir etwas so Unvergeßliches und so einzigartig Siamesisches gezeigt haben?«

Bei diesen Worten sah sie zu dem Marquis auf und erblickte einen Ausdruck auf seinem Gesicht, den sie noch nie gesehen zu haben glaubte.

Er sah sie lange an, ehe er sagte:

»Und was machen wir nun, Tarina, wir beide?«

Einen Augenblick lang dachte sie, sie müsse ihn mißverstanden haben.

Dann, als teile er ihr ohne Worte seine Gedanken mit, sah sie schnell weg.

»Ich ... ich verstehe Sie nicht.«

»Ich glaube doch«, antwortete er, »und das ist eine Frage, die ich mir bereits die ganze Nacht über gestellt habe.«

»Ich glaube, die Antwort – wenn Sie schon eine haben müssen, Mylord – lautet: Nichts.«

»Warum sagen Sie das?« fragte er scharf.

Sie zögerte einen Augenblick. Dann sagte sie leise:

»Sie wissen ... so gut wie ich ... daß ich nicht mit Ihnen hier sein sollte. Es würde ... bei Ihren Gästen einiges Aufsehen und Überraschung auslösen ..., wenn sie davon wüßten.«

»Sie brauchen nichts davon zu wissen«, wandte der Marquis ein. »Außerdem möchte ich noch immer eine vernünftige Antwort auf meine ursprüngliche Frage.«

Tarina antwortete nicht, und nach einem Augenblick sagte er:

»Sie wissen sehr gut, daß ich Sie nicht vergessen kann. Ich möchte mit Ihnen reden, ich möchte wissen, was Sie über die *Jatakas* und viele andere Dinge denken. Doch ein Treffen wird schwierig sein, solange wir beide auf der Yacht sind.«

Tarina sprach nicht, sondern starrte weiter vor sich hin, und der Marquis fuhr fort:

»Ich weiß, was ich Ihnen vorschlagen möchte, doch ich zögere davor.«

Einen Augenblick lang war Tarina verwirrt.
Dann kam ihr eine Idee, und sie stammelte, ohne zu überlegen:
»Sie ... können nicht sagen wollen ... ich kann mir nicht denken ...«
Ihre Worte waren unzusammenhängend. Da sprach der Marquis heftig und in einem Tonfall, den er vorher nicht angeschlagen hatte:
»Wer hat Ihnen dieses Kleid gegeben?«
Die Frage, so schien es Tarina, hatte nichts mit dem zu tun, worüber sie sprachen.
Dann verrieten ihr die Härte seiner Stimme und ein kurzer Blick in sein argwöhnisches Gesicht, daß sie den Zauber und den Sonnenschein des Schwimmenden Marktes verlassen hatten und sich in der Dunkelheit der Wirklichkeit befanden.
Unwillkürlich sah sie wieder das Bild des Marquis vor sich, wie er die verheiratete Lady küßte.
Sie konnte Lady Millicents Stimme hören, als sie ihn »einen wunderbaren Liebhaber« nannte, ehe sie hinter dem Sonnensegel verschwand.
Tarina wurde unduldsam, und der Marquis schien an ihrem Gesichtsausdruck zu erkennen, woran sie dachte, denn er sagte:
»Ich möchte Sie nicht verletzen. Aber ich wünsche eine Antwort auf meine Frage, woher Sie dieses Kleid haben.«
Weil Tarina sich sowohl von seinem Verhalten als auch von ihren eigenen Gedanken verwirrt fühlte, sagte sie schwach:
»Es war ... ein Geschenk.«
»Das dachte ich mir«, sagte der Marquis.
Der zynische Ton seiner Stimme war nicht zu überhören, und Tarina, die seine Gedanken erriet, sagte ärgerlich:
»Wie können Sie ... so etwas ... von mir denken? Wie können Sie ... etwas so Schönes und geistig Erhebendes besitzen wie die *Jatakas* ... und gleichzeitig ... etwas so Häßliches und Erniedrigendes denken?«
Sie erkannte nicht genau die Bedeutung dessen, falls ein Mann ihre Kleider bezahlt hätte, aber sie war sicher, daß der Marquis

denken würde, jener Freigebige sei ihr Liebhaber gewesen, so wie er der Liebhaber von Lady Millicent gewesen war.

»Wenn ich im Unrecht bin, verzeihen Sie mir bitte«, sagte der Marquis rasch.

Nun sprach er in einem ganz anderen Ton.

»Natürlich sind Sie ... im Unrecht!« rief Tarina. »Und ich finde die Tatsache, daß Sie so etwas ... von mir denken können, beleidigend und demütigend!«

»Haben Sie sich gefragt, wieso Sie so sicher wissen, was ich gedacht habe?« fragte der Marquis. »Und wieso ich genau nachempfinden kann, Tarina, was Sie jetzt fühlen?«

Sie antwortete nicht, so daß er nach einer Weile sagte:

»Ich frage Sie noch einmal: Was sollen wir jetzt tun, wir beide? Wie können wir uns trennen, wo es noch so viel mehr zu entdekken gibt?«

»Wir dürfen nicht ... darüber sprechen«, sagte Tarina rasch.

»Was soll ich also tun?« fragte der Marquis.

Tarina sprach das erste aus, was ihr in den Sinn kam:

»Sie baten Bett ..., äh, Lady Bradwell, auf dieser Kreuzfahrt Ihr Gast zu sein ... und sie schloß daraus, es sei ... weil Sie die Absicht hätten ... sie zu heiraten.«

»Sie zu heiraten?«

Die Überraschung in seiner Stimme war nicht zu verkennen, da er etwas lauter sprach als zuvor. Tarina sah ihn an.

Sie hielt die Luft vor lauter Entsetzen an.

»Sie meinen ... Soll das heißen, daß Sie ...?«

Es war ihr unmöglich, weiterzudenken.

Wieder einmal schienen ihre Naivität und ihre Unkenntnis des Gesellschaftslebens von roher Hand beiseitegeschoben.

Ohne weitere Worte schloß sie daraus, daß der Marquis ihre Kusine Betty zu seiner Geliebten hatte machen wollen und nur durch das Dazwischentreten von Lady Millicent daran gehindert worden war.

Sie tröstete sich aber damit, daß Betty so etwas niemals getan hätte.

Dann fielen ihr Gesprächsfetzen ein, die Betty gesagt hatte, als sie über den Marquis sprachen, und sie erkannte plötzlich, daß Betty ja nie direkt ausgesprochen hatte, daß sie den Marquis heiraten wollte.

»Nein... nein, das kann nicht wahr sein!« hauchte Tarina tonlos. »Es ist falsch... böse... ich würde ihr nie erlauben, so etwas zu tun.«

»Ich sagte Ihnen doch«, sagte der Marquis ruhig, »daß ich Sie nicht verletzen wollte.«

»Aber Sie haben... mich verletzt!« rief Tarina. »Obwohl ich nichts über die große Gesellschaft weiß als das, was ich... auf Ihrer Yacht gesehen habe. Jetzt weiß ich, was mit ›Selbstachtung‹ gemeint ist, und das ist etwas, das niemand mir je nehmen soll!«

Sie zitterte, so heftig waren ihre Gefühle, und sie mußte sich sehr beherrschen, um nicht in Tränen auszubrechen.

Es war fast, als seien die Unschuld und das Glück ihrer Kindheit plötzlich von ihr genommen und sie sei jetzt mit einem Mal erwachsen geworden.

Sie fand sich in einer fremden und erschreckenden Welt wieder, die sie nicht verstand.

Als begreife er, was sie fühlte, griff der Marquis nach ihrer Hand und nahm sie in die seine.

»Verzeihen Sie mir«, sagte er. »Ich wollte Sie nicht so aufregen. Ich war selbstsüchtig und habe nur an mich gedacht. Aber Sie haben recht. Ich war mir nicht klar darüber, wie unschuldig Sie sind.«

»Ich bin es... jetzt nicht mehr«, sagte Tarina mit zitternder Stimme.

»Ich sagte Ihnen, Sie sollten zu den Sternen emporsehen und nicht deren Spiegelbild im Schmutz der Erde betrachten.«

»Das habe ich ja versucht... aber jetzt, wo ich weiß, daß es diesen Schmutz gibt... ist alles verdorben.«

Seine Finger schlossen sich um ihre Hand, als er sagte:

»Ich glaube, Sie haben meine Bilder nicht sehr sorgfältig studiert. Der Prinz wurde immer von bösen Dämonen versucht, und erst im allerletzten Augenblick wurde er unter großen Schwierigkeiten von einer heiligen Gottheit, einer *Dewa*, gerettet.«

Tarina schwieg.

Sie verstand nun die Absicht seiner Worte, und obwohl sie es falsch fand, daß er ihre Hand hielt, hatte sie irgendwie den Wunsch, sich an ihn zu klammern.

Mit ihrer neuen Wahrnehmungsgabe war sie verloren in einer angsterregenden Welt, die bewußt zu erleben sie bis zu diesem Augenblick zu blind und unwissend gewesen war.

Sie sah nur zu deutlich Lady Millicents dunkle exotische Augen, ihre schwellenden, verführerischen Lippen, die Geschmeidigkeit ihrer Bewegungen.

Und sie wußte, als hätte der Marquis es ihr gesagt, daß sie eine jener Verführungen war, denen er nicht hatte widerstehen können.

Dennoch war sie von Bord der Yacht gegangen, und er hatte irgendwie weitergelebt.

»Ich glaube«, gestand ihr der Marquis, ihre Gedanken unterbrechend, »Sie sind die *Dewa*, die Gottheit, die geschickt wurde, um mir zu helfen und mich von den Verführungen der Dämonen fort auf den richtigen Weg zu führen.«

Weil er mit solcher Aufrichtigkeit sprach, die sie nicht erwartet hatte, sah Tarina ihn staunend an, um ganz sicher zu sein, daß er sich nicht über sie lustig machte.

»Ich habe keinerlei Macht ... in irgendeiner Weise ... in Ihr Leben einzugreifen«, murmelte sie. »Es ist Ihr Leben, und nur Sie können es lenken und ihm die Richtung geben.«

Er schüttelte den Kopf.

»Das stimmt nicht. Für jeden Mann gibt es im Leben eine Frau, die ihn wie ein Stern lenkt und inspiriert. Wenn der, der den Stern zu finden hofft, auf seiner Suche strauchelt, was durchaus verständlich ist, dann sollte ihm vergeben werden.«

»Von wem?«

»Ich glaube, die richtige Antwort darauf lautet, von Gott«, sagte der Marquis ein wenig trocken, »aber ich bitte zuerst um Ihre Vergebung, Tarina.«

»Für das, was Sie ... mir vorgeschlagen haben?«

»Nein, für die Gedanken, die ich in Ihnen geweckt habe. Wenn ich gewußt hätte, wie Sie sind und wie Sie fühlen, und ich hätte es wahrlich erkennen sollen, dann hätte ich lieber meinen rechten Arm verloren, als etwas so Vollkommenes und so Unberührtes zu verderben.«

Diese Worte, so ganz anders, als sie ihn je zuvor gehört hatte, ließen Tarina ihn überrascht ansehen, worauf er sagte:

»Es stimmt, nicht wahr, daß Sie noch nie geküßt worden sind?«

»Natürlich nicht«, sagte Tarina und wandte sich heftig von ihm ab.

Sie wollte ihm ihre Hand entziehen, aber er ließ sie nicht los.

»Das hätte ich mir denken können«, sagte er, »also fangen wir noch einmal ganz von vorn an. Überlassen Sie alles mir, denn ich werde einen Weg finden, damit wir einander nicht aus den Augen und den Herzen verlieren, wenn es auch im Augenblick ein wenig schwierig erscheint.«

»Und ... Lady Bradwell?«

Ein Schweigen folgte, ehe der Marquis sagte:

»Vielleicht sollte ich das ganz klarstellen: Ich bin sehr lange Junggeselle gewesen, und ich war durchaus damit zufrieden, es zu bleiben.«

Tarina dachte, daß Betty enttäuscht sein würde, aber da der Marquis so sprach, hatte sie das Gefühl, nichts dagegen tun zu können.

Dennoch befürchtete sie noch immer, auf der Heimreise könne sich Betty genauso verhalten wie vorher Lady Millicent.

Doch dies hielt Tarina für unmöglich.

Betty war nicht so. Obwohl sie von einem Grafen und einem Prinzen in Rom erzählt hatte, war Tarina ganz sicher, daß sie nicht deren Geliebte gewesen war.

Wenn sie mit ihnen geflirtet hatte, war das verständlich, weil sie so hübsch aussah. Doch für eine verheiratete Frau wäre in den Augen ihres Vaters selbst das tadelnswert gewesen.

Ganz plötzlich fühlte sie sich verloren wie ein Kind, das allein auf weiter Flur steht und weint, ohne Heim, Familie und einen Menschen, an den es sich klammern kann.

Weil die Hand des Marquis um ihre eigene in diesem Augenblick so etwas wie eine Rettungsleine auf rauher See war, hielt sie sich daran fest.

»Ich . . . verstehe das nicht«, flüsterte sie.

Sie brauchte nichts zu erklären. Er sah sie an und sagte dann:

»Überlassen Sie alles mir. Ich werde alle Probleme lösen. Vertrauen Sie mir einfach.«

Es fuhr ihr durch den Kopf, daß er sich zunächst gar nicht so vertrauenswürdig verhalten hatte, doch weil er sie darum bat, schenkte sie ihm nun ihr Vertrauen.

Sie konnte spüren, wie die Erregung von seiner Hand in die ihre strömte.

Sie wußte, als sie ihn ansah, daß sie ihm vertrauen konnte und daß er um ihre Gedanken wußte.

Auf seine eigene Art würde er eine Lösung für die schwierige Lage finden, die sie verstörte.

»Ich werde alles Häßliche hinwegfegen!« sagte er mit seiner tiefen Stimme.

»Ja, das sollen Sie«, antwortete sie. »Jetzt, da Papa von mir gegangen ist, fürchte ich mich so.«

»Wenn wir zur Yacht zurückkommen«, sagte der Marquis, »gehen Sie, so bald Sie eine Gelegenheit finden, meine Bilder anschauen. Sie werden verstehen, was sie Ihnen zu sagen haben und was ich auch zu sagen versuchen werde.«

Tarina stieß einen leisen Seufzer aus, diesmal aber vor Erleichterung.

Plötzlich erkannte sie, wenn der Marquis seine Arme um sie legen und sie an sich drücken würde, würde sie sich sicher und vor allen bösen Dingen auf der Welt beschützt fühlen.

Während sie daran dachte, spürte sie, wie die Erregung von seiner Hand sich der ihren immer intenisver mitteilte.

Sie schien durch ihren Arm und in ihre Brust zu strömen, und sie konnte sie dort fühlen, als sei sie ein Teil ihres Herzschlages.

Als sie den Pier des *Oriental Hotel* vor sich sah, wurde ihr klar, daß das, was sie fühlte, Liebe war!

Sie war zu ihr gekommen, als sie sie am wenigsten erwartet hatte, und doch so kraftvoll, so lebendig, daß es sie wie ein Blitzstrahl traf, der in ihren Körper eindrang und sie gefangen hielt.

Beim Frühstück war vom Marquis nichts zu sehen, und als Betty sich erkundigte, wo er wohl sei, sagte einer der Stewards, er frühstücke in seiner Kabine.

Betty blickte über den Tisch hinweg und lächelte Harry Prestwood zu; sie dachte, ihn werde das auf Grund der Ungewöhnlichkeit ebenso amüsieren wie sie.

Dann bemerkte sie, daß Harry nicht sie ansah, sondern die Boote auf dem Fluß beobachtete, als seien diese interessanter als sie.

Seit der Ankunft in Bangkok hatten sie oft ihre Mahlzeiten draußen auf Deck unter dem Sonnensegel eingenommen.

Betty genoß es zwar, den endlosen Verkehr auf dem Fluß zu beobachten, doch schließlich empfand sie gewissen Ärger darüber, daß Harry ihm augenscheinlich mehr Interesse abgewann als ihr.

Da sie allein waren, legte sie plötzlich Messer und Gabel mit einem heftigen Geklapper auf den Tisch und rief, um ihn auf sich aufmerksam zu machen:

»Harry!«

Er wandte noch nicht einmal den Kopf, sondern fragte nur:

»Ja, was ist?«

»Was ist los?«

»Wer sagt, daß etwas los ist?«

»Ich! Seit wir hier sind, ja, schon bevor wir hier ankamen, scheinen Sie mir aus dem Weg zu gehen. Was habe ich getan, was habe ich gesagt, um Sie gegen mich aufzubringen?«

»Es ist nichts dergleichen.«

»Ich weiß doch, daß etwas nicht stimmt.«

»Ich möchte nicht darüber reden.«

»Aber ich!« beharrte Betty. »Wir waren so gute Freunde, zumindest dachte ich das, als wir durch das Mittelmeer, den Suezkanal und das Rote Meer fuhren. Jetzt haben Sie sich jedoch verändert.«

Harry erwiderte nichts; nach einem Augenblick sagte sie eindringlich:

»Bitte, sagen Sie es mir. Ich habe mir darüber den Kopf zerbrochen, und es macht mich unglücklich.«

Zum erstenmal wandte Harry den Blick vom Fluß ab und sah sie an.

»Meinen Sie das wirklich?«

»Natürlich! Warum sind Sie so ... abweisend?«

Das letzte Wort kam nach einer unmißverständlichen kleinen Pause, und Harry stand plötzlich vom Tisch auf und sagte:

»Ich muß mit Ihnen sprechen, aber nicht hier.«

»Wo dann?«

»Irgendwo, wo wir ungestört sind.«

Er sah nach dem Ufer auf der anderen Seite der Yacht und sagte:

»Kommen Sie mit mir, schnell, ehe die Loraines zum Frühstück erscheinen.«

Betty sah ihn verwirrt an.

»Jetzt? So, in dem Aufzug?«

»Wir gehen nur in den Garten, Sie brauchen keinen Hut.«

Seine Redeweise war so dringlich und gleichzeitig so seltsam, daß Betty nichts weiter dagegen sagte.

Sie folgte ihm nun über das Deck und die schmale Gangway auf den Pier.

An dessen Ende konnten sie durch ein Gittertor den Garten des *Oriental Hotel* betreten.

Harry öffnete es für sie; weil es noch so früh war, war niemand sonst in der Nähe.

Sie gingen unter den Bäumen zu einem abgeschiedenen Platz zwischen den Blumenbeeten, wo sie von überhängenden Ästen geschützt wurden und von Spaziergängern, solange sie nicht direkt vor ihnen standen, nicht gesehen werden konnten.

Auf einer hölzernen Bank ließ Betty sich nieder. Harry setzte sich neben sie.

Ihr kam es so vor, als setze er sich absichtlich weiter von ihr weg als nötig, und sie sah ihn daher fragend an.

Er sagte jedoch nichts, sondern starrte nur vor sich hin, wie er es auch schon auf der Yacht getan hatte.

»Was ist denn los, Harry?« fragte sie schließlich.

»Wissen Sie es nicht?«

»Ich habe keine Ahnung!«

Er seufzte tief.

»Ich muß irgendwie auf einem anderen Schiff oder über Land von hier nach Hause kommen.«

Seine Stimme klang rauh, und sie sah ihn erstaunt an.

»Warum denn das?« fragte sie. »Was ist passiert?«

»Ich dachte, das hätten Sie erraten.«

»Das habe ich aber nicht. Ich weiß nicht, warum Sie sich so verhalten. Oh, Harry, was habe ich denn falsch gemacht?«

Es klang wie der Schrei eines Kindes, das sich verletzt hatte, und sofort wandte sich Harry ihr zu.

»Um Gottes willen, meine Liebste, reden Sie nicht so! Ich kann es nicht ertragen!«

Betty war noch immer vollkommen überrascht, und er fuhr fort:

»Ich liebe Sie! Ich dachte, Sie wüßten es. Wenn Sie glauben, ich könnte mit Ihnen auf der *Sea Siren* zurückfahren, ohne verrückt zu werden und über Bord zu springen, dann irren Sie sich sehr!«

»Deswegen also!« rief Betty leise und hingerissen. »Warum haben Sie es mir nicht gesagt? Ich liebe Sie ebenso, Harry! Ich liebe Sie seit Wochen und war daher so unglücklich, weil ich dachte, Sie seien ... gleichgültig ... mir gegenüber.«

»Gleichgültig?« rief Harry keuchend.

Als könne er nicht anders, wandte er sich ihr zu, nahm ihre Hände und bedeckte sie mit Küssen.

»Ich bete Sie an! Ich verehre Sie!« sagte er. »Es war die Hölle, wie ich sie niemandem wünsche, Sie in Ihrer Schönheit zu sehen und zu wissen, daß ich in einer Million Jahren keine Chance haben würde, Sie zu besitzen.«

»Aber warum ... warum sagen Sie das?«

»Weil Sie hierher mitgekommen sind, um Vivien zu unterhalten, und weil ich Ihnen nichts zu bieten habe.«

»Nichts?«

Harrys Finger schlossen sich krampfhaft um ihre Hand.

»Glauben Sie, wenn ich in der Lage gewesen wäre, Sie um Ihre Hand zu bitten, hätte ich das nicht bereits in den ersten Tagen unserer Bekanntschaft getan?«

Da sie nicht antwortete, fuhr er nach einem Augenblick fort:

»Ich hätte das getan, nicht nur, weil Sie die schönste Frau sind, die ich je in meinem Leben gesehen habe, sondern auch, weil alles an Ihnen so zauberhaft ist wie Ihr Gesicht: Ihre Liebenswürdigkeit, Ihr Verständnis, Ihre mitfühlende Art.«

Er seufzte, ehe er weitersprach.

»Ich könnte jahrelang so von Ihnen schwärmen, aber ich muß Sie meiden, weil ich diese Qualen nicht mehr ertragen kann.«

»Warum denn bloß?« fragte Betty.

Er ließ ihre Hände los, und wieder starrte er ohne Ziel in den Garten, ehe er sagte:

»Ich besitze nichts – nichts! Mein Vater häuft astronomisch hohe Schulden an, die ich irgendwie abtragen muß, wenn er dereinst stirbt, und wenn Vivien nicht wäre, würde ich glatt verhungern oder mich wegen der Schulden im Gefängnis wiederfinden!«

Betty war von diesen Aussichten ganz entsetzt.

»Aber – Sie können doch sicher etwas dagegen tun?«

»Wenn Sie mir zu etwas raten, dann werde ich es tun.«

Ein Schweigen folgte, dann fuhr er fort:

»Seit ich weiß, daß ich Sie liebe, liege ich nachts wach und denke mir unmögliche, verrückte Pläne aus, die mir die übergroße Überwindung erleichtern sollen, Sie um Ihre Hand zu bitten.«

Betty ließ einen leisen Laut vernehmen, unterbrach ihn aber nicht, so daß er fortfuhr:

»Doch ich sehe keinen Weg, wie ich zu Geld kommen könnte, ohne bei meinen Freunden zu schmarotzen, und diese Absicht habe ich nicht, bei Vivien schon gar nicht. Landstreicher wird mein Los sein, denn meine Erziehung taugt zu nichts anderem!«

Er sprach so bitter, daß Betty eine Hand ausstreckte und auf seinen Arm legte.

»Bitte, Harry, seien Sie nicht so . . . unglücklich.«

»Wie kann ich etwas anderes sein, da ich Sie unsterblich liebe?« fragte er. »Mein Gott, warum muß gerade mir so etwas passieren? Ich habe viele Frauen gekannt, und ich will Ihnen nicht vormachen, sie hätten mich nicht amüsiert und zeitweilig fasziniert, doch nie begehrte ich eine von ihnen zur Frau oder für das ganze Leben, bis ich Sie kennenlernte.«

Er schwieg. Da sagte Betty:

»Ich weiß, daß Sie . . . ein stolzer Mensch sind, Harry, aber ich werde etwas Geld für Sie haben – sogar, wenn ich wieder heirate.«

»Ich habe auch daran gedacht«, erwiderte Harry, »aber glauben Sie, wir könnten eine Ehe aufbauen auf völligem Mangel an Ehre und Selbstachtung? So würde ich mich nämlich fühlen, wenn ich vom Geld meiner Frau leben würde und kein eigenes hätte.«

»Es wäre gewiß nicht viel, Harry. Mein Mann hat mir nämlich alles in Treuhandschaft hinterlassen, was er besaß, aber wenn ich wieder heirate, werde ich nur ein Viertel von dem besitzen, über das ich jetzt verfüge.«

»Und wenn es nur ein paar Shillings wären, es wäre zuviel, wenn ich nicht ebensoviel beisteuern könnte«, erwiderte Harry. »Außerdem, was glauben Sie, wie ich mich fühlen würde, wenn Sie nicht alle Bequemlichkeiten haben könnten, die Sie jetzt haben, und die Kleider, die Sie noch schöner machen, als Sie ohnehin sind?«

»Glauben Sie, das würde irgendeine Rolle spielen?« fragte Betty. »Solange ich Sie nur hätte? Mein Liebling, ich wäre vollkommen glücklich, wenn ich mit Ihnen in einem Zelt leben oder in einer Scheune schlafen könnte. Ich habe . . . noch nie so gefühlt . . . für niemanden in meinem Leben.«

Die Art, wie sie sprach, veranlaßte Harry, zu ihr aufzusehen.

Mit einem Seufzer, der halb Begeisterung und halb Verzweiflung verriet, zog er sie dann in seine Arme, und seine Lippen suchten die ihren.

Er küßte sie überaus leidenschaftlich, beharrlich und fordernd. Dann sagte er mit merkwürdig schwankender Stimme:

»Meine Teuerste, wie liebe ich Sie für das, was Sie gerade gesagt haben, aber die Antwort bleibt: Nein. Absolut und endgültig: Nein!«

»Warum?« rief Betty. »Warum nur?«

»Sie haben die gesellschaftliche Welt bereits im Sturm erobert«, antwortete Harry. »Genießen Sie sie und vergessen Sie, daß es einen Narren namens Harry Prestwood gibt, der Sie lieben wird bis ans Ende seiner Tage.«

»Bitte, Harry, ich kann das nicht ertragen!« sagte Betty. »Ich möchte, daß Sie bei mir bleiben – ich möchte bei Ihnen sein – wie kann ich ... Sie jemals vergessen?«

»Sie sind noch sehr jung«, antwortete Harry. »Es wird Dutzende von Männern in Ihrem Leben geben, und darunter werden Sie jemanden finden, den Sie lieben werden und der Sie lieben wird, aber ich kann den Gedanken daran nicht ertragen.«

»Als ich zur Witwe wurde«, sagte Betty, »dachte ich, ich würde nie wieder heiraten, weil ich so ... unglücklich gewesen war. Aber jetzt möchte ich Sie – nein, dich heiraten, Harry. Ich möchte deine – Frau sein, und Geld bedeutet mir wirklich nicht viel.«

»Aber mir ist es wichtig!« sagte Harry. »Wie kann ich dich, die du so schön bist, in die Schäbigkeit und Demütigung ziehen, so arm zu sein, daß wir immer bei unseren Freunden betteln gehen oder buchstäblich hungern müßten?«

Er atmete tief ein.

»Mein Liebling, meine Schöne, paß auf dich auf. Wenn wir zur Yacht zurückkehren, werde ich mir genug Geld von Vivien leihen – und es kaum je zurückzahlen können –, um mit dem nächsten Schiff, das hier einläuft, nach England zurückzukehren. Die Überfahrt wird wahrscheinlich billiger sein als der Weg über Land.«

»Oh, Harry, sprich nicht so«, flehte Betty. »Bitte, bleib bei mir – wenigstens für eine Weile, damit wir . . . über uns reden können.«

»Es führt zu nichts, Liebling«, sagte Harry. »Weil ich dich liebe, wird es unerträglich sein, dich auch nur zu sehen und dabei zu wissen, daß ich dich nicht zu meiner Frau machen kann.«

»Angenommen – nur einmal angenommen –, du gehst fort, und ich bestehe darauf, mit dir zu kommen?« fragte Betty mit leiser Stimme. »Du – du brauchtest mich ja nicht zu heiraten, aber wir . . . könnten wenigstens zusammen sein.«

Langes Schweigen folgte. Dann sagte Harry ärgerlich:

»So solltest du nicht sprechen! Glaubst du, ich hätte nicht bereits daran gedacht und mich gleich meiner eigenen Gedanken geschämt?«

Wieder nahm er ihre Hand in seine.

»Du bist keine der ›Lady Millicents‹ dieser Welt, Betty. Dazu bist du viel zu gut, zu aufrichtig und zu anständig.«

Seine Augen betrachteten ihr Gesicht eingehend, während er sagte:

»Du bist dazu bestimmt, die Ehefrau eines Mannes und die Mutter seiner Kinder zu werden; ich kann den Gedanken nicht ertragen, daß du ein Teil der verdorbenen, unmoralischen Gesellschaft sein sollst, in die Vivien dich zweifellos einführen wird.«

»Er wird mich – nirgends einführen!« rief Betty. »Wenn ich bloß bei dir sein könnte!«

»Ich bete dich an, meine Teuerste, für das, was du vorgeschlagen hast«, sagte Harry, »aber die Antwort ist dennoch: Nein! Du hast keine Ahnung, wie anders du bist als alle anderen Frauen, mit denen Vivien und ich uns amüsiert haben, und ich will nicht, daß du ins Verderben gerätst!«

Bei diesen Worten ließ er ihre Hand sinken und küßte ihre Finger, einen nach dem anderen; dann drehte er ihre Hand um und küßte leidenschaftlich und beharrlich ihre Handfläche.

»Und wenn ich«, hauchte Betty mit sehr leiser Stimme, »und

wenn ich nach deinem Fortgang verdorben ... und hart ... und unmoralisch wie Lady Millicent würde?«

Harry sah ihr in die Augen.

»Ich möchte, meine Liebste, daß du mir versprichst, nie so zu werden«, sagte er. »Versprich mir bei allem, was dir heilig ist, daß du so edel bleiben wirst, wie du jetzt bist, bis du einen anständigen Mann findest, der dich in seinem Herzen so behütet, wie ich das tue.«

»Ich verspreche es dir«, flüsterte Betty, »weil ich niemals – einen solchen Mann finden werde. Der einzige Mann in meinem Herzen, Harry, bist du, und ich weiß, als würde Gott es mir sagen, daß ich nie – nie einen anderen lieben werde.«

Sie sah den tiefen Schmerz in seinen Augen, ehe er sie in die Arme nahm und innig küßte.

Er küßte sie nun anders als zuvor, langsam, besitzergreifend und gleichzeitig, als sei sie etwas Heiliges, das er verehre.

Dann sagte er mit einem kurzen Lächeln:

»Das ist unser Abschied, mein Liebling. Ich werde dich nicht mehr anrühren, ehe ich abreise, ich werde nicht einmal mehr wagen, allein mit dir zu sprechen. Erinnere dich an das, was ich dir gesagt habe. Was immer in der Zukunft geschieht, denke daran, wenn du dich selbst verrätst, befleckst du das Bild von dir, das ich in meinem Herzen und in meiner Seele trage.«

»O Harry, wie kannst du – so etwas sagen?« fragte Betty.

Nun liefen ihr heiße Tränen übers Gesicht, ohne daß sie Anstalten machte, sie wegzuwischen.

»Ich liebe dich! Ich liebe – dich!«

»Und ich werde dich in alle Ewigkeit lieben.«

Er sah sie lange an, als wolle er sich ihren Liebreiz für immer einprägen.

Dann drehte er sich um und lief fort; sie blieb allein im Garten zurück.

7

Als Tarina auf die Yacht zurückkam, ging sie in ihre Kabine. Sie fühlte sich völlig aufgewühlt und hatte keine Ahnung, was sie dagegen tun könnte.

Sie wußte nur, daß ihr ganzes Sein dem Marquis zustrebte, weil sie ihn liebte.

Gleichzeitig sagte ihr ihr Verstand, daß das, was er plante und vorschlug, eigentlich falsch und böse sei, und daß sie nichts mit ihm zu tun haben dürfe.

Bei diesen Überlegungen wurde ihr ganzer Körper zum Schlachtfeld, und in ihrer Brust tobte ein Krieg, der sie zu zerreißen schien.

»Ich liebe ihn!« flüsterte sie in der Stille ihrer kleinen Kabine. »Aber er wird nie verstehen ... daß ich nicht ... wie Lady Millicent handeln kann. Papa und Mama wären entsetzt!«

Sie wußte nicht genau, was der Marquis ihr eigentlich vorschlug, außer, daß sie sich ihm gegenüber irgendwie wie Lady Millicent verhalten sollte.

Er hatte recht gehabt, als er gesagt hatte, ihre Liebe sei wie die Sterne, die auf der Erde nur verzerrt widergespiegelt würden.

Weil sie ihn liebte, versuchte sie Entschuldigungen für sein Ansinnen zu finden, doch gleichzeitig wurde ihr bewußt, daß sie die Tatsache nicht hinwegerklären konnte, daß es eine Sünde wäre.

Sie setzte sich auf ihr Bett und dachte, wenn ihr Vater noch lebte, könnte sie mit ihren Sorgen zu ihm gehen. Er würde ihr nicht nur alles erklären, sondern ihr auch weiterhelfen.

Aber sie war allein, vollkommen allein, es gab niemanden, an den sie sich um Hilfe wenden konnte, und das einzige, was sie tun konnte, war beten.

Doch selbst als sie betete, mit ihrem ganzen Sein um Hilfe und Führung flehte, wußte sie, daß ihr Herz sie in eine andere Richtung zog, weil sie liebte.

»Wie kann ich ... ihn lieben? Wie konnte das ... so plötzlich geschehen?« fragte Tarina sich.

In aller Aufrichtigkeit mußte sie sich eingestehen, daß der Marquis vom ersten Augenblick an, in dem sie ihn gesehen hatte, eine merkwürdige Wirkung auf sie gehabt hatte; seine Stimme hatte gleichsam in ihr sie erregt.

Ihr Geist und ihre Seele hatten auf ihn reagiert; sie wußte, auch wenn sie ihn nie wiedersehen würde, wären sie auf irgendeine mystische Weise verbunden, die der Buddhismus mit dem »Rad der Wiedergeburt« erklärte.

Sie spürte, wie ihr Geist zu den Bildern wanderte und auf deren Schönheit reagierte, wie er es ihr gesagt hatte.

»Weil er diese Gemälde versteht ... weiß er sicher ... daß es nicht in Frage kommt, daß ich ... in seinem Leben eine Rolle spiele«, dachte sie bei sich.

Sie brauchte nur daran zu denken, wie der Marquis im Boot neben ihr gesessen hatte, um in ihrer Brust ein Pochen und die unleugbare Überzeugung zu spüren, daß sie zueinander eine Verbindung besaßen, selbst wenn er sie nicht berührte.

»Was kann ich nur tun?« fragte sie sich verzweifelt. »Oh, Mama, was kann ich tun?«

Es schien keine Antwort darauf zu geben; als sie auf die Uhr schaute, merkte sie, daß sie in wenigen Minuten zu Betty gehen mußte.

Sie setzte ihren Hut ab, glättete ihr Haar, ohne auch nur in den Spiegel zu blicken, und ging dann leise durch den Gang zu Bettys Kabine.

Die Vorhänge waren zugezogen, und im Sonnenschein, der durch die Bullaugen hereinströmte, sah sie, daß Betty in den Kissen lehnte; ihre Augen waren offen.

Sie sprachen nichts, und Tarina räumte einige Kleidungsstücke fort, ehe sie fragte:

»Möchtest du irgend etwas?«

»Nein, ich möchte nichts«, antwortete Betty.

Sie klang ziemlich niedergeschlagen, und Tarina fragte sich, was wohl geschehen sein mochte, aber sie wollte Betty nicht mit Fragen lästig fallen.

Statt dessen gab sie dem Steward Bescheid, Betty sei wach, und er brachte daraufhin einen großen Krug mit heißem Wasser für sie an die Kabinentür.

Er war munter und fröhlich, wie es die Art von Hunt gewöhnlich morgens war, doch Tarina fand beinahe keine Worte, ihm zu antworten.

Als sie dann in Bettys Kabine zurückkehrte, hatte sie plötzlich eine Idee.

»Ich muß fortgehen«, dachte sie. »Es hat keinen Sinn hierzubleiben und gegen die Wirkung des Marquis zu kämpfen, wenn ich genau weiß, daß ich ... unterliegen werde.«

Betty schien kaum etwas sagen zu wollen und war überhaupt recht einsilbig, während sie sich ankleidete; nachdem sie an Deck gegangen war, um zu frühstücken, kehrte Tarina in ihre eigene Kabine zurück.

Der Gedanke an Flucht kam wieder, und sie war ganz sicher, daß das ihre Handlungsweise sein mußte.

»Wie kann ich bei dem Marquis bleiben ... ihn sehen und hören ... ohne früher oder später seinem Drängen nachzugeben?« fragte sie sich.

Sie wußte nicht genau, was er wollte, aber sie erinnerte sich dunkel, daß sie einmal gehört hatte, reiche Aristokraten wie der Marquis böten Schauspielerinnen und Tänzerinnen, die ihre Geliebten wurden, ihre ›Protektion‹ an.

Sie wußte auch, daß der König von Frankreich sehr schöne Geliebte hatte, die bei Hofe eine anerkannte Stellung hatten.

Als sie über Madame de Pompadour und Madame de Maintenon gelesen hatte, die in der Geschichte Frankreichs eine so große Rolle gespielt hatten, waren das für sie nur Geschichten gewesen, die sie nie mit ihrer eigenen Person in Verbindung gebracht hatte.

Es war wie eine Lektüre über die Kreuzzüge, bei der man keine Ahnung hat von den Leiden und Todeskämpfen, die den gewöhnlichen Kriegern zugestoßen waren.

Als sie mit ihrem Vater zusammen von den Bräuchen und Religionen anderer Länder und der Schönheit des Himalaya gelesen hatte, war ihr alles sehr wirklich und in allen Einzelheiten verständlich erschienen.

Doch weil sie in ländlicher Stille und ohne Kontakt zu jungen und hitzigen Männern aufgewachsen war, war für sie alles, was mit Liebe zu tun hatte, unwirklich und berührte sie nicht persönlich.

Sie hatte tatsächlich keine Ahnung, was ein Mann und eine Frau taten, wenn sie ›sich liebten‹.

Sie dachte nun, einer der Gründe, warum sie so entsetzt gewesen war, als sie erkannt hatte, daß der Marquis der Liebhaber von Lady Millicent war, sei der gewesen, daß er es war, der eine solche verruchte Rolle spielte.

Sogar als sie ihm beim erstenmal gesprochen und selbst aus der Ferne gesehen und seine Stimme gehört hatte, war er für sie schon bedeutungsvoll geworden.

Sie nahm jetzt an, daß das Wissen, er liebe eine verheiratete Frau, sie deshalb mehr getroffen hatte, als wenn es sich um einen anderen Mann gehandelt hätte, der sie nicht interessierte.

Weil sie einen messerscharfen Verstand hatte, sah Tarina der Wahrheit klar ins Auge und machte sich nichts vor.

Die Liebe zu dem Marquis war für sie wie der Blick zu einem Stern, wie er sie angewiesen hatte, aber in dem Wissen, daß dieser Stern für sie zu strahlend und absolut unerreichbar war.

Darum konnten die Sehnsucht nach ihm, das Verlangen nach seiner Nähe und seiner Erregung sie nur elend machen.

Und schlimmer noch, sie könnte ihm am Ende erliegen, der Intimität nicht widerstehen, die er wünschte und von der sie überzeugt war, daß sie schlecht sei, solange sie nicht verheiratet waren.

»Ich muß ihn fliehen!« beschloß sie deshalb.

Diese Lösung beruhte vielleicht auf Schwäche, doch sie hatte Angst, ihre Liebe würde sie daran hindern, klar zu unterscheiden zwischen dem, was richtig und was falsch war.

»Ich muß tapfer bleiben«, sagte sie sich, »auch wenn es entsetzlich sein wird, ihn zu verlassen.«

Ihr Mut stammte von einer langen Reihe von Ahnen, die nicht nur für ihr Land gekämpft hatten, sondern auch wie ihr Vater für das Richtige und Gute und gegen das Falsche und Böse.

Sie fand in sich selbst ungekannte Entschlossenheit, und kurz nachdem Betty zum Frühstück gegangen war, beschloß sie:

»Ich werde sie bitten, mir genug Geld für die Heimreise zu leihen!«

Sie wußte wohl, daß zahlreiche Schiffe den Fluß hinauf und hinunter fuhren, und sie hoffte darauf, daß eines davon sie mit nach England nehmen könnte, ohne daß es allzuviel kostete.

Dann bedurfte es auch der Notwendigkeit, daß sie eine Erklärung für ihre Flucht finden mußte; es wäre falsch, Betty die Wahrheit zu sagen.

Das schuf eine neue Schwierigkeit. Sie dachte darüber nach, welche Entschuldigung sie für ihre Heimreise finden könnte, ohne zu verraten, daß sie vor dem Marquis floh.

»Betty liebt ihn«, dachte Tarina, »und vielleicht wird er sich in sie verlieben, trotz allem, was er über seinen Wunsch gesagt hat, Junggeselle zu bleiben.

Es schien ihr unglaublich, daß jemand Betty nicht lieben könnte, da sie doch eine so schöne und liebenswerte Person war.

Doch dann, fast als stehe der Marquis bei ihr und spreche mit ihr, erkannte sie, daß die Antwort darin lag, daß Betty bei den *Jatakas* nicht dasselbe fühlen würde wie sie.

Das und diese seltsame Erregung zwischen ihnen unterschieden den Marquis und sie von anderen Menschen.

»Aber er ist zugleich der Marquis von Oakenshaw«, sagte sie sich trotzig, »und für ihn bin ich nichts als eine Dienstbotin.«

Wieder erkannte sie ihn als einen unerreichbaren Stern, und es war bereits ein Fehler, ihn auch nur weiter anzusehen.

»Was kann ich tun? O Papa, sag mir, was ich tun muß!“ bat sie laut.

Ihr Vater antwortete zwar nicht, doch beinahe meinte sie dafür die tiefe Stimme des Marquis zu hören:

»Vertrauen Sie mir.«

Es war ringsum sehr still; Tarina saß in ihrer Kabine und dachte nach, als sie plötzlich Schritte hörte, die den Gang entlangkamen und an ihrer Tür vorbeieilten; sie erkannte sofort, daß es Betty war, die in ihre Kabine lief.

Sie hörte eine Tür zuschlagen, und weil Betty so rasch gelaufen war, ahnte Tarina, daß etwas nicht stimmte.

Eilig ging sie zu Bettys Kabine und trat ein, ohne anzuklopfen.

Betty lag mit dem Gesicht in ihr Bettzeug vergraben und weinte so bitterlich, als breche ihr das Herz.

»Liebste, was ist denn passiert?« fragte Tarina erstaunt. »Bitte, erzähl mir, was dich so unglücklich macht!«

Betty antwortete nicht, sondern schluchzte weiter, und Tarina setzte sich auf den Bettrand und legte die Arme um sie.

»Du darfst nicht so weinen«, sagte sie, »du machst dich ganz krank. Was ist bloß passiert?«

Einige Minuten lang konnte Betty nicht sprechen. Dann sagte sie mit gebrochener Stimme:

»Harry – geht – fort!«

»Harry?«

»Ich – ich werde ihn – nie wiedersehen!« schluchzte Betty. »Ich – liebe ihn – oh, Tarina – ich – liebe ihn doch so sehr!«

»Du sagtest – Harry?« fragte Tarina, doch Betty fuhr fort, als habe sie nichts gesagt:

»Ich wollte – mit ihm gehen, – aber – er – läßt mich nicht – und ich glaube – ich kann ohne ihn – nicht leben.«

Wieder brach sie in Schluchzen aus, und Tarina spürte Verwirrung und zugleich Betroffenheit, als sie Betty fester an sich drückte.

»Bitte, Liebste, weine nicht! Sag mir, was geschehen ist, vielleicht kann ich dir helfen.«

»Niemand – kann – mir helfen«, antwortete Betty. »Er – liebt mich – und – ich liebe ihn! Oh, Tarina – ich wünschte, – ich wäre tot!«

Sie weinte so heftig, daß ihr ganzer Körper vor Kummer geschüttelt wurde.

Tarina konnte sie nur in den Armen halten und ihr beruhigend zureden; dabei dachte sie, daß sie damit nie gerechnet hatte.

Sie war so sicher gewesen, Betty würde sich, wie es ihre Absicht gewesen war, auf den Marquis konzentrieren, daß ihr nie in den Sinn gekommen war, sie könne sich in Harry Prestwood verlieben.

Tarina hatte ihn oftmals auf Deck gesehen und gefunden, daß er sehr gut aussah. Zu Beginn der Reise hatte Betty viel von ihm gesprochen; sie hatte von den amüsanten Dingen erzählt, die er gesagt hatte, und von den Komplimenten, die er ihr gemacht hatte.

Tarina hatte sich gefreut, daß Harry bei ihr war und Betty von dem Marquis und Lady Millicent ablenkte.

Sie hatte es sehr taktvoll von Harry gefunden, daß er es Betty ersparte, sich über das Verhalten des Marquis zu erregen.

Nun fiel ihr ein, daß sie nach der Abreise von Kalkutta Betty als stiller und manchmal ganz niedergeschlagen empfunden hatte, und diese Stimmung war mit jedem Tag noch gewachsen.

»Tarina – was soll ich – machen?« fragte Betty jetzt.

Sehr sanft lehnte Tarina sie gegen die Kissen und sagte:

»Ich werde kaltes Wasser holen und deine Augen kühlen. Du sollst nicht mehr weinen.«

»Es ist gleichgültig, – wie ich – aussehe –; Harry ist – nicht da«, antwortete Betty. »O Tarina, ich liebe ihn so verzweifelt, – ich würde ihm barfuß von hier nach England folgen, – wenn er mich nur ließe.«

»Hast du ihm das gesagt?«

»Natürlich! Doch obwohl er sagte – er würde mich sein ganzes Leben lang lieben, – sagte er auch – wir dürften uns nie wiedersehen – und das kann ich – nicht aushalten!«

Bei diesen Worten brach ihre Stimme, und wieder rannen heiße Tränen über ihre Wangen.

Tarina wußte nicht, wie sie Betty trösten sollte. Sie holte einen Krug kaltes Wasser und einen kleinen Schwamm für ihre Kusine.

Weil Betty unfähig schien, irgend etwas zu tun, wusch sie ihr die Augen und trocknete sie mit einem weichen Handtuch ab, doch kaum war sie damit fertig, rannen erneut Tränen.

»Ich sagte ihm, – ich würde mit ihm – sogar in einem Zelt leben«, schluchzte Betty, »oder in – einer Scheune, – solange wir nur – zusammen wären, – aber er – wollte mich nicht – haben! – Oh, Harry – Harry! Wie soll ich – ohne dich – weiterleben?«

Harry war aus dem Garten zurückgekehrt und direkt zur Kabine des Marquis gegangen.

Er fand ihn an seinem Schreibtisch, wo er etwas schrieb. Als Harry eintrat, blickte er auf und sagte ziemlich barsch:

»Ich habe zu tun, Harry!«

»Ich möchte dir etwas sagen, und es ist sehr wichtig«, antwortete Harry.

Der Marquis legte seine Feder nieder und blickte zu seinem Freund auf; sein Gesicht zeigte nicht das übliche Willkommenslächeln.

»Was ist los?« fragte er.

Eine kurze Pause trat ein, ehe Harry antwortete:

»Ich bin gekommen, Vivien, um dich zu bitten, mir genug Geld für die Heimreise auf einem Schiff oder über Land zu leihen, was immer das Billigere ist; wahrscheinlich wird es lange dauern, bis ich es dir zurückgeben kann.«

Er sprach mit harter, mühsam beherrschter Stimme, als müsse er die Worte geradezu über seine Lippen zwingen.

Der Marquis sah ihn verblüfft an.

»Habe ich richtig verstanden, daß du fort willst?« fragte er. »Aber warum? Was ist nur passiert?«

»Ich möchte keine Erklärungen abgeben«, antwortete Harry. »Ich bitte dich nur, was ich noch nie getan habe, mir etwas Geld zu leihen.«

Der Marquis lehnte sich in seinen Stuhl zurück.

»Du kannst kaum erwarten, daß ich mich mit dieser Antwort zufriedengebe. Schließlich sind wir seit langem Freunde, Harry, und wenn du in irgendwelchen Schwierigkeiten bist, so weißt du, daß ich zu dir stehe.«

»Wenn ich in der Art von Schwierigkeiten wäre, an die du

denkst, dann würde ich es dir sagen, weil ich wüßte, daß du mich nicht im Stich ließest. Aber im Augenblick kannst du nichts tun, als mir das zu geben, worum ich dich bitte.«

»Sei doch kein Narr, Harry!« rief der Marquis. »Du weißt, daß ich dir soviel Geld leihe, wie du willst. Aber als dein Freund will ich den Grund für deine plötzliche Abneigung gegen meine Gesellschaft wissen.«

»Das ist es nicht, du weißt, daß es nicht daran liegt«, sagte Harry, »aber ich muß fort, Vivien. Mir bleibt nichts anderes zu tun.«

Der Marquis schwieg einen Augenblick. Dann sagte er:

»Hat der Grund für deine hastige Abreise etwas mit Betty Bradwell zu tun?«

»Ich sagte dir doch, ich möchte nicht darüber sprechen.«

»Da ich dich so gut kenne«, fuhr der Marquis fort, »hatte ich bis Kalkutta den Eindruck, daß du sehr verliebt warst. Dann schienst du abzukühlen.«

»Du hattest mich gebeten, sie zu unterhalten, weil du anderweitig beschäftigt warst«, erwiderte Harry, »und da ich dir sehr verpflichtet bin, habe ich versucht, anständig zu handeln.«

»Aber du hast dich in sie verliebt?«

Harry brauchte die Frage des Marquis nicht zu beantworten; sein Gesichtsausdruck sprach Bände.

Der Marquis lächelte.

»Gut! Ich bin entzückt! Und, Harry, wenn du versuchst, loyal zu mir zu sein und dergleichen, vergiß es! Ich finde, daß Betty sehr reizvoll ist, aber ich bin nicht an ihr interessiert.«

Zu seiner Überraschung verschwand der Ausdruck grimmiger Verzweiflung nicht aus Harrys Gesicht; er sagte nur vielmehr entschlossen:

»Ich muß fort, Vivien!«

»Warum? Hat sie dich abgewiesen? In diesem Falle hättest du die ganze Rückreise für einen neuen Versuch.«

Harry ging durch die Kabine und trat an das Bullauge.

»Vielleicht sollte ich dir die Wahrheit anvertrauen, Vivien«, sagte er. »Sie ist die einzige Frau, die ich je getroffen habe, die ich mir zur Ehefrau wünsche, doch du kennst meine Verhältnisse besser als irgend jemand sonst. Das einzig Anständige, was ich tun kann, ist also, so schnell wie möglich aus ihrem Leben zu verschwinden.«

»Bist du ganz sicher, daß du sie so liebst?« fragte der Marquis sehr ruhig.

»So sicher, wie ich weiß, daß ich lebendig bin und daß die Zukunft ohne sie dunkler ist als die Hölle!«

»Aber dann ...« begann der Marquis.

Harry wandte sich vom Bullauge ab und unterbrach ihn:

»Glaubst du nicht, ich hätte alle Möglichkeiten durchdacht? Ja, mir ist bekannt, daß sie etwas Geld hat, aber ich werde es nicht anrühren. Ja, ich weiß, daß ich Verwalter eines deiner Güter werden könnte, aber glaubst du, ich könnte einer so schönen Frau wie Betty diese Art von Leben anbieten?«

Er wartete auf eine Antwort des Marquis, und als dieser schwieg, fuhr er fort:

»Wie könnte ich sie hinabziehen auf das Niveau deiner Freunde, die immer wegen irgend etwas ihre Hände in deine Taschen stecken, und sie sich mit einem Haushalt ohne genügend Dienstboten abmühen lassen, unsere Kinder großziehen, ohne für ihre Erziehung bezahlen zu können?«

»Ihr könntet aber zusammen sehr glücklich sein«, bemerkte der Marquis.

»Und wie würde ich mich fühlen, wenn ich sähe, wie schwer sie es hätte, und wenn sie nichts mehr von dem hätte, was sie jetzt besitzt? Und mich vielleicht zu hassen beginnt, wenn sie sich an den gesellschaftlichen Erfolg erinnert, den sie genoß ehe ich sie heiratete?«

»Hast du das alles Betty erzählt?«

»Sie antwortete, sie würde mit mir in einem Zelt oder selbst einer Scheune leben, solange wir nur zusammen sein könnten«, sagte Harry. »So eine Frau ist sie, und ich könnte vor ihr niederknien, weil sie so anders als die übrigen ist.«

»Also ist es dein Stolz, der dich veranlaßt, etwas wegzuwerfen, das ich sogar für einzigartig halte«, sagte der Marquis trocken.

»Wie könnte ich etwas anderes tun?«

»Es muß andere Möglichkeiten geben.«

»Und wie wären die? Du weißt besser als sonst jemand, daß beim Tode meines Vaters ich einen Berg von Schulden am Hals haben werde, der wie ein Mühlstein bis an mein eigenes Lebensende an mir hängt.«

»Versuch dein Glück«, sagte der Marquis ruhig. »Ich bin sicher, Harry, daß du es mit deinem Mut und deiner Intelligenz irgendwie schaffen wirst.«

»Du mußt verrückt sein!«

Dann starrte er den Marquis an und sagte:

»Du sagst ja gar nicht das, was ich unter den gegebenen Umständen von dir erwartet hatte!«

»Und das wäre?«

»Ich solle das nehmen, was die Götter mir schenken, und Betty zu meiner Frau machen, ohne mir über die Zukunft Gedanken zu machen.«

»Und warum tust du das nicht?«

»Weil«, sagte Harry mit erhobener Stimme und sehr ernst, »ich sie zu sehr liebe, um sie auf das Niveau von Millicent Carson und Dutzender Gleichartiger herunterzuziehen, mit denen wir uns früher amüsiert haben.«

Er machte eine Pause und holte tief Luft, ehe er fortfuhr:

»Im Augenblick ist sie jung, unverdorben und völlig unbedarft in dem Wissen, was Liebe zwischen Mann und Frau bedeuten kann. Ich liebe sie zu sehr, um sie zu einer jener Frauen zu machen, mit denen wir uns für ein Weilchen amüsieren, ehe wir sie wieder verlassen.«

Harry sprach heftig, und dann, als sei ihm sein Mangel an Beherrschung peinlich, wandte er sich wieder dem Bullauge zu und sagte in anderem Ton:

»Um Gottes willen, Vivien, leih mir das Geld und laß mich gehen!«

»Natürlich gebe ich dir alles, was du willst«, antwortete der Marquis, »aber ich glaube, du machst einen großen Fehler. Wenn Betty dich so sehr liebt wie du sie, dann quält ihr euch beide unnötig.«

»Das ist unsere Sache.«

Bei seinen Worten hatte der Marquis das Gefühl, Harry sei am Rande seiner Kraft und könne nicht mehr viel ertragen.

Er öffnete daher eine Schublade seines Schreibtisches und nahm ein Scheckbuch heraus.

»Ich kann dir tausend Pfund leihen«, sagte er, »aber bemühe dich nicht, es allzu bald zurückzugeben!«

Harry antwortete nicht, und der Marquis fuhr fort:

»Ich hoffe nur, daß du zur Besinnung kommen wirst, wenn du auf irgendeinem unbequemen, stinkenden Dampfschiff nach Hause fährst, und daß du unterwegs in einem der Häfen auf uns warten wirst, die wir auf der Heimreise anlaufen.«

»Du wirst mich nicht dort finden, sondern zu Hause«, sagte Harry rasch. »Ich werde sehen, ob ich noch irgend etwas aus dem Ruin retten kann, den mein Vater mir bereitet hat.«

Seine Redeweise zeigte dem Marquis, daß es keinen Sinn hatte, weiter zu argumentieren.

Er stellte den Scheck über tausend Pfund aus, unterschrieb ihn und legte ihn vor sich auf den Schreibtisch.

Harry wandte sich langsam vom Bullauge ab, als wolle er ihn nur widerstrebend annehmen.

In dem Moment, in dem er noch die Hand ausstreckte, um danach zu greifen, öffnete sich die Kabinentür. Einer der Stewards trat ein.

»Was ist, Jenkins?« fragte der Marquis scharf.

»Eine Telegrammnachricht, Mylord, die vom Britischen Konsulat für Mr. Prestwood abgegeben wurde. Ich dachte, ich sollte sie sofort bringen!«

Bei diesen Worten ging der Steward durch die Kabine und händigte Harry das Schreiben aus. Harry betrachtete es überrascht, während der Steward die Kabine wieder verließ.

»Ich kann mir nur einen Grund dafür denken, daß ich hier in Bangkok eine solche Nachricht erhalte«, sagte er leise.

»Daß dein Vater tot ist? Ich bringe dich so schnell wie möglich nach Hause«, sagte der Marquis.

Langsam, als scheue er vor der schlimmen Nachricht zurück, öffnete Harry das Telegramm.

Der Marquis beobachtete sein Gesicht, während er es las, und wußte ohne Worte, was es enthielt.

Harry las es durch, las es dann nochmals, als wolle er sichergehen, alles richtig verstanden zu haben, ehe er plötzlich einen Schrei ausstieß, der von den Wänden widerhallte.

Er warf dem Marquis das Papier zu, riß die Tür auf und lief den Gang hinunter.

Einen Augenblick lang war der Marquis so erstaunt über dieses Verhalten, daß er ihm nur wortlos nachstarren konnte.

Dann nahm er das Papier, das Harry auf den Schreibtisch geworfen hatte, und las:

»Edward Prestwood Esq.
c/o Marquis von Oakenshaw
SY Sea Siren
Britische Gesandtschaft
Bangkok
Siam
Zu unserem tiefsten Bedauern müssen wir Ihnen mitteilen, daß Sir Roger Prestwood, Baronet, gestern nachmittag an einem Herzanfall verstorben ist, den er bei der Nachricht von einem Gewinn bei der Südamerikanischen Lotterie in Höhe von annähernd 200 000 Pfund Sterling erlitt. Die Bestattung wird am Samstag stattfinden, und wir bitten Sie, zur Erledigung zahlreicher dringender Angelegenheiten bezüglich des Besitzes so schnell wie möglich zurückzukehren.
Mit vorzüglicher Hochachtung
Mayhew, Martin und Mayhew.«

Genau wie Harry las der Marquis die Nachricht ein zweites Mal durch, um sich zu vergewissern, daß kein Irrtum vorlag. Dann stand er auf und folgte seinem Freund.

Betty hatte noch immer Tränen in den Augen, weinte aber nicht mehr so krampfartig.

Als Tarina den Wasserkrug wieder auf den Waschtisch stellte, fragte sie:

»Was soll ich – tun, Tarina? Ich kann – nicht mehr denken – und – ich bin so unglücklich ...«

Sie beendete den Satz nicht, denn die Tür der Kabine flog auf, und Harry stand vor ihr.

Einen Augenblick lang sah er sie an, und Betty setzte sich auf und streckte die Hände nach ihm aus.

»Harry!«

Harry sagte kein Wort, sondern schaute sie nur an.

Dann, als zwinge er sich, langsam zu gehen, trat er zum Bett und setzte sich zu ihr.

Sie hatte die Hände ausgestreckt, ihre Augen waren auf ihn gerichtet, als flehe sie ihn wortlos an. Da sagte er heiser:

»Alles wird jetzt gut, mein Liebling. Wie schnell kannst du mich heiraten?«

»Harry!«

Es klang wie der Ruf einer Lerche, die in den Himmel aufsteigt.

»Mein Vater ist gestorben und hat mir statt Schulden ein Vermögen hinterlassen!«

Betty konnte nicht sprechen, denn sie brach wieder in Tränen aus, diesmal aber vor Glück.

Harry zog sie an sich und hielt sie fest, als wolle er sie nie wieder loslassen.

Tarina, die auf der anderen Seite der Kabine stand, konnte die beiden nur anstarren, denn sie hatte das Gefühl, daß ein Schutzengel über Betty gewacht und sie im letzten Augenblick gerettet haben müsse.

»Ich liebe dich!« rief Harry. »Nun können wir hier heiraten, ehe wir nach Hause zurückkehren, und es wird keine Tränen und kein Unglück mehr geben.«

»Ich kann es – noch gar nicht glauben!« sagte Betty mit gebrochener Stimme.

»Es ist wahr! Es ist wirklich wahr! Wir können zusammen bleiben, meine Liebste, ohne Trennung und ohne Tränen!«

Bei diesen Worten hob er ihr Gesicht an und drückte seinen Mund auf den ihren.

Tarina sah, wie sie sich küßten, erwachte aus ihrer Erstarrung und spürte jetzt, daß es wohl an der Zeit sei, die beiden allein zu lassen. Sie wandte sich zur Tür.

Da sah Betty sie, streckte die Hand aus und sagte:

»O Tarina, geh nicht fort! Vor Harry kann es – keine Geheimnisse geben, und wir – müssen ihm sagen – warum du hier bist – und wieviel du mir – bedeutest.«

Tarina lief zurück zu den beiden.

»Das einzige Entscheidende ist nun, daß du glücklich sein wirst, Betty«, sagte sie, »und das ist wunderbar!«

Sie küßte Betty auf die Wange, und Harry fragte:

»Was ist das für ein Geheimnis, das ihr vor mir verborgen habt?«

»Tarina ist meine Kusine ersten Grades«, erklärte Betty, »und ich mag sie sehr. Ich möchte, daß du sie auch schätzen wirst.«

»Das werde ich wohl«, antwortete Harry, »doch im Augenblick, mein Liebling, kann ich nur an dich denken.«

Sie sahen einander an und verloren sich in ihrer eigenen Welt.

Taktvoll entfernte sich Tarina, um die Kabine zu verlassen. Erst als sie den Blick zur Tür wandte, merkte sie, daß noch jemand Bettys Worte gehört hatte.

Der Marquis stand vor ihr und betrachtete die dramatische Szene mit eindeutigem Augenzwinkern.

Ihn nur zu sehen, ließ Tarina bereits das Herz in der Brust rasen. Sie konnte kaum atmen, stand starr und blickte ihn an.

Sie konnte die Kabine nicht verlassen, da er in der Tür stand, und Betty und Harry waren im Augenblick für alles außer einander blind.

»Ich glaube, Tarina, wir sind entschieden zu weit fortgeschritten«, sagte der Marquis ruhig.

Er trat zur Seite, um sie vorbeizulassen und schloß die Tür hinter ihnen.

Da sie etwas unentschlossen im Gang stand und sich fragte, ob sie jetzt in ihre eigene Kabine gehen sollte, forderte er sie auf:

»Kommen Sie mit mir. Ich möchte mit Ihnen sprechen.«

Als stehe die Welt wieder einmal Kopf, folgte Tarina ihm in sein Studierzimmer, wo die Bilder, die nun, gegen die Bücherregale gelehnt, auf dem Boden standen, sie anzustrahlen schienen wie Lichter.

Als sie sich dem Marquis zuwandte, sagte dieser:

»Also ist das große Geheimnis endlich enthüllt, und Sie sind Betty Bradwells Kusine!«

»Ja.«

»Warum mußten Sie vorgeben, ihre Zofe zu sein?«

Tarina sah ihn scheu an aus Angst, er könne ärgerlich werden.

»Mein Vater starb ... ich hatte kein Geld und fuhr nach London, um ... eine Stellung zu finden.«

Der Marquis hob die Augenbrauen, sagte aber nichts, und sie fuhr fort:

»Ich brauchte eine Empfehlung, und obwohl ich Betty über zwei Jahre lang nicht gesehen hatte, weil sie im Ausland gewesen war, wußte ich, daß sie mir eine geben würde.«

»Doch statt dessen stellte sie Sie ein.«

»Ihre Zofe hatte sich ein Bein gebrochen, und der Himmel schien mir diese ... Gelegenheit zu schicken, nach Siam zu kommen.«

Der Marquis lachte.

»So einfach läßt sich das erklären! Und ich habe nächtelang wachgelegen und mir alle möglichen Gründe vorgestellt, warum Sie in dieser Rolle auftraten und so gekleidet waren, wie es sich wohl keine Zofe leisten kann.«

»Betty gab mir alle Kleider, die sie getragen hatte, während sie in Trauer war.«

»Eine ganz einfache Erklärung«, sagte der Marquis, »und sehr verschieden von der, die mich gequält und eifersüchtig gemacht hat.«

Tarina spürte, wie sie bei seinen Worten errötete.

»Jetzt haben wir uns endlich ausgesprochen«, rief er erleichtert, »und da Betty und Harry gewiß die Absicht haben, vor Antritt der Heimreise in Bangkok zu heiraten, schlage ich vor, daß wir dasselbe tun.«

Einen Augenblick lang meinte Tarina, sie müsse sich verhört haben; sie war sicher, sie habe ihn mißverstanden, und sagte daher beinahe tonlos:

»Sie ... Sie fragen mich, ob ich ... Sie heiraten möchte?«

»Ich wiederhole, daß ich die Absicht habe, Sie zu heiraten!« antwortete der Marquis. »Ich sagte Ihnen doch, Sie sollten mir vertrauen.«

»Aber Sie sagten doch, Sie wollten ... Junggeselle bleiben ... und hätten ... nicht die Absicht, sich zu verheiraten.«

»Das stimmte, bis ich Sie kennenlernte.«

Langes Schweigen folgte. Der Marquis rührte sich nicht, und Tarina sah ihn nicht an, dann hauchte sie mit sehr leiser Stimme:

»Bitten Sie mich nur aus dem Grund, Sie zu heiraten, weil Sie ... jetzt wissen, daß ich Bettys Kusine bin?«

Der Marquis lächelte.

»Ich hätte mir denken können, daß Ihr kluges Köpfchen auf diese Erklärung kommen würde. Um Sie zu überzeugen, werde ich Ihnen also den Brief zeigen, den ich gerade an den Außenminister, Lord Rosebery, geschrieben habe.«

Ein Brief lag auf der offenen Schreibmappe auf dem Schreibtisch. Er hatte ihn bis auf die Unterschrift beendet, als Harry ihn zuvor unterbrochen hatte.

Er gab ihn Tarina, doch sie zögerte, als sie ihn entgegennahm, bis der Marquis sagte:

»Lesen Sie ihn, ich bitte Sie darum.«

Gehorsam senkte sie den Blick auf das Blatt Papier in ihrer Hand und las:

»Lieber Archibald,

anliegend finden Sie für Ihre Akten einen Bericht über meine Unterredungen mit dem König. Ich bin sicher, daß für Ihre Befürchtungen in dieser Hinsicht nun kein Grund mehr besteht.

Ich habe ihm außerdem zugeredet, nächstes oder übernächstes Jahr England und vielleicht noch andere europäische Länder zu besuchen. Er nahm das Angebot gerne an, und ich habe ihm versprochen, daß er in England höchst willkommen sein wird.

Was mich selbst und die schmeichelhaften Vorschläge betrifft, die Sie vor meiner Abreise machten, so vergessen Sie sie bitte. Es war in der Tat eine ›Entdeckungsreise‹, und da der ›Stern‹, nach dem ich suchte, nun in Reichweite ist, werde ich in den Stand der Ehe treten.

Aus Gründen, die ich Ihnen ein andermal erklären werde, schließt dies die Übernahme sämtlicher Positionen außer der eines sehr glücklichen Mannes und sehr zufriedenen Gatten aus.

Mit den besten Wünschen und in der Hoffnung, bald von Ihnen zu hören, bin ich

Ihr . . .«

Tarina las den Brief zu Ende. Dann nahm der Marquis ihn ihr zu ihrer Überraschung aus der Hand, zerriß ihn und ließ die Fetzen auf den Boden fallen.

»Ich werde dem Außenminister jetzt einen anderen Brief schreiben müssen«, sagte er, »und ihm sagen, daß ich mich auf den Posten freue, den er für mich bestimmt hat, daß meine Frau mir helfen wird, meine Pflichten zu erfüllen, und mich außerdem, wie ich hoffe, glücklich machen wird.«

Bei diesen Worten legte er die Arme um Tarina und zog sie langsam zu sich.

»Ich kann mir nicht vorstellen«, sagte er, »daß Sie dagegen etwas einzuwenden haben.«

Tarina hob den Blick zu ihm.

»Aber Sie müssen . . . mich nicht heiraten!«

»Warum nicht? Ich dachte, Sie liebten mich.«

»Ich liebe Sie. Ich liebe Sie mit jedem Atemzug, aber Sie ... Sie wollten doch niemals heiraten.«

»Ich habe mich viele Jahre lang gegen die Ehe gewehrt«, räumte der Marquis ein, »doch als wir heute morgen vom Schwimmenden Markt zurückkamen, wußte ich, daß ich nicht ohne Sie leben kann und daß es keine andere Möglichkeit geben darf, mit Ihnen zusammen zu sein.«

Er neigte den Kopf, so daß seine Lippen sich den ihren näherten, doch Tarina hob beide Hände, stemmte sich gegen seine Brust und bat:

»Bitte ... warten Sie! Ich ... liebe Sie ... und habe auch ... auf eine merkwürdige Art das Gefühl ... Ihnen bereits zu gehören ...; aber ich ... bin nicht sicher ... daß Sie ... mich heiraten sollten.«

»Und wie, meinen Sie, könnten wir sonst zusammen sein?« fragte der Marquis.

»Ich weiß nicht ... so recht ... weil Sie so bedeutend sind ... daß Sie ... mich so schätzen.«

Der Marquis lachte, und es klang sehr fröhlich.

»Zieren Sie sich nicht so«, sagte er. »Sie wissen so gut wie ich, daß wir dasselbe denken, dasselbe fühlen, dasselbe sind! Wir sind bereits eine Person, Tarina, und es ist zweifelhaft, ob eine Ehe uns einander im Geistigen noch näher bringen kann.«

Er holte tief Luft, ehe er sagte:

»Aber ich möchte dich nicht nur als meine *Dewa*, mein Liebling, sondern auch als Frau, und ich kann nicht länger so tun, als seist du nicht meine andere Hälfte, Teil meines eigenen Lebens, jetzt und für immer.«

Tarina stieß einen beglückten Seufzer aus.

Ehe sie etwas sagen konnte, hatte der Marquis sie enger an sich gezogen und seinen Mund auf den ihren gedrückt.

Als er sie küßte, wurde ihr klar, daß dies das Ziel ihrer Sehnsüchte war und daß sein Kuß sie mehr beglückte, als sie es sich je in ihren Träumen vorgestellt hatte.

Während seine Lippen sie gefangenhielten, hatte sie das Gefühl, als ob die Wärme der Sonne durch ihren ganzen Körper ströme, in ihren Brüsten brenne, an ihrem Hals und aufwärts bis in ihre Lippen glühe, ehe sie ihre Wärme an die seinen abgaben.

Als er sie noch leidenschaftlicher umarmte, wußte sie, daß die Erregung, die sie gespürt hatte, seit sie ihn zum erstenmal gesehen hatte, sich mit der ihren verband, bis sie, wie er schon gesagt hatte, zu einem einzigen Wesen wurden.

Und doch waren die Küsse noch mehr.

Sie hatte es nie für möglich gehalten, solche Ekstase zu empfinden, als hebe er sie in den Himmel, und es gebe keine Schwierigkeiten, keine Sorgen, nur noch ein göttliches Glück, das jenseits aller Worte und fast jenseits allen Denkens lag.

Als der Marquis den Kopf hob, sagte sie ein wenig atemlos:

»Ich liebe dich ... ich liebe dich ohne Ende! Ich wußte nicht, daß Liebe so ... wunderbar sein kann!«

»Ich auch nicht«, antwortete er. »Oh, mein Liebling, wenn ich dich verloren hätte!«

Dann küßte er sie wieder, küßte sie leidenschaftlich und fordernd, bis die Empfindungen, die er in ihr weckte, so berauschend wurden, daß sie das Gefühl bekam, im Himmel zu schweben und nie wieder auf die Erde zurückkehren zu können.

Viel später seufzte der Marquis voller Freude:

»Was für ein Glück ich hatte, das, wonach ich mein Leben lang gesucht hatte, hier auf meiner eigenen Yacht zu finden!«

»Du konntest kaum damit rechnen, deine Frau in der ... Verkleidung einer Zofe zu finden.«

»Ich habe nicht einen Augenblick angenommen, daß du das wirklich warst«, antwortete der Marquis. »Als ich dich zuerst sah, wie du mich in der Dunkelheit an Deck im hellen Mondlicht auf deinen Zügen anschautest, da dachte ich, du seist eine Vision oder ein Gespenst, das hier spukt.«

Er küßte ihre Stirn und fuhr fort:

»Dann erkannte ich, daß ich noch nie ein so schönes und

erlesenes Wesen gesehen hatte und daß du vom Himmel gefallen sein mußtest.«

Tarina antwortete nicht. Sie verbarg ihr Gesicht an seinem Hals, und er sagte:

»Ich weiß jetzt, daß du auf der Erde bei mir bist. Und obwohl ich alle Versuchungen durchlebt habe, die sich die bösen Dämonen ausdenken, werde ich ein musterhafter Ehemann sein, mein Liebling.«

Er lächelte sehr zärtlich, ehe er fortfuhr:

»Ich kann dir eines versprechen: Weil du so schön bist und weil zwischen uns etwas ist, das noch nie mit jemand anderem bestanden hat, wird es von nun an in meinem Leben keine Versuchungen mehr geben.«

»Ich hoffe ... daß das wahr ist«, sagte Tarina. »Ich liebe dich von ganzem Herzen ... und ich möchte ... dich inspirieren ... und dir die Sicherheit geben ... daß ich der Stern bin, den du gesucht hast ... und nicht nur dessen Abbild ... in einer Pfütze.«

Der Marquis lachte, als sie ihm seine eigenen Worte wiederholte, und gestand ihr:

»Du bist alles, was eine Frau sein sollte, und so unglaublich liebreizend, daß ich ein ganzes Leben brauchen werde, um dir zu sagen, wie schön du bist.«

Tarina blickte auf die Bilder nieder, die auf dem Boden standen. Dann sagte sie:

»Ich habe noch immer ... ein bißchen Angst.«

»Wovor?«

»Daß ich nicht ... nicht edel genug bin, um deine Frau zu sein ... Ich bin so unwissend in bezug auf das Leben, das du führst ... daß ich dich ... vielleicht nicht glücklich machen kann.«

Der Marquis drückte sie so fest an sich, daß sie kaum atmen konnte, und versprach ihr:

»Ich bete deine Unwissenheit an, deine Unschuld und deine Reinheit, meine Liebste, und ich habe dir viel Neues zu zeigen, so wie du mir vieles beizubringen hast. Ich glaube nicht, daß wir unter diesen Umständen anders als himmlisch glücklich sein können.«

Er zog sie näher zu den Bildern hin, und während sie sie betrachteten, sagte er:

»Du meintest, sie sollten nicht unseren Geist, sondern unsere Seelen etwas lehren, und meine Seele hat sich entwickelt, verstärkt und ist kraftvoller geworden. Mehr noch, ich habe ein neues Bewußtsein vom Leben, seit ich dich kenne.«

»Ist das ... wirklich wahr?« fragte Tarina.

»Deine eigene Wahrnehmungsgabe würde es dir sagen, wenn ich lügen würde.«

Sie seufzte leise.

»Ich habe nicht geglaubt, daß jemand so wunderbar sein könnte! Und was du denkst, sind die Gedanken, die Papa uns wünschen und die er selbst denken würde.«

Der Marquis umfaßte sie zärtlich, während er sagte:

»Als ich zuerst deine Kusine sah, dachte ich, sie sei die schönste Frau, die ich je gesehen hatte, doch als ich dich sah, erkannte ich, daß ich mich geirrt hatte. Du bist unendlich viel schöner, weil deine Schönheit nicht nur in deinem Gesicht liegt, sondern aus deiner Seele kommt.«

Tarina stieß einen leisen Seufzer des Entzückens aus.

»Wie kannst du mir so wunderbare Dinge sagen ... die zu hören ich solches Verlangen habe?«

»Wie es der Zufall will, bin ich selbst überrascht!« flüsterte der Marquis lächelnd. »Aber ich habe in meinem ganzen Leben noch nie das gefühlt, was ich jetzt für dich fühle.«

»Ich habe ... so großes, großes Glück«, sagte Tarina, »und ich werde dem *Karma*, das uns zusammengebracht hat, immer dankbar sein.«

Sie hielt inne, ehe sie sehr feierlich sagte:

»Es war mein *Karma*, das mich genau im richtigen Augenblick zu Betty brachte, als sie aufgeregt war wegen deiner Einladung zur Reise auf deiner *Sea Siren*.«

Der Marquis sprach nicht, er bewegte nur seine Lippen auf ihrer weichen Haut.

Dann, als wolle er nicht, daß Tarina zu viel darüber nachdenke, warum er ihre Gesellschaft für die Reise nach Siam ausgewählt hatte, küßte er sie.

Bei der Berührung seiner Lippen wurden sie wieder eins und fortgetragen von der Ekstase der Liebe, die sie zu den Sternen emportrug.

Als der Marquis und Tarina zu Betty und Harry gingen, um ihnen zu sagen, daß sie heiraten würden, schwiegen beide einen Augenblick vor Verblüffung.

Dann stieß Harry einen Freudenschrei aus.

»Ich kann es kaum glauben!« rief er. »Das ist die erfreulichste Nachricht, die ich je gehört habe!«

Er wandte sich an Tarina.

»Danke dafür, daß Sie den am wenigsten bezähmbaren und gerissensten Junggesellen eingefangen haben, der je allen fraulichen Schlingen und Fallen entkommen ist!«

Der Marquis lachte.

»Du verwirrst Tarina«, wandte er ein, »und außerdem hat sie nicht versucht, mich einzufangen, sondern ich habe sie eingefangen.«

Betty legte die Arme um Tarina und küßte sie.

»Oh, Liebes, ich bin so froh für dich«, sagte sie. »Harry und ich sind so glücklich, daß wir auch alle anderen glücklich sehen möchten.«

»Genau so sollten wir uns hier in Siam fühlen«, sagte der Marquis.

»Im ›Land des Lächelns‹!« vollendete Tarina.

»Als erstes«, schlug Harry realitätsbewußt vor, »müssen wir nun zur Britischen Gesandtschaft gehen und uns erkundigen, wo und wie bald wir heiraten können.«

»Ich glaube, das wird nicht schwer sein«, antwortete der Marquis, »und weil ich weiß, Harry, daß du rasch nach Hause möchtest, ist es um so besser, je früher unsere Hochzeiten stattfinden können!«

»Ich kann mir nichts Schöneres für Tarina und mich vorstellen, als in Siam zu heiraten«, schwärmte Betty. »Ich hoffe nur, daß wir Kleider haben, die schön genug sind, um zwei sehr verwöhnten Herren zu gefallen.«

»Was immer du trägst oder auch nicht trägst, es wird mir gefallen«, sagte Harry leise.

Betty errötete, und als sie einander in die Augen sahen, konnten sie offenkundig an nichts anderes als an ihre innige Liebe denken.

Da der Marquis es ermüdend fand, nicht ungestört um Tarina sein zu können, nahm er sie mit zurück in sein Studierzimmer.

Im Gang hielt er einen Steward an und sagte:

»Bestellen Sie eine Kutsche, die uns in einer halben Stunde zur Britischen Gesandtschaft bringt.«

»Sehr wohl, Mylord!«

Der Steward eilte davon, und der Marquis zog Tarina in die Kabine und schloß die Tür.

»Ich habe jetzt eine halbe Stunde, um dir zu sagen, wie sehr ich dich liebe«, sagte er.

Sie blickte auf die Papierfetzen, die auf dem Boden lagen und meinte indes:

»Vielleicht sollte ich dich besser allein lassen, während du einen neuen Brief an Lord Rosebery schreibst.«

»Das kann noch warten.«

Er legte die Arme um sie und zog sie an sich, ehe er sagte:

»Und nun sag mir, daß es dir leid tut, daß du mir so verzweifelte Sorgen gemacht hast.«

Sie sah ihn fragend an, und er sagte:

»Du bist vernünftig genug, um zu wissen, daß ich in England eine Stellung von einigem Rang bekleide, nicht nur in der gesellschaftlichen Welt, sondern als Oberhaupt meiner Familie und als Präsident, Vorsitzender oder Gründer von einem Dutzend verschiedener Organisationen, und daß ich mir darum Sorgen machte, sie würden meine Hochzeit nicht billigen.«

»Und du bist ganz sicher, daß sie ... sie jetzt billigen werden?«

»Wie du schon weißt«, sagte der Marquis, »war ich bereit, alles aufzugeben, nur um dich heiraten zu können, mein Liebling. Aber es macht die Sache ein bißchen einfacher, da ich nun weiß, daß Bettys Vater ein sehr angesehener Landedelmann war und ihre Mutter und deine einer Familie angehören, die fast so alt ist wie meine.«

»Woher weißt du ... das alles?«

»Vermutlich bin ich sehr gewissenhaft in meinem Leben und meiner Lebensweise«, antwortete der Marquis, »daher weiß ich gern alles über meine Freunde, so daß ich sie richtig einschätzen kann.«

Sie entfernte sich von ihm und sagte:

»Und wenn ich wirklich die ... unbekannte *Mademoiselle Janzé* aus Frankreich gewesen wäre?«

»Hätte ich dich trotzdem heiraten wollen«, antwortete der Marquis, »weil ich erkannte, daß ich dich liebte und daher etwas so Vollkommenes und mir geistig Nahes nicht verlieren oder verderben sollte.«

Er seufzte erleichtert, ehe er fortfuhr:

»Aber die Götter waren freundlich zu uns, meine Liebste, denn es ist viel einfacher, mit dem Strom zu schwimmen als dagegen.«

»Du warst wirklich bereit ... eine völlig unbedeutende Person zu heiraten?« beharrte Tarina.

»Ich sagte dir schon, daß ich noch nie für jemanden so gefühlt habe wie für dich, und niemand hat mir je so deutlich bewußt gemacht, daß Liebe ein Geschenk Gottes ist. So etwas Kostbares hätte ich nicht gehen lassen.«

Bei diesen Worten schwanden Tarinas letzte Besorgnisse, und sie ging auf ihn zu, als ziehe er sie unwiderstehlich an, und legte die Arme um seinen Hals.

»Ich liebe dich ... ich liebe dich so sehr!« sagte sie. »Aber ich habe dir nichts zu geben ... außer meiner Liebe. Wird das ... genug sein?«

Er wußte, daß diese Frage ihr sehr wichtig war, und antwortete:

»Das ist alles, was ich mir wünsche, jetzt und für immer. Ich glaube, mein Liebling, wir wissen beide, weil wir in uns selbst so voller Harmonie sind, haben wir der Welt und anderen Menschen, die nicht so glücklich sind wie wir, viel zu geben.«

Das war die Antwort, die sie sich gewünscht hatte. Ihre Augen leuchteten, und da sie keine Worte fand, um ihr Glück auszudrükken, hob sie ihm nur ihre Lippen entgegen.

Als sie wieder sprechen konnte, sagte sie mit leiser, verzückter Stimme:

»Bitte ... bring mir bei ... alles zu tun, was du möchtest und was ... zu tun für mich richtig ist.«

Er antwortete nicht, und sie flüsterte:

»Ich werde Fehler machen, und du wirst ... dich meiner schämen.«

Der Marquis hob ihr Gesicht an.

»Ich werde dich die Liebe lehren, meine Liebste«, versprach er, »und ich werde für dich sorgen und dich beschützen, so daß du nie Fehler machen wirst.«

Seine Stimme wurde tiefer.

»Viel wichtiger als das gesellschaftliche Protokoll ist, daß du jedem Menschen deiner Umwelt die Liebe gibst, die ich so herzlich von dir ausstrahlen fühle.«

Dann küßte er sie, bis beide außer Atem waren. Dann ermahnte er sie:

»Die Kutsche wird in wenigen Minuten hier sein, meine Allerliebste. Geh und setz deinen Hut auf, und da Bangkok berühmt ist für seine Juwelen, werde ich auf dem Weg zur Gesandtschaft anhalten und dir einen Ring kaufen, ein weiteres Unterpfand, das dich von jetzt bis in alle Ewigkeit an mich binden wird.«

»Das hört sich sehr ... aufregend an«, antwortete Tarina, »aber was mich betrifft, so sind mir deine Küsse lieber als alle Juwelen Siams.«

Der Marquis legte die Arme um sie, doch sie entzog sich ihm und schlüpfte mit einem Lächeln wie ein Sonnenstrahl hinaus.

Er stand noch einen Augenblick da und betrachtete die geschlossene Tür, ehe er den Blick auf die *Jatakas* richtete.

»Ich glaube, ihr habt mich verzaubert«, sagte er fast herausfordernd.

Und da, als antworteten sie mit einer Stimme, erwiderten sie in seinem Herzen:

»Wir haben dich zu deinem Stern geführt!«

Große Frauenromane

Leona Blair
Skandale
9097

Susan Howatch
Der Zauber von Oxmoon
9123

Brigitte Blobel
Das Haus des Portugiesen
9130

Danielle Steel
Familienbilder
9230

Sandra Paretti
Der Winter, der ein Sommer war 9201

Barbara Taylor Bradford
Des Lebens bittere Süße
9264

GOLDMANN